Autrice, podcasteuse et entrepreneuse, **Margot Dessenne** écrit depuis l'âge de dix ans. Quand elle n'est pas derrière son clavier à tuer sans remords un pauvre personnage, elle aime partager ses univers imaginaires et sa passion pour l'écriture sur Instagram. Diplômée en marketing et en communication, elle aide également les jeunes auteurs et autrices à vivre de leur passion par le biais de son podcast, d'ateliers et de ressources en ligne très variées. *Absolu* est son premier roman.

Ce livre est également disponible
au format numérique

www.castelmore.fr

MARGOT DESSENNE

ABSOLU 1

LES MOBILISÉS

BIGBANG

Big Bang est une collection des éditions Castelmore

Absolu est une saga de romans Young Adult qui aborde des thèmes qui peuvent être considérés comme difficiles et/ou violents. Vous pouvez trouver la liste des *content warnings*, rédigée par l'autrice, en scannant ce QR code :

Illustration des gardes : Mikael Bourgouin

Loi n° 49-956 du 16 juillet 1949
sur les publications destinées à la jeunesse

ISBN : 978-2-36231-438-4

Achevé d'imprimer en décembre 2022
par Estella Rodesa en Espagne
Dépôt légal : février 2023
36231438-1

BRAGELONNE – CASTELMORE
60-62 rue d'Hauteville – 75010 Paris
E-mail : info@castelmore.fr
Site Internet : www.castelmore.fr

Pour Élisa,
Parce que je ne serais pas la même personne et que ce livre n'aurait jamais pu exister si tu n'avais pas été ma sœur.
C'est à ton tour de briller.
Je t'aime.

PROLOGUE

PRYM

ATTENTE

Novum Invenit Pacem.
La paix retrouvée.
Devise d'Erit.

D'abord, il y eut le noir et le silence.

Le monde s'était réduit à une immense boîte sombre que quelqu'un déplaçait sans précaution. Le *currus* qui nous transportait était plongé dans la pénombre : pas de fenêtre et aucune lumière interne pour nous rassurer. Malgré sa flottaison à près d'un mètre du sol, il s'élevait de temps à autre, comme pour éviter un obstacle. Cela arrivait de plus en plus souvent au fur et à mesure que l'on se rapprochait de la Zone.

Il faisait trop chaud ici. J'avais les mains moites et le front ruisselant de sueur. L'odeur de transpiration qui émanait de certains était insupportable. Les effluves âcres s'infiltraient dans mon nez, se répandaient dans ma bouche et se resserraient autour de ma gorge. Personne ici n'osait parler, il n'y avait plus rien à dire. Rien qui puisse se prononcer à voix haute. Un mélange d'exaltation et d'appréhension émergeait de la pénombre, puissant dans son calme apparent.

Moi, je brûlais de l'intérieur.

Joanna me prit la main qu'elle massa du bout des doigts. Elle n'avait pas besoin de son *cerebrum* pour discerner mes émotions ou le battement de mon cœur. Elle savait, tout simplement. Quant à moi, ne pas la percevoir mentalement creusait chaque seconde un vide plus profond dans ma poitrine. Sans cette puce cérébrale qui me connectait au reste du monde, je me sentais affreusement seul. Encore le noir et le silence.

Je me mordis la langue face à mon ingratitude. Le Maréchal était bon et ses choix pleins de sens. *Inspire.* Cette vérité-là m'empêchait de m'effondrer. *Expire.* Que penserait Halborn en me voyant ainsi ? *Inspire.* Ses derniers mots résonnaient avec la puissance d'un hurlement dans ce calme asphyxiant. *Expire.*

Ne pas douter.

Même face à un mythe.

D'un geste maladroit, j'attrapai la chaîne de métal qui pendait autour de mon cou. La plaque accrochée à son bout, où l'on avait gravé mon matricule et ma spécialité, était d'une fraîcheur étonnante dans la moiteur ambiante. Ce simple geste m'aida à me ressaisir. Peut-être traversions-nous déjà la banlieue de Varsovie en ruine, dans l'ombre d'un Mur aussi haut que le ciel. La peur m'avait empêché de dormir la nuit dernière. Celle d'échouer, comme tant d'autres, de décevoir ma patrie, de ne plus rien valoir. Garder contenance était toutefois la seule chose qu'il me restait à ce moment-là. Ça, un matricule et Joanna. Le reste ne valait plus rien là où l'on allait.

— Ça va ?

Même sans la voir, même sans aucun *cerebrum* pour ressentir ses émotions, je savais avec quel visage Joanna me regardait : des yeux inquiets, une bouche entrouverte et des sourcils légèrement froncés. Elle avait ce genre de voix chaude sans être grave, calme sans être plate, et malgré tout le désordre qu'il devait y avoir dans sa tête, elle semblait déterminée.

— Bien sûr, murmurai-je.

J'espérais que ma voix n'avait pas tremblé de ce demi-mensonge, que j'avais paru aussi inébranlable qu'elle. De nous deux, c'était Jo la plus forte. Nous n'avions certes que vingt ans, mais l'Institut nous avait surentraînés pour ce moment précis. La possibilité d'une existence normale nous avait été retirée. Nous étions destinés à une autre vie, plus dure, mais plus honorable aussi.

Ne pas douter.

On décéléra. Jo serrait maintenant si fort ma main que je ne sentais plus le sang y circuler. Puis le *currus* s'immobilisa net, et Jo manqua de tomber. L'idée folle qu'ils puissent nous laisser enfermés ici me traversa l'esprit. Il me fallait sortir pour respirer un air plus frais ; pourtant, je redoutais encore plus que les portes s'ouvrent sur l'horreur grandiose que l'on nous avait décrite.

Un cliquetis extérieur nous figea tous. Alors que je retenais mon souffle, la porte s'ouvrit dans un bruit de tempête. Des Gradés nous attendaient, empêchant les journalistes triés sur le volet d'approcher de trop près. Descendre du *currus* fut à la fois une libération et une épreuve. L'air était bien plus respirable, mais l'engourdissement de mes muscles m'empêcha de me réceptionner correctement. Malgré sa petite taille, Jo n'accepta pas mon aide. Ses genoux craquèrent quand elle atterrit, mais elle ne se plaignit pas. Ce n'était pas son genre. Ses doigts reprirent leur place dans le creux de ma paume un court instant, comme si elle cherchait un peu de réconfort, puis s'en détachèrent. Sans me regarder, elle se plaça devant moi et avança. Quand le vent souleva ses cheveux courts, j'eus soudain l'image des champs de blé de mon enfance, loin du paysage apocalyptique qui nous entourait.

Ne pas douter.

Je ne cessais de me répéter cela pour me donner de la force et pour ne pas oublier que notre rôle était majeur. Nous étions des sauveurs, des héros, des gens bien ; nous allions guérir l'Humanité de son plus grand péché, de l'erreur qui aurait pu la détruire.

Autour de nous, la banlieue de Varsovie était dans un état lamentable. Les maisons, vides depuis plus de vingt ans, tenaient à peine debout. Les éclats de verre oubliés par endroits témoignaient de l'atrocité produite ici, et malgré le grand nettoyage qu'avait effectué Erit, notre patrie, il restait les traces de sang noirci de ceux qui avaient pu fuir la ville à temps, blessés, mais en vie. J'observai le Mur qui entourait la Zone : un kilomètre de paroi qui touchait le ciel. La porte, à moitié aussi grande, nous narguait de toute sa hauteur.

Mon instinct me hurlait une seule chose : *Fuis.* Mais tout le reste de mon être savait que ma place était là, et nulle part ailleurs. Et puis, il y avait ce sentiment qui pulsait dans ma poitrine, cette chose immense qui me brûlait de l'intérieur, qui me donnait l'impression d'être en vie.

Fascination.

— Mobilisés, en rang !

Dans une synchronisation presque parfaite, notre groupe de cent soldats obéit et se rangea. Ce genre d'ordre était en quelque sorte inscrit dans notre ADN. Sous nos pieds, les gravats roulaient bruyamment, et la poussière se soulevait dans un nuage épais, troublant notre vision et irradiant nos poumons. Le soleil timide de ce matin de mai contrastait avec les lieux lugubres qui nous faisaient face. Autour de nous, les restes d'une banlieue cimetière, et devant nous, derrière ce Mur infini, quelque chose de bien pire nous attendait. La folie humaine était passée par là, une quête de pouvoir et de puissance qui avait mené une nation à sa perte et nous avait condamnés à rectifier son erreur.

La Zone semblait si silencieuse vue de l'extérieur, sereine dans sa solitude. J'aurais presque oublié pourquoi nous étions là. Je pris une grande inspiration. L'air était différent ici, plus âcre, plus vieux aussi, avec un arrière-goût d'abandon et de désespoir. Seule la fierté qui nous habitait donnait un peu de couleur à ces lieux. Ça, le ciel bleuté et les uniformes rouge sang des Gradés. Le reste était pour l'instant d'un gris morne.

— Nous sommes les sauveurs, murmurai-je pour moi-même.

— *Novum Invenit Pacem*, me répondit Jo.

La paix retrouvée.

Plus qu'une affirmation, c'était une prière collective. Nous étions les rédempteurs. La vingtième génération à fouler ce sol, à franchir ces portes, à prêter serment de réussir ou mourir, vaincre un fantôme ou tomber dans l'oubli.

Derrière ce Mur, la Chose nous attendait.

PREMIÈRE PARTIE

L'INSTITUT

Quatre jours plus tôt

MEMORIAE

Je suis façonneur de paix.
Arma Massa Interitum est la paix.
L'absence de combat.
L'arrêt des morts.
La destruction du cyberterrorisme, des nano-attaques, de la surpuissance chinoise.
Le contrôle des puces intelligentes.
La fin par la domination.
Je suis façonneur de paix.
Grażyna et Narcyz n'en sont pas aussi certains que moi. Ils ont peur. Ils imaginent le pire. Ils ne cessent de retarder le projet. Mais on ne peut arrêter une révolution en marche.
Moi, je sais très bien ce qu'est Arma Massa Interitum.
La perfection pure. L'absolu.
Je suis façonneur de paix.

1

PRYM

MOBILISÉ

Quatre spécialités sont proposées à l'Institut:
memoria eruditissimo, *pour préserver la culture et les lois,*
pugnatum corpus, *pour rejoindre le rang des Gradés de l'armée,*
cogitabat animo, *pour diriger ces mêmes Gradés,*
et manus protegens, *pour innover dans la science et le domaine médical.*

— Votre garde est trop basse, indiquai-je à deux élèves essoufflés.

Le tatami de la salle d'entraînement, ferme sous mes pieds nus, sentait la sueur. Voilà plus de deux heures que je supervisais l'entraînement des première année, dont la dernière demi-heure avait été consacrée à des combats rapprochés, et leurs *cerebra* m'indiquaient de sérieux signes de fatigue et de déconcentration. Midi était dépassé depuis longtemps, et même le bruit des affrontements ne couvrait plus celui de leurs estomacs.

D'un geste ferme, sans être trop brusque, je relevai les bras des deux enfants, une fille et un garçon qui fêteraient bientôt leurs onze ans, et dont les têtes blondes me rappelaient Joanna et moi au même âge. Je me penchai vers eux, un air très sérieux plaqué sur le visage.

— Restez bien concentrés jusqu'au bout, ou le Nihil vous paraîtra comme un paradis en comparaison de ce que Halborn vous fera subir.

S'ils surent convenablement masquer leur angoisse à la mention de l'instructeur de combat, leurs *cerebra* les trahirent. Ils balbutièrent un « oui, monsieur » peu convaincant. Heureusement pour eux, la cloche choisit ce moment précis pour retentir et annoncer la fin des cours. Après un bref salut dans ma direction, les première année s'éclipsèrent dans un tumulte de rires, encore dégoulinants de sueur et à peine chaussés.

Un bref soupir m'échappa. Je levai la main vers le plafond, et d'un geste rapide vers la droite, j'activai mon tableau de bord virtuel relié à ma puce. L'écran apparut directement sur mes rétines, même s'il donnait l'impression d'être à une trentaine de centimètres de mon visage. Je parcourus rapidement le classement de l'Élite, comme pour vérifier que je n'avais pas bougé de ma cinquantième place, ce qui était un peu ridicule. En dix ans d'Institut, je n'avais pas quitté une seule fois la liste des cent meilleurs élèves de l'école.

Plus que quelques heures à attendre pour savoir si tout ce travail avait été payant.

— Le regarder tout le temps ne va pas le faire changer, Ostrów.

Je désactivai immédiatement mon *cerebrum* et cherchai Halborn. Les derniers première année le contournaient avec soin pour s'échapper de la pièce. Contrairement aux dix mille autres élèves de l'Institut, dont je sentais la présence à l'orée de mon esprit, les instructeurs restaient invisibles. Même si l'inverse n'était pas vrai.

— On ne sait jamais, monsieur.

Ma remarque tira un semblant de sourire à Halborn, qui retira ses bottes pour me rejoindre sur le tatami. Comme moi, il arborait sur son uniforme l'emblème des *pugnatum corpus* : un masque de guerre sur un bouclier rouge, surplombé par le soleil à huit rayons d'Erit. Ses iris bruns m'analysèrent. Il voyait sans aucun doute le désordre et le bruit qui emplissaient ma tête. Les autres devaient aussi le sentir ; peut-être même certains regardaient-ils mes données en ce moment. De mon côté, je n'arrivais pas à soutenir le regard de celui qui avait été comme un père pour moi pendant dix ans. Le seul qu'on ne m'ait jamais donné.

Aussi calme qu'un roc dans sa combinaison couleur acier, Halborn n'avait pas l'air satisfait.

— Je sens ta nervosité depuis l'autre bout du bâtiment. Tu es ailleurs. Si j'étais un ennemi, tu ne m'aurais pas entendu approcher. Dans une situation de combat réel, tu serais déjà mort.

Je hochai la tête, conscient du trouble qui m'habitait et de mon inattention.

— Pardon, monsieur.

— Bien.

Halborn fronça les sourcils et se passa une main sur le visage. Visiblement, je n'étais pas le seul angoissé.

— Aujourd'hui est un grand jour, reprit mon instructeur. Comment te sens-tu ?

— Bien, lui mentis-je. J'ai simplement du mal à me concentrer, monsieur.

Il me lança un regard réprobateur.

— La peur et le stress n'évitent pas le danger et ne devraient pas influencer ta manière de te comporter. Pas à ton niveau.

— Et l'excitation ? tentai-je.

— Elle doit te transcender, pas te faire perdre. Les cinq règles, je te prie.

— Écoute, obéissance, adaptation, précision, attention.

— L'excitation n'a pas sa place. Elle te fait perdre ton sens de l'écoute, désobéir aux règles, et détourne ton attention de ton ennemi.

Je baissai la tête, conscient de cette erreur.

— Mais tu te débrouilles bien avec les première année. Tu seras un très bon instructeur.

Il avait dit ça avec un ton détaché, comme à son habitude, les mots que ni lui ni moi n'avions envie de prononcer flottant entre nous. Tous ces soirs où, pour me calmer, je choisissais la salle d'entraînement, au lieu de l'espace commun trop bondé à mon goût, il était là. D'abord pour observer ce gamin de dix ans perdu et solitaire qui pleurait l'absence de sa mère. Ensuite, pour m'apprendre à maîtriser les *animae* à la perfection. J'avais pris une bonne trentaine de centimètres depuis notre rencontre, lui s'était fait envahir par les rides et les cheveux blancs. Je lui devais ma haute place dans le classement, à lui et à toutes ces heures perdues à céder au besoin de me battre, à oublier le reste du monde. Il m'avait donné une voie à suivre, une vocation et l'impression d'avoir un père.

Mais aujourd'hui serait le dernier jour.

Ou le tout premier.

Il y avait des milliers de mots que j'aurais voulu lui adresser, mais à la place, je lui offris l'étreinte du fils qu'il n'avait jamais pu avoir. Ses bras se refermèrent maladroitement sur mon dos et, même sans connexion mentale, son émotion était palpable.

— Un avenir brillant t'attend, murmura-t-il. Ne doute pas. Jamais. *Dulce et decorum est pro patria mori.*

La devise des *pugnatum corpus* reflétait tous les sentiments qui me traversaient. Il était effectivement doux et beau de donner sa vie pour la patrie, quel que soit le choix qu'elle ferait pour moi. Je fis de mon mieux pour qu'il ne sente pas ma tristesse. Peine perdue.

— Oui, monsieur.

Ne pas douter.

Même en marchant vers l'inconnu.

Je reculai le premier, et effectuai le salut militaire à deux doigts si spécifique d'Erit. Ses yeux, perdus sous des sourcils trop épais, me scrutèrent sans un mot avant qu'il ne m'ordonne le repos. Mes derniers mots résonnaient dans cette immense salle où il ne restait plus que nous. Tous les autres profitaient déjà de leurs ultimes heures en tant que simples élèves.

— Ostrów, repose-toi un peu. La cérémonie de ce soir risque d'être éprouvante.

Son front se plissa encore plus, comme s'il hésitait à dire autre chose. Finalement, il se contenta de réciter notre devise d'une voix un peu chevrotante.

— *Novum Invenit Pacem.*

— *Novum Invenit Pacem*. Merci, monsieur.

Il me prit alors le bras, avec calme et fermeté.

— Bonne chance, Prym.

Je hochai la tête, conscient qu'il m'avait offert là bien plus que de la chance.

Quand je partis, mes bottes claquaient si fort contre le marbre gris que j'eus l'impression que tout l'Institut m'entendait. L'après-midi avait déjà bien débuté, et les couloirs rouges s'étaient vidés depuis longtemps. Seul le regard bienveillant des portraits du Maréchal me suivait partout où j'allais. Par expérience, je savais que la cafétéria servait encore des repas à cette heure-ci. Je commandai un petit plateau pour moi et pour Joanna, qui ne devait pas encore avoir mangé non plus.

Le *cerebrum*, même inactivé, ronronnait contre mon esprit, rassurant et familier. Ainsi, il m'apprit que Marta, celle qui nous servait les repas, avait mal au dos. Mais aussi que Leon, un camarade qui me salua quand je sortis, était dans un état d'angoisse peu recommandé par nos instructeurs. Ou encore qu'Ola, qui ne disait jamais rien quand j'apportais nos repas à la bibliothèque, n'avait qu'une seule envie : profiter du soleil de mi-mai.

Évidemment, ils perçurent tous ma nervosité.

La bibliothèque du cinquième étage n'en avait plus que le nom – comme toutes celles de l'Institut, d'ailleurs. Cela n'en restait pas moins l'une des pièces les plus impressionnantes du bâtiment. Rien ici ne sentait la poussière ou le vieux papier. Selon mon instructeur en histoire contemporaine, les livres matériels n'avaient plus grand intérêt depuis bien longtemps. Ici, seuls les *domata*, de grandes alcôves transparentes et individuelles, remplissaient les allées. Tous permettaient de connecter son *cerebrum* et de créer un espace de travail personnalisé à trois cent soixante degrés.

Joanna se trouvait dans le premier *doma* d'une allée centrale, minuscule parmi tant de dossiers, d'informations, de données, d'études et de recherches. Ses cheveux dorés, bien qu'attachés pour maintenir ses boucles dociles, étaient la seule couleur de la pièce. Elle marmonnait et avait l'air concentré de quelqu'un jamais rassasié par l'effort. J'hésitai un instant, puis entrai sans bruit dans le *doma*. Elle me jeta un coup d'œil sans s'arrêter de pointer, d'écarter, de jeter ou d'agrandir ses travaux. Après quelques instants, elle réunit l'ensemble de ses dossiers en une petite page qu'elle transféra directement sur son *cerebrum*, et elle se retourna vers moi avec un grand sourire.

— Ça sent les pierogi ! Ils en avaient ce midi ?

— Comme quoi, tu devrais sortir d'ici plus souvent. Ils sont au chou et aux épinards.

Elle s'assit par terre, prit le plateau que je lui tendais. Je me posai en face d'elle, à l'aise dans ce *doma* qui me faisait l'effet d'une bulle. Joanna défit la pince qui retenait ses cheveux pour la replacer aussitôt, puis mangea sans se départir de son sourire. Moi aussi, j'avais pris les ravioles. C'était un plat qui nous rappelait un peu chez nous. Sa mère en cuisinait tout le temps.

Je ne lui demandai pas ce qu'elle était en train de faire avant mon arrivée, elle m'aurait perdu dans toutes ses explications médicales. J'avais arrêté de lui poser la question quand elle s'était spécialisée en tant que *manus protegens*, une future chercheuse en médecine, tandis que j'étais devenu un *pugnatum corpus* pour enseigner le combat, comme Halborn.

— Tu es la seule à continuer de travailler alors que tout est fini, lui fis-je remarquer.

La plupart des dixième année profitaient de leur ultime journée de libre pour se reposer dans les dortoirs ou traîner dans la cour.

— Mes recherches complémentaires, se justifia-t-elle, la bouche pleine. J'y suis presque, tu sais. Même s'il y a des choses que je ne comprends pas vraiment. Ça n'a aucun sens. Et tu es bien le seul à donner des cours supplémentaires avec Halborn, alors où est le mal ?

— Nulle part, c'est juste qu'on ne sait pas s'arrêter.

— C'est bien vrai, rit-elle. D'ailleurs, en parlant de ça…

Je levai les yeux de mon assiette alors qu'elle activait son *cerebrum*. Je la vis taper quelque chose, puis l'envoyer dans le *doma*. Ma reproduction virtuelle en taille réelle apparut alors. J'étais toujours un peu mal à l'aise devant mon reflet. Mon hologramme m'était semblable en tout point : les mêmes petits yeux kaki, des cheveux blond cendré qui venaient juste d'être raccourcis et une ossature aux lignes abruptes. Tout chez moi avait une tendance à être droit et carré, jusqu'à mon visage. Halborn m'avait toujours dit que ma musculature fine s'adaptait à la vitesse, contrairement à la carrure imposante que certains de mes camarades avaient développée. À côté de l'hologramme, s'affichait toute une série de chiffres que je connaissais bien : mes données personnelles.

D'un petit geste, Joanna fit asseoir mon double pour étudier mes informations de son regard attentif, mais bienveillant. Elle manipula l'ensemble de mes données, puis pianota rapidement quelques notes. Ses yeux noisette se plantèrent alors dans les miens.

— Tes muscles sont tendus, tes sucs gastriques sont bien trop acides, il te manque seize heures de sommeil cette semaine, et tu as déjà dépassé le stade deux de la migraine. Qu'est-ce qu'il se passe ?

Je détournai le regard sur mon assiette à peine entamée. Je n'avais rien à dire sur ce sujet, j'étais trop confus pour comprendre cela moi-même, mais elle ne rajouta rien et continua de me fixer dans l'attente d'une réponse. Je la connaissais assez pour savoir qu'elle ne lâcherait pas.

— Jo... Et si j'étais pris ? finis-je par laisser échapper en regardant l'hologramme.

Lui n'avait pas l'air d'avoir peur. Il ne dégageait aucune crainte : juste des chiffres et de la perfection. Peut-être était-ce cela qui me dérangeait tant dans ce reflet ? Ce n'était pas vraiment le mien. Les épaules de Joanna s'affaissèrent un peu, et elle reprit une fourchette de son plat. Si je ne la connaissais pas aussi bien, j'aurais cru voir passer une ombre sur son visage.

— C'est ça qui t'inquiète ? Que tu sois choisi ? Ce serait idiot de leur part, ils perdraient un super professeur.

— Être mobilisé pour la Zone est le plus grand des honneurs, lui rétorquai-je par réflexe. Mais...

Joanna pencha légèrement la tête, attentive. Parler n'était pas mon fort, mais ma meilleure amie m'écoutait toujours avec attention. Et surtout, elle me comprenait. Nous nous connaissions depuis l'enfance, bien avant d'être envoyés à l'Institut. Elle aussi avait toujours fait partie de l'Élite, des cent meilleurs de notre Institut, des dix mille meilleurs du pays. Cette particularité nous donnait l'avantage de choisir notre formation complémentaire, et donc notre métier, mais le revers de la médaille était un poids lourd à porter.

La possibilité d'être envoyés dans la Zone.

Ma voix trahissait cette peur qui m'empêchait de dormir depuis des jours.

— Imagine que je sois choisi et que j'échoue. La victoire est la seule option valable. Ça ne t'inquiète pas, toi ?

— Je ne serai pas choisie, affirma-t-elle en haussant les épaules. C'est là, ma place.

Son bras gauche désigna le *doma* tout entier et m'inclut aussi, ce qui me rassura. Je me surpris même à lui rendre un demi-sourire.

— Prym, continua-t-elle, si c'est là-bas ta place, alors tu iras. Erit choisit, et ses choix sont justes et pleins de sens. Nous allons là où nous serons le plus utiles. Là où nous sommes destinés à aller, quoi qu'il arrive. Je crois en toi. Il faut voir la vérité au-delà de tes peurs, d'accord ?

Ma main attrapa la sienne pour la serrer un instant. Je connaissais Joanna depuis toujours. Quand nous étions enfants, nous fréquentions la même école, et nos mères étaient amies. Elles nous avaient pratiquement élevés ensemble. Joanna avait occupé une place dans chacune des vingt années de mon existence. Ma meilleure amie, peut-être la seule, était un pilier de mon équilibre comme je savais être un pilier du sien.

— D'accord.

— Maintenant, mange un peu.

Comme l'après-midi défilait, on rapporta nos plateaux à la cafétéria, puis on rejoignit chacun notre dortoir pour nous reposer avant la cérémonie. Je me glissai dans mon lit sans me mêler aux messes basses que s'échangeaient les autres sur leurs pronostics des futurs mobilisés. Joanna avait raison. Les choix d'Erit étaient justes et pleins de sens.

Voilà tout ce que j'avais besoin de savoir.

Je cherchais une position confortable sur ce matelas dur et froid, le seul que je connaissais depuis dix ans. Cet endroit me manquerait, comme ma mère et ma maison m'avaient manqué pendant toutes ces années. Pour tenter de m'endormir malgré mon angoisse, je m'imaginai dans le lit de mon enfance, la fenêtre entrouverte, le nez dans les draps qui sentaient la lessive et l'odeur de ma mère.

Cette image paisible me plongea dans le sommeil.

Une douce musique se déversa par le biais de mon *cerebrum*. Quelques secondes me furent nécessaires pour émerger. La cérémonie. Aussitôt, j'ouvris les yeux et me levai. Le ciel se teintait d'ocre et virerait bientôt au noir. Comme tous les garçons de mon dortoir, j'enfilai l'uniforme officiel, en coton gris et aux bandes rouges. Un soleil rouge à huit rayons ornait nos épaules gauches, signe d'une nation renaissante. Notre patrie mère. Mes mains tremblaient de fierté en fermant les boutons dorés un à un, si froids contre mes doigts moites.

J'allais enfin savoir de quoi demain serait fait.

Le calme entre nous était pesant. Les regards que nous échangions, pleins de doute et d'espoir, valaient tous les mots. Nos pas à l'unisson vers la plus grande salle du bâtiment sonnaient et résonnaient comme ceux d'un seul homme. J'oubliai la peur et la pression, et regardai droit devant moi.

On nous avait appris à nous battre jusqu'à la mort et à affronter notre destin, quel qu'il soit. Tous ces principes gravés au fer rouge tourbillonnaient dans mon esprit. Dix ans que je n'avais jamais quitté cet endroit, dix ans que je n'étais jamais retourné chez moi, dix ans que j'avais offerts à ma patrie Erit. Mais je ne regrettais pas, et je savais que j'étais prêt à lui donner le restant de mes jours s'il le fallait. Cette certitude m'apaisa, parce qu'elle était aussi forte et indiscutable que le sol sous mes pieds ; parce que, quoi qu'il advienne, je serais heureux de son choix.

Les chaises et les tables de la Grande Salle avaient été retirées le matin même par les huitième et neuvième années pour y accueillir notre banquet. Les lustres n'avaient jamais autant chatoyé dans la lumière du couchant, et le rouge des murs n'en ressortait que plus profond. Les drapeaux déployés voletaient sous une brise fraîche. La douce odeur de pommes de terre, les différents arômes de soupes et le sucre des babkas et pieguseks me montaient au nez. Je pris une assiette que je remplis à ras bord, et fendis la foule joyeuse des dixième année. Les rumeurs concernant la Zone allaient bon train.

—Apparemment, le choix des mobilisés a été plus dur cette année.

—J'ai même entendu deux instructeurs dire que la sélection allait se limiter à une trentaine d'Instituts.

—Autant dire, un grand déshonneur pour les soixante-dix autres.

—Et tu savais que…

Si notre Institut ne présentait personne, ce qui n'était pas arrivé depuis douze ans, alors l'ensemble de nos dossiers de candidature partirait avec un malus. Mon ventre se noua à l'idée que Joanna puisse perdre un apprentissage haut de gamme à cause de cela. Il nous fallait des mobilisés. Au moins un.

Je m'éloignais en jouant des coudes, quand un éclat de cheveux blonds éclaira la foule. Joanna se retourna en sentant mon *cerebrum* approcher.

—Ah, te voilà !

Son assiette était à peine remplie, et je m'empressai de lui donner une pomme de terre fumante et un peu de chou.

—Arrête, se moqua-t-elle. Tu as deux têtes de plus que moi, alors, ne me donne pas ta part.

—Tu as vu Halborn ? esquivai-je.

—Pas avec tout ce monde, mais il doit être avec les autres instructeurs. Et l'année prochaine, tu seras avec eux.

Je souris à cette idée, et gobai mon plat sous le regard amusé de ma meilleure amie.

— Tu manges trop vite !

— Tu vas me manquer quand tu seras à Telum et que tu révolutionneras la médecine.

— Je passerai te voir de temps en temps pour vérifier que tu ne maltraites pas tes élèves.

Même si je savais au plus profond de moi que nous réaliserions nos rêves et serions précisément à notre place, imaginer ma vie sans elle me donnait l'impression d'être coupé en deux. Mon *cerebrum* exprimait sûrement toute l'ambivalence de mes sentiments, car Joanna posa son assiette près de la mienne et me tendit le petit doigt.

— Faisons une promesse. Même la distance ne pourra pas nous séparer. Nous serons toujours ensemble, quoi qu'il arrive.

J'acquiesçai, un nœud dans la gorge, et mon auriculaire rejoignit le sien.

— C'est promis. Quoi qu'il arrive.

Je n'eus pas le temps d'ajouter autre chose que la lumière des lustres baissa légèrement. Le silence remplaça les conversations joyeuses. Mon *cerebrum* s'activa sans geste de ma part et un visage apparut, comme sur tous les *cerebra* des dixième année du pays.

Mon cœur rata un battement.

L'homme affiché me regardait. Il posait sur moi un regard chaleureux, qui contrastait avec sa puissante mâchoire et ses larges épaules. Ses cheveux de jais, à peine grisonnants sur les côtés, étaient parfaitement peignés. Il arborait un sourire calme, apaisant, celui-là même qui semblait nous observer dans chaque couloir de chaque étage de notre Institut.

Face au Maréchal, toutes les personnes dans la pièce posèrent ce qu'elles avaient dans les mains pour effectuer le salut militaire : l'index et le majeur posés sur le front, les autres doigts fermés en un poing guerrier. Le Maréchal ne nous voyait pas personnellement, mais sa présence m'emplit tout de même de fierté. Icek Stolar, second Maréchal de l'Histoire d'Erit après le père fondateur Dawid Adamowicz, était un véritable dieu pour chacun d'entre nous.

— Repos, mes enfants.

Sa voix résonna directement dans mon crâne par le biais de mon *cerebrum*. Je baissai ma main et tentai de calmer les battements de mon cœur. La salle entière cessa de respirer. Joanna, cachée par le visage du Maréchal, attrapa ma manche du bout des doigts. Malgré ce qu'elle avait pu me dire la veille, l'angoisse qui l'habitait résonnait avec la mienne.

— Quel honneur pour moi de vous voir tous devenus des hommes et des femmes remarquables, commença le Maréchal d'un ton aussi lumineux que ses yeux étaient noirs. Vous avez parcouru un chemin immense depuis votre première année, et vous entrez à présent dans votre vie d'adulte. Erit sait quelle est votre place, parce que ses choix sont justes et pleins de sens.

Mon cœur battait plus fort face à cette vérité rassurante.

— Erit a tant à vous offrir et vous avez tant à lui donner. Erit est un immense système où chacun d'entre vous est utile. Dans quelques minutes, vous deviendrez quelqu'un de neuf, vous aurez un avenir précis, une nouvelle route à suivre. Et peut-être même que certains d'entre vous nous feront l'honneur d'être choisis pour entrer dans la Zone et accomplir la mission qui est la nôtre.

Nous approuvâmes d'un même hochement de tête : être mobilisé pour la Zone était le plus grand des honneurs.

— Vous êtes des citoyens serviteurs d'Erit, ainsi que de cette Nouvelle Europe qui a fait tant d'erreurs par le passé, mais qui a permis à notre nation de se relever de ses cendres et de définir une nouvelle ère. Vous êtes les annonceurs de la paix. De futurs médecins, des chercheurs, des politiciens, des historiens, des commerciaux, des instructeurs et des soldats. Votre avenir se dessine aujourd'hui, à l'instant même où je prononce ces mots.

Il ferma les yeux, comme s'il écoutait la voix de quelqu'un que nous n'entendions pas, et quand il les rouvrit, son air solennel indiqua la fin du suspense.

— Dans quelques secondes, votre nouvelle affectation apparaîtra dans votre *cerebrum* et sera visible de tous. Je vous souhaite à tous bon courage. *Novum Invenit Pacem.*

— *Novum Invenit Pacem*, répondit la foule en cœur.

La paix retrouvée.

La fine bouche du Maréchal s'étira dans un sourire, et la fierté m'envahit. Il était si facile de ne pas douter quand mon âme vibrait à l'unisson avec toutes celles des autres élèves. Leurs angoisses devenaient les miennes. Leurs forces me donnaient plus d'assurance. Leur excitation augmentait mon rythme cardiaque. Je ne faisais plus qu'un avec cette foule d'émotions, et je me sentais déborder de joie à l'idée de faire partie de quelque chose de plus grand que moi.

Le visage du Maréchal disparut, mais mon *cerebrum* resta actif. Autour de nous, les élèves recevaient au fur et à mesure leurs affectations. Elles s'affichaient en lettres rouges devant leurs yeux et au-dessus de leurs têtes. Chacun découvrait quelle était sa place, et les *cerebra* scintillaient de bonheur et résonnaient au plus profond de mes entrailles.

Les choix d'Erit étaient justes et pleins de sens.

Quand mon affectation apparut sous mes yeux, mon souffle se coupa.

Les lettres n'étaient pas rouges, mais brillaient d'un doux doré.

« Prym Ostrów, mobilisé pour la Zone, nouveau matricule : 020068. »

Je relus plusieurs fois cette petite phrase avant de la comprendre totalement.

Les têtes se tournèrent dans ma direction pour observer ces mêmes mots inscrits au-dessus de mon crâne. Joanna relâcha ma manche, et quand je baissai les yeux, je vis en elle mon propre reflet : un visage perdu, une bouche entrouverte, mais silencieuse, et un *cerebrum* qui vibrait de mille questions et de mille émotions différentes. Elle ne m'avait jamais semblé aussi petite, et les lettres au-dessus d'elle apparaissaient à la hauteur de mes yeux.

Elles étaient dorées.

« Joanna Anders, mobilisée pour la Zone, nouveau matricule : 020001. »

Ne pas douter.

Ne pas être faible.

— Prym…

On nous envoyait dans la Zone. Joanna n'irait jamais à Telum et ne terminerait pas sa formation. Je ne resterais pas ici auprès de Halborn en tant qu'instructeur. Je devrais combattre la Chose. Le mythe que l'on m'avait tant conté pendant toute mon enfance allait prendre vie. *Être mobilisé est le plus grand des honneurs*, me répétai-je mentalement pour m'aider à tenir debout.

Notre promesse serait facile à tenir, finalement.

La foule nous observait, ainsi qu'une troisième silhouette surmontée de lettres dorées.

« Wit Sarnowski, mobilisé pour la Zone, nouveau matricule : 020087. »

C'était un *cogitabat animo*, un stratège ; pas l'un des meilleurs de l'Élite, mais mieux classé que moi. Trois mobilisés. Peu d'Instituts pouvaient se targuer d'un tel chiffre.

Dans un même mouvement, le reste de la salle effectua un salut en notre honneur. Malgré la faiblesse soudaine de mes jambes, je m'obligeai à sourire. Parce qu'il le fallait, parce que je devais être fort, ne jamais douter. Malheureusement, quiconque aurait regardé mes données à cet instant aurait vu le désordre monstrueux qui régnait dans ma tête. Il n'y avait plus de haut ni de bas, plus de bonne direction, plus de chemin tout tracé. Je ne savais pas si j'étais honoré, triste, perdu, angoissé, attentif, exalté ou juste surpris.

J'aurais maintenant toute une vie pour y réfléchir.

2

JOANNA

CE QU'ON LAISSE DERRIÈRE SOI

Le cerebrum *est une puce connectée au cerveau et insérée dans la nuque. Il permet de visualiser son niveau de compétence, ses appréciations, ses évolutions ou sa santé physique. C'est devenu notre principal outil de travail. Les* cerebra *nous unissent les uns aux autres. Seuls les mobilisés en sont dépourvus.*
Les secrets tuent la patrie.

Je contemplais dans la plus grande immobilité le personnel s'affairer autour de nous. Le lit d'hôpital sur lequel j'étais allongée n'était pas des plus confortables, d'autant que j'avais dû relever le dossier pour être en position presque assise. Une *manus protegens*, plutôt jeune et au menton saillant, mesurait ma tension. Son appareil compressait mon bras un peu plus à chaque pression de sa main.

J'aurais pu être à sa place.

Prym n'était pas loin, sur un lit semblable au mien, mais avec une autre *manus protegens* tout en rondeurs. Je sentais sa présence dans un recoin de mon esprit, et peut-être que si nous tendions tous les deux un bras, nos doigts se toucheraient. Wit, lui, se trouvait à ma gauche, silencieux comme la mort, lèvres pincées, regard rivé au plafond, mains posées à plat sur le lit.

Le centre de soins sentait les médicaments, les blouses blanches et le désinfectant. Cette odeur me rassurait, me ramenait à qui j'étais vraiment et à ce à quoi je servirais dans la Zone. La pièce ressemblait en tout point à celle où les élèves devaient se rendre une fois par mois pour effectuer les vaccins obligatoires. J'en avais même administré plusieurs fois à des première et à des deuxième année. Mais cette fois, il n'y avait que nous trois, et ce n'était plus moi qui tenais la seringue.

Quatre-vingt-dix-sept autres mobilisés vivaient la même chose. Quelque part.

Je recevais ce vaccin pour la cent vingtième fois en dix ans. J'avais pris la peine de compter quatre ans auparavant, en commençant mes recherches pour l'améliorer. Il avait été développé peu de temps avant le massacre de la Chose, et prévenait d'un nombre considérable de maladies dans le cas où un élève serait mobilisé pour la Zone. Ce vaccin serait essentiel pour notre survie là-bas. *J'y étais presque*, regrettai-je. *J'aurais pu tout changer. Rendre ce vaccin unique. Si seulement…*

Non. Pas de « si » ni de larmoiements.

Le destin en avait décidé autrement.

Les mains gantées de la *manus protegens* attrapèrent mon bras. Elle nettoya mon épaule avec un coton imbibé d'alcool. Quand l'aiguille s'enfonça sous ma peau et que l'infirmière injecta le sérum, je retins une grimace. La sensation était tout sauf agréable, et je serais en état de somnolence pendant un à deux jours. Une fois l'aiguille retirée et les quelques gouttes de sang qui perlaient sur ma peau essuyées, la *manus protegens* pansa mon bras. Elle baissa ensuite le dossier de mon lit et me fit m'allonger sur le ventre, la tête coincée dans un renfoncement adapté.

C'était la seule nouveauté pour moi. Dans la Zone, aucun *cerebrum* n'était autorisé. Erit craignait que la Chose trouve un moyen de s'y connecter et d'entrer dans tout notre système. Pendant que les autres élèves voyaient leurs *cerebra* évoluer, que de nouveaux première année se connectaient et commençaient à vivre dans mon esprit, j'allais disparaître du leur. Le pire, dans tout ça, était de savoir que tous mes travaux allaient m'être confisqués, et me seraient rendus seulement le jour où je reviendrais.

Si je revenais.

— Je vais anesthésier l'arrière de votre cou, m'annonça la *manus protegens*. Vous allez ressentir, malgré tout, un petit inconfort.

Le « petit inconfort » m'arracha une larme, mais je ne fis aucune remarque. Le vide qui suivit fut le plus douloureux. La solitude soudaine me ramena à ma vie d'avant. Voilà dix ans que je n'étais jamais seule avec moi-même, que je partageais chaque seconde de ma vie avec d'autres yeux curieux, et que, moi aussi, je voyais tout. Je n'appartenais plus à l'arc-en-ciel d'émotions qui colorait normalement chaque recoin de mon esprit.

Je ne sentais plus Prym.

Un regard vers lui me suffit pour comprendre que c'était réciproque.

Au moment de me relever, je vacillai, mais gardai l'équilibre. Tout était une question d'habitude. L'adaptation était pour nous comme une seconde nature. Par réflexe, je touchai le bandage qui ornait maintenant mon cou, mais je n'avais pas besoin de mon *cerebrum* pour savoir à quoi pensait Prym. Le doute se peignait sur son visage alors qu'il se rhabillait en silence.

Je voulus lui prendre la main, lui montrer que j'étais avec lui, que tout se passerait bien, mais le Gradé qui se tenait près de la porte nous invita à le suivre. Les couloirs étaient encore vides à cette heure matinale, mais le peu de personnes que nous croisions s'écartaient respectueusement sur notre passage et nous saluaient avec honneur. Dans un geste purement automatique, je tendis la main vers ma pince à cheveux, avant de me rendre compte qu'elle n'était plus là. Encore une partie de moi qui resterait ici à attendre mon retour. Aucun objet personnel n'était admis dans la Zone.

Le Gradé nous introduit dans un salon.

—Veuillez attendre là, nous indiqua-t-il. Nous partons dans une demi-heure.

La pièce était d'une taille modeste, mais confortable. Comme absolument partout ici, chaque parcelle se teintait de mille nuances de rouge et de gris. S'il n'y avait pas eu Prym et Wit dans la pièce, j'aurais presque oublié que d'autres couleurs avaient un jour existé. Sur la table de verre qui trônait au milieu des sofas, on nous avait laissé un copieux petit déjeuner, des mets comme on en voyait rarement à l'Institut : des biscuits à la rhubarbe, un gâteau carmin, des framboises, des fraises, des groseilles, du thé vermeil. Wit se laissa tomber dans l'un des canapés et avala plusieurs biscuits à la suite, ce qui me retourna l'estomac. On ne réagissait décidément pas tous de la même manière au vaccin. Malgré ma répulsion, je pris une poignée de framboises et entrepris de les grignoter.

Pas encore mûres.

Prym, les yeux rougis par une nuit de sommeil inexistante, faisait les cent pas devant la porte, les bras croisés, les sourcils froncés. Je n'osais imaginer les idées qui peuplaient ses pensées… Elles ne devaient pas valoir mieux que les miennes. Ne pas ressentir ses émotions était une véritable souffrance.

Soudain, cet uniforme pourtant familier me compressa et enserra ma gorge. Il me fallait de l'air. Tout de suite. À la place, le martèlement des bottes de Prym emplissait la pièce et couvrait notre silence morose. Bientôt, les battements de mon cœur s'y accordèrent et me plongèrent dans une sorte de transe, si bien que lorsqu'on toqua, je sursautai.

La porte s'ouvrit et laissa apparaître Halborn, qui la referma aussitôt derrière lui. Avant même qu'il ne puisse dire quoi que ce soit, Prym vint l'étreindre. Je ne croisais que très peu Halborn – il n'enseignait pas aux *manus protegens* comme moi –, mais j'étais absolument certaine d'une chose : je ne l'avais jamais vu avec une telle expression sur le visage.

De la terreur.

Wit, qui s'était redressé à son arrivée, recommença à manger quand il comprit que tout ça ne le concernait pas. Contrairement à moi. Je me dirigeai vers eux, intriguée, et posai ma main sur l'épaule de Prym. Des deux, ce n'était pas lui qui tremblait le plus. Halborn me jeta un léger coup d'œil avant de s'écarter et de reprendre consistance. Lui non plus n'avait pas l'air d'avoir beaucoup dormi.

— Ça n'aurait pas dû être vous, dit-il simplement.

À côté de lui et de Prym, j'avais la sensation d'être une enfant. Mon meilleur ami ne le quittait pas des yeux, comme s'il voulait graver son visage dans sa mémoire. Il avait eu la même expression le jour où l'on nous avait emmenés alors que nous avions seulement dix ans, et qu'il avait dû quitter sa mère mourante. Encore un être cher qu'il abandonnait.

Pour la première fois depuis la cérémonie, le masque de concentration de Prym se fendit et révéla sa panique.

— Je ne peux pas tuer la Chose. Tu ne m'as pas formé pour ça… J'étais censé devenir comme toi, entraîner des élèves, pas aller au combat ! Ce n'est pas ma place ni celle de Jo. Ils ont dû se tromper quelque part, il y a sûrement d'autres personnes capables de le faire, mais pas nous ! Ils… ils…

— Les choix d'Erit sont justes et pleins de sens, réussis-je à articuler.

Il le fallait.

Parce que sinon, plus rien n'en aurait.

Le regard qu'il me lança était plein de douleur. Il savait très bien ce à quoi je renonçais – mieux que quiconque –, mais contrairement à lui, j'avais déjà accepté mon sort.

— Tu l'as dit toi-même, m'empressai-je d'ajouter. C'est le plus grand des honneurs.

Ses épaules s'affaissèrent légèrement, et il hocha la tête. Même s'il devait devenir instructeur, Prym avait tout d'un soldat prêt à se battre pour notre patrie. D'un même geste, nous nous tournâmes vers Halborn. Même Wit releva la tête de son repas.

Sous le poids de nos trois regards, l'instructeur avait pris dix ans en une fraction de seconde. Pourtant, quand ses lèvres se rouvrirent, elles ne tremblaient plus.

— Écoutez-moi attentivement. Écoutez-moi comme vous ne m'avez jamais écouté. On ne sait rien de ce qui se passe là-bas depuis dix-neuf ans, même les satellites ne nous donnent rien de concret. Ce qui est sûr, c'est qu'il y a encore des survivants des générations qui vous ont précédés. Vous ne serez pas seuls dans la Zone.

Cette simple idée, pourtant minime, suffit à me redonner un peu d'espoir.

— Restez ensemble, restez groupés. Dès que vous le pouvez, trouvez les mobilisés des anciennes générations. En dix-neuf ans, ils ont dû s'organiser. Les rejoindre sera votre seule chance.

Prym acquiesça gravement. Qu'allions-nous devenir, livrés à nous-mêmes dans cet enfer ? Je cherchai ma pince du bout des doigts, et son absence me frustra.

Ma voix ne flancha pas.

— Et pour la Chose ?

— Ne vous en préoccupez pas.

Cette déclaration ébranla Wit, qui prononça ses premiers mots depuis sa nomination :

— Monsieur, sans vouloir vous offenser, c'est notre mission et notre seul moyen de sortir de la Zone.

Halborn ne lui prêta même pas un regard : il attrapa seulement Prym par les épaules pour mieux lui faire face. Jamais je ne leur avais trouvé autant de ressemblances, comme si un réel lien de sang avait finalement pris le pas sur le lien de cœur.

— Ne t'en préoccupe pas, Prym. Contente-toi de survivre aussi longtemps que possible à l'intérieur. Promets-le-moi.

— Je…

— Promets-le-moi.

Prym se tourna vers moi, chercha un conseil, quelque chose à quoi se raccrocher. Plus aucun *cerebrum* ne reliait nos émotions ; pourtant, je lui transmis toute la force qu'il me restait. J'espérais que cela suffirait.

— Je te le promets.

Ces mots lui coûtaient. Il ne les comprenait pas, mais qu'aurait-il pu dire d'autre ? L'instructeur me fit alors face. Ses yeux avaient rougi, mais pas de fatigue. Il m'observa comme s'il me voyait pour la première fois. Peut-être était-ce le cas, d'ailleurs.

— Prends soin de lui, d'accord ?

Je déglutis, mais ne flanchai pas.

— Vous pouvez compter sur moi, monsieur.

— Bien. Tu es une brave petite.

Il se rapprocha de la sortie, et Prym se tendit, prêt à le retenir. Mais nous savions tous que le temps nous était maintenant compté. Halborn se redressa, et dans un très lent mouvement, il exécuta le salut d'Erit. Le bras droit levé, l'index et le majeur collés et posés sur le front, le reste des doigts repliés en poing. Ce geste était destiné au Maréchal et à tous ceux qui honoraient le pays. Pourtant, ses yeux sombres ne fixaient que nous.

— *Novum Invenit Pacem.*

Nos trois voix répondirent à l'unisson, résonnant encore bien après son départ.

Le régisseur de l'Institut nous attendait dans l'allée centrale, devant un *currus* spécialement affrété pour nous. Le véhicule faisait au moins trente mètres de long et était déjà prêt à partir. Les moustaches du petit homme frétillaient de joie quand il nous tendit la main tour à tour.

— Honorez-nous hors de ces murs. *Novum Invenit Pacem.*

Sa paume était moite, et ses doigts serraient les miens avec force.

— *Novum Invenit Pacem*, monsieur.

Le Gradé qui nous accompagnait nous fit asseoir dans le salon aménagé du *currus*, chacun sur un siège éloigné des autres. Je n'arrivais pas à quitter Prym des yeux, mais je ne pouvais pas me permettre de lui parler en présence d'un représentant de l'armée. Wit, lui, s'était replongé dans son silence.

Mon ventre se serra d'angoisse quand l'Institut s'éloigna. De l'extérieur, j'avais du mal à imaginer qu'il puisse contenir autant de salles et d'habitants. Distraite, je tâtai mon cou. L'endroit était encore douloureux, j'aurais sans aucun doute une petite cicatrice.

Bientôt, les alentours habités de l'Institut laissèrent place à la campagne et aux villes abandonnées. Même si la Chose n'avait détruit que Varsovie, le peuple avait fui, apeuré. Certains lieux avaient été réhabilités par Erit, mais les villages les plus petits furent laissés à l'abandon. Certains d'entre eux étaient occupés par les Fils de Belobog, qui refusaient d'être considérés comme de véritables citoyens d'Erit, et qui mutilaient leurs enfants pour qu'ils ne puissent pas entrer dans un Institut.

La campagne laissa bientôt la place aux forêts, et l'effet du vaccin se fit de plus en plus ressentir. Je bâillai. Mon corps pesait bien lourd, et mon esprit s'enfonçait petit à petit dans des marécages brumeux. Prym ne cessait de battre des paupières et se grattait l'épaule gauche avec insistance.

La douleur arriva assez vite. Elle naquit dans mon épaule et fila immédiatement vers mes doigts. Puis elle remonta doucement vers ma poitrine, jusqu'à atteindre mon cœur pour se diffuser partout ailleurs. La luminosité ambiante me brûlait les yeux, et une migraine germa à l'arrière de mon crâne. Le doux mouvement du *currus* m'incitait à dormir, d'autant que je me sentais nauséeuse. Ma tête se posa contre la vitre fraîche, ma respiration ralentit, et je me laissai sombrer dans l'abîme de mes rêves. Je n'aperçus pas Telum, la plus grande des quatre capitales régionales, vers laquelle on nous emmenait. Pas plus que je ne sentis les Gradés me soulever et me transporter en dehors du *currus*. Le vaccin continuait sa course à travers mon corps, et me laissait dans un état totalement second.

Loin de mes regrets.

J'ouvris les yeux en grand et me redressai d'un coup. J'étais dans une petite chambre spartiate, aux murs, au sol et aux draps d'un gris morne. Mis à part le lit, il n'y avait qu'une table, une chaise, une petite armoire, un lavabo surplombé d'un miroir et un écran sur le mur en face de moi. Tous ternes et froids. Seule la porte d'un rouge flamboyant détonnait un peu. Le lit où l'on m'avait déposée était convenable et la couverture assez douce.

On m'avait retiré l'uniforme de l'Institut, mais un autre m'attendait déjà, accroché dans l'armoire. Je pris le temps d'admirer la qualité du tissu de mon nouvel uniforme. Il était d'un gris mat, plus sombre que celui auquel j'étais accoutumée, plus épais aussi. Des protections supplémentaires avaient été ajoutées aux épaules, aux coudes, aux genoux et sur le torse. Il remontait haut dans le cou, et descendait jusqu'en bas des chevilles et des poignets. À la ceinture, il y avait des encoches, certainement pour pouvoir ranger les *animae* que l'on nous fournirait, même si je n'en aurais pas forcément l'utilité. De larges lanières liaient le tout et s'accrochaient par des boutons-pression.

Je n'avais jamais vu d'aussi belle tenue de combat. La mienne avait la particularité d'avoir au-dessus de la poitrine l'insigne des *manus protegens*, deux mains entrelacées sur un cercle rouge, surplombées par le soleil à huit rayons de notre patrie. N'importe qui dans la zone verrait du premier coup d'œil mes qualités de soigneuse.

Voilà quel serait mon rôle.

Accrochés juste à côté, une chaînette et son médaillon en métal se balançaient. Il s'agissait d'un petit rectangle gris, et non d'un bijou. Dessus, mon prénom, mon nom et mon matricule étaient inscrits en lettres capitales. Sur l'autre face, le symbole des *manus protegens* y était également gravé.

Quelqu'un toqua à la porte.

— Madame Anders, êtes-vous réveillée ?

Je m'empressai d'ouvrir et laissai entrer une *manus protegens*. Elle apportait un plateau-repas avec un semblant de dîner. Mon estomac gronda, et je rougis. Combien de temps avais-je dormi ? Elle posa ma nourriture sur la petite table près de la fenêtre.

— Vous avez meilleure mine qu'hier. Comment vous sentez-vous ?

— Bien.

— Parfait. Mangez un morceau, le Général Borowski va bientôt vous parler par le biais de votre écran. Il va vous expliquer le déroulement de votre départ prochain.

Sans s'arrêter de parler, elle défit le bandage qui enserrait mon cou et enleva également le pansement sur l'épaule. Ses doigts potelés étaient précis et rapides. De chaque côté, entre ses yeux ronds et ses sourcils trop épilés, une petite bosse sous sa peau indiquait qu'elle portait des *oculos*. Ces petits appareils connectés uniquement à la rétine amélioraient sa vue. Je me retins de penser à la première personne que j'avais pu opérer pour en poser.

— Je suis soulagée de voir qu'une jeune femme comme vous va pouvoir représenter les *manus protegens* dans la Zone ! On sous-estime tellement l'aide que vous allez apporter. *Ex Nihilo*.

— *Ex Nihilo*, lui répondis-je en citant la devise de notre spécialité.

— Oh, vos parents vont être si fiers ! J'adore regarder la cérémonie du 20 mai en famille ! Certes, nous ne voyons que votre entrée dans la Zone, mais c'est déjà tellement impressionnant ! C'est vraiment le plus grand des honneurs.

— Mes parents le seront très certainement.

Alors, nous étions déjà le 19 mai ? Ce qui signifiait que j'avais dormi un jour entier. Ce n'était pas si étonnant, compte tenu du vaccin que l'on m'avait administré.

— Je suis venue avec d'autres élèves. Savez-vous si…

— Oh, ne vous inquiétez pas ! me coupa-t-elle. Tous les mobilisés sont dans leur chambre et se réveillent petit à petit. Vous les verrez à votre départ. D'ailleurs, je vous conseille de manger vite et de faire un brin de toilette. Vous n'aurez que peu de temps pour le faire demain matin.

Je la remerciai, et elle me gratifia d'un grand sourire. Elle vérifia une dernière fois que tout était en ordre avant de s'éclipser. J'observai quelques instants mon écran noir avec appréhension, puis je me décidai à manger et à observer la ville. Le pain était merveilleusement bon, mais la soupe avait un peu tiédi. Je n'en profitai pas vraiment, j'étais plutôt émerveillée par la vue.

Telum était la seule des quatre grandes villes améliorées après la chute de Varsovie à être portuaire et à ne border aucune frontière. C'était également la plus au nord du pays, la capitale de la région d'Aquilon, la plus grande d'Erit. De ma position en hauteur, la vue était spectaculaire. Les immeubles, bien plus imposants que l'Institut, poussaient comme des arbres, et la lumière du soleil couchant miroitait sur leurs surfaces vitrées. À leur pied, quelques passants prenaient la peine de marcher, mais la plupart se déplaçaient par le biais des *curcis*, sortes de *currūs* miniatures que l'on pouvait facilement commander avec son *cerebrum*. Ces derniers ne se contentaient pas de flotter à un mètre du sol, mais s'élevaient dans les airs, avec la grâce des abeilles autour d'une ruche. Le plus beau spectacle était cette légère ligne bleue qui m'apparaissait lorsque la circulation ralentissait.

Pour la première fois de ma vie, je pus contempler la mer Baltique.

J'espérais de tout mon cœur que de sa chambre, Prym la voyait aussi.

Je m'apprêtais à toucher du bout des doigts la fenêtre, quand une voix me sortit de mes pensées.

— Retransmission du Général Borowski dans dix minutes.

Il n'était plus l'heure de rêver. Je terminai en deux bouchées mon pain, et avalai d'un coup ma soupe. Tout aussi rapidement, je passai mon visage sous l'eau et me débrouillai comme je pus pour nettoyer le reste de mon corps. Face à mon armoire encore ouverte, j'eus un doute. Devais-je rester dans cette tenue, ou le Général aurait-il accès à nos caméras ?

Dans le doute, je préférai être trop prudente. Enfiler l'uniforme s'avéra une opération difficile. Je ne savais pas où placer telle ou telle bande, et dus m'y reprendre à deux fois avant de réussir à le mettre. Comme je le craignais, le col m'enserrait le cou et réveilla mon côté un peu claustrophobe. Je n'avais pas fini de lacer mes bottes quand l'écran s'alluma. Je me levai d'un coup sec et tendis les deux doigts sur mon front, juste au cas où.

— Bonjour à tous et à toutes.

J'avais déjà pu observer certains discours de Bartłomiej Borowski, et reconnus sans peine son visage en diamant, ses cheveux blancs pratiquement rasés et son regard bleu polaire. Si le Maréchal était vénéré de la patrie, le Général, chargé de la Zone, me faisait toujours frissonner.

— L'heure n'est pas encore au discours d'encouragement. Je suis ici pour vous annoncer que vous partirez demain à 4 h 30, et arriverez à la Zone en fin de matinée. Je vous veux prêts, en uniforme et avec votre matricule, à 4 heures tapantes. C'est tout pour le moment. Repos.

L'écran s'éteignit et la tension qui m'habitait redescendit. Le moniteur de ma chambre indiquait seulement 19 heures. Bien. Encore neuf heures devant moi. Penaude, je défis mon uniforme en prenant soin de mémoriser mes gestes. *Au moins, ce sera plus facile demain matin*, positivai-je.

Cette fois, je pris le temps d'observer mon reflet dans le miroir au-dessus du lavabo. Le pyjama qu'ils m'avaient fourni était bien trop grand pour moi, mes traits tirés trahissaient la fatigue pesante causée par le vaccin, et mes boucles formaient des nœuds dans le creux de mon cou, juste au-dessus de la cicatrice laissée par mon *cerebrum*. Mes doigts effleurèrent la petite boursouflure rouge qui deviendrait bientôt une fine ligne rose.

Ma main se mit à trembler, et je m'appuyai contre le lavabo. Deux yeux noisette me dévisageaient avec détermination, ainsi qu'avec une pointe de frayeur.

— Les choix d'Erit sont justes et pleins de sens, articulai-je. Je serai utile dans la Zone. Je sauverai des vies. Je protégerai Prym. Parce que c'est là, ma place. *Ex Nihilo.*

Mon reflet ne me répondit pas, mais le trouble qui l'habitait reflua. Parfait. Enfin, presque. Je revins vers l'armoire, attrapai la chaînette pourvue de la plaque avec mon matricule, et la passai autour de mon cou. Cette fois, la jeune femme du reflet me parut stable, réelle.

J'adressai un dernier regard au miroir, avant de m'allonger et de me blottir contre l'oreiller, une main sur ma cicatrice encore fraîche, l'autre tenant fermement ce petit bout de métal qui résumait maintenant mon identité.

Matricule 020001.

DEUXIÈME PARTIE

DERRIÈRE LE MUR

MEMORIAE

La fille de Narcyz lui manque. Il a raté son anniversaire.
De nous trois, c'est le seul à avoir de la famille. Grażyna est mariée, mais sans enfants. Quant à moi, ma relation avec Oliwka est trop incertaine pour me causer du souci. Un jour peut-être, quand ce sera plus sérieux, je…
Non.
Ma seule famille, c'est Arma Massa Interitum.
J'aime prendre le temps de lui parler, de tisser un lien avec elle.
Elle m'écoute, docile et attentive à mes moindres mots.
Elle ne comprend que moi.
De toute façon, Grażyna et Narcyz ne sont pas intéressés par cet aspect-là.
Narcyz en aime déjà d'autres.
Grażyna a peur.
Excepté qu'il n'y a aucune raison d'avoir peur.
Et puis, Arma Massa Interitum devient nerveuse quand les gens le sont autour d'elle.
Elle ne comprend que moi.
Et elle n'aime que moi.
Parce que je la comprends.
Et que je l'aime aussi.

3

EDWARD

LES PORTES

Dulce et decorum est pro patria mori.
Il est doux et beau de mourir pour la patrie.
Devise des pugnatum corpus.

Derrière son immense Mur, la Zone me faisait face. Mon cœur battait si fort que je crus un instant que j'allais m'évanouir. *Ne vomis pas, ne vomis pas, fais bonne impression, ça va bien se passer*, ne cessais-je de me répéter. Mais une autre voix me martelait le crâne. *Qu'est-ce que tu fous là ? Tu ne vas même pas tenir deux minutes là-dedans.* Par le Maréchal ! Plus j'y pensais, plus cette dernière prenait de l'ampleur.

Le Mur qui entourait la Zone, faite de carbyne, l'un des matériaux les plus solides sur terre, était d'un gris mat, sombre, qui absorbait toute la lumière et toute la chaleur du lieu. Cette muraille devait presque atteindre les quatre cents mètres de haut et me surplombait largement, mais elle n'était pas la seule. Des cent mobilisés à peine descendus du *currus*, je devais être l'un des plus petits, ce qui n'était pas vraiment une surprise. *Mauviette*, railla la voix. Je déglutis, puis rassemblai le peu de fierté qu'il me restait pour me redresser, même si je savais que les caméras postées derrière nous se contentaient la plupart du temps de nous filmer de dos.

Elles ne verraient pas ma terreur.

Tout paraissait si calme. Rien ne laissait deviner l'horreur ou les combats à l'intérieur, ce qui m'effrayait encore plus. Personne ne m'entendrait hurler quand je mourrais.

Le vent faisait voltiger les feuilles autour de nous dans un bruissement à peine perceptible. Le silence pouvait être violent. Et celui qui régnait parmi nous, alors que les portes de la Zone allaient bientôt s'ouvrir, l'était. Figés dans notre uniforme gris, une *anima* accrochée à notre ceinture et autour du cou notre matricule, nous ressemblions à des poupées de cire. Je n'osais pas trop regarder les autres, de peur de ne pas y lire la même angoisse qui pulsait dans mes veines. *Lâche. Tu déshonores ta patrie.*

Malgré la lumière jaunâtre du petit matin qui m'éblouissait, j'aperçus très nettement le Général Borowski et quelques Gradés grimper sur des *currūs*. Le Général était bien plus impressionnant en vrai que ce que j'avais pu imaginer, et j'eus une soudaine envie de disparaître. D'un geste de la main, Borowski activa son *cerebrum* et augmenta le son de sa voix, pour que tous puissent entendre ses derniers mots. Alors qu'il faisait craquer les os de son cou, les Gradés nous ordonnèrent le calme. Puis, après nous avoir donné l'impression de nous avoir tous regardés dans le blanc des yeux, il brisa le silence :

—Jeunes gens, commença-t-il d'une voix rauque en plaçant ses mains derrière son dos. Félicitations, votre heure de gloire est arrivée. Que le Maréchal soit témoin de votre bravoure. Vous êtes les héros et héroïnes de cette nation, nos élus, nos sauveurs, nos sacrifiés. Soyez-en honorés. À mon sens, il n'y a pas meilleure mort que celle que l'on offre à son pays.

La foule acquiesça dans un même mouvement, alors que je déglutissais. La brise caressait nos visages d'une manière presque trop délicate, qui contrastait avec la violence de ces lieux. Le Mur me faisait froid dans le dos. La certitude que je ne rentrerais jamais chez moi creusait un vide profond dans mon estomac.

— Maintenant, c'est à votre tour de rendre fière votre patrie et de l'honorer aux yeux du monde.

Il glissa quelques mots à l'un de ses subordonnés, qui actionna l'ouverture des immenses portes. Le sol trembla jusque sous mes pieds, et la stupéfaction me coupa le souffle. Borowski, avec sa chevelure grisonnante et son uniforme immaculé, ne prit même pas la peine de se retourner et continua comme si de rien n'était.

— Soyez celui ou celle qui fera la différence, qui sauvera le monde de son plus grand péché et libérera Erit des sanctions internationales. Devenez notre libérateur.

Moi, je ne pouvais détacher mes yeux de ces portes qui soulevaient dans leur mouvement une quantité impressionnante de poussière noire. Tout ça dans un bruit sinistre qui me couvrit de chair de poule.

— Vous avez le pouvoir de faire en sorte que l'année prochaine, le 20 mai, la vingt et unième génération ne franchisse pas ces portes, et que jamais plus je n'aie à dire ces mots. Vous pouvez les sauver, nous sauver tous. Vous êtes l'Élite. Vous êtes des Eritiens. Vous êtes l'avenir.

Dans mon dos, mes poings se serrèrent alors que l'ouverture laissait entrevoir l'intérieur d'une alcôve déserte. En son fond, d'autres portes immenses attendaient, fermées. Un sas. Un moyen sûr pour que rien ni personne ne s'échappe de la Zone, pas même nous.

Je ne sortirais jamais de cet endroit ; en tout cas, pas vivant. C'était une certitude.

— Laissez-moi vous donner un conseil : l'enfer vous attend, et il ne sera tendre avec personne. Si vous voulez survivre, ne comptez que sur vous-même. Soyez le plus intelligent, le plus fort, le plus rapide, le plus résistant. Soyez des soldats. Domptez vos peurs ou laissez-les vous engloutir. Domptez les autres ou laissez-les vous écraser. Domptez la Chose ou laissez-la vous anéantir.

Une fois totalement ouvertes, les portes émirent un drôle de grincement. La panique enfla dans ma poitrine quand je compris qu'il était l'heure. Nous allions être livrés à nous-mêmes, sans aide extérieure, sans moyens de communication, sans espoir de ressortir un jour, sauf si quelqu'un parvenait à détruire la Chose.

— *Novum Invenit Pacem.*

Les Gradés se placèrent tout autour de nous et nous firent avancer. Le Général descendit de sa scène improvisée, calme et maître de lui-même. Il grimpa ensuite dans l'un des *currūs* et fit s'écarter les Gradés de notre chemin. Je l'observai s'éloigner, et entrai dans l'alcôve, assez grande pour nous contenir tous. Derrière nous, d'autres Gradés poussaient des caissons, remplis sans aucun doute d'*animae* pour nous, mais aussi pour réapprovisionner les anciennes générations à l'intérieur de la Zone. S'il restait quelqu'un de vivant. Puis ils reculèrent, et l'un d'entre eux ordonna la fermeture des portes.

Alors que notre vision du monde extérieur diminuait de plus en plus, mes peurs revinrent à la charge et me tordirent les tripes. *Tu vas crever dans cette prison dont personne ne peut s'échapper. Tu vas crever parce que tu es faible. Tu vas crever parce que tu n'aurais jamais dû te trouver là. Tu vas crever.* Les portes claquèrent dans un bruit sourd, et une violente bourrasque projeta de la poussière dans mes yeux.

Comme un seul homme, nos cent visages se tournèrent de l'autre côté pour faire face aux secondes portes. Une minute entière s'écoula avant qu'elles ne commencent à bouger vers l'intérieur de la Zone. Une terrible minute pendant laquelle personne n'osa prononcer un mot, et où la voix dans ma tête enfla au point de me déchirer les tympans. *Tu vas crever. Tu vas crever. Tu vas crever.*

La première ligne de mobilisés n'attendit pas que les portes s'ouvrent totalement, et s'engouffra dans la fente de lumière. J'étais trop petit pour voir au-dessus des autres, mais le gonflement des murmures me parvint très nettement. Bientôt, je fus emporté par le mouvement de foule et ne pus faire autrement qu'aligner les pas les uns après les autres. Les portes finirent de s'ouvrir, puis s'immobilisèrent contre la paroi interne du Mur.

Voilà, c'était fait.

J'étais dans la Zone.

Je venais de changer d'univers et n'avais plus aucun moyen de revenir sur mes pas.

Le soleil n'avait pas encore dépassé la hauteur de la paroi, si bien que la ville confinée était encore plongée dans l'ombre, malgré le ciel bleu qui la surplombait. Varsovie était telle que je l'avais vue dans les clichés en cours d'Histoire, et en même temps, méconnaissable. D'anciennes civilisations, elle avait les mélanges d'architecture, du style gothique au réalisme socialiste, sans oublier ses tours plus modernes, au centre de la Zone.

Cependant, l'empreinte laissée par ces vingt et une dernières années d'abandon me retourna l'estomac. De nombreuses crevasses zébraient la route et le bitume disparaissait à certains endroits. Les carcasses de voitures, vidées de tous leurs équipements et en partie brûlées, jonchaient les trottoirs ou reposaient, sur le toit, au beau milieu des carrefours.

Mais il n'y avait pas qu'elles. C'était comme si les Varsoviens avaient été stoppés dans leur fuite par une éruption volcanique.

Çà et là, de vieux téléphones, des chaussures, et même quelques jouets, ce qui me rendait particulièrement malade, avaient été abandonnés à leur sort et attendaient toujours le retour de leurs propriétaires. Peut-être qu'ils avaient été tués quelques mètres plus loin.

Et enfin, la végétation. Varsovie n'arborait plus que trois couleurs : le gris de la saleté, le rouge sombre du sang incrusté et le vert profond des plantes qui recouvraient chaque mur et bondissaient vers le ciel en signe de défi. Cette nature envahissante était plus sauvage et féroce que celle, habituelle, de notre climat continental.

Quelqu'un me bouscula, ce qui me tira de ma rêverie, et j'avançai de quelques pas, tout en faisant attention à ne pas mettre les pieds dans une crevasse. Les murmures dans nos rangs prenaient de plus en plus d'ampleur, mais, en relevant la tête, je me rendis compte du silence ambiant. Il me fallut quelques secondes de plus pour comprendre.

Il n'y avait personne pour nous accueillir.

L'angoisse me fit tituber, et je dus m'écarter pour laisser passer les derniers mobilisés qui tiraient avec eux les caissons. Une minute supplémentaire s'écoula, durant laquelle nous restâmes abasourdis devant ce spectacle. *Cette ville sera ton tombeau.* J'eus une vague pensée pour mon frère et mes sœurs. *Tobiasz, Maria, Elena… Savez-vous au moins où je me trouve ?*

Oui, ils le savaient et c'était presque pire.

— Hé, tout le monde !

La voix sortie de nulle part me fit sursauter, et dans un réflexe un peu bête, je posai ma main sur l'*anima* accrochée à ma ceinture avant de me rappeler que 1/ je n'avais pas enlevé la lanière de protection qui la retenait ; 2/ je n'étais capable de viser correctement une cible en mouvement qu'une fois sur cinq, ce n'était pas ma formation ; et 3/ la voix était parfaitement humaine.

Une poignée de secondes plus tard, un jeune homme grimpa sur l'un des caissons. Il avait un nez pointu et de tout petits yeux, mais il respirait la confiance en lui. Pour les avoir détestés durant des années pour leurs remarques acerbes et leur autosuffisance, mon instinct reconnut sans mal l'attitude d'un *cogitabat animo*, sans avoir à vérifier le symbole de sa spécialité incrusté sur la face arrière de son matricule.

Le stratège qui nous toisait à présent ne m'inspirait pas plus de sympathie.

— Écoutez-moi tous ! Je suis Lech Molski, matricule 020059. Je vous propose d'avancer à la rencontre des autres générations. Attendons un peu avant d'éparpiller tout notre matériel, ne distribuons pas les *animae* en surplus, et contentons-nous de celles que nous avons. Des niveaux un devraient largement suffire pour le moment.

Sa voix était un peu nasillarde, mais c'était la seule à s'élever dans les rangs. Bêtement, je jetai un coup d'œil au boîtier à ma ceinture. À peine plus grand que ma main, il était difficile d'imaginer que ce petit rectangle noir pouvait s'étirer et se transformer en arme. La fine ligne blanche qui illuminait son centre était coupée par un unique cercle. Effectivement, mon *anima* était bien de catégorie une, je me sentis bête de ne pas avoir vérifié. D'après le niveau de remplissage du cercle, la batterie était pleine.

Je sortis l'arme de son encoche. Le petit boîtier paraissait bien inoffensif ainsi, mais il suffirait d'une simple pression de ma main pour qu'il prenne l'apparence d'une dague. J'appuyai de nouveau, et il se changea en un pistolet automatique. Je ne pus m'empêcher d'observer les caissons remplis d'*animae* de catégories supérieures, avec des armes blanches plus imposantes et des armes à feu de plus gros calibres.

Le *cogitabat animo*, Lech, sauta de son caisson et ouvrit la marche. D'autres *cogitabat animo* et *pugnatum corpus* le suivirent, et je n'eus d'autre choix que de marcher dans la même direction. Comment pouvaient-ils savoir où nous devions aller ? Et si nous étions réellement seuls ? L'idée de ces dix-neuf générations éteintes et de notre solitude dans cette ville fantôme me fit paniquer.

J'eus soudain cette image de la Chose se jetant sur nous alors que nous avancions sur la route principale, avec un simple pistolet pour nous défendre. Qu'avait donc pu ressentir la première génération, abandonnée à son sort avec un monstre ? Je pouvais désormais l'imaginer.

Arrivés à une sorte de croisement délabré, notre chef improvisé choisit de se diriger vers le nord, croyant en sa chance. Le sol tremblait sous le bruit de nos pas. Partout autour de nous, en plus des arbres étranges qui prenaient racine dans les murs des maisons et dans le bitume, des milliers de fleurs dorées envahissaient chaque recoin disponible et diffusaient une odeur aussi douce qu'épicée. J'étais à peu près sûr qu'il s'agissait de lys avec leurs six pétales, mais leur jaune était trop vif. La curiosité me poussait à en ramasser un, mais je n'osai pas quitter les rangs. Pourtant, il m'aurait suffi de me rapprocher juste un peu, de tendre la main et…

—À couvert ! hurla une voix juste derrière moi.

—Hein ? murmurai-je en relevant la tête.

Je n'eus pas le temps de bouger que le monde sombra dans le chaos.

Une balle se figea dans le mur près de moi et fit exploser les lys dorés. Je retins un cri, reculai et me pris les pieds dans un obstacle mou. Ma tête heurta le bitume et une horrible douleur me paralysa entièrement. Je croassai, me mordis la langue, et un goût de fer m'envahit le palais. Les autres mobilisés s'éparpillaient et me marchaient dessus. Ma vision devint noire, et un liquide chaud ruissela dans mes cheveux. Aveugle, je voulus me relever, mais dus me rallonger pour ne pas vomir, les mains sur la tête pour éviter de me faire piétiner.

Une balle siffla près de mon oreille et me tira de ma torpeur. *Lève-toi ! Lève-toi !* J'entrouvris les paupières. Des points lumineux dansaient sous mes yeux, et je dus attendre quelques secondes supplémentaires pour me mettre à genoux, difficilement, l'obstacle mou retenant toujours mon pied. Je me tournai, prêt à m'extirper, puis je me figeai, horrifié, en croisant le regard vitreux du cadavre sur lequel j'avais trébuché. Un mobilisé qui avait franchi les portes juste avant moi, et qui avait maintenant une balle logée dans le cou.

Cette fois, je vomis. *Mais qu'est-ce qu'il se passe, bordel ?* En m'essuyant le visage, j'aperçus mes mains couvertes de sang. Mes doigts tâtonnèrent l'arrière de mon crâne et revinrent poisseux.

— Par le Maréchal ! jurai-je. Putain de merde !

— Reste pas là, toi ! m'incita un mobilisé en m'aidant à me relever.

Je crus que mes jambes ne pourraient pas me soutenir, mais je réussis à le suivre sur quelques mètres. Il courait vite, se faufilait à travers les carcasses des voitures et sautait au-dessus des cadavres des autres mobilisés. Il y en avait trop pour que je puisse les compter, et je me contentai de les éviter du mieux que je pouvais.

Celui qui m'entraînait à sa suite s'arrêta devant une maison mitoyenne, et après avoir tenté d'ouvrir la poignée, il la roua de coups de pied. Avant qu'il ne réussisse, une balle l'atteignit dans le creux du cou et son sang m'éclaboussa le visage. Je hurlai :

— MERDE !

Dans un bête réflexe de survie, je me jetai de nouveau au sol. Mes doigts pleins de sang mirent un temps fou à décrocher mon *anima* qui, en deux pressions de paume, prit son apparence de pistolet automatique. Les yeux exorbités de terreur, j'aperçus au coin de la rue celui qui me tenait en joue.

Par bien des aspects, c'était un homme tout ce qu'il y avait de plus normal : certainement un mobilisé d'une ancienne génération, avec un uniforme similaire au mien, une *anima* de catégorie deux, et un matricule qui tintait à chaque pas qui le rapprochait de moi. Mais je n'arrivais pas à discerner ses traits. En fait, je ne pouvais pas. L'ensemble de son corps, chaque parcelle de peau découverte, le moindre morceau de tissu, tout était recouvert d'une matière gris pâle. De la poussière? *Non, ce n'est pas ça. C'est de la cendre.*

— Pourquoi tu fais ça? demandai-je d'une voix tremblante.

Dans un geignement craintif, j'appuyai sur la détente, et la balle lui effleura le bras. Il ne s'arrêta pas. Plus que vingt mètres. Des sanglots me prirent à la gorge.

— Laisse-moi...

Je tirai trois nouvelles munitions et je l'atteignis deux fois au ventre. Il tiqua à peine et appuya sur la détente. J'eus tout juste le temps de rouler sur moi-même pour éviter son tir mortel. Dans un sursaut d'adrénaline, je me relevai en un bond et me remis à le canarder. Une balle lui érafla le cou. Plus que dix mètres. Mon cœur allait exploser.

— Laisse-moi!

J'évitai une salve, mais il continuait d'avancer droit vers moi, sereinement. Une nouvelle balle lui perfora la poitrine et le fit reculer de plusieurs pas. Il ne prit même pas le temps de la regarder. Plus que cinq mètres.

— Crève!

Un hurlement monta dans ma poitrine. Au bout d'un énième tir, l'une de mes balles explosa son arcade sourcilière et sortit par l'autre côté de son crâne. Il fronça les sourcils, et s'effondra enfin. Je faillis faire de même, avant de me souvenir qu'il n'était certainement pas l'unique assaillant. Le bruit continu des tirs en attestait.

Barre-toi d'ici. Mais pour aller où? Me cacher seul, blessé et à la portée de la Chose? Deux autres mobilisés de la vingtième génération furent abattus à quelques mètres de moi, et un groupe de soldats couverts de cendre apparurent. *Barre-toi d'ici maintenant!*

Je me mis à courir comme je n'avais jamais couru dans ma vie. Mon cerveau ne contrôlait rien. Seules mes jambes s'élançaient à travers les combats, contournaient les obstacles, sautaient au-dessus des cadavres et m'évitaient de me prendre une balle dans le dos. Excepté que je ne savais pas où me diriger, et que j'atterris sans le vouloir dans une zone de combat plus intense encore.

En voulant faire demi-tour, je manquai de percuter quelqu'un et m'immobilisai à la dernière seconde, mon *anima* fermement pointée sur lui. Mon ventre se contracta quand je vis qu'il n'était pas couvert de cendre. C'était un vingtième, comme moi, un grand blond qui me regardait avec des yeux surpris. Il tenait dans les bras une jeune femme, dont la jambe saignait. Malgré sa blessure, elle affichait un calme qui me stupéfia. Son uniforme portait le symbole des *manus protegens*: deux mains entrelacées sur un cercle rouge. Une spécialiste de la médecine.

—Attends..., commença son porteur.

Je tirai avant qu'ils ne puissent m'arrêter. Le soldat plein de cendre qui approchait derrière eux prit ma balle dans la joue, et j'eus un haut-le-cœur. Le vingtième fit mine de partir, mais je l'arrêtai d'un geste.

—Tu ne vas pas pouvoir aller bien loin avec elle.

Le blond pencha la tête, incertain. Peut-être me considérait-il comme un poids mort? J'étais petit, maigre et tremblais de tout mon corps. Pourtant, il me fallait à tout prix les accompagner, parce que ma tête continuait de saigner et que je ne voulais pas me retrouver seul dans cet enfer.

Un groupe de soldats ennemis nous repéra. Je me tendis.

—Je peux t'aider à la porter.

Il fronça les sourcils, mais aperçut à son tour ceux qui arrivaient. Il finit par acquiescer.

— D'accord, prends ses jambes !

La jeune femme gémit légèrement quand je la soulevai. La différence de taille entre le blond et moi rendait tous mes efforts presque comiques, mais il ne fit aucun commentaire et se contenta de prendre son amie par les épaules. Il m'indiqua du doigt une petite rue cinquante mètres plus loin, l'une des rares où il n'y avait personne. D'un même mouvement, on s'élança, fendant la foule, sautant au-dessus des corps et évitant les coups qui venaient de partout.

Courir en portant quelqu'un sans lâcher mon *anima* se révéla éprouvant. La route, fracturée à plusieurs endroits, rendait notre progression difficile, et la douleur à l'arrière de mon crâne pulsait. Je lançai un furtif coup d'œil en arrière, et ne fus qu'à moitié soulagé de ne voir personne à nos trousses.

— Continue d'avancer, m'ordonna le blond d'une voix calme.

J'étais trop essoufflé pour pouvoir lui répondre, alors je me contentai d'un grognement. Malgré sa blessure et les multiples à-coups de notre avancée, la *manus protegens* ne prononça pas un mot. Ses grands yeux noisette fixaient l'horizon, légèrement rougis, et seule sa mâchoire contractée trahissait sa douleur. Je n'osai pas regarder sa jambe de peur de ne pas savoir retenir un haut-le-cœur, mais l'odeur du sang me prenait de plus en plus le nez. Le blond, lui, ne cessait d'y jeter de rapides regards, et sa mine s'assombrissait chaque fois un peu plus. Chacun de ses pas avalait des montagnes, et je devais en faire deux pour tenir son rythme.

Puis, au bout d'une éternité, la *manus protegens* laissa échapper un soupir plaintif.

— Arrêtez-vous, dit-elle sans desserrer la mâchoire. Si on continue comme ça, vous allez transporter un cadavre.

Le blond se mordit les lèvres, et après avoir observé d'un œil critique les alentours, il hocha la tête et déposa la *manus protegens* au sol avec précaution. La main de cette dernière tremblait pendant qu'elle fouillait dans une petite sacoche, que je ne possédais pas, autour de sa taille.

Je me risquai à regarder sa jambe, et dus aussitôt me détourner pour masquer mon dégoût. Sa chair avait explosé par endroits. Des perles de sueur luisirent sur son front quand elle attrapa la main de son compagnon.

— La balle a fait une pénétration à vue d'œil sans toucher l'artère principale. Il va falloir que tu le fasses ; c'est l'arrière de mon mollet, je ne le vois pas assez bien.

Un immense soulagement me traversa quand je compris que ce ne serait pas à moi de faire ça. Le blond se contenta de déglutir et afficha un air grave.

— D'accord, mais tu vas devoir me guider.

Je fis mine de m'éloigner un peu pour monter la garde, mais je pouvais entendre la voix de la *manus protegens*, ronde et chaude malgré la douleur.

— On ne peut pas faire grand-chose pour le moment. Mon fémur a arrêté rapidement la balle, donc tu vas pouvoir la sortir avant qu'elle n'infecte le reste de mes tissus. On va utiliser ma gourde d'eau pour nettoyer la plaie et après la panser, en espérant que l'on tombe sur d'autres générations avec un peu plus de matériel que nous.

Pendant que son ami obtempérait, je pris quelques secondes pour essayer de comprendre ce qu'il venait de nous arriver. Les images paraissaient déjà floues dans mon esprit. Avant nous, dix-neuf générations, soit mille neuf cents personnes, étaient entrées dans la Zone pour ne jamais en ressortir.

Ceux qui nous avaient assaillis, malgré leurs visages couverts de cendre, ne pouvaient qu'en faire partie. Des mobilisés, comme nous. Étaient-ils les derniers survivants de la Zone ? Si c'était ça, pourquoi nous avoir attaqués ? Rien de tout cela n'avait de sens.

Le blond me sortit de mes pensées en serrant si fort le bandage sur son amie qu'il en fit tinter le matricule autour de son cou, laissant entrevoir au passage la gravure d'un bouclier rouge, surmonté d'un masque de guerre. Un *pugnatum corpus*.

— Il faut qu'on se remette en marche. Cherchons un endroit pour nous poser et réfléchir à la suite.

Il hissa la *manus protegens* sur son dos, et m'indiqua mon *anima* d'un coup de menton.

— Garde-la activée, on ne sait jamais.

Je fis de mon mieux pour cacher mon effroi.

Malgré l'angoisse que m'inspirait mon arme dynamique, devenue pistolet, je marchais déjà beaucoup mieux sans aucun poids à porter, et l'on put accélérer. Ma tête me lançait, et par deux fois, je manquai de trébucher et de m'étaler sur l'asphalte. Le soleil avait dépassé depuis longtemps son point culminant. La température en cette fin mai était douce, mais le vent encore froid me giflait les joues et les yeux.

Finalement, le blond s'arrêta dans un quartier plus résidentiel, et choisit une maison mitoyenne comprenant un rez-de-chaussée et un étage. Y entrer ne fut pas un problème, les serrures avaient été fracturées depuis bien longtemps.

L'endroit était sombre et poussiéreux, l'odeur de renfermé nous prit au nez, mais quelques meubles tenaient toujours debout. Il déposa son amie sur un canapé vert sapin, ce qui souleva un nuage de particules fines.

Je croisai les bras, l'air était glacial ici. Après avoir poussé un profond soupir, le blond se tourna vers moi.

— Quelle est ta spécialité ?

Malgré ma peau sombre, je me sentis rougir de honte. La face visible de ma plaque ne présentait que mon nom et mon matricule, mais le symbole gravé à l'arrière me brûlait la peau : un livre ouvert, surplombé par deux balances rouges et notre soleil à huit rayons.

— Eh bien… je suis un *memoria eruditissimo.* Je suivais une formation en langues pour devenir diplomate.

Il arqua un sourcil, étonné, et la *manus protegens* retint un sourire. Je me tortillai sur place. *Pas vraiment la compétence la plus utile pour survivre.*

— Mais être *pugnatum corpus* était mon second choix ! mentis-je. Je me débrouille bien pour me battre.

En vérité, je l'avais mis en dernière position, en espérant ne pas tomber non plus sur *manus protegens.* Le sang me faisait horreur.

— Parfait. Allons vérifier la maison, alors.

Il activa son *anima* et se mit à fouiller la pièce. Je me contentai de l'imiter maladroitement. Il n'y avait plus rien dans les placards, ni nourriture, ni eau, et encore moins des médicaments contre la douleur, et je pouvais affirmer sans me tromper que les anciens propriétaires n'avaient pas un sens pointu de la décoration d'intérieur.

Chaque fois que l'on entrait dans une pièce ou que le blond ouvrait un tiroir, je ne pouvais m'empêcher de sursauter. Je revins dans le salon, dépité, et me pris les pieds dans le tapis. Seule la présence d'une commode délabrée sauva le reste de ma dignité. La tête que je tirais fit rire la *manus protegens*, et ce simple son me détendit. Un peu.

Son visage était parsemé de taches de rousseur, et le sang trempait ses cheveux blonds délicatement bouclés. Elle m'accorda un doux sourire.

— Tu t'en sors bien. Tu sais, tu nous as sauvé la vie tout à l'heure.

Le soulagement s'empara de moi, et je me grattai rapidement la tête.

— Oh, de rien ! De toute façon, je n'aurais pas pu survivre très longtemps tout seul.

J'eus un petit rire nerveux.

— Au fait, je m'appelle Edward Okonek, ou Ed, c'est comme vous voulez.

Le blond, qui revenait tout juste du rez-de-chaussée, me tapota l'épaule. Il avait un sourire bienveillant, bien que très léger, et quand il me tendit sa main, je la pris sans attendre.

— Ed, ça me paraît bien. Prym Ostrów et Joanna Anders.

Joanna me fit un clin d'œil, et positionna correctement son pied entre deux coussins du canapé.

— Merci pour ton aide. Sans toi, ça aurait été compliqué pour nous deux, avec ma jambe dans cet état.

Une nouvelle fois, je sentis mes joues s'échauffer. J'allais ajouter quelque chose, mais un bruit retentit, comme si un objet lourd était tombé. Le visage de Prym se ferma aussitôt et il dégaina son *anima* qu'il activa en une demi-seconde. Un *pugnatum corpus*. Même sans la vision de son symbole, c'était l'évidence même.

Joanna, attentive, nous indiqua l'étage d'un geste de la main. Je calmai ma respiration et tentai de ralentir les battements de mon cœur, qui devenaient assourdissants, pour écouter le moindre son de la maisonnette. La Chose ne pouvait pas être là, si ?

La porte mal fermée vibrait sous le vent. Sous nos pieds, le sol grinçait à chacun de nos mouvements. Je perçus aussi le chant d'un carillon qui tintait à l'extérieur et le mélange de nos souffles retenus. Un instant, je crus que nous avions rêvé. Tout était si calme…

Puis le bruit retentit de nouveau.

— Par le Maréchal…, soufflai-je. On n'est pas seuls.

4

PRYM

LAMENTATIONS

Une anima *est un petit boîtier capable de prendre l'apparence de trois formes d'armes considérées de même puissance.*

Edward me jeta un regard inquiet. Je lui désignai les escaliers que l'on emprunta dans un silence de mort. Le bruit venait de l'étage. Un cri étouffé, humain *a priori*. Ce qui me rassura. Plusieurs portes nous faisaient face ; certaines étaient ouvertes, mais donnaient vue sur des pièces inoccupées. Le moindre de mes muscles était tendu, et mes mains tremblaient sur la crosse de mon pistolet. À tout moment, l'un de ces soldats recouverts de cendre pouvait sortir d'un recoin sombre et nous canarder.

Le plancher craquait sous nos pieds, bruyant dans le calme apparent. Soudain, un gémissement plus fort que les autres retentit derrière l'une des portes du palier. Après avoir dégluti, je me remémorai tous mes entraînements pour me donner du courage. Je posai ma main sur la poignée et poussai le bois abîmé. Ed, qui suait à grosses gouttes, se plaça en position de tir. La chambre était mal éclairée, et à première vue, il n'y avait personne d'autre que nous.

Les plaintes venaient d'un coin de la chambre. On approcha sans bruit, et à la dernière seconde, j'identifiai un corps roulé en boule. Une mobilisée. Son visage était enfoui dans ses mains, et elle était secouée par des spasmes violents. Je me figeai, mal à l'aise, mais Ed soupira et avança vers elle.

— Est-ce que ça va ? murmura-t-il.

Pas de réponse, juste un gémissement plus long que les autres. Ed baissa totalement son arme et lui chuchota des mots rassurants. Mes mains tremblaient, sans que j'identifie pourquoi ; pourtant, je gardai mon pistolet braqué sur elle, par prudence. La jeune fille avait les cheveux crasseux, et ses vêtements déchirés ne couvraient plus qu'une petite portion de son corps.

Ed tendit une main vers elle, sans jamais cesser de parler. D'un mouvement brusque, elle la repoussa, leva la tête et hurla de toutes ses forces. Je reculai d'un pas, effrayé par cette vision d'horreur. Le moindre de ses traits était couvert de plaies ouvertes et de sang. Ses yeux, exorbités de terreur, nous fixaient comme si nous étions des monstres. Le souffle court, je m'apprêtais à tirer, mais Ed me stoppa d'un geste. Il semblait bien moins effrayé par cette fille que par ce qu'il avait vu le matin même.

— Elle ne nous attaque pas.

Je l'étudiai de plus près. Elle restait prostrée et ne portait aucune arme. Je baissai la mienne, bouleversé. Les yeux d'Ed s'humidifièrent.

— Laissons-la, finit-il par dire, la gorge nouée.

En bas, Joanna, sur ses gardes, avait activé son *anima*, prête à se défendre.

— Qu'est-ce que c'était ?

— Une fille... Je ne sais pas trop, en fait...

Ed s'affala sur le sol dans un bruit sourd. *On n'est pas préparés pour ça. Peu importe la nature du « ça ».* Des pensées lugubres se bousculaient et m'empêchaient de réfléchir.

— Comment ça, une fille ? insista Joanna.

— Je crois qu'elle est blessée, expliqua Ed, mais elle ne nous a pas laissés approcher... On aurait dit, comme...

— Une bête sauvage, complétai-je. Elle avait l'air... malade.

— Il faut qu'on l'aide.

Les iris noisette de Jo me scrutèrent avec inquiétude. Je secouai la tête. Je ne voulais pas affronter de nouveau cette vision cauchemardesque. Et si ce qu'elle avait était contagieux ? Plus que tout, je ne pouvais me défaire du malaise que sa présence m'avait procuré. Le timbre d'Edward dérailla.

— Par le Maréchal, c'est trop pour moi ! Tout ça, c'est beaucoup trop flippant !

— Et ce n'est que le premier jour... Pourquoi nous avoir attaqués ? Ça n'a aucun sens.

— Eux non plus n'avaient pas l'air dans leur état normal, soulignai-je.

Edward frissonna des pieds à la tête.

— J'ai tiré sur l'un d'entre eux... Plusieurs fois. Il a continué de marcher comme si de rien n'était !

— Tu es sûr de toi ?

— Euh... oui. Je n'ai pas pu imaginer ça. On aurait dit qu'il ne sentait pas la douleur.

Joanna joua distraitement avec ses cheveux défaits.

— Une psychose généralisée ? marmonna-t-elle.

Cette fois, Edward se prit la tête entre les mains.

— Putain de merde ! Autant se mettre une balle dans la tête tout de suite ! Je ne veux pas finir comme ça !

Je restai silencieux, incapable de trouver une explication rationnelle à tout ça.

—Ce n'est pas le moment de flancher! s'exclama Joanna, qui refusait de se laisser abattre. Il doit y avoir des survivants, des gens avec de la nourriture, des gens qui ont de quoi me soigner, des gens avec un plan pour sortir d'ici.

—Je l'espère, Jo.

Je décelai pour la première fois, dans les yeux de mon amie, une peur bien plus profonde que tout ce qu'elle avait pu ressentir avant. Et cette frayeur résonnait en moi.

—L'ombre passe, mais la lumière demeure, murmurai-je.

Ed haussa un sourcil.

—Et c'est censé vouloir dire quoi?

—C'est un vieux proverbe. Ma mère me disait souvent ça quand quelque chose m'effrayait.

—J'espère qu'elle a raison.

Je hochai la tête, le cœur lourd. Au départ, cette phrase servait à faire fuir mes cauchemars. Durant les dernières années de sa vie, elle n'avait cessé de me répéter ça comme un mantra, pendant qu'un mal incurable la rongeait.

Finalement, dans son cas, l'ombre était restée.

Joanna insista une nouvelle fois pour examiner la fille. Étant incapables de la faire monter sans prendre de risques, on chercha à faire descendre la blessée. Après plusieurs crises de hurlements et des tentatives de nous mordre et de nous griffer, on abandonna. Alors que le soleil se couchait, on programma un tour de garde. Joanna voulut commencer pour nous permettre de nous reposer après que nous l'avions portée sur plusieurs kilomètres. Ed refusa net de monter à l'étage, et l'on dut se partager les sofas et le canapé.

La faim me tenaillait, la soif aussi. La Zone n'était pas alimentée en eau courante, et le fleuve, seule source potable de la ville, se trouvait encore loin de nous. Ma gorge était un désert brûlant. Toutes ces questions sans réponse menaçaient de me faire exploser la tête, mais bizarrement, je sombrai sans difficulté dans un sommeil profond et sans rêve. Joanna me réveilla au beau milieu de la nuit, épuisée. Je lui serrai un instant l'épaule avant de me lever, de prendre mon arme et de me poster devant la porte.

Mon corps tremblait dans son intégralité. Le printemps était déjà bien avancé, mais les températures restaient fraîches. Il ne faisait pas totalement noir dehors, même si la nuit était bel et bien là. Ce que je n'avais pas aperçu la journée me sauta aux yeux en l'absence de soleil. Partout sur les trottoirs, dans les creux de la route ou accrochés délicatement aux murs, des milliers de lys dorés chatoyaient, illuminaient l'espace et transformaient la ville. La lumière que ces fleurs diffusaient était douce et rassurante, et elle n'empêchait pas de voir les étoiles comme partout ailleurs.

L'absence de civilisation avait du bon.

Tout était si calme. Je me rappelai toutes les simulations de combat que j'avais faites à l'Institut. Celles programmées et celles qui surgissaient n'importe quand, en plein repas, pendant les cours ou même la nuit. On nous avait habitués au stress, à l'idée de tuer et de mourir, à combattre tout type d'ennemis sans problème. Mais le bruit sourd des corps qui s'affaissent, c'était la première fois que je l'entendais aujourd'hui. Tout ce qui avait été presque un jeu pendant dix ans devenait soudain une dure et pénible réalité.

Je me sentais seul dans cette ville immense aux rues désertées. Derrière chaque ombre, j'imaginais la Chose surgir, errer à pas feutrés, si sombre qu'elle se fondrait dans la nuit. Je percevais presque le bruit de ses griffes qui raclaient le sol à chacun de ses pas, mais rien ne vint d'autre que ce silence et les lamentations de la fille à l'étage qui me serraient le cœur. Les heures passèrent jusqu'à ce qu'il soit temps de réveiller Ed pour qu'il prenne la relève. Mais cette fois, je n'arrivais pas à trouver le sommeil. Je me retournai dans tous les sens sans lâcher mon *anima*, pour sombrer finalement dans une torpeur agitée.

La lumière matinale me réveilla. Son miroitement à travers la fenêtre au rideau mal tiré frappa mes yeux et m'éblouit. Je me levai, le dos endolori, et tombai nez à nez avec la mobilisée. J'eus un mouvement de recul, et elle s'éloigna dans un coin en geignant.

— Elle est là depuis un moment, m'avoua Ed un peu penaud, mais comme elle n'attaquait pas, je…

— Ça va, t'inquiète.

Ses yeux passaient d'Edward à moi, puis s'arrêtaient de longues secondes sur Joanna avant de reprendre leur valse. Plus je la regardais, plus elle me rappelait un animal effrayé, une bête sauvage que l'on aurait mise en cage. Elle gémit et poussa quelques petits cris. Je détournai le regard quand elle se mit à s'arracher la peau. Elle se gratta à en saigner. Je rejoignis Joanna, qui l'observait avec cet air concentré que je connaissais bien.

— Tu sais ce qu'elle a ?

Joanna soupira et plaça quelques mèches derrière ses oreilles. Sa pince à cheveux devait lui manquer.

— Non, pas du tout. On dirait une sorte de psychose, sûrement due à ce qu'elle a pu vivre ici. Ou alors, ce serait lié à une infection ? Je n'ai pas de moyen de vérifier mes hypothèses, et elle ne me laisse pas la toucher. Je n'avais jamais vu un cas si… violent.

— Donc, ce n'est pas contagieux ?

— Je ne sais pas. Va savoir quels virus et bactéries se sont développés ici pendant plus de vingt ans, malgré le vaccin. Peut-être que d'autres auront des réponses.

D'autres, si autres il y avait. Joanna avait l'air fatiguée. Non, plus que ça : elle avait mauvaise mine. Je posai l'une de mes mains sur son front, l'autre sur le mien, peu sûr de ma démarche, mais c'était tout ce que je pouvais faire. Elle ne semblait pas avoir de fièvre, à mon grand soulagement. Elle me sourit.

—Il me faut juste de l'eau, de la nourriture et de quoi désinfecter, me rassura-t-elle.

—De toute façon, ajouta Edward, il vaut mieux ne pas rester trop longtemps au même endroit.

J'acquiesçai en me relevant. Nous savions tous deux que nous la porterions encore un moment, mais il ne s'en plaignit pas. Malgré sa petite taille et son manque de musculature, Ed était quelqu'un de courageux. Ce serait peut-être la seule qualité importante pour survivre ici. Un bandage entourait maintenant sa tête, Joanna avait dû le soigner pendant que je dormais. Je me tournai vers elle et demandai :

—Ça va aller ?

Elle gloussa.

—Je suis plus robuste qu'il n'y paraît.

Elle contracta son biceps et éclata de rire, ce qui redonna le sourire à Ed. On récolta nos *animae* et réajusta nos uniformes. Je pris l'un des bras de Joanna sur mon épaule, et Ed fit de même pour la coincer entre nous. On quitta sans regret ce lieu sinistre. Je m'étonnai de ne croiser personne dans les rues. Nous suivions les rails de l'ancien tramway et contournions au mieux les carcasses des voitures abandonnées par leurs propriétaires. La plupart des maisons étaient dans un état lamentable, les magasins avaient été pillés depuis longtemps, et il n'y avait plus aucun vélo sur les bornes prévues à cet effet.

Il devait bien y avoir quelqu'un d'autre ici, avec nous. Qui étaient ceux qui nous avaient attaqués la veille ? Y avait-il d'autres survivants ? Seraient-ils aussi hostiles ? À cet instant, j'aurais donné n'importe quoi contre un *cerebrum* pour les contacter. Ça, et quelque chose à me mettre sous la dent.

— Les gars, nous interpella Ed. Ce sont des plumes de pigeons sur le sol ?

— Peut-être qu'on va trouver quelque chose à manger, finalement.

Il fronça les sourcils.

— Pourquoi ils resteraient ici ? Autant aller dans une ville où les habitants les nourrissent, non ?

— Aucune idée.

À notre grand malheur, aucun pigeon ne se présenta à nous, mais je ne désespérais pas d'en croiser un. Pas question de faire le difficile. Un bruit de course attira mon attention. On était suivis.

— Elle est derrière nous, les prévins-je.

— Ah ! souffla Edward. Super, manquait plus que ça.

La fille avait beau rester loin, on entendait d'ici ses pleurs et ses gémissements. Notre *memoria eruditissimo* râla.

— Elle fait beaucoup trop de bruit.

Je grimaçai, conscient qu'il avait raison.

— Tu veux faire quoi ? lui demandai-je. L'attacher ?

— Non, bien sûr que non…

Le soleil envahit peu à peu les rues. Il miroitait sur la chevelure dorée de Joanna et me faisait plisser les yeux. J'eus une brève pensée pour le monde extérieur, qui ne savait rien de cet endroit, de tout ce que nous étions en train de vivre. Sans personne pour nous tirer dessus, Varsovie m'apparaissait comme un jouet abandonné : vieux, sale, mais presque paisible.

Fatigués d'avancer ainsi, une pause fut la bienvenue. Je ne voulais pas alarmer les autres, mais je ne savais pas combien de temps nous allions tenir à ce rythme, sans eau ni nourriture. Quelques jours, peut-être moins en cas de mauvaise rencontre, et après ? Je tentais du mieux possible de garder mon sang-froid, mais la panique enflait de plus en plus dans mon estomac.

— Il faut que l'on rejoigne la rivière.

— Alors, il faut bifurquer vers l'est.

— Tant qu'on ne retourne pas vers les timbrés d'hier, tout me va, grimaça Ed.

La fille s'assit près de nous. Son matricule pendouillait autour de son cou, en rythme avec ses balancements perpétuels. Ed se pencha vers elle et nous lut :

— Staska Ignasiak, matricule 019032. C'est une *cogitabat animo*.

— La dix-neuvième génération n'est donc pas éteinte, tenta de positiver Joanna.

— Espérons qu'elles ne sont pas toutes comme ça.

Ma remarque laissa un blanc. Staska ne se préoccupait pas de ce que l'on disait ; elle se contentait de gratter ses plaies jusqu'au sang et de pleurer.

— Elle devait se sentir seule.

Joanna l'observait avec compassion. Pour ma part, rien que les bruits émis par Staska me dérangeaient, sans parler de son odeur corporelle. Ed ne devait pas apprécier ça non plus, car il n'arrêtait pas de se lever, pour marcher un peu avant de se rasseoir près de nous, mais le plus loin possible de la dix-neuvième.

Quand je compris que notre nouvel ami n'en pouvait plus de rester assis sans rien faire, je me levai à mon tour et l'on reprit la route. Mon épaule me faisait souffrir à force de porter Jo, même si elle nous aidait du mieux qu'elle le pouvait. Je me questionnais sur les raisons d'Edward de continuer de nous accompagner. Cela aurait été bien plus facile pour lui d'évoluer seul, maintenant qu'il était soigné.

Du coin de l'œil, j'observai le *memoria eruditissimo* : sa peau noire, plutôt claire, son nez nubien, son visage rectangulaire et la cicatrice derrière son oreille qui remontait un peu dans ses cheveux rasés. Il me surprit, mais ne se braqua pas. Il se contenta d'un léger sourire compréhensif. Peut-être qu'il ne voulait pas se retrouver seul ici, qu'une compagnie, même la nôtre, lui était préférable.

Je me concentrai sur la route délabrée et tentai de trouver un moyen de voir les choses du bon côté. Avec de la volonté et un peu de chance, nous pourrions atteindre la Vistule, qui traversait la ville. Grâce au système d'épuration en dehors des murs, l'eau du fleuve serait une véritable bénédiction.

Staska restait en arrière et se lamentait seule. Au moins, elle ne criait pas. Elle se contentait de pleurer et de se faire du mal. Nous nous enfoncions de plus en plus loin dans la ville, mais l'immense Mur qui entourait la Zone restait visible partout. L'horizon avait cessé d'exister.

Dans le silence absolu de la rue, seuls résonnaient le bruit de nos pas et le roulement du gravier. Un oiseau siffla de façon étrange, trop aiguë et rapide pour être vrai. Quelque chose bougea dans mon champ de vision, mais quand je me retournai, seul le vide me fit face.

—Prym ?

Je fronçai les sourcils, les mâchoires serrées.

—Non... Ce n'est rien.

Alors que nous tournions dans une nouvelle rue, un cliquetis résonna et me figea en plein mouvement, au grand désarroi d'Ed qui manqua de tomber en arrière. Il voulut protester, mais je lui intimai le silence d'un geste. La main de Joanna resserra son emprise sur mon épaule.

—On est encerclés, murmurai-je.

—Comment tu...

Soudain, un nouveau cliquetis. Mon cœur s'emballa dans ma poitrine à l'idée de ce qui approchait, j'étais aussi terrifié qu'éveillé par l'adrénaline. Une silhouette sombre se détacha d'un mur, bientôt rejointe par une deuxième, puis par trois autres. Au bout de quelques secondes, ils étaient dix autour de nous.

Ma première réflexion fut d'être rassuré qu'ils ne soient pas couverts de suie. Ma seconde fut de voir qu'ils étaient armés, et bien mieux que nous ; leurs *animae* étaient sans aucun doute de catégorie deux, et les cercles jumeaux sur la base des boîtiers vinrent me le confirmer.

Dans mes bras, Joanna se raidit, et je surpris Edward qui cherchait son *anima* avec sa main gauche, prêt à attaquer si nécessaire. Geste futile face à tant d'adversaires. *Quelles sont tes options ?* questionna la voix d'Halborn. Adaptation. Même si ça me frustrait, je devais attendre et observer.

Celui qui semblait être le leader du groupe avança de quelques pas, une allumette entre les dents. Trois cercles illuminaient la base de son *anima*. Il posa ses yeux vairons bordés par des *oculos* droit sur nous.

— Regardez-moi ça, les gars. Une jolie brochette d'emmerdes !

Je jetai un regard inquiet à mes compagnons. Le temps qu'il me faudrait pour lâcher Joanna et activer mon *anima* serait bien trop important.

— On ne veut pas...

L'homme à l'allumette interrompit Joanna d'un geste. Il leva sa propre *anima* transformée en un fusil à pompe dans notre direction, et plaça son index devant sa bouche, nous incitant au silence. Son groupe eut un air résigné. Staska gémit et pleura plus fort derrière moi. Je ne savais que faire.

— Surtout, ne bougez pas.

Et sur ces paroles, il tira. L'air ondula autour de moi et mes oreilles sifflèrent, puis le fracas d'un corps qui s'effondre me parvint. Le calme qui suivit me glaça le sang.

Plus de pleurs ni de gémissements.

Je n'eus pas besoin de me retourner pour comprendre qu'il venait d'abattre Staska. Joanna hoqueta de surprise. La tête d'Edward alternait entre l'avant et l'arrière. Moi, je ne bougeais pas.

Je laissai ma rage et mon indignation loin sous la surface, et cherchai chez notre attaquant le moindre signe de remords.

Il n'y en avait aucun.

— Écoutez-moi bien, les nigauds. Je ne suis pas du genre violent et je n'aime pas trop faire peur aux petits nouveaux, mais si vous vous avisez de faire autre chose que marcher et vous taire, vos cadavres serviront à nourrir les pigeons.

5

JOANNA

L'HOMME À L'ALLUMETTE

Les oculos *remplacent les lunettes traditionnelles. Ce sont des implants placés au-dessus de l'œil et en dessous du sourcil, qui viennent former une petite bosse.*
Les mobilisés gardent leurs oculos.

Celui qui venait d'exécuter Staska eut un drôle de sourire devant nos têtes effrayées, avant de reprendre un air sérieux. Ses yeux vairons brillaient d'intelligence et d'une certaine malice. Quand ils se posèrent sur ma jambe bandée, j'eus l'impression que l'idée de m'abattre également lui traversait l'esprit.

— Bon, vous allez gentiment déposer vos *animae* et la fille, dans l'ordre que vous voulez. Si vous essayez même de penser à vous battre ou à vous enfuir, je le saurai, donc ne jouez pas aux cons avec moi.

Je retins une grimace quand les garçons me posèrent au sol. Ed leva instantanément les mains en signe d'apaisement, et Prym fit de même quelques secondes plus tard. Aussitôt, deux membres du groupe leur tordirent les poignets pour les leur attacher dans le dos. Un troisième s'accroupit en face de moi et récupéra sans violence mon *anima*. Il souleva ma jambe avec précaution, et prit un instant pour l'observer. Un *manus protegens*. Ses yeux sombres s'attardèrent sur l'insigne brodé sur mon uniforme, et il se contenta de me fouiller légèrement.

— Il va falloir la porter, déclara-t-il en se relevant.

L'homme à l'allumette approuva d'un geste de la main, et un colosse arriva à ma hauteur, me banda les yeux, puis me souleva de telle sorte que je me retrouvai la joue contre son torse. Le tissu, qui me couvrait aussi le nez, puait au point que je devais me contenter de ma bouche pour respirer et ne pas vomir. Le colosse faisait bien attention à ne pas toucher ma jambe, et je n'avais pas de raison de me plaindre. Prym et Ed marchaient à l'aveuglette, sans personne pour les guider sur la route abîmée, si bien que je perçus à de multiples reprises le bruit de leurs trébuchements.

— Où est-ce que l'on va ? tenta Edward après un bout de temps.

J'avais l'impression que nous marchions dans le noir depuis une éternité.

— Personnellement, répondit leur chef, je suis du genre à apprécier les joies du Nihil.

— Super, marmonna Edward.

Toutes les autres tentatives d'Ed pour obtenir des informations furent vouées à l'échec. Ils ne prenaient même plus la peine de nous répondre. Durant les moments où j'arrivais à tenir la douleur éloignée, le doux balancement de mon porteur aurait pu m'endormir. Mais une autre partie de moi, celle qui se savait piégée dans une prison dessinée pour contenir un monstre, restait parfaitement consciente.

— Comment te sens-tu ? me chuchota quelqu'un.

La voix venant de ma droite me fit sursauter. Elle était d'un grave très doux. C'était celle du *manus protegens*. Cette simple attention me soulagea. Peu importe où l'on nous conduisait, c'était un endroit où il y avait encore des gens pour se soucier des blessés.

— Mon… (Je me raclai la gorge, mais ne pus obtenir qu'un timbre rocailleux.) Mon ami a enlevé la balle et nettoyé la plaie avec de l'eau.

— C'est bien. C'est ce que tu pouvais faire de mieux pour l'instant. Pas de fragmentation ?

— La balle était entière, mais elle a tapé l'os.

Il y eut un instant de silence, où seuls le bruit des pas foulant le bitume et celui, si léger que je l'oubliais presque, de la respiration de mon porteur me parvinrent. Une main m'effleura le cou, et je tressaillis, avant de comprendre que c'était certainement le *manus protegens* qui observait mon matricule.

— Joanna Anders, matricule 020001. Joli chiffre. Je ne me souviens pas qui était le premier de ma génération. Moi, c'est Nawelle Krakowski, matricule 019047.

Un autre dix-neuvième.

Il reposa mon collier et ne dit plus rien du reste du trajet.

Je sus que nous étions arrivés à destination – peu importe laquelle – quand d'autres voix saluèrent notre groupe et que l'on nous fit franchir une porte. D'un coup sec, on m'enleva mon bandage, et je pus de nouveau respirer normalement. Pendant quelques secondes, je ne vis rien. Le monde était bien trop lumineux pour moi, puis de nouveau trop sombre et parsemé d'étoiles colorées, avant de trouver un équilibre quelque part entre les deux.

Ce que je distinguai alors me remplit d'espoir : une sorte d'ancien centre commercial, aux proportions démesurées, rempli de vie. Les magasins se succédaient et avaient été réaménagés de manière à accueillir des habitants : de vieux matelas avaient été récupérés et disposés sans organisation évidente, de larges draps jaunis étaient accrochés sur les vitrines pour créer un peu d'intimité, et les anciens articles inutilisés formaient des piles dans les coins. On passa dans l'allée principale, où une vieille horloge était toujours suspendue à un poteau arrondi. Des dizaines et des dizaines de personnes vaquaient à leurs occupations sans trop nous prêter attention. Elles étaient armées, habillées avec d'autres vêtements que l'uniforme et organisées. La mâchoire d'Edward en tomba, alors que Prym affichait un sourire un peu plus serein.

Nous n'étions pas seuls.

— De retour au bercail, marmonna l'homme aux yeux vairons.

Son équipe lui répondit par un ricanement collectif.

On déboucha sur ce qui était certainement la place centrale. Ronde et lumineuse, elle donnait vue sur les deux étages au-dessus de nous. En son centre, une fontaine à l'arrêt. Juste derrière, un ascenseur en verre inutilisable était surplombé par une immense sculpture blanche accrochée au plafond qui venait se poser sur la cage, tel un vortex prêt à l'avaler. La sculpture devait dater d'avant la catastrophe. Un peu plus loin, des escalators figés dans leur mouvement se croisaient au milieu d'une autre place. L'immense bâtiment et l'organisation dont faisait preuve ce groupe important me rassurèrent.

On nous fit traverser les allées ; la plupart des gens saluaient notre homme à l'allumette qui sautillait. Ses longs cheveux ondulés, entre le blond et le châtain, rebondissaient gaiement sur ses épaules. Personne ne paraissait trouver ça bizarre. Cependant, tout le monde me lorgnait d'un air affligé : une blessée dès le deuxième jour.

L'odeur du pigeon grillé me tordit l'estomac, mais nos hôtes ne semblaient pas vouloir nous nourrir tout de suite. À l'étage, en haut des vieux escalators, un jeune homme surplombait la scène et nous regardait passer. Une cicatrice traversait son visage de part en part. Il était de taille et de corpulence moyennes, il se tenait droit, et de là où j'étais, je distinguais ses yeux limpides et l'ombre d'un sourire.

L'homme à l'allumette se retourna vers nous et applaudit.

— Bon ! Petite visite terminée pour le moment, on verra le reste plus tard.

Son petit groupe nous emmena vers des parkings extérieurs qui s'élevaient sur plusieurs étages, accolés au centre commercial. D'ici, le Mur avalait le ciel, mais au moins, on s'en était éloignés un peu. Quelques voitures bien garées attendaient toujours le retour de leurs propriétaires partis faire des courses. Après avoir libéré un verrou aussi gros que ma main, ils nous enfermèrent dans une salle sombre avec quatre lits alignés, sans fenêtre et avec peu de lumière, sûrement un ancien cagibi. Il régnait en ces lieux une odeur de poussière et de renfermé. Mon colosse me déposa sur l'un des matelas et me tapota la tête. Avant de partir, l'homme à l'allumette nous fit un grand sourire déroutant.

— Bienvenue chez les Conquérants, mes p'tits loups. Soyez sages.

Sur ce, il claqua la porte et la ferma à clé.

Il y eut un silence de quelques secondes durant lesquelles nul n'osa dire un mot. Par automatisme, je cherchai le regard de Prym, seulement illuminé par une fleur dorée placée dans un bocal avec un peu de terre. En l'absence d'électricité, elle éclairait la pièce comme un petit soleil.

— C'est… c'est complètement fou, tentai-je.

Ed éclata de rire, et je relâchai la pression accumulée jusque-là. Certes, nous étions enfermés, mais les intentions de nos geôliers n'avaient pas l'air hostiles. Enfin, pas contre nous. Je n'oubliais pas la fille qu'ils avaient abattue.

— Staska… Si j'avais eu plus de temps, j'aurais peut-être pu l'aider.

— Il n'a pas hésité une seule seconde, se désola Ed.

Prym secoua la tête.

— Comme si elle était déjà condamnée. Mais ça n'excuse pas sa manière de procéder.

Ed s'affala sur l'un des lits dont les ressorts usés grincèrent sous son poids.

— En tout cas, ils n'ont pas l'air de vouloir nous tuer tout de suite. C'est un progrès.

Son estomac gronda et lui arracha une grimace.

— Par contre, s'ils ont de quoi manger ou boire, je suis pas contre du tout. Un vrai steak de bœuf, j'en rêve.

— Ça risque de se limiter au pigeon, lui fit remarquer Prym en s'ébouriffant les cheveux.

— Même le pigeon, je prends. Je peux avaler les plumes si on me le demande.

Cette image me fit sourire.

Malgré l'odeur, le manque de lumière et la douleur dans ma jambe, j'avais l'impression d'être libérée d'un poids immense qui m'empêchait de respirer. Peu importe où nous nous trouvions, c'était une vraie structure qui accordait suffisamment d'importance aux *manus protegens* pour les emmener en expédition.

— Ce serait mieux d'éviter, quand même, ajoutai-je.

Le sourire d'Ed s'élargit. Les lits étaient plutôt confortables, malgré leur vétusté et le manque de draps propres. Il faisait une chaleur douce dans cette pièce, j'aurais pu m'assoupir.

— Comment tu te sens, Jo ? s'inquiéta Prym.

— Ça pourrait aller mieux, mais ils ont fait attention en me portant.

Alors que je tâtonnais le matelas, je remarquai que des vêtements de rechange avaient été disposés sous chaque oreiller.

J'enlevai mon uniforme trop serré et taché de sang pour enfiler avec hâte un tee-shirt sombre et un pantalon en coton d'une couleur non identifiable. Les garçons m'imitèrent. Trop grands pour Ed et moi, et un peu justes pour Prym, ils étaient néanmoins bien plus confortables que notre uniforme militaire. Soulagée, je pris aussi la peine d'enlever mes bottes pour libérer mes pieds de leur étau, ce que refusa de faire Prym, qu'être en chaussettes dans un endroit inconnu mettait dans l'embarras. Ed s'étira à son aise.

— Bon, les gars, je crois que je vais faire une petite…

Un cliquetis retentit, et la porte s'ouvrit en grand. Un Conquérant jeta dans notre cagibi une autre vingtième et repartit aussi sec. La jeune femme se rattrapa de justesse au rebord du dernier lit et se redressa péniblement.

— Quelle bande de connards ! rugit-elle.

Prym s'était relevé vivement, et observait la nouvelle venue avec son regard de soldat face à une situation inconnue : il se tenait plus droit, les muscles tendus, et cherchait des yeux quoi que ce soit qui aurait pu servir d'arme. Je le rassurai d'un geste, et il se rassit sans pour autant ciller des yeux. La vingtième nous faisait maintenant face. Elle était de taille moyenne, ses traits fins et droits. Elle nous scruta de ses yeux en amande, interdits.

— Bon, bah au moins, je suis pas toute seule.

Ed, qui s'était redressé, se racla la gorge et lui tendit la main. La jeune femme s'empressa de la serrer.

— Edward Okonek, mais tu peux m'appeler Ed. Et eux, c'est Prym et Joanna.

— Łucja Wander. Vous êtes aussi des vingtièmes ?

— Oui, on…

— Ah, ouf ! le coupa-t-elle. J'ai été séparée de mon groupe, et quand ceux-là m'ont attrapée, je ne savais pas si c'était une bonne ou une mauvaise nouvelle !

Malgré son air enjoué, sa voix tremblotait, et elle ne cessait de tirer sur les bandes de son uniforme, perdue. Je la mis à l'aise d'un sourire.

— Ne t'inquiète pas, ils ne se sont pas trop montrés hostiles envers nous. Tu n'as rien à craindre.

Mieux valait ne pas lui parler de Staska pour le moment. Łucja hocha vivement la tête, puis se pencha pour mieux observer ma blessure.

— Ouah, ça doit faire un mal de chien ! Tu t'es fait ça comment ?

J'effleurai le bandage. En dessous, ma peau ressentait le moindre mouvement de l'air comme une brûlure.

— Durant l'attaque, je me suis fait tirer dessus par un de ces soldats recouverts de cendre.

Les images de la veille envahirent mon esprit, bruyantes, sanglantes, douloureuses. Je les chassai en me passant une main dans les cheveux et repris :

— C'est arrivé très vite. Tu sais si d'autres personnes ont pu en réchapper ?

Łucja se mordit les lèvres et croisa les bras sur sa poitrine.

— Mis à part le petit groupe avec lequel je me suis éclipsée, non. Même eux, je ne sais pas s'ils vont bien.

— Je l'espère. Va savoir si ces Conquérants sont dignes de confiance.

Je lui désignai son oreiller, et elle put se changer, non sans nous avoir d'abord demandé à tous de regarder ailleurs. Après cela, elle se jeta sur son lit et nous regarda tour à tour, un peu inquiète.

— S'ils viennent nous chercher pour manger, vous me réveillez, hein ?

— C'est promis.

Cela parut rassurer Łucja, qui se blottit sous sa couverture malgré la chaleur ambiante. Je me laissai à mon tour tomber sur mon propre matelas, décidée à tromper la faim par un peu de sommeil supplémentaire. Ed mit quelques minutes avant de trouver une position qui lui convenait, puis ronfla doucement. Allongé non loin de moi, Prym était déjà très loin, comme s'il relâchait toute la tension qu'il avait accumulée depuis deux jours. Je fermai les yeux, soulagée de profiter de la sensation d'un oreiller correct pour ma nuque endolorie.

— Prym, soufflai-je avant de m'endormir.

Il bâilla et répondit par un marmonnement.

— Je suis contente qu'on soit ici, qu'on ne soit pas tout seuls, même si je ne sais pas trop quoi penser d'eux.

— Moi aussi.

Le sommeil m'attrapa avec facilité.

Finalement, ce ne fut pas la faim ou la soif qui me réveillèrent, mais la porte qui s'ouvrit dans un grand fracas. L'homme à l'allumette – qui ne l'avait plus, d'ailleurs – entra d'un pas nonchalant. Il se boucha ostensiblement le nez.

— Houla ! Ça chlingue, ici. Ça vous dit pas, on regarde vos bobos et on mange ? J'ai une super histoire à vous raconter.

Prym se leva d'un bond et m'aida à me mettre debout. Ed et lui me soutinrent pour marcher. Sur le chemin, d'autres groupes de vingtièmes nous rejoignirent, accompagnés eux aussi de Conquérants armés. Parmi eux, je reconnus le mobilisé qui avait pris la tête à notre arrivée la veille, le seul ayant osé prendre la parole, mais qui nous avait menés droit dans un piège. Lech, si je me souvenais bien. Il était salement amoché et avait le nez cassé. En tout, je comptais une trentaine de mobilisés de ma génération. C'était déjà beaucoup, et pourtant bien trop peu. Où étaient passés les soixante-dix autres ? Avaient-ils survécu à l'attaque des soldats de cendre ?

On nous emmena vers l'infirmerie, au premier étage, où l'on fut accueillis par un certain Oliwjer Jach et une petite équipe de *manus protegens* de générations plus anciennes, qui nous examinèrent sous toutes les coutures. L'infirmerie était petite, pas aussi bien équipée que tous les endroits dans lesquels j'avais pu travailler en dix ans à l'Institut, mais elle constituait pour moi un havre de paix.

Les garçons me firent m'asseoir et un *manus protegens* s'accroupit devant moi pour examiner ma jambe. Je mis quelques secondes à reconnaître Nawelle Krakowski, celui avec qui j'avais discuté quelques heures plus tôt. Pendant qu'il s'occupait de mon mollet, je pris quelques instants pour l'observer. De taille moyenne, il n'avait l'air ni amaigri ni affaibli, ce qui avait tendance à me rassurer quant aux conditions de traitement des *manus protegens* ici. De là où j'étais, je ne voyais que sa chevelure châtain qui formait une auréole de boucles autour de son visage. Nawelle s'empressa d'enlever mon bandage et de nettoyer ma plaie avec de l'eau et du savon, puis il trempa un torchon propre dans ce que je devinai être de l'alcool à soixante-dix degrés. Devant mon froncement de sourcils, il eut un sourire compatissant.

— Tu vas le sentir passer, mais nous n'avons plus d'antiseptique. Ça va aller ?

— Oui, oui.

Je retins un cri quand il tapota la plaie.

Prym me tint la main durant toute l'opération, même lorsque Nawelle enroula de nouveau un tissu propre autour de ma cuisse. Ed se tenait juste à côté, et sa plaie à la tête avait également été nettoyée, ce qui me rassura encore un peu sur les intentions de ce groupe à notre égard.

Après ça, l'homme à l'allumette, qui ne nous avait pas quittés des yeux une seule fois, nous entraîna à sa suite dans l'un des nombreux petits restaurants du centre commercial. Il en choisit un spécialisé dans la cuisine thaïlandaise, dont les bouddhas et les décorations en bois et en or factice témoignaient du passage du temps. Notre hôte consulta avec beaucoup d'attention le menu. Il s'était placé de manière que sa table soit au milieu des nôtres. Il poussa un petit cri de ravissement, et nous montra avec un visage satisfait une photo du menu qui représentait du poulet en brochette avec du riz.

— Regardez attentivement, les cocos. C'est à peu près ce que vous allez manger pour le reste de votre vie. Excepté qu'on n'a pas de poulet et que notre riz est périmé depuis un bout de temps.

Quelques instants plus tard, des Conquérants nous apportèrent effectivement des assiettes qui ressemblaient à cette image. L'odeur agréable du pigeon me mit l'eau à la bouche. La sensation de la nourriture me fit automatiquement du bien, et voir Prym manger me rassura également. L'homme aux yeux vairons nous contemplait, amusé, assis en tailleur sur sa chaise. Je n'étais qu'à quelques places de lui, assez près pour l'entendre taper du pied.

— Je ne me suis même pas présenté ! s'exclama-t-il en mimant un air choqué. Mikołaj Cena, mais vous pouvez m'appeler Miko, matricule 014032, chef de la stratégie, meneur du Bataillon Offensif, pour vous servir. Enfin, dans la mesure du raisonnable, soyons clairs. Considérez-moi comme votre nounou provisoire. Le boss adore me refiler la tâche de tout expliquer aux p'tits nouveaux chaque année. Continuez de manger ; je risque de vous couper l'appétit, alors profitez-en.

Il y avait donc quelqu'un au-dessus de lui hiérarchiquement, ici. Je croisai les regards de Prym et d'Ed ; eux aussi attendaient des réponses. Lech, le leader au nez cassé, montrait un visage impatient.

— Par où je commence ? Un p'tit topo de notre situation ? Eh bien, comment dire ? On avance pas beaucoup sur la mission, si vous vous le demandez. La Zone est divisée en quatre : trois clans et une partie neutre, celle près de la grosse porte. Heureusement pour vous, vous êtes tombés dans le plus gros et le plus cool des clans. Celui du sud, les Conquérants. À l'est, il y a les Wilis, que je déconseille à tous les détenteurs d'une bite. Et au nord, on a l'Ordre Nouveau, comme ils aiment s'appeler. Ce sont les cinglés couverts de cendre. Vous avez dû les croiser en arrivant ; ils sont pas trop du genre à vous servir du pigeon, plutôt à vous embrocher et à faire de vous de la volaille. Des questions là-dessus ?

J'eus à peine le temps de hoqueter d'effroi que Mikołaj enchaîna.

— Parfait, on continue. Bon, ça, c'étaient les bonnes nouvelles. Les guerres de clans, la routine, on adore. Du coup, ici, on marche en trois groupes. La Défense, dirigée par Lise Jusko, qui gère aussi l'infirmerie. La Réserve, gérée par Gwidon Mazur, qui s'occupe surtout des ravitaillements et des tâches quotidiennes quand y a pas besoin de renfort. Et enfin, le Bataillon Offensif, géré par moi, la crème de nos combattants qui font tout le sale boulot avec le sourire. Vous choisissez pas où vous voulez aller, on n'est pas à l'Institut, c'est nous qui vous trions. Mais on verra ça plus tard. Perso, j'suis pas vraiment un gars organisé dans la vie quotidienne, mais heureusement, j'ai le plus petit des groupes. Par contre, Lise et Gwidon sont des mains de fer ; c'est grâce à eux deux que tout roule.

— Et le chef ? réussit à demander Ed.

Mikołaj eut un léger ricanement, et étala ses jambes sur la table avant de placer une nouvelle allumette dans sa bouche. Prym, qui avait presque fini de manger, haussa un sourcil, peu habitué à une telle désinvolture, prohibée à l'Institut.

— Le boss a autre chose à foutre que de savoir qui est de corvée cuisine cette semaine. Notez bien que c'est pas mon job non plus, mais que par contre, si vous vous démerdez mal pendant notre p'tite épreuve, vous serez vachement plus concernés. Il y a des *manus protegens*, par ici ?

Je levai la main, et deux autres personnes se désignèrent. Mikołaj nous approuva d'un hochement de tête.

— Parfait, je vous affecte directement à l'infirmerie pour taffer. Pour les autres, on va attendre encore un peu pour vos postes.

Lech ouvrait déjà la bouche, mais Mikołaj ne le laissa pas en placer une.

— Attendez ! Ça, c'était toujours la partie facile et sympa. Continuez de manger les gars, on arrive au sujet sensible. Mon préféré. Notre petite Chose adorée. Bon déjà, elle est toujours là, rêvez pas. En plus, elle adore se balader dans la ville, donc sortez pas seuls. Sauf si, bien sûr, vous voulez abréger votre séjour parmi nous, et de ce fait votre durée de vie. Bref, j'imagine que vous êtes pas cons. Notre gros souci avec elle, mis à part son existence, c'est qu'elle provoque des trucs pas du tout sympas. En gros, durant votre première année, vous avez un pourcentage plus ou moins fort de chances de muter.

Cette fois, le blanc qui suivit fut long. Malgré son léger sourire, Mikołaj avait l'air on ne peut plus sérieux. Enfin, autant qu'il pouvait l'être. Muter ? Qu'entendait-il par-là ? Comment était-ce possible ?

Ça me semblait insensé.

— Ceux qui réussissent leur mutation, on les appelle les Accomplis. J'en suis un, d'ailleurs. Coucou !

Il accompagna sa phrase d'un petit geste de la main.

— On me surnomme l'Oracle, mais vous pouvez m'appeler Dieu si vous en ressentez le besoin. Je vois tout avec un temps d'avance, donc si voulez faire une farce à quelqu'un, j'suis pas la bonne personne. Essayez plutôt sur ce cher Gwidon Mazur, ce sera plus drôle. Bref, revenons à nos moutons. Le premier phénomène qui indique une mutation est la fatigue, suivi de près par l'engourdissement des muscles, puis par une sensation de froid intense. Si vous êtes blessés ou malades, la mutation accentue tout. Après, vous vous écroulez, et dans le meilleur des cas, vous vous réveillez une semaine plus tard avec des dons ultracool, genre pouvoir cuire du pigeon par la pensée. Mais la plupart du temps, vous crevez avant. Dans le pire des cas, vous devenez un dégénéré.

Il nous laissa une seconde pour voir si nous suivions, avant de reprendre :

— La majorité des gens mute pas, et parmi ceux qui mutent, la majorité meurt, et parmi les survivants, la majorité dégénère. Et croyez-moi, vaut mieux crever que de devenir un dégénéré. Vous êtes maboul, vous ne mangez plus, ne buvez plus, vous hurlez pour un rien, vous vous faites du mal et vous finissez par mourir dans d'atroces souffrances.

Il tenta de mimer ses mots par de grands gestes et quelques grimaces. Son ton humoristique devait être censé nous faire passer la pilule plus facilement, mais ce n'était pas le cas. Plus personne ne mangeait, regardant son assiette. J'eus une pensée pour Staska, c'en était forcément une. Une dégénérée. Et quant à lui, il disait être capable de voir l'avenir ? Était-ce une farce ou une folle vérité ?

Je me sentais perdue. C'était médicalement impensable, inimaginable, invraisemblable.

Mon instinct, lui, disait : *C'est la vérité.*

— Du coup, on est sympas, on les tue avant. Souffrir pour rien, c'est pas cool, et si vous avez la moindre compassion pour eux, vous ferez pareil. Aussi, la bonne nouvelle : si vous tenez jusqu'au 20 mai de l'année prochaine, alors vous êtes tranquilles, c'est fini. Bon, on n'est pas sur du un an pile poil, mais ça vous donne une idée des délais. Il y a des malchanceux qui mutent et dégénèrent à la dernière minute, voire un mois après l'arrivée de la génération suivante, donc faut pas crier victoire trop tôt. Mis à part ce détail, la vie reste supportable ici, surtout avec nous.

Il avait dit ça sur un ton léger qui me retourna l'estomac. J'avais tort en me croyant en sécurité dans la Zone. Personne ne l'était. Je bâillai, la tête soudainement lourde. Prym allait poser une question, mais Mikołaj le devança, ses yeux vairons plantés dans les siens.

— T'inquiète pas au sujet de la mission, blondinet, les explications viendront en temps et en heure. Mais mettez-vous ça dans le crâne : ici, ce sera votre chez-vous pendant très longtemps.

Ma vision devint plus floue, et je dus m'accrocher à la table, prise de vertiges. Je voulus bredouiller quelque chose, mais ma bouche était pâteuse. Instinctivement, je me tournai vers Prym pour vérifier s'il allait bien. Mon meilleur ami se tenait la tête entre les mains et tanguait. Ou bien était-ce moi ? Mon regard accrocha mon assiette vide. La nourriture. Ils nous avaient empoisonnés.

— Quand vous vous réveillerez, dit Mikołaj d'une voix lointaine, trouvez le moyen de revenir le plus vite possible, ensemble. On vous laisse un petit cadeau, une enveloppe avec des informations ultraconfidentielles. Elle aussi doit être intacte.

Le sol se rapprocha à une vitesse folle et heurta mon corps dans un bruit mat. Ma vision était obstruée par des milliers d'étoiles. Mon esprit avait beau se débattre, je sombrai inexorablement dans un lac sans fond.

— Bonne chance ! Et surtout, évitez de mourir.

6

EDWARD

L'ÉPREUVE

L'idée de construire des Murs autour des grandes capitales européennes est née en janvier 2042, après la mise en circulation des premiers essais d'armements utilisant l'intelligence artificielle.

Allongé sur une surface tout à fait inconfortable, je grognai, le dos en vrac, la tête en feu. Je libérai ma main ankylosée par le poids de mon corps et la posai sur mon front douloureux. C'était comme si quelqu'un avait ouvert mon crâne en deux et n'avait pas fermé la brèche. J'ouvris un œil, puis deux. Je reconnus d'abord Łucja, étalée au sol face contre terre. En cherchant à me redresser, j'aperçus Prym, à genoux, l'air hagard. Une drôle d'émotion passa sur son visage, et il se releva d'un coup sec. Il ne réussit à se maintenir debout que par la présence d'un canapé non loin de lui. Alors que je parvenais à m'accroupir en me tenant à une chaise, une nausée me prit, et je me rassis aussi sec. Łucja ne s'était toujours pas réveillée et Prym continuait de s'agiter dans tous les sens, fouillant tout autour de nous comme un fou.

Ce fut seulement à cet instant que quelque chose me sauta aux yeux.

Joanna n'était nulle part.

Cette constatation termina de me réveiller, et je réussis à atteindre Łucja pour lui secouer doucement, mais fermement, le bras. La jeune femme, dont la lumière du jour révélait la courte chevelure auburn, refusait totalement d'émerger. Par réflexe, elle chercha à me frapper, mais je retins son poing. Elle ouvrit lascivement les paupières et révéla ses iris bleu océan. Un froncement de sourcils assombrit son regard.

— Mais qu'est-ce qu'il y a ? Oh… oh… attends, ça me revient.

Elle grimaça de douleur.

— Je sais pas avec quoi ils nous ont drogués, mais ça fait un putain de mal.

Prym nous jeta à peine un regard alors que nous nous relevions, non sans difficulté. Un salon aussi banal que celui dans lequel nous nous étions arrêtés le premier jour nous entourait. Les rideaux filtraient la lumière matinale. Combien de temps avions-nous dormi ? Une nuit ? Plus ?

— Arrête de t'agiter, ronchonna Łucja face à Prym. Tu me donnes la gerbe.

Le soldat l'ignora, les sourcils froncés et la mâchoire serrée.

— Elle n'est pas là, finis-je par dire. Ils lui ont demandé si elle était une *manus protegens*. Elle doit toujours être à la base.

Pour la première fois depuis son réveil, Prym se figea et me regarda dans les yeux. Les siens exprimaient tout le désespoir du monde, et j'eus de la peine pour lui. Je mis du temps à me souvenir de son proverbe.

— L'ombre arrive, mais la lumière la bat.

— L'ombre passe, mais la lumière demeure, me corrigea-t-il à bout de nerfs.

Bon, raté pour l'encouragement. Je tanguai jusqu'à lui, et dus tendre un peu le bras pour lui tapoter l'épaule.

— On va la retrouver, d'accord ?

Malgré notre différence de taille, j'avais soudain l'impression de me retrouver face à un enfant. Sa voix fut penaude, mais plus tranquille.

— D'accord.

Il lâcha un maigre sourire, puis, alors qu'il tournait déjà la tête, ses yeux s'illuminèrent et il se précipita vers la porte. Il se pencha et exhiba trois *animae* et une enveloppe scellée. Je lui pris cette dernière du bout des doigts ; elle était fine, fragile. Je m'apprêtais à l'ouvrir, mais Prym m'arrêta.

— Juste avant de m'endormir, j'ai entendu Mikołaj dire qu'il allait nous laisser un cadeau et qu'on devrait le ramener intact. Il n'y a plus qu'à nous repérer et à revenir chez les Conquérants !

— Hors de question.

Łucja avait croisé les bras et nous regardait d'un air déterminé. Prym serra la mâchoire.

— C'est-à-dire ?

— Je ne bougerai pas d'ici. Ces malades ont empoisonné notre nourriture ! Vous allez quand même pas repartir là-bas ?

— Bien sûr que si ! Joanna y est toujours, et je ne vais pas la laisser toute seule.

Les deux s'affrontaient du regard, et aucun n'était prêt à céder. Délicatement, je tournai et retournai l'enveloppe, comme si elle pouvait m'apporter une réponse, puis je pris une *anima*.

— D'accord, je viens avec toi. De toute façon, je vois mal ce que je pourrais faire d'autre.

— Merci beaucoup.

Les traits de Prym exprimaient le soulagement. Łucja pesta et s'affala sur un coussin, boudeuse. Surpris de ne pas trouver l'encoche où ranger l'*anima* dans ma ceinture, j'observai rapidement ma tenue et regrettai soudain d'avoir enlevé mon uniforme. Avec horreur, je me souvins que j'avais retiré mes bottes avant de partir manger. Les Conquérants n'avaient pas eu la générosité de me les remettre.

— Par le Maréchal... Quel con ! soufflai-je, ça va être pratique de marcher en chaussettes avec tous ces trous dans la route.

Prym avisa mes pieds d'un froncement de sourcils. Lui, bien sûr, n'avait pas enlevé ses chaussures, seulement son uniforme.

— Ne t'inquiète pas, on ira doucement.

Au pied du canapé, Łucja n'avait toujours pas bougé d'un pouce.

— Moi, je ne viens pas. Je peux très bien me débrouiller toute seule.

— Sans ton uniforme ? s'exclama Prym, horrifié. C'est du suicide !

La jeune femme haussa un sourcil et s'assit aussi lentement que possible sur le canapé, où elle s'étendit.

— Je m'en fiche. Je ne bougerai pas, de toute façon.

J'entendis très clairement Prym grincer des dents, l'air de dire que l'on n'avait pas le temps pour un caprice. Je ramassai la troisième *anima* et la fis tourner dans mes mains, presque incertain de ce que je devais en faire.

— Tu vas mourir si tu viens pas avec nous, lui fis-je remarquer.

— Ça, tu vois, le gringalet, ce n'est pas ton problème.

Je ne bronchai pas, mais mes doigts se figèrent sur les *animae*. Si elle savait le nombre d'insultes bien pires que j'avais entendues à l'Institut. Être de petite taille et avoir peur du sang n'avaient jamais figuré dans les qualités à avoir. Seule ma capacité à apprendre n'importe quelle langue sans l'aide de mon *cerebrum* m'avait maintenu dans l'Élite.

Łucja sourit, satisfaite.

— On n'abandonne personne, murmurai-je tout de même.

Elle s'attendait peut-être à ce que l'on parte sur-le-champ et qu'on la laisse tranquille, mais Prym n'avait pas l'air de cet avis. Il rangea son *anima* dans l'une des poches lâches de son pantalon et poussa un long soupir. Quand il se planta face à elle, j'en déduisis qu'il avait choisi la méthode radicale.

— Tu as deux possibilités. Soit tu arrêtes tes histoires et tu viens avec nous sur tes pieds. Soit tu t'obstines et je te porte.

— Ah ouais ? J'aimerais bien voir ça ! Tu sais combien je...

Elle n'eut pas le temps de finir sa phrase qu'il la prit par la taille et l'envoya valser sur son dos. Il fit une légère grimace, mais tint bon. Łucja poussa un cri et martela ses omoplates.

— Mais je ne t'ai rien demandé ! Fais-moi descendre !

— On n'abandonne personne.

Il me lança un clin d'œil.

— Ed, tu veux bien ouvrir la marche ? Garde l'enveloppe et son *anima* avec toi, le temps qu'elle se calme.

Je déglutis, peu à l'aise avec ce nouveau rôle.

— T'es sûr ? Parce que...

— J'ai confiance en toi. Tu sais tirer et tu réagis vite. Maintenant, on avance le plus rapidement possible.

— Euh... Hum. D'accord.

Il faut croire qu'il ne t'a pas encore bien vu combattre, railla la petite voix dans ma tête.

Je sortis le premier de la maison, non sans vérifier que Prym me suivait bien. Dehors, il était effectivement tôt, et les rues étaient désertes autour de nous. Le Mur nous surplombait de toute sa hauteur. Łucja râlait et faisait un boucan pas possible sans s'arrêter de frapper Prym. Je me tournai vers eux. Elle lui tira les oreilles, puis tenta de lui envoyer son genou dans le bas-ventre, mais il la tint plus fermement.

— Arrête un peu, c'est pour toi qu'on fait ça.

— N'importe quoi ! Maintenant, laisse-moi descendre.

Elle avait articulé chaque mot comme si elle parlait à un enfant, et sur chaque syllabe, elle avait enfoncé ses ongles dans sa peau.

— On n'abandonne personne, répéta-t-il.

— Mais qu'il est chiant !

J'enjambai une crevasse, le macadam était chaud sous mes chaussettes, mais les petits cailloux qui s'enfonçaient chaque seconde un peu plus dans ma peau ne me rassuraient pas sur les heures à venir. Mon *anima* devenue revolver, j'avançais à petits pas. J'avais conscience que je pointais mon canon sur absolument tout, mais cela me rassurait. Un pigeon qui passait par là roucoula et me fit sursauter.

Arrivé à un croisement, je stoppai net, indécis.

— Et maintenant ?

— Attends.

Prym jeta un regard sur son bagage capricieux.

— Si je te pose, tu restes tranquille ?

Un vague soupir nous parvint, et il dut prendre cela pour un « oui », car il la déposa. Il prit quelques secondes pour s'étirer sous le regard agacé de la jeune femme. Soucieux de calmer le jeu, je tendis son *anima* à Łucja, qui l'accepta sans broncher. Le temps qu'elle l'active, Prym dénicha un arbuste qui avait poussé au milieu de la route, et entreprit de lui arracher une petite branche qu'il planta directement dans une fine crevasse. Avec une pierre assez pointue, il marqua d'une croix le haut de l'ombre de sa branche projetée sur le sol. Je m'accroupis près de lui, intrigué.

— Tu nous fais quoi, là ?

— Une boussole, mais pour ça, il faut attendre un peu.

Łucja se laissa tomber près de nous, agacée, les bras autour de ses genoux.

— Je croyais qu'on n'avait pas le temps, railla-t-elle.

— Oui, mais on ne peut pas avancer à l'aveuglette non plus.

Elle haussa les sourcils, mais sa balade sur le dos de Prym l'avait apparemment trop épuisée pour qu'elle s'entête. Je frôlai la croix dessinée, circonspect.

— C'est bien beau d'avoir une boussole, mais on ne sait pas où est leur base.

— Eh bien, soupira Prym, déjà, nous savons qu'elle est au sud de la Zone, vu qu'hier, nous nous sommes fait attaquer alors que nous nous dirigions vers le nord ; mais à quel point ? Je dirais qu'elle est plus au nord, malgré tout. Le Mur ne me paraissait pas si proche de nous vu du parking.

Łucja hocha la tête, soudainement plus attentive. Elle se mordilla les lèvres.

— D'accord, mais si on marche plein nord, on va atterrir directement dans un autre territoire et on va se perdre. Ça ne suffit pas comme indication.

Il plissa les yeux, et j'essayai de me rappeler les quelques cours de stratégie que j'avais suivis. Le néant total. Prym se mit à jouer avec son matricule.

— Hum... Si j'étais les Conquérants, je ne me rapprocherais pas trop à l'est.

— Oui, mais à l'est, ça doit être là que la rivière traverse leur territoire. C'est mieux, non ?

Il hocha la tête devant ma remarque.

— Oui, mais tu oublies un détail essentiel : la position de l'ennemi. Apparemment, à l'est, il y a les Wilis, avec qui les Conquérants n'ont pas l'air en bons termes. Donc, si j'étais eux, j'éviterais de trop me coller à leur frontière, pour que mes patrouilleurs aient le temps de les voir venir en cas d'attaque.

— Alors, ils sont à l'ouest ? Vers la zone neutre ?

— Non plus. Tu l'as dit toi-même, la seule source d'eau potable est à l'est, et ils ne peuvent malgré tout pas trop s'en éloigner.

Les Conquérants n'ont pas d'autre choix que de trouver un compromis entre les deux, et devraient donc se trouver vers le centre du territoire sud.

L'ombre de sa branche plantée dans le sol avait déjà parcouru quelques centimètres. De nouveau, il fit une croix tout en haut de sa silhouette sur le sol, et d'un geste vif, il relia d'un trait les deux points, puis, d'un second, le coupa perpendiculairement d'une autre trace.

— La première ligne que j'ai faite représente l'est et l'ouest. La première croix, c'est l'ouest, et la seconde, l'est. La seconde ligne est notre nord et notre sud. L'ombre va dans la direction du nord. Par rapport à la position du soleil et du Mur derrière nous, je dirais que nous sommes au sud-ouest de la Zone. Nous devons donc viser le nord-est.

— Et chercher un centre commercial, complétai-je en me relevant. Ça me paraît bien.

Je me frottai le visage, déjà las.

— De toute façon, je n'ai pas mieux à proposer. C'est pas vraiment la survie, mon domaine.

Les iris bleu océan de Łucja nous scrutèrent un instant, sans qu'elle ne dise rien. Elle se leva à son tour, faisant craquer ses genoux au passage, et épousseta son pantalon d'un geste lent, comme si elle réfléchissait encore à ce qu'elle allait faire.

— Je viens avec vous.

Elle croisa les bras d'un air décidé.

— Mais à pied, ce coup-ci.

Mon visage se fendit d'un large sourire, et je frappai joyeusement la main de Łucja qui leva les yeux au ciel, amusée. Je me tournai vers un Prym silencieux et concentré. Il sortit son *anima* de sa poche, l'activa, et regarda une dernière fois les lignes tracées sur le sol.

— Alors, en route !

Je pris le temps de vérifier avec les autres plusieurs fois que nous suivions toujours la bonne direction. Malgré l'absence de chaussures, mes pas se faisaient plus sûrs, mes mains tremblaient moins sur mon pistolet, et j'avais cessé de regarder dans tous les sens telle une proie traquée.

La démarche de Łucja était assurée, naturelle, tout en étant prudente. Elle se faufilait parmi les débris, les lampadaires à terre et les crevasses comme si elle avait toujours fait ça. Du côté de Prym, chacun de ses pas se faisait dans le silence le plus total et il n'effectuait aucun geste inutile, tout en inspectant chaque rue que l'on traversait, chaque fenêtre en miettes, chaque voiture éventrée. Ils eurent d'ailleurs vite fait de reprendre la tête, et je me contentai de les suivre. À côté d'eux, je me sentais gauche. *Tu es trop faible.*

Le soleil se reflétait maintenant sur la moindre surface vitrée et m'éblouissait régulièrement quelques fractions de seconde. Je respirais à peine, attentif à tous les bruits. Une perle de sueur se forma à l'arrière de mon cou et glissa le long de mon échine, mouillant au passage mon tee-shirt en coton.

Mon pied heurta quelque chose de mou. Je m'immobilisai et baissai les yeux. C'était une peluche, un lapin avec un petit nœud papillon bleu. Des traces de doigts minuscules y avaient laissé des empreintes ensanglantées. Ma gorge se serra.

Tant de gens avaient péri ici quand la Chose s'était échappée du laboratoire qui l'avait vue naître. Des hommes, des femmes, des enfants. Aucun n'avait eu le temps de fuir. Le Mur qui entourait déjà Varsovie à l'époque avait été le seul frein à ce carnage. Novum Invenit Pacem, pensai-je automatiquement. Je me baissai pour ramasser la peluche.

La balle siffla là où se trouvait ma tête quelques instants plus tôt.

Elle ricocha contre la carcasse d'une voiture non loin de moi, et je me jetai au sol. Quelques mètres devant, Łucja et Prym se retournèrent d'un même geste.

— À couvert !

Je les contemplai sans comprendre, et Łucja dut me tirer le bras pour que je réagisse. Ils rampèrent vers le véhicule le plus proche ; je voulus faire de même, mais une rafale de balles se mit à pleuvoir sur moi et m'obligea à ramper jusqu'à me placer derrière une autre voiture. Une fois à l'abri, je m'agrippai à mon *anima* et tentai d'observer la rue au travers des vitres brisées. Ma poitrine se soulevait trop vite, mon esprit était embrumé par la peur. *C'est la fin.*

La balle suivante fit exploser la vitre à côté de ma tête.

— Ed ! me cria Prym. Ça va ?

Du sang coulait le long de ma joue. J'avais l'impression qu'un fouet avait mordu le haut de mon oreille, et je me retins de vomir. Devant sa frayeur, je hochai vivement la tête pour le rassurer.

— Vous voyez quelque chose ?

— Pas du tout ! dit Łucja. Mais je crois qu'ils sont dans la boutique d'en face.

J'avisai cette dernière. L'enseigne branlante sur la façade indiquait que c'était une parfumerie. De là où j'étais, je ne pouvais effectivement pas voir l'intérieur non plus, le reflet du soleil m'en empêchait. Qui pouvait bien nous attaquer ? Les barjos pleins de cendre ? Nous étions loin de leur territoire, non ? Les Wilis ? Pareil. Les Conquérants ? Pourquoi le feraient-ils ? Pour nous tester ? Cela n'avait pas de sens. Il fallait être timbré pour risquer de tuer ses nouvelles recrues de cette façon !

Et vu que la Chose ne tirait pas de balles, du moins pas à ma connaissance, la seule explication restante ne me plaisait pas des masses.

— Est-ce que vous arrivez à voir combien ils sont ?

Prym, dont la cachette le positionnait dans un autre angle que le mien, plissa les yeux et plaça ses mains en visière. Un autre tir le força à rentrer la tête, mais il revint quelques secondes plus tard à la charge.

— C'est difficile à dire ! Je crois que j'en vois un allongé sur une sorte de table. Et puis… (Il dut de nouveau se mettre à couvert et attendit un peu avant de remonter.) Il y en a un derrière lui, ça, c'est sûr. (De nouveau, retentit un tir qui, cette fois, manqua de peu sa tête.) Je dirais qu'il y en a un troisième, mais je ne peux pas l'affirmer.

Łucja fronça les sourcils et planta ses yeux écarquillés dans les miens.

— Ils sont trois. Comme nous.

Le visage de Prym s'était métamorphosé, défiguré par la colère. Cette fois, je me mis à trembler pour de bon, abasourdi par autant de bêtise. Je voulus vérifier que j'avais bien compris.

— Tu ne penses quand même pas que…

— Oh si ! me coupa Prym. Le meilleur moyen de s'assurer un bon poste est d'éliminer toute concurrence possible.

— Il faut être sacrément pourri quand même ! pesta Łucja.

— Ou ambitieux, murmurai-je.

Je n'avais pas mémorisé tous les visages des vingtièmes avec qui Mikołaj nous avait fait manger. En fait, je n'en avais reconnu qu'un seul. Sa simple vue avait failli me couper l'appétit. Oh, bien sûr, ce n'était pas sa faute s'il nous avait conduits tout droit face à un piège, mais Lech Molski dégageait quelque chose qui me rappelait les brutes de mon Institut.

— Faites-les tirer un maximum, ordonna alors Prym en me tirant de mes pensées.

— Je te demande pardon ? s'étrangla Łucja.

— Faites-moi confiance. Il faut qu'ils nous canardent.

Je déglutis. Par le Maréchal, mais pourquoi étais-je dans cette situation, déjà ?

— Franchement, mec, j'aime pas ton humour.

— C'est pas une blague. Trouve une protection et laisse-les te viser pendant que je les mitraille.

— Eh merde, super.

Łucja me désigna une portière arrachée entre nos deux voitures. Je tendis le bras pour l'attraper, mais c'était trop court. Une balle m'effleura et me brûla la peau. Je retins un cri de douleur et plongeai. Aussi rapidement que possible, je relevai la portière et m'accroupis derrière. Deux balles se figèrent aussitôt dans mon bouclier improvisé et me coupèrent le souffle.

— Łucja, tu viens derrière lui et tu tires pendant qu'il avance. Je vous couvre.

La jeune femme effectua une pirouette pour me rejoindre et évita souplement une balle. Je courus accroupi et traversai la rue aussi vite que mes chaussettes me le permettaient. Dans le même instant, Prym tira sur la vitre de la parfumerie qui vola en éclats. Des jurons me parvinrent ainsi qu'un gémissement. Nos assaillants redoublèrent d'acharnement, et une balle parvint même à faire un trou dans la portière, m'arrachant un cri. Deux autres se perdirent et fracassèrent un bout de bitume.

J'espérais vraiment que Prym avait un plan.

— Plus vite ! m'ordonna Łucja, qui tirait en rafale à travers la fenêtre brisée au-dessus de ma tête.

Une balle vint se loger dans son épaule droite, et elle lâcha son *anima* sous le choc. La jeune femme ne s'écroula pas, mais émit un cri de douleur entre ses dents serrées. Alors que je m'arrêtais, mes jambes ayant refusé de faire un pas de plus malgré l'arrêt inexpliqué des tirs, je perçus une flopée de jurons.

Prym nous rejoignit au pas de course d'une démarche assurée. Il nous aida à nous relever et entra dans la parfumerie, son *anima* braquée devant lui comme s'il ne courait aucun risque. Je me décidai à le suivre, tout en veillant à bien rester derrière lui et sans avoir lâché ma portière malgré son poids. Lech, allongé sur un plan de travail, regardait avec ahurissement son *anima*, qui avait repris sa simple forme de boîtier.

— Petit cours sur les *animae*, se moqua Prym. Trois catégories d'armes selon leurs calibres, les Conquérants nous ont donné la plus basse, celle qui se recharge en moins de cinq minutes, mais qui se décharge malheureusement au bout de dix tirs d'affilée.

J'observai Prym d'un air stupéfait. Il avait joué avec nos vies sur son simple comptage de munitions. Lech nous foudroyait du regard ; il voulut se relever, mais Prym le tenait toujours en joue.

— Ne bouge pas. Je n'ai pas l'intention de vous tuer, on est tous dans le même camp. Mais vous allez gentiment nous laisser partir.

Les deux autres hommes de son équipe ne pouvaient rien faire non plus. Le premier tremblait de tout son corps et avait une jambe en sang. Le second, un brun costaud au regard dur, me paraissait plus âgé, ce qui n'avait pas de sens. Il se tenait en retrait et nous observait avec curiosité.

— Et puis quoi encore ! s'insurgea Lech. Je…

Prym tira, ce qui eut pour effet de me faire sursauter.

Sa balle se planta à quelques centimètres de la main du *cogitabat animo*, dont le visage pâlit.

— Maintenant, je vais reculer, puis mes amis et moi, on va partir, tout simplement. Vous n'allez pas nous suivre, et tout va bien se passer.

Les yeux sombres de Lech se posaient tour à tour sur nos trois visages, et brûlaient littéralement de haine face à son humiliation. Alors que je baissais mon arme, Prym me fit un léger signe de tête et j'acquiesçai. Je fis un premier pas en arrière, et rien ne se passa. Un deuxième, et personne ne bougea. Un troisième, et je sortis de la boutique.

Un coup d'œil me permit de voir que Łucja allait bien, malgré sa blessure. Elle observait le troisième homme plus massif. Je reculai encore un peu. Un autre m'indiqua que Prym reculait à son tour, avant de se retourner. Si l'on en croyait ce qu'il venait de dire, nous n'avions que quelques minutes avant que leurs *animae* ne soient de nouveau opérationnelles.

— On va devoir se dépêcher, me confirma Łucja.

Je m'apprêtais à lui obéir quand un bruit de course me fit faire volte-face. Lech m'atterrit dessus et m'écrasa au sol de tout son poids. Je lâchai un grognement alors qu'il tentait de me prendre mon *anima*. Il me flanqua un coup de poing, auquel je répondis par un vague coup de genou. Paniqué, je me mis à lui hurler dessus et à frapper tout ce que je trouvais.

Prym et Łucja criaient aussi et menaçaient Lech de leurs armes, mais ils ne pouvaient pas tirer – pas avec moi juste en dessous. Le corps en sueur, je me débattais de toutes mes forces, mais j'eus un haut-le-cœur quand il cogna ma tête, toujours entourée d'un bandage, contre le bitume.

Ma vision se colora de noir, et l'odeur du sang chaud emplit mes narines. Alors que mon *anima* me glissait des doigts, je réussis à frapper le nez de Lech encore fragile. Son sang gicla sur mon visage et je crus défaillir, mais il s'écroula en premier à côté de moi, en se cachant le visage dans un grognement. Łucja s'accroupit près de moi. Prym se jeta sur Lech, utilisant ses jambes pour le maintenir au sol, et posa le canon de son arme sur son front.

Les deux compagnons de Lech voulurent intervenir, mais se figèrent dans un même mouvement. Łucja fixait un point loin derrière moi, ses iris bleus écarquillés. Même Prym avait relevé la tête, sans pour autant lâcher Lech.

Un râle me fit me retourner. À une quinzaine de mètres de nous, une ombre immense se dessina à l'orée d'une cour intérieure. La silhouette pencha légèrement la tête sur le côté.

La Chose nous observait.

Elle souriait.

7

ALEKSANDER

MIGRAINE

En ce qui concerne les armes à feu, une anima *peut tirer un certain nombre de balles avant de devoir se recharger. Pendant ce laps de temps, seules ses formes d'armes blanches peuvent être utilisées.*

Mon index tapotait la table à intervalles réguliers, pendant que je parcourais rapidement le rapport déposé moins d'une heure auparavant. L'écriture soignée de Gwidon aidait bien, car ce document faisait plusieurs pages et était aussi détaillé que possible concernant nos réserves en eau, notre stock de nourriture, la production agricole de la semaine, mais aussi les divers incidents liés de près comme de loin aux réservistes et la manière dont Gwidon avait jugé bon de les recadrer. Il y faisait également l'étalage des différentes activités des Wilis repérées par nos patrouilleurs, la multiplicité de leurs attaques, les conséquences sur nos réserves du dernier rapt qu'elles avaient effectué la semaine dernière, mais aussi le nombre de ses réservistes blessés ou tués depuis sept jours. Pour une fois, il n'y en avait eu que deux dans nos rangs.

Ma migraine ne passait pas.

Le grincement de la porte me ramena à la réalité.

— Je te dérange ?

Lise se tenait dans le couloir, droite, mais ses traits fatigués indiquaient une certaine inquiétude. Sa frange un peu longue cachait ses yeux sombres qui observaient l'état déplorable de la pièce. Lise ne fit aucun commentaire.

— Non, entre, lui dis-je en écartant le dossier de Gwidon.

La cheffe de la Défense se déplaça agilement entre les cartons pleins de rapports, les différents livres empilés çà et là, et mes propres notes que je prenais parfois en main puis que j'oubliais de remettre à leur place. Sans même jeter un coup d'œil à la chaise en face de moi, elle posa délicatement un morceau de métal sur mon bureau, puis croisa les bras derrière son dos.

Je levai un sourcil, et elle me répondit par un simple mouvement du menton. Aussitôt, j'attrapai le petit éclat sombre pour le faire tourner entre mes doigts. Sa surface était douce, mais ses arêtes tranchantes et inégales.

Écrasable d'une simple pensée.

— Qu'est-ce que c'est ? m'enquis-je.

— Un bout de la serrure d'une des portes arrière.

Sa voix n'avait exprimé aucune émotion particulière, comme chaque fois qu'elle m'annonçait une mauvaise nouvelle, c'était sa manière de ne pas m'influencer.

— Tu es sûre ?

— Certaine. C'est la troisième fois qu'un de mes défenseurs a l'impression de retrouver cette porte ouverte alors qu'il était sûr de l'avoir fermée. Cette fois, il y avait plusieurs de ces éclats au sol, et la serrure était devenue, disons… inutilisable. Je viens simplement t'informer que cette porte a été condamnée.

Ma migraine augmenta d'un cran.

Si seulement les problèmes pouvaient être aussi facilement réduits en poussière.

Je continuai de faire tourner le bout de métal entre l'une de mes mains, laissant ses tranchants m'effleurer la peau du pouce. Je me frottai le visage de l'autre main, pour finalement y caler mon menton. Ce n'était clairement pas le bon jour pour de nouveaux problèmes.

— Tes équipes ont repéré un étranger ?

Lise poussa un long soupir ; une mèche de ses cheveux voleta et se posa sur sa joue.

— Non, et c'est bien ce qui m'inquiète. Cinq groupes se sont réparti l'ensemble de la base et fouillent tous les recoins, mais pour l'instant, rien de suspect. Et puis, avec l'arrivée des nouveaux, c'est un peu plus difficile pour tout le monde d'identifier qui est une de nos recrues et qui ne l'est pas.

— Profites-en tant qu'ils ne sont pas encore rentrés.

— C'est bien là le problème : l'équipe Kalmie est déjà arrivée. Elle a battu le précédent record grâce à l'une des vingtièmes.

Je serrai la mâchoire, partagé entre le contentement et l'agacement. Je me détournai un instant de Lise, et mon regard se porta sur les grandes fenêtres de mon bureau qui donnaient sur Varsovie, aussi grise que verdoyante. Parfois, rien ne me semblait aussi beau et aussi tragique que cette simple vue.

— Et les autres équipes ?

— Avec tout ce qu'il s'est passé, je n'ai pas tout suivi, mais je crois qu'Aster, Muguet et Narcisse avancent bien. Mikołaj stresse, car Edelweiss et Lilas n'ont pas donné de nouvelles récemment.

Assez loin de nous, bien plus haut que le Mur, un oiseau survola la Zone. Pendant son bref passage, j'eus la vague impression que lui aussi était désolé par ce spectacle. J'enviai subitement son absence de chaînes et m'imaginai un instant loin d'ici. Quand je fis de nouveau face à Lise, ma migraine s'était terrée dans un coin de mon esprit.

— S'ils ne donnent pas signe de vie d'ici deux heures, dis à Mikołaj d'envoyer une patrouille de secours.

Elle se contenta de hocher la tête, et me prit la main pour récupérer l'éclat de verrou. À mon contact, sa peau se fit aussi froide et dure que ce bout de métal, et ma poitrine se serra. Ses yeux sombres m'examinèrent avec la plus grande attention, puis glissèrent sur le rapport de Gwidon.

— Ne te surmène pas trop, d'accord ?

— Promis. Toi non plus ?

— D'accord.

Lequel de nous deux mentait le mieux ?

Quand elle referma la porte derrière elle, laissant pour seule trace de son passage des effluves d'orange, je repris ma lecture du rapport et mon tapotement en rythme sur le bureau.

La migraine, toujours prête à resurgir.

8

PRYM

FACE-À-FACE

Lorsque la Chose s'est échappée de son laboratoire, une grande partie des Varsoviens ont réussi à fuir avant que les portes ne soient définitivement fermées pour préserver le reste du pays. Certains n'ont jamais quitté Varsovie.

J'avais vu des milliers de photographies de la Chose durant ma vie. Elles m'avaient fait froid dans le dos, mais rien de plus. À ce moment précis, alors qu'elle n'était plus qu'à quelques mètres de moi, je me sentis comme un petit animal face à son prédateur naturel.

Faible.

Impuissant.

—Ne bougez surtout pas, nous ordonna Łucja d'une voix presque inaudible. Eryk, on reprend le contrôle de la situation.

Je mis quelques secondes à comprendre qu'elle parlait à l'homme du groupe de Lech qui se tenait le plus en retrait, celui au regard dur. Comment se connaissaient-ils ? En quoi pouvaient-ils reprendre le contrôle ? Mon canon toujours posé sur le visage de Lech, je n'osai pas l'enlever, de peur que ce petit geste soit le dernier de mon existence. La Chose percevait tout et entendait tout. À cette distance, il ne lui fallait qu'une fraction de seconde pour nous localiser et nous empaler. Les yeux écarquillés, Lech m'observait comme s'il doutait encore un peu de mes intentions. Mon regard se reporta sur la Chose, et je manquai de défaillir.

Je n'avais jamais rien vu de si monstrueux.

La majorité de son torse avait une forme humanoïde, si ce n'était la présence d'un axe rotatif en plein milieu qui lui permettait de passer en une fraction de seconde de la position bipède à celle de quadrupède, bien plus rapide. Ses membres, eux, commençaient d'une façon tout à fait normale, mais dès que l'on atteignait ce qui aurait dû être un genou ou un coude, leur forme déviait à quatre-vingt-dix degrés, avant de se briser dans un nouvel angle grotesque. Le membre se terminait dans une pointe fine, aussi solide que du diamant, aussi efficace qu'une lance, et plus affûtée qu'aucune arme sur terre. L'arrière de ses coudes et de ses genoux prolongeait en sens inverse les pics qui faisaient son équilibre. Sa peau était d'un gris mat, aussi indestructible que le Mur de la Zone. Elle absorbait toute la lumière, toute la chaleur, tout l'espoir autour d'elle.

Mais le pire, c'était son visage.

Dépourvue d'yeux ou de narines, la Chose percevait le monde qui l'entourait grâce à des capteurs invisibles. Son front, vidé de toute utilité, s'en retrouvait plus arrondi et rejoignait l'arrière de son crâne cubique. Son menton proéminent était surplombé d'une bouche aux lèvres quasi inexistantes, éternellement ouverte, qui dévoilait des dents aussi longues que mes mains, serrées dans la grimace d'un funeste sourire.

Un tintement retentit derrière moi, et mon corps entier se raidit. Il fut suivi d'un deuxième, puis d'un dernier. Le troisième homme du groupe de Lech, celui à la jambe blessée, lâcha un gémissement plaintif.

Cinq minutes s'étaient écoulées.

Les *animae* s'étaient rechargées, et leurs bruits signaient notre arrêt de mort.

Quand la Chose bondit sur nous, je m'aplatis au sol – donc au passage sur Lech –, et un cri perçant déchira l'air. Je roulai sur le côté et découvris avec horreur que le mobilisé blessé à la jambe se tenait maintenant à plus d'un mètre du sol, empalé par l'un des membres de la Chose. Son visage exprimait une surprise pleine de souffrance alors qu'une auréole de sang se dessinait sur son ventre. Il hoqueta et ses yeux se révulsèrent. La Chose se débarrassa alors de lui et l'envoya valser contre un mur. Sa tête se fractura contre la paroi, et des morceaux de cervelle s'écrasèrent sur le sol.

Je retins un haut-le-cœur et tentai de ramper plus loin.

Debout à quelques mètres de là, Edward, pétrifié, fixait avec stupeur le cadavre frais du vingtième, devenu méconnaissable. Łucja resserra sa prise sur son *anima* ; elle respirait à peine. Du coin de l'œil, j'aperçus la Chose se tourner vers nous. Cette fois, il n'y avait plus de doute possible. Elle souriait. Il fallait que je m'en éloigne le plus possible. Une main m'attrapa alors la cuisse. Le visage dévasté par la peur, Lech planta ses ongles dans ma peau.

— Lâche-moi, articulai-je en silence.

Il secoua imperceptiblement la tête. Nous étions les deux plus proches de la Chose, la moindre erreur nous condamnait à mourir éventrés, ou bien pire. Łucja me suppliait du regard d'avancer. Juste derrière, Edward se réveillait d'un cauchemar pour se rendre compte que la réalité était bien pire. Quant à Eryk, son expression dure s'était muée en tout autre chose.

Une froide détermination.

Mais les doigts de Lech s'enfoncèrent encore plus, et un horrible rictus déforma son visage.

— Si je meurs, dit-il suffisamment fort, alors, toi aussi.

— Idiot ! jura Eryk.

La Chose se tourna et se jeta sur nous. Dans un réflexe purement inutile, je roulai sur le côté, me dégageant d'un coup de pied de l'étreinte de Lech. Mais je ne serais jamais assez rapide. La Chose fendit l'air en une fraction de seconde, et la pointe déjà ensanglantée d'un de ses membres s'enfonça dans la chair molle aussi facilement que dans du beurre. Mais ni Lech ni moi ne nous trouvions au bout du pic. Eryk, solide comme une montagne, tenait de ses deux mains le membre de la Chose enfoncé dans son ventre. Il toussa du sang, et quand il tourna la tête dans notre direction, un voile couvrait déjà ses iris.

— Barrez-vous !

Avant que la Chose n'ait eu le temps de le faire valser, je me relevai d'un bond et tirai fermement Lech sur ses deux pieds. Łucja attrapa le bras d'Edward et le força à courir vers la base. Lech sur mes talons, je laissai mes jambes me porter, accélérer encore et encore jusqu'à ce que j'aie l'impression de voler au-dessus des failles de la ville et de virevolter entre les carcasses des voitures. La respiration sifflante de Lech faisait un boucan terrible, mais j'entendis très nettement les os d'Eryk se briser contre le mur le plus proche. Un râle me parvint. Puis un bruit de course. Je rattrapais Łucja et Edward, mais serais-je assez rapide pour échapper à la Chose ? L'adrénaline dans mes veines me hurlait que oui, mais l'effroi qui m'empêchait de respirer normalement me disait de m'immobiliser, de m'allonger et d'attendre la mort paisiblement.

Derrière moi, Lech cria. Sans m'arrêter, je tournai la tête. Le pied pris dans les racines d'un arbre qui avait poussé au milieu du trottoir, il s'était étalé de tout son long, face contre terre. Il tenta de se défaire, et n'eut comme résultat que de se tordre encore plus la cheville. Son hurlement de douleur me fit hésiter. La Chose avait ralenti et arrivait vers lui d'un pas long, comme si elle savourait cet instant avant de donner la mort.

— Et puis merde ! jura Edward juste devant moi.

Avant que je ne dise quoi que ce soit, il repartit en arrière. J'entendis vaguement Łucja hurler son nom et lui ordonner de revenir. En quelques secondes, il avait déjà parcouru le peu de mètres qui le séparaient de Lech. Je ralentis et me mordis la langue jusqu'au sang, impuissant.

Dans sa main, son *anima* adopta sa première forme, celle d'une dague. Aussi rapidement que possible, il tenta de couper la racine sans blesser Lech, qui pleurait comme un enfant. Le râle de la Chose approchait, lent, long, puissant. Łucja n'en finissait pas de s'époumoner à vingt mètres de là, et l'image d'Edward me sauvant la vie le premier jour envahit mon esprit.

— Ed, ça me paraît bien, lui avais-je dit alors qu'il me serrait la main dans un grand sourire.

Je me mis à courir vers lui.

Sans prendre le temps d'activer mon *anima*, je l'aidai à arracher la plante. Finalement, quand la racine céda et alors que Lech, secondé par Ed, rampait sur un petit mètre en geignant, la Chose était là, à quelques centimètres de moi.

De ses trois mètres de haut en position bipède, elle me surplombait, la tête penchée sur le côté, comme si elle se demandait de quelle manière elle allait bien pouvoir me transpercer. Je déglutis, hypnotisé par son visage sans yeux qui pourtant m'observait bel et bien. Je me relevai pour lui faire face.

Mon corps ne m'appartenait plus, j'étais déjà bien loin. Mes pensées allaient vers Joanna, que j'abandonnais, vers Halborn, que je décevais, vers ma mère, que je rejoignais.

La Chose courba l'échine et posa ses membres avant sur la route en ruine. Son visage ne se trouvait plus qu'à une dizaine de centimètres de moi. Son menton proéminent pouvait presque toucher mon cou, et son souffle se mêla au mien, faisant se hérisser chaque poil de mon corps.

Elle ouvrit la bouche, cavité creuse reliée à aucun estomac. Je fermai les yeux, prêt à mourir, impuissant devant cette arme de destruction massive. Ma peur se mua en une douce acceptation ; je ne pouvais rien faire d'autre, de toute façon. Je sentais presque déjà ma peau se déchirer, mes organes être transpercés, ma colonne réduite en mille morceaux.

Au lieu de ça, une voix sans âge souffla dans mon oreille.

— traîne...

Elle résonnait et vibrait d'une manière étrange, comme si elle provenait du plus profond des entrailles de la Terre. Mon cœur implosa dans ma poitrine quand je compris d'où venait la voix.

Malgré ma frayeur, j'ouvris les yeux.

Le visage de la Chose n'avait pas bougé ; seule sa bouche sans lèvres s'ouvrait et se fermait.

— zit...

Elle articulait.

— ou...

La difficulté qu'elle avait à le faire me troubla au plus haut point.

— me...

Elle pencha de nouveau la tête.

— bras...

Une larme dévala ma joue, puis une autre, puis un torrent, sans que je puisse vraiment dire pourquoi. Je ne pris pas la peine de les essuyer, les laissant mouiller mes pommettes, mon nez, mes lèvres, mon menton puis le haut de mon tee-shirt. Je n'avais pas pleuré depuis la mort de ma mère. J'étais incapable de bouger et je parvenais à peine à tenir mon *anima*.

La Chose se redressa, comme déçue par ma réaction. Elle recula, un pas après l'autre, d'une lenteur incertaine, puis elle me tourna le dos, et son axe de rotation pivota pour lui permettre de se déplacer sur ses quatre pattes.

Il fallut seulement quelques secondes pour qu'elle disparaisse à travers le dédale des rues de Varsovie, et un instant supplémentaire pour que je me rende compte que j'étais toujours en vie.

Mes poumons s'emplirent d'air.

Je me laissai tomber sur mes genoux, abasourdi.

Ce fut la baffe que me flanqua Łucja qui me ramena à la réalité.

— Pauvre crétin !

Ma joue me brûlait ; je la touchai du bout des doigts. Łucja se tourna vers Ed et lui donna la même gifle, mais cette fois, sa main tremblait.

— Et toi… Mais qu'est-ce qu'il t'a pris, bon sang ? Tu voulais mourir, ou quoi ?

Ed me dévisagea, le souffle court ; il tenait toujours fermement Lech par les épaules. Ses yeux faisaient des allers et retours entre moi et la rue où la Chose venait de disparaître.

— Il s'est passé quoi, là ?

— Je ne sais pas, avouai-je.

— On aurait dit…

Il s'arrêta un instant pour éponger son front ruisselant de sueur.

— Ça va paraître dingue, mais on aurait dit qu'elle te parlait.

Łucja se mordilla la lèvre, ses yeux laissant apercevoir sa panique par vagues. Son épaule gauche saignait, même si elle la comprimait d'une main de toutes ses forces.

— On aura tout le temps d'en discuter plus tard, éluda-t-elle. On doit partir avant que la Chose ne change d'avis et ne revienne finir le travail. La base ne doit plus être très loin.

— D'accord, murmurai-je.

Tremblant encore un peu, je me relevai avec le soutien d'Ed. L'adrénaline m'avait quitté et laissé aussi vide qu'épuisé.

En me retournant, je faillis rentrer dans Lech, roulé en boule. Sa cheville avait doublé de volume. Ses yeux exorbités restaient fixés sur un point invisible.

— On fait quoi de lui ?

Łucja fronça les sourcils, contrariée. Plus que ça, elle semblait prête à donner des claques au monde entier. Les poings serrés, elle ouvrit la bouche, et je sus ce qu'elle allait dire. Mais Ed la devança et s'accroupit près de Lech.

— On n'abandonne personne, dit-il en me regardant.

Je hochai la tête, et il passa le bras de Lech autour de ses épaules. Je l'imitai avec son autre bras. Lech réagit à peine et balbutia une phrase incompréhensible. Łucja desserra les poings, mais garda une mine inquiète.

— Comme vous voudrez, lâcha-t-elle finalement. Mais c'est hors de question que je le porte. Et je ne ralentirai pas ma marche pour lui. C'est clair ?

— Très clair, lui assura Ed. On y va.

Le premier pas fut le plus dur. Lech traînait les pieds, et Ed n'était pas assez grand pour qu'on le soulève du sol. Mais au bout de quelques mètres, la douleur à sa cheville l'obligea à garder le pied en l'air et à compenser son équilibre avec l'autre. Après avoir rapidement vérifié que l'on suivait la bonne direction, Łucja prit la tête et avança sans se retourner.

La chaleur se faisait clairement ressentir, ainsi que la faim et la soif. Mais plus que tout, je me sentais écrasé par le poids de ce qu'il venait de se produire. Deux hommes étaient morts sous mes yeux ce matin, dont l'un pour me sauver la vie, et malgré mes dix ans d'entraînement quotidien, je n'avais rien pu faire.

Comment pouvais-je prétendre vouloir protéger Joanna après ça ?

Et puis, il y avait la Chose.

Son image me hanterait jusqu'à la fin de mes jours.

— Courage ! me dit Ed alors que je ralentissais, on y est presque !

Aussi petit et fin qu'il soit, il tenait bon et trouvait encore le moyen de m'encourager. Je grognai, mais allongeai de nouveau mes pas sous les gémissements plaintifs de Lech.

Łucja nous jeta un coup d'œil. La colère avait disparu de ses traits, laissant place à une expression pensive, curieuse, qui cachait mal une certaine détresse. Mais sa démarche n'était plus aussi assurée.

— Je vois la base ! nous cria-t-elle une centaine de mètres plus loin.

Je lâchai un soupir. Les muscles de mon dos me tiraient et mes jambes ne me portaient plus que par ma volonté.

Bientôt, le centre commercial m'apparut également. Il était rectangulaire, avec un coin arrondi, mais la façade n'était plus que l'ombre d'elle-même. Les lettres rouges qui indiquaient la Galería Mokotów tenaient à peine debout. Les panneaux publicitaires, dont les marques m'étaient toutes inconnues, certainement à cause des restrictions commerciales imposées à Erit après la catastrophe de Varsovie, avaient été lacérés et n'affichaient plus que des demi-sourires.

Les patrouilleurs des Conquérants accoururent vers nous et nous prirent Lech des bras. L'un d'eux avisa la blessure de Łucja et demanda immédiatement à appeler Oliwjer, le gérant des *manus protegens*.

— Pas la peine, refusa Łucja sans s'arrêter. J'irai le voir après les affectations.

— Mais…

Łucja le défia du regard. Son attitude me surprit, et visiblement, c'était aussi le cas d'Ed, qui avait ralenti pour observer la scène, les sourcils froncés. Qui était-elle vraiment ?

— Pas la peine, répéta-t-elle d'un ton plus cassant. Mikołaj a-t-il déjà commencé les affectations ?

— Euh…

Le soldat se tortilla, mal à l'aise.

— On vous cherchait, mais comme il ne manquait que deux équipes, ils ont commencé la…

— Où sont-ils ?

— Près de la fontaine, mais…

Łucja ne le laissa pas finir et attrapa le bras d'Ed, puis le mien, et lança un regard sans appel vers les porteurs de Lech, qui se précipitèrent à sa suite. Son pas était rapide et son visage exprimait une détermination absolue. Les autres gardes de la Défense nous laissèrent passer sans oser s'interposer.

À l'intérieur, tous les Conquérants s'étaient rassemblés autour de la place de la fontaine. En son centre, je reconnus d'autres vingtièmes, pour la plupart dans un état déplorable.

Mikołaj déambulait entre eux, l'air moyennement satisfait, et haussa un sourcil perplexe quand Łucja fendit la foule avec nous.

— Vous êtes en retard.

— On avait une bonne raison, lâcha Łucja.

La jeune femme nous fit rentrer dans le rang avec les autres vingtièmes et se plaça près de nous. Ed déposa à ses pieds l'enveloppe que l'on nous avait demandé de ramener.

Les porteurs de Lech le laissèrent près de nous. Il avait cessé de pleurer, mais tenait sa cheville gonflée entre ses mains.

Il manquait quelques personnes dans les groupes, mais la plupart étaient tous là. Je déglutis. Notre retard allait entraîner une mauvaise affectation et rendre notre séjour plus compliqué que prévu, si c'était possible.

Mon cœur rata un battement quand j'aperçus Joanna dans la foule. Ses sourcils étaient affaissés, ses lèvres tremblaient un peu, et elle gardait ses bras croisés contre sa poitrine. Elle avait du mal à cacher son soulagement de me voir entier. Je me tins plus droit en espérant la rassurer.

Mikołaj frappa dans ses mains.

— Bien, bien, bien. Je pense que nous pouvons vraiment commencer, maintenant. Bataillon, avancez !

Neuf d'entre nous firent un pas en avant : un par équipe si l'on ne comptait pas celle de Lech, réduite. Łucja avait avancé et effectuait maintenant le salut militaire d'Erit malgré son épaule blessée. Je soupirai devant ma propre bêtise. Non, ils n'avaient pas laissé de simples vingtièmes se balader seuls en ville, sans protection. Ed se grattait la tête d'un air perdu.

— On va faire dans l'ordre d'arrivée, décréta Mikołaj. Karol, au rapport !

Un murmure de surprise parcourut notre rang de vingtièmes, suivi de plusieurs grognements. Personne n'aimait être testé à son insu, pas même moi. Le premier des neuf, celui tout à droite de la ligne, se raidit un peu plus. C'était un garçon de petite taille au regard doux. Il annonça d'une voix forte et claire pour que tous l'entendent :

— Mon équipe est arrivée première grâce à la formidable organisation d'Augusta Gala, matricule 020038. Je la recommande donc pour le Bataillon Offensif.

— Accepté, dit Mikołaj. Augusta, je suis ton nouveau lieutenant. Reste là pour le moment.

Une jeune femme aux cheveux noirs presque aussi bouclés que ceux de Joanna et à la peau caramel effectua le salut d'Erit. Elle était la seule à avoir gardé son uniforme. Son nez droit tranchait avec un visage doux. Elle ne paraissait pas bien grande, mais sa posture impeccable et ses gestes précis m'impressionnaient.

— Quant à Jan Blaszak, matricule 020007, son sérieux et son calme en toutes circonstances font de lui un candidat idéal pour la Défense, continua Karol.

— Accepté, dit une voix près de Mikołaj.

Cette dernière appartenait à une jeune femme à la musculature fine, mais visible. Une frange épaisse coupait son visage en cœur aux pommettes saillantes. Quand elle accueillit Jan près d'elle, j'entraperçus une tache de naissance sous son œil droit.

— Je crois qu'elle s'appelle Lise Jusko, me chuchota Ed.

J'acquiesçai. Je n'étais pas très doué pour retenir les prénoms, mais il me semblait bien que Mikołaj nous l'avait présentée comme étant la cheffe de la Défense. Ed me désigna du menton un mobilisé à la peau noire à ses côtés, plus grand et plus costaud que n'importe qui dans la pièce. Son visage était fermé, et tous gardaient une distance respectable avec ce colosse.

— Et lui, continua Ed, ça doit être Gwidon Mazur, le chef de la Réserve.

Le deuxième des neuf lui donna raison en envoyant un vingtième rejoindre ses rangs. Gwidon avait une voix puissante qui sortait du plus profond de sa cage thoracique. Alors que les équipes défilaient, mon regard croisa celui d'un homme au teint blafard, légèrement en retrait de notre scène improvisée et de la foule. Ses yeux bleus, les plus limpides qu'il m'ait été donné de voir, contemplaient notre cérémonie avec curiosité. Une cicatrice immense barrait son visage en deux. J'avais l'impression de l'avoir déjà rencontré.

Les minutes défilèrent, tout comme les affectations. Mis à part Augusta, personne ne fut envoyé dans le Bataillon Offensif de Mikołaj. Ed ne tenait pas en place, et jetait des coups d'œil inquiets vers Łucja qui ne se retournait pas. Quand enfin vint son tour, je me rendis compte que j'avais cessé de respirer.

— Łucja, au rapport !

— Aujourd'hui, j'ai le malheur de parler pour deux équipes. Eryk est mort en tentant de protéger la sienne. Il a été tué par la Chose.

Un murmure de frayeur parcourut la foule, et je me sentis secoué d'un long frisson en repensant à ce qu'il s'était passé. Mikołaj fronça simplement les sourcils.

— Continue.

— Mon équipe avançait bien vers la base, et avait réussi à m'entraîner avec elle malgré toutes mes protestations, ce qui n'a pas toujours été le cas ces dernières années.

L'Oracle eut un petit rire. Łucja faisait donc cela chaque année ?

— Nous nous sommes fait attaquer par le groupe d'Eryk.

Elle désigna Lech.

— Ses membres, dont voici le seul restant, avaient prévu de nous abattre et de récupérer notre enveloppe. Mon équipe ne s'est pas laissé faire, et a su garder son sang-froid et riposter, jusqu'à prendre l'avantage sur celle d'Eryk. La Chose est arrivée à ce moment-là. Eugeniusz Lukasz, matricule 020057, a été le premier à mourir. Eryk a cherché à nous protéger et a succombé à son tour.

Les poings de Łucja se serrèrent. Je compris avec un temps de retard qu'Eryk était très certainement l'un de ses amis, et qu'elle avait assisté à sa mort sans pouvoir l'aider ou laisser libre cours à sa tristesse.

Mon estomac se tordit.

— Alors que nous nous échappions tous les quatre, Lech Molski, matricule 020059 du groupe d'Eryk, est tombé et s'est blessé à la jambe. Au lieu de continuer à fuir, Edward Okonek, matricule 020067, et Prym Ostrów, matricule 020068, sont revenus sur leurs pas pour l'aider.

Des chuchotements emplirent le hall des Conquérants.

— La Chose est arrivée à leur hauteur et s'est postée devant Prym, mais ne l'a pas attaqué. Elle est restée figée près de lui, à seulement quelques centimètres, puis elle est partie.

Le murmure de la foule augmenta d'un cran, et je me mordis les lèvres. Mikołaj les fit taire d'un geste, mais ses yeux vairons me lorgnaient avec curiosité.

— Après cela, alors que nous étions tous blessés et terrifiés, Edward Okonek, matricule 020067, a insisté malgré mes protestations pour que nous n'abandonnions pas Lech Molski à son sort.

Elle frappa du pied sur le sol et se racla la gorge.

—Aujourd'hui, j'ai peut-être perdu un compagnon méritant, mais j'en ai découvert deux autres auxquels je pourrais confier ma vie sans hésiter. Je recommande donc Prym Ostrów et Edward Okonek au Bataillon Offensif, et je parle au nom d'Eryk pour placer Lech Molski à la Réserve, où il apprendra l'humilité.

Gwidon se tourna vers Mikołaj et hocha la tête. L'Oracle, lui, chercha l'approbation de l'homme à la cicatrice. Ce dernier affichait un sourire satisfait.

—Accepté, dit finalement Mikołaj.

La foule applaudit et Ed me frappa l'épaule, les yeux brillants d'une joie nouvelle. Au milieu de tous ces visages inconnus, Joanna rayonnait désormais de fierté, ce qui suffit à me rassurer.

Mikołaj nous réunit au pied de la cage d'ascenseur avec Augusta, alors que les Conquérants retournaient vaquer à leurs occupations. L'Oracle nous toisa de haut en bas.

—Eh bien, mes p'tits loups, vous savez vous faire remarquer. Ostrów, t'es vraiment ce qu'on appelle un miraculé.

—Je n'ai fait que mon devoir.

Pour une raison que j'ignorais, ma réponse fit pouffer Mikołaj. Son fou rire augmenta d'un cran quand Ed lui tendit l'enveloppe tachée de sang que nous avions transportée.

—Oh ça, tu peux la garder ! Elle est vide.

Ed pâlit très nettement.

—V-vide ?

Avant qu'il ne lui réponde, une main se posa sur l'épaule de Mikołaj. C'était l'homme à la cicatrice. Il était de taille moyenne, et quelques mèches de cheveux châtains venaient encadrer un visage allongé, parfaitement symétrique. Ses iris bleu pâle étaient hypnotisants, tout autant que sa cicatrice qui était moins effrayante de près. Il nous serra la main à tous les trois avec la poigne ferme d'un homme de pouvoir, et je fus, là encore, frappé d'une sensation de familiarité.

— Ravi de vous compter parmi nous.

— Euh… je…, balbutia Ed, merci à vous !

Augusta se redressa un peu plus, et moi, je me sentis plus qu'impressionné par cet homme. Mikołaj lui tapa amicalement dans le dos. Le léger sourire que l'homme affichait me perturba. Je le connaissais, c'était certain.

— Oh, arrête d'effrayer mes bleus ! s'amusa Mikołaj. Chaque fois, je dois leur faire faire une thérapie pour qu'ils s'en remettent.

— Très bien. Je vais retourner travailler, alors. Avez-vous des questions avant que je ne m'en remette à Mikołaj pour votre formation ?

Ed secoua la tête, et Augusta répondit d'un non formel en relevant encore un peu le menton, comme si elle voulait lui faire face malgré sa petite taille. L'homme se tourna vers moi, interrogatif.

Une seule question me venait à l'esprit, mais j'avais peur de paraître impoli. Je me mordis la langue, et décidai de tout de même me lancer.

— Excusez-moi d'être aussi direct, mais qui êtes-vous ?

L'homme pencha sa tête sur le côté, comme l'avait fait la Chose avant lui, le matin même.

Ce geste me fit frissonner.

— Je m'appelle Aleksander Borowski, matricule 014023, l'Oppresseur et leader des Conquérants.

Ses yeux bleus observèrent ma réaction avec attention, lisant en moi comme dans un livre ouvert. Ed fronçait les sourcils à mes côtés. Le nom d'Aleksander résonna dans ma mémoire, y trouvant un écho. Les épaules d'Augusta s'affaissèrent. Voilà pourquoi tout en lui me paraissait si familier. Je n'arrivai à dissimuler ni la surprise ni la détresse que me provoqua cette révélation.

Aleksander Borowski.
L'un des fils du Général Borowski.
Celui qui nous avait mobilisés pour la Zone.

TROISIÈME PARTIE

MIRACULÉ

MEMORIAE

Ils viennent de finaliser le Mur de Varsovie.
C'est un étrange spectacle à regarder.
Ne plus voir l'horizon.
Se sentir pris au piège.
Ne plus pouvoir respirer.
La majorité des gens pensent que c'est une bonne chose.
Le Mur est notre protection.
Il bloque les nano-attaques et nous permet de vivre pleinement libres.
Paris n'a pas fait le même choix que nous. La transparence de son Mur le rend moins résistant aux attaques physiques, mais il est tout aussi efficace pour le reste.
Enfin, c'est ce que la Nouvelle-Europe affirme.
Oliwka est venue habiter chez moi.
Elle ne connaît mes recherches que dans les grandes lignes, mais elle les accepte.
Elle ne dit rien devant mes horaires de travail.
Elle ne se plaint pas quand je ne peux pas lui donner plus d'explications.
Elle reste près de moi, malgré la place qu'Arma Massa Interitum prend dans ma vie.
Je ne sais pas bien encore où tout ça va nous mener.
Mais avec ce Mur qui réduit mon monde, Oliwka est devenue ma bouffée d'air frais.

9

JOANNA

MANUS PROTEGENS

Le Nihil est un mythe que connaît chaque Eritien : l'Institut zéro, celui réservé aux élèves désobéissants, duquel on ne ressort jamais et qui ne propose aucun mobilisé.
Pour un Eritien, le Nihil est l'équivalent de l'Enfer.

— Bon, comme vous pouvez le voir, on manque un peu de tout.

Comme tous les *manus protegens* du clan, Oliwjer avait troqué son uniforme militaire pour une tenue de ville confortable et une blouse plus jaune que blanche qui le distinguait dans la foule. Il nous avait pris à part juste après l'affectation de Prym et Edward, et s'était présenté comme étant le *manus protegens* en chef. D'après le rapide coup d'œil que j'avais jeté sur son matricule, il était de la treizième génération.

La tête plongée dans un bloc-notes avec une liste de tâches qu'il ne cessait de barrer, Oliwjer avait le ton sec d'un homme débordé qui n'accepterait pas les questions. D'un coup de stylo, il nous désigna le centre de soins des Conquérants, où j'avais été soignée le premier jour et qui avait plus l'envergure d'une petite infirmerie d'école élémentaire.

— C'est ici que vous allez passer le plus clair de vos journées, mais vous allez voir, notre organisation n'est pas bien différente de celle des Instituts.

Le centre de soins se composait de deux pièces bien séparées. La première était laissée en libre accès à tous les Conquérants et comprenait une dizaine de couchages alignés en deux rangées face à face, allant du lit de camp à un meuble en bois massif, selon ce qu'ils avaient trouvé dans la Zone. Quelques malades y étaient d'ailleurs allongés, et tous n'avaient pas de rideaux pour préserver leur intimité.

La seconde pièce faisait fonction de réserve à la fois pour le peu de médicaments dont la date de péremption ne les rendait pas encore nocifs – des bouteilles d'alcool, des bandages, des attelles –, et pour tous les outils encore en bon usage qui ne nécessitaient ni électricité ni connexion à un quelconque réseau. Le papier peint jaune défraîchi rendait le tout morose, malgré les vases remplis de lys dorés posés un peu partout.

— D'où viennent ces fleurs ?

Oliwjer jeta à peine un coup d'œil aux lys.

— On l'ignore. Elles sont apparues il y a quelques mois, en plein hiver et sans raison apparente. Tout ce qu'on sait, c'est que ce sont des plantes bioluminescentes. Tout le monde les appelle les fleurs de soleil.

Il s'en désintéressa pour nous montrer un caisson rempli de seringues non utilisées.

— On accompagne régulièrement la Réserve pendant ses ravitaillements, pour récupérer du matériel médical dans les maisons, les pharmacies ou les écoles, mais c'est de plus en plus compliqué d'en trouver. Nos stocks sont plus que limités, donc on ne donne que le strict nécessaire pour préserver les ressources pour les cas les plus graves.

Nous n'étions que trois nouveaux *manus protegens* à avoir été récupérés par les Conquérants, même s'ils espéraient trouver de nouveaux groupes de vingtièmes dans les jours à venir. À notre entrée dans la Zone, nous, les *manus protegens*, avions tous reçu une petite trousse médicale que les Conquérants s'étaient empressés de récolter, comme s'il n'y avait rien de plus précieux sur terre. La situation était pire que tout ce que j'aurais pu imaginer.

Oliwjer continua sa visite, quittant le centre de soins pour rejoindre le hall principal, et je fis de mon mieux pour le suivre sans boiter.

— En ce qui concerne votre vie ici, vous faites partie de la Défense, donc si je suis votre superviseur direct, vous n'en restez pas moins sous les ordres de Lise Jusko et de ses seconds. Vous dormirez avec tous les autres *manus protegens* dans les dortoirs du rez-de-chaussée, juste à côté du centre. Si vous vous mettez en couple avec quelqu'un d'un autre groupe, c'est lui qui vous rejoindra. Vous ne devez jamais être trop éloignés des blessés.

Il s'arrêta devant l'une des chambres : un ancien magasin dont la vitrine avait été recouverte par des rideaux bariolés pour créer une certaine obscurité. En beaucoup de points, ce dortoir ressemblait à celui de l'Institut : les lits s'enchaînaient sans perte de place et rien ne traînait au sol. Sur les murs, on pouvait voir quelques posters à moitié effacés ou arrachés, dans une tentative de personnalisation.

— La plupart des montres ou des horloges ne marchent plus, mais un réserviste se charge de sonner les heures à la cloche.

Comme c'est assez bruyant, le premier coup sonne à 6 heures, et le dix-huitième et dernier à 23 heures. Vous ferez des rotations toutes les semaines pour que ce ne soit pas toujours la même personne qui travaille de nuit.

Sans vérifier que nous suivions bien, il fit demi-tour pour retourner au centre de soins. Je retins une grimace de souffrance quand je dus accélérer le pas, tirant au passage sur mon mollet blessé. Entre-temps, d'autres *manus protegens* avaient investi les lieux. Au loin, je reconnus sans mal l'épaisse chevelure bouclée de Nawelle qui me tournait le dos.

— Durant votre première année, vous serez sous la supervision d'un dix-neuvième, et l'année prochaine, ce sera à votre tour de gérer un nouveau. Il sera responsable de vous, me fera un rapport complet de vos actions chaque semaine, et sera le seul à décider de vos départs ou non en mission. Iwo, tu auras comme tutrice Samanta, Amanda, tu iras avec Cyril, et Joanna avec Nawelle. Vous pouvez aller les rejoindre, je viendrai vous chercher pour la cérémonie tout à l'heure.

— Quelle cérémonie ? m'empressai-je de demander alors qu'il partait déjà.

Pour la première fois depuis le début de cette conversation, Oliwjer releva la tête de son bloc-notes.

— Une crémation.

Et il disparut dans le hall.

Penaude, je jetai un regard aux deux autres vingtièmes qui n'osaient pas bouger. Après avoir mis mes mèches derrière les oreilles, faute d'avoir une pince pour les attacher, je pris mon courage à deux mains et me rapprochai de Nawelle, penché sur un mobilisé – un vingtième arrivé en même temps que moi – qui avait mauvaise mine. Je me plaçai à côté de lui sans rien dire, le laissant terminer d'annoter la fiche du patient. Il fut le premier à rompre le silence.

— Il y a des blouses dans la réserve.

Devant mon immobilité, il releva la tête et ses yeux bruns scrutèrent les miens. Il haussa un sourcil.

— Tu devrais te dépêcher d'en prendre une avant que les autres ne choisissent à ta place.

Après avoir jeté un coup d'œil aux autres, je m'empressai de suivre son conseil. Je dus ouvrir quatre placards différents avant de tomber sur le petit stock de blouses qui avaient un jour été blanches. Mes doigts parcoururent les tissus élimés, jusqu'à en trouver une qui n'était pas trop tachée de sang et qui ne possédait qu'un unique trou sous les aisselles. J'allais devoir m'en contenter. De la poussière voleta autour de moi alors que je l'enfilais au-dessus des vêtements trop grands que je portais depuis mon arrivée. À ça aussi, j'allais devoir m'y faire, mais les Conquérants avaient sans doute une réserve de vêtements à disposition. On était dans un ancien centre commercial, après tout.

Nawelle avait presque terminé avec son patient, mais il m'attendait.

— Ignacy Górka, un vingtième qui a tous les symptômes d'une intoxication alimentaire, même si on n'a pas de quoi le prouver. On n'arrive pas à savoir si c'est à cause de son premier repas ici ou de quelque chose qu'il aurait mangé ou bu avant qu'on ne le trouve. Les cuisines ne sont pas toujours au meilleur niveau de leur hygiène, ici. Que recommandes-tu ?

Une nouvelle fois, ses yeux sombres, à la courbe aussi douce que sa voix, trouvèrent les miens, et j'eus quelques secondes de flottement avant de reprendre contenance.

— Il lui faudrait un pansement digestif et un antispasmodique.

Il hocha la tête, sans paraître satisfait.

— Qu'a dit Oliwjer à ce sujet ?

Je compris mon erreur.

— Que nos stocks de médicaments étaient faibles et ne devaient être utilisés qu'en cas d'urgence.

— Et donc, que proposes-tu ?

Cette fois, je m'accordai quelques secondes pour réfléchir, en prenant compte des spécificités de la Zone et de notre manque de moyens.

— Il faut le garder hydraté et éviter les aliments solides quelques jours. Pas de viande, pas de fruits, pas de légumes... Est-ce qu'on en a, d'ailleurs ?

— En viande, on n'a que du pigeon à disposition. Quelques rats de temps en temps, mais ils sont bien plus malins. La Réserve utilise le toit pour cultiver des fraises, des choux, des carottes, des concombres et des pommes de terre, mais la nature est assez capricieuse ici.

— Alors, rien de tout ça pour le moment. Quoi que... les pommes de terre pourraient lui faire du bien dans quelques jours. Ça, ou le riz.

Ma réflexion tira un léger sourire à Nawelle.

— Autre chose ?

— Qu'il se repose sous surveillance.

Je soutins son regard de longues secondes, en attente d'une quelconque approbation de sa part. À la place, il griffonna quelques mots supplémentaires sur la fiche du patient qu'il posa près du lit.

— Quelle formation visais-tu ?

— La recherche clinique.

J'eus du mal à contenir l'émotion naissante dans le creux de ma gorge. Penser à tout le travail inachevé que j'avais laissé derrière moi me rendait malade, mais ici, rien de tout ça n'avait plus d'importance. Nawelle acquiesça sans se départir de son sourire, comme si ma réponse l'avait amusé.

— Les carottes pourraient lui faire du bien aussi, mais pas tout de suite. On les introduira en même temps que les pommes de terre.

Il passa à un autre patient, et les auscultations s'enchaînèrent ainsi tout le long de l'après-midi.

Quand Oliwjer vint nous chercher quelques heures plus tard, je fis de mon mieux pour cacher les éclairs de souffrance que m'envoyait mon mollet blessé.

— Ça va démarrer.

En dehors des membres de la Défense, les Conquérants s'étaient en grande partie rassemblés sur la terrasse en pierre d'un des restaurants. Le sol était déjà noirci par endroits, et la foule se tenait à une distance raisonnable des quatre corps qui avaient été emmaillotés dans des draps fleuris, faute de tissu blanc. Nawelle se pencha vers moi, alors que des Conquérants déposaient les corps sur un tas de bois, majoritairement des portes découpées.

— De quoi sont-ils morts ? m'enquis-je.

— Les deux à gauche étaient réservistes. Ils sont décédés en début de semaine dans l'effondrement d'un bâtiment, en pleine mission de ravitaillement. On n'a rien pu faire.

— Et les deux autres ?

— Un membre du Bataillon Offensif et un vingtième. Ce sont ceux que la Chose a tués. On a envoyé une équipe récupérer leurs corps.

Un frisson m'électrisa l'échine. Ça aurait pu être Prym et Edward dans ces linceuls. Je les cherchai dans la foule sans les apercevoir. Je croisai uniquement le regard de la cheffe de la Défense, Lise Jusko, qui se tenait non loin de nous. Je sursautai quand un réserviste déversa sur les corps le contenu d'un bidon dont l'odeur puissante me prit à la gorge. Il gratta une allumette, puis recula d'un bond après l'avoir jetée. Les flammes s'élevèrent en une fraction de seconde pour dévorer les draps fleuris. La foule, silencieuse, observa ce spectacle d'un œil éteint.

Mon visage se décomposa.

— Personne ne dit quelques mots ?

J'avais à peine chuchoté, mais Nawelle m'avait parfaitement entendue. Il mit plusieurs secondes à me répondre.

— D'après Oliwjer, au début, Aleksander faisait un discours chaque fois. Il a arrêté après quelques mois, car ce genre de cérémonie arrive toutes les semaines. Au bout d'un moment, il n'avait plus rien à dire.

Le chef des Conquérants se tenait en marge de la foule, le regard rivé sur les flammes. Son visage n'exprimait aucune émotion, aucune tristesse, aucune colère. Est-ce qu'à force de vivre ce genre de drame, on finissait par ne plus rien ressentir ? Le pourrais-je un jour ? Le feu s'élevait maintenant haut dans le ciel, laissant dans son sillage une fumée aussi sombre que le Mur. Une brise ébouriffa mes cheveux, portant avec elle une odeur putride qui me souleva le cœur.

Non. On ne pouvait pas s'habituer à *ça*.

10

EDWARD

AFFECTATIONS

Les fleurs de soleil sont des lys dorés apparus quelques mois avant l'entrée de la vingtième génération dans la Zone. Ces fleurs ont la particularité de s'illuminer dans l'obscurité. Personne ne sait d'où elles proviennent.

Il fallait le dire : la situation devenait ridicule.

Totalement hors d'haleine par les tours imposés depuis presque une heure, je pris quelques secondes pour m'arrêter, tenter de reprendre mon souffle et faire partir le point de côté qui me cisaillait le ventre. Prym et Augusta me dépassèrent – peut-être était-ce même le deuxième ou troisième tour d'avance qu'ils avaient sur moi – et commencèrent à gravir au pas de course l'escalator en panne, le troisième point de notre parcours. Rien que l'idée de les suivre me donnait envie de rendre mon repas de la veille. Ce n'était pas du tout une bonne idée de courir avant même que le soleil ne soit levé.

Mikołaj ne semblait pas de cet avis.

— Allez, bande de mauviettes, on s'arrête pas ! Qu'est-ce que vous ferez quand ce sera la Chose à vos trousses ? Ou les Wilis, avec un pistolet braqué sur votre cul ? Croyez-moi, personne ne veut mourir avec un trou supplémentaire, alors un peu de nerf !

L'Oracle s'était fait installer, au pied de la fontaine éteinte – premier point du parcours –, l'une des chaises longues d'un ancien café terrasse, et il n'hésitait pas à nous faire des croche-pieds chaque fois que l'on passait devant lui. Il affichait le même sourire que lorsqu'il était venu nous sortir du lit une heure plus tôt, sous les regards endormis, mais amusés, d'autres membres du Bataillon Offensif. Selon Mikołaj, nous devions courir dans le plus grand des silences pour ne pas réveiller le reste de la base, et pour apprendre à nous déplacer vite et sans bruit dans la Zone – mais ses encouragements réguliers avaient de quoi emmerder tout le quartier.

Arrivé au quatrième point de passage, l'angle d'une ancienne maroquinerie, Prym débuta sa descente vers le cinquième point, avant le retour à la case départ. Si le grand blond avait rapidement trouvé sa cadence de croisière, en vrai *pugnatum corpus*, Augusta, malgré son air suffisant, avait eu un départ aussi lent que le mien ; mais contrairement à moi, son rythme était régulier, et elle arrivait facilement à enjamber les pieds traînants de Mikołaj. De ce que je savais, ce dernier était un quatorzième – comme Aleksander, d'ailleurs. Il faisait partie des rares personnes à avoir réussi leur mutation et à être devenues des Accomplis, ce qui l'avait largement aidé à devenir lieutenant.

Pour l'heure, Mikołaj se contentait de me faire des croche-pieds. Il devait clairement apprécier la situation.

Ses yeux trouvèrent les miens.

— Okonek, ta p'tite taille te rend pas invisible ! Si tu redémarres pas maintenant, je te fais courir jusqu'à ce que tu vomisses ton dîner.

Je déglutis, voulus rétorquer, mais n'émis qu'un gargouillis plaintif. À contrecœur, je lâchai la rambarde qui m'avait si bien soutenu et entamai l'ascension des marches, dans un rythme plus proche du pas rapide que de la course. Chaque fois que mon pied frappait l'escalator, une vague de douleur parcourait mes os et remontait jusqu'à ma nuque. L'odeur de ma propre transpiration me prenait au nez et m'obligeait à respirer par la bouche, ce qui n'arrangeait pas ce foutu point de côté.

Si la Chose te poursuivait vraiment, tu serais déjà mort, siffla la voix dans ma tête, *tu as été simplement chanceux la dernière fois*. La Chose. Pouvait-on réussir à oublier une image aussi monstrueuse ? Même sans le réveil forcé de Mikołaj, les cauchemars qui m'avaient hanté cette nuit, dans lesquels elle tenait le rôle principal, auraient suffi à me faire me lever aux aurores. Je n'avais pas réussi à en parler avec Prym avant d'aller me coucher, mais ce non-dit marquait également ses traits tirés. Un homme était mort pour nous protéger.

Je n'oublierais jamais son sourire ni le bruit d'un corps que l'on transperce.

Sans même m'en rendre compte, j'accélérai la cadence et me mis à courir au petit trot. Pas de quoi rattraper Prym ou Augusta, mais suffisamment pour que mon point de côté s'enflamme d'autant plus. Mikołaj continuait de beugler, ce qui devait certainement horripiler tous ceux qui dormaient encore. Pourtant, il ne me dérangeait plus. Mon esprit était entièrement focalisé sur mon talon qui frappait le sol et celui qui arrivait à sa suite. Mes jambes bougeaient seules ; elles ne dépendaient ni de mes poumons en feu ni de la fatigue qui embrumait tout mon corps. Un pas. Un autre. Encore un. Respirer. Ne pas s'arrêter.

J'avais cette désagréable impression que si je me retournais, je verrais le sourire de la Chose juste derrière moi.

Alors, je continuai de courir, la tête baissée, si bien d'ailleurs que je faillis ne pas remarquer qu'Augusta et Prym s'étaient stoppés au niveau de Mikołaj et me regardaient sans rien dire. Si le visage de la jeune femme affichait son essoufflement, les épaules et le torse de Prym se soulevaient à peine. Il était fait pour courir, contrairement à moi. Je m'arrêtais près d'eux, une main sur mon ventre en feu, la gorge sèche et le dos ruisselant. Mikołaj affichait un léger sourire que je n'arrivais pas à définir. Finalement, il tendit à chacun d'entre nous une gourde d'eau.

— Asseyez-vous, on va discuter un peu plus sérieusement maintenant que vous êtes bien réveillés.

Je me laissai tomber au sol dans un grognement, puis vidai la bouteille d'eau en m'arrêtant plusieurs fois pour ne pas m'étouffer. Une seule envie pulsait dans mon esprit : celle de prendre une douche et d'aller me recoucher. Si besoin, la douche pouvait se négocier.

Toujours assis sur son transat, Mikołaj se redressa légèrement pour pouvoir nous regarder dans les yeux. Les siens me mettaient mal à l'aise, que ce soit à cause des *oculos* qui formaient des bosses en dessous de ses sourcils, ou à cause de leur couleur anormale. L'Oracle passa une main dans ses cheveux longs et désigna Prym du doigt.

— *Pugnatum corpus*, j'imagine ? (Il n'attendit pas que mon ami – on peut parler d'ami quand on a vu la mort passer si près de nous, non ? – lui réponde pour continuer.) Bonne condition physique, capable de suivre les ordres sans discuter pendant des plombes, ça me plaît bien. Quel poste visais-tu ?

— Instructeur.

La mâchoire du grand blond s'était contractée, et il secoua la tête comme pour chasser une pensée ou un souvenir douloureux. Le sourire de Mikołaj, quant à lui, s'élargit de plus belle.

— Très très très très bien ça. Tu vas remplacer Eryk et donner des cours de combat aux réservistes tous les matins au troisième son de cloche et tous les après-midi au neuvième coup. Le reste du temps, tu te mettras à la disposition de la Défense, tu t'occuperas de l'entretien des salles d'entraînement et, bien sûr, tu partiras en mission lorsque ce sera nécessaire. Pigé ?

— Oui, monsieur.

Mikołaj gloussa.

— Pas de ça avec moi. Soit tu m'appelles Dieu, soit Mikołaj. Garde tes courbettes pour Gwidon et pour Aleksander si tu as fait une connerie.

Il se tourna alors vers Augusta, qui le dévisageait à genoux, poings serrés, bouche pincée, sourcils froncés.

— *Cogitabat animo*, n'est-ce pas ? Moi aussi. Condition physique plus que correcte, bonne analyse du terrain, capacité à gérer des situations stressantes et à adapter sa stratégie aux imprévus. Tu vas travailler avec Karol sur la gestion des patrouilleurs et la recherche des points faibles des autres clans.

Le poste ravit Augusta, qui afficha un air suffisant et desserra les poings, visiblement soulagée.

— Parfait.

Mikołaj ne lui répondit pas, il s'était déjà tourné vers moi et scannait l'ensemble de mon corps maigrelet. Il prit quelques secondes avant de parler, son menton calé dans sa paume, une moue dubitative sur le visage.

— Okonek… *Memoria eruditissimo*, c'est ça ? Pas fait pour combattre, pas formé aux mouvements militaires et ayant des difficultés à courir de bon matin.

Il fronça les sourcils.

— Pourquoi Łucja t'a recommandé, déjà ?

La question était posée sans moquerie ou méchanceté, mais avec une véritable incompréhension. Mes joues s'échauffèrent et je baissai les yeux. Je cherchai une réponse adéquate sans la trouver. Je n'étais ni un soldat ni un fin stratège, seulement un linguiste destiné aux futures relations diplomatiques, ou tout du moins à la communication avec le peuple.

Une erreur de sélection.

— Il n'a pas hésité à courir vers la Chose pour sauver quelqu'un qui avait tenté de le tuer.

Même assis, Prym se tenait aussi droit que le Mur de la Zone lui-même. Il m'accorda un sourire amical, et je fus partagé entre la reconnaissance et une honte encore plus cuisante. Même pour ça, j'avais besoin de son aide. Mikołaj poussa un long soupir.

— Quelle était ta spécialité ? L'histoire, le droit, le management ?

— Les langues.

L'Oracle fronça les sourcils.

— Mais tu as eu des cours de gestion d'équipe, non ?

— Euh… oui, balbutiai-je, mais je…

— Voilà qui me convient !

Mikołaj se frotta les mains, une expression peu rassurante collée au visage.

— On a des problèmes en cuisine depuis quelque temps, d'autant plus que Gwidon a pour habitude de punir les réservistes qui l'emmerdent en les envoyant là-bas quelques semaines. Bref, ça râle, et il faudrait quelqu'un pour les cadrer. C'est dans tes cordes ?

Cette fois, toute trace de chaleur avait disparu de mes joues. *Ils vont te bouffer tout cru*, me susurra une petite voix, *tu ne feras pas le poids…* Nauséeux, je m'apprêtais à refuser quand mon regard croisa celui de Prym, dont le sourire avait disparu. Il hocha doucement la tête. *Accepte*, semblait-il me dire. Si je refusais, que se passerait-il ? Mikołaj y verrait le signe que je n'étais pas fait pour le Bataillon Offensif et m'enverrait dans la Réserve, seul, sans aucun soutien, à faire les tâches que personne ne souhaitait exécuter.

Les réservistes pouvaient effectuer une multitude de corvées quand ils n'appuyaient pas le Bataillon Offensif au combat : du ménage à l'entretien du potager, en passant par la cuisine et les lessives. Si certaines ne me déplaisaient pas, j'avais entendu dire que la plupart des nouveaux écopaient des missions dont personne ne voulait. Alors, je serrai les poings à m'enfoncer les ongles dans la peau pour ne pas trembler.

— Oui, je peux le faire.

J'étais assez fier d'avoir su garder une voix ferme, mais les paroles suivantes de Mikołaj eurent l'effet d'une douche froide.

— Parfait ! Par contre, je te ferai courir tous les matins à la même heure, jusqu'à ce que tu tiennes une heure sans t'arrêter. Aucune discussion possible à ce sujet.

Ses iris vairons brillaient de malice.

La cuisine ressemblait plus à un poulailler qu'à autre chose.

Ma première réaction en entrant fut de me boucher le nez. Prym se crispa. On pouvait voir d'un seul coup d'œil que la pièce était un ancien restaurant réaménagé dont la partie cuisine n'occupait à l'origine que dix pour cent de ce que je voyais actuellement. Une quinzaine de personnes s'affairaient autour des plans de travail noircis par ce que j'espérais être seulement de la fumée. Les étagères débordaient de boîtes de conserve sans aucun sens de rangement apparent. Il y en avait même par terre, et les réservistes se contentaient de les éviter ou de faire des tas contre les murs. Mais le pire dans tout ça, c'étaient les pigeons. Enfermés dans une cage juste à côté de la table où leurs confrères étaient déplumés, puis découpés, ils dégageaient une odeur insupportable et ne cessaient de piailler. La couleur de leur paille indiquait qu'elle était certainement là depuis plusieurs mois, voire plusieurs années, et il m'était impossible, depuis la porte où je me tenais, de distinguer les œufs des merdes.

Prym me tapota l'épaule, certainement pour m'encourager, et ce fut à cet instant que je le vis. Il boitait toujours, et son nez me semblait plus déformé que jamais, mais Lech avait repris du poil de la bête. Ses iris noirs croisèrent les miens et un rictus déforma ses traits, un mélange entre la haine et la satisfaction. Il porta sur Prym un regard plus sombre encore avant de se concentrer sur moi. Son sourire ne laissait entrevoir rien de bon.

— Je peux pas…, soufflai-je affligé.

T'es un homme mort, susurra la voix dans ma tête. La main de Prym resserra mon épaule ; le *pugnatum corpus* affichait une mine déterminée.

— Je ne pense pas que Mikołaj te laisse le choix.

Je déglutis, conscient qu'il avait raison, mais le grand blond n'avait pas fini.

— Il faut que tu y arrives. Ne leur permets pas te marcher sur les pieds et fais les choses à ta manière. Ça va bien se passer.

Je hochai la tête, peu convaincu. Le coup de cloche qui retentit juste après me fit sursauter. Les yeux de Prym se mirent à briller, bien qu'il agisse de son mieux pour ne pas me montrer combien sa nouvelle affectation le rendait heureux.

— Je dois y aller, dit-il en reculant déjà, mais n'oublie pas ce que je t'ai dit. Tu me raconteras ce soir.

— D'accord.

Il m'adressa un dernier sourire, puis se fondit dans la foule de Conquérants qui vaquaient à leurs occupations. Après avoir pris une dernière véritable inspiration dans le couloir, je franchis le seuil et fermai la porte derrière moi. Mis à part Lech qui continuait de me lancer des œillades meurtrières, les autres réservistes ne semblaient même pas avoir remarqué ma présence. Peu sûr de moi, je toussotai, mais il n'y eut aucune réaction. Mes jambes tremblotèrent quand elles durent faire quelques pas supplémentaires pour me permettre de me planter au milieu de la pièce. De nouveau, je me raclai la gorge, sans grand succès.

Résistant à l'envie de me retourner et de fuir le plus loin possible, je tentai, d'une voix mal assurée, un vague « bonjour » qui ne fit réagir personne. Pire : alors que je m'apprêtais à retenter le coup, un réserviste qui portait un imposant carton de casseroles sales me bouscula.

— Dégage du passage, petit. Tu nous gênes.

Mes joues chauffèrent et je baissai les yeux. *Tu ne vas pas y arriver, tu ne vas pas y arriver, tu ne vas pas y arriver…* Le réserviste m'observait de ses grands yeux ronds et ne comprenait pas pourquoi j'étais toujours sur son chemin.

— Tu es sourd ou quoi ?

— Non, non, je suis…

— Tu es quoi ? Parle plus fort.

Cette fois, tous les autres s'étaient interrompus dans leurs tâches et se délectaient de la scène. C'étaient tous des réservistes qui s'étaient suffisamment mal comportés pour qu'on les envoie ici, à trimer pour les autres, dans la saleté et la puanteur. Leurs traits étaient marqués par la colère et par une honte cuisante.

Bientôt, tout cela serait dirigé contre moi.

— Je suis votre nouveau responsable, balbutiai-je.

— Toi ?

Le réserviste me lorgna de haut en bas, et quelques mètres derrière lui, Lech s'esclaffa. Il riait à gorge déployée devant ses camarades à la mine étonnée.

— Il faisait partie de l'équipe du Miraculé, voilà pourquoi ils l'ont mis dans le Bataillon Offensif ! Mais ce n'est qu'un *memoria eruditissimo*.

Il cracha les deux derniers mots comme une insulte, et je me raidis. L'odeur me prenait maintenant à la gorge. J'aurais aimé rappeler à Lech que je lui avais sauvé la vie, mais c'était justement la raison de sa haine.

Il avait une dette envers un simple *memoria eruditissimo*.

— Le… le Miraculé ? demandai-je, incertain.

— Le soldat que la Chose n'a pas tué, dit le réserviste qui portait le carton.

Ce dernier me fit reculer d'un mètre pour passer et déposer son chargement sur un autre plan de travail qui aurait dû être blanc. Alors comme ça, ils appelaient Prym le Miraculé ? Bêtement, la jalousie me tordit le ventre. Lech avait lâché ce qu'il était en train de faire et avançait doucement vers moi, le sourire toujours aux lèvres.

Un réserviste s'esclaffa.

— Mais toi, tu dois vraiment être une merde pour que Mikołaj t'envoie ici ! Aucun responsable ne tient plus d'une semaine. Toi, tu ne résisteras pas au premier couvert.

Je serrai les poings. Les autres réservistes me lorgnaient maintenant avec dédain, et je maudis cette foutue affectation. J'eus envie de me défendre, mais les mots ne me vinrent pas. Voilà à quoi j'en étais réduit : me laisser être rabaissé sans rien dire. Finalement, la Zone ne changeait pas vraiment de l'Institut.

La gorge nouée, je vis les expressions des réservistes changer du tout au tout en une fraction de seconde.

— Qui es-tu, soldat ?

La voix qui résonna derrière moi était profonde, puissante et dénuée d'émotions. Je me retournai aussitôt et me mis au garde-à-vous. Quelques secondes me furent nécessaires pour reconnaître le chef de la Réserve. De près, Gwidon Mazur me semblait encore plus grand, il dépassait Prym d'au moins une tête et faisait le double de son épaisseur. Sa peau était aussi noire que ses yeux, et son visage sévère indiquait le plus grand des sérieux. Devant son silence, je compris que je devais répondre à sa question.

— Mikołaj m'a…

— Le lieutenant Cena, me coupa Gwidon en fronçant les sourcils.

Je déglutis et repris.

— Le lieutenant Cena m'a nommé responsable des cuisines.

Gwidon hocha la tête et sortit un carnet de sa poche et un stylo qui paraissaient minuscules dans sa main de géant. Les autres réservistes feignaient d'ignorer la conversation avec le plus grand des soins, en s'attelant à leurs tâches.

— Ton nom et ton matricule, soldat.

— Edward Okonek, matricule 020067.

— Bien, étant donné que tu as raté le repas du matin, ton service est effectif à partir de maintenant pour le midi et pour le soir, mais tâche d'arriver plus tôt demain. Pour aujourd'hui, fais en sorte que les trois services du midi et les trois services du soir soient assurés parfaitement. Les repas doivent arriver chauds sur les cinq lieux de restauration, aux sixième, septième et huitième coups de cloche le midi, et aux quatorzième, quinzième et seizième coups le soir. Demain matin, sois là avant le premier coup de cloches.

Une perle de sueur dégoulina le long de mon dos.

— Le lieutenant Cena m'a… m'a demandé de courir chaque matin…

Des ricanements emplirent la salle, vite stoppés par un seul geste de Gwidon qui m'invita à continuer.

— Je n'aurai jamais le temps d'être ici avant le premier coup.

— Ce n'est pas mon problème, Okonek. Aucun retard ne sera toléré.

Déconfit, je me contentai de hocher la tête. Le chef de la Réserve jeta un dernier regard circulaire aux lieux et fronça le nez.

— Et rangez-moi cette porcherie ! Que tout soit propre et à sa place avant ce soir.

Il quitta la pièce, me laissant plus déprimé que jamais. Penaud, je restai silencieux un instant, sous les regards redevenus moqueurs des réservistes. Après une hésitation, je m'avançai de nouveau vers eux, les mains tremblantes.

— Est-ce que l'un d'entre vous peut m'expliquer comment…

J'englobai la cuisine d'un geste.

— Comment tout ça fonctionne ?

Pas de réponse.

La panique enfla dans ma poitrine.

Je voulus me retenir à un plan de travail, mais dus retirer immédiatement ma main, désormais couverte d'une substance noircie et gluante que je ne savais pas identifier. Retenant une grimace de dégoût, j'attrapai un tablier comme ceux qu'ils portaient tous, d'un blanc qui avait viré au gris, dont la récente utilisation ne faisait aucun doute vu son odeur, et je m'essuyai prestement dessus.

— Il faut qu'on nettoie tout ça, réussis-je à dire.

Lech, à moins d'un mètre de moi, gloussa. Moins d'une seconde plus tard, il envoya balader une jarre de riz qui éclata au sol. Les morceaux de verre se dispersèrent dans la pièce et se mélangèrent aux grains blancs. Horrifié, je me saisis immédiatement d'un bol et me mis à ramasser.

— Pourquoi tu as fait ça ? paniquai-je.

— Eh bien, s'esclaffa Lech avec les encouragements des autres réservistes, cette salle est parfaite comme elle est, et tu veux quelque chose à nettoyer, alors, je te l'ai donné. Ce serait bête que Mazur apprenne que tu as gâché du riz. Les stocks ne sont pas inépuisables, tu sais. En fait, ce serait même vraiment très dommage que les services d'aujourd'hui se passent mal. Nous, ils ne peuvent pas nous punir plus, mais toi, l'incapable opportuniste, tu peux clairement redescendre de quelques crans.

— Je t'ai sauvé la vie !

— C'est bien la seule action correcte que tu aies faite dans la tienne.

Ses iris brillaient d'une lueur mauvaise. Cachant du mieux possible ma panique, je continuai de ramasser le verre avec précaution, malgré mes gestes imprécis. Alors que je tendais mes doigts vers un autre morceau, le pied de Lech me les écrasa. Je lâchai un cri de surprise quand le tranchant du verre rencontra ma peau. Avant que je ne me dégage, du sang s'était déjà mélangé aux grains de riz.

Un haut-le-cœur me prit et je fus traversé de frissons presque électriques.

Je me relevai promptement et attrapai une serviette pour entourer ma blessure et ne pas avoir à la regarder.

— À ta place, je ne ferais pas ça, se moqua le réserviste qui m'avait bousculé un peu plus tôt. Ces torchons ont pas été lavés depuis… En fait, ils n'ont jamais été lavés.

Un rire général emplit la pièce, alors que tous se désintéressaient de leurs tâches.

— Et si on se prenait un jour de pause, les gars ?

— Bonne idée. Et si le morveux veut que la base mange, va falloir qu'il fasse le boulot lui-même.

— On n'apprend jamais mieux qu'en pratiquant.

— Oh, puis j'suis crevé. On mérite de se reposer un peu, pas vrai ?

Mon cœur battait à tout rompre, alors que ma main déversait une quantité affolante de sang.

— Vous ne pouvez pas…

— Vous ne pouvez pas quoi ? m'interrompit Lech. Qu'est-ce que tu vas faire ? Aller chercher ton grand copain pour qu'il te défende ? Te plaindre à ce taré de Mikołaj ? Ou, mieux encore, avouer à Mazur que t'es qu'une merde qui ne sait pas gérer ses hommes ?

Je ravalai mes paroles, et mon estomac se noua d'un cran supplémentaire. Après quelques regards équivoques, tous les réservistes enlevèrent chacun leur tour leur tablier et s'assirent sur les quelques chaises restantes. La panique me faisait voir flou. *Tu es si faible, si misérable, tu te laisses écraser comme la merde que tu es vraiment.* Je me retins de plaquer mes mains sur mes oreilles pour ne pas entendre cette voix de malheur, bien plus vile encore que celle de Lech ou de tous les autres. *Regarde-les, ils te méprisent, ils te haïssent, tu n'es qu'un imposteur, un tricheur, quelqu'un qui ne mérite pas sa place, qui ne mérite pas d'être encore en vie, un bon à rien, un faible, un lâche, un…*

Ma mâchoire se contracta, et le monde me parut tournoyer sur lui-même. Le sang continuait de couler le long de mes doigts et venait s'écraser dans un lourd clapotis sur le sol. « Plip. Plop. Plip. Plop. » Le sang, toujours le sang. Si je regardais ma main, je m'évanouirais certainement dans la seconde. Les rires des réservistes me parvenaient de très loin.

— Bah alors, qu'est-ce que t'as ? Tu te pisses dessus ?

— Oh, bordel ! Ils ont toujours le truc pour nous refiler les pires sous-merdes du Bataillon.

Assez.

— Mais c'est qu'il va pleurer le p'tit con ?

— Nouveau record, il aura même pas tenu une heure.

Assez !

— Qu'il aille se faire enculer un coup par Mikołaj, ça devrait le détendre.

Une nouvelle fois, ils s'esclaffèrent tandis que je pâlissais. Cette réflexion aurait valu l'une des pires corrections de l'Institut, et eux la sortaient comme si de rien n'était. Je me souvenais encore de la scène à laquelle j'avais assisté par le biais de mon *cerebrum*, et des coups qu'avaient reçus deux garçons de ma promotion qui avaient été surpris ensemble. Erit avait toujours défini ce genre de relations comme étant contre-nature. L'un d'eux avait même été transféré dans un autre Institut, et pendant des mois, des rumeurs selon lesquelles on l'avait envoyé au Nihil avaient circulé. Cette histoire m'avait glacé le sang. Ce n'était plus seulement ma personne qu'on moquait, mais aussi mon supérieur.

— Assez…

Même derrière le voile flou de ma vision et malgré son visage caché dans l'ombre, je vis très nettement le sourire de Lech s'élargir. D'un geste assuré, il se releva et plaqua ses cheveux vers l'arrière de son crâne, ce qui fit ressortir son nez cabossé.

— J'ai cru entendre une fillette pleurnicher. Tu as dit quelque chose ?

Quelques réservistes pouffèrent. Les autres observaient plus attentivement la scène, comme partagés entre une curiosité morbide et un certain sentiment de supériorité. *Tu es seul contre dix-sept, et clairement pas le plus costaud. Pire que ça, t'es une merde au combat. Tu vas te faire éclater.*

— Assez…, répétai-je dans un souffle.

Lech approcha, d'une démarche presque sûre, mais sans la moindre grâce. Entre son tablier crasseux, ses cernes et son pas encore boitant, il n'avait rien de l'image qu'il souhaitait renvoyer.

— Oh, mais il sait parler ! Développe ta pensée, qu'on rigole un peu.

Lech n'avait aucune crainte à avoir. Ma taille, mon poids, mon manque de muscle et ma solitude étaient de véritables désavantages, et il le savait. Je n'étais aucunement capable de gagner en un face-à-face contre lui, et ça aussi, il en avait conscience. Il était gagnant sur tous les fronts. *Tu n'es qu'un lâche.* Pourtant, ma spécialité – inutile dans la Zone – m'avait appris une chose.

Ceux qui parlent le plus sont ceux qui ont le plus de choses à prouver.

— Tu me fais pitié, lui dis-je sans hausser le ton.

— Pardon ?

Son sourire se crispa alors que ceux des autres réservistes disparurent totalement. Je ne le quittai pas des yeux, me remémorant tous les cours de management reçus dans ma vie, notamment ceux sur la gestion d'une personne agressive. À la différence qu'ici, je ne souhaitais plus le calmer, seulement le blesser à mon tour.

— Tu me fais pitié, Lech. Tu es un bon *cogitabat animo*, mais un idiot sur tout le reste. Tu n'as pas plus de légitimité que je n'en ai dans cette salle, mais sans moi, tu serais déjà mort. Tu sais, je ne regrette pas de t'avoir sauvé la vie face à la Chose, et je comprends ta colère : pourquoi un gars comme moi serait hiérarchiquement au-dessus de toi ? Pourtant, je suis ton supérieur, que ça te plaise ou non.

Le visage de Lech n'était plus qu'une grimace. Je venais de l'insulter devant tous les autres réservistes, devant ceux qu'il cherchait tant à impressionner. Ses yeux sombres faisaient des allers et retours entre eux et moi.

— N'importe quoi ! Tu ne peux rien contre nous tous !

Mon visage se tordit devant l'absurdité de la situation.

— Le truc, c'est que comme vous, j'ai jamais demandé à être là et à avoir ce poste. Mais je m'en contente. Contrairement à toi qui traînes dans la merde alors que tu espères tellement plus de cet endroit. Comme vous tous !

Durant une fraction de seconde, le doute m'envahit, mais je repris.

— Alors non, je ne pourrai pas aller me plaindre de chacun d'entre vous dans cette pièce pour votre comportement pitoyable qui n'est pas digne de votre Institut ou de ce clan qui vous protège, mais je pourrais faire en sorte que vous restiez le plus longtemps possible à ce poste, à traîner dans la saleté et à subir les ordres d'un gamin maigrichon. Le pire dans tout ça, c'est que toi, Lech, tu as les compétences pour faire autre chose ici, mais tu agis comme un enfant en colère. Donc oui, tu me fais pitié.

Son poing s'écrasa contre ma lèvre. Projeté au sol, j'eus tout juste le temps de me recroqueviller avant que Lech ne me crache dessus. Personne ne pipait mot dans la cuisine, et seul le son de ma respiration hachée brisait ce silence. Lech s'accroupit devant moi, la haine le défigurant.

—Alors, le problème va être vite réglé. On va faire en sorte que tu sois viré avant ce soir, rétrogradé avec des merdeux comme nous. Et je vais même te faire une promesse ; d'ici trois jours, c'est ton cadavre qu'on servira pour dîner.

En milieu d'après-midi, Mikołaj passa me voir au centre de soins où Joanna et un *manus protegens* à peine plus âgé que nous s'étaient évertués à panser mes plaies. Je me redressai d'un coup à son arrivée, cachant du mieux que je pus ma main bandée. L'Oracle tira au passage le bout de rideau qui me séparait de mon voisin, et poussa un long soupir en s'affalant sur la seule chaise disponible. Il garda le silence pendant de longues secondes, ce qui, du peu que je connaissais de lui, ne lui ressemblait pas. Finalement, je préférais largement l'entendre me hurler dessus.

—Mikołaj, je…

Il me coupa la parole d'un geste. Pendant une fraction de seconde, ses yeux vairons brillèrent d'un drôle d'éclat.

—Tu vas passer à la Réserve.

Le peu de couleurs qu'il me restait encore coula de mon visage.

—Mais, je… je peux m'améliorer ! Je peux apprendre à les gérer ! Laisse-moi une autre chance.

—Sais-tu quel genre de missions nous menons, dans le Bataillon Offensif ? Le genre qui implique de se battre, de tuer des gens, de regarder ses amis mourir et d'être satisfait quand on rentre à peu près entier. Gérer les gars en cuisine était la partie facile de ta mission. Tu n'es pas fait pour ça.

Le désespoir me prit à la gorge, et l'air se fit plus lourd sur mes épaules. Au-delà du fait d'être envoyé à la Réserve, ce qui n'était peut-être qu'un moindre mal, le sentiment d'avoir échoué me comprimait la poitrine. Mikołaj me tapota la tête.

— Crois-moi, mon lapin, t'as rien d'un loup. Je suis en train de te sauver la vie.

Je me mordis la langue pour contenir mes larmes et garder le peu de fierté qu'il me restait encore. J'allais me retrouver isolé dans un groupe dont certains des membres voulaient ma mort. Si j'avais un peu de chance, j'aurais des tâches agréables, mais à quoi bon, si c'était pour mourir dans quelques jours ? Avec un nouveau soupir, Mikołaj se releva, prêt à partir, avant de se retourner une dernière fois.

Ses yeux brillaient de nouveau de cet étrange éclat.

— Et, Okonek, continue de t'entraîner à courir. Ça aussi, ça pourrait te sauver les fesses un jour.

11

PRYM

LE BOITEUX

Erit existe grâce à deux choses : le retour des réfugiés et l'arrivée de peuples à qui l'on a promis un nouveau départ. Le premier Maréchal s'appelait Dawid Adamowicz, né en 1992, à Varsovie.

Joanna posa le lourd carton rempli de fournitures médicales sur l'un des lits vides du centre de soins. Elle prit l'un des flacons dans ses mains, l'examina un instant, puis remit au propre l'étiquette qui indiquait sa composition. Sans même s'en rendre compte, elle jouait régulièrement avec la pince à cheveux que je lui avais trouvée la veille dans le local à vêtements. C'était un objet tout simple, marron et assez petit, mais la joie que j'avais lue sur le visage de ma meilleure amie n'avait pas de prix.

Parmi la montagne de tenues que gardaient les Conquérants, je m'étais dégoté une réserve de tee-shirts uniformes à ma taille et trois pantalons en toile sombre. Je ne savais pas si c'était dû à la réverbération du soleil sur le Mur, mais la chaleur qui régnait dans la Zone n'était pas habituelle en ce mois de mai.

— Passe-moi ce carton là-haut, me demanda Joanna sans s'arrêter de trier.

Je m'exécutai sous son regard attentif. Elle avait beau ne rien me dire, je percevais son inquiétude comme si elle était mienne. Entre deux produits, elle défit sa pince à cheveux pour la remettre immédiatement en place, geste mécanique qu'elle faisait depuis toujours quand elle était stressée. Je pris ses doigts tremblants entre les miens et les serrai.

— Ça va aller, la rassurai-je.

Elle leva son visage vers moi, et mes yeux s'accrochèrent à la constellation de taches de rousseur qui parsemait son visage. Elle poussa un bref soupir.

— C'est juste… Je ne comprends pas.

— Tu peux tout me dire, tu sais.

Elle secoua la tête, et quelques petites mèches blondes s'échappèrent de la pince. Elle les remit aussitôt en place, puis se détacha de ma main pour prendre un nouveau produit. Du coin de l'œil, elle vérifia que son tuteur ne nous écoutait pas.

— On n'aurait pas dû être ici, lâcha-t-elle finalement. Tu devrais être en train de terminer ta formation avec Halborn pour devenir instructeur, et moi en train de commencer ma spécialisation dans un laboratoire.

Son regard parcourut le centre de soins encore vide à cette heure matinale. Le travail qu'elle effectuait ici la fatiguait, je le voyais bien. Son teint avait terni et des poches violacées habillaient maintenant ses yeux. Son poing se contracta, mais sa voix ne trembla pas.

— À la place, toi, tu pars en mission dans une heure et tu risques de mourir à tout moment là-bas, et moi, je suis comme… impuissante ! Je dois me contenter de limiter les dégâts avec le peu de matériel médical que l'on a, alors que je sais parfaitement ce qu'il me faudrait pour soigner correctement les blessés.

— Les choix d'Erit sont justes et pleins de sens, tentai-je pour la réconforter.

Pourtant, j'étais d'accord avec elle. Depuis que nous étions arrivés chez les Conquérants une semaine auparavant, je n'avais entendu personne évoquer la mission originelle dont nous étions chargés. Si les autres membres du Bataillon Offensif détournaient le regard quand j'en parlais, Mikołaj se contentait d'éluder le sujet. Il fallait que je parle à Aleksander. Si quelqu'un en savait plus sur ce que nous devions faire pour réussir la mission, c'était forcément le leader des Conquérants.

Joanna colla plus violemment qu'à accoutumée l'étiquette sur le flacon de désinfectant qu'elle avait dans les mains. Sur les étagères derrière elle, des bouteilles d'alcool trônaient en grand nombre et étaient utilisées pour nettoyer les plus petites plaies. Elle posa ses paumes à plat sur le lit vide et souffla un grand coup.

Quand elle releva de nouveau ses yeux noisette vers moi, je ne pouvais plus y lire ni colère ni frustration, mais le sourire qu'elle m'adressa n'en était pour autant pas moins factice.

— Raconte-moi un peu ce qu'il se passe dans le Bataillon Offensif.

Le changement de sujet était un peu radical, mais je l'acceptai. Elle me parlerait quand elle en aurait envie. Machinalement, je me mis à jouer avec ma plaque, passant de la face contenant mon matricule à celle où était gravé le symbole des *pugnatum corpus*.

— L'ambiance est… Comment dire ? Łucja fait son maximum pour que tout aille bien. Elle passe son temps à râler contre nous, mais elle ne nous lâche pas. L'autre nouvelle, Augusta, snobe toute l'équipe. Non, le seul vrai problème, c'est que Mikołaj a renvoyé Ed. Il ne lui a même pas laissé sa chance…

— Comment va-t-il ?

Je secouai la tête.

— Je ne sais pas… Mal, *a priori*. Il a intégré la Réserve il y a trois jours. Il a changé de dortoir, et le lieutenant Mazur l'a affecté à un poste de nettoyage.

— Tu devrais aller lui parler. Il va avoir besoin de soutien.

— Il m'évite…

Jo poussa un profond soupir, puis elle remit en place l'une des lanières de mon uniforme qui s'était détachée, la mine sombre.

— La Chose ressemble aux photos qu'on nous a montrées ? finit-elle par demander.

Elle est bien pire, pensai-je amèrement. Je me mordis la lèvre, incapable de lui dire cela en face, et me contentai d'acquiescer en silence. Les yeux de Joanna brillaient, mais elle ne pleurait pas. Elle ne pleurait jamais, comme la majorité d'entre nous. Les larmes étaient une faiblesse que l'Institut nous avait appris à cacher. Elles coulaient à l'intérieur, à l'abri des regards.

Je ne comprenais d'ailleurs toujours pas les miennes face à la Chose.

— Et si elle t'avait tué ? Je serais devenue quoi ?

— Elle ne l'a pas fait. Je suis là, je suis en vie, et je ne te laisserai pas toute seule. Et puis, maintenant, je ne sors plus désarmé. Łucja a donné à chacun d'entre nous une *anima* de catégorie deux.

Joanna posa le bout de ses doigts sur ma joue. Elle était si petite que pour y arriver, elle devait tendre le bras.

— J'exige une promesse du petit doigt, dit-elle.

Je retins un sourire. Nous avions fait ce genre de serment des milliers de fois depuis notre enfance, et Joanna mettait toujours un point d'honneur à le faire respecter.

Amusé, je tendis mon auriculaire et elle entremêla le sien.

— Prym Ostrów, promets-moi de ne pas mourir et de ne pas m'abandonner.

— Promis.

Elle acquiesça, mais je vis dans l'ombre de son regard qu'elle ne me croyait pas.

Je la quittai avec le sourire, malgré l'inquiétude qui me broyait l'estomac. Durant le peu de temps qu'il me restait avant le départ en expédition, je mangeai les quelques fraises que les membres de la Réserve faisaient pousser sur les toits, dans des serres improvisées.

Je retrouvai la dizaine de réservistes que l'on devait accompagner avec huit autres membres du Bataillon. Łucja guidait joyeusement notre groupe. Augusta était déjà sur place, la mine fière. Elle ne prit même pas la peine de me saluer et se concentra uniquement sur Gwidon Mazur, le chef de la Réserve, qui venait avec nous aujourd'hui.

Les réservistes s'équipèrent de grands sacs à dos. Ils poussaient deux caissons comme ceux qu'Erit nous avait donnés, avec à l'intérieur du premier des dizaines de bidons d'eau vides, et dans l'autre, des cages.

Mes doigts s'enroulèrent autour de mon matricule. Gwidon Mazur était comme on me l'avait décrit : imposant, calme et intouchable. Sa peau aussi noire que la nuit laissait entrevoir quelques cicatrices de guerre sur tout son corps. Il tourna d'abord son visage en diamant vers nous, puis le reste de sa personne. Son genou gauche tremblait à chacun de ses gestes.

Sans qu'il ait besoin de prononcer un mot, tous se mirent à le suivre au pas militaire. Étonné, je n'osais pas parler. Je me contentai de bien me positionner, ma nouvelle *anima* de catégorie deux à la main – la catégorie une toujours dans son étui –, et d'attendre les ordres.

Parmi les membres de la Réserve, Lech, pas tout à fait habitué à sa nouvelle fonction, déambulait parmi ses pairs. Encore un peu blessé à la cheville, il me lança un sourire sarcastique.

— Oh, Ostrów ? On te refile les missions bas de gamme malgré les miracles que tu prodigues ?

Son ton était à la limite de l'insulte. Même si Ed était resté évasif, je savais Lech en partie responsable de sa rétrogradation.

— Il faut croire que nos supérieurs considèrent qu'il vaut mieux te faire surveiller.

Il éclata d'un rire sinistre.

— Ah oui ? N'hésite pas à leur faire remonter combien je suis compétent. Il y a une place à prendre dans le Bataillon depuis que ton pote nous a rejoints, j'ai pas raison ?

Je m'arrêtai pour lui faire face, le dépassant largement en taille et en carrure. Le mettre à terre aurait été si facile, mais la présence de Gwidon non loin de moi me ramena à la réalité. Lech n'attendait que ça. Je lui offris donc mon sourire le plus poli, avant de reprendre la route.

— Je n'y manquerai pas, compte sur moi.

Je m'empressai de rejoindre Łucja pour ne plus avoir à lui parler. Alors que l'on bifurquait vers le sud-ouest et vers le fleuve, on croisa plusieurs pigeons qui roucoulaient dans les rues. La Réserve les collecta avec beaucoup de précaution et les enferma dans les cages du deuxième conteneur. J'interrogeai Łucja :

— Ils se laissent attraper facilement, non ?

Elle haussa les épaules.

— On n'arrive pas à comprendre pourquoi les pigeons restent. Y a rien à bouffer à part eux. Heureusement pour nous, ils sont pas très malins. Tout est vraiment bizarre ici.

La Zone confirma ses dires quelques dizaines de mètres plus loin. Il nous fallut une bonne trentaine de minutes pour dégager la route des ronces noueuses qui l'entravaient et permettre ainsi aux caissons de passer. J'avisai une étrange toiture de verre verte, en forme de M majuscule, qui surplombait ce qui, ce loin, ressemblait fortement à des escaliers s'enfonçant sous terre.

— C'est quoi ?

Łucja lui jeta à peine un regard.

— Ça ? C'est l'ancien métro.

— Métro ?

Je ralentis un peu.

— À quoi ça sert ?

— De ce qu'on en a compris, c'était un moyen de déplacement, un peu comme les *currūs*, mais sous terre et ne flottant pas. Les tunnels s'étendent sous toute la ville.

— Vous les avez déjà explorés ?

L'idée de voyager sous terre me rendait claustrophobe. Łucja secoua la tête.

— On y a déjà envoyé quelques équipes, mais les éboulements sont trop fréquents.

— Je vois...

Rien de très rassurant.

Ma respiration n'était pas aussi posée qu'elle aurait dû l'être, malgré la présence et l'efficacité des autres membres du Bataillon Offensif. *Et si la Chose revenait ? Elle ne m'épargnera pas une seconde fois.*

Augusta avançait en tête, non loin de Gwidon. Contrairement à ce que j'avais imaginé, elle n'avait ni la démarche ni l'attitude d'une combattante. Avait-elle donc mené son équipe jusqu'à la base seulement grâce à son intelligence ou à une bonne stratégie ? J'avais du mal à le concevoir.

— Stop, ordonna Gwidon d'une voix grave qui emplit toute la rue.

Il avait à peine fait un geste de la main que toute notre garnison s'arrêta. Augusta ouvrit la bouche pour poser une question, mais un seul regard noir de Gwidon l'en dissuada. Le silence était tel que je percevais le moindre bruissement des feuilles dans le vent, ainsi que l'écoulement de la rivière qui n'était plus si loin.

Puis soudain, un gémissement.

— Les bleus du Bataillon, venez avec moi.

Łucja me tapota l'épaule.

— Courage.

Augusta ne broncha pas, et l'on suivit tous deux le colosse boiteux dans un calme oppressant. Gwidon ouvrit une immense porte en bois, qui donnait sur une cour intérieure où trônait un arbre encore couvert de fleurs roses.

Recroquevillé contre ses racines, un vingtième était affalé là. De multiples déchirures parsemaient son uniforme, et chaque centimètre de peau dévoilée était recouvert de griffures, de sang ou de croûtes à peine sèches. Si Augusta sut garder sa contenance, Gwidon prit un air dégoûté. Quant à moi, au fur et à mesure que mes pas me rapprochaient du dégénéré, je ne pouvais contenir le sentiment de malaise qui me serrait la gorge et me comprimait la poitrine.

Malgré les tressautements, malgré ses traits déformés par une douleur innommable et par la maigreur, malgré les pleurs qui inondaient son visage, je le reconnus.

— Wit…

Augusta me dévisagea.

— C'est un ami ?

Mon cœur se serra. Non, Wit n'était pas un ami. Je lui avais à peine parlé en dix ans, mais le voir comme ça… J'avais le sentiment que le sol se dérobait sous mes pieds.

— On venait du même Institut, réussis-je à articuler.

— Parfait, commenta Gwidon. Alors, c'est à toi que revient l'honneur.

Je levai lentement la tête vers celui qui, bien que n'étant pas le chef de ma section, restait néanmoins mon supérieur. Il se tenait à une distance respectable de Wit, et même s'il était tourné vers moi, son attention était toujours dirigée vers le dégénéré.

— Pouvez-vous préciser, monsieur ?

Ma bouche était aussi sèche qu'un désert, et mon cœur cognait trop fort dans ma poitrine. Gwidon apprécia mon respect militaire, car il prit la peine de me répondre d'une voix neutre.

— Abats-le. Il est couvert de microbes.

Le visage de Staska, la dégénérée tuée par Mikołaj à notre arrivée, me revint en mémoire. Elle m'avait semblé si fragile, si inoffensive. Elle avait été abattue comme une bête, sans personne pour pleurer sa disparition.

— Je ne peux pas, monsieur.

Gwidon haussa les sourcils. Augusta observait la scène avec attention et retenait son souffle. Sous la chaleur des rayons du soleil, au centre de cette petite cour au macadam brisé, à seulement quelques mètres de Wit qui s'était mis à geindre comme un enfant, je me forçais à me tenir le plus droit possible et à ne pas dévier mon regard des yeux plus sombres que les abysses du chef de la Réserve.

— J'ai peur de ne pas avoir bien compris. Vous ne pouvez pas quoi ?

— Je ne peux pas l'abattre, monsieur. Ce n'est pas un ennemi, et il ne m'attaque pas, monsieur. Il mérite mieux que ça, monsieur.

J'étais un soldat, pas un exécuteur.

De son pas boitant, Gwidon se plaça devant moi. Si bien que mon champ de vision fut réduit à son large torse. Je dus lever la tête pour continuer de le regarder dans les yeux. Sa voix grave m'écrasa de tout son poids.

— Ostrów, c'est bien ça ? Sais-tu ce qu'il en coûte de désobéir à un ordre direct sur le champ de bataille ? Sa propre mort, et parfois celle de sa division.

Il se pencha vers moi et m'offrit un visage impassible. Le Gradé parfait.

— Ton insubordination va te coûter cher, soldat. La lâcheté est le pire des vices.

Il se releva et embrassa la scène du regard.

— Qui de vous deux a assez de courage pour abréger ses souffrances ?

— Moi, dit Augusta.

D'une pression de la main, elle activa son *anima*, qui s'étira sur les côtés et s'affina jusqu'à prendre la forme d'un pistolet de moyen calibre. La jeune femme braqua son canon sur le torse de Wit, qui poussa une plainte déchirante. Elle tira un coup précis. Le corps du jeune homme s'affaissa presque sans bruit, soulevant juste un peu de poussière.

Le doute assombrit les iris d'Augusta un instant, mais elle se reprit vite et se redressa, la mine déterminée.

— Merci pour votre efficacité, Gala.

Sur ces simples mots, Gwidon rejoignit le reste de notre groupe sans adresser un regard à l'homme qu'il venait tout juste de condamner à mort. Malgré elle, Augusta jeta un coup d'œil au cadavre et blêmit un peu, puis partit d'un pas sec.

La balle avait atteint Wit en pleine poitrine, et avait formé sur son passage une rose sanglante qui se déployait sur son uniforme. Un pas après l'autre, je m'approchai et m'accroupis près de lui.

Ses traits étaient émaciés et encore pleins de douleur, mais ses yeux, grands ouverts et tournés vers le ciel, ne laissaient plus échapper aucune larme. Ma main trembla un peu au moment de clore ses paupières. Sa peau était encore chaude.

— Debout, soldat.

J'acquiesçai, mais fut incapable de prononcer le moindre mot tant ma gorge était serrée. Les autres ne nous avaient pas attendus, et nous dûmes forcer le pas pour les rattraper.

Lech me jeta un regard sarcastique que j'ignorai totalement. Comme je pris bien soin de ne pas regarder deux réservistes balancer le corps de Wit dans l'un de leurs caissons pour effectuer plus d'analyses. Łucja ralentit le pas pour se mettre à ma hauteur, l'air sombre.

— La mort fait partie de notre quotidien. On livre ici une guerre permanente. Depuis que je suis entrée dans la Zone, j'ai perdu bien trop d'amis.

— Notre situation est si désespérée que ça ?

Elle hocha péniblement la tête, la mâchoire serrée, le regard soudain dur.

— Je me récite leurs noms chaque soir avant de dormir pour ne jamais oublier.

— Oublier quoi ?

Pendant un instant, je crus qu'elle n'allait pas me répondre et se contenter d'ignorer ma question. Quand elle se redressa, une haine profonde avait embrasé le bleu de ses yeux.

— Ne jamais oublier qu'au bout du compte, aucune vie ne nous attend plus nulle part.

Elle mit fin à la conversation en reprenant la tête de notre groupe.

Je m'efforçais d'être le plus attentif possible aux bruits environnants, au cas où la Chose approcherait. Mais, malgré tous mes efforts, je n'arrivais pas à rester aussi concentré que j'aurais dû l'être. Łucja reprit un instant sa place à mes côtés. À chaque clignement de paupières, pendant la fraction de seconde où ma vision se teintait de noir, les yeux vitreux de Wit m'apparaissaient, ainsi que le sentiment qui l'avait habité avant de mourir.

Un effroi sans nom.

12

JOANNA

L'ABSENCE

Ex Nihilo.
À partir de rien.
Devise des manus protegens.

Nawelle ouvrit le ventre de Wit avec une facilité qui me déconcerta. Tout d'abord, il prit le soin de déplier chaque morceau de peau, pour mieux accéder à ses organes, et me demanda de les accrocher à la table pour éviter qu'ils ne le gênent.

La table d'opération n'en avait que le nom, et souffrait de taches sombres incrustées dans le plastique. Le bandage qui couvrait les yeux du mort ne rendait pas la scène moins étrange.

Durant mes dix années à l'Institut, l'intégralité de mes interventions sur cadavre s'était déroulée avec des représentations de corps humains hautement réalistes, et j'avais du mal à me sortir de l'esprit que pour la première fois, j'avais connu le patient encore vivant.

— Tu sais que je boite, n'est-ce pas ?

Nawelle arrêta son scalpel à quelques centimètres des organes de Wit, avant de reprendre son mouvement.

— Ce n'est pas aussi discret que tu le penses.

— Alors, pourquoi me laisser partir en mission ?

Cette fois, il prit la peine de me regarder, rien qu'un instant.

— Je considère que tu es prête, et Oliwjer se fie à mon jugement. Que tu boites ou pas ne change rien à ma décision.

Devant son manque d'explications, je tentai une nouvelle approche.

— Que cherches-tu ?

Nawelle s'était emparé d'un bout de l'intestin et l'ouvrait déjà.

— Des réponses.

Il posa un prélèvement sur une plaque de verre. Je le suivis jusqu'au microscope, une rareté qu'ils avaient réussi à récupérer dans un ancien lycée.

— Mais encore ?

Il leva un instant sur moi ses yeux ourlés de longs cils sombres, avant de se reconcentrer sur son échantillon. Il marmonna :

— Les effets de la mutation sur le corps, quels organes sont touchés, comment et pourquoi, et surtout, dans quelle mesure cela nous affecte tous.

Il plaça son œil dans la lunette et prit quelques notes, avant de recommencer le même manège. Agacée par son silence, je pris le soin de rattacher correctement mes cheveux, en prenant bien garde à ne pas les tacher avec le sang de Wit. Ma jambe me faisait toujours souffrir, et la position statique n'aidait en rien.

— Tous ? Seuls ceux qui font une mutation en subissent les effets, non ?

Cette fois, il releva la tête aussi doucement que possible, le front plissé, les lèvres pincées.

— Non ? répétai-je, un peu moins sûre.

Son regard fuit le mien. Je croisai les bras sur ma blouse, laissant derrière moi quelques traces rougeâtres.

— Nawelle ?

— Alors, tu n'as rien remarqué de bizarre ?

Je haussai un sourcil.

— La bizarrerie est notre quotidien.

— C'est pas faux, ricana-t-il avant de reprendre son sérieux.

Après avoir délaissé un instant son microscope, Nawelle posa son doigt sur mon front, et son souffle se mêla au mien. Je retins ma respiration. Quelque chose dans ma poitrine se serra de nous sentir si proches. De près, son visage gagnait encore plus en charme.

— Tu es en train de muter.

— C'est-à-dire ?

Malgré moi, je m'étais crispée.

— C'est-à-dire que le discours de bienvenue de Mikołaj est très... simpliste. La « mutation » (il insista bien sur les guillemets), celle qui nous oblige à gérer des Accomplis comme des dégénérés, n'est que la partie émergée de l'iceberg. En vérité, nous mutons tous à plus ou moins grande échelle. La plus petite est invisible à l'œil nu ; pourtant, elle touche tout le monde et ses dégâts sont irréparables. Aucun d'entre nous n'y échappe.

Nawelle laissa sa phrase en suspens, ses iris sombres plongés dans les miens, puis il s'écarta et je respirai de nouveau. Son parfum, lui, flotta un instant devant moi.

— La plupart des gens ne le remarquent pas tant qu'on ne leur a pas dit, ou alors avec plusieurs mois de retard. C'est ce que j'appelle la théorie de l'absence. On ne voit pas ce qui n'existe pas, on ne s'en rend pas compte. Je vais donc te poser une question très simple : que manque-t-il ?

Je fronçai les sourcils, mes bras de plus en plus serrés contre moi. Au loin, j'entendais le brouhaha du reste du clan : les échos de pas dans le hall, les conversations étouffées par les murs, les bruits habituels du centre de soins de l'autre côté de la paroi, la voix d'Oliwjer qui résonnait jusqu'à nous. Devant mon air perdu, Nawelle ajouta :

— Que se passe-t-il lorsque tu enfermes de jeunes hommes et de jeunes femmes dans un espace clos durant vingt ans ?

Une image bien trop vivace s'imposa dans mon esprit, affolant mon pauvre cœur. À l'Institut, ce genre de relations étaient totalement proscrites, et les couples se contentaient d'échanger quelques baisers rapides au détour d'un couloir. Moi-même, j'avais passé mes années d'études plongée dans mes recherches sans vraiment m'intéresser aux garçons – même pas à Prym, que j'avais toujours considéré comme mon frère. Mes yeux s'écarquillèrent.

— Des enfants, lâchai-je dans un murmure.

— Des enfants, oui. Pourtant, il n'y en a aucun dans la Zone. Il n'y en a jamais eu et il n'y en aura jamais.

Les épaules affaissées, je me décomposai, et une mèche de cheveux blonds s'échappa de ma pince pour venir se poser sur ma joue.

— Alors, nous sommes tous stériles ?

Nawelle hocha douloureusement la tête.

— Les femmes n'ont plus de règles au bout de quelques cycles. Deux, le plus souvent.

Un silence assourdissant envahit la pièce. Mon bas-ventre m'élançait, douleur mentale lancinante qui me parut soudain bien réelle. Je me mordis la langue. Être mère n'avait jamais été une vocation pour moi, mais je n'aimais pas l'idée de ne plus avoir le choix. C'était toujours mon corps, et pourtant, j'avais l'impression qu'une main invisible s'en emparait déjà.

Silencieux, Nawelle attendait. Sur le moindre trait de son visage, la même souffrance se lisait aisément. Délicatement, il replaça la mèche rebelle derrière mon oreille, me faisant tressaillir. Il ouvrit la bouche, prêt à tenter de combler un gouffre impossible à franchir – de nouvelles images de ces couples enlacés dans les recoins de l'Institut envahirent mon esprit –, mais la porte qui s'ouvrit derrière moi l'en dissuada. Il recula d'un pas, le rouge aux joues.

Oliwjer, une main encore sur la poignée, jeta à peine un coup d'œil au cadavre découpé en deux.

— C'est l'heure.

L'ancienne salle de cinéma dans laquelle nous nous trouvions me donnait l'impression d'avoir plongé dans un autre espace-temps. La douce lumière des lys éclairait seulement l'estrade au pied de l'immense écran, à jamais plongé dans l'obscurité. Les sièges de velours rouge avaient subi le passage du temps, et certains étaient même éventrés par endroits. Ma pince me gênait, car je n'étais pas assez grande pour dépasser l'appuie-tête. Oliwjer nous avait réservé trois places au cinquième rang, et je m'étais retrouvée coincée entre lui et Nawelle. Je n'avais pas osé regarder ce dernier pendant tout le trajet. La salle était assez grande pour contenir la cinquantaine de membres du Bataillon Offensif et la quinzaine de *manus protegens*, soit la moitié de notre équipe, qui étaient venus. Les autres s'occupaient de nos blessés, heureux de me donner leur place.

Mikołaj, posté au milieu de l'estrade, et habillé d'un débardeur et d'un short d'un rouge pétant, frappa des mains, réduisant au silence notre groupe d'une soixantaine de personnes, peut-être plus.

— Bien, bien, bien.

Il se racla la gorge.

— Je pense qu'on va pouvoir démarrer. Łucja, note-moi tous les noms de ceux qui arrivent à la bourre, il y a des corvées en cuisine qui n'attendent qu'eux.

Sa remarque déclencha un ricanement général, mais Łucja, postée au deuxième rang, répondit par un geste vulgaire. Prym, assis juste à côté d'elle, se crispa d'indignation devant ce manque de respect envers l'autorité, ce qui me fit sourire. Comme s'il avait perçu le poids de mon regard, il tourna légèrement la tête, et tapota son cou trois fois du bout de son petit doigt, en un signe connu de nous seuls, m'annonçant qu'il voulait me parler. Je lui répondis du même geste, avant de me focaliser sur Mikołaj.

—Aujourd'hui, j'ai l'immense *plaisir* de commencer cette réunion bimensuelle par l'accueil de trois de nos bleus : une *manus protegens*, Joanna Anders, et nos deux adorables protégés du Bataillon, Augusta Gala et Prym Ostrów. Ils vont participer à leur première *vraie* sortie. Levez-vous un peu, que tout le monde voie vos p'tites têtes.

Mal à l'aise, je m'exécutai avec l'impression d'être de retour à l'Institut, lorsque mon affectation était apparue au-dessus de ma tête, faisant basculer ma vie. Quelques applaudissements étouffés me parvinrent, et je m'assis aussi vite que je pus. Mikołaj écartait les bras comme s'il recevait les acclamations d'une foule en délire, provoquant l'hilarité des membres de son groupe.

—Ne leur faites pas tant d'honneur ! D'abord, nous allons voir comment ils s'en sortent durant les prochains jours. Vivants, je l'espère.

Il appuya ses mots d'un grand clin d'œil. J'étais à peu près certaine qu'il ne plaisantait pas tant que ça. La lumière des fleurs lui donnait un air fantomatique.

—J'imagine que vous avez déjà dû recevoir le topo de vos petits camarades, mais en gros, nos missions de ravitaillement sont tout sauf une partie de plaisir. Deux fois par mois, nous rendons visite à nos trois postes de patrouilles, aux frontières de notre territoire, pour leur apporter de la bouffe, des fringues à peu près propres, et des soins, s'ils en ont besoin, grâce à nos *manus protegens* volontaires…

Son ton sarcastique me fit dresser les poils, et je vérifiai que Nawelle était toujours à côté de moi, qu'il ne me laisserait pas partir seule. Il choisit cet instant précis pour baisser les yeux dans ma direction, et je me détournai, les joues plus rouges que le short de Mikołaj.

—… et surtout pour nous assurer qu'aucun membre d'un autre clan ne fout la merde près de chez nous. Si c'est le cas, il nous faudra intervenir sur place pour rétablir un peu d'ordre. La mission durera *a minima* quatre jours, et nous dormirons sur place chaque fois que ce sera possible. Autant vous dire qu'avec notre nombre et votre pas d'éléphant, on risque d'attirer des visites peu sympathiques, donc soyez prêts à vous battre tout le temps. On commencera par le poste est, actuellement replié dans un petit entrepôt, puis le poste centre près d'une école primaire, et on finira par celui au sud, qui a élu domicile dans une banque. On partira demain, au premier coup de cloche. Des questions ?

Seul le silence lui répondit, et l'Oracle se gratifia d'un sourire satisfait.

—Parfait, alors ! Je vous libère pour aujourd'hui.

L'assemblée se leva, et tandis qu'Oliwjer et Nawelle se dirigeaient vers la sortie, j'attrapai la manche de mon supérieur.

—Je vous rejoins tout de suite, je n'en ai que pour une minute.

Son regard passa de moi à un point juste derrière, que je devinais être Prym. Oliwjer se contenta de hausser les épaules.

—Ne traîne pas, on a tout le matériel à préparer pour demain.

—D'accord.

Nawelle haussa un sourcil, et je lui offris un sourire d'excuse. Je fis volte-face, et me retrouvai face à mon meilleur ami, en tenue de ville, les cheveux encore humides du semblant de douche que la Zone nous permettait de prendre.

— Comment va ta jambe ?

Je tapotai ma cuisse avec un sourire que j'espérais convaincant.

— Parfaitement bien ! mentis-je. Parfois, j'oublie presque que j'ai pris une balle.

Sa barbe naissante lui donnait un air fatigué, et j'attrapai son menton d'un air dubitatif tout en sentant le regard de Nawelle dans mon dos. Comment pouvais-je sentir son regard, d'abord ? Je changeai de sujet, décidant que celui concernant ma jambe était décidément trop risqué.

— Tu es mieux sans.

Prym souffla, amusé.

— Je n'ai pas encore maîtrisé le rasage au couteau, et je n'ai pas assez confiance en Łucja pour la laisser en poser un sur ma gorge.

— Je peux le faire, si tu veux, proposai-je en le lâchant. Mais j'imagine que ce n'est pas de ça que tu souhaitais me parler.

Prym attrapa son matricule.

— Non, effectivement.

Il se balançait d'une jambe sur l'autre, les yeux fuyants.

— Je ne veux pas que tu viennes avec nous.

Je haussai les sourcils.

— Et pourquoi ça ?

— Łucja m'a beaucoup parlé de cette mission de ravitaillement. Il y a des morts, pratiquement à chaque fois. Soit à cause de la Chose, soit à cause des autres clans. C'est dangereux.

— Oh, et tu ne penses pas que la présence d'une *manus protegens* pourrait être utile au groupe en cas de blessés ?

Je surpris quelques regards curieux, qui se dérobèrent aussitôt devant le mien. Prym fit claquer sa langue.

— Ce n'est pas ce que j'ai dit. Juste, pas toi.

Cette fois, j'eus beaucoup de mal à contenir ma colère. Les mots sifflèrent entre mes dents.

— Pas moi ? Prym, avant toute chose, j'ai été formée pour devenir médecin militaire. Je sais tenir une arme et me battre comme n'importe qui d'autre dans cette pièce, et je n'ai clairement pas besoin que tu me maternes.

Nawelle avait confiance en moi. J'étais prête, et ce n'était pas à Prym de décider du contraire.

— Pas toi. Je ne veux pas te perdre aussi.

— Parce que tu crois que moi j'ai envie de te perdre ? Que ça ne me fait rien de te voir partir en mission risquer ta vie ? Non, et tu le sais très bien, mais j'accepte que tu partes sans broncher, en me disant chaque fois qu'ils te rapporteront peut-être enroulé dans un drap ! Laisse-moi faire mon travail comme je te laisse faire le tien.

Son visage se décomposa, et pendant une fraction de seconde qui me parut durer une éternité, il redevint le petit garçon que j'avais connu. Ma colère retomba aussi vite qu'elle était arrivée, ne laissant derrière elle qu'une immense fatigue. Un coup de cloche tenta vainement d'emplir notre silence. Prym baissa le regard.

— Je dois y aller.

— Aller où ?

Il passa devant moi pour atteindre la sortie, mais se retourna à la dernière seconde.

— Aleksander m'a convoqué. Pour insubordination.

Insubordination ? Cela lui ressemblait si peu que sa déclaration me laissa sans voix, et je dus me contenter de l'observer partir. La double porte battante se referma derrière lui avec un fracas feutré, et il me fallut plusieurs minutes avant de me rendre compte que je n'avais toujours pas bougé.

Le lendemain, je partirais en mission avec lui, qu'il le souhaite ou non. Après avoir remis ma pince en position, je quittai à mon tour la salle d'un pas assuré, malgré la douleur que me provoquait ma blessure. Mis à part Nawelle, personne, chez les *manus protegens*, n'avait remarqué que je plaçais mon poids d'un seul côté, et ça m'allait très bien ainsi. Non, je n'avais pas besoin qu'on me materne. Travailler et oublier que j'avais abandonné toutes mes recherches, voilà ce qu'il me fallait ! Et tant pis si je finissais par me créer des problèmes de hanche. J'eus le profond espoir que Prym n'ait pas remarqué cette jambe qui ne me soutenait plus.

Peut-être la théorie de l'absence marcherait-elle aussi pour ça ?

13

ALEKSANDER

L'OPPRESSEUR

Il existe quatre stades de mutation. Le premier est invisible à l'œil nu et touche l'ensemble des mobilisés : stérilité et troubles du sommeil en sont les principales conséquences.

Du haut du dernier étage, accoudé aux parois de verre, il m'était facile d'imaginer à quoi avait ressemblé la Galería Mokotów comme elle avait existé jadis. De ma position, l'usure des vêtements que portaient mes soldats n'était pas visible ; ces derniers se transformaient alors en de simples passants, préoccupés non pas par leur survie, mais par leurs dernières dépenses du jour. Les défenseurs en uniforme ? De banals policiers en exercice. Les vitrines brisées et vidées de leurs marchandises ? Si je ne fixais rien en particulier, je pouvais les ignorer.

Excepté que je n'en avais pas le droit.

Je fermai les paupières pour chasser cette rêverie et me concentrer sur mes sensations, les seules à me décrire la vérité. Le monde me parut alors si lourd, rempli d'objets inutiles, de corps en mouvement et de particules invisibles dont la légèreté m'étonnerait toujours. Dans cet état semi-méditatif, il m'était aisé de distinguer les forces que je connaissais de celles que j'avais peu ou jamais croisées ; ce fut pour cela que je perçus le défenseur Jelonek, présent dans nos rangs depuis huit ans, mon assistant de temps à autre, accompagné d'un corps écrasant chacun de ses pas, et dont le centre de gravité était positionné à l'avant de son corps.

Sans rouvrir les yeux, je sentis le mouvement silencieux de Jelonek qui se mit au garde-à-vous, et la défiance du second homme immobile. Je tapotai la montre usée à mon poignet, dont les piles étaient à bout de souffle.

— Repos, Jelonek. Va chercher le deuxième et amène-le-moi d'ici dix minutes.

— Bien reçu.

J'attendis qu'il se soit suffisamment éloigné pour enfin daigner me tourner vers le nouvel arrivant. Pour être tout à fait honnête, je n'avais pas gardé un grand souvenir de Lech Molski lors de la cérémonie d'affectation, mis à part qu'il était le seul à être revenu sans son équipe et qu'il était blessé.

Le jeune homme tout droit sorti de l'école qui se tenait devant moi affichait plus d'arrogance qu'il n'en avait eu ce jour-là. Si son visage savait garder une expression aussi neutre que possible, dans son dos, la pression de ses doigts contre ses paumes trahissait l'ardeur de son ressentiment.

Dix minutes suffiraient pour celui-là.

— Bonjour, Lech. Comment te sens-tu ?

Du menton, je désignai sa cheville, et il se redressa. Il plissa les yeux. Pour me regarder en face, il devait faire abstraction de la lumière matinale déjà intense qui passait à travers les parties vitrées du plafond aux courbes douces. Il s'attarda sur ma cicatrice, retraçant malgré lui le chemin qu'elle parcourait du coin interne de mon œil gauche à la commissure droite de ma bouche. Quand il se rendit compte que je l'observais également, je le sentis serrer les poings plus fort.

— Je vais bien, dit-il sèchement, mais je ne comprends pas pourquoi je suis ici, je n'ai rien fait de mal.

Je haussai un sourcil, feignant la surprise.

— Oh, c'est certainement une erreur, laisse-moi vérifier.

Je sortis le petit agenda qui ne quittait jamais bien longtemps la poche arrière de mon jean. La reliure était abîmée, certaines pages s'étaient malheureusement détachées, et l'année n'était pas la bonne. En décembre dernier, un réserviste avait payé son dernier geste d'insolence à coups de rayures des jours préalablement inscrits, pour noter ceux correspondant à l'année actuelle. Ses traits n'étaient pas soignés, et heureusement qu'il n'avait eu à écrire que les jours de la semaine, sinon, j'aurais eu bien du mal à le déchiffrer. J'atteignis la dernière page de l'année en une fraction de seconde et notai : « Choisir quelqu'un avec une écriture plus lisible. » Je revins ensuite à la date du jour.

— Alors, voyons voir… Tu t'appelles bien Lech Molski, matricule 020059 ? C'est ça ?

Il hocha lentement la tête, comme s'il cherchait le piège dans cette simple question.

— Tu fais bien partie de la Réserve sous les ordres de Gwidon Mazur ? Tu es en cuisine ?

Il hésita, et je sentis que cette question lui parvenait comme une insulte, ce qui ne me convenait pas. Sans me défaire de mon sourire imbécile, je laissai l'énergie me parcourir. Elle traversa ma poitrine, se diffusa à chaque battement de cœur, et atteignit bientôt le bout de mon majeur gauche. À peine une étincelle, mais amplement suffisante. Délicatement, je le pressai contre le papier vieilli.

Lech déglutit.

— Es-tu sous le commandement du lieutenant Mazur ? Oui ou non ?

Ses joues rosirent. Une perle de sueur dégoulina de son front, témoignant de la pression que j'avais fait naître en lui sans qu'il en sache rien.

— Oui.

Sa voix était devenue ridiculement faible. Presque aussi distinctement que je voyais Lech en face de moi, l'énergie que j'avais déployée m'apparaissait tel un ruban de soie clair. Elle s'enroulait autour du torse du jeune réserviste, enserrait son cou, liait ses jambes entre elles et augmentait la force de ses poings, l'obligeant à enfoncer ses ongles au plus profond de sa peau. De son point de vue, il faisait une simple crise de panique.

Je tapotai la date du jour de l'index.

— En plus d'avoir attaqué un autre groupe de vingtièmes lors de notre épreuve, il est écrit ici que tu aurais agressé ton supérieur direct durant ses fonctions, ce qui aurait entraîné sa rétrogradation.

— Ce n'est pas…

La pression de mon majeur s'accentua. Cette fois, le visage de Lech se vida de toutes ses couleurs.

— Oh, pas de ça entre nous. Personne ici n'a de temps à perdre, pas plus toi que moi. Je suis certain que tu as envie de retourner travailler tranquillement et que cette entrevue ne soit qu'un mauvais souvenir, n'ai-je pas raison ?

L'énergie remonta le long de son crâne, au point de faire éclater les petits vaisseaux sanguins du blanc de ses yeux.

— Lech ?

— Oui, articula-t-il dans un souffle.

Je me penchai vers lui, presque assez près pour toucher à mon tour l'énergie. Le vingtième respirait de plus en plus laborieusement.

— Oui, quoi ?

De l'écume s'échappait de ses lèvres alors qu'il peinait à trouver un peu de salive pour prononcer ses mots. Un instant, j'eus pitié de lui.

Mais pas longtemps.

— Monstre, cracha-t-il.

Le mot résonna entre nous, le temps qu'il me fallait pour réfléchir à ce qu'il signifiait pour moi. Pas grand-chose. Cette constatation me laissa un goût amer sur la langue, et un ricanement m'échappa. Je relevai mon majeur, et le vingtième s'écroula, à bout de souffle et tremblant.

— Seuls les monstres survivent en enfer, lui révélai-je.

Lech toussa, puis s'essuya la bouche avec sa manche. La base tout entière s'assombrit alors qu'un nuage nous privait momentanément du soleil. Dans la seconde qui suivit, le neuvième coup de cloche de la journée retentit. Je tapotai ma montre et lâchai un soupir. Jelonek n'allait plus tarder à revenir avec le deuxième, et d'autres tâches, bien plus urgentes que gérer de simples sautes d'humeur, m'attendaient.

Après avoir refermé et rangé mon agenda dans ma poche arrière, je m'accroupis pour revenir à la hauteur du vingtième et lui fis lever le menton du bout des doigts.

— Toi, par contre, tu n'es pas un monstre, Lech. Tu cherches encore à savoir quel est ton rôle ici-bas. Je ne te connais sûrement pas assez pour émettre un quelconque jugement à ce sujet, mais sache une chose : si tu continues à t'opposer à un supérieur, ta place restera en cuisine, et tu te sentiras chanceux d'aller chasser les pigeons. Me suis-je bien fait comprendre ?

La respiration de Lech s'était calmée. Cependant, toutes les traces de colère et d'ambition n'avaient pas quitté ni son visage ni ses poings serrés.

— Oui, c'est très clair.

— Bien.

Je me relevai, et il fit de même, bien que plus lentement. De l'autre côté du hall, Jelonek arrivait d'un pas mesuré. D'un mouvement du poignet, je lui indiquai qu'il pouvait approcher. Lech n'avait toujours pas bougé, comme abasourdi par ce qu'il venait de vivre. *Qu'il s'en souvienne longtemps*, pensai-je.

— Tu peux retourner à ton poste.

— Merci, répondit-il après une hésitation.

Il mit quelques secondes supplémentaires à se mettre en mouvement, son pas devenu lourd et lent. Voilà qui allait le calmer un moment. Je m'accoudai de nouveau aux parois de verre, essayant d'endiguer la migraine qui refaisait surface, et impatient de finir ces entretiens. Arrivé à ma hauteur, Jelonek fit un bref salut, puis se retira.

Le vingtième se figea et se mit au garde-à-vous, deux doigts posés sur le front. Je le laissai une longue minute ainsi, sans me retourner, afin de voir combien de temps il allait tenir la position. Ne décelant aucun mouvement de sa part, je finis par lui faire face. *Un* pugnatum corpus *qui désobéit aux ordres, voilà qui n'est pas commun*, m'amusai-je.

— Repos, soldat.

Il s'exécuta, plaça ses mains derrière son dos, et entreprit de les serrer pour maîtriser sa nervosité, pensant que je ne pouvais pas le voir. Son poids balançait plus vers son pied gauche, et son talon droit se soulevait par intervalles.

Sa pression intérieure n'avait pas la même origine que celle de Lech. Ce n'était pas de la colère, juste du stress. Je pris un instant pour le scruter. Il était plus grand que moi, mais dégageait la docilité de tout bon soldat. Je repris mon agenda et vérifiai le motif de sa désobéissance. « Bataillon Offensif, a refusé d'abattre un dégénéré. »

Il y en avait toujours un, chaque année.

Ah oui, je me souviens de lui.

D'un geste, je l'invitai à approcher, et d'un mouvement du menton, je lui désignai l'ensemble des étages sur lesquels nous avions une vue improbable. Pas besoin d'utiliser mon pouvoir sur lui.

— Prym, c'est bien ça ?

Il acquiesça, et ses mains se crispèrent sur la rambarde.

— J'ai beaucoup entendu ton nom circuler ces derniers temps. Souvent pour parler de ce qu'il s'est passé entre AMI et toi.

Il frissonna et pinça les lèvres, tandis que je haussais un sourcil.

— Il ne faut pas avoir peur de la nommer ; Arma Massa Interitum est une machine, rien de plus. La Chose, elle, est devenue un mythe que certains placent au rang de divinité. Une partie des Wilis la prennent pour la représentation de Sirin, tu le savais ?

— Non, monsieur.

Cette fois, je secouai la tête.

— Ne m'appelle pas monsieur, Aleksander suffira. Gagnons en efficacité là où nous perdons en courbettes.

Ses joues se creusèrent alors que son teint rosissait à vue d'œil. Toute forme d'autorité l'impressionnait, et cette proposition de familiarité le dépassait.

— Oui, Aleksander, dit-il prudemment.

— Bien.

Un léger silence s'installa. Si ce qu'il dégageait était vrai, alors le simple fait de se retrouver devant moi pour insubordination devait le rendre malade. Certainement pour oublier son angoisse, Prym porta son attention sur le foisonnement d'activités un peu plus bas. Parfait. C'était tout ce qu'il me fallait pour le faire revenir sur le droit chemin.

— Dis-moi, qu'est-ce que tu vois ?

Il sursauta, puis se pencha un peu plus, les yeux plissés, les lèvres pincées.

— Une armée, dit-il après un instant de réflexion.

Je secouai imperceptiblement la tête. Un peu trop pragmatique, ce garçon.

— Regarde mieux.

Les rires et le vacarme des conversations nous parvenaient avec un léger écho et me transportaient à une autre époque. Prym lâcha la rambarde pour attraper son matricule et enroula la chaîne autour de son index. Il aurait beau se pencher encore et encore, il ne verrait jamais cette base de la même manière que moi.

L'énergie pulsa dans mes veines et obstrua ma vision. La conscience de la gravité terrestre, que tous oubliaient avec tant de facilité, me coupa le souffle. Je ressentais chaque mouvement dans l'air, chaque pression sur le sol, chaque déformation de gravité. Tout devint alors si évident.

Les défenseurs étaient reconnaissables à leur déplacement précis et aux rondes régulières qu'ils effectuaient. Si je me concentrais, je pourrais percevoir les pas légers de Lise parmi cette foule. Les réservistes, quant à eux, étaient les plus nombreux, les plus bruyants. Ils couraient un peu partout pour exécuter leurs différentes tâches d'un pas lourd qui faisait vibrer le sol et chaque os de mon corps. Enfin, j'apercevais de temps à autre un membre du Bataillon Offensif, qui ne comptait qu'une cinquantaine de soldats. Pour les plus vieux d'entre eux, leur démarche était plus lente, plus souple, mais aussi plus précise.

Je laissai l'énergie refluer, telle la marée entamant sa descente, lentement, abandonnant derrière elle quelques traces de son passage.

— Une fourmilière, assura Prym en relevant la tête.

Presque. Je m'autorisai néanmoins un léger hochement de tête.

— Je dirais plutôt un flux d'énergie. Chacun a une place très précise dans ce mécanisme. Personne n'est inutile, personne n'est plus important que les autres. Le moindre grain de sable et la machine s'emballe, les flux se détournent de leurs destinations, la fourmilière s'effondre, et nous perdons toute notre protection, tout ce que nous avons construit. Il ne nous reste plus rien.

Le vingtième fronça les sourcils, le front plissé par l'inquiétude. Son matricule cliqueta quand il le lâcha.

— Je ne suis pas ce grain de sable.

Parfait. Il comprenait vite.

— J'espère pour toi, car je ne peux pas me permettre de me tromper. L'enjeu est trop grand. Si un élément perturbe l'ensemble de mes troupes, c'est qu'il n'a pas sa place parmi nous.

Cette fois, je pris soin de planter mon regard dans le sien pour qu'il saisisse bien le message.

— Quand un supérieur donne un ordre, tu te dois de lui obéir, parce qu'il en va parfois de la survie d'un camarade ou d'une unité. Un soldat qui ne veut pas tuer est inutile sur un champ de bataille, où chaque seconde compte pour espérer la victoire, même si l'ennemi est incapable de se défendre.

Le dilemme tordit ses traits et donna à son visage un air juvénile.

— C'est compris, dit-il dans un souffle.

— Bien.

Je soupirai, puis barrai méticuleusement les prénoms de Lech et de Prym dans mon agenda. La liste était longue, et j'avais pris du retard sur mes tâches de la veille, mais tout était encore réalisable.

— C'est tout ce que j'avais à te dire. Je ne te retiens pas.

Le vingtième effectua un bref salut, mais ne bougea pas pour autant.

— Tu peux retourner à ton poste, insistai-je.

— C'est que…

Il s'humecta les lèvres, visiblement mal à l'aise.

— Comment avance la mission ? réussit-il finalement à articuler.

Pendant une fraction de seconde, la pitié m'envahit. J'avais oublié à quel point la première année, on ne pouvait s'empêcher de garder espoir.

— Il n'y a plus de mission depuis longtemps.

J'articulai mes mots avec lenteur pour être sûr qu'il comprenne bien. AMI était trop sénile pour attaquer la base, mais trop de bleus avaient péri en la sous-estimant. Prym s'accrocha à la vitre pour ne pas défaillir.

— Je ne comprends pas… La mission n'est pas finie vu qu'ils continuent de nous envoyer dans la Zone et que la Chose est toujours là. Que faisons-nous ? Rien ?

— Nous ne faisons pas *rien*. Tu fais bien partie du Bataillon Offensif, non ? Demain, tu pars avec Mikołaj pour l'approvisionnement bimensuel de nos sentinelles, si je ne m'abuse. Pour toi, ce n'est peut-être rien, mais cette simple mission de ravitaillement n'est qu'une action parmi toute la liste de ce que fait chaque personne ici. Nous agissons pour ceux qui vivent entre ces murs, pas pour les ordres donnés par ceux qui n'y ont jamais mis les pieds. Ce clan a été créé pour nous permettre de survivre, pas pour tuer Arma Massa Interitum. Beaucoup trop de générations se sont sacrifiées pour ça.

Le rire de Jonatan résonna un instant dans mon esprit, mais je le chassai tout aussitôt. Les morts devaient rester là où ils étaient. Les doigts de Prym blanchissaient à vue d'œil à force de s'appuyer contre la paroi. Je lui empoignai l'épaule et l'obligeai à lâcher prise. Il tremblait.

— Alors, nous ne sortirons jamais d'ici ?

Je secouai la tête, désolé d'être celui qui devait lui annoncer ça. *Il faudrait que Mikołaj révise son discours de bienvenue, il est encore trop positif.* Je lui tapotai l'épaule, bien plus conscient que lui que la réalité finirait par le rattraper.

— Penser sortir d'ici un jour, ce n'est rien de plus qu'un beau rêve.

Je m'éloignai sans rien ajouter, le laissant à cette révélation : sa nation n'en avait plus rien à faire de lui. Mes doigts attrapèrent sans plus tarder mon précieux carnet. D'autres tâches retenaient mon attention, des projets nécessitaient ma validation, et rien que les derniers préparatifs de la mission de ravitaillement de Mikołaj allaient me prendre une bonne partie de l'après-midi.

Des centaines de vies dépendaient de moi.

Je ne pouvais pas les ignorer.

14

LISE

LE VÉRITABLE COURAGE

Trois groupes composent les Conquérants : le Bataillon Offensif dirigé par Mikołaj Cena pour les opérations d'élite, la Réserve dirigée par Gwidon Mazur pour des missions de la vie quotidienne, et la Défense dirigée par Lise Jusko pour la protection de la base.

— Tu devrais aller t'entraîner dans la salle ronde.

Je levai les yeux de mon plat pour me plonger dans ceux de Mikołaj, pétillants d'une lueur qui n'avait rien de naturel. Il sauçait son plat avec les doigts, sous la désapprobation évidente de Gwidon. Nous étions dans l'une des pièces inoccupées du troisième étage pour notre « dîner convivial hebdomadaire », selon les propres mots de Miko. Si Aleksander le manquait parfois, comme ce soir du fait d'une crise migraineuse particulièrement sévère, Mikołaj nous interdisait à nous deux toute absence, tirant parfois Gwidon du fin fond de son bureau pour l'obliger à venir.

La salle ronde n'était pas ma préférée. Sans fenêtre, l'odeur des canalisations inutilisées y était plus forte qu'ailleurs, faisant fuir la majorité des Conquérants. J'avalai la portion de riz qu'il me restait.

— Une raison particulière ?

Miko haussa les épaules, avec l'air malicieux de celui qui en savait plus qu'il ne le disait.

— Un pressentiment. Tu me remercieras plus tard.

Gwidon se tapota la bouche.

— Ignore-le, Lise. La dernière fois que je l'ai écouté, les pigeons se sont échappés de leurs cages. Ça a été un calvaire de tous les récupérer, et il y a encore des nids dans les poutres de l'ascenseur.

— Vraiment ? C'était à cause d'une de tes visions ?

— Rah, n'écoute pas ce rabat-joie ! Ça a entraîné une merveilleuse réaction en chaîne, et les pigeons qu'on a trouvés morts nous ont permis de détecter une fuite de gaz.

— C'était un coup de chance, rétorqua Gwidon en finissant son repas et en commençant à le débarrasser.

— J'ai plutôt tendance à appeler ça du génie. Et encore, je me trouve modeste.

— Il y a beaucoup de termes qui te qualifient, et modeste n'en fait pas partie.

Après s'être excusé, Gwidon nous quitta en promettant de rester plus longtemps la prochaine fois. Le sourire de Mikołaj s'adoucit rien qu'une fraction de seconde, puis reprit ses traits moqueurs. Une fois Gwidon hors de portée, je me penchai en avant en me mordillant les lèvres.

— Tu comptes lui en parler un jour ?

— Non, soupira Miko. Il comprendrait pas. En tout cas, il voudrait pas comprendre. Ça, c'est certain.

Il avait raison. Pendant près de deux ans, je n'avais rien vu, avant que ça ne me saute aux yeux et que je décide d'en discuter avec Miko. Erit aimait l'ordre, les cases, et que personne ne dévie du chemin imposé. Les gens différents n'avaient pas leur place, aussi horrible que ça m'avait toujours paru. Peu de personnes, même dans la Zone, comprendraient que le cœur de Miko aimait sans distinction de genre.

— Ça te ferait du bien, pourtant.

— Peut-être, mais il arrêterait de me parler. Il serait trop gêné.

Au lieu de s'apitoyer sur son sort, le sourire de Miko se fit carnassier.

— Mais on peut faire un marché.

— Un marché ?

Je haussai les sourcils. Faire un marché avec Miko, c'était pactiser avec le diable.

— Oui, oui. Je parlerai à Gwidon le jour où tu parleras à Aleksander. Ça te va ?

Je piquai un fard et baissai la tête.

— Ne dis pas n'importe quoi.

Aleksander et moi, c'était inconcevable. Déjà parce que j'avais bien conscience qu'il ne me voyait pas comme ça. Et puis, il y avait cette Armure. Jamais je ne pourrais... Ou il ne pourrait... Je déglutis péniblement et décidai de changer de sujet.

— La salle ronde, du coup ?

— La salle ronde, oui. Mais, n'essaie pas de te défiler. T'es coincée avec moi comme meilleur pote pour l'éternité, et je suis nul pour garder les secrets.

— Très drôle. Et pour la salle ronde, ça n'implique aucune catastrophe ?

Mikołaj prit une seconde de réflexion, ou du moins fit semblant.

— Aucune !

Après un bref soupir, je débarrassai mon assiette et me préparai à partir m'entraîner avant qu'il ne soit trop tard. Mikołaj me retint au moment où je franchissais la porte.

— Au fait, Lise, blague à part, t'as l'air crevée. Tu devrais penser à déléguer un peu plus. J'dis ça, j'dis rien.

Et il me fit un clin d'œil peu rassurant.

Il était moins tard qu'à l'ordinaire, le quinzième coup de cloche avait à peine sonné et le soleil déclinait seulement. Parfois, j'aimais quand Aleksander me rejoignait pour l'entraînement ; il n'y avait qu'avec lui que je pouvais me battre sans me freiner. Mais aujourd'hui, gérer la Défense m'avait paru insurmontable, et me retrouver seule avec moi-même me soulagea.

La salle d'entraînement n'était qu'une pièce aveugle, circulaire, formant l'un des coins du centre commercial. Les différentes armes, réelles comme factices, avaient été soigneusement rangées par les membres du Bataillon Offensif chargés de maintenir en forme les réservistes. L'air était encore moite de leur passage, et la chaleur de leurs corps accumulée à celle de dehors donnait à la pièce un aspect de fournaise. Heureusement, j'avais laissé mon uniforme pour une tenue plus légère qui me permettait plus de fluidité. J'effectuai mon échauffement sans réfléchir, chaque geste profondément inscrit dans mon ADN.

Pourtant, au bout d'une dizaine de minutes seulement, mes muscles douloureux de la séance de la veille me rappelèrent leur présence.

Il fallait que je me rende à l'évidence.

Ce n'était pas ma soirée.

Désireuse de me reconcentrer sur mon entraînement, je me mis en place au milieu des bocaux, dont les lys étaient désormais ma seule source de lumière. La nuque droite, le regard porté vers un horizon inexistant, les épaules relâchées, un bras avant plié, l'autre près du ventre, mon corps devenait une ombre. Ma taille vrillait au rythme de mes pas et tournait sur elle-même. Mes pieds nus glissaient sur le sol sans un bruit, le tout dans une harmonie aussi agile que puissante. Je n'existais plus. Je n'étais plus qu'un corps en mouvement, pivotant comme une planète autour d'un soleil, et chaque coup porté mettait un ennemi imaginaire au sol.

Ce fut lors d'un de mes mouvements de rotation qu'un étrange couinement me parvint. Je me figeai, le souffle court, une mèche de cheveux collée à ma joue, les battements de mon cœur emplissant mes tympans. Seul le silence me répondit. Après un dernier regard circulaire, je m'apprêtais à reprendre quand le bruit retentit de nouveau, sourd, lointain, et pourtant nettement audible.

L'oreille tendue, je m'approchai à pas souples de la paroi circulaire et collai ma tête contre le mur frais. Le son venait de l'autre côté.

— Qui est là ?

Un geignement me parvint.

Piquée par la curiosité et lassée de mes maigres performances, j'enfilai un pull léger, bus une gorgée d'eau et sortis de la salle d'entraînement. Les couloirs ouverts sur le reste du centre commercial étaient pratiquement vides à cette heure-ci. Sans aucun bruit, je m'infiltrai dans les douches aux parois communes avec le dojo. Seuls deux lys éclairaient les lavabos inutilisables et se reflétaient dans les seaux d'eau au pied des douches. Les neuf premières cabines étaient entrouvertes et vides, ce qui n'était pas le cas de la dernière, d'où s'échappa un reniflement. Je posai ma paume à plat contre la porte, soudainement inquiète de ce que j'allais trouver derrière. Les suicides n'étaient pas rares chez les première année.

— Qui est là ? répétai-je d'une voix plus douce.

Seul un sanglot étouffé me répondit, ce qui ne fut pas pour me rassurer.

— Je vais entrer, prévins-je.

Le verrou, vieux de plusieurs dizaines d'années, ne résista pas à mon coup d'épaule. Le jeune homme accroupi de l'autre côté leva la tête, dévoilant des joues noyées par les larmes. Il essuya sa peau sombre d'un geste de poignet tremblant, avant de cacher son visage entre ses mains.

— Excu... sez... moi..., bafouilla-t-il, je sais... que... je n'ai... pas le... droit...

Je m'accroupis près de lui, sur le sol glacé et humide.

— Comment tu t'appelles ?

Comme il ne me répondait pas, j'attrapai ses mains et l'obligeai à me regarder. Au contact de nos peaux, la mienne durcit et se grisa, mais il ne s'en aperçut pas. Ses traits étaient bouffis d'avoir trop pleuré. Sa lèvre coupée témoignait d'une bagarre qui n'avait pas tourné en sa faveur. Sans que je puisse dire qui il était, je sus que son visage m'était familier.

— Comment tu t'appelles ?

— Edw... ard Okonek, ma... matricule 020067.

Il me fallut une poignée de secondes, mais je sus raccorder son nom à son visage.

— Tu faisais partie de l'équipe de Łucja ? Celle qui a vu la Chose ?

Ces deux questions entraînèrent un nouveau sanglot. Mal à l'aise accroupie, je me mis en tailleur et poussai un profond soupir. Si mon souvenir était bon, il avait intégré le groupe de Mikołaj. Était-ce pour ça qu'il m'avait envoyée ici ? *Pourquoi est-ce toujours à moi de recoller les morceaux ?*

Edward sécha péniblement ses joues et renifla pour contenir ses larmes. Je passai ma langue sur mes lèvres, salées par ma propre transpiration.

— Qu'est-ce que tu fais ici ? Pourquoi n'es-tu pas dans ton dortoir ?

— Ils vont me tuer..., articula-t-il d'une toute petite voix.

Mon front se froissa.

— Il va falloir que tu me donnes un peu plus d'explications pour que je t'aide. À moins que tu ne préfères que j'aille chercher Miko.

Ses iris noirs bordés de rouge me dévisagèrent un instant. Il déglutit.

— Je ne fais plus partie… du Bataillon Offensif.

Il inspira un grand coup et se frotta le visage.

— Mikołaj m'a viré… il y a trois jours, et j'ai été attribué à la… Réserve.

— La Réserve n'est pas une punition ; elle est importante pour le fonctionnement du clan.

Il secoua la tête, les yeux écarquillés.

— Ce n'est pas…

Il souffla longuement et reprit d'une voix plus forte.

— Ce n'est pas ce que je veux dire. Je me suis fait virer parce que les réservistes de la cuisine m'ont… parce que je n'ai pas su les contrôler. Ils m'ont promis que je serais mort… avant la troisième nuit.

Un nouveau sanglot lui échappa, et il se cacha la tête entre les genoux.

— Je n'ai pas osé en parler à mes amis… Ils seront partis… dès demain matin… pour leur mission, et moi, je suis là… comme une merde ! C'est ce soir… Je ne veux pas mourir… Je ne suis qu'un lâche… qu'un bon à rien… une erreur de sélection… Un *memoria eruditissimo* n'a pas sa place ici… Je ne…

— Tais-toi.

Il se figea et releva la tête, juste assez pour que son regard dépasse de ses genoux.

— Par… don ?

— J'ai dit, tais-toi. Parler de toi avec ces mots est ton action la plus lâche et la plus déshonorable.

Un frisson le parcourut, il voulut se justifier, mais je ne lui en laissai pas le temps.

— Je sais ce que tu as fait ce jour-là. Tu es revenu en arrière pour sauver quelqu'un qui avait tenté de te tuer. Tu n'as pas eu peur de la Chose, tu as juste écouté ton instinct.

— Ce n'est pas moi, le Miraculé. J'ai peur de tout, je ne suis pas…

— Quelle importance ? Le véritable courage est de se battre malgré toutes ses peurs. C'est ce que tu as fait, face à la Chose.

Il ferma les paupières, et sa respiration se calma. On aurait pu le croire en train de glisser dans le sommeil, s'il n'y avait pas eu ces soubresauts qui animaient de temps à autre sa poitrine et ses épaules.

— Ça ne change rien… je vais quand même mourir ce soir.

— Pas si j'empêche ça.

Edward releva la tête, et sa bouche se tordit en une grimace.

— S'ils apprennent que j'ai cafté, ce ne sera pas ce soir… mais demain… ou après-demain… Alors, à quoi bon ?

Il laissa planer un silence, mais son regard était fermement accroché au mien comme à la seule bouée de sauvetage perdue dans l'océan qui lui évitait de couler. Je ne connaissais pas ce garçon, je ne lui devais rien et je n'avais aucun pouvoir sur le groupe de Gwidon, mais Mikołaj m'avait envoyée ici avec l'idée que je pourrais l'aider. Je ne pouvais pas l'abandonner. Les rouages de mon cerveau tournèrent à pleine vitesse, jusqu'à ce qu'une solution m'apparaisse.

— Sais-tu qui je suis ?

Il n'hésita qu'à peine.

— Lise Jusko, matricule 015038, la cheffe de la Défense. Mais ça ne change ri…

— Ça change tout.

— Je ne suis pas sûr de comprendre.

Ses larmes s'étaient taries, mais il se tenait encore le dos courbé, comme s'il portait le poids du monde sur ses épaules.

N'était-ce pas notre cas à tous ?

— Donc tu es un *memoria eruditissimo* ?

Il hocha gravement la tête, mais ne vit pas où je voulais en venir.

— Sais-tu quelle est la part des *memoria eruditissimo* dans la Zone ? Elle est très faible. Gwidon a fait un recensement l'année dernière, et ils représentaient moins de dix pour cent de notre effectif. Contrairement à ce que tu penses, ils sont aussi essentiels dans la Zone que dans Erit tout entière.

— Mais en quoi ? Au combat, je vaux rien, je sais soigner personne, pas établir de stratégie militaire et…

— Non, c'est vrai. Tu as la formation d'un administratif, d'un comptable, d'un commercial, d'un homme de loi et de langues. Autant de choses qui te rendent compétent pour être mon assistant.

Il ouvrit la bouche, prêt à contester, avant de la refermer brusquement. L'absence presque totale de lumière rendait sa peau plus sombre encore.

— Tu n'en as pas déjà un ? demanda-t-il finalement.

Mes doigts parcoururent le carrelage tiédi, étouffant un rire nerveux.

— Mes défenseurs me sont très fidèles, mais tous ceux qui se sont essayés à ce poste se sont arraché les cheveux. Cependant, sache que tous avaient un avantage que tu n'as pas : une véritable formation au combat et une bonne compréhension du terrain.

Son visage s'affaissa, mais je repris avant qu'il n'ait le temps de protester.

— C'est pourquoi, si tu veux être mon assistant et espérer survivre ici, il va falloir que tu prennes ta vie en main dans la Zone. Si tu le souhaites, tu me suivras chaque jour en tant qu'assistant, mais aussi en tant qu'élève.

Ma voix adoptait les mêmes accents fermes que mon père lorsqu'il m'apprenait un nouveau mouvement. À cet instant précis, je m'en sentis fière.

— Tu auras ta chambre rien que pour toi, avec ton bureau et un lit confortable, juste à côté de la mienne au dernier étage. J'attends de toi de la concentration et de la discipline. Aussi, je te formerai tous les soirs au combat, c'est non négociable.

Je me relevai et pris le soin d'épousseter ma tenue d'entraînement. Edward, toujours à terre, m'observait avec un mélange de peur, d'ahurissement et d'espoir.

Une partie de moi se demandait toujours ce que j'allais bien pouvoir faire de lui, mais l'autre, la plus grande, se sentait effectivement épuisée. Pour ce qui était de faire de lui mon assistant, je n'avais rien à perdre. Après tout, n'avait-il pas fait partie de l'Élite de son Institut ?

Mikołaj, va savoir à quel point tu es impliqué dans cette discussion, mais je vais te faire confiance.

— Alors, partant ?

Je lui tendis la main, et pendant une longue seconde, rien ne se passa. Edward se mit debout seul dans un craquement d'os, puis ses doigts attrapèrent les miens avec plus de force que je ne l'aurais présumé.

Au contact de sa peau, la mienne se grisa et devint aussi froide et dure que le carrelage sous nos pieds. Si Edward le remarqua, il ne fit aucun commentaire. L'espoir illuminait son regard.

Un sourire m'échappa.

— Bienvenue à la Défense, Edward Okonek.

15

PRYM

PAR LE FEU

*Trois catégories d'*animae *sont présentes dans la Zone. La catégorie une est la plus faible et la plus facile à fabriquer, au contraire de la catégorie trois. Plus la catégorie est basse, plus le temps de recharge des armes à feu est court.*

— Leçon numéro un : les missions de ravitaillement ne se passent jamais comme prévu, donc on évite de faire des conneries inutiles, et on fait en sorte de rester le plus discret possible.

Mikołaj marchait à reculons pour nous faire face, sautillant au-dessus des fissures de la route comme s'il avait des yeux dans le dos. Il avait quitté la tête de notre groupe pour venir nous rejoindre, Augusta et moi. Łucja nous avait donné des sacs particulièrement lourds, dont les lanières abîmées répartissaient mal le poids sur mon dos. Même si nous marchions depuis plus d'une heure, le soleil dépassait la hauteur du Mur depuis seulement quelques minutes, et le visage de l'Oracle, mi-sérieux, mi-malicieux, était encore plongé dans la pénombre.

—Leçon numéro deux, qui est directement liée à la numéro un : on ne baisse jamais la garde, même une fois arrivé aux postes de patrouilles. On a beau changer régulièrement nos emplacements, on n'est jamais à l'abri d'un problème.

Je hochai la tête, buvant les paroles de mon commandant. Cinq mètres devant nous, Joanna marchait avec Nawelle, son tuteur chez les *manus protegens*, et un membre du Bataillon Offensif chargé de les protéger. Nous n'avions pas pris le temps de discuter depuis notre dispute et nous nous détournions chaque fois que nos regards se croisaient. Je sentais que j'aurais dû m'excuser, mais j'étais trop inquiet pour elle pour admettre mes torts. *Si ce soir, ça ne s'est pas arrangé, j'irai lui parler*, me promis-je.

—Leçon numéro trois, et la plus importante : vous faites ce que je dis, point barre. Pas de bla-bla. On a pas le temps pour les crises existentielles et les montées d'ego. Si je vous dis de courir, vous courez. Si je vous dis de ne plus bouger, vous obéissez. Si je vous dis de danser l'oberek, vous vous mettez à tourner. Compris ?

—Compris !

—C'est bien, vous êtes de bons p'tits bleus. Ça m'embêterait que vous vous fassiez tuer, donc restez près du groupe et gardez-moi toujours dans votre champ de vision. Bref, on devrait arriver d'ici quelques minutes au premier poste de patrouilles, donc pas de bêtises. Vous allez voir, ils sont sympas et adorent qu'on vienne les voir.

—En quoi consistent leurs missions ? s'enquit Augusta en réajustant son sac à dos.

—Alors, c'est assez large, comme... Non, laissez tomber, vous êtes trop jeunes. En gros, les patrouilleurs sont répartis tout le long de nos frontières, et sont là pour nous prévenir quand ces timbrés de cendrés décident de nous rendre une p'tite visite, par exemple. Ils stockent aussi pas mal d'eau au cas où la Vistule s'assécherait ou serait contaminée, et cueillent des fleurs de soleil, on sait jamais. Parfois, ils traversent les frontières pour vérifier ce que font nos p'tits copains de leurs journées.

— Et ils ne s'ennuient pas tout seuls ?

Rien que l'idée d'être séparé du groupe m'effrayait. Je me sentais à l'aise chez les Conquérants, à ma place, à faire quelque chose d'utile pour mon clan, même si j'aurais aimé continuer plus activement la mission.

— Oh, ils sont entre eux et ça leur va bien ! Si l'un d'eux souhaite revenir à la base, on trouve quelqu'un pour le remplacer, mais ça reste assez rare. Ils ont la belle vie.

Une étincelle illumina son regard et il s'arrêta net, nous forçant à faire de même. Le reste du groupe ralentit aussitôt, attentif à ses réactions. Łucja revint sur ses pas pour poser une main sur l'épaule de l'Oracle qui frissonna.

— Miko ? Qu'est-ce que tu as vu ?

Pendant un instant, il ne dit rien, le regard perdu dans le vague, avant de secouer la tête comme s'il sortait d'un rêve. Son visage se durcit aussitôt.

— Tout le monde se tait. Karol, emmène les *manus protegens* à l'abri. Tous les autres, posez vos sacs dans la maison la plus proche et activez vos *animae*.

Jo se tourna vers moi, et j'ouvris la bouche, incertain de ce que je voulais vraiment lui dire. Elle prit les devants, la mine fermée par la concentration et l'inquiétude.

— Fais attention à toi.

Je hochai la tête, la gorge nouée.

— Toi aussi.

Alors que le groupe s'affairait déjà et que Karol s'éloignait avec Jo et Nawelle, j'eus un instant de flottement, à ne pas oser bouger.

Seule Łucja continuait de maintenir Mikołaj, le visage fermé par l'inquiétude.

— Qui ? murmura-t-elle.

— Je sais pas. Mais on a un comité d'accueil.

Son regard vairon se posa alors sur moi.

— Ostrów, règle numéro trois. Tu discutes pas mes ordres.

Cela suffit à me réveiller. Une fois déchargé de mes affaires, l'*anima* activée en une arme à feu de moyen calibre dans les mains, je me plaçai près de Łucja et d'Augusta. Tous les regards étaient portés vers un bâtiment quelconque vu de l'extérieur, mais si j'en croyais les explications que nous avait tenues Mikołaj avant de partir, il s'agissait d'un entrepôt qui servait à la réparation de voitures endommagées.

— Préparez-vous à tirer dans le tas, dit l'Oracle en s'avançant d'un pied ferme vers le bâtiment.

Łucja, en tête de notre cortège, se cala contre le mur de briques le plus proche de la porte, cette dernière étant assez grande pour laisser passer un *currus*. Je posai ma tête contre la paroi, le souffle court. Tout n'était que silence autour de nous, si bien que seuls les battements de mon cœur affolé par l'adrénaline me parvenaient clairement.

Après avoir échangé quelques signes avec Mikołaj, Łucja et un autre membre du Bataillon Offensif ouvrirent la porte dans un grand fracas, et nous nous précipitâmes à l'intérieur. Seules quelques fenêtres, bien trop hautes pour être atteintes, éclairaient les lieux. L'entrepôt était bien plus vaste que ce que laissait deviner sa façade, et une dizaine de mètres nous séparaient du plafond. Des carcasses de voitures couvertes de poussière tombaient en morceaux, formant une barricade protectrice devant le lieu de vie des patrouilleurs : des tables, quelques fauteuils, des lits de camp, des caissons et des barils qui devaient contenir nos stocks d'eau. D'immenses colonnes de pierre soutenaient l'ensemble, aussi épaisses qu'elles paraissaient fragilisées par le temps.

Au milieu de la salle, à moitié cachés par les véhicules, six mobilisés étaient à genoux, les poings liés dans le dos, le visage marqué par les coups et la bouche recouverte d'un tissu.

— Paula ! s'écria Łucja en s'élançant vers eux.

Elle passa sans difficulté la montagne de voitures pour rejoindre visiblement les patrouilleurs attachés. Si Mikołaj s'était figé, je m'empressai de rejoindre Łucja qui retirait déjà le bâillon de son amie. Cette dernière pleurait et gémissait des mots étouffés par le tissu. Alors que je m'attaquais à celui d'un autre patrouilleur dont les yeux écarquillés affichaient la plus grande peur, Łucja réussit enfin à défaire le nœud. Paula prit une grande bouffée d'air, et sa voix rauque parvint à peine à prononcer un unique mot, qui résonna comme un cri dans l'entrepôt.

— Wilis…

Je me figeai dans mon mouvement et me retournai vers Mikołaj. Le visage de l'Oracle avait perdu toutes ses couleurs, mais ses yeux vairons brillaient de nouveau d'une étrange lueur.

— On se tire ! Maintenant !

Les barils à quelques mètres de nous explosèrent.

Ma tête vrillait.

Je trouvai la force d'inspirer une première fois.

Puis d'expirer.

Mes poumons étaient en feu.

Mes os meurtris.

Mes yeux aveugles.

J'inspirai de nouveau et retins un râle de douleur.

Il faisait si chaud.

Je n'étais pas mort.

Mes mains tâtonnèrent le vide et rencontrèrent le béton froid couvert de poussière. *Concentre-toi.* Je ne distinguais plus que des éclats de lumière et un cri sourd qui emplissait mes oreilles. Puis le bruit des balles éclata ma bulle de silence. J'étais allongé de tout mon long sur le sol, le sang chaud de ma tempe et de mon arcade sourcilière gauche coulant le long de mon visage, pour finir sa course folle sur le ciment froid. *Relève-toi*, m'ordonnai-je. Je parvins à entrouvrir les yeux. En fait, seul le droit obéit correctement, et le gauche me renvoya une onde de souffrance. Ma vision, d'abord floue, mit du temps avant de se clarifier. Je tombai alors nez à nez avec un patrouilleur à terre, crispé par la douleur, un trou dans la poitrine, un mollet en moins. Son bâillon l'empêchait de hurler.

J'essayai de me relever et fis abstraction de ma tête qui tournait. Je tentai de porter les mains à sa blessure. Sa jambe explosée était secouée de spasmes de plus en plus rapides. Ses yeux paniqués se plantèrent dans les miens, alors que sa main s'accrochait à mon bras.

Malgré tous mes efforts pour stopper l'hémorragie, j'étais en train de le perdre. Qu'aurait fait Joanna à ma place ? Comment aurait-elle agi ? Où était-elle ? Encore à l'abri avec l'autre *manus protegens* le temps d'examiner les lieux ? Avait-elle entendu l'explosion ?

Autour de nous, les balles continuaient de fuser, les détonations recouvrant les cris. Le patrouilleur tenta de dire quelque chose, mais ses mots ne franchirent pas son bâillon. Sa jambe eut un dernier spasme avant de s'écrouler.

Il était mort.

Je quittai son regard vide ; sa main lâcha mon bras et retomba lourdement. Ce ne fut qu'en me retournant que je pris conscience de l'ampleur des dégâts. Le monde était en feu. Les portes étaient closes, empêchant l'air frais d'arriver jusqu'à nous. Je me relevai, une main devant la bouche et le nez pour inhaler le moins de fumée possible, l'autre tâtonnant sur le sol pour récupérer mon *anima*, qui reprit sa forme de pistolet.

Je cherchai Łucja, mais les flammes et leurs nuages gris n'aidaient pas. Des ombres transperçaient parfois la fumée. L'une d'elles, petite, s'approchait de moi.

— Łucja ! hurlai-je à travers le vacarme.

Mon espoir fondit lorsque je compris que ce n'était pas mon amie, mais une femme dont l'arme était braquée sur moi. Son uniforme gris n'était en rien différent de ceux portés par les Conquérants ; pourtant, sa posture n'était clairement pas amicale. Son visage était couvert de sang. D'une pirouette, je m'aplatis au sol et entrepris de me mettre hors de sa portée.

Les Wilis.

Réfugié derrière une table retournée par le souffle de l'explosion, je profitai des fractions de seconde de répit qu'elle m'offrait entre ses tirs pour moi-même la canarder. Elle se déplaçait vite, et je ne réussis qu'à la frôler et à lui arracher une grimace de douleur. Alors qu'une nouvelle explosion retentissait non loin, la Wili se mit à courir en zigzaguant dans ma direction. Ma main se resserra sur mon *anima*, et le temps parut ralentir.

« Écoute, obéissance, adaptation, précision. »

Jamais les mots de Halborn n'avaient autant résonné en moi.

« Précision. »

Mon tir suivant traversa le cou de la femme qui s'écroula.

Le cœur au bord des lèvres, je quittai mon abri de fortune et passai devant son cadavre. Ce que j'avais pris pour du sang sur son visage était en réalité des peintures guerrières. Je récupérai son *anima* et m'enfonçai dans la fumée. Mes yeux me brûlaient et je ne pouvais m'empêcher de tousser. J'étais aveugle et pouvais me faire descendre à tout moment.

Écoute.

Je fermai les paupières et m'obligeai à prendre de plus longues inspirations pour calmer la panique qui montait en moi. *D'où vient le danger ? Où sont mes alliés ? Je suis au centre de l'horloge. Où dois-je aller ?* Le bruit des coups de feu venait de la droite, à deux heures, mais si je me concentrais suffisamment, j'entendais les ordres étouffés de Mikołaj sur mes onze heures. Je fis un pas dans cette direction, puis un autre, jusqu'à être sûr de moi. Une balle siffla près de mes oreilles encore douloureuses, mais ne m'atteignit pas. Je réussis enfin à ouvrir les yeux, non sans lâcher quelques larmes.

Les Wilis étaient bien trop nombreuses.

Mon regard trouva Augusta, isolée, dont l'*anima*, certainement déchargée, avait pris la forme d'un couteau. Elle enchaînait les coups contre une Wili bien mieux entraînée qu'elle, qui prenait un malin plaisir à la couvrir d'estafilades.

Je me précipitai vers elle, mais fus vite stoppé dans mon élan par une Wili à la peau noire. L'une de ses mains, gantée, braquait un pistolet sur moi. L'autre, nue, montrait le plat de sa paume, comme si elle s'apprêtait à me frapper. On se fit face sans bouger une fraction de seconde, nous jaugeant mutuellement pour savoir lequel de nous deux serait le plus rapide à tirer.

Je glissai mon poids en avant, prêt à m'élancer, mais sa main nue se propulsa vers la mienne. Croyant qu'elle voulait me désarmer, je mis mon *anima* hors de portée, et sa paume ne rencontra que le dos de mon poignet. Je compris mon erreur quand ma peau se mit à gondoler sous la sienne. La douleur ne fut pas longue à arriver ; je poussai un hurlement et me défis de sa prise. Là où sa main avait touché la mienne, une trace de brûlure s'étendait. Sans prendre le temps de réfléchir, je tirai sur la Wili, et son sang m'éclaboussa.

À terre, sonnée, mais visiblement vivante, elle voulut se relever, mais la douleur de son flanc l'en empêcha.

— Eh merde ! jura-t-elle.

Une autre explosion non loin de là me fit perdre l'équilibre. Mes oreilles sifflèrent plus fort encore, et un liquide chaud coula sur ma joue. Mon œil gauche devait être plus amoché que prévu. *Reste concentré!* La Wili à terre tentait péniblement d'attraper son *anima*; je ne lui en laissai pas le temps et l'envoyai valser quelques mètres plus loin. Elle voulut m'attraper les jambes, mais je réussis à me mettre hors de sa portée.

Je braquai mon *anima* sur elle, et m'apprêtai à tirer avant de changer d'avis. Combien de balles avant que cette arme ne se décharge? Combien en restait-il dans celle que j'avais prise à ma première assaillante? Les autres avaient besoin de moi, je ne pouvais pas me permettre de me retrouver désarmé. La fumée se souleva d'un coup, alors qu'une colonne interne du bâtiment s'effondrait sur trois véhicules à côté de moi. Je lançai un dernier regard vers la Wili blessée, avant de me détourner.

Mon attention revint vers Augusta, à une vingtaine de mètres de là. Łucja était arrivée à sa hauteur, et elles se battaient de concert. Je m'élançai vers elles, tout en m'assurant que la blessée ne me suivait pas.

Dans un cri, je me jetai sur la Wili qui leur faisait face et la plaquai au sol. D'abord sonnée, elle m'envoya son genou dans le bas-ventre, ce qui me fit lâcher un grincement de douleur et ma prise sur elle. Elle m'entraîna dans des roulés-boulés, et en une fraction de seconde, ce fut moi qui me retrouvai au sol, les bras coincés sous ses jambes.

Elle tâtonna derrière ma tête pour récupérer son *anima*, qu'elle activa. Mes jambes frappaient l'air et le sol sans jamais l'atteindre. La panique me faisait haleter et déverser mes pensées avec la violence d'un torrent. Elle plaça le canon de son revolver sur mon crâne et posa son doigt sur la détente. Je réussis à bouger la tête à la dernière seconde, et sa balle m'érafla l'oreille et m'ébranla les tympans.

La Wili réajusta son tir, mais Łucja se jeta sur son dos et lui planta son couteau dans l'épaule. Dans un hurlement, la Wili l'envoya valser, et elle s'écrasa sur la poutre la plus proche. J'en profitai pour me dégager et reprendre le dessus en lui tordant son bras d'appui. Mon tir lui explosa le crâne, et un morceau de cervelle atterrit sur ma joue.

Sous le choc, je relevai la tête et tombai d'abord sur le visage paniqué d'Augusta, qui avait assisté à la scène et tenait fermement Łucja. Abasourdi, je rampai vers elles. Łucja semblait très sonnée.

— Ça va ? m'inquiétai-je.

— Arrête de crier ! m'ordonna Augusta dont la voix me paraissait venir de très loin.

— Ça va, ça va, me rassura Łucja du mieux qu'elle pouvait.

Elle serrait son ventre, les yeux fermés, sur le point de vomir ou de s'évanouir. Certainement les deux. Une autre explosion me ramena à la réalité et me coupa le souffle. Augusta m'empoigna l'épaule.

— Il faut qu'on sorte de là !

— Et les autres ?

— Ils se débrouilleront !

Le souffle d'une nouvelle explosion nous projeta au sol. Łucja, à moitié inconsciente, fut balayée comme une poupée de chiffon. Je poussai un gémissement de douleur, quand mon arcade sourcilière gauche s'écrasa de nouveau sur le béton. Sur ce côté-là, ma paupière avait déjà doublé de volume, je ne voyais presque plus. Un feu vorace léchait les murs, le plafond, les cadavres qui jonchaient le sol et les voitures que le feu allait bientôt dévorer.

En me relevant, mon œil valide chercha un instant Mikołaj, qui se trouvait en plein affrontement avec une Wili. Il la repoussa, se rapprocha d'un autre Conquérant, et lui hurla des ordres ou des questions qui ne me parvinrent pas.

Que pouvions-nous faire, si ce n'était nous battre ? Les balles continuaient de fuser, l'une d'elles m'érafla une côte. Son *anima* rechargée, Augusta s'était remise à tirer et à viser chaque Wili qui s'approchait. Łucja tentait de se relever tant bien que mal, mais l'arrière de son crâne était poisseux de sang.

— Prym…

Je traînai Łucja vers nous. Le feu gagnait mes poumons, j'avais soif, j'avais mal, je voulais me battre, et je n'avais qu'une seule crainte : voir Łucja mourir sans que je puisse rien faire. Qu'aurait fait Joanna ? Était-elle au moins en sécurité là dehors ? Incertain, je fouillai les caissons des patrouilleurs autour de nous jusqu'à trouver un tee-shirt. Après l'avoir arraché sur l'un des côtés pour l'ouvrir en deux, je le serrai le plus fort possible autour de la tête de Łucja. En quelques secondes, le tissu vira à l'écarlate.

— Prym ! Viens m'aider !

Augusta me parut aussi lointaine qu'un rêve, et pourtant, je me levai et tirai. Je m'aperçus qu'en avançant, j'enjambais les corps de bon nombre de réservistes. Combien d'hommes et de femmes avions-nous perdus dans notre précipitation ? Avec le manque d'oxygène, je n'arrivais plus à réfléchir. Alors, je fis ce pour quoi j'avais été entraîné durant toutes ces années : tuer mes ennemis.

Chaque fois que mon doigt appuyait sur la détente, une Wili s'effondrait ou reculait. Augusta avait cessé ses propres tirs pour chercher une sortie. C'était peine perdue avec autant de fumée. Il faisait trop chaud, bien trop chaud. Mon corps allait bientôt entrer en ébullition, et si je ne me faisais pas tuer dans la minute par une Wili plus habile que les autres, je mourrais dans l'effondrement du bâtiment enflammé.

La voix de Mikołaj me parvint au-dessus des flammes :

— Battez en retraite !

Cet ordre puissant résonna comme un électrochoc. Je me tournai vers Augusta qui toussait à cause de l'épaisse fumée.

— Je vais devoir porter Łucja ! Il va falloir que tu me couvres !

Elle hocha vivement la tête et me laissa le soin de reculer en vérifiant qu'aucune Wili ne souhaitait nous abattre. Łucja réagit à peine quand je l'empoignai. Je la soulevai de toutes mes forces et la jetai par-dessus mon épaule. Après avoir rangé mon *anima* pour mieux tenir ses jambes, je me mis en tête de traverser le brasier incandescent.

La panique était totale, dans notre camp comme chez celui de nos adversaires. Tous savaient qu'il fallait partir maintenant pour avoir une chance de ne pas brûler vif. Je toussotai, ralenti par le poids de mon amie. Je manquai de trébucher sur les multiples obstacles, tandis qu'Augusta nous ouvrait le chemin, n'osant pas abaisser son arme.

Alors qu'elle progressait un peu plus vite que moi et se faufilait agilement entre les véhicules, une nouvelle explosion retentit entre nous. J'eus seulement le temps de m'écarter avant qu'une colonne jadis blanche ne s'effondre sur les voitures que nous traversions.

— Est-ce que ça va ? me hurla Augusta de l'autre côté.

— Tout va bien, et toi ?

— Je n'ai rien !

Je me tournai dans tous les sens à la recherche d'un chemin pour la rejoindre. Mes ennemies avaient fui, ne restait plus que le feu mortel. Mon moral chuta d'autant plus bas quand je compris que la seule voie menant vers la sortie était bouchée par les flammes.

— Continue sans moi ! Je vais devoir passer ailleurs.

Il y eut une seconde de flottement pendant laquelle je crus qu'elle était déjà partie.

— D'accord ! Mais si vous n'êtes pas à l'extérieur d'ici cinq minutes, j'envoie quelqu'un vous chercher !

Je sentis l'inquiétude dans sa voix et mon cœur se serra, mais bien vite, le bruit de sa course qui s'éloignait m'obligea à reconsidérer ma situation. Épuisé, je m'accroupis et posai Łucja au sol. Il me fallait escalader plusieurs voitures pas encore totalement en flammes pour sauter vers la sortie, mais un poids mort serait bien trop lourd à porter pour réussir. Je n'avais pas d'autre choix que de la maintenir consciente.

Une brève hésitation s'empara de moi, mais je la mis de côté. D'un geste vif, je lui administrai une gifle.

—Łucja, réveille-toi !

Elle tressaillit à peine, et après m'être fait violence, je décidai de recommencer l'opération, même si j'étais certain qu'elle me le ferait payer un jour ou l'autre.

—C'est pas le moment de me lâcher. Réveille-toi si tu ne veux pas mourir ici !

Ses yeux s'entrouvrirent un instant, si bleus au milieu de ce monde rougeoyant. Son cou était couvert de sang, et elle claquait des dents. Je lui tins la tête et la noyai d'un flot de paroles pour la tenir éveillée.

—J'ai besoin que tu m'aides. Je peux nous sortir de là, mais j'ai besoin de mes deux mains pour ça. Il va falloir que tu t'accroches !

Elle hocha imperceptiblement la tête, je me mis dos à elle et l'aidai à placer sa première jambe autour de mon ventre, puis sa deuxième, et enfin à nouer ses bras autour de mon cou. Son sang coulait le long de mon uniforme, et rendait mes mains et mes chaussures glissantes. Après avoir soufflé un grand coup, je me relevai et grimpai, tout en priant mentalement pour que rien n'explose ou ne s'effondre. Łucja ne me lâchait pas, elle se contentait de toussoter par moments et de marmonner des choses incompréhensibles dans ce vacarme.

Enfin, j'atteignis le dessus de la colonne couchée et j'aperçus la sortie. L'un des nôtres avait dû réussir à ouvrir les portes. La descente fut plus rapide, mais aussi plus risquée. Il faisait si chaud, la peau de mes mains et de mon visage brûlait au contact de l'air. Nous atterrîmes au sol une longue minute plus tard.

La sortie n'était plus qu'à deux pas. J'allai la rejoindre quand une ombre se plaça devant moi. Une jeune Wili blessée de toutes parts pointait son *anima* activée vers ma tête. Je retins mon souffle, Łucja se figea dans mon dos. Notre ennemie allait tirer. Après tous ces efforts, j'allais tout de même mourir avec une balle dans le crâne. Je fermai les paupières.

Un tir retentit, suivi du bruit d'un corps qui s'affaisse. Incrédule, je rouvris les yeux pour croiser ceux de Mikołaj, à bout de souffle, son *anima* transformée en un fusil à pompe. Il dégagea ses cheveux de son visage et éclata d'un rire sinistre.

— Par ce foutu Maréchal ! Quelle putain de journée de merde !

16

ZUZANNA

L'ERRANTE

Un doma *est une grande alcôve transparente et individuelle qui permet de connecter son* cerebrum, *et de créer ainsi un espace de travail personnalisé en trois cent soixante degrés. Les* domata *ont remplacé les livres papier.*

Je ressentis le souffle de l'explosion jusqu'au plus profond de mes os.

Par réflexe, ma main se posa sur mon *anima*, coincée dans la poche arrière de mon jean, avant de voir des volutes de fumée s'élever à quelques rues d'ici. Bientôt, le ciel si bleu prit une teinte grisâtre et sinistre qui me fit reculer. En presque un an, je n'avais jamais vu quoi que ce soit brûler de façon naturelle, même au plus fort de l'été. Ce qui ne voulait dire qu'une chose.

Ce n'était pas le bon jour pour ne pas avoir mis mon uniforme.

J'enroulai mon foulard autour de mes cheveux, et réajustai mon sac à dos. D'autres déflagrations faisaient vibrer le sol. Ce n'était pas une attaque anodine. L'Ordre Nouveau ? Si loin dans le territoire des Conquérants ? Je m'engouffrai dans la première boutique à ma droite, un restaurant vandalisé dont le mobilier gisait au sol. La porte de l'arrière-salle était depuis bien longtemps à terre, et je me contentai de l'enjamber pour atteindre les escaliers. Je grimpai les marches aussi vite que possible, jusqu'à atteindre le dernier étage et une fenêtre à la vue dégagée.

Les flammes dévoraient ce qui semblait être un entrepôt à une vingtaine de mètres de ma position, une rue plus haut. Rougeoyantes, elles léchaient le ciel avidement. Bientôt, ce serait tout le quartier qui ne pourrait plus respirer – et encore, si l'incendie ne se propageait pas. Je réajustai le foulard sur ma bouche pour tenter de filtrer l'air, et sans plus attendre, je retournai au rez-de-chaussée, prête à m'échapper le plus vite possible de ce qui allait devenir une fournaise, mais j'eus le bon sens de m'arrêter d'abord pour vérifier la rue. Horrifiée, je reculai et me plaquai contre un mur.

Les Wilis. Partout.

Aussi discrètement que possible, je jetai un nouveau coup d'œil dehors. Les guerrières couraient en grand nombre – elles étaient au moins une trentaine – sur la route, pour se rapprocher de l'incendie. Par leurs mouvements trop saccadés, j'étais incapable de lire ce qu'elles se disaient, mais leurs expressions étaient claires : impatience, angoisse, concentration. Leurs peintures étaient plus élaborées que d'ordinaire. Ce n'était donc pas un accident, mais bien une attaque préparée.

Je devais sortir d'ici à tout prix. Je retournai dans l'arrière-salle, puis atteignis les cuisines – ou du moins, ce qu'il en restait. Après un instant de panique, je repérai la porte de secours que j'espérais tant. Je débouchai sur une arrière-cour, peut-être l'ancienne terrasse du restaurant. Un muret l'encadrait et me bloquait le passage. Désireuse de quitter cette partie de la ville au plus vite, j'entrepris de pousser une table en bois jusqu'à un pan du mur moins haut que les autres, car en partie détruit. Impossible de savoir si le bruit que je ferais serait couvert par celui des explosions ou de l'attaque en cours, mais je croyais en ma chance.

Debout sur la table dont la stabilité n'était pas optimale, je balançai une jambe par-dessus le haut du muret, et m'égratignai les paumes sur la brique brisée. Une fois là-haut, je pris quelques secondes pour apprécier les potentiels dommages de ma chute de l'autre côté. Un peu plus de deux mètres, rien d'effrayant. Je soufflai et me laissai glisser. Ma cheville droite se déroba sous l'impact, et je m'écroulai au sol. Je me mordis la langue au sang de surprise, mais me relevai aussitôt. La douleur viendrait plus tard, seule ma survie comptait pour le moment !

Une autre déflagration fit trembler le sol alors que je m'engouffrais dans la ruelle perpendiculaire aux grands axes. Les fissures qui zébraient le macadam menaçaient de s'agrandir. Si la fumée continuait de s'élever dans les airs, c'étaient les centaines de cailloux roulant sur le trottoir et sur la route qui rendaient ma progression difficile et me donnaient le sentiment que le monde chavirait.

Je m'appuyai contre une voiture, ma cheville transpercée par des milliers d'aiguilles de douleur. Essoufflée, j'osai l'observer brièvement et bondis de panique en constatant qu'elle avait déjà doublé de volume. *Merde !* Si les Wilis déboulaient, je serais incapable de les distancer, et ce n'était pas avec ma pauvre *anima* que j'allais abattre une escouade, ou pire, une section. J'étais fichue.

Je frappai le capot de la voiture du poing et crachai le sang qui avait empli ma bouche. Hors de question de mourir ici pour un truc aussi bête! *Pense à Piotr,* me répétai-je, *c'est pour lui que tu fais tout ça. Tu ne peux pas abandonner avant de l'avoir sauvé.* Mais seulement deux solutions s'offraient à moi, et aucune ne me plaisait: continuer de fuir à un rythme ridicule et peut-être tomber sur des Wilis, ou bien me cacher et attendre que cela passe en priant pour que l'incendie ne se propage pas. Aucune solution satisfaisante.

Le tremblement qui suivit se répercuta dans mes os, et la douleur m'arracha une grimace. *Pour l'instant, marche un peu, on verra bien ensuite.* Je me détachai avec regret de la voiture, et m'appuyai contre les façades des maisons et les vitrines de magasins encore debout. La fumée dense me faisait tousser, mais je n'avais pas l'impression qu'elle se rapprochait plus que cela de ma position. Si j'arrivais à franchir la Vistule, je serais en sécurité. Rien d'autre ne comptait pour le moment.

Alors que j'allais traverser un carrefour, j'aperçus au loin une section. Je me plaquai contre le mur que je longeais, ma poitrine se soulevant à un rythme précipité. Après une brève hésitation, je me penchai suffisamment pour avoir un visuel de la route. Ils étaient une dizaine et se composaient d'hommes et de femmes. Pas les Wilis, les Conquérants. Ils venaient de la droite et ne m'avaient pas encore aperçue.

Même à cette distance, je reconnus la broderie des *manus protegens* sur certains de leurs uniformes. Une unité arrière, pas la plus dangereuse, mais capable de me tuer facilement, surtout dans mon état. Ils n'étaient plus bien loin, et le temps me manquait affreusement.

Après un dernier regard, je revins sur mes pas et m'engouffrai dans le premier bâtiment ouvert sur mon chemin. Après un rapide tour du hall et une recherche infructueuse d'une quelconque porte arrière, je grimpai au premier étage. Suffisamment haut pour avoir un visuel sur la rue, mais assez bas pour pouvoir sauter en cas de besoin, même si je doutais que ma cheville apprécie cette expérience renouvelée.

Mon pas boitant me conduisit jusqu'à la première porte du long couloir dans lequel je venais d'atterrir. Une chambre à la décoration vieillie, mais pas totalement vidée de ses effets personnels. Des photographies ornaient toujours les murs jaunis, le rose des draps présentait quelques taches de moisissure, et des classeurs étaient empilés sur le bureau.

Mes doigts parcoururent inconsciemment les étagères de la bibliothèque, glissant sur le dos de la dizaine de livres présents avec délicatesse. Avant la Zone, je n'avais jamais vu de livres papier, mais ici, chaque maison en regorgeait, véritables trésors oubliés. Mon sac à dos était presque plein, et je devais garder un peu de place pour une nouvelle marmite, ou au moins une casserole. Malgré moi, j'attrapai le plus fin d'entre eux. De la poésie. Le prénom du poète était en partie effacé, mais je pouvais toujours lire *Norwid*. Ça ferait parfaitement l'affaire.

Je me laissai tomber sur la chaise de bureau pour garder un visuel sur la fenêtre et sur ce qu'il se passait dehors. Doucement, je défis les lacets de ma botte et la retirai sans pouvoir retenir une crispation de souffrance. Ma cheville était enflammée et avait doublé de volume, certainement une entorse. Au pire moment. Mes paumes étaient également dans un piteux état, mais rien d'alarmant. Je tentai de masser l'entorse, sans effet, et me rencognai contre le dossier de ma chaise pour regarder alentour.

La tristesse que dégageait cette chambre me prit soudain à la gorge. Les visages sur ces photographies avaient l'air si jeunes, si heureux. Une fille revenait régulièrement sur ces clichés, certainement l'ancienne propriétaire. Je ne lui donnais pas plus de vingt ans. Avait-elle eu le temps de fuir et de rejoindre sa famille ? Ou était-elle morte seule, loin des siens, le jour où la Chose s'était échappée des laboratoires militaires ? Cette question m'obséda durant un bref instant. Malgré moi, je l'imaginai mener son existence dans une Varsovie débordante de vie et de possibilités, une Varsovie que je ne connaîtrais jamais.

Pour oublier ma douleur, j'ouvris délicatement le recueil de poèmes que je venais de trouver et le parcourus. Ces simples mots qui avaient traversé l'espace et le temps calmèrent ma respiration et me firent oublier où j'étais et qui j'étais. Lire était le seul moyen de quitter la Zone, rien qu'un instant.

« La tendresse – c'est comme le cri hurlant des guerres,

Et comme le courant des sources murmurantes,

Et comme une marche funèbre… »

Je lâchai un sourire, consciente que je tenais dans mes mains un vestige du passé. Le papier était rêche sous mes doigts, mais en même temps très doux, comme une vieille couverture dont on ne veut pas se séparer. C'était si rassurant de voir que certaines émotions ne mouraient pas avec le temps.

La poussière se mit alors à dégringoler du plafond, comme si quelqu'un secouait la bâtisse de l'extérieur. Une autre explosion ? Je dégageai un pan du rideau pour m'en assurer, et mon cœur manqua de sortir de ma poitrine. Si je ne distinguais plus le bâtiment en flammes depuis ma fenêtre, les Conquérants dans la rue étaient quant à eux bien visibles.

Ils entraient dans mon immeuble.

Depuis combien de temps déjà ?

Je rabattis le rideau avant que l'un d'entre eux ne me voie, et pris une poignée de secondes pour calmer ma respiration. Puis je fis de mon mieux pour contrôler mes mains tremblantes et remettre ma botte, ainsi que renouer mes lacets, au prix de quelques larmes. Après avoir repris mon sac à dos, j'envisageai mes différentes options. Redescendre, me battre et mourir. Pas trop dans mes plans de la journée. Attendre ici et espérer que personne ne vienne. Cela revenait au même, ils allaient fouiller le bâtiment, c'était certain. Sauter d'un étage. *Merde.*

La fenêtre de la chambre s'ouvrait sur la rue principale et sur les Conquérants, impossible de sauter par là. Je traversai le couloir et entrai dans une autre chambre sans prêter attention aux posters et autres décorations qui attiraient mon regard. Cette fois, la fenêtre donnait bien sur une plus petite rue, encore vide. Mais le saut à effectuer m'impressionnait.

En me penchant un peu, je découvris qu'une autre chambre possédait une fenêtre donnant sur le toit d'un garage. Je retournai précipitamment dans le couloir, jusqu'à tomber sur la bonne pièce.

Une fois trouvée, j'eus un temps de surprise. Une cuisine ? Peut-être celle de l'étage ? La fenêtre était bien là, elle me tendait les bras, mais autre chose me retint de me précipiter vers elle. Il me fallait une nouvelle marmite ; mes réserves de pigeons cuits diminuaient trop vite, et je me refusais à les manger crus.

Voilà qui serait une trop bête façon de mourir.

J'ouvris un premier placard rempli d'assiettes. Le suivant contenait des verres et des bols. Les tiroirs étaient pleins de couverts, et j'en profitai pour prendre une nouvelle fourchette et un couteau moins rouillé que le mien. Sous le lavabo, je trouvai enfin ce que je cherchais : des casseroles de toutes tailles, des poêles, des marmites.

J'avisai ces dernières ; il m'en fallait une assez petite pour rentrer dans le sac, mais suffisamment grosse pour contenir un pigeon entier. L'une d'entre elles me parut faire l'affaire, mais lorsque je la saisis, les casseroles juste à côté se renversèrent et s'éparpillèrent sur le sol.

Mon estomac se tordit. Est-ce que ça avait été bruyant ?

Prestement, je ramassai ma marmite et l'enfournai dans mon sac. Je n'étais qu'une idiote ! Je me relevai, prête à rejoindre la fenêtre, mais un élément dans mon champ de vision m'arrêta et me fit tourner la tête.

Un Conquérant se tenait sur le seuil de la pièce, son *anima*, transformée en pistolet, braquée sur moi. Mon sang se glaça dans mes veines, tandis que je prenais pleinement conscience que j'allais mourir. Il paraissait tout aussi surpris que moi.

Au vu de sa carrure et du fait qu'il n'avait toujours pas tiré, j'en déduisis que c'était un nouveau, un vingtième. Il fronça les sourcils, et ses lèvres bougèrent si vite que j'eus à peine le temps de lire, mais le message était clair.

— Ne bouge pas.

17

PRYM

DILEMME

Trois clans se sont réparti la Zone : les Conquérants au sud, les Wilis à l'est, et l'Ordre Nouveau au nord. L'ouest est un territoire neutre occupé par des errants, des mobilisés sans clan.

— T'attends une invitation écrite pour sortir d'ici ? Bouge-toi le cul !

J'obtempérai dans la seconde. Une fois à l'extérieur, un membre du Bataillon Offensif s'occupa de Łucja, qui avait perdu connaissance. Je lui attrapai l'épaule.

— Où sont les *manus protegens* ?

— En sécurité ! On les rejoint tout de suite.

Le soulagement me retira un poids de la poitrine, et je me rendis compte de ma propre fatigue et des nombreuses douleurs qui tiraillaient mon visage et mon corps. Une minute plus tard, Mikołaj sortit de l'entrepôt.

— S'il reste des personnes à l'intérieur, on ne peut plus rien pour elles. Tout le monde dégage d'ici !

Il fendit notre groupe et suivit un réserviste qui nous conduisit dans une bâtisse suffisamment éloignée de l'incendie. C'était un petit immeuble comme il en existait des milliers dans la Zone. Sombre. Abîmé. Rempli d'objets laissés à l'abandon. La première chose qui me frappa en franchissant le seuil, alors que les Conquérants s'agitaient dans tout le hall d'entrée, c'était le nombre de personnes à terre et l'odeur du sang, insupportable.

Nous étions si peu à avoir survécu.

Je repérai Łucja, allongée contre un mur couvert de boîtes aux lettres, et dus enjamber les corps gémissants pour la rejoindre. Nawelle s'attelait déjà au crâne de mon amie. Sa présence me rassura, Jo ne devait pas être bien loin.

— Comment va-t-elle ? m'inquiétai-je en m'accroupissant près d'eux.

Nawelle ne me jeta pas un regard, concentré sur la blessure de Łucja qui était réveillée, mais avait l'air hagarde. Elle ouvrit la bouche pour parler, mais aucun son n'en jaillit. Les veines éclatées de ses yeux faisaient ressortir le bleu de ses iris. Ses cheveux empestaient le sang. La culpabilité me rongea l'estomac. Nawelle posa un bout de tissu déjà écarlate sur le côté, avant d'en prendre un propre.

— Elle a de la chance, les blessures à la tête sont souvent impressionnantes. Par contre, il faut arrêter ce saignement, et j'ai d'autres blessés graves à aller voir. Je vais lui bander le crâne, et tu vas compresser la plaie pendant au moins dix minutes, c'est compris ?

J'acquiesçai et suivis ses directives. Au moment où j'appuyai, Łucja gémit et tourna de l'œil, puis se reprit.

— Fait chier…, marmonna-t-elle.

— Ce n'est pas grave, la rassurai-je, il faut que tu restes tranquille.

Alors que je continuais de compresser sa blessure, j'aperçus Jo un peu plus loin, en train de refaire le garrot d'une réserviste blessée. Lorsqu'elle leva la tête et croisa mon regard, ses sourcils se froncèrent et elle se mordit la lèvre. Je ne devais pas être très beau à voir. De ma main libre, j'en profitai pour toucher mon œil gauche, gonflé et fermé. Pour m'être fait pas mal de coquards dans ma vie, je savais que celui-là mettrait plusieurs jours à passer. Ma main remonta jusqu'à mon arcade sourcilière, et je grimaçai sous la douleur. Quand mes doigts se retirèrent, ils étaient couverts de sang.

— Prym, grogna Łucja, t'as une sale tête. Tu saignes de partout.

— On verra ça après.

Incertain du nombre de minutes écoulées, je préférai compresser plus longtemps pour éviter la moindre erreur. Quand je m'écartai enfin, Łucja laissa tomber sa tête sur le côté, une joue écrasée contre le carrelage, visiblement épuisée.

— Ah, tiens, marmonna-t-elle, Augusta va bien.

La *cogitabat animo* fendait la foule, ses entailles bandées. Elle se posta juste devant nous, la mine tiraillée entre deux sentiments contradictoires. Après une hésitation, je me relevai et lui tendis la main, incapable de trouver un autre geste pour la remercier. Elle fronça les sourcils devant ma peau pleine du sang de Łucja et mon poignet brûlé qui cloquait déjà.

— Merci pour ce que tu as fait, lui dis-je. Sans ton sang-froid et ton efficacité, Łucja et moi serions certainement morts ou bien plus blessés que ça. Et merci d'être allée chercher Mikołaj.

Sous les reflets ambrés de sa peau, son léger rougissement était palpable, mais elle me rendit une poignée de main ferme.

— De rien.

Le léger sourire qu'elle m'accorda valait bien des remerciements, et me fit espérer que nos relations seraient plus cordiales à l'avenir. À quelques mètres de nous, Mikołaj finit sa ronde, les sourcils froncés et le regard à mille lieues de sa malice habituelle.

— Ce n'est pas possible.

Jamais la voix de l'Oracle ne m'avait paru aussi sérieuse et inquiète. Łucja se redressa tant bien que mal, plus pâle que la mort elle-même.

— De quoi ?

Mikołaj tourna sur lui-même, en se mordant l'ongle du pouce.

— Nous avons perdu dix-huit personnes, dont nos six patrouilleurs.

J'accusai le coup en silence, alors que Łucja fermait les yeux, comme pour fuir la vérité. Ainsi figé sans un bruit, Mikołaj ressemblait à un enfant. Finalement, l'Oracle poussa un long soupir.

— Nous leur rendrons hommage demain, avec tout le monde. Pour l'instant, contentons-nous de sortir de ce merdier.

Sa voix ne tremblait pas, mais ses yeux s'étaient teintés de rouge, menaçant de laisser échapper quelques larmes. Il n'y avait plus un bruit dans la salle ; nous observions tous l'Oracle au visage bruni par le feu et dont les veines du cou saillaient, sur le point d'imploser. À ce moment précis, j'étais soulagé de ne pas avoir à prendre les décisions à sa place, et la honte m'envahit. Voilà pourquoi je ne resterais toujours qu'un simple soldat.

— On ne peut pas bouger d'ici, pas avec autant de blessés. Que tous ceux qui tiennent encore debout et peuvent se battre se lèvent. Il nous faut une équipe d'éclaireurs à l'extérieur et une plus petite pour fouiller l'intérieur.

Après m'être assuré que Łucja allait bien, dans la mesure du possible, je me levai et rejoignis le petit groupe qui s'était formé au fond du hall. Karol, un Conquérant du Bataillon Offensif, distribuait des *animae* à ceux qui avaient perdu la leur. Augusta observait la sienne avec un air de dégoût. Karol pointa son doigt vers elle.

— Équipe extérieure.

Ce fut sa seule instruction, et Augusta mit quelques secondes avant de rejoindre son groupe. Karol se tourna vers moi et m'analysa de la tête aux pieds, s'attardant suffisamment longtemps sur mon visage pour me crisper.

— Et toi, t'es un peu trop amoché pour viser correctement. Tu vas inspecter la bâtisse avec nous.

Il me donna un vieux boîtier que je mis quelques secondes à identifier comme étant un talkie-walkie dynamo. Je n'aimais pas sa manière de me dévisager ni son ton hargneux, et je sentais que la méfiance était réciproque. Cela venait certainement de ma récente désobéissance. Malgré cela, j'obtempérai, et après avoir vérifié que j'avais toujours bien mon *anima* avec moi, je l'activai et montai au premier étage de l'édifice pendant que le reste du groupe se répartissait les autres.

Tout en grimpant les marches, je rechargeai mon talkie-walkie. Le bruit de la manivelle qui tournait m'était jusqu'alors inconnu et paraissait venir d'une lointaine époque. L'étage, comme le reste du bâtiment, était tout en longueur, composé d'un seul grand couloir et d'une vingtaine de portes qui se succédaient. Malgré le grésillement de mon appareil ou quelques commentaires de Karol, je tentai de rester le plus silencieux possible.

La première porte grinça au moment de s'ouvrir. La pièce en elle-même était sombre, mais on pouvait assez nettement distinguer un bureau, un lit, et ce qui avait dû être une minuscule salle de bains. *Ça ressemble à un pensionnat,* supposai-je, *ou du moins ce qu'il en reste.* Excepté qu'il n'y avait plus personne pour habiter les lieux.

Les autres pièces confirmèrent ma pensée : toutes des chambres de moins de vingt mètres carrés, aux meubles vieillots et aux murs défraîchis, d'un jaune pâle pour que la saleté ne se voie pas et dont l'odeur laissait à désirer. Le bruit des souris qui couinaient et couraient dans les murs et au plafond me fit tourner la tête. Ce simple mouvement déclencha une douleur cuisante au niveau de mes oreilles.

— R.A.S. de mon côté, signala l'un des patrouilleurs dans l'appareil. Okoń, terminé.

Il y eut un autre grésillement, alors que je retournais dans le couloir.

— Bien. R.A.S. pour moi aussi, je fais un dernier tour et je descends. Et de ton côté, Ostrów ? Maciejewski, terminé.

J'allais répondre de même quand de casseroles dégringolant m'arrêta dans mon geste. Prudent, j'avançai vers l'une des dernières portes.

— Un instant, marmonnai-je au talkie-walkie. Ostrów, terminé.

Je le plaçai à ma ceinture et braquai mon pistolet vers l'avant. Je maudis ma blessure à l'arcade sourcilière gauche, qui fermait chaque seconde un peu plus mon œil. Heureusement pour moi, mon côté directeur était le droit, et contrairement à ce qu'avait sous-entendu Karol, je n'aurais aucun mal à tirer en cas de présence ennemie.

Le canon de mon arme força la porte d'où venait le bruit. Ce n'était pas une chambre comme les autres pièces, mais la cuisine de l'étage. Il ne restait plus grand-chose des lieux d'origine. Quelques chaises cassées, mais plus de tables. Des ustensiles en tout genre qui jonchaient le sol.

Et un intrus.

Mon regard se posa sur la silhouette féminine qui tentait de ramasser ses dégâts. Grande et fine, elle se releva, un lourd sac à dos sur les épaules. Son corps entier couvert de la tête aux pieds ne laissait apparaître que deux grands yeux effrayés. Une Wili loin de son groupe ? Sûrement une éclaireuse. Mon index se contracta, prêt à appuyer.

— Ne bouge pas, lui ordonnai-je.

Elle pencha la tête sur le côté, et recula d'un pas en mettant ses mains vides en évidence. Malgré la fatigue, mon instinct de soldat m'offrait toute la concentration nécessaire pour tirer en cas de besoin.

— Reste tranquille.

De nouveau, elle remua la tête, mais son regard restait planté dans le mien, comme pour m'exprimer quelque chose. Son attitude était anormale. Elle bougea alors rapidement la main vers son oreille, et mon doigt pressa la détente. Plus vive que je ne le pensais, elle eut tout juste le temps de se jeter au sol, puis de se relever dans un roulé-boulé et de me faucher les jambes.

Nous roulâmes tous deux à terre, enchevêtrés, et j'usai de tout mon poids pour la faire basculer contre le vieux parquet. Ses ongles se plantèrent dans ma peau et tracèrent des sillons sur mon poignet déjà brûlé. J'eus du mal à retenir un cri. Alors qu'elle cherchait à atteindre mon bas-ventre de son genou, je réussis à attraper ses poignets et à coincer ses jambes sous les miennes. Sa tête cogna durement le sol, et le foulard autour de son visage se défit.

Sa beauté me retourna.

Sonnée, elle cligna rapidement des paupières, ne laissant entrevoir ses iris gris que par fractions de secondes. Sa chevelure noire avait été coupée maladroitement au couteau et était pratiquement aussi courte que la mienne, quelques mèches disparates encadrant ses tempes. Un grain de beauté presque invisible sur son front agrémentait des traits fins, un nez droit et des joues creusées. Sa peau hâlée laissait deviner le temps qu'elle passait sur la route.

Aucune trace de peinture rouge.

Les mots sortirent difficilement de ma bouche, cassés par mon essoufflement.

— Tu n'es… pas une… Wili ? Quel est ton nom ?

Elle fronça les sourcils, se mordit la lèvre et secoua la tête de gauche à droite, mais ne répondit pas. Mon cœur se serra de soulagement. Je la libérai et me relevai maladroitement, abasourdi. Que venais-je de faire ? Elle pouvait tout à fait être l'une des leurs et m'avoir menti. Je devais l'abattre, ici et maintenant, et ne pas mettre en danger tous ceux qui me faisaient confiance. *Si c'est une Wili et que je la laisse partir, alors nous sommes tous morts. Mais si c'est une errante, alors, je tue une innocente.* Je n'arrivais pas à me décider. Mon talkie-walkie grésilla.

— On a entendu du bruit, un problème ? Tout va bien, Ostrów ? Maciejewski, terminé.

Je soufflai face à mon dilemme. Les deux perles grises attendaient leur sort sans rien dire. Finalement, je décidai de suivre mon instinct. Je ramassai l'*anima* qui m'avait glissé des mains lors de ma chute. La jeune femme se figea.

— R.A.S., annonçai-je en désactivant l'arme, fausse alerte. Ostrów, terminé.

— Tant mieux, on se retrouve en bas. Maciejewski, terminé.

La jeune femme se redressa de toute sa hauteur, ses sourcils froncés exprimant sa surprise d'être encore en vie à cet instant.

— Trop de gens sont morts aujourd'hui, me justifiai-je en me détournant. Va-t'en.

Elle hocha la tête, me remercia en silence, et s'échappa gracieusement par la fenêtre, une casserole accrochée à sa ceinture. Je restai là sans rien faire pendant quelques secondes avant de me décider à descendre.

Le hall était tel que je l'avais laissé. Bien évidemment, je ne fis part de cette rencontre à personne et me contentai de rejoindre Łucja. À ses rictus de douleur, je compris que mon amie n'était pas encore tirée d'affaire.

— Comment tu te sens ?

Elle pouffa d'un rire sans joie.

— Mal, mais j'ai déjà connu pire.

Je m'assis à ses côtés, las.

— On va s'en sortir.

Sa mâchoire se crispa, tout comme ses poings sur ses cuisses. D'un geste lent, elle se frotta le visage, comme pour effacer cette journée de sa mémoire.

— Tu te rends compte ? C'est la cent quarante-quatrième mission de ravitaillement des patrouilleurs à mon actif. Autant te dire que dans le classement des catastrophes, elle prend facilement la deuxième position.

— Seulement la deuxième ?

— Oh, la première fois, on a tourné en rond pendant trois jours avant de retrouver la base. On n'était pas encore très organisés, à l'époque. La Chose a eu le temps de nous attaquer deux fois, et Mikołaj avait choisi pile ce moment pour muter. En pleine mission. Celle-là est indétrônable.

Une grimace m'échappa. Effectivement, difficile de faire pire, même avec ce qu'il venait de se produire.

— Comment ça se passe, les mutations ?

Łucja fronça les sourcils.

— Je suis pas sûre d'être la bonne perso…

— Prym !

Joanna nous rejoignit, les vêtements maculés du sang des autres. Je me relevai en vitesse, et dus m'appuyer au mur pour contenir un vertige. Elle tenait un tissu propre gorgé d'eau froide qu'elle posa avec délicatesse sur mon œil clos.

— Tu es vivant.

J'acquiesçai, et ses doigts frôlèrent ma joue avant d'agripper mon uniforme. Elle baissa le regard pour retenir l'émotion qui la rongeait. Jo ne pleurait plus depuis longtemps.

— J'ai eu si peur, dit-elle néanmoins d'une petite voix.

— Pardon.

Ses doigts se crispèrent, puis me relâchèrent et ses yeux noisette cherchèrent les miens.

— Je dois y retourner. Il y en a d'autres qui vont mourir, sinon. Mais je reviens après, alors, tu ne bouges pas.

— Promis.

— Bien.

Elle s'attarda une seconde de plus, puis repartit continuer sa tournée.

Je m'effondrai, épuisé.

La nuit tombée, l'ambiance était plus que morose dans les rangs. Nous nous étions répartis entre le premier et le deuxième étage ; je me trouvais au second, où se mélangeaient les membres du Bataillon Offensif et les réservistes. Des pertes étaient à déplorer dans chaque groupe, et les *manus protegens* continuaient de faire le tour de tous les blessés. L'ensemble des portes étaient ouvertes, on entendait ainsi les autres discuter tout bas ou quelques ronflements. Dans la petite chambre où nous étions, seuls les lys dorés éclairaient les bandages incarnats de Łucja et les traits tirés de Jo, à qui Nawelle avait accordé le premier temps de repos. Il était aisé de lire chez elle le stress et le manque de sommeil. Ses cheveux blonds paraissaient plus ternes qu'avant et étaient bien moins ordonnés. Jo et moi nous étions installés le dos au mur sur un matelas que l'on avait traîné dans la chambre, et Łucja s'était allongée dans le petit lit.

Le silence entre nous avait quelque chose d'apaisant, et pourtant, un poids m'empêchait de respirer pleinement. Le devais-je entièrement à tous les morts d'aujourd'hui ? Le calme maintenant revenu, la conversation que j'avais eue avec le leader la veille me trottait dans la tête et me privait de sommeil. Après de longues minutes d'hésitation, je décidai d'en faire part à mes camarades.

— Hier, Aleksander m'a dit que tout le monde ici avait abandonné la mission.

Łucja ouvrit un œil, et Jo se tourna vers moi, les sourcils arqués.

— Tu veux dire qu'on ne sortira jamais d'ici ?

Je hochai gravement la tête, et Jo enfouit son visage dans ses mains avec un soupir.

— Aucune vie ne nous attend plus nulle part, murmura Łucja.

Elle tombait de sommeil, recroquevillée sous sa couverture miteuse, certainement à cause des cachets que Nawelle lui avait donnés à avaler avant de monter.

Joanna, qui avait réussi l'exploit de trouver un coussin, serra les poings.

— Ce n'est pas possible, je ne peux pas mourir ici, c'est hors de question. Kaja et mes parents m'attendent dehors.

— Qui est Kaja ? s'enquit Łucja d'une voix pâteuse.

Pendant une fraction de seconde, le visage de Joanna se fit très doux.

— Ma petite sœur. Elle vient d'avoir douze ans. Elle était très jeune quand Prym et moi sommes partis pour l'Institut, mais elle sait que j'existe, et je veux savoir qui elle est devenue.

Łucja cligna des paupières à une vitesse surprenante.

— Mais attendez, vous n'avez pas le même nom de famille tous les deux.

Elle se tourna vers moi, ou du moins tenta, perplexe.

— C'est à cause des médocs, ou j'ai raté un truc ?

J'eus un petit sourire triste, les yeux dans le vague.

— On a grandi ensemble. Sa mère s'est beaucoup occupée de moi quand la mienne est tombée malade.

Un bruit de craquement me fit tourner la tête. Mikołaj, qui venait de s'appuyer nonchalamment contre la porte, eut un petit rictus. Son regard, en revanche, ne savait cacher sa grande tristesse.

— Alors, les bleus, on se sent d'humeur mélancolique ?

— Bleu toi-même, rétorqua Łucja.

— Toi, dors. Six ans que je te supporte et je ne t'ai toujours pas virée, considère-moi comme un homme généreux.

Łucja n'eut même pas la force d'en rire. Après un regard vers le couloir, Mikołaj se décida à entrer et s'affaissa de tout son poids sur une vieille chaise de bureau. Alors qu'elle gardait les yeux ouverts avec difficulté, Łucja se mit à marmonner une liste de noms.

— Antonina, Leon, Mariusz, Aurelia, Luiza, Regina, Walenty, Tadeusz, Melania, Teodor, Bogna, Odeta, Klemens, Walerian, Teofil, Irena, Gabriel, Ruta, Liliana, Eryk, Paula…

« Ne jamais oublier qu'au bout du compte, aucune vie ne nous attend plus nulle part. » La respiration de Łucja se calma, ralentit progressivement, et finalement se transforma en un léger ronflement.

C'était étrange de voir Mikołaj si silencieux, si démuni face à la situation. Je ne le croyais pas si sensible à notre sort. Mon erreur me faisait honte. En réalité, je le connaissais peu. Me sentant bien trop maladroit pour aborder le sujet, je décidai de l'aider à penser à autre chose.

— Il y avait des Accomplis chez les Wilis aujourd'hui, n'est-ce pas ?

Mikołaj força un peu son entrain.

— Ouais, une, toujours là pour nous emmerder. Nous n'en avons recensé que deux. La Chamane, qui a le don de soigner les autres, mais je ne l'ai pas vue aujourd'hui. Ses peintures sont blanches, ce n'est pas une guerrière. Il y a aussi l'Ardente, celle aux mains de feu.

— Je crois que je l'ai affrontée, lui dis-je en montrant mon poignet avec la marque de brûlure.

— Ah, pas de chance. Olimpia Rys est plutôt coriace. La seule personne à pouvoir lui résister, c'est Lise. Impossible de la brûler. Meilleure combattante des Conquérants et Accomplie parfaite.

— Lise Jusko ? s'étonna Joanna. C'est aussi une Accomplie ?

Mikołaj pouffa un peu.

— Oh oui ! Et c'est sûrement celle qui maîtrise le mieux son don. Ou bien c'est lui qui sait bien se gérer tout seul, allez savoir. On l'appelle l'Armure, à cause de sa peau qui peut prendre le même genre de résistance que le Mur de la Zone. Personne ne peut blesser Lise.

J'essayai d'imaginer la sensation que cela devait faire. *Ça doit être si pratique*, pensai-je en me repositionnant correctement contre mon mur.

— Et puis, on a aussi Aleksander comme Accompli. Clairement, je suis bien content de ne pas devoir l'affronter. Il peut contrôler la pression, modifier la gravité autour de lui, écraser des trucs. Bref, vous avez saisi. C'est pour ça qu'on l'appelle l'Oppresseur.

— Et toi ? Comment marche ton don, Miko ?

Je me raidis, mais Mikołaj ne prit pas du tout ombrage que Joanna l'ait tutoyé.

— Ce n'est pas un quelque chose que je contrôle la plupart du temps comme Aleksander, ce truc fait sa vie sans moi. Souvent, c'est plutôt du genre : « Surprise ! Une merde va débarquer ! » Des espèces de flashs aléatoires sur les dix à quinze secondes à venir. J'arrive parfois à les déclencher, mais c'est crevant et ça me fait gerber. Heureusement, c'est en mode automatique quand je combats ou quand je suis en danger. Et puis, il y a la nuit.

— La nuit ?

— Des rêves beaucoup plus flous sur un avenir plus lointain, incertain. Le genre où l'on se demande si c'est pas juste un cauchemar à la con. Je vois beaucoup de choses, toutes ne se réalisent pas, mais c'est l'avenir le plus probable que je discerne.

Je faillis dire que je trouvais ce don plutôt utile, mais me retins à la dernière seconde. Pour la première fois, je remarquai ses traits creusés, ses cernes. Ce type ne dormait pas, ou si peu que ça n'en valait pas le coup.

Mon opinion sur lui changeait petit à petit ; il ne me paraissait plus aussi désinvolte qu'à notre première rencontre.

— Mais ça ne m'a servi à rien aujourd'hui. J'aurais dû savoir que c'était un piège et empêcher tout le monde de mourir. Et puis, ce n'est pas un don, c'est une vraie malédiction.

Il serra les poings, faisant ressortir les veines et les os de ses mains. Je compris alors ce qu'il entendait par là.

— Il y a des conséquences, c'est ça ?

Il souffla. Je crus qu'il ne répondrait pas, que je m'étais trompé ou avais posé la question de trop. Mais après un temps de silence, il reprit :

— Tous les Accomplis subissent des effets secondaires plus ou moins visibles à court terme. Tu vois, tout ce que je gagne sur l'avenir, je le perds sur mon passé. Ma mémoire s'effrite, ma tête se vide. Bientôt, il ne me restera plus rien d'avant la Zone. Je n'existerai plus que dans le présent.

Un demi-sourire se forma sur ses lèvres, exprimant simplement la fatalité. Il se releva, se dirigea vers le couloir, et cria pour couvrir les autres voix :

— Bon, maintenant, extinction des feux. Tout le monde dort, et si l'un d'entre vous ronfle, je me lève et je l'écrase direct, c'est bien compris ?

Je me raclai la gorge.

— *Novum Invenit Pacem.*

Il ne me répondit pas, et m'observa un instant avant de s'orienter vers une autre chambre d'un pas souple et léger. Sans trop bouger, je me calai contre Jo, qui me souhaita bonne nuit et ferma les yeux pour profiter au maximum de son court temps de repos. Łucja, que l'intervention de Mikołaj n'avait pas réveillée, gardait un visage marqué par l'inquiétude. J'eus du mal à m'endormir, ma tête bourdonnait encore, et ma tempe me faisait souffrir le martyre. Quand je réussis enfin à sombrer dans le sommeil, ce fut pour qu'une image atroce hante mes rêves.

Celle du sourire de la Chose.

18

EDWARD

QUAND VIENT LA NUIT

Pour les dix ans du premier envoi dans la Zone, alors que des questions se soulevaient de plus en plus sur l'efficacité de cette méthode, le premier des trois fils du Général Borowski a été mobilisé, montrant à tous qu'Erit avait toujours foi en cette mission.

La main de Lise me frappa au flanc, et dans le même instant, sa plante de pied atteignit ma cuisse. Surpris et le corps légèrement en avant, je ne pus éviter le plat de son autre paume, qui me projeta au sol par une poussée violente au niveau du menton. Il n'y avait personne pour nous observer, l'heure tardive vidait toujours la salle d'entraînement de ses combattants. Tous étaient en train de manger ou de se reposer, mais je préférais être là, à prendre des coups, plutôt que de me mêler aux autres.

Ce manège durait depuis deux semaines. La première avait été assez calme, même si les entraînements avec Lise finissaient tard. La seconde, bien plus intense, que ce soit au niveau des tâches qu'elle m'avait données à faire le jour – tous ces rapports à fournir, ces tableaux à remplir, son matériel à contrôler – ou des séances du soir. Chaque fois, elle me poussait un peu plus loin dans mes retranchements. Mes faiblesses n'avaient aucun secret pour elle, et elle continuait de me mettre à terre avec autant de facilité que le premier jour.

Ce qui me rongeait le plus, c'était la solitude.

Depuis le retour du Bataillon Offensif de sa mission de ravitaillement catastrophique, j'avais à peine eu le temps de croiser Prym ou Joanna. Lise pensait m'avoir fait une fleur en m'offrant ma propre chambre, juste à côté de la sienne, pour que je travaille en paix,, mais le silence des lieux me pesait. Si j'étais allé avec eux, j'aurais été tué. Voilà ce que je me disais chaque jour pour atténuer ma peine. À leurs manières, Mikołaj et Lise m'avaient sauvé la vie, l'un en me virant, l'autre en me faisant confiance.

Prym avait été très curieux d'apprendre que Lise m'avait pris sous son aile et m'entraînait, mais elle m'avait bien fait comprendre qu'aucun public n'était autorisé.

Depuis le début de la deuxième semaine, au commencement de chaque séance, Lise me montrait les points vitaux du corps, comment les toucher pour paralyser ou assommer un adversaire, puis on enchaînait sur au moins deux heures de combat, avec des arrêts réguliers pendant lesquels elle rectifiait mes postures.

— Les arts martiaux ne s'apprennent pas en quelques semaines, m'avait-elle annoncé un soir après un long affrontement, ni en quelques mois. Il te faudra des années de pratique avant d'avoir le niveau d'un maître. D'autant plus que tu manques de souplesse et de muscle.

Sa voix chaude atténuait ses critiques glaciales.

— Si déjà j'arrivais à tenir trente secondes face à toi, ce serait bien, plaisantai-je.

La familiarité était vite arrivée, et cela ne semblait pas déranger Lise. Elle me tapota la tête avec un demi-sourire.

— Une chose à la fois.

Chaque soir, la même rengaine se répétait, et les silences qu'imposait souvent Lise ne me dérangeaient plus. Au-delà de sa froideur première et de sa discipline de fer, je découvrais une femme dévouée, attentive et infatigable. Elle ne s'exprimait que lorsqu'elle jugeait sa parole nécessaire, et chacun de ses mots sonnait juste. La dévotion que les défenseurs lui vouaient n'avait plus rien de mystérieux, et je compris, en observant un peu mieux, qu'elle était également un pilier essentiel dans la direction de la base.

Elle me tordit l'épaule, me ramenant brusquement à la réalité. Grâce à son don, sa peau se changeait en métal indestructible d'un gris argenté à chacun de nos contacts, rendant impossible la moindre blessure. Je frappai trop fort son épaule, et lâchai un cri quand ma main rencontra son armure. Lise profita de ma distraction pour me crocheter les genoux. À terre, je me relevai à moitié et tentai de la faucher par un large balayage. Elle sauta et évita mes jambes avec légèreté.

Alors que je pensais pouvoir tenir un peu plus, Lise me bloqua au sol et me contrôla par une torsion du poignet. La seconde d'après, je m'écrasai la joue sur le parquet froid et odorant, trois de ses points d'appui m'empêchant de bouger.

Je décidai de ne pas montrer trop de fierté inutile.

— J'ai eu mon compte pour ce soir, annonçai-je en grimaçant.

— Tu n'es pas concentré, me reprocha Lise. Tu dois jouer ta vie à chaque combat.

Elle se dégagea, s'épousseta d'un geste de la main, puis m'aida à me relever. Le métal qui recouvrait ses mains était glacé, contrastant avec la moiteur de ma peau. Voilà plus d'une heure que nous nous affrontions, et elle était à peine essoufflée. *Elle n'est pas humaine.* Je regrettai immédiatement ma pensée ; c'était grâce à elle et à sa bonté que je serais un jour capable de me défendre sur un champ de bataille.

— Voilà pourquoi j'ai fini *memoria eruditissimo*, ma vie s'en portait mieux.

Lise ignora ma remarque et commença à s'étirer ; je soufflai et fis de même. Mes muscles appréciaient plus que tout cette partie de l'entraînement, surtout avec toute la tension qu'ils subissaient. La sueur rendait mes cheveux poisseux, mes vêtements collants et mon odeur pestilentielle.

— Tu ne peux pas te permettre d'être distrait. Tu as beau ne pas vouloir tuer, ce ne sera pas le cas de tes adversaires.

— Entendu.

Ma voix n'était pas aussi affirmée que je l'aurais espéré. Elle s'immobilisa et me fit face.

— Qu'est-ce qui te tracasse ?

Si j'avais appris quelque chose en combattant avec elle chaque soir, c'était bien qu'on ne pouvait pas mentir à Lise Jusko, et elle ne devait pas cela à son grade. Chacun de ses gestes exprimait la confiance qu'elle accordait aux autres. Elle n'était ni naïve ni aveugle, mais elle choisissait d'offrir avant de demander en retour.

Je me frottai le visage, étrangement las.

— Je ne sais pas… Parfois, je me réveille au beau milieu de la nuit, et pendant quelques secondes, j'oublie que je suis ici. Je me vois à l'Institut, tous mes rêves sont à portée de main et je me sens en sécurité. Puis, je me souviens.

Je déglutis.

— Pourquoi faut-il qu'on se batte entre nous ? Pourquoi ne fait-on pas la paix avec les Wilis pour vivre ensemble ? Pourquoi je ne me sens pas à ma place ? Pourquoi est-ce que j'ai été mobilisé alors que je suis juste bon à ne pas me faire tuer ?

— Ça fait beaucoup de questions.

— Alors, donne-moi des réponses.

— Je ne les ai pas.

Son ton était toujours aussi calme, mais ses yeux exprimaient une certaine fatalité à laquelle elle aurait souhaité que je m'habitue. Mais je ne le pouvais pas.

— Alors, qui les a ? Aleksander ? Mikołaj ? Gwidon ? Personne ? Tu ne penses pas qu'on ne devrait pas se battre contre les Wilis ? Nous sommes tous de la même patrie, on devrait pouvoir trouver un moyen de travailler ensemble.

Lise baissa les yeux et soupira. D'un geste, elle m'invita à m'asseoir près d'elle et se plaça en tailleur, les poings serrés sur les genoux. La douceur des lumières florales contrastait avec les violents regrets que je lisais dans son regard. J'attendis qu'elle soit prête à parler. Lise secoua la tête, et le mouvement de sa frange dévoila son front.

— C'est plus compliqué que ça. Le conflit entre nos deux clans remonte à plus de six ans.

— Six ans ? Et vous n'avez pas réussi à faire la paix ?

— C'est impossible.

— Pourquoi ?

Elle se mordit la lèvre et prit une grande inspiration avant de soupirer.

— Parce que tout ça a débuté avec le meurtre de Jonatan. C'était le frère d'Aleksander.

Je déglutis. J'étais très jeune quand le premier fils du Général avait été mobilisé, et ça faisait des années que je n'avais pas pensé à lui. À côté, la mobilisation d'Aleksander n'avait presque pas fait de bruit. Lise me laissa le temps de digérer l'information, avant de reprendre :

— À son arrivée à la dixième génération, Jonatan a fondé ce clan avec une autre mobilisée. Raïna Libera. Il était toujours en vie quand Aleksander et Mikołaj sont arrivés quatre ans plus tard. Mais entre-temps, la vision de Raïna sur ce que devait être ce clan avait changé. Elle a tué Jonatan sous les yeux d'Aleksander. Quand il a réussi à l'affronter pour venger son frère et récupérer la direction du clan, Raïna lui a fait la cicatrice qu'il porte au visage, et il lui a sectionné l'avant-bras. Aleksander est devenu le chef des Conquérants, et Raïna l'une des deux reines des Wilis.

La bouche entrouverte, je ne sus que répondre à ça. Nous étions en guerre pour une question de vengeance ? Lise, perdue dans ses souvenirs, ne remarqua pas mon trouble.

— Et puis, les Wilis fonctionnent d'une manière totalement différente de nous. Il y a une faction guerrière, dirigée par Raïna, et une faction sainte, menée par l'autre reine et qui pense que la Chose est une représentation de Dieu, un peu comme l'est Sirin dans nos contes. Elles la vénèrent. On ne pourra jamais trouver de terrain d'entente avec elles.

— Alors, nous continuerons de nous battre entre nous ?

Mon ton se fit suppliant, mais Lise se contenta de poser une main sur mon épaule.

— Je crains bien que oui.

Elle se leva tout en souplesse, et posa sur moi un regard désolé.

— Va te coucher, Edward. Demain est un autre jour.

J'acquiesçai, mais n'osai pas la regarder droit dans les yeux. Elle sembla hésiter à m'aider à me relever, et puis, finalement, elle sortit sans bruit. Un poids oppressait ma poitrine et m'empêchait de respirer correctement. *Elle doit te penser naïf ou faible.* Peut-être était-ce le cas. *Pourquoi n'arrives-tu pas à accepter cette situation ? Tu es un imbécile.* Les fleurs dans leurs bocaux ne m'offrirent aucune réponse.

Je mis quelques minutes supplémentaires à quitter la salle. Dans les couloirs vides et sombres, mon pas se fit traînant, tandis que je ressassais toutes mes questions sans réponse. Alors que je flânais, maussade, un mouvement fugace dans mon angle mort me poussa à me retourner. Mes yeux, pas encore habitués au peu de luminosité, ne discernèrent d'abord rien, mais mon instinct me hurlait que je n'étais pas le seul à me balader dans la base au beau milieu de la nuit. *C'est simplement un défenseur qui fait sa ronde*, tentai-je de me persuader.

Alors que je m'apprêtais à repartir, je perçus une ombre, petite et silencieuse, qui avançait au pas de course dans une autre allée. Ce n'était pas la démarche de Lise, et encore moins celle de quelqu'un qui faisait simplement son travail.

L'ombre ne voulait pas qu'on la voie.

Pieds nus et désarmé, je n'avais pas le temps d'aller chercher mes équipements. Pour quoi faire, de toute façon ? Ce n'étaient pas deux semaines d'entraînement avec Lise qui avaient fait de moi un combattant ! Je soufflai et me mis à sa poursuite en tâchant de rester le plus discret possible. Si je parvenais à l'effrayer et à prévenir un défenseur, alors, tout irait bien.

À plusieurs reprises, alors que l'ombre se retournait, sûrement alertée par le bruit de mes pas, je dus me plaquer contre un mur et retenir ma respiration. Les battements de mon cœur résonnaient dans mes oreilles et faisaient pulser mes tempes. J'avais le sentiment que si je m'approchais de trop près, l'ombre risquerait de les entendre. Au tournant d'une allée, la panique s'empara de moi quand je compris que je l'avais perdue de vue. Je me tournai dans tous les sens, dans l'espoir de l'apercevoir et avec la crainte qu'elle en profite pour m'attaquer.

Ce fut le son de ses pas légers, mais bien audibles sur les marches, qui m'indiqua où aller. L'ombre se dirigeait vers le dernier étage, celui des quartiers d'Aleksander et des trois lieutenants.

Ma nouvelle chambre était aussi là-haut. J'hésitai un instant à donner l'alarme, mais j'eus peur de perdre l'ombre de vue ; alors, je repris ma course et grimpai aussi vite que possible, au point de manquer de m'écrouler à plusieurs reprises.

Pourquoi n'y avait-il aucun défenseur ? Alors que je longeais la rambarde, je tombai sur le corps de l'un d'entre eux, égorgé. J'eus du mal à retenir mon écœurement. L'ombre était donc armée et n'hésitait pas à tuer. Malgré le haut-le-cœur que ce geste me provoquait, je fouillai le cadavre et lui pris son *anima*, que j'activai aussitôt en pistolet. Tant pis pour la discrétion !

— À l'aide ! hurlai-je d'une voix cassée par la peur. Venez m'aider !

Si l'intrus était toujours là, alors, j'étais repéré. J'approchai de ce que je présumais être les chambres des lieutenants, et je manquai de buter sur un autre cadavre encore chaud. Cette fois, je reconnus le visage d'un défenseur nommé Tadeusz, et un nouveau haut-le-cœur me traversa. L'ombre n'était plus loin. Je m'efforçai d'écouter comme je ne l'avais jamais fait de ma vie. Au-delà de mon cœur affolé, je perçus le vent qui effleurait le toit, le clapotement de la fontaine en contrebas, le bruit lointain des pas de défenseurs à l'autre bout de la base, et le son d'un bras qui se plie, prêt à lancer un projectile.

Mon instinct prit le dessus.

Je me jetai à terre, et le couteau m'érafla le haut du crâne. J'eus à peine le temps de me relever que l'ombre était déjà sur moi. Chacun de ses coups visait à me tuer, et je ne dus ma survie qu'aux séances d'entraînement avec Lise. L'ombre envoya valser mon *anima* avant que je ne tire et en profita pour me taillader le bras avec sa seconde arme.

Malgré notre proximité, je ne pouvais voir son visage à cause de l'obscurité ambiante et de ses mouvements trop rapides ; seul son souffle emplissait l'air, mais sans pouvoir l'affirmer totalement, j'eus l'impression de reconnaître sa silhouette svelte. Son pied atteignit ma cuisse gauche, et sa paume frappa mon menton assez fort pour me jeter à terre. Je tentai de me relever, mais l'ombre me bloqua et tâtonna à la recherche de l'*anima* qu'elle avait égarée.

Dans un grognement de douleur, je la rouai de coups et réussis à retourner l'arme contre elle. Son sang gicla sur ma joue, mais la blessure n'était pas assez profonde, je n'étais pas suffisamment fort. L'ombre poussa un cri de rage et se dégagea. Avant que je n'aie eu le temps de me relever, elle s'élançait déjà à travers l'étage et dévalait les escaliers. *Merde, merde, merde!* Je ne partis pas à sa poursuite, mais courus en sens inverse.

—À L'AIDE! Un intrus est entré!

Et si l'ombre atteignait les dortoirs d'autres personnes? Combien de gens allait-elle encore tuer? Les autres étaient-ils en danger? Je ne pouvais pas décider seul de la suite des opérations, et j'avais l'intention de réveiller quelqu'un de compétent pour le faire.

Je me dirigeai vers l'une des portes closes quand un hurlement me stoppa net dans mon geste. Il provenait d'une autre chambre. Je me précipitai dans la peur que l'ombre ait fait demi-tour. Je forçai la porte et arrivai en trombe dans la pièce, prêt à me battre.

L'air était saturé par l'odeur du sang.

Pendant quelques secondes, mon cerveau refusa de voir la réalité. Les lieux n'avaient pas pu être retournés, les feuilles balancées au sol, le bureau mis à terre, la chaise brisée, l'oreiller éventré. Le corps inerte dans le lit n'avait pas pu être égorgé comme un animal. Il ne pouvait pas fixer le plafond avec un air horrifié, la bouche ouverte avec ces traînées de sang. Non, cette personne ne pouvait pas s'être étouffée dans sa propre hémoglobine, seule, incapable d'appeler à l'aide, incapable de marcher jusqu'à la porte.

Tout cela n'était pas possible.

Le cadavre de Gwidon était pourtant bien là.

Mon cœur tambourinait trop fort dans ma poitrine et diffusait un peu plus à chaque battement la peur dans mes veines. Je reculai, échappant à cette vision d'horreur. Il était mort, aucun doute là-dessus, et mes haut-le-cœur ne m'aidaient pas à réfléchir. Je ne pouvais rien pour lui. Je me précipitai vers la pièce voisine, espérant ne pas tomber sur un autre cadavre.

La chambre suivante me réservait un autre type de cauchemar.

Les lys dorés éclairaient la petite pièce, donnant un air fantomatique à chacun des meubles. Les murs étaient recouverts d'écrits : des post-it, des feuilles clouées, des mots écrits à même la tapisserie. Il n'y avait presque plus d'espace. Juste des mots, partout.

Mikołaj, au pied de son lit, hurlait et se débattait de toutes ses forces. Je me précipitai vers lui et entrepris de le secouer, mais il continua de donner des coups et de crier. Il me fallut quelques secondes de plus pour me rendre compte que ses paupières étaient fermées et qu'il ne m'entendait pas.

Il dormait.

— Mikołaj !

Je tentai de le réveiller, en vain. Mais je n'avais pas le temps d'attendre. Même blessée, l'ombre était toujours dans la base. Je changeai de chambre, et cette fois, je tombai sur Lise.

La jeune femme fit volte-face, prête à me mettre à terre, et retint son coup à la dernière minute quand elle me reconnut. Ses yeux s'écarquillèrent de surprise.

— Edward ? Mais qu'est-ce que…

— Il y a un intrus ici ! Je l'ai aperçu alors que j'allais me coucher, il est monté et a tué les défenseurs de l'étage ainsi que… Gwidon. Je ne sais pas comment, mais j'ai réussi à le blesser. Cependant, je ne sais pas où il est ni qui il est…

Lise ne m'écoutait déjà plus ; elle enfila une ceinture pleine d'encoches où elle rangea plusieurs *animae* d'une main tremblante. Toute trace de fatigue avait disparu de son visage, à la place, une autre expression y fleurit et me figea. Une colère teintée d'effroi. Elle faillit sortir avant de se souvenir que j'étais toujours là, à l'observer.

— Réveille Aleksander et Mikołaj, et raconte-leur ce que tu viens de me dire. Je vais voir ce qu'il se passe.

À son expression déterminée, elle n'admettrait pas que je la contredise ; pourtant, je lui attrapai l'épaule à l'évocation de l'Oracle.

— Je n'arrive pas à réveiller Mikołaj, j'ai déjà essayé. Quand je l'ai trouvé, il était par terre, il hurlait et…

— C'est normal, me coupa Lise, c'est à cause de son don. Occupe-toi de lui en dernier, et vas-y doucement.

Sur ce, elle partit en silence, et je perçus à peine quelques secondes plus tard le bruit d'activation de ses *animae*. Après une seconde de flottement, je partis réveiller Aleksander, ce qui se révéla être aussi angoissant qu'affronter l'ombre sans arme.

Sa chambre était rangée au carré, et à la seconde où j'ouvris la porte, j'eus le sentiment que le ciel m'était tombé sur la tête. Je me retrouvai face contre terre, incapable de respirer. Aleksander mit de longues secondes avant de diminuer la pression.

— Qui es-tu ? Qui t'envoie ?

— Lise, réussis-je à articuler.

L'atmosphère devint alors plus légère, et je sentis de nouveau l'air entrer dans mes poumons. Aleksander s'était levé et était déjà à ma hauteur, visiblement prêt à m'écraser si nécessaire. Je parvins à me mettre à quatre pattes, le dos en vrac, la poitrine en feu.

— Que se passe-t-il ?

— Intrus… Assassin… Gwidon…

Il n'en fallut pas plus à Aleksander pour comprendre et quitter la pièce.

Après avoir retrouvé mon souffle, je réussis à atteindre la chambre de Mikołaj. Ma main trembla au moment d'actionner la poignée, comme si je redoutais le spectacle qui m'attendait de l'autre côté.

L'Oracle était à terre, roulé en boule, son corps entier crispé par la douleur. Il ne hurlait plus, mais pleurait et balbutiait des phrases incompréhensibles. Il poussa un cri de souffrance quand je voulus le remettre dans son lit, et un sentiment d'impuissance me gagna.

— Mikołaj, c'est pas le moment.

Combien de temps avant que l'ombre ne revienne ? Et si je n'arrivais pas à réveiller Mikołaj ? *Dans quel merdier tu t'es encore fourré ?* Usant du peu de forces que je possédais, je réussis à le remettre dans son lit, malgré les coups qu'il envoyait dans le vide. *Décidément, cette nuit, tout le monde veut ta peau.* Je me frottai le visage et entrepris de secouer plus doucement Mikołaj par l'épaule. Il protesta, puis au bout de quelques minutes, sa respiration se calma.

De plus près, les mots accrochés aux murs n'avaient pas beaucoup plus de sens. Ils avaient été griffonnés dans la précipitation. « Ne pas manger de noix. » Il y en avait des centaines comme ça. « Si tu le trouves pas, c'est que c'est rangé. » Mais aussi : « Si tu sais pas, demande à Lise. » Ou encore : « N'oublie pas Amelia. »

Le prénom d'Amelia était écrit partout.

Je faillis ne pas remarquer que Mikołaj ne s'était pas rendormi, mais me regardait, à bout de souffle. Il ne paraissait pas surpris, juste épuisé. Ses cernes le vieillissaient d'au moins dix ans, ses cheveux collés à son front et à sa nuque lui donnaient un air fiévreux, il était en sueur. Il murmura, si bas que j'eus du mal à l'entendre.

— Gwidon ?

Interloqué, je ne sus quoi répondre, mais même dans la pénombre, je constatai la détresse dans ses yeux. Il finit par me reconnaître.

— Okonek ? Qu'est-ce que tu fous dans ma chambre ?

— Gwidon est mort, on vient de les assassiner, lui et d'autres défenseurs.

D'abord, la seule chose que je perçus de Mikołaj fut le choc qui le secoua. De ses yeux écarquillés, il détailla mes blessures, ma panique. Même s'il ne disait rien, je pouvais presque voir les rouages de son cerveau se mettre en marche.

— Tu vas devoir être un peu plus précis que ça.

Sa voix était chevrotante, menaçant de se briser à tout moment. Je soupirai et lui exposai plus clairement la situation. Mikołaj m'écouta attentivement, et se redressa au fur et à mesure de l'explication. Quand j'eus fini, le silence s'installa un instant, et la fatigue me tomba dessus, m'assommant presque. L'Oracle, lui, avait l'air parfaitement alerte, bien qu'au bord de l'abysse.

— Qui d'autre est au courant ?

Ses mots auraient pu appartenir à un autre, tant ils étaient cassants.

— Seulement Lise et Aleksander, mais…

— Bien. Va chercher davantage de défenseurs et dis-leur de fouiller la base, si Lise ne leur a pas donné d'ordre contraire.

— Mais pour Gwidon, qu'est-ce qu'on…

— Je m'en occupe.

Il me tapota l'épaule, enfila un pantalon, et après avoir observé sa chambre d'un air perdu, il se dirigea vers le couloir. Juste avant de franchir la porte, il s'arrêta néanmoins, posant sa main sur la poignée.

— À quoi ressemble ton ombre ?

Je secouai la tête, avant de me rendre compte qu'il me tournait le dos et ne me voyait pas.

— Je ne sais pas, tout est flou dans ma tête.

— Tant pis.

Il jeta un regard en arrière.

— Tu es blessé, mais rien de grave. Va te coucher après ça, tu en as assez fait pour un moment.

Cette fois, il partit sans se retourner.

Bordel, mais qu'est-ce que je fous là ?

Un bâillement m'échappa, et je me frottai les yeux, malgré l'angoisse qui courait encore dans mes veines. Ce qu'il venait de se passer m'apparaissait étrangement confus, comme si je n'avais pas vraiment été là, comme si ça n'avait pas été moi. Mécaniquement, je laissai mes jambes me guider hors de la chambre et à travers l'étage. Sur les portions de toit vitré, un fragment de lune réussissait à percer les nuages, ce qui me réconforta un peu. Alors que l'adrénaline finissait de retomber, la douleur des multiples coupures causées par l'*anima* de l'intrus s'éveilla et me tira des grimaces.

D'abord, chercher des défenseurs, puis dormir un peu. Si l'ombre revenait me tuer, je n'aurais de toute façon plus la force de me battre. La fatigue et la retombée de l'adrénaline m'empêchaient de réfléchir correctement, même si des milliers de questions tourbillonnaient dans mon esprit. Comment l'ombre avait-elle pu entrer ? Avait-elle un complice à l'intérieur ? Qui était-elle ? Que voulait-elle ?

Je descendis les marches comme un fantôme, les paupières à moitié fermées. Ce fut certainement pour cela que je mis du temps avant d'apercevoir qu'un petit groupe arrivait dans ma direction. Des défenseurs appelés par Lise, très certainement. Mais la pénombre ne me permettait pas de distinguer nettement leurs uniformes.

Quand je fus assez près pour comprendre qu'ils n'en portaient pas, il était trop tard. Écoutant ce drôle d'instinct qui m'avait guidé toute la nuit, je m'arrêtai avant d'avoir descendu la dernière marche et bloquai la montée. Mais une petite voix au fond de moi m'indiqua que je n'étais pas la meilleure personne ni dans les meilleures conditions pour tenir tête seul à dix personnes.

Une voix parmi le groupe m'interpella et confirma mes dires.

— Hé, mais ce ne serait pas notre petit bleu incompétent ? Ta tête est de pire en pire chaque fois que je te croise, Okonek.

— Bonjour à toi aussi, Lech.

Malgré mon ton calme, je comprimai avec plus de force les rampes de l'escalator. Pourquoi souhaitaient-ils monter ?

Pourquoi Lise n'était-elle toujours pas revenue ? Le groupe était composé de sept hommes et de trois femmes ; tous arboraient un sourire satisfait et une *anima* à la ceinture. Cinq d'entre eux avaient travaillé en cuisine sous mes ordres. Même avec toute la bonne volonté du monde, j'étais seul, désarmé, épuisé, et honnêtement, pas assez bon pour m'opposer à eux. Cependant, je savais discuter. Je tâchai de me tenir le plus droit possible et d'avoir l'air déterminé.

— Vous êtes assez… nocturnes, leur fis-je remarquer.

— Pas plus que toi, me contra Lech. À qui as-tu léché les bottes ?

— Pas que les bottes, à mon avis, insinua un autre.

Le sourire de Lech s'élargit.

— C'est que notre bleu cherche une promotion. Vu ta gueule cabossée, l'Armure n'a pas dû apprécier tes coups de langue. Mais t'es pas quelqu'un qui abandonne si facilement. Tu t'es réfugié dans le lit de qui ? Mikołaj ? C'est qu'il crie fort, toutes les nuits.

Ses insinuations me firent monter le rouge aux joues, mais je devais absolument garder mon calme. La confrontation physique était à éviter à tout prix. Je n'en avais pas la force ; pas alors qu'ils étaient si nombreux, pas après cette horrible nuit. *Il faut que je gagne du temps, c'est tout.* Excepté que je n'avais ni la compétence de Lise ou Prym au combat ni la réserve d'insultes toutes prêtes de Łucja ; alors, je me contentai de garder la tête haute et de les affronter du regard. Lech en profita.

— Tu ne démens pas ?

— Je n'ai pas à me justifier, encore moins face à toi. Vous avez du boulot en cuisine, non ? Allez vous coucher, le petit déj' est dans pas longtemps.

Le réserviste blêmit, puis vira au rouge, touché dans son orgueil, et se rapprocha furieusement de moi. Peut-être étais-je allé trop loin. Lech serra la mâchoire et posa sa main sur son *anima*.

La stupidité de la situation me tira un gloussement, ou bien était-ce l'épuisement. Peu importait, à ce niveau-là.

Seule la marche sur laquelle j'étais encore posté me permettait de le dominer entièrement.

— Tu te trouves drôle, peut-être ? me cracha-t-il au visage. Tu veux te battre ? Non ? Alors, laisse-nous passer, on a deux mots à dire à l'Oppresseur.

— Aleksander est occupé, dis-je sans baisser le regard.

Hors de question de raconter à tout le monde ce que j'avais vu cette nuit. D'ailleurs, il se passait beaucoup trop de choses en même temps pour que ce ne soit pas bizarre. La fatigue m'empêcha de faire le lien entre l'ombre et ces emmerdeurs. Avant même que sa main ne tire l'*anima* de son encoche, je lui attrapai les doigts et les tordis jusqu'à ce que les os cèdent. Voilà l'un des seuls mouvements que je maîtrisais totalement parmi ceux que Lise m'avait appris. Je me pris à espérer que son hurlement suffirait à avertir les défenseurs ou l'un des lieutenants.

Pendant que Lech reculait en pleurs, un autre réserviste me fonça dessus et me projeta la tête contre les marches. Sonné et avec un goût de sang dans la bouche, je ne pus rien faire quand ils me traînèrent au sol par les chevilles et me rouèrent de coups.

Chaque fois que leurs pieds me frappaient au ventre, je crachais tout l'air de mes poumons et j'avais l'impression de mourir. Je réussis à en cogner un en retour, mais les autres redoublèrent de puissance, jusqu'à ce que ma vision ne soit plus qu'un ciel étoilé. La dernière chose que je vis avant de m'évanouir fut un défenseur qui arrivait en courant. Je lui grognai d'aller chercher Lise, avant de recevoir un coup sur la tête. Je retombai sur le parquet froid, couvert de sang. Sûrement le mien.

Puis, ce fut le noir.

19

JOANNA

LA FOULE

Depuis vingt ans, chaque année, cent nouveaux diplômés sont mobilisés pour la Zone, ce qui élève à deux mille le nombre de personnes ayant franchi ses portes pour ne plus jamais en sortir.

L'eau froide sur mon visage ne réussit pas totalement à me réveiller.

Le premier coup de cloche n'avait pas encore sonné, mais j'étais déjà debout depuis un moment. L'ancienne maroquinerie, qui servait de dortoir aux *manus protegens* était toujours plongée dans l'obscurité, mais bientôt, les premiers rayons du soleil éclaireraient suffisamment le hall principal pour nous atteindre. Tous dormaient encore profondément, c'était à mon tour de prendre le premier poste, ce qui ne me gênait guère, compte tenu de la médiocrité de mes nuits. Je replongeai les mains dans le seau d'eau, et tapotai mes joues dans l'espoir de me donner meilleure mine.

Voilà longtemps que je n'avais pas ressenti une telle fatigue.

Je passai mes doigts humides dans mes boucles pour les dompter, puis je pris soin de les tirer en arrière et de les accrocher avec ma pince. Ce simple geste me faisait me sentir moi-même, malgré l'épuisement, malgré les migraines, malgré ce bruit de fond qui emplissait mon crâne depuis des heures. J'enfilai sans plus attendre ma blouse jaunie, qui me rappelait sans cesse que je n'étais pas au bon endroit, mais qui me réconfortait quand même.

Elle était devenue mon armure.

Je quittai le dortoir, silencieuse malgré cette jambe qui ne cessait de boiter. Le hall principal était encore largement plongé dans la pénombre, et notre centre de soins ne se trouvait qu'à quelques pas de notre lieu de couchage ; pourtant, je m'arrêtai. Le bruit de fond qui me donnait la migraine me semblait plus fort, comme s'il ne venait pas de moi, mais bien de l'extrémité du centre commercial. Prudente, j'avançai vers la source du son qui, au fur et à mesure de mes pas, se transformait de plus en plus en brouhaha.

Une main se posa sur mon épaule, puis une seconde. Elles me forcèrent à me retourner. Un défenseur aux cheveux en bataille et aux traits tirés me fit face.

— Qu'est-ce que tu fais là ?

Ses yeux s'écarquillèrent en reconnaissant ma blouse blanche.

— Tu es de l'équipe d'Oliwjer ?

— Oui, mais…

Ses doigts se crispèrent contre ma peau, et je me rendis compte qu'ils étaient maculés de sang.

— Va prévenir Oliwjer ! Réveille-les tous !

— Qu'est-ce qu'il se passe ?

J'avais été plus sèche que je ne l'aurais voulu, mais au moins, cela eut l'effet de le faire réagir.

— La Réserve se révolte au premier étage, et il y a déjà des blessés.

Mon sang se figea dans mes veines. Avant même d'avoir eu le temps d'ouvrir la bouche, le défenseur se sauva en direction des escalators. Pendant quelques secondes, je ne bougeai pas, essayant de digérer ce que je venais d'entendre avant que la vérité ne me saute aux yeux.

Prym dormait au premier étage.

Je ne pris pas plus de temps pour réfléchir, je repartis vers le dortoir en courant malgré ma jambe traînante, entrai en trombe et tirai les rideaux, ce qui provoqua quelques grognements. Mais nous avions tous en mémoire les réveils matinaux de l'Institut, et quelques secondes suffirent pour que la dizaine de visages face à moi affichent un air éveillé. Nawelle se frotta les yeux.

— Joanna ? Qu'est-ce qu'il te prend ?

— Il faut aller au premier étage, maintenant !

Oliwjer se leva, les sourcils froncés, avec encore une trace d'oreiller sur sa joue.

— Une attaque ?

— Pire, une émeute.

Cela termina de secouer les autres. Ma propre fatigue avait également disparu, et seule l'angoisse d'imaginer Prym piégé ou blessé quelque part m'animait. Au rez-de-chaussée, il n'y avait personne pour empêcher notre groupe de rejoindre les escalators. Oliwjer nous avait tous ordonné d'enfiler notre blouse, et je serrai les pans de la mienne avec force, ne sachant pas si elle servirait à me distinguer pour qu'on me laisse approcher des blessés, ou à ne pas devenir moi-même une cible.

Il ne nous fallut pas longtemps pour trouver l'origine de la cohue. Je l'entendis bien avant de la voir, et la violence qui en émanait me glaça le sang. Une foule s'était amassée près de l'escalator menant vers le deuxième étage. La Défense s'était postée au milieu des marches, telle une muraille de pierre qui bloquait l'accès, impassible.

En première ligne, Lise Jusko avait le visage fermé de quelqu'un qui n'hésiterait pas à tirer si la situation dégénérait. Un garçon se tenait, quant à lui, sur les premières marches. Je mis quelques secondes avant de le reconnaître. Ed nous en parlait suffisamment pour que son nom soit gravé dans ma mémoire. Lech hurlait quelque chose que je n'entendais pas à cause des cris de la foule.

C'était bien une guerre civile.

Prym n'était nulle part.

— On fait quoi ?

— On rejoint Lise.

La foule était dense ; tous des réservistes, pour ce que j'en savais. Leurs visages étaient déformés par une colère longtemps refoulée. Ils braillaient comme des bêtes, à pleins poumons, les poings levés en direction de l'escalator. D'une ardeur animale, la foule se laissait porter par ses démons, par ses peurs, par sa violence originelle. Digne de l'assemblée d'une arène, elle réclamait du sang, du spectacle. Elle hurlait le nom d'Aleksander avec une haine que je ne comprenais pas. Cette foule était tout ce qui m'angoissait, tout ce que j'aurais souhaité fuir, mais la fermeté de Lise suffit à me redonner un peu de courage.

Si Prym était quelque part, c'était près des escalators.

Je tentai de fendre cette marée humaine, mais des doigts s'agrippaient à mes vêtements, griffaient ma peau et se plantaient dans ma chair, me ralentissaient de toutes leurs forces. Ma jambe faible me gênait ; j'aurais tant aimé la laisser derrière moi. J'étouffais parmi les vêtements collants, les longs cheveux qui me fouettaient le visage, ces corps qui me retenaient, ces voix qui brisaient mes tympans. Je n'avais rien pour me défendre, à part la maigre force de mes poings, mais ce n'était pas mon rôle. La voix de Lech me parvint enfin, enjôleuse, puissante, celle de quelqu'un qui réclamait justice et révolution.

— Assez ! On en a assez d'être des larbins ! Des moins que rien ! Nous avons été choisis, nous sommes des élus, des sauveurs, des êtres supérieurs !

Son timbre se cassait à chaque fin de phrase tant il avait hurlé. Depuis combien de temps préparait-il ça ? Je me souvenais parfaitement du récit de Prym, et de son comportement lors de l'épreuve, si sûr de lui, si arrogant face à ses capacités. Il n'avait pas hésité à tenter de tuer Prym et Ed pour obtenir un bon poste, mais de là à entraîner toute une partie du clan dans cette rébellion… c'était une autre histoire. Au pied de la foule vorace, Lise était la seule digue qui contenait encore ce fléau. Lech continuait sa litanie, une *anima* activée dans les mains, qu'il pointait de temps en temps vers la Défense, pour la replacer quelques secondes plus tard en l'air d'un geste vif.

— Assez ! Assez du dictateur Borowski ! Votons pour un vrai chef qui saura vraiment nous guider ! Assez de l'Oppresseur ! Qu'il sorte de son putain de trou et ose nous regarder en face !

La foule l'acclama.

— Ramène-toi, Borowski ! Ramène ton cul ici et affronte ce que tu as créé !

Les réservistes remarquaient à peine notre présence, malgré nos blouses blanches, ce qui ne rendait pas pour autant notre traversée plus facile. Des pieds écrasaient les miens, des mains touchaient mon matricule, s'accrochaient à mes bras, me poussaient, m'attiraient ou me frappaient. Quelqu'un m'arracha ma pince, et mes cheveux se déployèrent puis collèrent à mes joues. Je n'étais qu'un bout de bois emporté par le courant, un arbuste au milieu de la tempête, un rien au centre d'un tout puissant et destructeur. Oliwjer grognait derrière moi. Je percevais à peine Nawelle. La foule le retenait-elle ? Avait-il pris leur haine de plein fouet ?

Je me demandai quand cette rancœur était née. Depuis quand le troisième pilier des Conquérants pourrissait-il de l'intérieur ? Aleksander avait-il fermé les yeux ? L'avais-je fait ? Je vis une fille dont les cheveux roux collaient à son visage écarlate, un immense garçon hâlé, aux yeux gris si calmes et à l'étrange marque sur la joue, un groupe de réservistes qui cherchait à avancer en grimpant sur les autres, une vingtième assise, immobile, qui se faisait à moitié écraser par ses voisins et que je ne réussis pas à atteindre, ou encore un garçon, à peine plus vieux que moi, qui s'était mis à rire sans raison, de plus en plus fort, au point que je n'eus qu'une seule envie : celle de m'en éloigner.

Ce fut à cet instant que je l'aperçus.

— Prym !

À quelques mètres, un garçon avantagé par sa grande taille tourna la tête vers moi. Son regard s'accrocha au mien et s'anima, tandis que sa main se tendait pour attraper la mienne.

— Jo ! Ne bouge pas ! J'arrive !

Ma peau déjà meurtrie se couvrait maintenant de mille griffures, de ces doigts qui cherchaient à me retenir, à m'empêcher de bouger. Je n'arrivais plus à respirer. J'allais me noyer parmi ces corps. Je me sentais prisonnière, étouffée, apeurée, et malgré la chaleur moite des peaux en sueur collées à la mienne, un froid hivernal s'empara de moi.

Enfin, la main de Prym attrapa la mienne, et il m'attira entre ses bras, là où plus personne ne pouvait m'atteindre. Il glissa ses doigts dans mes cheveux trempés.

— Tu n'as rien ? Tu n'es pas blessée ?

Je secouai la tête, heureuse de respirer son parfum si familier. Il se dégagea de moi, et observa mon visage comme s'il le voyait pour la première fois.

— Et toi ?

Son front se plissa.

— Tout va bien, mais je suis inquiet. Je ne vois Ed nulle part.

— On va le retrouver, ne t'en fais pas.

À quelques mètres de là, Lech pointa de nouveau son arme vers Lise, aussi immobile qu'un monument vieux de plusieurs millénaires.

— Assez ! Assez des lieutenants incompétents ! Crevez tous !

Pour l'avoir déjà rencontrée, je savais que même à bout portant, Lise ne risquait rien. Son Armure devait déjà être en place pour prévenir le moindre coup.

Prym rechignait à sortir son *anima* ; cela allait contre tous nos automatismes de défense. De mon côté, mes mains devenues humides tremblaient sous l'adrénaline. Je n'étais plus qu'à quelques mètres de l'escalator. La foule cherchait à nous dévorer.

Je croisai le regard de Lise, qui semblait perdue devant ce déchaînement d'agressivité, mais tenait bon pour ses défenseurs. Protégeant mon visage du mieux que je pouvais, j'utilisai ma petite taille pour me frayer un chemin entre les géants.

Profitant d'une mince ouverture, Prym me suivit et força le passage, venant agripper le bras de Lech qui se débattit avec vigueur.

— Lâche-moi ! Mais bordel, tu vas me lâcher !

Il lui assena un coup de crosse au visage, et je poussai un cri d'angoisse. Prym trébucha, mais se remit sur ses deux pieds en le tenant fermement.

— Tu te caches derrière un peureux ! cracha Lech. Derrière un usurpateur !

La foule chercha à aider Lech, à les séparer, à pousser leur orateur vers les escalators. Je les retenais du mieux que je pouvais, mais ma propre force ne valait rien dans ce torrent. Les jambes de Prym, habituées depuis des années au combat, tenaient bon. Il cracha du sang.

— Lech, arrête ça.

—Assez ! Assez des mensonges ! Moi, je les guiderai tous ! Parce que moi, je n'ai pas peur de la Chose !

Il dégagea son bras droit et braqua son *anima* sur la tête de Prym. Je crus mourir, et assenai un coup de poing à celui qui me tenait le bras, dans l'espoir de m'interposer. Mon effort fut vain.

Prym ferma les yeux, mais les miens restèrent grands ouverts, tandis que j'étais consciente de ne pas avoir le temps de bouger. Mais la balle ne fut pas tirée. À la place, je sentis un poids immense m'écraser la poitrine. Et puis, il y eut ce silence, bien pire que la mort.

Les paupières de Prym se soulevèrent alors que je relevais la tête. La foule s'était immobilisée. Elle regardait bouche bée le haut de l'escalator dans un silence assourdissant. Lech aussi avait levé la tête et ne faisait plus attention à Prym.

La Défense s'écarta avec respect devant l'Oppresseur. Les yeux si clairs d'Aleksander perçaient la foule de mille aiguilles. Juste derrière lui, Mikołaj s'accrochait aux rampes, ses cheveux blonds emmêlés comme s'il avait essayé de les arracher. Étonnamment, Gwidon n'était pas avec eux.

Aleksander passa devant Lise et lui glissa discrètement quelques mots. Quand il atteignit le niveau de Lech, l'Oppresseur scruta Prym une seconde avant de revenir à son problème principal.

Malgré sa taille moyenne, il nous écrasait tous du poids de son regard.

—Très bien Molski, j'attends.

Sa voix ne m'avait jamais paru aussi sûre, comme s'il était simplement en pleine conversation. Cela m'ébranla, mais je n'étais pas la seule.

—Attendre quoi ?

En deux mots, Lech avait perdu toute son assurance. Il baissa son arme, et je respirai de nouveau.

— Eh bien, tu m'as demandé de venir, non ? Je suis là et j'attends, j'ai deux minutes devant moi, alors sois précis.

Lech fronça les sourcils, se demandant sûrement où était le piège. Il jeta un coup d'œil vers ses alliés, vers cette foule éteinte, attentive. C'était son moment de gloire, sa seule chance de briller, de monter en grade.

— La Réserve est fatiguée ! commença-t-il sur un ton de reproche. On nous donne les pires tâches, les pires emplois du temps, les pires lieutenants. Personne ne nous écoute. Personne ne nous considère.

Aleksander hocha la tête, attentif, et Lech s'empourpra. Quand il reprit, son ton avait considérablement baissé.

— Je... Nous... En fait, bafouilla-t-il, rien ne va ! Nous voulons du changement. Et... euh... Un vote démocratique pour... euh... élire notre commandant. Ce n'est pas forcément les Accomplis qui doivent diriger ! Je... Nous aussi, on a les compétences pour !

Les mots se bousculaient au bout de sa langue, mais ne sortaient plus en phrases cohérentes ; alors, Lech se tut. Aleksander ne dit d'abord rien. Il se contenta de l'observer durant de longues secondes, pensif.

Tous étaient suspendus à ses lèvres. J'avais les doigts crispés sur ma blouse, comme si ma vie en dépendait.

Aleksander croisa les mains derrière son dos et s'autorisa un sourire poli.

— Il semble qu'il y ait quelques ajustements à faire sur la répartition du travail de la Réserve. Peut-être un jour de repos supplémentaire ? Des journées moins longues et des changements de postes plus réguliers ? Je tiendrai un conseil avec le chef de la Réserve et quelques représentants pour prendre les décisions les plus adaptées à vos problèmes.

— Il n'y a pas que ça !

Lech fulminait de nouveau, tel un volcan prêt à se réveiller à la moindre occasion. Mais un seul haussement de sourcils d'Aleksander, et il se voûta une fois encore.

—Ah oui, le problème de commandement. Donc, si je résume bien ta pensée, tu es en train de me dire que tu serais un meilleur dirigeant que moi ?

La foule retint son souffle. Je lançai un regard alarmé à Prym. Il devait reculer, se mettre hors de portée de ces monstres ! À quelques centimètres de lui, Lech pâlissait à vue d'œil.

—Pas moi en particulier, déglutit-il, pris d'une nausée soudaine, mais un vrai vote…

Il semblait de plus en plus mal à l'aise face à l'ensemble du clan qui observait la discussion. Il cherchait quelqu'un du regard dans la foule, une aide, un soutien, sans le trouver. Seul Aleksander le fixait droit dans les yeux.

—Allons. Pas de ça entre nous. Tu n'aurais pas crié comme ça si tu ne voulais pas diriger. Bon, en quoi puis-je savoir que tu seras un meilleur chef que moi ? Qu'est-ce qui me le prouve ? Vois-tu, ce clan a été fondé par mon frère, et j'y tiens. Je ne veux pas le laisser à n'importe qui.

Lech hésita, mais il n'y avait nulle trace de sarcasme dans la voix de l'Oppresseur, simplement une grande curiosité. Du moins, en apparence.

Son regard m'effrayait.

—D'abord, je suis très fort physiquement, et moi, je n'ai pas peur de faire le sale boulot et de sortir tout le monde d'ici.

Cela n'impressionna pas Aleksander, qui secoua la tête.

—Ça, ce n'est pas une preuve, juste des mots. Trouve-moi un argument plus convaincant. Je veux quelque chose qui me prouve que tu es meilleur que moi.

Mais Lech n'avait pas de preuve à lui fournir. Il continuait de chercher une personne parmi les centaines de visages. Un complice ?

Rien d'autre n'expliquait son changement brutal d'attitude. Qui l'avait ainsi poussé au-devant de la scène pour se protéger ensuite ? Lise, qui, semblait-il, avait compris la même chose que moi, dévisageait la foule, tous ses sens en alerte.

— Un combat, proposa finalement Lech.

Un sourire qui me fit froid dans le dos illumina les traits d'Aleksander.

— En voilà une excellente idée. Un seul et unique combat entre toi et moi. Tu choisis la forme de l'*anima* à adopter, on se retrouve dans deux minutes devant le clan entier, et si tu me bats, tu prends ma place et je quitte les Conquérants. Marché conclu ?

Devant les murmures époustouflés de l'assemblée, Lech accepta d'une petite voix. Aleksander lui tendit la main qu'il s'empressa de serrer. Je me précipitai vers Prym et lui attrapai les doigts.

Alors que la foule se dissipait pour rejoindre le lieu du combat, Augusta et Łucja nous rejoignirent. Cette dernière paraissait plus épuisée que d'habitude. Elle avait dû batailler à travers la foule, car une large entaille traversait sa joue tuméfiée. Pas de trace d'Ed. Prym s'empressa de leur demander des nouvelles.

— Ed ? s'étonna Łucja. Non, je ne l'ai pas vu.

Mikołaj, non loin de là, s'approcha de notre groupe, la mine sombre.

— Ed nous a bien aidés cette nuit, mais je l'ai envoyé se coucher il y a plusieurs heures.

Prym fronça les sourcils.

— Cette nuit ?

Mikołaj ne releva pas, contrairement à Lech.

— Ah oui ? Je me demande où il a bien pu passer.

— Qu'est-ce que tu as fait ?

— Cet idiot a voulu nous empêcher de monter, c'est bien dommage.

Prym lui empoigna le col, ce qui augmenta la joie de Lech.

— Oh non ! Pas de ça avec moi, le petit soldat.

— Où est-il ?

— À sa place de merdeux.

J'attrapai le bras de Prym pour l'empêcher de le frapper, et Mikołaj se plaça entre eux, prêt à intervenir. Je refusais que mon ami déclenche une nouvelle émeute dont il serait la cible. Où était Ed ? Dans quel état ? L'imaginer blessé me retournait le cœur.

— On va le retrouver, assurai-je à Prym. Viens, on y va.

Il relâcha Lech, non sans mal.

— C'est bien, commenta ce dernier en repositionnant son col. Écoute ta copine.

Mais la foule nous entraînait déjà vers le lieu du combat, sans nous laisser d'autre choix que de suivre le courant. Je voulus lutter, mais Mikołaj m'en empêcha.

— Une chose à la fois. Ça ne va pas durer longtemps.

Moins d'une minute plus tard, la foule compactée nous avait poussés à l'intérieur de la plus grande salle d'entraînement, celle du bas, que Prym m'avait dit utiliser pour donner des cours aux réservistes. Ceux qui n'avaient pas pu entrer à cause d'un manque de place observaient la scène depuis l'extérieur, grâce aux baies vitrées. Un cercle vide s'était formé au centre, nous resserrant encore plus les uns contre les autres.

Nawelle me rejoignit en jouant des coudes, le visage griffé par la foule et la blouse en partie déchirée. Du bout des doigts, il me fit relever le menton en fronçant les sourcils.

— Ça va ? Tu es très pâle.

— Cette foule était… tout ce que je déteste. Ne t'inquiète pas pour moi.

— Si tu ne te sens pas bien, n'hésite pas à t'appuyer sur moi.

Mon cœur se serra, et une émotion bien plus forte que la peur tourbillonna dans mon ventre.

Rapidement fixées, les règles du duel n'autorisaient que le port d'une *anima* de catégorie une, et sans grande surprise, Aleksander et Lech avaient opté pour la forme d'un pistolet automatique. L'Oppresseur le tenait de sa main gauche et s'était positionné de l'autre côté, l'air serein. Łucja avait la bouche collée contre son poing serré et ne quittait pas le commandant des yeux. Augusta affichait, quant à elle, le seul air que je lui connaissais : fermé.

Mikołaj s'avança d'un pas vers le centre, et d'un geste, il intima le silence à tout le monde. Bien qu'il soit proche, sa voix me parvint comme brouillée.

— Neuf.

Lech épongea d'un geste la sueur sur son front.

— Sept.

La foule arrêta de respirer.

— Cinq.

Lech leva son arme. Son adversaire ne bougea pas.

— Trois.

Je me rappelai soudain avoir vu Aleksander écrire de la main droite.

— Un.

Lech posa son doigt sur la détente.

— Zéro.

Aleksander claqua des doigts.

Le son résonna dans la pièce. De là où j'étais, je pouvais voir une perle de sang délicate s'échapper des lèvres de Lech, comme si une balle l'avait atteint en plein cœur. Excepté qu'aucun coup n'avait été tiré. La terreur me prit, et j'attrapai la main de Nawelle. Je me sentais faible, ressentant l'impact de cette balle invisible au plus profond de mes entrailles. Lech voulut s'essuyer la bouche, et son *anima* tomba au sol dans un bruit sourd.

Il hoqueta.

Le sang sortit alors de ses oreilles, de ses narines et de ses yeux. Pour la première fois depuis que je le connaissais, je le vis prendre un visage enfantin, les paupières grandes ouvertes écarquillées, les sourcils arrondis, et ses paumes tournées vers le ciel, vers une aide divine qui ne viendrait jamais. Enfin, son corps s'affaissa comme celui d'une poupée de chiffon, sans vie. Mon estomac se tordit. Personne n'osa bouger, encore moins parler. Seule une silencieuse stupeur régnait. Tous avaient les yeux rivés sur le cadavre du jeune homme, mais je n'arrivais pas à me détourner d'Aleksander.

De ses yeux bleus devenus glacials.

—À qui le tour ?

La foule se mura dans le silence. Aleksander dut prendre cela comme une réponse en soi.

—Alors, tout le monde à son poste.

Mikołaj partit le premier, l'air sombre. Après avoir jeté un long regard à la ronde, Aleksander quitta la salle sans rien ajouter. Lise s'attarda une seconde de plus, puis entraîna les défenseurs à sa suite. Les Conquérants mirent peu de temps à se disperser, et cela sans un bruit. Je ne bougeais pas, je ne pouvais pas. J'osai un regard vers Lech, vers son corps mou. Il avait essayé de tuer Prym, il avait certainement fait du mal à Ed, il méritait ce qu'il lui était arrivé.

Mais sa mort me retournait.

—Joanna ? m'appela Nawelle que je n'avais pas lâché.

—Jo ? s'inquiéta à son tour Prym.

Je n'arrivais pas à me détacher de cette vision d'horreur, et la fatigue qui me hantait depuis des jours s'appesantit sur mes épaules, aussi lourde que le ciel lui-même. Des sons me parvenaient, mais ils étaient lointains, pleins d'échos. Mes jambes pouvaient me lâcher d'un instant à l'autre, et ne tenaient que par la dernière bribe de volonté qu'il me restait. Le monde était flou ; il tanguait et tournait à une vitesse folle.

—Prym…

Son odeur était toujours là. Il n'était pas loin, mais où? Quelqu'un m'attrapa les épaules, et j'eus soudainement très froid, comme si ma blouse avait été trempée dans l'eau de la Vistule.

—Prym…

Non, ce n'était pas Prym près de moi, c'était Kaja, ma petite sœur. Elle portait l'uniforme de l'Institut, et me regardait avec ses grands yeux ronds, les mêmes qui m'avaient observée quitter la maison il y a si longtemps déjà.

—Kaja?

Elle secoua la tête et s'éloigna de moi. Je tendis la main pour la rattraper, pour la serrer dans mes bras, rien qu'une fois, et découvrir la jeune fille qu'elle était devenue en mon absence. Mes doigts ne firent que frôler sa manche. Ma jambe boiteuse me lâcha.

—Kaja…

Je m'écroulai.

20

LISE

LES FISSURES

Les dons des Accomplis entraînent des conséquences, visibles à plus ou moins court terme.

Aleksander traversait le hall d'un pied ferme, sous les regards fuyants de la foule dispersée. *Ils ont peur de lui*, regrettai-je. Mais un bon nombre d'entre eux avaient été prêts à le tuer, et ça, je ne l'aurais pas accepté. Je respectai une distance de deux pas entre lui et moi. Suffisamment éloignée pour lui laisser sa dignité, assez proche pour le rattraper en cas de problème.

Il s'arrêta au pied de l'escalator, le souffle court malgré l'air impassible qu'il cherchait à renvoyer. Sans jeter un regard en arrière, il démarra l'ascension, et je vis très nettement sa mâchoire se contracter. Il grimpa les marches lentement, mais la tête haute, comme s'il avait simplement tout son temps. Une fois en haut, il s'arrêta et m'attendit, les traits plissés par la douleur.

Arrivée à sa hauteur, je me glissai près de lui, lui pris le bras et le laissai s'appuyer sur moi, aussi naturellement que possible. Il retint à peine son soupir de soulagement.

— Un claquement de doigts ? Vraiment ?

Aleksander ricana, avant de se taire, le visage de nouveau fermé par la souffrance. Les migraines qui se déchaînaient après l'utilisation de son don étaient toujours proportionnelles à l'intensité de son utilisation. Mettre autant d'énergie dans un si petit geste lui coûtait bien plus qu'il ne l'avouerait jamais.

Il nous fallut une longue minute pour rejoindre la chambre de Gwidon. Jelonek et deux autres de mes défenseurs gardaient la porte, les traits tirés par la fatigue, le teint livide. La pièce était méconnaissable. Même si Jelonek avait dû faire de son mieux pour mettre un peu d'ordre, rien ne pouvait masquer le carnage qui avait eu lieu. Mikołaj était déjà là, assis sur l'une des trois chaises apportées près du lit, prostré en avant, le visage caché derrière ses cheveux. Il veillait sur Gwidon, sur qui l'on avait posé un fin drap blanc, imbibé de sang.

Miko releva la tête à notre arrivée, sans pour autant me regarder m'asseoir près de lui. Après avoir fermé la porte, Aleksander prit la dernière chaise et se massa les tempes. Pendant une longue minute, personne ne prononça un mot. Je n'avais pas dormi de la nuit, et la fatigue me pesait autant que ma tristesse.

— Łucja est la seule qui puisse le remplacer, dit finalement Miko d'une voix minuscule. La Réserve ne suivra personne d'autre.

— C'est une bonne idée, approuva Aleksander en fermant les yeux. On va retrouver celui qui a fait ça.

— Plus tard, imposai-je. On verra ça plus tard.

Nouveau silence. Pour me soustraire de la vue du cadavre de mon ami et de la douleur qu'elle m'infligeait, je me concentrai sur Miko, dont le cœur se trouvait certainement en équilibre au-dessus d'un gouffre. Doucement, je lui pris la main. Même si l'Armure nous empêchait de ressentir le contact l'un de l'autre, il devait savoir que j'étais là, que je le serais toujours. *Si seulement ce don pouvait se fissurer. Rien qu'un peu. Juste pour me laisser les toucher.*

Mikołaj entrelaça ses doigts aux miens. Ses lèvres tremblaient.

— Ce n'est pas ta faute, lui murmurai-je. Tu ne pouvais pas le prévoir.

Pour la première fois depuis notre entrée, Miko se tourna vers nous, et l'ampleur de son désespoir me frappa de plein fouet. Des larmes se mirent à dévaler ses joues.

— Pourquoi je l'ai pas prévu ?

— Oh, Miko…

Je le pris dans mes bras, et il éclata en sanglots. Je ne sentis pas ses pleurs tremper mes vêtements, pas plus que je ne pus lui apporter un peu de chaleur humaine. L'Armure coupait toute sensation. Miko serrait ma taille comme si sa vie en dépendait, et peut-être était-ce le cas.

— Ne me laisse pas l'oublier !

Je hochai péniblement la tête, consciente de ne pas pouvoir tenir cette promesse. Le nez plongé dans ses cheveux, je me laissai aller à mon tour aux larmes. *Gwidon, pourquoi toi ? On a besoin de toi, ici.* Que ce soit pour diriger la Réserve, mais aussi en tant qu'ami. Depuis mon arrivée dans la Zone, Gwidon m'était toujours apparu comme un pilier solide, durable. Il ne changeait pas, ne pliait pas, et restait profondément lui-même dans chacun de ses actes. *Tu vas me manquer.*

Aleksander posa son front contre mon épaule sans rien dire, discret dans sa peine. Personne ne l'avait jamais autorisé à pleurer ou à montrer le moindre signe de faiblesse. Pourtant, un long moment après que toutes nos larmes s'étaient taries, alors que Miko s'était presque endormi dans mes bras, Aleksander releva la tête, et nos regards se croisèrent.

Ses yeux avaient rougi.

21

PRYM

PROMESSE

Le deuxième stade de la mutation est celui de la phase active : le mobilisé se retrouve dans un état semi-conscient entre fièvre et cauchemars, pendant lequel son corps lutte contre le changement. Cet état peut durer jusqu'à une semaine et aboutit généralement à la mort du mobilisé.

Le plus ancien souvenir que je possédais était lié à Joanna. J'étais allongé dans mon lit, celui de mon enfance qui sentait si bon la lessive, et la fenêtre ouverte laissait passer une brise qui me chatouillait les pieds. Endormie près de moi, Joanna rêvait, ses petits poings fermés collés contre ma poitrine. Ses cheveux blonds étaient alors aussi courts que les miens, mais plus bouclés que ceux d'un angelot. Les élèves de la petite école s'étaient moqués de ses taches de rousseur, et j'avais passé des heures à jouer avec elle pour ne plus la voir pleurer. On avait fini par s'assoupir dans les bras l'un de l'autre. C'était bien avant que ma mère ne tombe malade. Elle n'avait pas su nous séparer cet après-midi-là, et Jo avait fini par dormir à la maison.

— Sa mutation se déroule bien pour l'instant. Son corps tient le coup. Si elle arrive à survivre une petite semaine, alors, tout ira bien.

La voix de Nawelle me parvint comme s'il était à la surface et que je coulais au fond d'un lac. Je relevai la tête, j'avais mal au dos à force de rester assis sur cette chaise près du lit de Joanna. Le *manus protegens* n'avait pratiquement pas quitté son chevet non plus. Elle dormait calmement depuis plus d'une heure, comme une enfant après un violent cauchemar. Son visage rougi par la fièvre ne montrait plus les signes de terreur qui la prenaient par moments sans prévenir.

Łucja était partie depuis des heures, au bord de l'asphyxie devant l'état de Jo. Quand elle revint enfin nous voir, elle portait Ed à bout de bras. Les traits de notre ami étaient tuméfiés, et sa peau, pleine de sang séché. La colère de Łucja devint la mienne.

— Ce connard l'avait enfermé dans les toilettes du premier étage.

Je me levai d'un bond et lui prêtai main-forte.

— Gwidon est mort, balbutia-t-il, égorgé par une ombre qui a failli me tuer. Mais c'est Lech qui m'a fait ça.

— Par le Maréchal…

La rumeur de la mort du chef de la Réserve circulait depuis plusieurs heures dans la base. Pourtant, savoir qu'Ed avait failli finir comme ça lui aussi rendit l'annonce bien plus réelle. Nous réussîmes à le faire s'allonger sur un lit libre, et Nawelle s'empressa de l'ausculter, lui arrachant des plaintes chaque fois qu'il le touchait.

—Je n'ai pas l'impression qu'il ait des côtes fêlées, mais sans radio, ça va être difficile de le savoir.

Łucja lui apporta de l'eau. Je les observais, les bras ballants, et Nawelle me fit me rasseoir avec fermeté. Il prit le temps de nettoyer les croûtes d'Ed et de bander ses multiples blessures. Devant sa souffrance évidente, Nawelle attrapa une bouteille de vodka et lui en versa un verre. Les larmes d'Ed s'accentuèrent à la première gorgée, qui lui causa une grosse quinte de toux.

—Ça brûle!

—Il faut que tu boives, ça va éloigner la douleur, au moins un peu.

Son visage se tordit alors que Nawelle lui remettait le verre aux lèvres. Il le força à le boire en entier, puis fit de même avec un second. Comme n'importe quel élève tout droit sorti de l'Institut, Ed n'avait encore jamais touché à l'alcool et son regard se perdit rapidement dans le vague. Ses pleurs cessèrent, et il finit par sombrer.

J'en étais tout bonnement incapable.

La base continuait de vivre alors que mon existence s'était mise sur pause et ne tenait qu'à la faible respiration de Jo, dont la fièvre ne baissait guère. Personne ne vint me chercher pour m'obliger à dispenser mes cours. Il faudrait du temps pour que tout redevienne comme avant. *Non, tant que Jo sera en danger de mort, rien ne sera comme avant.*

Łucja resta finalement, mais j'étais incapable de dire si c'était pour veiller sur Ed ou pour me surveiller. Elle s'absenta seulement trois fois dans la journée: la première pour changer ses vêtements pleins de sang, et les deux autres pour nous apporter à manger le midi et le soir. Je trifouillai ma nourriture sans pouvoir avaler quoi que ce soit.

—Il faut que tu manges, me reprocha-t-elle.

—Plus tard.

Je posai ma tête sur le matelas de Jo, mes doigts entrelacés aux siens. Son souffle me berça, et le sommeil me rattrapa enfin. Je me réveillai en pleine nuit, perdu. Il me fallut quelques instants pour me rappeler pourquoi j'étais là et non pas dans mon lit. Łucja s'était elle aussi assoupie à moitié assise, la tête posée sur les jambes d'Ed. Discrètement, je me levai et posai un drap fin sur ses épaules nues, avant de retourner auprès de Jo. Sa fièvre n'avait pas baissé, alors, je me contentai de reprendre ma place et d'attendre un sommeil qui ne vint plus. Nawelle ne fit aucune remarque quand il nous trouva le lendemain matin, et vérifia simplement l'état de Jo et d'Ed.

— Son état n'est pas alarmant, se contenta-t-il de me dire.

Pourtant, son visage exprimait la plus grande inquiétude.

Je ne saurais dire combien de temps je restai près de Jo. Je ne dormais plus, je ne buvais plus, je ne mangeais plus, j'attendais. Łucja se levait régulièrement ; elle ne supportait pas de ne rien faire et de subir cette situation. À plusieurs occasions, elle apporta un peu de riz et du pigeon. Elle vint même une fois avec une assiette de fraises. Elle me coupait tout, comme le ferait une mère pour son enfant, et allait même jusqu'à préparer mes cuillères, comme elle le faisait pour Ed, encore bien assommé. Sans succès. Je me contentais de l'ignorer et de garder mon attention sur Joanna. La peur de laisser Jo rien qu'un instant me tenait éveillé, en alerte.

Au bout du troisième jour, les visites de Łucja se firent plus rares, Aleksander l'avait nommée cheffe de la Réserve, confirmant au passage la mort de Gwidon, mais elle faisait de son mieux pour passer nous voir, et discuter avec Ed. Je compris vite que c'étaient les moments préférés de mon ami, qui ne supportait pas de nous voir, Joanna et moi, dans cet état. Les *manus protegens* s'habituèrent à notre présence. Il y avait peu d'expéditions au vu des récents événements, et donc peu de blessés. On ne les gênait pas trop et je faisais de mon mieux pour les aider quand je le pouvais.

Joanna passait son temps à dormir ; on aurait dit qu'elle était plongée dans un profond coma. Quand mes paupières se fermaient, je l'imaginais faire le même genre de cauchemars que Mikołaj. L'image m'était assez insupportable pour me réveiller comme un coup de fouet.

En plein milieu de la nuit, alors qu'Ed s'était mis à ronfler doucement, la main de Joanna bougea dans la mienne. Je me relevai, croyant qu'elle allait de nouveau appeler sa sœur, mais il n'en fut rien. Même dans la pénombre, son regard était lucide.

— Prym… Prym, qu'est-ce qu'il se passe ?

Je retins des larmes de bonheur rien qu'au son de sa voix. Je caressai son visage bouillant et trempé de sueur.

— Tu es malade, mais tu es forte. Tu vas bientôt guérir.

Elle se tourna vers Ed, encore couvert de bandages, mais qui affichait une bien meilleure mine qu'à son arrivée.

Elle humecta ses lèvres sèches.

— Je mute, c'est ça ?

Elle n'attendit pas ma réponse, et but une gorgée d'eau au verre que Nawelle avait posé à côté de moi. Je l'aidai à boire et à se rallonger. Ses boucles blondes étaient collées à son front, et elle respirait bruyamment.

Je dégageai une mèche de ses yeux, qui me scrutaient avec intensité.

— Prym, enlève mon matricule, s'il te plaît.

— Pourquoi ? Tu…

Elle caressa le dos de ma main de son pouce.

— Fais-le, simplement.

Je pris une longue inspiration, puis entrepris de dégager sa nuque brûlante et de lui reprendre son matricule. Elle m'ordonna de le passer autour de mon cou, ce que je fis sans protester.

— Bien, dit-elle dans un souffle rauque. Maintenant, donne-moi ton petit doigt.

— Jo…

— S'il te plaît.

Elle me tendit le sien, fin, minuscule à côté du mien. Ils s'entrelacèrent, et mon cœur parut imploser dans ma poitrine.

— Promets-moi de tout faire pour que ma sœur ne mette jamais les pieds ici.

— Jo…

— Je n'ai pas fini. Elle ne doit jamais venir dans la Zone, jamais. Et quand toi tu en sortiras, parce que tu en sortiras, jure-moi de donner ce matricule à mes parents, qu'ils aient quelque chose à enterrer.

— Tu ne vas pas mourir. Nawelle m'a dit que ta mutation se passait bien.

Ma voix tremblait, comme si je cherchais plus à me convaincre moi-même. Joanna posa ses deux mains sur chaque côté de mon visage et me força à la regarder.

— C'est une promesse du petit doigt. Tu dois la respecter, c'est compris ?

Je voulus détourner la tête, mais elle m'en empêcha.

— Prym, c'est compris ? Tu le promets ?

— Oui.

Un sourire fendit son visage, et des larmes perlèrent au coin de ses yeux. Je les essuyai aussitôt, et Joanna eut un tout petit rire.

— Merci. L'ombre passe…

— Mais la lumière demeure.

Elle se rendormait déjà. En quelques secondes, sa respiration était redevenue plus calme, et je sus qu'elle ne reviendrait pas à elle tout de suite. Je posai ma tête sur le lit près de son bras, et m'autorisai à fermer les paupières un instant.

Ce fut l'odeur de la nourriture sous mon nez qui me réveilla. J'ouvris un œil, puis deux, et fus surpris de découvrir Łucja, une assiette sur les genoux, une fourchette bien remplie dans la main et l'expression fermée. Ed, en train de déjeuner dans son propre lit, observait la scène d'un air affligé.

— Salut, tête de mule.

Je grommelai une réponse, mais Łucja insista.

— Oh non, tu vas pas t'en sortir comme ça. Tu vas manger.

— Je n'ai pas faim, marmonnai-je.

Elle me piqua la joue avec sa fourchette. La cicatrice laissée par la foule ornait maintenant son propre visage : une longue balafre qui traversait sa joue gauche de part en part.

— Tu as deux possibilités. Soit tu arrêtes tes histoires et tu bouffes tout de suite. Soit tu t'obstines et je te fais avaler ça de force.

— J'ai déjà entendu ça quelque part, plaisantai-je.

Elle ne se dérida pas.

— Alors, tu sais très bien que j'en suis capable, comme toi tu l'as été.

— On n'abandonne personne, ajouta Ed la bouche pleine.

Ma gorge se serra, et je tendis la main pour lui prendre la fourchette. Dès la première bouchée, je me rendis compte que j'étais affamé et assoiffé. Chaque fois que mes dents mordaient dans la nourriture, mon esprit gagnait en lucidité. Il me fallut cependant six verres d'eau pour étancher totalement ma soif. Ed paraissait ravi, mais Łucja n'était pas totalement satisfaite.

— Bon, maintenant, tu vas te changer. Tu pues comme un rat mort.

— Je ne peux pas, je dois rester avec Joanna.

Ed secoua la tête.

— Ne t'en fais pas pour ça, on ne bouge pas d'ici.

Me lever fut plus dur que je ne l'imaginais, j'étais raide de partout. Cependant, l'eau sur mon visage me fit du bien, tout comme la sensation des vêtements propres. Durant tout mon chemin à travers la base, personne ne m'interpella ou ne me demanda pourquoi je n'étais pas à mon poste. Les gens savaient et me laissaient tranquille. Une mutation était suffisamment rare pour faire le tour de la base en quelques heures.

Mon moral chuta néanmoins au plus bas quand je retournai au centre de soins. Łucja avait dû partir pour mettre en ordre les documents de Gwidon et Joanna s'était mise à gémir. Elle grelottait malgré les efforts d'Ed pour la réchauffer. J'allai chercher une couverture supplémentaire, mais cela ne changea rien. Malgré son front brûlant, elle était transie de froid.

— C'est à cause de nous, dis-je à Ed, pris par un sentiment de désespoir.

Il claqua la langue, le regard sombre. Il me força à relever la tête et à le regarder, il avait l'air déterminé de quelqu'un n'ayant pas encore abandonné la partie.

— C'est la faute à cet endroit, pas la nôtre.

— On ne combat pas la Chose, personne ne le fait. Et si personne ne le fait, alors on restera ici pour toujours et les mutations continueront.

Il me serra le bras trop fort, puis il se leva avec difficulté et fit mine de quitter le centre de soins en clopinant, certainement pour prendre lui aussi un semblant de douche. À la dernière seconde, il se retourna, droit comme un roc au pied d'une falaise.

— Crois en elle et crois en toi, Miraculé.

Je détournai la tête, ce surnom me mettait mal à l'aise.

Les heures passèrent ainsi. Nawelle surveillait régulièrement l'état de Jo, mais selon ses dires, il n'y avait rien à faire, sinon attendre. Quant à Ed, il faisait régulièrement des allers et retours, incapable de supporter bien longtemps la vision de Joanna alitée. Il marchait chaque heure un peu mieux, mais se plaignait encore souvent de douleurs.

Je me sentais si impuissant et inutile. Ce soir-là, Nawelle nous prépara des couvertures et des oreillers supplémentaires, puis disparut dans un souffle, comme si lui-même avait du mal à supporter ce spectacle. Je plaçai ma main au creux de celle de Jo, si petite et moite ; cette même main qui savait recoudre des plaies, faire naître des nourrissons et fermer les yeux des morts. Ed alla chercher un bocal avec une fleur de soleil qu'il posa près de nous, rapprocha un autre lit de camp et s'y allongea dans un soupir. Je finis par faire de même quand mes fesses et mon dos ne supportèrent plus la chaise, et bientôt, nos souffles endormis se mêlèrent à celui à peine audible de Jo.

Le lendemain matin, Nawelle nous réveilla. Le *manus protegens* nous avait apporté de l'eau et de quoi grignoter.

— Je vais l'examiner, mais ça fait déjà cinq jours qu'elle tient bon. La plupart des gens ne vont pas jusque-là. Elle est courageuse.

— Plus que deux, dit Ed avec un pauvre sourire.

Une petite semaine, avait dit Nawelle. Si elle tenait encore un peu, elle se réveillerait avec un don. Je me pris à espérer et attrapai la main de Jo. Je fronçai les sourcils en sentant la sienne aussi raide que du marbre. Une perle de sang glissa de ses lèvres.

— Nawelle, m'inquiétai-je.

En quelques secondes, il était au chevet de Jo et soulevait la couverture. Ainsi figée, sans aucun signe de respiration, elle ressemblait à une statue. Puis, en une fraction de seconde, son corps se mit en mouvement et trembla. Non, trembler n'était pas le bon mot. Cela n'avait rien à voir avec les frissons de la fièvre ni avec les maigres mouvements qu'elle avait faits ces derniers jours.

Joanna convulsait.

— Écartez-vous ! Surtout, ne la touchez pas !

Je me levai d'un bond, incapable de respirer ou d'aligner une pensée cohérente. Nawelle me secoua l'épaule.

— Va chercher Oliwjer, tout de suite !

— Non ! Je ne peux pas…

— Fais ce que je te dis !

Mon instinct me hurlait de ne pas bouger, de rester auprès de Jo, mais le ton ferme de Nawelle me ramena à la réalité. Il savait ce qu'il faisait, je devais l'écouter. Je m'éloignai d'abord à reculons, avant de me mettre à courir dans le hall. Le dortoir des *manus protegens* n'était pas loin, et Oliwjer ne dormait déjà plus. À mon arrivée en trombe, d'autres *manus protegens* tournèrent la tête, et leur chef se leva, le visage fermé.

— C'est Joanna ?

— Elle fait une crise d'épilepsie ! Il faut venir tout de suite !

— Sa mutation dégénère…

Mon esprit se ferma, et je dus me retenir de ne pas lui crier dessus, alors qu'il pressait les autres de se lever et de rejoindre le centre de soins.

À l'intérieur, Jo convulsait toujours, ce qui me glaça le sang. Nawelle lui avait finalement attrapé les bras pour la maintenir sur le lit. Soudain, elle se mit à hurler. Au bord de la crise cardiaque, je m'ajoutai à eux pour la tenir fermement. Sous mes doigts, ses muscles se contractaient de façon irrégulière et secouaient son corps avec la force d'un tremblement de terre.

Ses cris ne se tarissaient pas et s'envolaient dans des notes qui allaient crescendo et me soulevaient le cœur. Ses cheveux blonds restaient collés à sa face empourprée. Le noisette de ses yeux se fondait à présent dans le rougeoiement de ses veines qui ressortaient. Ses pieds cherchaient à nous frapper, à nous mettre à terre, et nous avions de plus en plus de mal à la maintenir en place. Elle ne ressemblait en rien à la petite fille que j'avais connue et vue grandir. Ed lui tenait les mains pour l'empêcher de se mutiler, mais ses ongles grattaient déjà les couvertures. Son visage à l'expression d'ordinaire si douce n'était plus que larmes et souffrance, et m'apparaissait de plus en plus flou.

Je pleurais.

— Soignez-la ! Mais merde, faites quelque chose !

Ed me prit par le bras et voulut m'écarter de Jo, mais je me débattis. Oliwjer l'aida à me tirer hors de la pièce, mais je n'étais plus que désespoir et rage.

— Non ! Non ! Laissez-moi !

Oliwjer m'envoya une gifle retentissante. Mes larmes s'écrasèrent sur le sol, et je me rendis compte que je me mordais la langue jusqu'au sang.

— Prym, c'est fini. Elle a dégénéré.

Je ne voulais pas l'entendre. Je le refusais. C'était impossible, impensable, inimaginable.

— Je vais prévenir Aleksander.

Je retins le chef des *manus protegens* par l'épaule, mais il se dégagea vivement. Il n'avait pas le droit de faire ça, pas à Joanna ! Ed me serra dans ses bras pour m'empêcher de le suivre ; il tremblait de tout son corps et ses larmes trempaient mon tee-shirt. Bien plus petit que moi, il me donnait l'impression d'être la seule chose qui m'empêchait de tomber.

— C'est fini, me dit-il avec la voix d'un parent essayant de réconforter un enfant.

De l'autre côté de la porte, Jo poussa un nouveau hurlement déchirant qui me broya de l'intérieur. Je fermai les yeux et eus envie de me boucher les oreilles pour ne plus l'entendre. Ed renifla et s'écarta en voyant Oliwjer revenir avec Aleksander. Ce dernier nous jeta à peine un regard et entra dans le centre de soins. Ed me retint de le suivre, et je dus me contenter d'attendre à l'extérieur. Quelque chose se brisa en moi quand je le vis ressortir, l'air sombre. Je n'étais plus Prym Ostrów, plus un soldat, plus un homme ; juste un gamin que le courant emportait pour le noyer.

Mes émotions étaient l'eau d'un torrent.

Instables, violentes, insaisissables.

— Okonek et Krakowski, portez-la, on l'emmène au parking.

Je me précipitai à l'intérieur, suivi d'Ed, qui essuyait d'un revers de manche son visage humide. Jo était toujours dans le même état, et près d'elle, Nawelle sanglotait. Tous les trois, nous soulevâmes Jo qui finit par cesser de se débattre. Ses pleurs résonnaient tels ceux d'une enfant ou d'un petit animal, et sur notre chemin, les regards curieux ou dégoûtés se détournaient. La foule s'écartait sur notre passage comme si nous transportions une pestiférée. À cet instant précis, je les haïssais de toute mon âme, comme je n'avais jamais haï de ma vie. Je n'avais rien ressenti de tel durant toute mon existence. Le matricule de Jo cliquetait contre le mien et pesait soudain le poids d'une vie.

J'eus un mouvement de recul en me rendant compte qu'Aleksander nous avait menés à un simple cagibi au milieu du parking. La pièce était sombre, minuscule, sans aucune fleur ni aucun mobilier. Il nous la fit déposer sur le sol, et Jo se recroquevilla dans un coin comme une bête apeurée. Elle ne convulsait plus, mais continuait de trembler et de gémir. Je m'accroupis près d'elle et lui pris la main ; elle la retira aussitôt.

— Chut, Jo, c'est moi, c'est Prym. Tout va bien, je suis là, je suis avec toi. Tu ne risques rien.

Elle ne fit aucun geste pour montrer qu'elle me comprenait, mais se calma un peu et se contenta de pleurer en silence. Aleksander me tendit son *anima,* que j'ignorai ostensiblement. Il insista :

— La dégénérescence est la pire chose qu'il puisse arriver ici. C'est bien pire que la mort. C'est notre Nihil, notre enfer, une souffrance perpétuelle, une longue agonie avant que le corps ne lâche. Si c'était vraiment ton amie, tu sais qu'elle ne mérite pas ça.

La bile envahit ma bouche quand Jo prononça mon prénom. Nawelle recula, et Ed détourna les yeux. Ceux d'Aleksander étaient toujours aussi bleus et froids, et sa voix claqua tel un fouet sur ma peau à vif.

— Libère-la de sa souffrance.

— Je refuse.

Aleksander n'abaissa pourtant pas son *anima*, dans l'attente que je la prenne pour faire le sale boulot. Mais je ne pouvais pas, c'était au-dessus de mes forces.

Ed s'avança et s'assit près de nous ; ses yeux étaient gonflés et tous ses gestes trahissaient son indécision et sa douleur. Lentement, il posa sa main sur le genou de Joanna, qui la balaya immédiatement. Elle se remit à crier comme s'il lui avait planté une lame au plus profond de sa chair. Elle se débattit, se griffa le visage, et de la bave lui coula sur le menton.

J'essuyai mes larmes et tentai de me calmer. C'était impossible.

— Fais-le pour elle. Ce n'est plus Joanna, laisse-la partir.

La voix d'Ed n'était qu'un murmure, presque une supplication. Je secouai la tête, incapable de prononcer un mot.

— C'est la seule solution.

Aleksander posa son *anima* à côté de moi et s'éloigna, comme par pudeur.

Avec un nouveau gémissement, Jo se mit à se balancer sur elle-même ; ses mains se tordaient dans tous les sens, et je sus que plus jamais elles ne seraient capables de soigner des gens, de serrer les miennes, ou simplement de placer ses cheveux en arrière avec une pince.

— S'il te plaît…, me supplia Ed.

Les yeux injectés de sang de Joanna m'observèrent sans broncher prendre l'*anima* et l'activer. Je n'avais jamais été aussi démuni et seul de ma vie. C'était comme flotter dans le vide intersidéral, dans un froid glacial, sans aucun bruit et sans aucun espoir de reposer les pieds sur terre.

Le pistolet était si lourd dans ma main, alors que je le braquai sur ma meilleure amie, ma sœur, l'autre partie de moi-même. Je ne pouvais pas la tuer, l'abattre comme un simple animal.

J'en avais été incapable pour Wit, alors comment aurais-je pu le faire pour elle ?

C'était impossible, impensable, inimaginable.

— Prym…

Jo releva les yeux et pencha la tête sur le côté.

Son sourire était celui de la Chose.

— On rentre à la maison ?

J'appuyai sur la détente.

QUATRIÈME PARTIE

ERRANCE

MEMORIAE

Ce matin, la souris test 1984-O a eu une réaction peu commune.
Je la surveille depuis plusieurs jours, elle réagit mal au nouveau foramen.
Elle n'est pas morte comme les autres souris du groupe AH.
N'a pas sombré dans une étrange folie comme la 1984-G.
Ce matin, elle allait mieux, bien qu'au bord de la déshydratation.
Dix heures moins trois.
La souris s'est enflammée.
Mais elle n'est pas morte.
Mieux que ça, elle semble n'avoir jamais été aussi en forme.
Et pourtant, elle continue de brûler, comme les autres respirent. Le cor *réagit au nouveau* foramen.
Cette phrase tourne en boucle dans ma tête et évoque tant de possibilités.
J'adorerais savoir ce qu'Arma Massa Interitum en penserait.
Son cor *est tellement plus puissant que le nôtre.*
Je n'imagine même pas ce que cela donnerait avec un peu de foramen *en plus.*
En fait, si. J'imagine bien.
Des souris en feu.

22

EDWARD

DOULEUR

Les Conquérants n'enterrent pas les corps
qu'ils arrivent à récupérer.
Pour éviter les maladies, ils organisent des crémations.

Le corps de Joanna paraissait minuscule dans son drap fleuri.

Celui de Gwidon, juste à côté, la faisait passer pour une enfant. Même Lech semblait insignifiant, près des corps des défenseurs que j'avais retrouvés.

Prym les observait brûler sans émettre un seul son. Le teint blême, les yeux gonflés, les épaules voûtées, il ne ressemblait en rien au *pugnatum corpus* solide que j'avais toujours connu. Même Mikołaj, pourtant le premier à essayer de remonter le moral des troupes, gardait un visage fermé et ne desserrait pas les poings.

— *Novum Invenit Pacem*, murmurai-je.

J'aurais voulu ne jamais connaître l'odeur d'un corps qui brûle.

Le vent dispersa leurs cendres.

Ma fourchette se planta sans conviction dans le morceau de pigeon. Ainsi cuisiné et mélangé au riz, il avait tout de même un goût plus fort que le poulet, plus proche du canard. J'avais beau tourner et retourner le morceau dans tous les sens, le mettre dans ma bouche me paraissait invraisemblable.

Voilà trois jours que plus rien n'avait de sens.

Trois jours que l'image d'un mur couvert de sang ne me quittait pas.

Trois jours de cauchemars.

Je reposai ma fourchette pleine et repoussai mon assiette à peine entamée du bout des doigts. Il n'y avait plus grand monde dans l'ancien restaurant thaïlandais que j'avais choisi, plus petit que les deux autres lieux de restauration des Conquérants. Le café au plafond obscur, carrelé, et aux statues bouddhistes dorées avait une place particulière dans ma mémoire. C'était ici, assis sur l'une de ces chaises en velours jaune, alors que je mangeais cette même assiette de pigeon et de riz, que Mikołaj nous avait parlé de la dégénérescence. Savait-il, à l'époque, que l'une d'entre nous allait la subir ? Son don lui permettait-il de voir aussi loin et avec autant de précision ?

Je préférais ne pas le savoir.

Seul à ma table en bois sombre, au milieu d'autres défenseurs, je sentis la solitude s'appesantir sur mes épaules comme une chape de plomb. Bien sûr, Lise avait besoin de moi, ou du moins, elle me trouvait toujours quelque chose à faire pour que je me sente utile, mais je n'étais pas un défenseur à part entière. Je ne dormais pas avec eux, ne m'entraînais pas avec eux, ne travaillais pas avec eux. Durant ces dernières semaines, rien de tout cela ne m'avait dérangé. La présence de Prym et de Joanna comblait le vide. Là, avec l'assassinat de Gwidon, les émeutes, la mise à mort publique de Lech plus d'une semaine auparavant et, le pire de tout, la perte de Joanna, le fragile équilibre que j'avais instauré se réduisait en cendres.

Je n'étais plus le bienvenu ici.

L'as-tu jamais été ? me susurra une voix dans mon esprit. Non, bien sûr que non, mais… *Il n'y a pas de « mais ». Même Prym refuse de t'adresser la parole depuis que tu l'as incité à tuer Joanna. Tu es un monstre, un faible, un lâche, un moins que rien…* Je me mordis la langue pour faire taire ces sombres pensées. Quand j'en avais parlé à Lise, dernière personne à laquelle je pouvais me confier sans avoir l'impression d'être jugé, elle m'avait seulement dit de laisser couler, de me détacher de cette peur qui m'animait, et de l'observer comme si elle ne m'appartenait pas. Plus facile à dire qu'à faire.

La nuit de la mort de Gwidon me hantait. Je ne cessais de repenser à cette ombre qui aurait pu me tuer, et que les défenseurs n'avaient pas su identifier. Parfois, la nuit, je me réveillais en hurlant avec l'impression qu'elle était déjà dans ma chambre, prête à m'égorger.

Je me concentrais sur les affiches que Mikołaj avait fait placarder partout pour annoncer la grande fête qui se déroulerait le lendemain soir, afin de célébrer le premier mois des nouveaux mobilisés dans la Zone. Je n'étais pas certain que l'Oracle soit d'humeur à la fête, mais au moins, l'organisation de cet événement l'occupait.

Demain, cela ferait un mois jour pour jour que la vingtième génération avait passé les immenses portes de la Zone. Un mois que le Mur surplombait l'horizon et me rendait claustrophobe. Un mois que nous aurions dû élaborer des plans pour détruire la Chose, et qu'à la place de ça, nous nous détruisions entre nous. Un mois de fatigue et de frustration.

Joanna était morte depuis trois jours.

Une grande partie de Prym était partie avec elle.

Jamais de ma vie je ne m'étais senti aussi seul.

— Ed ?

Je sursautai et me retournai. Łucja se tenait debout, près de ma table. Ses ongles, habituellement impeccables, étaient partiellement rongés et arrachés. Des cernes profonds creusaient son visage, et ses joues avaient perdu de leur rondeur. Elle se mordit les lèvres, déjà bien abîmées, et s'assit en face de moi, tenant sa tête entre ses mains. Ses épaules frémirent quand je lui tapotai le coude.

— Tu vas bien ? Qu'est-ce que je peux faire pour toi ?

J'avais adopté un ton assuré, parce que je le devais. Elle cala ses cheveux derrière ses oreilles.

— Est-ce que Prym est passé te voir ce matin ?

Je me renfrognai malgré moi. Depuis la mort de Joanna, Prym avait pris l'apparence du Mur de la Zone. Grand, froid, silencieux, imperturbable. Je poussai un long soupir, et ses doigts s'entrouvrirent pour laisser passer un œil rendu encore plus bleu par l'éclatement de ses vaisseaux sanguins.

— Non, il ne m'adresse plus la parole. En fait, il ne parle plus à personne. Pourquoi ?

— Il devait reprendre ses cours ce matin, mais il n'est pas venu. Je ne suis pas censée m'en occuper, car j'ai la Réserve à gérer, mais Augusta est venue me voir. Il n'est pas au dortoir, pas en train de manger, et les *manus protegens* ne l'ont pas vu non plus ce matin. Il n'a pas pu quitter la base sans autorisation, et personne ne sait où il est !

Je me mordis la langue pour refouler mon angoisse.

— Tu sais, il vient de tuer sa meilleure amie, il a peut-être besoin de temps.

— Non, ce dont il a besoin, c'est de nous ! Ce n'est pas qu'une simple question de temps. Il ne va pas bien, mais ne nous dit rien. Je l'ai cherché partout, Ed, il n'est nulle part.

Sa voix s'abîma sur le dernier mot. Son inquiétude m'enveloppa, et je me mis à imaginer les pires scénarios.

— Tu es allée voir au parking ? Il y est peut-être retourné.

Łucja secoua la tête de gauche à droite. Elle saisit mes couverts abandonnés pour jouer nonchalamment avec la nourriture.

— Depuis la mort de Gwidon, il est devenu impossible d'entrer ou de sortir de la base sans passer devant un défenseur…

La fourchette ripa sur l'assiette, ce qui éjecta quelques grains de riz et un morceau de pigeon. La volaille tomba mollement à terre, roula sur une dizaine de centimètres, avant de s'immobiliser. Un haut-le-cœur me prit à la venue d'une image bien plus terrifiante qu'une escalope de pigeon volante.

— Et le toit ?

Łucja haussa les sourcils.

— Comment ça, le toit ?

— Le toit est-il accessible ?

Cette fois, sa perplexité fut totale.

— Bien sûr. On y gère les récoltes. Seuls quelques réservistes ont le droit de s'y rendre. Mais pourquoi…

Les couleurs s'évaporèrent de son visage. J'étais déjà debout, et la tirai par le bras. Mécaniquement, elle se dégagea.

— Tu ne penses tout de même pas que…

— On n'en sait rien ! Il faut qu'on aille vérifier.

De nombreuses têtes se tournaient vers nous, et je me décidai à baisser le ton. Mieux valait éviter d'alarmer plus de monde.

— Tu connais mieux la base que moi. Par où pourrait-il être passé ?

— Forcément par le dernier étage. Il y a énormément de portes de service qui donnent sur des postes de contrôle inutilisés. Il doit y en avoir une pour le toit, mais je n'y vais jamais, donc je ne sais plus laquelle c'est.

Sans plus attendre, on quitta le restaurant pour rejoindre le dernier étage au pas de course. Nos bottes martelaient l'alternance de faux parquets usés et de carrelages blancs craquelés. Le peu de défenseurs sur notre chemin ne nous posa aucune question en me reconnaissant ; être l'assistant personnel d'une lieutenante avait cet avantage. Je priais de toute mon âme pour ne pas croiser Lise et perdre du temps en explications. Surtout, plus que tout au monde, j'espérais me tromper. Łucja se mit à ouvrir chaque porte indiquant « Accès privé » sur notre passage, pendant que je vérifiais que personne ne nous avait repérés.

— Pas celle-là, marmonna-t-elle.

La porte suivante débouchait sur un placard à balais.

— Celle-là non plus…

Alors que je perdais espoir, Łucja actionna une poignée dont l'ouverture donnait sur l'extérieur. Une brise chaude de début juin m'effleura la nuque, et un frisson m'électrifia le dos. Je m'empressai de suivre Łucja au-dehors, non sans refermer l'accès derrière moi.

Nous venions d'atterrir sur une plateforme ne débouchant pas sur le vide, mais sur un plan inférieur. Le toit était en réalité tout sauf plat, et il se composait de multiples blocs sombres aux lignes rouges et aux murs salis, où sinuaient des conduits d'aération inutilisés. Des serres et le potager occupaient les zones bétonnées, au milieu desquelles émergeaient les parties vitrées qui donnaient sur le hall du centre commercial. Minuscule, piégé dans un immense jeu de construction aux bases décalées, et bien que très loin d'une potentielle chute, je fus saisi de vertige et dus m'appuyer contre la paroi.

— Ed ! Viens m'aider !

Łucja grimpait déjà pour rejoindre une autre plateforme, mais l'échelle sur laquelle elle s'appuyait ne m'inspirait pas la plus grande des confiances. Les barreaux tremblaient entre mes doigts, et pour une fois dans ma vie, je me sentis soulagé d'être petit et maigre lorsque ce fut mon tour de l'escalader. Une odeur de poussière et de métal me prit au nez. Les mains en visière, Łucja tourna sur elle-même quelques secondes avant de pointer une plateforme bien plus grande et plate que la nôtre.

— Il est là-bas !

On se précipita dans la direction qu'elle avait pointée, et bien vite, Prym m'apparut également. Il se trouvait dans le coin arrondi de la Galería Mokotów, assis, les pieds dans le vide. *Il va vous entendre, vous voir arriver et sauter avant que tu ne l'en empêches*, me susurra une voix acerbe dans sa douceur. *Tu ne pourras que le regarder s'écraser sur le béton et se vider de son sang.* Łucja vola entre les conduits et passa les échelles sans grande difficulté, avant de stopper net à une dizaine de mètres seulement de Prym. Je mis quelques secondes à la rejoindre, à bout de souffle.

— Prym…, souffla Łucja.

Il ne bougea pas, comme s'il ne l'avait pas entendue. Le soleil découpait son visage en zones d'ombre et de lumière. J'osai un pas dans sa direction, puis un second.

— Prym ?

Il tourna enfin la tête vers nous, et le sourire le plus triste qu'il m'ait été donné de voir dans ma vie fleurit sur son visage.

— Ne vous inquiétez pas, je ne compte pas sauter.

Son front se plissa, et son regard se perdit dans le vide.

— J'avais juste besoin…

Son bras engloba le toit, la ville emmurée et le bleu du ciel.

— … d'air. Enfin, je crois.

— Tu veux bien venir vers nous ? supplia Łucja. Je ne suis pas à l'aise de te voir si près du bord. Je t'en prie.

Prym pencha la tête en avant, et ma respiration se bloqua. L'adrénaline pulsait dans mes veines, prête à me faire franchir les derniers pas qui nous séparaient pour le rattraper, mais Prym ramena ses jambes du bon côté du muret. Il parut lui-même surpris de sentir le béton sous ses pieds, et quand il releva la tête, ses traits étaient ceux d'un enfant aux repères inexistants.

Après un long soupir, Łucja effaça en trois grandes enjambées la distance qu'il restait entre elle et Prym, qu'elle tira plus loin du vide. Avant qu'il ne comprenne ce qu'il lui arrivait, une claque lui brûla la joue gauche.

— Tu n'es qu'un imbécile ! Ça va pas de nous faire des frayeurs pareilles ? Tu n'es qu'un égoïste ! Tu penses vraiment que Joanna aurait souhaité que tu joues avec ta vie en te balançant en haut du toit ? Non !

Malgré ses paroles, le ton de Łucja traduisait autant le soulagement que la colère. Prym toucha sa joue rougie, et ses prunelles s'agrippèrent à moi comme si sa survie en dépendait.

— Pourquoi ?

Cette simple question me brisa le cœur et fit chanceler Łucja. Elle se mordit le poing, les paupières closes, certainement pour retrouver un peu de contenance. J'étais, pour ma part, incapable du moindre geste. *Il t'en veut, il te hait pour l'avoir forcé à tuer la seule personne qui comptait pour lui. Tu n'es qu'un monstre.*

— Pourquoi Jo ? Pourquoi je suis toujours en vie et pas elle ?

— Je ne sais pas, lui avouai-je penaud. On ne le saura jamais…

Une bourrasque brûlante emporta mes mots au loin, et Prym vacilla, tel un roseau au milieu de la tempête. Son masque se brisa alors et se fracassa au sol. Mille émotions traversèrent son visage, violentes dans leur fugacité. Douleur. Désespoir. Haine. Chagrin. Hébétude. Culpabilité. J'eus tout juste le temps de les rejoindre avant qu'il ne s'écroule dans nos bras. Ses larmes chaudes trempèrent mon épaule en quelques secondes et, incapables de le soutenir, nous le fîmes s'agenouiller en douceur sur le béton chauffé par le soleil de midi. Aussitôt, Łucja lui fit enfouir son visage dans son cou, et lui caressa les cheveux comme une mère l'aurait fait, pour calmer ses soubresauts. Prym avait encore son bras autour de mon épaule, mais étais-je capable de porter le poids de sa douleur ?

— Ça va aller, lui murmura Łucja, elle-même au bord des larmes. C'est fini.

Mes yeux me piquaient affreusement et un étau puissant enserrait ma poitrine. Prym hoqueta.

— Je l'ai tuée… Je devais la protéger et elle est morte… Elle est morte par ma faute…

— C'est faux, m'entendis-je protester, tu le sais. C'est juste ce monde qui est mal foutu.

— Jo est morte… Je l'ai abattue comme une bête… Je mérite le même sort…

La mâchoire de Łucja se contracta.

— Ne dis pas de bêtises ! Joanna était une *manus protegens*. Elle savait très bien quel sort était réservé aux dégénérés : une vie de souffrance et d'angoisse, pire que la mort. Tu as fait ce qu'il fallait.

— Alors, pourquoi je me sens si mal ?

Ses pleurs avaient rendu ses cernes plus violacés encore, et à cet instant précis, il n'avait plus rien de ce parfait soldat que j'avais tant envié durant un mois.

— Parce que les choses justes ne sont pas forcément les plus faciles.

Prym ferma les paupières et prit une grande inspiration, avant de souffler plus longtemps que ce que je croyais le corps humain capable de faire. Il s'essuya les joues, et quand ses yeux humides se rouvrirent et se heurtèrent aux miens, puis à ceux de Łucja, les larmes s'étaient enfouies bien loin dans son cœur.

Il se dégagea de nous et se redressa, mais garda le dos voûté, et Łucja lui attrapa la main, comme si elle avait peur qu'une brise puisse l'emporter.

— Je lui ai fait une promesse que je ne pourrai pas tenir. Une promesse impossible.

— Laquelle ?

— Celle de tuer la Chose et de nous faire sortir d'ici.

Un nuage assombrit le ciel et plongea le toit dans une étrange obscurité. L'ombre diffuse était si rare dans la Zone, et rendait la ville plus sinistre encore. Łucja agita péniblement la tête.

— Personne ne le peut. Ce n'est pas une promesse, c'est une utopie. Nous ne sortirons jamais d'ici. Aucune vie ne nous attend nulle part.

— Et pourtant…

De sa main libre, il attrapa le double matricule qui pendait autour de son cou, le sien et celui de Joanna.

— Lors de l'épreuve, la Ch… AMI m'a épargné. Plus que ça, même. Elle a tenté de me dire quelque chose que je n'ai pas compris.

Il déglutit et serra plus fort ses matricules.

— Je rêve de son visage chaque nuit, de son sourire et de cette voix. La peur qui m'a envahi ce jour-là… Je me suis vu mourir. Et pourtant, elle est partie. Elle m'a laissé vivre, elle a emporté Jo d'une autre manière, et je ne sais pas pourquoi…

— La Chose est folle, se braqua Łucja avec un ton ferme. Elle tue tout ce qu'elle perçoit, et pour autant, elle n'a jamais attaqué notre base. Jamais. Elle ne nous approche pas. Il n'y a aucune logique à chercher dans ses actions.

— Peut-être qu'elle ne veut pas tuer, mais que son instinct l'y oblige, dis-je soudain.

Tous deux tournèrent la tête vers moi, interloqués.

— Comment ça ?

Le rouge me monta aux joues, et je pris le soin d'épousseter mon pantalon de la poussière ambiante pour reprendre un peu de contenance.

— Eh bien, à l'Institut, j'avais énormément de cours d'Histoire et j'ai passé presque une année entière à étudier ce qu'il s'est passé ici, sans parler de toutes les conséquences géopolitiques que ce désastre a entraînées, et…

— Va à l'essentiel, me coupa Łucja en haussant un sourcil.

— Bien, bien, j'y arrivais. Il y a une énorme controverse sur la raison de la folie de la Chose. Beaucoup pensent qu'elle était déjà implantée dans son système, comme un virus, un champignon qui aurait tout recouvert. Mais il y a de nombreuses autres théories, plus ou moins contestées. Quand je suivais ce cours, il y en avait une qui m'avait particulièrement marqué, parce que je la trouvais très triste. Elle disait que la Chose aurait perdu l'esprit lorsqu'elle s'est rendu compte de ce qu'elle était. Elle aurait pris conscience de son existence et de son absence d'humanité. Ça l'aurait détruite.

— Je suis pas certaine que ça nous aide à sortir d'ici.

Je me mordis les lèvres et me frottai la tête. *Tu es un idiot. Ce que tu racontes ne les aide pas. Tu ne sers à rien.*

— Connais ton ennemi, lança Prym.

S'il n'avait toujours pas lâché ses matricules, ses yeux encore rougis avaient repris de leur éclat.

— Connais-toi toi-même, complétai-je.

— Et jamais, tu ne connaîtras la défaite, termina Łucja dans un soupir. Mon instructeur de stratégie élémentaire nous l'a fait répéter une centaine de fois durant notre tout premier cours. Si c'était aussi simple, nous ne serions même pas ici en train de discuter.

— Parfois, lui indiqua Prym, face à des tâches qui nous semblent impossibles, tester les solutions simples est une bonne manière de se lancer.

Un sourire lunaire naquit sur ses lèvres et me rappela celui de Lise.

— Je dois essayer, pour Jo.

Łucja lui lâcha la main, le front plissé, et ses iris bleu lagon m'évoquèrent une tempête.

— Essayer quoi ? De partir et d'aller affronter la Chose tout seul ?

— Pourquoi pas ?

Les poings de Łucja se serrèrent, et pendant un instant, je crus qu'au moins l'un d'entre eux allait terminer sa course sur la joue encore intacte de Prym. À la place, une vague gelée se déversa sur ses espoirs.

— Vouloir tuer AMI, c'est du suicide. Est-ce que vous savez au moins pourquoi il y a si peu de personnes issues des générations antérieures à la dixième ? Elles ont été exterminées, tout ça parce qu'elles ont tenté par tous les moyens possibles d'accomplir la mission.

Ses lèvres tremblaient, mais son regard exprimait une détermination sans faille.

Ou était-ce une profonde résignation ?

— La Zone contient plus de morts que de vivants.

— Le sont-ils vraiment ? demandai-je.

— Quoi donc ?

— Vivants.

Une ombre envahit les traits de Łucja, alors qu'un vent plus frais se levait, soulevant quelques-unes de ses mèches auburn. Le silence qui nous recouvrit valait toutes les explications. Et moi, dans tout ça ? Cette existence chez les Conquérants à servir Lise me rendait-elle heureux ? Pas autant que je l'aurais voulu. Me suffirait-elle pour autant ? Sans aucun doute, mais l'idée de quitter ces lieux, de retrouver l'horizon et d'en découvrir d'autres rendait l'air autour de moi plus léger. Étais-je prêt cependant à risquer ma vie pour cet avenir incertain ? *Non, parce que tu es faible. Tu ne vaux rien parce que tu es un lâche, un imposteur.* Je me mordis la langue pour faire taire cette voix.

Quand Prym reprit la parole, je sus à l'avance quels seraient ses mots, et ils me déchirèrent en deux bien avant d'être prononcés.

— Je ne peux pas rester chez les Conquérants. La solution pour tuer la Chose n'est pas ici, et si on veut avoir une chance de sortir de la Zone, alors, je dois partir.

Des rivières d'inquiétude traçaient des sillons sur le front de Łucja. Sa voix n'était plus qu'un murmure.

—Il n'y a pas plus de réponses ailleurs.

—Ce qui est sûr, c'est que je suis incapable de rester ici et de faire comme si je n'avais pas abattu ma meilleure amie dans la pièce d'à côté.

—Tu fuis, lui reprocha Łucja.

Les doigts de Prym, calleux à force de manier des armes, manipulaient le matricule de Joanna avec la plus grande des délicatesses.

—Non, au contraire, j'ai l'impression de prendre une vraie décision pour la première fois de ma vie.

—Je viens avec toi, lâchai-je dans un souffle.

—Ed, rien ne t'y oblige.

Tu as encore le choix, tu peux encore revenir sur ce que tu viens de dire et aller te terrer dans un coin en attendant que quelqu'un vienne te sauver. La voix était presque une supplication, et je pris soudainement conscience qu'entre nous deux, c'était toujours elle qui faisait preuve de lâcheté. Les mots de Lise imprégnèrent mon esprit.

—Le véritable courage, c'est de savoir que le danger existe, mais d'y aller quand même. Je viens avec toi.

Prym posa sa main sur mon épaule, le regard embrumé.

—Merci.

Un poids s'enleva de mes épaules. Prym et moi étions toujours amis, il ne me haïssait pas. Après avoir ramené ses jambes contre sa poitrine, Łucja soupira.

—Je ne peux pas abandonner les Conquérants. On a besoin de moi ici, mais si vous voulez vraiment partir, alors, je vous couvrirai suffisamment longtemps pour que vous ayez le temps de vous éloigner. Les Conquérants n'aiment pas les déserteurs, peu importe comment vous voyez les choses. Par contre, je ne pourrai rien faire pour les patrouilleurs extérieurs.

—Quand veux-tu t'en aller ? m'enquis-je, soudain inquiet.

— J'avais pensé à demain soir, marmonna Prym en se frottant le cou, pendant la célébration du premier mois. C'est notre seule occasion.

Une larme, une seule, échappa à Łucja, et elle s'empressa de s'essuyer la joue avec un petit reniflement.

— Eh merde ! Vous allez me manquer, espèces d'imbéciles. Faites en sorte de ne pas mourir.

— Ne t'inquiète pas, je ne compte pas sauter.

Cela eut le mérite de faire rire Łucja, et cet éclat improbable me réchauffa l'âme.

Je plissai les yeux, soudain ébloui. Un gouffre bleu s'était ouvert dans le ciel encore grisé, et une pluie de lumière s'abattit sur nous. Sur ce toit, dans la ville la plus étrange sur terre, malgré la peine et la tristesse qui m'enserraient toujours le cœur, je me surpris à éprouver un curieux sentiment de sécurité et d'apaisement.

— Demain, soupirai-je.

— Demain, répéta Prym.

23

PRYM

OREST

La troisième phase d'une mutation est l'une des deux voies de sortie de la précédente : la dégénérescence. Le mobilisé évolue dans un cauchemar constant, incapable de se nourrir et de s'occuper de lui-même, plongé dans une souffrance qui le pousse à l'automutilation.

Dans la Galería Mokotów, la fête battait son plein.

Il fallait bien l'admettre, on pouvait reprocher beaucoup de choses à Mikołaj, notamment un certain manque de savoir-vivre, mais il était un merveilleux organisateur de célébrations. Même si le sourire de l'Oracle était parfois forcé, tous les Conquérants avaient revêtu l'uniforme d'Erit, et affichaient des mines joyeuses.

Les tables et les chaises des restaurants de la galerie marchande avaient été rassemblées dans l'allée principale, et les plateaux de pigeons, de riz, mais aussi de courgettes et de fraises se passaient de main en main dans les éclats de rire et de couverts. Des bouteilles et des cigarettes arrivaient même entre les doigts des plus chanceux, ou de ceux ayant accordé le plus de faveurs en retour.

Alors que le mois de juin s'épanouissait encore, Mikołaj avait fait installer des guirlandes et des décorations de Noël dans tout le hall, et une équipe de réservistes avait passé la journée entière à installer de nouvelles fleurs de soleil, donnant à la base l'allure d'une forêt enchantée.

Je n'avais jamais imaginé que le bonheur pouvait aussi exister dans la Zone.

Notre petite table ronde avait été drapée d'une nappe blanche aux multiples taches et trous. Le stress avait réduit mon appétit, mais j'avais tout de même pris soin de savourer chaque bouchée, ne sachant pas combien de temps ensuite je devrais me contenter d'un rien. Si Łucja souriait et s'esclaffait avec les autres pour la forme, son pied tapait furieusement le sol, à l'abri des regards. Profitant du relâchement général, Ed s'était éclipsé une dizaine de minutes plus tôt, ne laissant derrière lui qu'une serviette en papier qu'il avait passé la soirée à transformer en origami.

Son statut d'assistant de Lise lui laissait plus de liberté que moi, et il pouvait se balader dans la base sans que personne lui demande ce qu'il faisait. Cet avantage comportait cependant un énorme inconvénient. Lise elle-même. Nous avions longuement discuté la veille de ce problème, car Ed avait insisté pour lui dire la vérité, mais avait dû se résigner devant l'avis catégorique de Łucja.

— Il y a déjà eu des personnes qui ont quitté les Conquérants, nous avait-elle expliqué. Je peux facilement toutes vous les citer. Chaque fois, avoir l'autorisation d'Aleksander prend des semaines, voire des mois, car plus tu es haut placé, plus tu es susceptible de posséder des informations compromettantes pour notre sécurité.

Elle avait pointé Ed du doigt.

— Lise t'apprécie peut-être, mais elle sait très bien qu'elle ne peut pas te laisser partir. Tu en sais trop sur sa manière de fonctionner. Et toi, Prym, sache qu'aucun membre du Bataillon Offensif n'a jamais quitté les Conquérants. Jamais.

Elle avait dit ça sans cesser de triturer la cicatrice qui barrait maintenant sa joue.

À présent, au milieu de cette fête, je ne cessais de me demander si nous avions fait le bon choix.

Ne pas douter.

Łucja me prit la main sans pour autant me regarder.

— À ton tour, maintenant. Tu es resté suffisamment longtemps pour qu'on ne relève pas ton absence et personne ne devrait t'embêter vu ce que tu as subi dernièrement.

Sa voix n'était qu'un murmure. Le fantôme de Joanna flotta entre nous sans que je réussisse à l'évoquer. Je me contentai de tamponner mes lèvres avec ma propre serviette et de serrer les doigts de Łucja.

— Je vais me coucher, dis-je un peu plus fort. Je crois… que j'ai encore besoin de temps.

Łucja hocha la tête en affichant un air compatissant. Le bleu de ses yeux se teinta de tristesse.

— Oh, tu as raison, va te reposer. Bonne nuit, Prym.

Je lui souris, parce que c'était mon seul moyen de la remercier, puis, mû par ma propre peine, je déposai un baiser sur son front, un adieu.

— Bonne nuit, Łucja.

Elle mit sa main sur ma joue.

— *Novum Invenit Pacem.*

Ed m'attendait au premier étage, près de la porte d'un parking, le visage crispé, un jeu de clés à la main. Après un coup d'œil à la ronde, je récupérai à ses pieds mon sac à dos au tissu sombre élimé par le temps, rempli de vêtements de rechange plus confortables que l'uniforme, d'une gourde d'eau, d'un peu de pigeon que Łucja avait réussi à nous récupérer et de mon *anima*. L'angoisse s'était emparée d'Ed, qui ne cessait de se frotter la tête et de vérifier que personne ne nous surveillait. *Je n'aurais pas dû l'entraîner là-dedans.* Je me permis de vérifier.

— Toujours partant ?

Il sursauta, avant de hocher vivement la tête.

— Il faut, oui. Si je ne t'accompagne pas, je vais le regretter, c'est sûr.

Comme pour confirmer ses dires, il déverrouilla la porte, me fit sortir, et une fois qu'il fut lui-même passé, il referma derrière lui. Devant mon silence, il s'empressa de se justifier.

— C'était ma clé. On en aura peut-être besoin un jour, mais je ne voudrais pas avoir la mort de quelqu'un sur la conscience parce que j'aurais laissé l'accès libre.

J'acquiesçai, et il rangea sa clé dans son sac. Par rapport au hall illuminé, le parking me paraissait bien sombre, seulement éclairé par une lune en partie mâchée. On emprunta le chemin des voitures, avant de déboucher sur la rue opposée à l'entrée. Dans un dernier moment de doute, je me retournai vers ce bâtiment gris aux bandes violettes qui laissait s'échapper des rires d'insouciance. Presque comme s'il m'avait entendu, le matricule de Joanna cliqueta contre le mien, me ramenant à ma propre réalité.

J'avais une promesse à tenir.

— On commence par où ? me questionna Ed, concentré à observer les alentours.

— D'abord, par trouver un endroit pour dormir suffisamment loin d'ici. On verra demain pour la suite.

On s'enfonça dans la nuit, et bientôt, les rires devinrent inaudibles.

Au réveil, je mis du temps à me rappeler où je me trouvais. Aussi futile que ça paraisse, tant que je gardais les paupières fermées, mon esprit visualisait toujours l'emplacement de mon lit à l'Institut : où étaient la porte, les autres, mes affaires. Je me laissai émerger quelques secondes – minutes ? – supplémentaires. Notre départ, la longue marche, puis, finalement, la pharmacie dévalisée avec son arrière-boutique rassurante.

Je me frottai le visage et entrepris d'ouvrir les paupières.

Deux grands yeux globuleux m'observaient.

Je ne sus étouffer mon cri, et le dégénéré qui s'était posté près de moi bondit et se terra immédiatement dans le coin opposé de la pièce. Dérangé par cette soudaine agitation, Ed se redressa, l'air hagard, avant de se réveiller totalement devant la vision du jeune homme couvert de croûtes. Mon cœur battait bien trop vite, mais mes nombreuses années de réveils matinaux et brutaux me permirent de le ralentir en quelques instants. Ed, lui, tremblait toujours.

— Pourquoi ils font ça chaque fois ? se plaignit-il. Ils t'adorent, c'est fou.

— Ils doivent se sentir seuls, grimaçai-je. On aurait dû être plus prudents et faire des tours de garde.

Ed approuva, puis enleva les vêtements amples qui lui avaient servi de pyjama pour remettre son uniforme. Je fis de même en veillant bien à ne pas faire de gestes brusques pour ne pas effrayer le dégénéré. Le faire paniquer, ou pire, crier, ne serait pas dans notre intérêt. Le nom sur le matricule qui pendait toujours à son cou m'apparut alors que je m'approchais doucement de lui.

— Orest Firlej, matricule 020023. Un vingtième, comme nous.

Il leva les yeux vers moi, comme s'il savait que je parlais de lui. Peut-être le savait-il réellement. Son visage était maculé de traces de poussière et de sang séché mêlé à la sueur. Il sentait la pisse. Orest avait également les bras et les jambes dans un état lamentable, couverts de griffures, d'incisions et de marques de morsures, peut-être toutes de lui. J'imaginai Jo ainsi, et cela me fit détourner la tête. Ed l'observait avec pitié.

— On ne peut pas le laisser comme ça, il faut abréger ses souffrances.

Orest gémit, ce qui me retourna l'estomac. Le tuer était l'acte le plus humain que je pouvais lui offrir, j'en étais conscient.

— Fais-le, toi. J'en suis incapable.

— Prym…

— Plus jamais.

Après un instant de silence, il hocha la tête.

— Je ne peux pas le tuer non plus. Alors, partons d'ici. Où allons-nous ?

Je pris quelques secondes de réflexion. Par où commencer ? D'après Mikołaj, les Wilis vouaient un véritable culte à la Chose, mais il serait dangereux de les approcher sans plan ni contrepartie. L'Ordre Nouveau était un véritable mystère, que ce soit au niveau de son organisation ou de son but. Quant aux errants, il valait mieux ne pas compter sur ces marginaux solitaires. Je retins un sourire en me rendant compte que nous en étions devenus nous-mêmes, et qu'il faudrait nous y habituer.

— Traversons la Vistule, il se pourrait bien que les Wilis en sachent plus que nous sur la Chose.

Après avoir bu quelques gorgées, nous laçâmes nos bottes et quittâmes la pharmacie. Au bout de quelques mètres, Ed se figea, puis se retourna, mal à l'aise.

— Oh non, il nous suit.

Orest ne nous regardait pas, et se balançait d'avant en arrière en geignant. Curieux, j'avançai de quelques pas, et il fit de même dans l'instant, ce qui fit reculer Ed. D'abord étonné, je me souvins de la dégénérée que nous avions croisée à notre arrivée, qui nous avait suivis longtemps avant de mourir.

— Laissons-le pour le moment, il se fatiguera seul.

Dehors, bien qu'il soit encore tôt, le soleil était déjà haut dans le ciel et promettait une belle et longue journée, mais au loin, à peine perceptibles à cause de la hauteur du Mur, d'immenses nuages noirs s'accumulaient, menaçants. Prudents, nous avancions d'un pas lent à travers les rues sinistrées, poursuivant le soleil tant qu'il indiquait encore la bonne direction à prendre.

Ed jetait des regards réguliers vers Orest, inquiet que ses gémissements alertent des ennemis potentiels, ou, pire, la Chose elle-même.

— Si on se met à courir, réfléchit-il à voix haute, il ne pourra pas nous suivre longtemps.

Je jetai un coup d'œil par-dessus mon épaule. Orest avait les joues rougies par les larmes et les lèvres asséchées par la soif. Il me faisait de la peine.

— Il ne nous suivra peut-être pas au-delà de la Vistule, mais s'il arrive jusque-là, j'aimerais l'aider à boire un peu et le nettoyer.

Ed poussa un long soupir. Je savais très bien que lui-même ne voulait aucun mal à Orest. Il était celui qui m'avait empêché de tirer sur la dégénérée le premier jour, mais sa peur de se retrouver une nouvelle fois dans la rue paralysait son jugement.

— Comme tu veux, finit-il par dire.

Au moins une heure passa. Mon estomac grondait, mais je me contentais de le remplir avec notre eau restante. Il fallait préserver notre nourriture et chasser tant qu'on le pouvait. Les fissures de la route devinrent des gouffres à contourner, et les fleurs de soleil couvraient désormais les trottoirs, l'ombre des voitures et les façades colorées comme du lierre grimpant. Bientôt, le bruit de la rivière envahit l'espace, terminant de me donner l'impression d'évoluer en forêt. Nous approchions presque du but quand Orest s'écroula de fatigue, pleurant plus fort que jamais avec des spasmes faisant trembler tout son corps. Il n'atteindrait jamais la rivière comme ça. Ed s'agenouilla près de lui, mais à suffisamment bonne distance pour qu'il ne puisse pas le saisir.

— On ne peut rien pour lui.

Il leva la tête au passage de quelques pigeons au bout de la rue et se redressa.

— Voilà notre priorité.

Bien sûr qu'Ed avait raison. Cependant, la vision d'Orest au sol m'était insupportable.

Après avoir surmonté mon dégoût, je passai mon sac à dos sur mon ventre et pris le temps d'approcher doucement d'Orest jusqu'à ce qu'il me laisse le toucher. Puis, petit à petit, je passai son bras autour de mes épaules et réussis à le hisser sur mon dos.

— La rivière n'est plus qu'à une ou deux rues, annonçai-je à Ed en indiquant la direction d'un coup de menton, j'y vais en avance pour le nettoyer. Ça me permettra aussi de remplir nos gourdes. Je te promets de le laisser là-bas dès que tu seras revenu avec un pigeon.

Ed haussa un sourcil, son regard passant des oiseaux à moi.

— Ça ne va pas prendre très longtemps, m'indiqua-t-il.

— J'en suis conscient.

Une nouvelle fois, un soupir lui échappa, et il me tendit sa gourde.

— D'accord ! Fais ça, je te rejoins tout de suite.

Je le remerciai d'un hochement de tête et repris la route. Ed se dirigea vers le bout de la rue, où un groupe de pigeons picoraient les fleurs ayant grimpé sur le capot d'une voiture. J'avançais avec difficulté sous la chaleur et avec ce poids mort.

Au tournant de la rue, la Vistule m'apparut enfin. Large de pratiquement un demi-kilomètre, plusieurs ponts en plus ou moins bon état la traversaient, comme des fils tendus par l'homme. Depuis la création de la Zone, son eau avait été assainie par Erit à l'extérieur de Varsovie, pour qu'elle devienne potable et claire. Mais ce même système de purification avait renforcé le courant, et je pris bien garde à ne pas tomber dans l'eau.

Je descendis près des berges, et après avoir rempli les gourdes, j'aidai Orest à s'abreuver, puis le lavai un peu. J'avais l'impression de m'occuper d'un enfant. Même avec le visage propre, les traits d'Orest ne me disaient rien, et pourtant, selon son matricule, nous n'étions pas si loin l'un de l'autre dans l'ordre alphabétique.

— Où es-tu allé après ton arrivée ?

Comme je m'y attendais, il ne me répondit pas. Peut-être n'avait-il été qu'un errant, un sans clan, quelqu'un dont personne ne remarquerait la disparition après sa mort. Orest leva la tête vers moi ; malgré la souffrance qui marquait son visage, il esquissa un semblant de sourire, comme pour me remercier. Plus que de me perturber, cela me réchauffa le cœur. Il y avait encore quelqu'un en lui, un être humain. Il ouvrit la bouche, prêt à me parler.

Une balle lui perfora le front.

Le sang gicla sur mon visage, et le corps d'Orest s'écroula. Déjà assis, je me jetai totalement à terre en entendant d'autres coups de feu et risquai un regard derrière moi.

Six cendrés arrivaient sur la berge.

Le premier jour, je n'avais pas eu le temps de bien les observer. C'étaient des mobilisés, aussi humains qu'Ed et moi. La seule chose qui les différenciait de nous était la cendre qu'ils s'étalaient sur le corps et sur le visage. L'Ordre Nouveau. Le clan du nord de la Zone, que les Conquérants évitaient avec autant de prudence que la Chose.

Une douleur insoutenable me plia en deux : un cendré venait de me tirer dans le ventre. Je criai, la vision obscurcie par un voile sombre. Mon visage faisait maintenant face à celui d'Orest, perplexe, un trou béant entre les deux sourcils. Je toussai et crachai du sang. La peur m'envahit, puissante, dévorante, écrasante par sa simplicité.

J'allais mourir.

Ed, où que tu sois, va-t'en.

Je voulus me mettre à genoux. La douleur était trop intense. Alors que je m'écroulais de nouveau au sol, un tir éclata un pavé près de ma tête. Mes oreilles bourdonnaient. Conscient que la prochaine balle serait mortelle, je fis la seule action qui pouvait me sauver la vie et roulai sur le côté.

La Vistule m'enveloppa dans son manteau gelé.

Mon souffle se coupa. Des balles fusèrent dans l'eau, mais me manquèrent. Je fis de mon mieux pour retenir mon sac, et parvins à remonter la tête vers la surface. Le courant m'entraînait loin de la berge, des cendrés et du cadavre d'Orest.

Alors que je passais sous un pont, j'employai toute l'énergie qui me restait pour rejoindre la terre ferme. Mon thorax me brûlait, et si l'eau ralentissait le saignement de ma blessure, la douleur était bien réelle.

Je tenais à peine debout, mais je m'obligeai à faire un pas, puis un deuxième. Mon sang mêlé à l'eau s'écoulait le long de mon ventre et de mes jambes pour finir sa course en petits clapotis sur la route. Au bout de deux rues, je dus m'arrêter un instant, essoufflé et complètement désorienté.

Mes mains devinrent mon unique pilier. De la gauche, je m'appuyais aux murs que je longeais, et de la droite, je comprimais mon ventre qui n'était que souffrance. Je perdais trop de sang, et j'étais incapable de réfléchir à la direction que je prenais. Je haletai, tournai de l'œil et manquai de tomber à maintes reprises. Pire que tout, je sentais que la vie s'échappait peu à peu de mon corps.

Ne pouvant plus avancer, je me laissai glisser contre le mur d'une petite rue parallèle, à l'abri des regards, me reposant sur mon sac à dos couvert de mon sang. Le monde tournait autour de moi, et je me sentais gelé malgré la chaleur ambiante.

— Prym…

Croyant d'abord qu'Ed m'avait trouvé, je relevai la tête, puis suffoquai devant la vision de Jo. Elle portait la blouse blanche qu'elle arborait parfois à l'Institut, et l'une de ses pinces préférées retenait ses boucles blondes. Ses doigts tâtonnèrent ma blessure, et cette vision lumineuse devint plus trouble encore. Chaque inspiration n'était que douleur. Tranquille, Jo prit ma main droite, écarlate et humide, et l'observa un instant.

— Tu vas mourir, me dit-elle d'un ton doux, mais sans appel.

Le ciel gronda, comme pour confirmer ses dires. Je fondis en larmes. Une brise fraîche cueillit mes pleurs, et Jo posa son front contre le mien.

— Chut, chut, tout va bien. Ce n'est pas aussi effrayant que ça en a l'air, il faut juste se laisser aller.

— Je ne peux pas mourir…, hoquetai-je en crachant du sang, je dois te ramener à la maison…

Elle éloigna sa tête et essuya le sang sur mes mains. Je la voyais de plus en plus floue.

— C'est impossible. Je ne suis plus qu'un souvenir, qu'une illusion, et bientôt, ce sera ton tour. Il n'y a pas d'avenir glorieux qui t'attend, Prym. Juste la mort. Mais ne t'inquiète pas, le néant est paisible.

Une pluie tiède se mit à tomber, se mêlant délicatement à mes sanglots salés. Ma respiration se faisait de plus en plus difficile, et je regrettai presque que les cendrés ne m'aient pas achevé directement.

Je me souvenais de la douleur sourde des vaccins mensuels de l'Institut, qui nous rendaient malades. Le dernier que j'avais reçu avant de partir était loin d'être le pire ; d'autres m'avaient tant fatigué que j'avais dû rester cloîtré à l'infirmerie pendant plusieurs jours.

Une balle dans le corps, ça n'avait rien de comparable.

— Ne m'abandonne pas, ne me laisse pas tout seul…

— Je resterai là jusqu'à la fin.

Cela me rassura et je fermai les yeux. Mon monde se résuma au bruit de mon cœur battant à tout rompre et à la douleur. Je tâtai mon cou jusqu'à trouver les deux matricules, le mien et celui de Jo, que je serrai avec hargne.

— Rentrons à la maison.

Je n'étais pratiquement plus conscient quand une main se posa sur les trous qu'avait creusés la balle. Était-ce cela, la mort qui venait me chercher ? Alors, je l'acceptai ; elle était plus douce que la vie. La sensation cessa, et je me sentis partir loin, très loin.

Je tombai dans l'obscurité.

24

ZUZANNA

AURA

Un système d'épuration complexe transforme l'eau de la Vistule en un breuvage potable, sans pour autant permettre à quelqu'un de s'échapper par ces tuyaux.

Du bout des doigts, je repoussai une mèche courte de ses cheveux blonds qui s'était collée à son front. Les rideaux mauves qui couvraient la fenêtre filtraient la lumière du soleil qui allait bientôt disparaître de l'autre côté du Mur, et donnaient à la pièce une allure enchantée. Je trempai le chiffon dans la bassine d'eau tiédie, l'essorai, puis entrepris de laver son visage couvert d'un sang qui n'était pas le sien. Sa lèvre était coupée, et son arcade sourcilière gauche, encore un peu gonflée, témoignait de l'ampleur du coup qu'il avait pris.

Il semblait si paisible.

« Je n'aime pas son aura », m'avait signé Artur quand je lui avais amené.

Je venais de le porter sur un bon kilomètre, j'étais épuisée, et tout ce que j'espérais, c'était qu'Artur accepte de m'aider. Pourtant, jamais je ne l'avais vu aussi perturbé devant quelqu'un, surtout blessé.

La mèche blonde reprit sa place sur son front.

Je passai ma main sous son dos pour le soulever et défis les bandages autour de son torse. Les plaies avaient mauvaise mine. Un trou sombre encore à vif. Le chiffon avait rougi, et teinta l'eau alors que je l'y plongeai de nouveau. Cette fois, je pris soin d'être la plus délicate possible en nettoyant le contour de ses plaies. Malgré ses blessures, il restait très beau. Je pouvais moi-même témoigner de la force de ses longs muscles, comme dessinés par un sculpteur grec. Mes paupières se fermèrent pour m'aider à retrouver un peu de contenance et à réfléchir aux conséquences de mon acte insensé.

Quand je les rouvris, deux billes noisette, à la limite du kaki, me scrutaient.

— Je te connais…

Il fronça les sourcils et, déconcentrée, je ne pus lire sur ses lèvres. Je levai la main, et il se figea. Je portai mon index d'abord à mon oreille, puis à ma bouche.

La perplexité se dessina sur son visage. Je refis le geste une seconde fois, attristée de ne pas me faire comprendre ; enfin, son front se dérida et il ne masqua pas sa surprise. Ses lèvres bougèrent vite, mais je savais ce qu'il allait dire.

— Tu es sourde.

Je hochai la tête, et je sus qu'il se mordait la langue à la façon dont ses joues se creusèrent. Il ouvrit la bouche, puis se ravisa, et soudain, ses yeux s'écarquillèrent. Il porta la main à son cou nu, et tenta de se lever avec une grimace de douleur. Je le fis se rallonger sans attendre, je posai ma main sur son torse, et plongeai mon regard dans le sien pour lui signifier que tout allait bien et qu'il ne devait surtout pas se lever.

Un coup d'œil à ses affaires empilées près de moi suffit à me faire comprendre ce qu'il cherchait. Sous son attention accrue, j'attrapai les deux matricules emmêlés et tachés de sang et les lui déposai au creux de la paume. Il les serra et les plaça contre son cœur, visiblement soulagé. Bien sûr, j'avais déjà pris le temps de les observer, mémorisant les deux identités gravées au fer, ainsi que leurs spécialités. Prym Ostrów, matricule 020068, un *pugnatum corpus*, et Joanna Anders, matricule 020001, une *manus protegens*, comme Artur. Celui qui devait s'appeler Prym se tourna vers moi et tendit son autre bras.

— Merci.

Il me prit la main. La sienne était immense et chaude.

— Quel est ton nom ?

J'eus un instant d'hésitation sur la meilleure manière de procéder. Finalement, je me défis de son emprise et plaçai la paume de sa main libre vers le ciel. Mon index traça mon prénom dans le creux de sa peau. Sept lettres durant lesquelles il ne bougea pas, les yeux perdus au loin, à visualiser ce que je lui écrivais. Je restai pendue à ses lèvres, attentive aux moindres de ses réactions.

— Zuzanna ?

Avant que je ne confirme, il tourna vivement la tête et je fis de même. Artur attendait sur le pas de la porte. Comme à son habitude, il avait délaissé son uniforme pour une chemise blanche aux manches bouffantes et un pantalon en toile sombre. L'apparition de quelques cheveux gris dans son épaisse tignasse brune m'avait d'abord surprise, avant que je me rappelle notre principale différence. Artur avait vécu plus longtemps dans la Zone qu'à l'Institut. Ses yeux voilés papillonnèrent jusqu'à moi. Il signa notre code pour vérifier que tout allait bien, et fut rassuré par ma réponse positive.

— Bonjour, Prym. Comment te sens-tu ?

Mon cœur se serra d'affection en constatant qu'Artur faisait toujours l'effort, même devant d'autres personnes, de parler suffisamment lentement, de bien articuler, et de vérifier régulièrement que je suivais. Le temps que je tourne la tête, Prym avait déjà commencé sa phrase.

— … mal à respirer. Qu'est-ce qui s'est passé ?

Artur s'assit près de lui pour que tous deux soient dans mon champ de vision. Il me gratifia d'un clin d'œil avant de lui répondre.

— Tu as eu de la chance que Zuzanna t'ait trouvé à temps. Les balles que tu as reçues ont tapé dans tes côtes et se sont fragmentées, donc Zuzanna t'a amené à moi pour que je te soigne.

Il laissa à Prym quelques instants pour digérer cette information. Artur me reprit le chiffon et poursuivit le travail que j'avais démarré, ce qui tira une grimace de douleur au vingtième. Devant tous les blessés, Artur affichait le sourire doux et patient du *manus protegens* ; ce même sourire qu'il m'avait longtemps servi quand il m'avait recueillie.

— Pourquoi m'avoir sauvé ?

Prym s'était tourné dans ma direction, et des effluves de pluie envahirent mes narines. Une partie de moi se posait encore la question. Pourquoi avoir sauvé un parfait étranger, Conquérant par-dessus le marché, mettant Artur dans l'embarras vis-à-vis du groupe ? Une autre part de moi, celle qui avait trouvé le cadavre abandonné du dégénéré et suivi les traces de sang qui s'éloignaient jusqu'à tomber sur celui qui l'avait épargnée au lieu de la dénoncer, acceptait pleinement cette décision. Il m'avait épargnée en me laissant partir ; c'était à mon tour de l'empêcher de mourir.

Je me contentai de hausser les épaules, et Prym fronça les sourcils. Les émotions sur son visage changèrent une nouvelle fois, et une vague de panique déferla sur ses traits. Il parla alors trop vite pour que je capte autre chose que des mots isolés.

— trouvé… ami… blessé… je… chercher…

Il voulut s'asseoir, mais cette fois, ce fut la poigne ferme d'Artur qui l'obligea à se rallonger dans son lit de fortune.

— Déjà, tu te calmes et tu parles plus doucement, par respect pour Zuzanna. (La honte fit rougir les joues de Prym, qui détourna les yeux.) As-tu un objet qui lui appartient ?

Notre blessé secoua d'abord la tête, avant de s'écrier.

— Sa gourde !

Je ne mis qu'un instant à ouvrir son sac, et Prym m'indiqua laquelle était la bonne. Après une rapide inspection, Artur la fit tourner entre ses doigts, dubitatif.

— Il l'a depuis longtemps ? (Devant la mine hésitante de Prym, Artur poussa un soupir.) Bon, c'est mieux que rien. Maintenant, tu vas me décrire précisément ton ami.

— Le décrire ?

— Dis-moi tout ce que tu sais sur lui.

Je soupirai, consciente qu'en restant vague, Artur ne permettait pas à Prym de comprendre sa requête, mais c'était sa manière de faire. Il avait employé exactement les mêmes mots lorsque je lui avais demandé de retrouver Piotr, et je me souvenais parfaitement de ma confusion.

— Il s'appelle Edward Okonek, matricule 020067, c'est un *memoria eruditissimo*. Il est petit, pas très sportif et…

— Non, pas ce genre de description. Qui est-il ? Comment se comporte-t-il ? Que dégage-t-il ?

Sa déclaration laissa Prym encore plus perplexe, et machinalement, ses doigts s'entortillèrent autour de ses matricules. Il hésita longtemps, cette fois ; ses iris noisette s'accrochèrent à moi, et j'esquissai un sourire qui se voulait encourageant. Quand il prit la parole, ses lèvres bougèrent plus lentement, mais il ne me regardait pas assez pour me permettre de saisir tous ses mots.

— Avant tout ça, il voulait devenir linguiste, ou ambassa… je ne sais plus, pour… voyager, je crois. Il n'a pas beaucoup confiance en lui… temps, il est capable de faire des choses très courageuses. La Zone… peur, mais… déserté les Conquérants… moi, alors qu'en faisant… abandonnait un poste confortable où… en sécurité… confiance en lui, parce que c'est… de bien.

Le sourire d'Artur s'élargit, ce qui ne sembla pas rassurer Prym.

— Très bien.

— En quoi… va nous… retrouver ?

— En tout.

Artur ferma les yeux et expira pendant une éternité. Prym se redressa sur ses coudes malgré la douleur que cette position devait lui procurer. Je n'eus pas le cœur à le forcer de se rallonger. Voir Artur faire était toujours un étrange spectacle, surtout quand il devait chercher quelqu'un qui lui était inconnu et dont l'aura était faible. Ses paupières tressautaient, ses mains pianotaient sur la gourde, et son visage était parcouru de milliers de petits spasmes.

Il inspira enfin, et mit quelques secondes à revenir au moment présent. Encore sous le coup de sa propre fatigue, il marmonna, et devint aussitôt incompréhensible.

— … pas loin… effrayé… cadavre dans son…

Un bâillement lui échappa.

Sa respiration reprit un cours normal. Il ne fallut qu'un instant supplémentaire pour que son éternel sourire charmant se redessine sur ses lèvres. Quant à Prym, ses traits exprimaient un mélange de soulagement et d'incrédulité.

— Qui es-tu ?

La chambre rose me parut soudain très exiguë, avec ses nombreux posters, ses lourds rideaux, et nos trois corps recroquevillés dans le même coin.

— C'est plutôt à moi de te poser la question.

Au-delà de son sourire, je discernais de la peur dans les yeux d'Artur. Pourquoi ? Que dégageait Prym pour l'effrayer autant ? Même après plus d'un an à le côtoyer chaque semaine, et alors qu'il était le seul que je pouvais considérer comme un véritable ami dans la Zone, je n'arrivais toujours pas à savoir ce qu'il avait en tête.

Artur adressa un clin d'œil à Prym. Après tout le temps passé en sa présence, je lisais sur ses lèvres avec autant de facilité que s'il signait.

— Artur Janos, pour te servir, ou du moins, faire de mon mieux dans ce but. En ce moment, j'appartiens au groupe de la Faux.

— La Faux ?

— Un des nombreux groupes qui composent les errants. De façon générale, ils m'appellent le Sensitif, parce que je ressens les gens plus que je ne les vois. Je perçois leur signature, leur énergie vitale, leur activité cérébrale ; je peux les placer dans le monde et visualiser le chemin qu'ils ont parcouru depuis une période donnée.

Prym mit quelques minutes à digérer cette information. À l'époque, il m'avait fallu plusieurs semaines pour comprendre l'ampleur de son don.

Ou plutôt, de sa malédiction.

— Et… quelle… contrepartie ?

— La contrepartie…

Artur ricana et secoua la tête. Son sourire se fissura, et ses yeux troubles se posèrent sur moi, comme si j'étais la seule dans cette pièce à comprendre ce qu'il était en train de vivre. Ce qui, en y réfléchissant bien, n'était pas si faux.

— Un jour prochain, ce don deviendra ma seule manière de percevoir le monde. Je perds peu à peu la vue, et mes autres sens ne vont pas tarder à décliner.

Un profond trouble se dessina sur la figure de Prym, puis beaucoup de tristesse, et il se mit à jouer avec ses deux matricules, comme pour éloigner le mauvais sort. Artur se leva, se dirigea vers le petit bureau rose non loin du lit, et griffonna quelque chose sur un bout de papier qu'il me tendit. Son écriture devenait de plus en plus illisible, mais les indications étaient suffisamment claires pour que j'en comprenne le sens.

Il me fit l'un de ses clins d'œil fétiches avant de signer.

« À toi de jouer, San. »

Je me tournai vers Prym, dont le regard se posait tour à tour sur Artur et sur moi. Je signai rapidement que j'allais chercher son ami, et le jeune homme afficha un air d'autant plus perdu. Sans lui laisser le temps de réagir, j'attrapai son matricule entre ses doigts, lui laissai celui de son amie, et je quittai la pièce, sachant pertinemment que les bases apprises par Artur lui permettraient de me traduire.

Alors que je dévalais les escaliers pour quitter le pensionnat, sous la surveillance attentive des quelques membres de la Faux, les poings serrés sur le papier contenant les indications d'Artur, une triste pensée m'envahit. Viendrait un jour où lui et moi ne serions plus capables de nous comprendre. Je refoulai cette idée loin dans mon esprit. Ce n'était pas le moment de penser à ça. D'abord, retrouver l'ami de Prym sain et sauf et reprendre ma recherche de Piotr avec les renseignements fournis par Artur. La suite ne dépendait pas de moi.

Le soleil était à présent définitivement couché, et les rues de Varsovie plongées dans une obscurité familière. Si la nuit m'affaiblissait, elle ne me faisait guère peur.

Les fleurs de soleil frémirent sous mes pas.

25

EDWARD

INCERTITUDES

Les errants cherchent à vivre libres, en dehors des guerres des grands clans.

Le cadavre de pigeon, dont la tête dépassait de mon sac à dos, me contemplait avec un air accusateur. Je pouvais très clairement deviner son discours, il était le même que celui de la voix dans ma tête. *Tu l'as abandonné. Tu l'as laissé mourir seul. Tu n'es qu'un lâche, un moins que rien, quelqu'un qui mérite l'errance et la mort.* Ces mots tournaient en boucle dans mon crâne et menaçaient de sortir par le biais d'un hurlement.

Prym était mort et je n'avais rien fait !

Blotti dans une baignoire poussiéreuse de la première maison encore debout que j'avais trouvée, je sentais la panique enfler dans ma poitrine, comme un ballon tendu qui menaçait d'exploser.

J'étais d'ailleurs tellement rentré à l'intérieur de moi-même que je n'entendis pas la porte d'entrée s'ouvrir en grinçant, pas plus que les marches crisser sous le poids d'un intrus, si bien que lorsqu'une ombre passa le seuil de mon refuge, j'eus deux réflexes inutiles : hurler et balancer le pigeon mort sur la tête de l'inconnu.

— Va-t'en !

L'ombre évita mon attaque avec aisance avant de m'envoyer à son tour un projectile, que je devinai mortel. En guise de seule défense, je cachai ma tête entre mes bras et priai pour qu'un couteau ne transperce pas ma chair. Au lieu de ça, un petit objet métallique rebondit sur mon coude, puis tinta sur les rebords de la baignoire, avant de s'immobiliser.

J'ouvris un œil, puis un second, et notai que j'étais toujours vivant et que l'ombre n'avait pas bougé du seuil. Prudent, je tâtai autour de moi jusqu'à retrouver le projectile, et quand mes doigts accrochèrent enfin un rectangle froid accroché à une chaînette, mon cœur rata un battement. Je me tournai vers l'ombre, incrédule.

— Un matricule ? De qui ?

L'ombre ne daigna pas me répondre et se contenta de reculer dans le couloir, où une fleur de soleil éclairait le haut de l'escalier. Je déglutis, puis, prenant mon courage à deux mains, je m'extirpai de la baignoire, ramassai mon sac à dos, y remis le pigeon et m'engouffrai à la suite de l'ombre. Mentalement, je me préparais déjà à utiliser quelques techniques de corps à corps que Lise m'avait apprises.

Postée près d'un lys doré dont je n'avais pas remarqué la présence en arrivant, l'ombre se dessina peu à peu. Une jeune femme aux cheveux courts, portant un large tee-shirt sombre, troué à de multiples endroits et aux inscriptions blanches à peine lisibles, un short de sport en tissu d'un rouge décoloré, et une paire de baskets qui avaient un jour dû être blanches. Arrivé à sa hauteur, je constatai qu'elle était bien plus grande que moi, ce qui n'était pas difficile. Sans dire un mot, elle me montra la fleur du doigt. Tentant de cacher ma peur, j'amenai le matricule à la lumière, et une nouvelle fois, je crus faire un arrêt cardiaque.

— Prym ? Où as-tu trouvé ça ? Il est mort ?

La mobilisée secoua la tête. Son index désigna son oreille, puis sa bouche, et la mienne s'entrouvrit de surprise. Elle signait. Je lui répondis immédiatement dans sa langue.

« Qui es-tu ? Où as-tu trouvé ça ? »

Je n'avais pas pratiqué la langue des signes depuis au moins trois ans, et je sentais bien que j'étais un peu rouillé, mais j'étais visiblement encore apte à me faire comprendre. Elle écarquilla les yeux, puis fronça les sourcils. Ses gestes furent très rapides, et il me fallut quelques secondes pour les interpréter.

« Tu sais signer ? Tu connais quelqu'un de sourd ? »

« Non. Je suis capable de parler huit langues et de signer en polonais et en anglais. Je suis un... » J'hésitai un instant sur le bon geste à faire. « Une mémoire savante. » Elle hocha la tête, et les émotions qui traversèrent son visage mêlaient surprise et joie. Je reposai ma question. « Qui es-tu ? Où as-tu trouvé ça ? Mon ami est-il mort ? »

J'eus un instant de doute sur ma manière de signer. Avais-je utilisé le bon mot ? Les gestes de cette jeune femme étaient d'une fluidité saisissante, loin de mes mouvements maladroits.

« Je m'appelle Zuzanna », m'épela-t-elle, puis elle le fit une seconde fois, pour être sûre que j'avais bien eu le temps de saisir toutes les lettres. « Ton ami va bien. Je l'ai amené à un groupe de marchands qui s'occupent de lui en ce moment. »

« De marchands ? »

Elle réitéra son geste et je compris. Des errants.

Mes doigts serrèrent le matricule, comme pour vérifier que tout ceci était bien réel et que je n'allais pas me réveiller dans la baignoire, avec le cadavre d'un pigeon sur les genoux. L'espoir me tordait l'estomac, et malgré l'heure certainement très tardive, je me sentais parfaitement éveillé. Quand Zuzanna m'indiqua de la suivre et descendit l'escalier, je n'hésitai pas. Bien sûr, il y avait toujours la possibilité qu'elle ait ramassé ce matricule sur le corps de Prym, et que tout ceci ne soit qu'un piège hautement élaboré, mais je ne voulais même pas y penser.

Les rues de la ville étaient plongées dans une obscurité angoissante, et sans la présence de Zuzanna, je n'aurais pas osé m'y aventurer. Les fleurs de soleil, seule source de lumière, puisque la lune était restée cachée derrière les nuages, donnaient un air fantomatique à ces avenues abandonnées et à ces carcasses de voitures. La peur de croiser la Chose ou de tomber dans une embuscade ralentit le temps et transforma cette simple marche dans la nuit en un véritable parcours du combattant pour moi.

Zuzanna, elle, ne paraissait pas gênée par le manque de luminosité et progressait parmi les fleurs de soleil. Sa démarche légèrement chaloupée était certainement due à une extrême sensibilité à son environnement visuel. De temps en temps, elle me jetait des coups d'œil pour vérifier que je la suivais toujours. Elle dégageait une assurance qui me laissait coi, et je me sentis soudain ridicule à me plaindre de ma situation, quand je la voyais si à l'aise dans un monde qui n'avait pas été pensé pour elle.

Perdu dans mes pensées, je faillis lui rentrer dedans lorsqu'elle s'arrêta brusquement, une main en l'air, les doigts tendus vers le ciel. Elle se retourna, et l'inquiétude me prit à la gorge devant ses traits soudainement fermés et son extrême vigilance. Ses minimes, mais continuels, mouvements de tête, et son regard en perpétuel mouvement ne pouvaient signifier qu'une chose.

Nous n'étions plus seuls.

« L'arme destructrice ? » demandai-je au bord de la nausée.

Je ne savais pas comment exprimer la Chose autrement avec mon vocabulaire, mais heureusement, Zuzanna secoua négativement la tête, ce qui atténua mon angoisse, suffisamment pour que je respire de nouveau. Elle signa alors rapidement quelque chose que je ne compris pas dans l'obscurité. Devant mon désarroi, elle recommença avec des gestes plus lents.

« Ils ne te feront pas de mal. Ça va bien se passer. Ils veulent préserver leur sécurité. »

— Ils ? m'étranglai-je à voix haute.

Zuzanna se mordit les lèvres, et son attention se porta sur un point derrière moi. Le cœur hors de ma poitrine, je dus me forcer à tourner la tête. Dans la ruelle obscure que nous venions de traverser, deux ombres approchaient et bloquaient le passage. Par pur réflexe, je voulus reculer, mais me heurtai à un mur. Sonné, je mis quelques secondes à m'apercevoir qu'il était fait de chair et d'os, et portait lascivement une faux dont la taille de la lame dépassait celle de mon bras. Son timbre était aussi grave et lourd que la roche.

— Chut… Pas de panique.

Zuzanna se trouvait derrière le colosse et m'observait d'un air presque désolé.

— Je ne…, balbutiai-je.

Avant d'avoir eu le temps de formuler une phrase décente, une douleur sourde éclata à l'arrière de mon crâne, et je m'écroulai sur le béton refroidi par la nuit. Une joue contre terre, la vision pleine d'étoiles, j'entrevis à peine deux larges bottes se planter devant mon nez, avant qu'un tissu sombre et puant ne me couvre le visage.

— Ed ?

Une voix me parvenait de loin, très loin.

— Ed ?

D'aussi loin que la distance entre la Terre et le Soleil.

— Ed, réveille-toi.

Cette fois, je ressentis très nettement une main me secouer l'épaule et me ramener à la surface. Le monde était trop lumineux, alors je cachai mon visage derrière mes doigts pour atténuer la clarté. Ma tête était aussi douloureuse que si elle avait été écrasée par un char d'assaut et je grinçai des dents quand la voix m'interpella de nouveau, résonnant dans ma boîte crânienne comme si elle hurlait directement dans mon *cerebrum*.

Mon index s'écarta suffisamment pour me laisser entrevoir quelques mèches blondes et une arcade sourcilière encore toute cabossée.

— Par le Maréchal ! Prym ? Tu es vivant ?

— À peu près, oui.

Il désigna l'ensemble de bandages sur son torse. Son visage était également couvert d'hématomes. Un immense soulagement me retira un poids dont j'ignorais l'existence. Je ne l'avais pas abandonné. Il n'était pas mort par ma lâcheté.

Je m'appuyai contre le mur pour me relever un peu, et grimaçai quand mon mal de tête se rappela à mon bon souvenir. Un haut-le-cœur me prit, mais je fis de mon mieux pour le masquer. J'étais à moitié affalé sur un matelas à l'odeur douteuse, posé à terre, et juste à côté de moi, Prym occupait l'unique lit de la pièce : une chambre minuscule au papier peint défraîchi et dont l'ancien propriétaire devait avoir un sens de la décoration plus que discutable. Il avait mélangé avec allégresse des meubles aux couleurs fluo, une moquette rouge à moitié arrachée, et des affiches représentant des jeux vidéo qui m'étaient inconnus.

— Comment va ta tête ? Artur m'a dit qu'ils ne t'avaient pas loupé.

La honte m'envahit à l'évocation de cette embuscade. Prym avait l'air bien plus mal en point que moi, et un sifflement aigu se faisait entendre chaque fois qu'il respirait.

— Ça va très bien, mentis-je en me mordant la langue, mais où est-ce qu'on est ? Qui est Artur ? Et pourquoi ces types m'ont assommé ?

Entre deux mauvaises respirations, Prym me raconta ce qu'il lui était arrivé depuis notre séparation. L'attaque des cendrés, le sauvetage de Zuzanna qu'il avait déjà croisée, le groupe de la Faux, des errants qui l'avaient recueilli et soigné, notamment Artur, un Accompli. Je ne pouvais m'empêcher de le trouver fatigué. Ses cernes étaient accentués par ses multiples contusions, il avait maigri depuis notre arrivée dans la Zone, et les bandages gris, rougis par endroits, qui lui enserraient l'abdomen, témoignaient de ses récentes blessures.

— De ce que j'ai compris… (Il inspira avec difficulté.) Il *ressent* les personnes.

— Ça doit être étrange à regarder, frissonnai-je.

— Oh, ça l'est ! s'écria une voix grave dans mon dos.

Je fis volte-face, le cœur au bord des lèvres.

— Ah, la belle au bois dormant s'est réveillée ! s'exclama le colosse qui m'avait assommé.

— C'est Chaim, me précisa Prym dans un souffle, le chef de la Faux.

Ses larges épaules passaient à peine la porte. Il était moins effrayant à la lumière du jour, mais il m'impressionnait, même sans sa faux. Il m'attrapa le bras et me mit debout comme un enfant.

— Laissons ton ami dormir, tu veux ? On va aller grignoter un truc. Tu dois avoir faim après avoir roupillé aussi longtemps !

Je n'eus pas le temps de protester qu'il me traînait déjà dans le couloir. Ma tête tournait affreusement, et l'angoisse de lui vomir dessus me rendait nerveux. Bien qu'il me soit difficile de me repérer dans la Zone, je pouvais affirmer sans me tromper que ces errants avaient choisi un ancien internat pour se loger.

Chaim me fit descendre un étage et traverser une cour sous la surveillance attentive de l'un d'entre eux, *anima* activée à la main, et visiblement prêt à s'en servir si je déviais de mon chemin.

Il ouvrit une large porte qui donnait sur une pièce remplie de tables et de chaises jaunes et beiges. Les membres de la Faux étaient installés sur l'une des plus grandes tables, dans ce qui devait être la cantine du campus. Répartie sur deux étages, elle couvrait un espace colossal. Chaim les rejoignit tout naturellement, et je ne réussis à lui emboîter le pas que parce que j'avais reconnu Zuzanna, déjà en train de manger.

— Comment te sens-tu ? s'inquiéta un homme à la chemise bouffante.

— Bien, balbutiai-je, merci.

Je rougis et tirai une chaise d'un geste tremblant pour m'asseoir face à Chaim, dont l'attitude sereine ne déteignait pas vraiment sur moi. Son *anima* de catégorie trois était posée sur la table, et je redoutais plus que tout qu'elle se transforme en faux.

— Alors, laisse-moi te présenter Artur, dit-il en désignant l'homme à la drôle de chemise. Le Sensitif.

— Ravi de te connaître.

Il me tendit la main, et je la serrai avec empressement.

— Moi aussi, encore merci de nous aider.

Je n'avais pas tellement apprécié d'être assommé en pleine rue, mais ils soignaient Prym, donc l'heure était plutôt à la diplomatie.

— Il n'y a pas de quoi.

Le colosse reprit le tour des présentations.

— Voici Judyta. Telimena. (L'errante borgne se contenta de hocher la tête.) Roman. (Sa salutation fut plus amicale.) Icek, qui est de tour de garde. Et Zuzanna, que tu connais déjà.

La jeune femme, assise en diagonale de moi juste à côté de Chaim, m'adressa un sourire désolé, avant de reprendre son repas. Judyta me tendit une cuillère et une assiette remplie d'une soupe de pigeon et de ce qui ressemblait à des choux, que j'acceptai de bon cœur. Je n'avais aucun souvenir de mon dernier repas, et les grondements de mon estomac me disputaient pour cet oubli.

Chaim, qui, heureusement pour moi, gardait son *anima* désactivée, appuya son menton contre son poing entre deux cuillères de sa soupe, affichant une moue amusée.

— Alors, que penses-tu de tout ça ?

— C'est très bon, m'empressai-je de dire pour ne pas vexer mes hôtes.

Le colosse s'esclaffa.

— Pas la soupe ! Notre groupe ! La Zone en dehors du cocon des Conquérants.

Mon visage bouillonna, et je pris quelques secondes pour réfléchir à sa question. De là où j'étais assis, je pouvais voir l'ancienne cuisine, ou du moins une fenêtre donnant sur cette pièce. Le petit groupe d'errants avait aussi un stock impressionnant de fleurs de soleil, qu'ils avaient placées à des endroits stratégiques de la pièce pour que nous ayons une vraie sensation de lumière. Leur nourriture, en revanche, était beaucoup moins élaborée que celle des Conquérants ; elle se limitait très certainement aux conserves qu'ils avaient réussi à trouver dans les maisons et les réserves abandonnées.

— J'avoue que j'ai du mal à saisir comment fonctionnent les errants. Finalement, vous vivez en communauté, non ? Pourquoi ne pas former un clan ?

— C'est plus compliqué que ça, expliqua Chaim en posant son assiette vide sur l'un des comptoirs avant de se rasseoir autour de la table. Au départ, les errants étaient ceux qui ne voulaient pas entrer chez les Conquérants, parce qu'ils étaient dirigés par Jonatan Borowski, le fils du colonel. Ça a rebuté beaucoup de monde. Mais on était le seul groupe d'opposition, bien avant les Wilis ou ces timbrés de l'Ordre Nouveau.

J'acquiesçai, ça ne me surprenait pas du tout. Le nom Borowski était à la fois une chance et un lourd handicap.

— Les errants, c'est un grand mot pour nous désigner ; on est surtout plein de petites communautés qui se partagent des secteurs de la zone neutre. Ici, on nous nomme le groupe de la Faux, à cause de mon *anima*.

— Il y a des communautés plus grosses que la nôtre, ajouta Telimena. Les Nocturnes, qu'on ne croise jamais durant la journée, les Patrouilleurs, qui changent régulièrement de territoire et nous emmerdent pas mal…

— Et beaucoup de plus petits, la coupa Chaim, mais on s'en fout. La seule raison valable pour nous de traverser les différents secteurs est d'aller chercher de l'eau, et pour ça, on a négocié des traités avec d'autres groupes pour qu'ils nous laissent passer quand on en a besoin.

Toutes ces révélations me laissaient coi. Les Conquérants étaient si mal informés sur les errants et leur géopolitique que c'en était presque humiliant. Lise se damnerait pour obtenir ces informations ! Le fait qu'il y ait tant de monde dans cette si petite partie de la Zone était ce qui me surprenait le plus.

— On est déjà passés plusieurs fois en zone neutre, intervins-je timidement. On n'a jamais rencontré personne.

Ma remarque fit sourire Chaim, qui semblait tout à coup très fier de lui.

— On connaît mieux cette partie de la Zone que tout le clan de Borowski réuni, et t'inquiète pas que personne ne se montre quand vous vous pointez par ici. Il n'y a pas vraiment de liens entre les groupes, pas vraiment de conflits non plus. Ça dépend des périodes et des enjeux. Par contre, il n'y a pas d'entraide, pas de soutien, chaque groupe est autonome. On vit et on meurt seul, ici.

J'essayai d'assimiler tout ce qu'il venait de me dire. D'abord, il y avait également des Accomplis dans cette partie de la Zone. Et puis, il y avait des conflits et des alliances aussi inconnus que leur nombre. Artur m'observait du coin de l'œil, il semblait si vieux. Avec toute la prudence possible, je lui demandai son âge.

— Je suis un sixième, l'une des dernières générations à avoir connu des premiers et des deuxièmes. Ils étaient déjà peu nombreux quand je suis arrivé, ils se sont éteints juste après. Les troisièmes, les quatrièmes et les cinquièmes ont suivi. Une vraie hécatombe. Il reste peu de sixièmes, septièmes ou huitièmes comme moi ; tous ou presque sont des errants, ils se fondent dans la masse.

Ce qu'il disait faisait écho à tout ce que j'avais imaginé quelques jours plus tôt.

— Pourquoi sont-ils morts ?

Le Sensitif avait un regard mélancolique, et je n'osai imaginer le nombre d'amis qu'il avait dû perdre en plus de quatorze ans de Zone. Si son don lui permettait bien de sentir les gens, alors peut-être percevait-il aussi leur disparition. De quoi devenir fou. Je crus qu'il n'allait pas répondre, mais après un temps de réflexion, il se lança.

— Ils ont essayé de faire ce à quoi on a tous renoncé. Ils se sont acharnés malgré les morts, malgré les dégénérés, malgré le manque d'infrastructures qui les attendaient, prêtes à les loger, à les armer et à les nourrir. Ils ont tout fait pour survivre et pour tuer la Chose.

Pris par une soudaine vigueur et une colère à peine dissimulée, Chaim planta ses yeux dans les miens.

— Et ils sont morts.

Je déglutis, mal à l'aise à l'idée que la Zone contenait plus de cadavres que de vivants. Une partie de moi se demandait de plus en plus s'il fallait chercher une raison logique à tout ce qu'il nous arrivait. Je laissai ma cuillère retomber dans ma soupe, la faim coupée.

— Et Prym et moi, dans tout ça… Pourquoi nous avoir aidés ?

Ils échangèrent des œillades portant des messages silencieux. Plus que tout, j'eus l'impression que Zuzanna cherchait à disparaître sous la table. Artur, le visage soudain fermé, fit craquer les os de sa nuque et ricana, ce qui attira notre entière attention, sauf celle de Zuzanna, qui mit quelques secondes supplémentaires à suivre notre regard.

— Ça n'a pas d'importance, balaya-t-il. Ce qui est sûr, par contre, c'est que si ton ami n'est pas mieux soigné, il ne tiendra pas deux jours de plus.

— Il va mourir ? m'horrifiai-je.

— Je n'ai pas de quoi le guérir. La balle a touché une côte en traversant son ventre, et celle-ci s'est déplacée. Un de ses poumons est légèrement touché. Si on ne fait rien, l'infection et le manque d'air vont le tuer.

Sa déclaration jeta un froid autour de la table. Les membres de la Faux, visiblement déjà au courant, esquivaient mon regard. Ma voix se fit minuscule.

— Alors, on ne peut rien faire ?

— Je n'ai pas dit ça. Il nous reste une solution, et elle s'appelle Kaja.

Chaim gronda.

— Tu ne penses quand même pas que…

— Oh si, j'y pense ! C'est la seule chose à faire.

Je me raclai la gorge, perdu et un peu effrayé de voir que Chaim avait la main posée sur son *anima*.

— Qui est Kaja ?

— Une Accomplie des Wilis, cracha Chaim, la Chamane.

— Capable de soigner toutes les blessures, compléta Artur.

Une vague d'espoir déferla dans ma poitrine, avant d'être asséchée par la réalité.

— Les Wilis n'accepteront jamais de le soigner… Mikołaj nous a dit qu'elles ne vivaient qu'entre femmes.

— C'est là que tu te trompes. Je sais qu'elles acceptent parfois quelques hommes qui ont prouvé leur valeur et leur loyauté. Cette carte-là sera difficile à jouer, vu que vous êtes d'anciens Conquérants. Mais les Wilis accueillent toujours très bien les Accomplis.

— Mais il n'est pas…

— Quelle importance ? J'en suis un, moi, et dans le doute, elles préféreront le soigner, quitte à le tuer ensuite, ce qui nous laissera un peu de temps pour réagir.

— Tu veux dire que tu viens avec nous ?

Ma tête bouillonnait, et je n'étais plus sûr que ce soit à cause du coup que j'avais pris la veille.

— Il faut bien que quelqu'un le maintienne en vie jusque là-bas, et puis, les Wilis ne me feront rien. Tant que tu ne t'appelles pas Aleksander, être un Accompli est une sacrée chance. J'ai toujours rêvé de voir leur clan d'un peu plus près. Leur mode de vie est fascinant, et leurs auras sont très… impressionnantes.

— Mais…

Au bout de mon champ de vision, un mouvement attira mon attention. C'était Zuzanna, qui signait après avoir tant bien que mal suivi la conversation. Ses grands iris gris étaient posés sur la seule personne qui pouvait la comprendre à la perfection : moi. Je me raclai la gorge et la traduisis.

— Elle dit qu'elle peut nous accompagner, qu'elle connaît bien le secteur, et que de toute façon, c'était sa prochaine destination.

Sans que je puisse définir pourquoi, le sourire d'Artur s'élargit, et un frisson me secoua.

— Parfait.

26

PRYM

SONGES

Des premières générations, il ne reste presque plus personne.
La Zone contient plus de morts que de vivants.

Je n'étais que souffrance.

Depuis notre départ au lever du soleil, alors que la Zone était encore plongée dans une douce obscurité, Zuzanna, Artur et Ed me portaient tour à tour.

Au début, je m'étais senti si impuissant que j'avais tout de même tenté de marcher.

En vain.

Mon ventre n'était qu'un large abysse de douleur, et chaque mouvement rendait mon souffle encore plus précaire.

La moiteur de l'air eut vite fait de me donner extrêmement chaud dans ma tenue intégrale de combat. Muré dans un silence profond, Ed me portait depuis pratiquement vingt minutes. Bientôt, un autre prendrait le relais pour lui permettre de souffler. Notre différence de poids et de taille aurait dû l'obliger à s'arrêter depuis longtemps, mais il tenait bon, et le balancement régulier de son corps me berçait.

J'aurais aimé trouver les mots pour le rassurer, lui dire qu'il avait fait le bon choix en me suivant, malgré le danger.

Jo aurait su lui parler.

Je me contentai de somnoler en espérant ne pas mourir la seconde d'après.

Zuzanna fermait la marche, protégeant nos arrières, et Artur nous guidait avec une assurance étonnante. Il n'avait besoin ni de boussole ni d'une quelconque autre méthode pour se repérer dans la ville, et savait pertinemment où il mettait les pieds.

Il nous fallait avancer plus vite. L'orage menaçait toujours et les rares percées du soleil ne suffisaient pas à me remonter le moral, mais Artur restait prudent. À plusieurs reprises, il nous fit nous arrêter dans la boutique la plus proche, percevant le danger qui nous restait invisible. Zuzanna se rapprochait alors de nous, *anima* activée, prête à nous défendre.

Chaque fois, je ne pouvais m'empêcher de la dévisager : son regard en perpétuel mouvement, le foulard noué autour de son cou, et son étonnante manière de se mouvoir, dansante, fascinante. Quand Artur nous indiqua de repartir, je me relevai sans broncher, et me replaçai avec difficulté sur le dos d'Ed, sans montrer à quel point la douleur au creux de mon ventre continuait de me lancer, ignorant ma fatigue et mes doutes de plus en plus nombreux.

« Ne doute pas », m'avait dit Halborn.

Jamais.

— Tu pourrais… m'apprendre… quelques mots ?

Ed fit un bond, ce qui me tira une grimace de douleur. Il manqua de se tordre la cheville à la réception, et agrippa sa poitrine comme s'il pouvait empêcher son cœur d'en sortir.

— Ne fais… plus jamais ça, soupira-t-il en reprenant son avancée, je pensais que tu dormais.

— Écoute… obéissance… adaptation… précision… attention…, récitai-je.

Ma respiration était sifflante. Je haïssais ma faiblesse actuelle.

— Qu'est-ce que c'est ?

— Les cinq règles… (Inspiration.) du combat selon… (Expiration.) mon instructeur… (Inspiration.) Halborn. Si tu oublies… (Expiration.) l'une d'entre elles… (Inspiration.) dans une zone de guerre… (Expiration.) tu vas droit… (Inspiration.) vers la mort.

Il déglutit et se frotta le visage, avant de se rappeler que j'étais toujours sur son dos.

— Et la différence entre écoute et attention, c'est quoi ?

— D'après lui… l'écoute… c'est la capacité à… s'ouvrir à son environnement… extérieur, et l'attention… c'est le fait de ne pas… se laisser emporter par… son intérieur.

Mon index tapota son plastron, puis sa tempe. Rien que ce simple mouvement me donna envie de pleurer. Ou de vomir. Les deux, en fait. Dans un froncement de sourcils, Ed se dégagea, les yeux accrochés au sol.

— Je vois.

Sa voix était à peine audible, et en une fraction de seconde, il plongea à l'intérieur de lui-même, pour en revenir, l'air surpris.

— Quelques mots de quoi ?

— En langue… des signes.

Je n'osai pas relever la tête vers Zuzanna qui, à une dizaine de mètres de là, ne nous prêtait aucune attention.

— Ce n'est pas celle que je parle le mieux. J'ai toujours été bien plus doué dans les langues romanes : le français, l'espagnol, l'italien, le roumain, le latin, bien sûr, et…

— Juste quelques mots… suffiront… De quoi communiquer… en cas de problème.

Le front d'Ed se plissa, mais il ne commenta pas et se contenta de faire un geste rapide, puis de le répéter plus lentement.

— Ça, ça veut dire : danger.

Je tentai de reproduire maladroitement son mouvement, mais me résignai à simplement l'observer. Ed continua avec un nouveau signe.

— Ça, c'est pour désigner une arme.

Il me laissa une trentaine de secondes pour mémoriser ce simple geste, puis enchaîna sur plusieurs mouvements, qu'il répéta une dizaine de fois jusqu'à ce que je les assimile.

— Et ça… c'est quoi ? Une phrase ?

Son sourire s'assombrit.

— Ce sont les termes que j'ai utilisés pour décrire la Chose.

Devant mon silence, il s'empressa d'ajouter :

— Elle comprendra.

Mes paupières se fermaient de plus en plus. Loin derrière, Zuzanna nous jeta un coup d'œil et accéléra. Une bourrasque chaude et humide souffla sur nos visages, défit le foulard de son visage et souleva de la poussière dans l'air. Je détournai le regard, honteux d'être vu ainsi.

Artur revint à notre niveau, et je retins mal un bâillement.

— Dors un peu, Miraculé. Ton corps a besoin de repos.

— Et si… je ne me… réveille pas ?

Le Sensitif me gratifia d'un clin d'œil.

— Fais-nous confiance.

Je me laissai emporter par le sommeil.

Je me réveillai en sursaut.

Je mis quelques secondes avant de me rendre compte que j'étais allongé dans un endroit inconnu. Je n'avais pas l'impression d'être dans la Zone. Quelque chose dans le gris des murs qui m'entouraient me rappelait l'Institut. L'herbe sous mon corps était aussi douce que du coton. J'étais dans l'une des arrière-cours de Nonaginta Octo, plus particulièrement sous un vieux sapin dont les aiguilles verdoyantes laissaient filtrer un soleil d'été doux et chaud. Je me redressai, un peu étourdi de me retrouver là.

Derrière les volutes de poussière, une silhouette à quelques mètres de là attira mon attention. L'inconnu restait immobile. Il semblait ne pas tenir d'armes, mais difficile d'en être sûr à cause du nuage de poussière. Je m'apprêtai à le rejoindre quand un nouveau coup de vent balaya la scène, me révélant une femme de petite taille aux cheveux blonds coupés très court.

Non.

Attachés par une pince.

— Jo ?

— Bonjour, Prym.

Je me retournai, et découvris Joanna qui me souriait, non plus loin devant moi, mais juste derrière, à portée de main. Ses cheveux dorés étaient devenus la seule tache de couleur de ce monde gris et rouge, et chacune de ses boucles voltigeait autour de son visage comme un affront à cet endroit terne. Mis à part elle, le monde paraissait calme et vide.

— Pourquoi on est là ?

Jo jouait tranquillement avec les aiguilles du sapin ; elle se redressa.

— C'est toi qui nous as amenés ici, je n'y suis pour rien. Alors, as-tu trouvé la sortie du labyrinthe ?

— Quel labyrinthe ?

— Celui dans lequel ton Minotaure est enfermé.

Je fronçai les sourcils, à la recherche de ce que ce mot évoquait dans mon esprit embrumé, jusqu'à redécouvrir le souvenir de ce mythe grec. Un monstre prisonnier d'un labyrinthe, dévorant ses jeunes victimes de la plus cruelle des façons. Si je me souvenais bien, le héros qui avait fini par tuer le Minotaure s'appelait Thésée. La Jo que je connaissais ne croyait pas à ce genre d'histoires, mais celle en face de moi n'avait pas l'air de plaisanter.

— Je cherche encore, lui expliquai-je, prudent.

— Et Ariane ?

Une fois de plus, il me fallut quelques secondes pour que l'idée remonte dans ma tête. La solution pour sortir du labyrinthe tenait en un fil donné par Ariane, pour retrouver son chemin. Excepté que la Zone ne fonctionnait pas comme ça.

— Je ne suis pas sûr…

Elle me prit la main, elle était chaude, et son pouls régulier faisait écho au mien. Cette simple constatation me mit mal à l'aise.

— Il faut que tu la trouves, elle seule peut te guider vers la sortie. Sans Ariane, tu cours droit vers la mort.

— Et si j'échouais ?

Soudain, je sus ce qui n'allait pas, ce quelque chose qui grattait dans ma mémoire. Tout ceci ne pouvait pas être réel. Jo n'était pas réelle.

— Tu es Thésée, et Thésée ne peut pas échouer.

Le vent se leva, et la température chuta violemment. Le visage de Jo m'apparaissait plus flou, et je me rendis compte que mes yeux étaient emplis de larmes.

— Je suis désolé… Désolé pour tout…

Je voulus la prendre dans mes bras, mais elle semblait tout à coup très loin de moi, et ma peine se fit plus fracassante.

— Tu es morte… Tu es morte, et c'est à cause de moi. Je t'ai tuée, Jo !

— Je sais.

Le sourire qu'arborait Joanna ne me plaisait pas. Le ciel avait tourné à l'orage, et j'étais frigorifié. Ma respiration se fit plus difficile. Étais-je aussi blessé en rêve ? Ou bien ce que je voyais était-il réel ? La panique me serrait la gorge.

— J'ai une nouvelle théorie étrange, tu veux l'entendre ? demanda Joanna avec une drôle de voix.

Même son visage me paraissait soudain plus sombre. Je voulais m'échapper de cette vision cauchemardesque, mais ne pouvais en aucun cas bouger ou parler.

— Tu n'es pas Thésée cherchant à sortir du labyrinthe. Non, toi, tu es le Minotaure.

Quand je repris conscience, le monde était flou et tanguait. Rien n'était stable, et j'avais cette incroyable sensation de percevoir la rotation de la Terre. Chaque battement de cœur me frappait avec la force d'un boulet de canon. Chaque respiration me donnait le sentiment de me déchirer les poumons.

Je réussis à peine à ouvrir les yeux, mais suffisamment pour me rendre compte que j'avais la tête calée dans le cou de Zuzanna qui, malgré sa grande taille, peinait à me porter. D'un timbre rauque, je demandai combien de temps de marche il restait. Zuzanna dut sentir mon souffle contre sa peau, car elle tourna la tête, et ses yeux d'un gris orage accrochèrent les miens.

Son visage n'était qu'à quelques centimètres du mien et occupait tout mon champ de vision. Ses cils, aussi sombres que ses cheveux, papillonnèrent, comme si elle était surprise de me voir éveillé.

— Où… sommes… nous ?

— On est presque arrivés, me répondit Artur à sa place.

Sa voix était déjà loin, et je me sentais de nouveau tomber dans le chaos de l'inconscience. Une odeur de sang satura mes narines.

C'était le mien.

Le visage de l'errante fut la dernière chose que je perçus avant de sombrer dans les ténèbres.

Cette fois, je me réveillai dans mon lit, chez moi, quelque part dans la campagne près d'Animus. Mes pieds dépassaient du petit matelas. En réalité, tout me paraissait avoir rétréci, mais les draps avaient la même odeur que dans mes souvenirs.

Je me levai, examinai çà et là mes anciens jouets, mon uniforme d'écolier, et les photos encadrées et posées avec soin sur l'une de mes commodes. Mes deux préférées étaient placées dans les plus beaux cadres : celle où ma mère me tenait encore dans ses bras, bien avant que la maladie ne l'emporte, et celle de Jo et moi lors de notre premier jour de classe élémentaire. Ses cheveux blonds formaient une crinière bouclée indomptable autour de son petit visage, couvert d'une constellation de taches de rousseur.

Curieux de voir le reste de la maison, je quittai la chambre et traversai le couloir, mais je ralentis en arrivant au pied des escaliers. Je descendis doucement, mes pieds glissant sur les marches en bois sans les faire craquer. Je ne devais pas faire de bruit. Il n'y avait aucune explication logique à cette certitude, mais elle était bien réelle et si puissante qu'elle me coupait le souffle.

Dans l'entrée, devant la commode contenant les foulards de ma mère, un inconnu observait les clichés épars de notre famille réduite. Immense, il portait un long manteau gris qui lui arrivait aux chevilles et lui dessinait des épaules presque aussi larges que ma porte d'entrée. Ses longs cheveux clairs étaient retenus par un élastique effilé, et quand il tourna la tête vers moi, les multiples cicatrices qui découpaient son visage se révélèrent enfin. Une croix surmontée d'un triangle était tatouée sur sa joue gauche, posée sous son œil, comme une larme en suspension.

— Prym ?

Quand je rouvris les yeux, j'étais de nouveau dans la Zone. Le soleil se trouvait au beau milieu de sa course et il faisait un temps agréable. Pourtant, je ne me sentais pas tranquille. Il régnait comme une odeur rance de cadavre et de putréfaction.

Alors que je voulus me boucher le nez, un bruit de métal crissant sur le sol m'immobilisa. Je fis volte-face et découvris avec effroi la Chose. Le gris mat de sa carapace paraissait absorber toute la lumière du soleil. Sa face si humaine était tournée vers moi, mais le manque de globe oculaire et de nez la rendait incomplète. Elle n'en avait pas besoin, le haut de son crâne était composé de milliers et de milliers de capteurs sensoriels qui analysaient son environnement avec précision et avec une efficacité inégalée. Elle me jaugeait de toute sa hauteur, debout sur ses deux membres inférieurs.

Sa position bipède n'arrivait cependant pas à compenser la monstruosité de son corps désarticulé autour d'une base centrale qui lui servait de torse. Ses longs bras pendaient, et ses griffes glissaient sur le sol tels des patins sur la glace. Sa large bouche, qui aurait dû l'aider à parler et qui lui servait simplement à produire un râle bestial, s'était ouverte d'un coin à l'autre de son visage et me donnait l'impression qu'elle me souriait.

— Traîne… zit… ou… me… bras…

Sans langue et sans lèvres pour articuler ses mots, la Chose les crachait avec difficulté, les répétant encore et encore, dans une litanie sans fin. La peur me donnait l'impression d'être une fourmi devant un géant. Je voulais m'enfuir. Je voulais disparaître. Je voulais ne plus exister. La Chose m'hypnotisait, me rendait vulnérable, et je la fixais, subjugué par sa danse mortelle. Alors qu'elle avançait vers moi, mon instinct de préservation me foudroya, et une colère profonde et animale me submergea.

Je me mis à hurler, à hurler ma haine, ma souffrance et la peine qu'elle m'avait fait endurer. Je lui hurlai le nom de Joanna, tous les morts, toutes les vies prisonnières de sa présence. Je hurlai au point d'en pleurer. La Chose émit un son qui me cloua sur place.

— Pourquoi ? l'implorai-je.

Elle riait.

— Pourquoi tu ne m'as pas tué ? Qu'est-ce que tu attends de moi ?

Je n'arrivais pas à la haïr, pas autant que je l'aurais souhaité. La Chose s'arrêta, comme si elle avait perçu mon désarroi. Un immense sourire coupa son visage en deux. Dans un élan d'une rapidité et d'une violence inouïes, elle s'élança et ses mâchoires se refermèrent sur moi.

En me réveillant, je ne fus pas surpris de voir que le monde tanguait de nouveau. Puis je compris que ce n'était pas seulement moi. Ed et Artur me transportaient. Zuzanna se tenait juste devant nous, son *anima* activée. Bien vite, je fus rattrapé par ma douleur au ventre. C'était comme si un rat me rongeait de l'intérieur. Ses dents pointues avaient laissé ma peau à vif, et s'attaquaient maintenant à déchiqueter mes entrailles.

— Ed…

Il me répondit par un grognement sourd, il semblait épuisé. Depuis combien de temps me portaient-ils ainsi ? Une heure ? Une journée ? Une éternité ? Seul le fracas de leurs pieds brisait le silence ambiant de la ville abandonnée. Je ne parvenais déjà plus à aligner deux pensées cohérentes, la douleur était trop intense.

— On est arrivés, me dit Ed dans un souffle. On est arrivés.

Artur grogna et me replaça maladroitement sur son épaule.

— Les Wilis ne devraient plus tarder.

La mince fente de ma vision me permettait à peine de visualiser l'énorme boule vers laquelle nous nous dirigions. Non, pas une boule, c'était plutôt ovale. Un immense ballon ovale dont le dessus était protégé par les épines d'une rose. Ma tête était un tourbillon de pensées qui se fracassaient les unes contre les autres et fissuraient les parois de mon crâne. Cet étrange édifice me parut familier. Puis, je compris.

Pas un ballon, non.

Un stade.

27

EDWARD

LES DEUX REINES

Dans la mythologie slave, les Wilis sont les fantômes de jeunes femmes entraînant les hommes qu'elles croisent dans une danse mortelle.

L'*anima* se posa sur l'arrière de ma nuque avant que je n'aie le temps de réagir. Je me figeai, conscient que le moindre geste suspect de ma part serait mal interprété. Artur, qui tenait Prym avec moi, et Zuzanna, qui ouvrait notre marche, ne bougeaient plus non plus, encerclés par une dizaine de Wilis. Celles dans mon champ de vision arboraient toutes des peintures rouges sur le front ou les joues. Je me pris à espérer que ce ne soit pas le sang de tous les imbéciles qui mettaient le pied chez elles.

Artur leva lentement sa main libre vers le ciel en signe d'apaisement.

— Ne tirez pas. On transporte un Accompli blessé.

Devant leur silence, il ajouta :

— J'invoque le droit d'asile des deux reines et la protection de Sirin.

Les Wilis patientèrent de longues secondes encore, durant lesquelles j'essayai d'oublier l'*anima* braquée sur moi. Finalement, l'une d'elles acquiesça. Deux Wilis baissèrent leurs armes pour s'empresser de nous fouiller et de nous confisquer nos *animae*.

— Ne tentez rien de stupide, dit-elle avant que les autres ne nous obligent à avancer.

Je déglutis et suivis péniblement le mouvement. Le Stadion Narodowy n'était plus bien loin, mais chaque pas devenait de plus en plus difficile à poser. Par le Maréchal, je n'allais pas pouvoir porter Prym bien plus longtemps ! Ce dernier tentait tant bien que mal de rester éveillé et de nous aider, mais sa tête n'arrêtait pas de retomber contre son torse, et sa respiration était aussi sifflante que l'eau de la Vistule à côté de nous.

— Tiens bon, lui soufflai-je. Encore un petit effort.

Ne meurs pas, priai-je en mon for intérieur. L'odeur des flammes léchant le corps de Joanna ne s'effacerait jamais entièrement de ma mémoire. Plus jamais. D'autres Wilis aux peintures rouges gardaient les abords du stade, parfaitement immobiles, *animae* activées dans notre direction. Alors que nous grimpions les marches en direction du corridor qui menait aux loges, Prym lâcha une plainte plus longue que les précédentes et s'évanouit de nouveau sous l'effort. Artur tint bon, mais on manqua de peu de basculer. Je serrai les dents, le visage trempé par la sueur, et dans un ultime effort, je réussis à franchir les dernières marches.

Une Wili, dont les peintures blanches détonnaient face à celles des autres, se précipita vers nous pour chuchoter une poignée de mots incompréhensibles à l'oreille de celle qui nous guidait.

Elle accueillit ses mots en silence, les sourcils froncés, avant de se tourner vers nous.

— Nos reines acceptent de vous voir pour une audience exceptionnelle. Ne leur faites pas perdre leur temps.

— Nous n'en avons pas l'intention, lui assura Artur.

La confiance qu'il dégageait malgré son évidente fatigue me déconcerta. Même si cette entrevue se passait bien, les Wilis ne nous pardonneraient pas cette duperie. Le corridor entourait les gradins et surplombait la pelouse jaunie et en partie brûlée du stade, divisée entre des cultures grillagées et un espace laissé vide.

Je n'eus pas le temps d'en voir plus que les Wilis nous firent nous arrêter devant la plus grande des loges, dont les baies vitrées ouvertes laissaient passer la chaude lumière de l'après-midi. J'entrai d'un pas incertain, Prym toujours accroché à l'épaule. Une trentaine de Wilis aux peintures rouges ou blanches se pressaient dans les gradins pour nous observer et échangeaient des messes basses, mais ce ne fut pas vers elles que mon attention se dirigea.

Deux Wilis attendaient à l'intérieur de la loge, assises dans des fauteuils dressés sur une petite estrade. La première portait l'uniforme d'Erit, et plusieurs lignes rouges venaient orner son teint mat. Sur le côté droit de son visage, ses cheveux étaient ramenés en trois tresses collées, alors que le côté gauche arborait de volumineuses boucles brunes. Son bras gauche s'arrêtait brutalement au coude. *Ça doit être Raïna,* déduis-je de ma conversation avec Lise, *celle qui a tué le frère d'Aleksander.* Un frisson me parcourut.

— Posez-le, nous ordonna-t-elle d'un timbre chaud.

Après une seconde d'hésitation, j'aidai Artur à allonger Prym, totalement inconscient. Débarrassé de son fardeau, Artur s'agenouilla, sitôt imité par Zuzanna et moi.

La seconde reine se leva avec une élégance emplie de dignité, laissant traîner derrière chacun de ses pas son interminable robe, aussi claire que ses cheveux. Son visage était d'autant plus intrigant : jeune, doux, couvert de peintures tribales blanches, rien qui pouvait expliquer une pareille chevelure digne de celle d'une vieille femme.

— Alors comme ça, vous avez invoqué le droit d'asile ?

Sa voix était chantante et fluette, agréable à écouter, mais son regard aussi noir que le Mur de la Zone me mit mal à l'aise. Artur ne se démonta pas, affichant un sourire tout à fait serein.

— Et nous nous en remettons à la volonté de Sirin. Qu'elle soit entendue, ici comme au-delà du Mur.

La seconde reine fronça les sourcils, mais son expression indiquait plus la curiosité que la colère.

— Cela va de soi.

— Que venez-vous chercher chez nous ? demanda Raïna en se tenant encore plus droite sur son siège.

Même assise, elle paraissait particulièrement grande.

— Le mobilisé blessé à côté de nous s'appelle Prym Ostrów. C'est un Accompli qui vient tout juste de terminer sa mutation. Nous demandons votre protection et les soins de la Chamane. Sans eux, il mourra avant ce soir.

— Ostrów..., murmura Raïna. Ce nom me dit quelque chose.

— C'est celui qui a survécu. Celui que Sirin a épargné. On l'appelle le Miraculé.

Le regard de la reine blanche s'illumina, mais celui de Raïna s'assombrit.

— Un Conquérant.

La panique enfla dans ma poitrine. Elles ne devaient pas rejeter notre demande ! Je m'humectai les lèvres, les mains moites et tremblantes.

— Prym et moi, nous avons... déserté les Conquérants. Nous sommes des errants comme les autres, maintenant.

— Aleksander est tout à fait capable de tendre un piège comme celui-là, rétorqua Raïna, plus fermée que jamais. Qu'en penses-tu, Tekla ?

La seconde reine resta un instant silencieuse, avant de retourner s'asseoir, jambes croisées, un étrange sourire aux lèvres. Sa voix se fit plus mélodieuse encore.

— Je ne peux ignorer la volonté de Sirin, pas plus que le danger que représentent les Conquérants. Si ce mobilisé est bel et bien un Accompli, alors, nous devons le soigner et tester son don par un combat. Mais si c'est un piège… Avez-vous une preuve de ce que vous racontez ?

— Son don ne s'est pas encore déclaré, mais je peux vous garantir qu'il en a un. Je suis Artur Janos, et on m'appelle le Sensitif. J'ai la capacité de sentir l'aura de ceux qui m'entourent, en particulier celle des Accomplis. Je peux donc vous affirmer que ce mobilisé a finalisé une mutation.

— Oh, comme c'est intéressant. Si tu es bien celui que tu prétends, que ressens-tu ici ?

Mon cœur battait bien trop vite lorsque Artur ferma les yeux pour se concentrer.

— En dehors de moi et de Prym, je ressens trois Accomplies. L'aura de l'Ardente est très forte. Elle est à l'autre bout du stade, certainement dans une loge face à nous. Celle de la Chamane n'est pas loin. Elle doit attendre vos ordres. Et puis, il y a la vôtre.

Le sourire de Tekla s'élargit.

— Continue.

J'éprouvai soudain l'irrésistible envie de prendre la parole, mais Artur me devança.

— J'ai toujours senti votre aura, mais personne n'évoque jamais votre nom autrement que comme celui d'une des reines des Wilis. Vous aussi, pourtant, vous êtes une Accomplie. Cela m'a toujours intrigué. Comment se fait-il que ce secret soit si bien gardé ? Un vrai mystère.

— Le monde en est rempli.

Raïna se pencha vers Tekla, qui n'avait pas lâché Artur du regard.

— Mentent-ils ?

— Sur certains points, mais pas sur leur désertion. Que ne nous as-tu pas dit, Sensitif ? Sur quel point as-tu omis un important détail ?

Artur se mordit les lèvres. Et s'il craquait et lui révélait que Prym n'avait pas muté ? Que feraient-elles de nous ? Pourtant, l'errant se murait dans le silence, tête baissée. Raïna passa ses doigts dans la partie détachée de ses cheveux.

— Quoi que tu caches, nous finirons par le savoir.

— Ne faites pas l'erreur de nous mentir, ajouta Tekla, ou nous ne sauverons pas votre ami.

Une envie irrésistible de tout avouer enfla dans ma poitrine. Je devais tout raconter. Non ! Si je le faisais, elles n'aideraient pas Prym non plus. Pourquoi tant de sentiments contradictoires ?

Une main tapota mon épaule et me fit sursauter. Zuzanna, restée en retrait, affichait un air résolu.

« Traduis pour moi, s'il te plaît. Je vais tout leur avouer », signa-t-elle, attirant au passage l'attention des deux reines.

— Que dit-elle ? s'informa Tekla.

— Qu'elle va tout vous raconter, répondis-je automatiquement. Zuzanna est sourde, mais elle peut suivre les conversations.

L'errante hocha la tête, et signa suffisamment lentement et avec assez de pauses pour me laisser le temps de traduire.

— Artur n'a pas tout dit. Mais ce n'était pas dans l'intention de vous nuire.

— Dans quelle intention, alors ?

— Dans celle de me protéger. Euh… de protéger Zuzanna.

Cette fois, ce fut Raïna qui se pencha en avant pour mieux suivre le ballet qu'effectuaient les mains de Zuzanna, même si elle ne pouvait pas le comprendre. J'espérais de tout cœur qu'elle ne trahirait pas Prym si près du but.

— Pourquoi ?

— Artur défend juste mon… Le secret de Zuzanna, me repris-je. Il ne sent pas trois Accomplies en plus de lui et de Prym.

Ma voix se brisa sur ces mots. Elle allait vraiment leur dire la vérité et condamner Prym à une mort certaine ? Après tout ce qu'elle avait fait pour le protéger ? Ça n'avait aucun sens ! Pourtant, quand ses mains reprirent leurs signes, je continuai de traduire, les sourcils froncés.

— Il en sent quatre.

Zuzanna arrêta alors de signer pour poser ses paumes sur le parquet vieilli. Elle souffla longuement, et une tige perça le sol. Elle poussa à une vitesse folle, avant de donner un bourgeon qui s'épanouit dans un éclat de rosée, laissant s'ouvrir un lys doré. Ma mâchoire se décrocha.

— Une fleur de soleil…

Tekla s'était levée et s'agenouilla à nos côtés pour toucher le bouton du bout des doigts.

— Qui es-tu ?

Les signes de Zuzanna reprirent, et je mis quelques secondes à la traduire, me laissant le temps de digérer l'information.

— Elle s'appelle Zuzanna Wolska, la Botaniste, la créatrice des fleurs de soleil.

Le sourire de Tekla se fit plus large que jamais. Elle se tourna vers l'une des Wilis qui nous avaient trouvés.

— Va chercher Kaja. Qu'elle soigne ce mobilisé. Quand il se réveillera, il affrontera Olimpia en duel. S'il ne meurt pas, nous aurons tout le loisir de discuter de votre demande d'asile.

28

OLIMPIA

L'ARÈNE

Les Wilis offrent le droit d'asile aux mobilisées cherchant un refuge et à toute personne prouvant sa qualité d'Accompli. Une exception à cette dernière règle est établie concernant Aleksander Borowski.

Ce matin, le Miraculé ouvrit enfin les yeux.

Raïna vint me chercher en personne, le visage grave. Elle avait coiffé ses magnifiques cheveux en six longues tresses serrées contre son crâne. Contrairement à Tekla, elle gardait son uniforme la majorité du temps. Cette tenue paraissait avoir été créée pour elle, malgré son bras manquant. Ainsi, elle avait vraiment tout d'une reine.

— C'est aujourd'hui.

Je pris le temps d'observer mes gants, unique barrière protectrice entre le monde et moi. Voilà près de deux semaines que je ne les avais pas retirés une seule fois. Les lanières qui descendaient jusqu'à mon poignet me pinçaient la peau. Je n'avais qu'une hâte : que mes mains ressentent la sensation de l'air libre.

C'était également ma seule crainte.

— Je suis prête.

— Tu n'es pas obligée de faire ça.

Un rire sans joie m'échappa.

— Tekla ne me laisse pas le choix.

Raïna s'assit sur le lit à côté de moi et écarta l'une de mes mèches frisées de mon front. Presque dix années nous séparaient, mais elle continuait de me considérer comme son égale, et ça, malgré les gants de métal qui entravaient mes mains.

— N'écoute pas la foule durant ce combat, me conseilla-t-elle. Si tu doutes ou si tu as peur, n'écoute que toi.

— Je n'ai pas peur de ce Miraculé.

— Non, je sais.

Elle me prit une main comme si mes gants n'existaient pas. Quand elle faisait ça, toutes mes angoisses disparaissaient. Je n'étais plus un danger, plus une Accomplie hors de contrôle, juste une fille qui n'arrivait pas à exprimer ses émotions.

Tout était plus facile quand Raïna était là.

— On y va ?

— On y va.

La foule était grandiose.

J'avais l'impression de naître. La lumière était trop vive, le bruit trop violent, l'odeur du sang me prenait le nez et m'empêchait de respirer. En même temps, pour la première fois depuis longtemps, au milieu de ce stade, sous les yeux de mes sœurs, sans mes gants pour me brimer, je me sentis en vie.

Acceptée.

Devenue leur guerrière, leur représentante, je ne les effrayais plus. Mes mains n'étaient plus cet objet d'angoisse et de dégoût, mais une arme puissante qui leur appartenait.

— Tu es un cadeau, m'avaient-elles affirmé quelques mois plus tôt, alors que mes mains brûlaient tout sur leur chemin.

Kaja continuait de baisser les yeux à mon passage, mes sœurs évitaient toujours autant de me toucher, mais face à cette foule, je commençais à y croire.

Voilà près de deux jours que nous avions ouvert nos portes à ces étrangers : deux Accomplis vérifiés que Tekla avait immédiatement placés sous sa protection, un Accompli en devenir que Kaja soignait jour et nuit en m'évitant le plus possible, et un simple Conquérant qui ne devait sa survie qu'à la présence des trois autres.

La foule applaudit et me ramena à la réalité. Les portes ouest du stade s'ouvrirent avec lenteur pour y laisser entrer deux de mes sœurs, accompagnant le Miraculé, désarmé, les yeux plissés et des bandages encore partout sur le corps. Il chercha dans les gradins ses trois amis, pour les trouver bien entourés. La foule le hua, et il se redressa, le regard fixe, d'abord vers notre potager à l'autre bout du stade, puis vers le sol, mélange d'herbe brûlée et de boue suite aux derniers orages, et enfin vers moi, vers la sentence qui l'attendait.

Kaja avait fait du bon travail, comme d'habitude. Il devenait pratiquement impossible d'imaginer que deux jours plus tôt, il était à l'article de la mort. Son pas était sûr, ses gestes souples, et il dégageait l'aura d'un guerrier.

Mais rien de tout ça ne serait suffisant.

Raïna intima le silence d'un geste.

— Mes très chères sœurs, aujourd'hui est un jour de délibération pour les Wilis. Notre tâche est grande. Nous allons décider de la vie ou de la mort de Prym Ostrów, qui se prétend Accompli, et du sort de ses amis, venus nous demander soins et asile.

Les Wilis frappèrent du pied, et la terre trembla, m'insufflant plus de force et de courage que je n'en aurais besoin pour ce combat. Tekla se leva, à la fois magnifique et effrayante dans sa tenue de cérémonie. Un frisson m'électrisa l'échine quand elle ouvrit la bouche. Quoi qu'elle dise, je n'aurais d'autre choix que de me plier à sa volonté.

— Sirin sera notre juge en ce jour, car elle seule a le pouvoir de nommer ses Apôtres. Il n'y a qu'une issue possible à ce combat : l'éclatement de la vérité. Puissiez-vous en être ses témoins et observer en son nom. Si le don de Prym Ostrów ne se révèle pas durant ce duel, sa mort, ainsi que celle du Conquérant non-Accompli qui l'accompagne, sera son unique victoire.

Les gradins pouvaient s'effondrer à tout moment sous le martèlement des encouragements. Une fois au centre de la pelouse, à seulement une dizaine de mètres de moi, le Miraculé fut détaché et abandonné là. Il prit le temps de se masser les poignets, sur lesquels une trace de brûlure persistait toujours des semaines après notre premier affrontement, presque un mois auparavant. Kaja ne semblait pas avoir jugé bon de lui ôter cette cicatrice. Il fit quelques mouvements d'échauffement avant de m'examiner.

Raïna intima le silence, et pendant cet instant de calme avant l'explosion, je me sentis seule sur terre. Le Miraculé se mit en garde. Je me contentai de lever les mains, paumes tendues, doigts pointés vers le ciel. Mes seules protections se trouvaient au niveau de mes avant-bras et de mes poignets. Je me dressai sur la pointe des pieds et retins mon souffle.

Je n'étais pas une *pugnatum corpus*.

Mais j'étais bien plus que ça.

Une Accomplie.

— *Novum Invenit Pacem*.

Les mains de Raïna claquèrent, brisant le silence et l'attente.

Pendant ce qui me parut être une éternité, ni lui ni moi ne bougeâmes. Mon cœur battait plus fort, alors que la chaleur faisait crépiter mes paumes. Personne ne tenait bien longtemps face à elles ; pourtant, le visage du Miraculé exprimait bien des choses, mais pas la peur. Une certaine forme d'impatience, peut-être.

On s'élança l'un vers l'autre, et la foule hurla sa joie.

Alors que je pouvais déjà sentir son souffle sur mon visage, il dut s'accroupir pour éviter ma main droite qui plongea vers son cou, et ses deux matricules cliquetèrent comme un carillon. J'eus tout juste le temps de sauter avant qu'il ne tente de me faucher. Mes chaussures s'enfoncèrent dans le sol boueux, un mètre en arrière, et le Miraculé en profita pour se relever et frapper mon genou droit. J'étouffai un cri de douleur et réussis à me rattraper de justesse. Mon souffle était court. Il enchaînait des mouvements ciblés sur mes jambes dans l'espoir de me faire tomber. La foule le huait, mais il n'y avait aucun doute à avoir : au niveau du combat pur et dur, il me surpassait largement.

Dommage que ce ne soit pas suffisant.

Alors que son pied frappait une nouvelle fois mon genou martyrisé, je l'arrêtai en plein vol et me saisis de sa cheville. Aussitôt, sa peau vira au rouge et se mit à cloquer. Le Miraculé hurla et se dégagea aussi sec, les traits déformés par la souffrance, la respiration soudainement devenue plus bancale. Des applaudissements retentirent, et Tekla, notre grande Prêtresse, notre Sirène, ouvrit les bras, paumes vers le ciel, et se mit à psalmodier des mots qui ne me parvinrent pas dans le bruit ambiant. Le Miraculé écarquilla les yeux quand il comprit ce qu'elle faisait.

Une prière pour Sirin.

Raïna me gratifia d'un hochement de tête protecteur. Je souris et profitai de la distraction de mon adversaire pour tenter de poser mes mains sur son visage. Il me vit arriver au dernier moment. Par réflexe, il me bloqua avec sa main gauche et poussa un nouveau hurlement lorsque sa chair grilla. Son poing droit s'écrasa contre mon ventre, et mes poumons se vidèrent de tout oxygène ; je dus me résoudre à le lâcher dans un grognement.

Dans un même mouvement, on s'écarta tous les deux. Il jeta un regard vers sa dernière blessure et sa mâchoire se contracta. Je devinai sans mal que le feu continuait de le ronger, même loin de moi. Sans que je le quitte des yeux, mes doigts, qui n'avaient aucun effet sur ma propre peau, tâtèrent mon ventre meurtri et trouvèrent aisément le lieu de ma future ecchymose. Je me mordis la langue. Toutes mes pensées étaient focalisées sur une seule chose.

Accompli ou non ?

— Abandonne, Miraculé.

Malgré le lancinement, je me redressai et repositionnai mes mains pour le combat. Mes sœurs m'observaient. Raïna me soutenait. Tekla n'hésiterait pas à me punir en cas de défaite. J'avais toutes les raisons de ne pas vouloir perdre. La foule était déchaînée, Tekla continuait de déclamer des paroles incompréhensibles, toujours plus vite, toujours plus fort et toujours plus violemment, sous les ovations de la faction sainte.

Le Miraculé se frotta le visage, et secoua le menton avec un air confiant.

— Ça va aller, merci.

— Mauvaise réponse.

Il ne me fallut qu'une seconde pour parcourir la distance qui nous séparait. La chaleur irradiait entre nous chaque fois que mes mains le frôlaient, mais seule sa peau rougissait de ce presque-contact. Le Miraculé continuait de viser mes jambes, et n'hésitait plus à combattre pratiquement à terre afin de m'obliger à mettre en péril mon équilibre pour le toucher. Il attrapa ma cheville gauche et la tira avec une telle force que lorsque mon dos rencontra le sol, j'eus une seconde fois le souffle coupé. Malgré le vertige qui faisait tanguer mon monde, je fis un roulé-boulé, juste à temps pour éviter un coup. Avant qu'il n'ait le temps de se relever, je réussis à toucher sa cuisse, dont la peau gondola sous son uniforme brûlé. Il s'extirpa de justesse, et nous nous relevâmes d'un bond, de nouveau face à face.

Il essuya la sueur sur son front d'un geste rageur, l'air plus déterminé que sa jambe tremblante ne le laissait supposer. Mon cœur affolé faisait presque plus de bruit que mes sœurs sur les gradins, emplissant mes oreilles d'un battement affolé. Ça avait assez duré.

—Abandonne!

—Non!

Plus de sourire narquois sur son visage, seulement de la souffrance. Sa voix n'était qu'un grognement rauque, et ses multiples regards vers ses amis en disaient bien plus long sur son dilemme intérieur.

—Idiot.

On attaqua en même temps, et s'il eut le plaisir de voir son poing frapper ma cuisse, je réussis cependant à saisir sa seconde main, et y restai suffisamment longtemps accrochée pour que la souffrance le fasse presque s'évanouir. Il se dégagea dans un râle, et voulut me lancer un coup de pied désespéré que j'esquivai aisément, déclenchant un nouvel incendie sur sa peau.

Il tomba sur les genoux, épuisé et meurtri. Son corps n'était plus que feu et douleur, à ma merci.

Pas un Accompli, donc.

—Abandonne.

C'était sa dernière chance. La dernière que je pouvais lui offrir, en tout cas. Il eut un rire sans joie.

—Pourquoi abandonner si le résultat est le même?

—Parce que la mort que je te propose est moins douloureuse que celle que je peux te faire subir.

Il se mordit les lèvres, et ses doigts brûlés s'enroulèrent autour de ses deux matricules. La lumière du soleil illumina les mèches de ses cheveux dorés qui n'étaient pas couvertes de boue.

— Ne pas douter, se contenta-t-il de dire.

Malgré moi, une certaine forme de tristesse m'envahit. Brûler vif quelqu'un n'était pas une sensation agréable. Du coin de l'œil, j'aperçus l'expression de ses amis, horrifiée. Ils savaient tous ce que j'allais lui faire subir. *Ne regarde pas la foule,* m'ordonnai-je, *leur dégoût et leur peur ne doivent pas t'atteindre.* Pourtant, j'osai lever la tête vers les plus hautes tribunes. Tekla avait cessé sa prière, mais affichait un air presque déçu. Quant à Raïna, s'il n'y avait aucune fierté lisible sur son visage, l'effroi ne s'y trouvait pas non plus, ce qui me soulagea.

Le Miraculé ferma les yeux.

— Que Sirin en soit témoin, tonna Tekla au-dessus de la foule, nous avons laissé une chance à cet imposteur !

Mes sœurs approuvèrent dans un concert d'applaudissements et de clameurs. Mes mains n'étaient plus qu'à quelques centimètres de son visage, et la peau de ses joues rougissait déjà.

— Que son omniscience et son omnipotence nous protègent des infidèles qui cherchent à nous anéantir.

Mes mains n'atteignirent jamais sa peau.

À la place, mon corps fut projeté dans les airs, et le ciel défila sous mes yeux.

Mon souffle se coupa lorsque mon dos frappa le bas des gradins. La douleur fut immédiate, insupportable. Ma colonne vertébrale était un puzzle aux multiples pièces dispersées. Du sang coulait le long de ma bouche sans que je puisse esquisser un geste pour l'essuyer. Quelqu'un hurla mon nom au-dessus de moi. Raïna.

Ce ne fut pourtant pas elle qui se tint devant moi la première quand je réussis à ouvrir les yeux. Kaja, dont les bras garderaient à jamais mes marques, avait déjà posé ses mains sur mes épaules.

— Respire, ça va aller.

Une fumée sombre et inodore envahit ma vision. Au fur et à mesure qu'elle s'évaporait dans l'air, mes poumons se remplirent de nouveau d'air, et le monde cessa de danser sous mes yeux. Kaja me fit m'asseoir pour avoir un meilleur accès à mon dos, et lorsqu'elle se décala, je découvris enfin ce qui m'avait repoussée avec tant de force.

Au milieu de la boue et de l'herbe brûlée, le Miraculé était à terre, très certainement évanoui, mais tout autour de lui crépitait un globe de la taille d'un homme. Je me figeai, persuadée que cette vision allait disparaître en un clignement de paupières. Mais non, c'était toujours là.

Progressivement, les vociférations de la foule diminuèrent en volume, jusqu'à devenir un essaim de chuchotements qui arrivaient par vagues dans mes oreilles. *Qu'est-ce que c'est que ça ?* m'horrifiai-je. À quelques mètres de moi, deux de ses amis – la fille et le vingtième sans don – s'étaient relevés et observaient la scène dans le plus profond des étonnements. Le troisième souriait.

Kaja s'écarta vivement quand je voulus me lever.

— Reste assise. Je t'ai soignée, mais ça va être encore douloureux un moment.

Je crachai le sang accumulé dans ma bouche et m'essuyai les lèvres d'un geste tremblant.

— Je dois voir… ça de plus près.

Une fois debout, je réussis tant bien que mal à aligner les pas. Sans mes gants pour protéger les autres de mes brûlures, je savais pertinemment que personne ne prendrait le risque de m'aider, mais je n'en avais plus rien à faire. Je devais comprendre. Je devais le toucher. Je devais vérifier par moi-même.

La foule se tut durant la longue minute que je mis à parcourir la vingtaine de mètres qui nous séparait. Plus je m'approchais, plus le globe semblait se densifier. Il était suffisamment transparent pour me laisser voir le Miraculé à l'intérieur. Inconscient, il ne maîtrisait absolument pas ce qu'il avait provoqué.

Quand je fus assez proche pour le toucher, ses teintes violacées m'apparurent, comme des veines sous la peau. Je laissai ma main en suspens, à quelques centimètres du globe. Il ne dégageait pas de chaleur, comme je l'avais imaginé, mais une puissance électrique qui me dépassait. Si je le touchais, il me renverrait valser sans aucun état d'âme.

Un champ de force.

Accompli, donc.

Je fis volte-face, ignorant l'attraction de la sphère pour ne me concentrer que sur mes sœurs qui attendaient en silence, et sur Raïna qui semblait prête à sauter des gradins pour venir m'épauler. Le regard de Kaja ne cessait de passer du globe à moi, comme si elle évaluait ce qui l'effrayait le plus. La fumée continuait de se dégager de mon corps et je fis de mon mieux pour reprendre mon souffle.

Peut-être que mes sœurs attendaient un mot ou un geste de ma part qui aurait signifié ma défaite. J'en étais incapable. Heureusement pour moi, ce fut Raïna qui brisa le silence.

— Nous avons un gagnant.

CINQUIÈME PARTIE

ACCOMPLI

MEMORIAE

La peur d'Oliwka se ressent dans chacun de ses gestes.
Ses mains tremblent quand elle boit.
Son regard se perd devant ses recherches.
Sa voix s'éteint dès que j'entre dans la pièce.
Elle n'a pas peur pour elle.
Elle a peur pour moi.
Pour lui aussi, terriblement pour lui.
Elle ne comprend pas l'opportunité qui nous est offerte.
Elle voit les Murs comme une prison, et Arma Massa Interitum comme un serpent.
Elle ne comprend pas pourquoi je fais tout ça.
Sa peur l'aveugle.
Ce matin, quand je me suis éveillé, sa place était froide dans le lit.
Je sais qu'elle ne rentrera pas ce soir.
Rentrera-t-elle un jour ?
Je l'espère. J'ai tant envie qu'elle voie ce que nous allons faire.
Arma Massa Interitum et moi.
Nous sommes les façonneurs de paix.
Pas vrai ?

29

PRYM

ÉVEILLÉ

La dernière phase d'une mutation transforme le mobilisé en Accompli : il devient alors capable de prouesses impensables avant la découverte de son don.

Cette fois, le sommeil dans lequel j'étais plongé avait tout d'un lac paisible entouré de vertigineuses montagnes qui me séparaient du monde réel. Je flottais dans cette eau étrangement chaude, incapable de m'en extirper totalement, mais n'en ayant pas très envie non plus. J'aurais pu rester une éternité ainsi, loin des autres, loin du mal, loin de la souffrance. Mais inconsciemment, je savais que je ne le pouvais pas, que j'avais quelque chose d'important à accomplir, une mission, alors, je glissai hors du lac et arrivai à ouvrir les yeux sur la réalité.

La clarté m'éblouit, et je dus plisser les paupières le temps de m'y habituer. Il faisait chaud ; j'étais presque nu, sur un lit douillet avec juste un drap posé sur ma peau. Des bandages entouraient mon ventre, ils étaient propres et bien faits. Je voulus me rendormir un instant ; je me sentais vide, comme avec un trou dans la poitrine, mais sans la douleur monstrueuse qui allait avec. Plus que ça, je me sentais différent.

Plus éloigné de moi-même.

Ou bien plus proche ?

La pièce dans laquelle j'étais avait tout d'une infirmerie improvisée : les murs taupe et les meubles en bois clair, ainsi que les multiples duvets et couvertures placés sur les trois lits, la rendaient chaleureuse. Quelques plantes avaient été disposées près de la fenêtre qui, au premier coup d'œil, donnait sur un promontoire et une grande étendue verte. Alors que je cherchais à me rendormir et à profiter de la quiétude des lieux, la porte s'ouvrit sur une jeune fille aux traits japonais.

En silence, elle examina mes bandages et prit ma température. Je l'observai faire sans oser la troubler. Son visage rond était orné de peintures tribales soignées qui venaient recouvrir d'un blanc craie l'intégralité de son petit front. De larges traces de brûlures anciennes parcouraient ses bras comme des tatouages, démarrant au niveau des épaules pour finir leur course le long de ses doigts fins. Son matricule pendait et se balançait doucement sous mon nez ; je dus m'y reprendre à trois fois avant de pouvoir lire son prénom, et quand je réussis, il me transporta loin dans le temps.

— Kaja… La petite sœur de ma meilleure amie s'appelle Kaja… Elle a douze ans…

La Kaja en face de moi se contenta de m'ignorer. Elle déposa un verre d'eau sur ma table de chevet, et je me rendis compte à quel point j'étais assoiffé. Elle me laissa me désaltérer à grandes gorgées douloureuses, avant de poser ses mains sur la brûlure de ma cuisse.

— Reste tranquille.

Sa voix n'était pas fluette comme je l'avais imaginée, et quand une sensation de bien-être se déversa en moi et qu'une légère fumée noire se dégagea de mon corps, je compris qui elle était.

— Tu es la Chamane ? C'est grâce à toi que je suis encore en vie ?

Kaja haussa les épaules, sans me regarder dans les yeux.

— Tu n'es encore en vie que parce que tu es un Accompli.

Les images du combat livré avec l'Ardente me revinrent d'un seul coup en mémoire. Brutales, douloureuses, toujours trop vivaces. Dans mon dernier souvenir, elle s'apprêtait à me tuer, et j'étais incapable de l'en empêcher. Pourtant, j'étais là, bien vivant.

Un Accompli ?

Kaja se retirait déjà, mais je lui attrapai le bras, soudain paniqué à l'idée de me retrouver seul. Sous mes doigts, sa peau était craquelée et rêche, comme si la brûlure était récente. Ce toucher éveilla une drôle de sensation en moi. Un manque. Une chose inachevée. Je laissai de côté cette émotion pour revenir au moment présent. Le vide dans mon cœur était devenu un gouffre immense, il fallait que je sache.

— Je suis devenu un monstre ?

Ma question était emplie de désespoir. Je n'étais pas sûr d'avoir fait une mutation. Ce que je savais cependant, c'était que je n'étais plus tout à fait humain. Cette certitude me brisait. Kaja prit ma main et la dégagea doucement, mais fermement, de son avant-bras.

— Il vaudrait mieux pour toi. Seuls les monstres survivent par ici.

Je pris conscience avec un temps de retard que je l'avais incluse dans la catégorie « monstres ».

Quand la porte claqua derrière elle, ma respiration s'accéléra, tout comme les battements de mon cœur. Alors, le vide en moi se consuma dans les flammes d'une haine violente. Je haïssais le monde entier et sa lâcheté, je haïssais Erit qui nous envoyait à l'abattoir sans aucun espoir, je haïssais la Chose, le fait qu'elle m'ait épargné, ses mots incompréhensibles et son large sourire. Surtout, je me haïssais moi-même.

Je me levai pour ne pas exploser, et mes premiers pas me fendirent en deux de douleur. Mes vêtements étaient posés sur un tabouret ; je les enfilai en vitesse en évitant de me regarder dans le miroir accroché au mur, je ne voulais pas voir ma maigreur. Que s'était-il passé durant le duel contre l'Ardente ? Mes souvenirs étaient vagues, flous. Je n'avais en tête que la sensation d'une douce chaleur, rien à voir avec la brûlure de l'Ardente, qui m'avait empli l'estomac et donné l'impression d'être protégé, juste avant de m'évanouir.

— Je vais finir par faire une crise cardiaque, avec toi.

Je sursautai. Ed se tenait sur le seuil de la chambre, les bras croisés, les yeux cernés. Il ne portait ni son uniforme ni ses vêtements usés, mais une belle chemise bleue un peu grande pour lui et un pantalon en toile sombre. Il était seul, ce qui ne me rassurait pas.

— Où sont Zuzanna et Artur ?

Ed poussa un long soupir et entra pour de bon, avec à peine un regard pour la Wili, qui ferma la porte derrière lui. Il se jeta dans un petit sofa qui trônait dans un coin de la pièce, et fut pris d'un long bâillement.

— Ils vont bien. Les Wilis les ont pour l'instant enfermés dans leur chambre. Faut croire qu'elles s'en méfient tout de même un peu. Tu savais, toi, que Zuzanna était une Accomplie ?

Un froncement de sourcils m'échappa.

— Non… Du coup, son don, c'est…

— Les plantes. Les fleurs de soleil viennent d'elle. Je me suis senti carrément idiot quand elle nous a montré ça.

Son rire était à son image, fatigué. L'image d'une Zuzanna couverte de lys ne me quittait pas, mais il serait toujours temps plus tard de lui demander directement des précisions. Ed me tracassait davantage.

—Et toi ?

—Moi ? (Il pouffa et bâilla une nouvelle fois.) Elles font comme si je n'existais pas. Ma chambre n'est pas très loin, mais elle est carrément plus petite. J'ai une Wili, Marianna, qui me suit absolument partout et qui attend dans le couloir, une fille pas commode qui ne fait que me prêcher le culte de Sirin, mais c'est tout. C'est plutôt pour toi que je m'inquiète.

Je détournai le regard, mais je retombai sur mon reflet et je fermai les yeux. Mes souvenirs étaient encore si flous. Orest. Artur. La douleur. Les rêves. Joanna. Le combat contre Olimpia. Ses mains sombres qui s'approchaient de mon visage. Puis, plus rien.

—Je ne comprends pas... finis-je par avouer.

—Je sais pas si ça va te rassurer, mais nous non plus.

Ed se leva et serra contre lui un coussin qui traînait.

—Artur a été super clair là-dessus : il ne t'a pas senti muter, mais tu es bien un Accompli. En plus, ta fièvre n'a duré que trois jours et était liée à ta blessure, pas à une mutation. De toute façon, trois jours, c'est trop court. C'est impossible de faire une mutation en si peu de temps.

—Alors, comment ?

—Je ne sais pas...

Mes matricules ne m'avaient jamais semblé peser aussi lourd sur ma nuque. Je n'avais pas fait de mutation, et pourtant, tout indiquait le contraire. Ed se posta près de la baie vitrée, je le rejoignis. Le soleil était déjà de l'autre côté du Mur, et laissait derrière lui un ciel crépusculaire. De là où nous étions, l'intérieur du Stadion Narodowy, l'ancien stade de Varsovie, laissait entrevoir le souvenir d'un monde déchu. Je pouvais presque imaginer la foule et entendre les chants et les cris de joie, rien à voir avec celle qui m'avait hué et avait souhaité ma mort.

En bas, sur l'herbe brûlée par le soleil, les Wilis s'affairaient autour d'un immense tas de bois. Elles installaient des tables et des chaises partout sur la pelouse. De si loin, j'arrivais à peine à distinguer les peintures qui ornaient leurs visages. Certaines étaient aussi rouges que celles que portait Olimpia, d'autres aussi blanches que celles de Kaja.

J'attrapai le matricule de Jo, ce petit objet ridicule qui pourtant me paraissait peser une vie entière, celle que j'avais prise. Je me sentis soudain petit. Incapable d'avoir un vrai don, incapable de voir l'avenir des gens, incapable de me transformer en armure ou de tuer d'un claquement de doigts. En fait, je ne m'étais jamais senti aussi faible et aussi minable.

— Alors, ça doit être une erreur. Je ne suis pas un Accompli.

Mon regard porta sur les parois du stade qui s'élevaient dans le ciel et formaient un puits de lumière ovale éclairant l'herbe cramée et irrégulière. J'avais envie de grimper jusqu'à lui et de m'échapper de cet endroit.

Ed tapota la baie vitrée, distrait.

— Je t'ai vu de mes propres yeux. Elle allait te tuer, et ce truc t'a défendu. Il a mis plusieurs minutes à s'éteindre, mais il était bien là.

— À quoi ça ressemble ?

— C'est difficile à décrire... À une cloche en verre, sauf qu'elle n'est pas totalement transparente.

J'eus un mince sourire.

— Un peu comme un *doma* ?

— Un peu, oui ! Sauf qu'il empêche tout le monde d'approcher. Les Wilis t'appellent déjà le Bouclier.

Je posai mon front contre la paroi glacée en espérant vainement que cela suffirait à me rafraîchir les idées. Ma tête n'en parut que plus bouillonnante. Je n'aurais certainement pas toutes les réponses aujourd'hui.

— Tu crois qu'elles vont fêter quoi ? demandai-je pour changer de sujet.

— Nous. Enfin, plutôt Zuzanna, Artur et toi. D'ailleurs, c'est pour ça que je suis là. Marianna m'a donné une heure pour te rendre présentable.

Il jeta le coussin sur le lit et ouvrit la seule armoire de la pièce. À l'intérieur, plusieurs chemises, pantalons et chaussures de ville aux teintes unies m'attendaient. Ed inspecta les tenues une à une.

— Crois-moi, ça a été assez drôle de voir les Wilis courir dans tous les sens pour trouver ça. Figure-toi qu'il y a quelques mecs ici, même s'ils sont pas nombreux, mais aucun ne fait ta taille.

Après une brève réflexion, il sortit une chemise blanche, un pantalon sombre, et la paire de chaussures dont la pointure lui paraissait être la plus grande. Il les posa sur le sofa et m'observa, le nez froncé.

— Par contre, mon gars, va falloir te laver un peu. Tu pues comme un pigeon mort, et je parle d'expérience.

Jamais je n'aurais imaginé pareille fête dans la Zone.

Quand Ed et moi descendîmes, accompagnés par six Wilis, dont la fameuse Marianna qui ne lâchait pas mon ami une seule seconde, le feu de joie avait déjà été allumé. Ses flammes rougeoyantes s'élevaient vers un ciel de plus en plus noir et dansaient sur une musique qui ne me parvenait pas. Chaque table était assez grande pour contenir une dizaine de convives. Les Wilis y avaient disposé une belle vaisselle et des lys dorés qui chatoyaient dans la nuit. Était-ce l'œuvre de Zuzanna ?

— Nous organisons normalement cette fête à chaque nouvelle lune, nous expliqua Marianna, mais nous l'avons décalée de quelques jours pour l'occasion.

Sa voix était nasillarde, et son air pincé me rappelait une instructrice que j'avais eue en première année. Les longues flammes faisaient étinceler ses peintures blanches.

— Votre chance est infinie. Vous serez à la table de nos deux reines : Tekla Rudy, souveraine de notre faction sainte, la Sirène et Grande Prêtresse de Sirin, et Raïna Libera, souveraine de notre faction guerrière.

La fierté brillait dans son sourire, avant qu'elle ne reprenne un visage concentré.

— Vous leur devez le plus grand des respects. Surtout toi.

Elle fusilla Ed du regard.

Je ne me sentais pas parfaitement à l'aise dans ma tenue. La chemise était un peu trop cintrée et serrait mon abdomen toujours sensible. Quant à mes chaussures, il manquait au moins une pointure.

— Dis-toi que tout ce qu'elles m'ont apporté était trop grand pour moi, avait plaisanté Ed.

À cet instant, son visage exprimait simplement l'émerveillement.

Les Wilis, quand elles n'étaient pas de tour de garde, revêtaient des tenues aussi travaillées que les nôtres : de splendides costumes, des robes élaborées et des parfums laissés dans leur sillage. Sous les reflets pâles de la lune, elles avaient tout de l'image que je me faisais des Wilis des contes : des fantômes de femmes dansant. Cependant, toutes gardaient leur *anima* à la ceinture, et nous observaient évoluer au milieu d'elles avec méfiance.

Marianna s'arrêta devant l'une des tables. Les deux reines, Raïna et Tekla, étaient assises à chaque extrémité. Toutes deux arboraient de splendides peintures sur la peau, rouges pour l'une, blanches pour l'autre, mais si Tekla avait revêtu une longue robe de cérémonie nacrée et des bandelettes pour retenir sa chevelure blonde, la tenue de Raïna était bien plus simple et fonctionnelle. Cette dernière leva la tête à notre approche.

— Venez vous asseoir.

Elle m'indiqua la place à sa gauche, et Ed s'installa à côté de moi. Olimpia, assise à la droite de Raïna, ne me quittait pas des yeux, mais je fus rassuré de voir qu'elle avait remis ses gants. En face d'Ed, Artur avait déjà commencé à manger, tout à fait à son aise, ce qui n'était pas le cas de Zuzanna, installée à l'autre bout de la table, à la gauche de Tekla. Les Wilis l'avaient habillée d'une façon semblable à la Prêtresse, et si la robe grise sublimait sa peau tannée, elle paraissait également l'étouffer. Kaja, à la droite de Tekla, leva à peine les yeux à notre arrivée.

Une Wili, postée debout derrière moi, s'empressa de remplir mon verre d'eau quand je fus assis. En plus du pigeon, des pommes de terre remplissaient mon assiette fumante.

— Comment te sens-tu ?

Le timbre de Raïna était aussi chaud que les flammes dans mon dos. Elle avait retenu ses longues boucles brunes dans une coiffure à trois tresses collées à son crâne, ne laissant s'échapper que le côté gauche de sa chevelure, qui venait encadrer des traits ciselés au couteau. Le feu de joie faisait miroiter sa peau ambrée.

— Mieux, répondis-je d'un ton très poli. Vous me traitez bien.

— Me voilà rassurée. Mangez tant que c'est encore chaud.

Au milieu du stade et des convives, une Wili se mit à jouer de la guitare de façon si légère que je crus rêver. J'attrapai ma fourchette qui resta suspendue au-dessus de ma pomme de terre un instant. Mon hésitation fit sourire Raïna.

— Il y a des manières plus rapides et plus efficaces de vous tuer que de gâcher notre nourriture.

Apparemment, elle ne connaissait pas les méthodes de Mikołaj. Ed me jeta un coup d'œil et avala sa première bouchée.

— C'est très bon.

— Merci beaucoup, Edward.

Mon ami rougit. Pour ce que j'en savais, Raïna et lui étaient les seuls non-Accomplis de la table. Visiblement rassuré, et sous le regard accusateur de Marianna debout près de nous, Ed demanda :

— Pouvez-vous nous parler un peu plus des Wilis ?

— Que pourrais-je te dire ? Tekla et moi avons fondé ce clan dans l'espoir de créer ici un lieu de paix. La Zone réveille chez certains leurs plus belles facettes, mais chez d'autres, leurs instincts les plus primitifs. Nous portons tous une part de Nihil en nous, que nous l'acceptions ou non. Le fait que nous devenions tous stériles n'a jamais empêché les agressions, bien au contraire.

— Il y a pourtant quelques hommes chez les Wilis ?

Effectivement, parmi la foule festive, des visages masculins se détachaient, peu nombreux, mais bien présents.

— Nous accueillons principalement des femmes, mais nous ne refusons pas les hommes qui souhaitent réellement nous rejoindre, du moment qu'ils nous prouvent leur valeur. Ils sont rares, c'est vrai, et vous êtes les premiers à être d'anciens Conquérants, mais eux aussi ont le droit à un lieu de paix. Ils ont leurs propres quartiers et choisissent généralement d'intégrer la faction sainte.

— Si c'est un lieu de paix que vous voulez, pourquoi combattre les Conquérants ? Pourquoi avoir attaqué la base des patrouilleurs, par exemple ?

Presque malgré elle, Raïna toucha le moignon de son avant-bras disparu.

— Pour ce qui est des Conquérants de façon générale, il s'agit de vieux conflits personnels. Pour les patrouilleurs… L'une d'entre eux avait réussi à obtenir les plans de notre base qui indiquent où sont situées nos provisions, nos armes, nos lignes de défense, ou encore comment nous nous organisons. Si ces informations avaient été divulguées, elles auraient mis en péril l'ensemble de notre clan.

Dans le rougeoiement des flammes, elle ressemblait à une déesse guerrière d'un ancien temps.

— La paix n'existe que parce que nous la défendons sans relâche.

— Je vois…

Ed se dandina sur sa chaise, mal à l'aise, et chercha à changer de conversation.

— Pourquoi portez-vous ces peintures ?

Les lignes qui ornaient leurs visages paraissaient plus travaillées que lors de mon combat contre Olimpia. Des arabesques tournoyaient sur les joues d'Olimpia et de Kaja. En ce qui concernait les reines, Raïna arborait deux triangles croisés sur le front, et Tekla, un motif de vagues blanches. Aucune n'affichait le soleil à huit rayons d'Erit.

— Ce sont les marques de notre faction. La faction guerrière que je dirige porte des marques rouges, toutes ses membres sont des combattantes émérites. La faction sainte les a blanches, dans le symbole de la pureté de leur foi.

Je tiquai malgré moi.

— La seule foi que nous devons avoir, c'est celle envers notre Maréchal.

Ma remarque jeta un froid, et j'eus peur d'avoir offensé nos hôtes. Raïna se contenta de pousser un soupir. J'eus le malheur de tourner la tête, et croisai les yeux sombres de Tekla.

— Notre foi pour Sirin va bien au-delà d'une simple admiration. Elle est notre guide, la prochaine étape de l'humanité, un être unique qui accorde des miracles comme toi et moi. Le Maréchal n'a aucun pouvoir en ces lieux.

Je hochai la tête mécaniquement. La voix de Tekla, bien plus douce que son attitude ne le laissait supposer, avait quelque chose de convaincant et de rassurant. Je voulais lui accorder ma confiance. Comment Marianna l'avait-elle appelée, déjà ? La Sirène.

— Mais être choisi pour devenir son Apôtre ne suffit pas, reprit-elle en coupant un morceau de pomme de terre. Zuzanna et toi devez apprendre à maîtriser cet incroyable don qui vous a été fait, afin de ne pas déshonorer son jugement.

En face de moi, Olimpia se figea, la mâchoire serrée, ce qui ne parut pas perturber Tekla.

— Vu le potentiel destructif de ton don, je préférerais que tu t'entraînes sous notre tutelle et que tu évites de sortir du stade. Nous ne souhaitons pas que tu fasses involontairement des blessés, n'est-ce pas ?

Encore une fois, j'acquiesçai malgré moi, avant de me reprendre. Autrement dit, j'étais leur prisonnier et sous leur surveillance. Je me retins de me lever et de partir sur-le-champ. Ed et moi n'avions pas quitté les Conquérants pour nous retrouver coincés chez les Wilis ! J'avais fait une promesse à Jo, une promesse qui impliquait de tuer la Chose, et ce n'était pas en restant ici que j'allais y arriver.

Je croisai le regard de Zuzanna, et ma colère fondit aussitôt. Elle avait tout abandonné pour me permettre de survivre : son quotidien, le secret de son don et sa liberté. Si j'en croyais l'attention que lui portait Tekla, elle était aussi prisonnière que moi ici.

Artur, qui avait terminé son assiette, affichait un grand sourire, les yeux dans le vague.

— Si vous me le permettez, je peux être son instructeur.

Tekla l'arrêta d'un geste de la main.

— Ton don n'est pas matériel, tu ne sauras pas le guider. Par contre, tu pourras certainement te rendre utile auprès de Raïna dans la surveillance de notre périmètre. Kaja supervisera Zuzanna. Leurs dons sont très différents, mais elles sont toutes deux capables de générer la vie, dans un certain sens. Pour ce qui est de l'entraînement de Prym, Olimpia, qui a désormais ses capacités sous contrôle, lui apprendra à maîtriser son aptitude.

Kaja frissonna et baissa encore plus la tête vers son assiette. En face de moi, la guerrière aux mains de feu et aux peintures rouges se mordit les lèvres. Ses gants épais se crispèrent sur ses couverts, et elle échangea un long regard avec Raïna, qui finit par hocher la tête.

— Je le formerai, déclara Olimpia d'un ton de défi.

Je me concentrai sur mon assiette à peine entamée, l'appétit coupé. Pendant une fraction de seconde, le souvenir de ma première utilisation de mon don s'imposa à moi : évanoui, à la merci d'une chose qui me dépassait, sans aucun contrôle.

Destructeur.

Monstrueux.

Étais-je toujours la même personne ?

30

ZUZANNA

LES FLEURS DE SOLEIL

Les Wilis sont divisées en deux factions : les guerrières de la reine Raïna Libera, avec leurs peintures rouges, et les saintes de la reine Tekla Rudy, avec leurs peintures blanches.

— Je n'y arrive pas !

Une bonne dizaine de mètres nous séparaient de Prym pour notre propre sécurité, et ses lèvres bougeaient trop vite pour que je lise correctement de longues phrases, mais il était aisé de deviner son agacement. Il retournait ses mains dans tous les sens, comme si les bouger pouvait faire apparaître un champ de force, même minuscule. Il nous jeta un coup d'œil désespéré, auquel je répondis par un simple sourire crispé. Pour le coup, je ne pouvais rien faire pour l'aider.

Olimpia croisa les bras, visiblement agacée de répéter les mêmes conseils depuis une heure. Je me frottai le visage, avec l'espoir que Kaja soignerait Prym lorsque la patience d'Olimpia s'épuiserait et qu'elle ne pourrait s'empêcher de le rôtir. La Chamane contemplait la scène d'un œil prudent, sans cesser de caresser ses bras brûlés. L'odeur des fraises mûres et de l'herbe séchée embaumait mon nez. Kaja nous avait fait nous asseoir, Ed et moi, non loin du potager que cultivaient les Wilis sur une partie de la pelouse, et s'évertuait à essayer de comprendre mon don.

Je me redressai et fis craquer mon dos pour oublier combien le sol était peu confortable. Heureusement, j'avais été autorisée à repasser mon large tee-shirt noir, mon short et mes baskets. La robe encombrante que m'avaient prêtée les Wilis était bien au chaud dans mon placard, et je leur avais bien fait comprendre qu'elle y resterait.

Au loin, Olimpia paraissait disputer Prym, mais elle me tournait le dos, ce qui m'empêchait de suivre leur conversation. Prym fronça les sourcils, fixant ses paumes comme si elles allaient exploser. Ce qui était peut-être le cas. L'une de ses mèches lui tombait sur le front, me donnant envie d'aller la replacer.

Je sursautai quand Edward me tapota l'épaule.

« On reprend ? » signa-t-il.

Il assistait à mon cours, sous le regard quelque peu suspicieux d'une Wili aux peintures blanches, pour me servir de traducteur auprès de Kaja, qui articulait très mal et ne savait pas signer. J'avais tout d'abord proposé de prendre un carnet, mais il paraissait heureux de pouvoir m'aider à sa façon.

« As-tu déjà essayé de faire pousser autre chose que les fleurs de soleil ? » me demanda Kaja par le biais d'Edward.

« Non, jamais. La plupart du temps, je n'utilise pas mon don volontairement. Les fleurs grandissent toutes seules en fonction de mes émotions. »

Je laissai le temps à Edward de traduire et fis pousser un lys doré. Quelque chose gonfla dans ma poitrine, comme un ballon prêt à éclater, avant de se résorber. La fatigue me prit d'un seul coup et s'écrasa sur mes épaules.

— Quel est le prix de ton don ?

« C'est épuisant. La première fois que je l'ai utilisé, j'ai dormi pendant deux jours. »

Kaja cueillit la fleur du bout des doigts, avant de me la tendre.

— Elle vient de toi, alors, tu peux sûrement la reprendre. Tu pourrais utiliser son énergie si tu es fatiguée.

Je plaçai la fleur au niveau de mon visage. Malgré son apparente délicatesse, elle dégageait un parfum suave et prononcé, aux notes épicées. Sous le soleil, son éclat paraissait faible. *La lumière n'est jamais aussi intense que dans l'obscurité.* Après m'être humecté les lèvres, j'imaginai la lumière de la fleur s'en écouler pour se déverser dans ma main. L'éclat doré faiblit jusqu'à mourir.

Ma poitrine était en feu.

La fleur s'écrasa sur le sol, terne, morte. Une larme m'échappa. D'une façon totalement absurde, la certitude d'avoir pris une vie s'imposa à moi. Kaja posa sa main sur ma cuisse pour attirer mon attention.

— C'est très bien, articula-t-elle.

La gorge serrée, je ravalai mes pleurs et ma faiblesse. Mon cœur menaçait de faire exploser ma cage thoracique, autant que ce qui brûlait en moi. Je me mordis la langue. En quoi savoir absorber la vie des fleurs allait-il m'aider à trouver Piotr ? Ce don était plus qu'inutile, et je perdais mon temps ici.

Comme s'il avait senti mon trouble, Edward me demanda :

« Tu peux me raconter ta mutation ? »

Les restes de la fleur éteinte me broyaient toujours le cœur, et je n'étais pas sûre d'avoir envie de discuter, mais l'expression timide qu'affichait Edward me décida à m'ouvrir rien qu'un peu.

« J'ai vécu sans personne pendant plus de sept mois, signai-je finalement. Je parcourais la ville, les territoires de tous les clans, personne ne faisait attention à moi. J'ai croisé à quatre reprises la route de l'arme destructrice, mais chaque fois, j'ai réussi à me cacher à temps. »

Edward faisait de son mieux pour traduire en même temps afin que Kaja suive notre conversation.

« Tu ne te sentais pas seule ? »

L'idée même d'errer dans la Zone, isolé, paraissait le terrifier. Elle me ramena à la première fois où je l'avais vu, dans une baignoire avec le cadavre d'un pigeon. Je secouai la tête.

« La solitude ne m'a jamais gênée. D'autant que je n'arrivais à parler à personne sans puce mentale. » Je tâtai la fine cicatrice que nous portions tous au cou, là où se trouvait auparavant notre *cerebrum*. « Quand ils me l'ont retirée, j'ai perdu un de mes contacts avec le monde. »

Ça avait été si perturbant, si déstabilisant, comme perdre le sens de l'équilibre et ne plus savoir correctement tenir debout.

« J'ai commencé à muter seule, sans personne pour me donner à boire ou me nourrir. Au bout de trois jours, je mourais de soif à cause de la fièvre. »

Je me revis, allongée dans une maison vide, incapable d'appeler au secours ou de me déplacer. La vie avait presque quitté ma poitrine, et dans mes instants de délire, seul Piotr me tenait compagnie.

« Mais tu as survécu. »

Sa constatation ressemblait plus à une question qu'autre chose.

« Parce qu'Artur m'a sauvée. Il a perçu ma mutation, le fait que j'avais beaucoup de chance de muter, mais surtout, il m'a sentie mourir à petit feu. Quand il m'a trouvée, j'étais presque partie, mais entourée par des fleurs de soleil. Il m'a recueillie, et lorsque je me suis rétablie, je lui ai appris à signer. Sans lui, je ne serais pas là. »

Depuis notre arrivée chez les Wilis, Artur était accaparé par les deux reines qui trouvaient son don bien pratique. Cependant, si elles pensaient pouvoir le retenir ici contre son gré, elles se trompaient lourdement.

« Ça a dû être difficile. »

« Tout l'est, ici. »

Kaja, qui n'était pas intervenue dans notre conversation, leva la main vers mon visage. Son index s'attarda sur mon oreille, mais cette fois, elle mâcha ses mots, et je ne sus pas la lire. Edward fronça les sourcils, et resta immobile un instant avant de se décider à traduire, les gestes saccadés, hésitants. Quoi qu'elle ait dit, il paraissait gêné. Avant même de répéter ses mots, il effectua un signe d'excuses.

« Elle dit qu'elle peut soigner ta surdité. »

Je chassai la main de la Chamane de mon visage et me levai, horrifiée.

« Je ne suis pas un objet cassé que l'on doit réparer ! »

Une nouvelle fois, Edward dut traduire mes signes, les épaules basses et le regard fuyant. Le visage de Kaja se décomposa. Sans lui laisser le temps de s'expliquer, je quittai la pelouse, abandonnant derrière moi une traînée de fleurs naissantes.

Je grimpai les marches deux par deux pour rejoindre l'immense couloir qui longeait les loges. Les Wilis qui arpentaient les lieux me laissèrent passer sans m'arrêter, continuant leurs propres tâches comme si je n'étais pas là. À travers la rosée qui obscurcissait ma vue, les peintures rouges et blanches se mélangeaient. La tête baissée, je manquai de peu de rentrer dans Tekla. Elle avait échangé sa longue robe de cérémonie contre un ensemble plus simple, mais toujours aussi blanc. Pourtant plus grande qu'elle, je me sentis soudain minuscule devant sa posture droite et fière. Elle chercha à m'attraper le bras, mais je repris aussitôt ma fuite.

Quand j'atteignis enfin ma chambre, je claquai la porte derrière moi, mais ce geste ne suffit pas à apaiser ma frustration. Les lys s'épanouissaient à mes pieds, nourris par mes émotions et par les larmes qui dévalaient mes joues. Je me laissai glisser contre la baie vitrée qui donnait sur la ville. Mes bras se serrèrent autour de ma poitrine, là où le quelque chose s'était tu, las de ne pas être écouté. La fatigue pesait sur mon corps comme le poids du ciel sur mes épaules. *Piotr, tu me manques*. Combien de temps à tenir ce rythme ? Combien de mois sans savoir ? Combien ?

La proposition de Kaja n'avait permis que de faire ressortir une colère qui existait déjà.

La première fois que j'avais évoqué Piotr à Artur, il avait semblé surpris. Ses sensations lui permettaient de comparer les auras, de trouver des similitudes, et il m'avait assuré que si mon frère vivait toujours, alors, il le saurait.

Plusieurs jours durant, Artur s'était plongé dans de longues introspections, décortiquant les centaines d'âmes une à une, jusqu'à aboutir à un constat qui m'avait autant emplie d'espoir que de douleur. Avec des gestes plus qu'approximatifs, il avait signé : « En vie. Dans la Zone. Impossible à situer. »

Piotr, où es-tu ?

Perdue dans mes souvenirs, je faillis ne pas le voir. Un étrange pressentiment me poussa cependant à lever la tête. Prym se tenait sur le seuil de ma chambre, visiblement mal à l'aise. Je m'essuyai discrètement les joues.

— Ed vient de me raconter. Je peux entrer ?

J'acquiesçai, et après avoir refermé la porte, il se glissa à mes côtés contre la paroi de verre. Il ne bougea pas et se contenta de fixer le ciel à travers la vitre durant une vie entière. L'univers aurait pu s'effondrer, je ne l'aurais pas remarqué. Ne le faisait-il pas déjà, de toute façon ? Prym me donnait l'impression d'être un phare dans la nuit, un endroit sûr au milieu de la tempête. Une part de moi ne voulait pas qu'il me voie dans cet état ; pourtant, quand sa main, rendue calleuse par le maniement des armes, effleura ma joue, je fus soulagée de ressentir une peau chaude, rassurante.

— Tu as pleuré.

Il articulait avec plus de soin que d'habitude. Après une seconde de flottement, je secouai la tête, et à mon grand regret, sa main s'éloigna. Il porta son attention sur la ville.

— Ma vue sur le stade est monotone, expliqua-t-il. (Lire sur ses lèvres était de plus en plus facile avec le temps.) Il n'y a rien à regarder. Tout est toujours pareil.

Pour moi, la vue que nous offrait cette fenêtre n'était qu'une version plus grande de ce stade. Le Mur, aussi inflexible qu'une montagne, coupait l'horizon d'un trait implacable.

Cependant, j'aimais la manière dont Prym observait la Zone, avec des yeux encore neufs. Il les reporta sur moi et me sourit.

— Kaja se sent très mal. Elle ne voulait pas te blesser, et elle s'excuse.

Je hochai la tête, limitée dans mes mots par l'absence d'Ed ou d'un carnet à portée de main, mais étant donné mon état émotionnel, cela me convenait très bien. *J'irai voir Kaja au dîner*, me promis-je.

— Merci.

Je fronçai les sourcils. Prym se justifia, le rouge aux joues.

— Tu sais... pour tout ça. Pour avoir pris autant de risques pour quelqu'un que tu connais à peine.

Malgré moi, sa remarque me blessa et je me rembrunis. Bien sûr, il avait raison, mais cette vérité ne résonnait pas en moi. Étais-je la seule à avoir l'impression de le connaître depuis toujours ? Devant ma tête, il se reprit.

— Enfin, ce n'est pas ce que je voulais dire. C'est juste que... tu as abandonné beaucoup de choses pour nous aider. Merci pour ça.

Je me mordis la joue, ne sachant plus si je devais rire ou être vexée. Il se frotta le cou. Ses oreilles étaient devenues écarlates. Finalement, il demanda :

— Comment dit-on « merci » en langue des signes ?

Comment réussissait-il à m'agacer et à m'attendrir dans la même minute ? Doucement, je lui montrai. Il tenta de reproduire mon geste, mais sa main était mal positionnée. Je l'aidai à bien placer le bout de ses doigts sur son menton, la paume tournée vers lui, puis le guidai dans son mouvement vers moi. Il essaya seul, et la fierté se lut sur son visage.

— Et comment dis-tu les prénoms ?

Cette fois, ce fut mon tour de m'empourprer. Il y avait deux manières de dire un prénom en langue des signes : soit en l'épelant, soit en l'associant à une caractéristique spécifique à la personne. Je n'aurais eu aucun mal à lui expliquer que je désignais Edward comme étant *le linguiste*. Mais je n'avais pas du tout envie de lui avouer que lorsque je parlais de lui à Artur, je le désignais comme étant *le doré*.

Je traçai sur la vitre les lettres de son prénom, avant de montrer le signe qui était associé à chacune. Il les reproduisit avec beaucoup d'application.

— Et pour Zuzanna ?

Il eut plus de mal à enchaîner les sept lettres sans les inverser. Son front était plissé de concentration, et il finit par pincer les lèvres.

— Trop long pour moi ! Et San ?

Je frissonnai. Seuls Piotr et Artur m'appelaient comme ça. Pourtant, je lui montrai les trois gestes, le cœur dans la gorge. Il les signa à la perfection.

— Ce sera San, alors.

Il épela une nouvelle fois mon surnom, avant de signer un « merci ».

Mon regard quitta le sien pour descendre le long de son cou et s'arrêter sur ses deux matricules. Je m'interrogeais sur le second, évidemment, mais comment l'avouer ? Prym déplia sa jambe, et je crus un instant qu'il se levait. À la place, il se repositionna correctement, plus proche de moi. Ses iris s'accrochèrent aux miens. Il me montra le second matricule.

— Joanna. Elle était comme ma sœur, mais je l'ai perdue comme j'ai perdu ma mère : sans pouvoir rien y faire.

Il y avait tellement de désespoir sur son visage. Ses émotions résonnèrent avec tant de puissance en moi que je fus un bref instant soulagée de ne pas porter de *cerebrum* pour qu'il lise les miennes. Sans réfléchir, j'entrelaçai mes doigts aux siens, ce qui le troubla.

— Toi aussi, tu as perdu quelqu'un.

Cette fois, j'opinai. Je retournai sa main, et du bout des ongles, j'écrivis un unique mot sur sa paume chaude : « frère ». Après une hésitation, je décidai d'en écrire un autre : « Piotr ». J'aurais aimé pouvoir dire son nom à voix haute. Mes lèvres avaient été habituées à le prononcer, même sans en entendre le son. Mais je ne pouvais pas. Je ne voulais plus.

— Il est mort ?

Je haussai les épaules. Difficile à dire, mais Artur le pensait toujours en vie, et une part de moi refusait de croire le contraire. À la place, j'écrivis quatre autres lettres dans sa main : « Zone ». Quelque chose dans l'expression de Prym changea. Pas de la pitié déguisée en compassion, comme je le lisais souvent chez Artur. Non, un réel sentiment de compréhension.

Nous avions tous les deux nos fantômes.

— Je suis désolé.

Ce qui me fendit le cœur, c'était qu'il l'était vraiment.

— Ce don… Je n'arrive ni à le comprendre ni à le contrôler, tu sais. J'ai l'impression qu'il ne repousse que ce qu'il considère comme un danger. C'est tellement… frustrant. Avant de partir pour la Zone, mon instructeur d'armes m'a demandé de ne pas douter. Ne pas douter. Jamais.

Ne pas douter ? Dans un monde aussi fou que le nôtre ?

Le doute était ce qui me maintenait éveillée la nuit, ce qui m'empêchait de vivre le jour, ce qui me faisait reculer là où je voulais avancer, ce qui étouffait le feu dans ma poitrine, ce qui me tuait jour après jour.

Ne pas douter ?

Je le désignai avec un air interrogatif. Il comprit.

— Moi ? Depuis que je suis ici, je ne fais que ça. Douter, encore et encore.

Le visage de Prym devint flou comme dans un rêve, et je sentis des larmes brûlantes dévaler mes joues. Je me cachai le visage ; je ne voulais pas pleurer, surtout pas devant Prym. Comment pouvais-je espérer retrouver Piotr si je n'étais pas assez forte ?

Noyée par la honte, je voulus me lever, mais ses bras puissants m'en empêchèrent et m'attirèrent vers lui. Une odeur d'herbe séchée emplit mon nez. Mes larmes trempèrent rapidement son tee-shirt, et bientôt, je fus incapable de maîtriser mes tremblements. Prym me serra plus fort encore. La chaleur de sa peau contrastait tant avec le froid qui m'habitait.

Si Prym était un phare, j'étais une tempête.

Une tempête aussi silencieuse que la nuit.

31

EDWARD

CE QUE L'ON NE PEUT PAS PROTÉGER

Pour qu'un réfugié étranger devienne Eritien, la loi des noms requiert un changement de patronyme. La loi des prénoms limite ensuite le choix des futurs enfants. Enfin, la loi du culte interdit toutes les fois religieuses pour éviter la division de la patrie. On appelle ces trois lois les leges neutralitatis. *Les lois de la neutralité.*

— Par le Maréchal, tu triches comme tu respires !

Artur haussa un sourcil, faussement vexé. J'étais à peu près sûr qu'il utilisait son don pour tricher, mais je ne savais pas comment et je n'avais rien pour le prouver. De plus, Artur passait si peu de temps avec nous que Zuzanna prenait sa défense à la moindre occasion.

En fouillant la chambre de Prym, nous avions trouvé le jeu coincé entre deux livres épais. Si les Wilis nous empêchaient de sortir du stade depuis plus d'une semaine, elles ne trouvaient rien à redire quant au fait de nous laisser jouer ensemble de temps en temps, mais je savais que me voir m'amuser avec trois Accomplis horrifiait Marianna, la Wili sainte qui me suivait partout où j'allais.

— Tu es juste très mauvais perdant. De nous tous, je suis celui qui voit le moins bien les cartes. Si quelqu'un est en train de tricher, c'est plutôt Prym.

Le *pugnatum corpus* rougit jusqu'aux oreilles et je m'esclaffai. Si l'un de nous quatre était incapable de truquer son jeu correctement, c'était bien Prym. Zuzanna se mordit la lèvre, amusée. Après ce qu'il s'était passé avec Kaja, j'avais eu peur qu'elle s'éloigne de nous, mais Prym avait réussi à trouver les mots. *Tu n'es pas comme eux*, me souffla la voix, *tu n'es pas exceptionnel, tu n'es pas à ta place ici.*

Si seulement cette voix pouvait se taire.

— Je ne sais pas tricher.

— Il n'y a pas de quoi se vanter, m'amusai-je, mais pour quelqu'un qui joue proprement, tu as vraiment de très bonnes cartes.

— Ou bien c'est San qui nous mène en bateau depuis le début, renchérit le Sensitif.

Zuzanna roula les yeux au ciel. Elle enchaînait les victoires depuis plusieurs tours, et je ne savais pas de qui me méfier le plus entre Artur et elle. Mais finalement, ce fut bien Zuzanna qui posa son as au-dessus de la pile avec le sourire. Elle avait gagné.

— Et après, c'est moi qu'on accuse de tricherie ? se moqua Prym.

Elle lui frappa l'épaule, et cette fois, j'explosai d'un rire franc.

Pendant une brève seconde, j'oubliai où nous étions et ce que nous avions à accomplir. Il n'y avait plus de Wilis pour nous enfermer, plus de mission à exécuter, plus de Chose à exterminer.

J'avais l'impression d'être de retour chez moi, à jouer en famille. Nous étions en sécurité, rien de mal ne pouvait nous arriver. La réalité me rattrapa l'instant d'après et laissa un goût amer dans ma bouche. *Tout ça n'est qu'une illusion.*

Olimpia entra dans la chambre. Prym se releva aussi sec, et l'Ardente fronça les sourcils devant les cartes étalées au sol.

— C'est l'heure de l'entraînement.

— Oh, Pia ! Tu ne veux pas jouer un peu ? la taquina Artur avec un clin d'œil.

Olimpia tressaillit à ce surnom, mais ne releva pas. Le Sensitif, du fait de son statut d'Accompli et de sa génération, avait bien plus de facilité que moi à parler aux Wilis.

Je crus que la Wili allait refuser aussi sec, mais elle ferma la porte derrière elle et s'approcha de nos cartes. Depuis que nous étions arrivés, je ne l'avais jamais vue en compagnie de quelqu'un, mis à part Prym lorsqu'elle devait l'entraîner. Oh, bien sûr, je me souvenais parfaitement qu'elle avait failli le brûler vif, mais bon, il lui avait bien fracturé des vertèbres en retour. Ils se considéraient comme quittes.

Olimpia tordit l'une de ses mèches frisées.

— Ça dépend. Vous jouez à quoi ?

— Apparemment, à un jeu où tout le monde triche, se plaignit Prym.

Cette fois, il esquiva avec un sourire le coup de Zuzanna.

La Wili jeta un coup d'œil vers la porte. Peut-être se demandait-elle ce que diraient les autres en ne la voyant pas ressortir. Artur mélangea les cartes, et Olimpia finit par s'asseoir à côté de moi, un demi-sourire aux lèvres.

— Ça me va. Mais pas longtemps, alors.

Si elle mit une minute entière à correctement positionner ses cartes entre ses gants, il lui fallut beaucoup moins de temps pour comprendre comment tricher, au grand dam de Prym. L'Ardente gagna les trois parties suivantes.

Il fallait le dire, je m'ennuyais à mourir.

Je flânais d'un pas traînant dans le stade, visitant les loges ouvertes qui servaient de réfectoire, de salles communes ou de lieux de stockage, mais je ne m'arrêtais nulle part. Je n'y avais pas ma place. Les Wilis ne m'avaient rien donné à faire. Pas de tâches, pas de corvées, pas d'objectif. Rien du tout. Je regrettais presque les réveils matinaux de Mikołaj, et c'était peu dire ! Les entraînements avec Lise me manquaient, et la bonne humeur de Łucja aussi. Jo, également. Jo, surtout. Elle avait laissé un vide entre Prym et moi que rien ne pouvait combler.

— Edward Okonek ! hurla Marianna.

Un frisson me parcourut l'échine. Voilà une heure que j'avais réussi à semer la Wili chargée de me surveiller, qui prenait sa mission vraiment trop à cœur. Elle passait son temps à me sermonner et me collait comme mon ombre. Un coup d'œil en arrière me permit de vérifier qu'elle ne m'avait pas encore repéré. Sa petite tête brune couverte de peintures blanches dépassait à peine de la foule de Wilis. J'entrai dans la première loge à disposition et refermai la porte derrière moi.

— Edward ? Je peux t'aider ?

Je sursautai, le cœur en roue libre, mais fus rassuré de trouver Kaja, accroupie devant des cartons. La lumière du début d'après-midi donnait à sa peau un aspect ambré. Mes joues me chauffèrent.

— Ah... Euh... non... Euh... pardon ! Je ne voulais pas te déranger ! Je voulais...

— Edward Okonek ! cria Marianna de l'autre côté de la porte.

Je me figeai, arrêtant même de respirer, mais heureusement pour moi, personne n'activa la poignée, et la voix de la Wili continua de s'éloigner. Kaja leva les sourcils, un sourire mi-poli, mi-amusé aux lèvres, avant de tapoter le sol près d'elle.

— Tu veux rester un peu et trier les cartons avec moi ?

— S'il te plaît, oui.

Je la rejoignis au sol sans tarder, et ouvris un nouveau carton. La poussière soulevée me piqua les yeux. Il ne renfermait que d'anciens maillots sportifs. Kaja, quant à elle, triait des brochures publicitaires.

— C'est ta chambre ? demandai-je pour évacuer ma gêne.

— Non, c'est notre centre de soins.

— Quoi ? Ici ?

La pièce, minuscule, contenait seulement quelques armoires et un lit de camp, en plus des cartons qui traînaient par terre. Rien à voir avec celui mis en place par les Conquérants. Kaja haussa les épaules.

— Il n'y a pas besoin de plus. Personne ne reste jamais longtemps malade ici.

— Ah oui, c'est vrai…

Tu es vraiment débile, me souffla la voix, et pour le coup, j'étais assez d'accord avec elle.

— Tu peux poser tes questions, me rassura Kaja, ça ne me dérange pas.

— Merci. Je… Comment marche ton don ?

La Chamane baissa la tête pour se concentrer sur son carton. Ses cheveux, aussi noirs que les ailes d'un corbeau, glissaient le long de son visage rond et s'arrêtaient net au début de ses épaules. Une frange effilée couvrait son petit front et me rappela Lise.

— Dès que je touche quelqu'un, c'est comme si j'avais accès à une carte mentale de l'ensemble de son corps, un peu comme si un *cerebrum* l'analysait pour moi. J'ai ensuite cette irrépressible envie d'absorber tout ce qui ne fonctionne pas, ce qui est cassé.

— Et la conséquence ?

— Quand je soigne quelqu'un, je ressens absolument toutes ses douleurs, et parfois, je les perçois encore plusieurs jours après. Ce matin, je me suis réveillée avec la colonne vertébrale en miettes d'Olimpia, et cette sensation a mis plusieurs minutes à disparaître.

— Oh, je vois…

Non, je ne voyais pas. Aurais-je le courage de soigner quelqu'un si ça impliquait de prendre sa souffrance ? Je n'en avais aucune idée. Même si Kaja m'avait autorisé à la questionner, je ne voulais pas aller trop loin. Cependant, une autre interrogation occupait mon esprit et me fit serrer les poings sur l'un des maillots, rongé par les mites.

— Une de mes amies… Joanna, elle a dégénéré et on a dû… tu sais. Est-ce que…

— Non.

Kaja posa les brochures périmées pour croiser les bras, comme si elle cherchait à absorber ses propres brûlures. Sa gorge serrée ne laissait passer qu'un filet de voix.

— Je ne peux pas empêcher une mutation, pas plus que je ne peux soigner un dégénéré ou permettre à un Accompli de recouvrer son état normal. Chaque fois que j'essaie, j'ai l'impression de mourir, que toute la vie dans mon corps est aspirée. C'est impossible.

— Et te guérir toi-même ?

— Ça ne marche pas non plus. Je ne ressens rien. Aucune possibilité.

— Alors, ce lit est réservé à ceux qui font une mutation ?

Ses grands yeux noirs s'attardèrent une seconde sur moi avant de revenir vers les brochures.

— Oui, et à tous ceux qui ne veulent pas que je les soigne.

— Comme Zuzanna.

Ce n'était pas vraiment une question, et Kaja se mordilla la lèvre en traçant des cercles sur ses poignets.

— Comme Zuzanna, oui. Raïna a aussi refusé que je lui fasse repousser son bras, et je n'avais pas compris, à l'époque. Elle l'a perdu en même temps qu'un être cher, un autre mobilisé qui s'appelait Jonatan.

Je fronçai les sourcils, essayant de me remémorer les propos de Lise.

— Mais ce n'est pas Raïna qui a tué Jonatan ? C'est pour ça qu'Aleksander et elle se battent, non ?

— Jonatan était l'amour de sa vie ! s'offusqua Kaja, élevant la voix pour la première fois avant de se calmer aussitôt devant mon désarroi. Jamais elle ne l'aurait tué. Aleksander voulait le pouvoir chez les Conquérants, et l'a accusée d'un meurtre qu'il a sûrement lui-même commis.

— Lise est mon amie. Elle ne m'aurait pas menti.

— Peut-être qu'elle ignore aussi la vérité.

Je me rembrunis. Depuis mon arrivée dans la Zone, je n'avais parlé que deux fois au chef des Conquérants : après la rencontre avec la Chose, où il m'était apparu affable bien qu'impressionnant, et après la mort de Gwidon, où son don avait manqué de peu de m'écraser. Que savais-je de l'Oppresseur, à part ce que m'en avaient dit Mikołaj et Lise ? Rien. Affirmer qu'il était incapable de tuer son frère me parut soudain impossible.

— Va savoir…

Je fixais le plafond de ma chambre, bien que *cellule* soit un terme plus approprié, en quête de réponses qu'il ne pouvait décidément pas me donner. Pour ça, il aurait fallu que j'aie moi-même des questions à poser.

— Pourquoi on nous a envoyés crever ici ? tentai-je tout de même.

Le silence me répondit.

— Pourquoi moi ?

Je crus presque entendre les ricanements de la voix dans ma tête.

Sous leurs airs accueillants, les Wilis nous retenaient prisonniers. En réalité, je n'étais pas certain qu'elles me retenaient, personnellement.

Très bien, partir, mais pour aller où, si Prym devait rester ici ? Car il était clair que les Wilis n'accepteraient pas le départ de Prym ou de Zuzanna. Le seul que la situation ne semblait pas gêner était Artur. Ce chanceux.

La Chose ne quittait pas mon esprit, mais le reste de la Zone supportait sa présence en silence. Et je ne parlais même pas de la faction sainte des Wilis, dont faisait malheureusement partie Marianna, qui passait ses journées à m'enseigner combien le culte de Sirin était juste. Quand je lui avais répondu que la Chose n'était pas une divinité, mais une machine, j'avais eu le droit à la plus longue réprimande de ma vie.

La nuit était douce et claire, si bien que la lune, dont la lumière passait sans mal à travers la fenêtre sans store, dessinait ses ombres chinoises sur les murs vides. Épuisé d'attendre que le sommeil se décide à m'envelopper, je me laissai glisser hors de mon lit moite. La chaleur de l'été qui approchait s'intensifiait chaque jour un peu plus et je ne doutais pas une seule seconde que la Zone serait bientôt une étuve.

La fenêtre, aussi minuscule que la chambre elle-même, ne me permettait pas de voir grand-chose. Décidé à me dégourdir les jambes, j'enfilai mon pantalon usé qui, d'après l'odeur persistante, aurait mérité d'être lavé, et un tee-shirt dans un état comparable.

Aucune Wili ne surveillait ma porte la nuit quand Marianna partait se coucher, ce n'était pas nécessaire. Après tout, je n'avais rien de dangereux, et absolument toutes les sorties du stade étaient gardées. Des lys éclairaient par touches de lumière dorée les couloirs, aussi vides qu'ils pouvaient l'être à une heure si avancée de la nuit. Je déambulais sans me poser de questions – après tout, je finirais bien par retomber sur mon point de départ –, et appréciais la sensation du sol frais sous la plante de mes pieds nus.

Je passai devant la porte d'Artur, légèrement entrouverte sur une chambre vide. Lui aussi devait faire une balade nocturne. Une part de moi ne pouvait s'empêcher de repenser à la nuit où j'avais trouvé le cadavre de Gwidon. Tant de choses s'étaient produites entre-temps, et j'avais du mal à concevoir que ce cauchemar datait de moins d'un mois. Pire que ça, l'Institut me paraissait s'être passé durant un autre siècle, et les années avec ma famille dans une autre vie. *Je me souviens à peine d'eux*, me rendis-je compte avec tristesse. *Ils ne me connaissent pas, et je ne les connais pas non plus*. Malgré moi, je me mis à envier la relation privilégiée qu'avaient eue Joanna et Prym pendant vingt ans. Même les frères et sœurs ne vivaient pas toujours aussi longtemps ensemble.

La sensation que des mains puissantes me serraient la gorge ne me quitta pas durant ces longues minutes où les seuls bruits qui me parvenaient étaient ceux de la Vistule, le fleuve qui traversait la Zone, et de mes pas feutrés. Après avoir pratiquement parcouru les trois quarts du tour de loges du stade, je me laissai tomber sur le rebord d'une fenêtre assez large pour que je m'allonge. Je me contentai de m'asseoir, les jambes repliées, la tête posée contre la vitre froide.

La lune déversait sa lumière sur la Vistule, que plusieurs ponts en partie effondrés traversaient. De là où j'étais, j'avais une vue dégagée sur l'ancien centre de Varsovie aux immeubles élancés vers le ciel. Même le Palais de la Science et de la Culture et sa pointe prête à tomber à tout moment m'étaient parfaitement visibles.

Certaines choses étaient faites pour rester.

— Tu ne dors pas ?

Je retins une exclamation de surprise juste à temps. Pieds nus et aussi discret qu'un fantôme, Prym se tenait derrière moi. Je posai une main sur mon pauvre cœur martyrisé.

— Préviens ! Tu vas finir par me tuer !

Réprimander quelqu'un en chuchotant n'était pas une méthode efficace, et Prym se contenta de hausser un sourcil. Il désigna le rebord de la fenêtre.

—Je peux ?

Je poussai un soupir et me recroquevillai un peu plus. Trop grand, Prym n'arrivait pas à s'installer confortablement et laissa finalement pendre une de ses jambes. Ses deux matricules, qu'il ne quittait jamais, étaient emmêlés, et ses traits tirés par l'inquiétude. Néanmoins, il avait bien meilleure mine que les jours précédents. Il m'offrit l'un de ses demi-sourires aussi lunaires que l'astre qui nous éclairait.

—À quoi tu réfléchissais ?

—À rien de particulier, j'avais juste besoin de marcher.

—Moi aussi.

Je ne décelai aucune moquerie dans sa voix et je le regrettai presque. J'avais envie que mon ressentiment soit justifié, que je le haïsse comme je haïssais Lech, ou que je le craigne comme je craignais Aleksander. Je ne savais pas très bien non plus pourquoi j'avais tant envie de lui en vouloir. Pour m'avoir entraîné dans sa fuite ? Pour être devenu un Accompli ? Ou pour ne pas vraiment se soucier de ce que je faisais de mes journées ? Rien ne me semblait être une raison suffisante. À la place de ça, les mains invisibles autour de ma gorge se resserrèrent, m'emprisonnant dans leur étau.

Je laissai planer le silence, parce que pour une fois, il m'était bien plus confortable. Il me permettait d'oublier où nous nous trouvions et pourquoi. Si je fermais les yeux, je pouvais presque espérer m'endormir.

—J'aurais tellement aimé qu'elle soit là.

Prym avait passé ses doigts dans ses matricules, et tentait tant bien que mal de les démêler. Ses murmures résonnaient comme un cri.

— Elle me manque, tu sais.

— Je sais.

Non, je ne savais pas. Je n'arrivais pas à imaginer l'amour qu'on pouvait porter à une personne que l'on avait toujours connue, mais je percevais sa tristesse comme si elle était mienne. Le nœud de ses matricules persistait. Les mains de Prym tremblaient.

— J'aurais dû la protéger. J'aurais dû faire en sorte qu'elle ne mette jamais les pieds ici. J'aurais dû l'empêcher de muter. J'aurais dû...

— Il y a des choses qu'on ne peut pas protéger.

Prym ne répondit pas. Ses yeux n'étaient pas humides, parce qu'un soldat, un vrai *pugnatum corpus*, ne pleure pas. *Celui qui a décrété ça n'est jamais entré dans la Zone.*

Je tendis la main.

— Donne-moi ça.

Prym hésita, puis ôta les deux chaînes de son cou. Elles étaient chaudes et le nœud bien serré, mais c'était une tâche pour laquelle mes doigts fins étaient utiles. Je les laissai à leur travail, démêlant sans vraiment y penser. Un vague souvenir me revint : celui de ma plus jeune sœur, Elena, qui m'apportait toujours ses bijoux cassés. Quel âge avait-elle aujourd'hui ? Dix-sept ans ?

— Je t'envie.

Je relevai la tête, peu certain d'avoir bien compris.

— Répète ça ?

— Je t'envie.

Prym avait les yeux attachés à ses matricules ; il ne constata donc pas toutes les émotions contradictoires qui passèrent sur mon visage. Je pouffai d'un rire jaune, presque trop fort pour le calme de la nuit. Ma voix se fit presque acerbe alors que je terminais mon démêlage.

— C'est plutôt moi qui t'envie. T'es un soldat hors norme, tu sais te battre comme personne, les gens te respectent et veulent t'aider, tu es le Miraculé. Bref, tu es spécial !

Il tressaillit sur ce mot, mais je continuai.

— Regarde-moi : je suis nul dans à peu près tout ce qui est nécessaire pour survivre dans la Zone. La moitié des gens ici m'ignore, et l'autre me considère comme de la merde. Il n'y a rien à envier à ça.

Je lui rendis ses matricules avec plus de violence que je ne l'aurais voulu.

— Tu n'es pas un monstre, toi.

Sa remarque fit immédiatement retomber ma colère. Je n'avais jamais été très doué pour m'énerver, de toute façon.

— Toi non plus.

Cette fois, ce fut lui qui eut un rire sans joie. Il replaça ses matricules autour de son cou, tendit sa main droite, paume vers le ciel, et fronça les sourcils. Ses joues rougirent, et je fus pratiquement certain qu'il retenait son souffle. Un instant plus tard, un petit globe d'un transparent violacé se matérialisa au-dessus de sa main. Le champ de force n'avait plus rien de la simple cloche qui l'avait protégé contre Olimpia. Il semblait presque vivant, et vibrait si fort que je le ressentais dans chaque parcelle de mon corps. On aurait dit qu'il crépitait d'électricité. L'apparition disparut en cinq battements de paupières, et les couleurs se fanèrent sur son visage.

Il expira longuement.

— C'est incroyable…

— C'est tout ce que j'arrive à faire pour l'instant, et ça n'a rien d'incroyable. C'est horrible. Je suis monstrueux.

— Tu considères Zuzanna comme monstrueuse ? Non, je ne pense pas. Et si Joanna avait survécu, tu l'aurais traitée de monstre ?

Prym se crispa.

— La question ne se pose pas. Elle est morte. Je l'ai tuée.

— Ce n'est pas ce que je voulais dire.

Je me frottai le visage, soudain pris par une véritable fatigue. Si je perdais même mes talents de diplomatie, je ne valais vraiment plus rien. Ce qui était sûr, c'était que je n'étais plus en état d'avoir une conversation aussi difficile.

Mes genoux craquèrent lorsque je me relevai.

— Je crois que je vais aller me coucher.

— Attends…

Prym n'avait pas bougé, mais son visage s'était considérablement adouci.

— Tu m'as demandé une fois les mots exacts que m'avait dits la Chose, et je ne m'en souvenais pas. Ils me sont venus en rêve.

— Ah oui ?

Il hocha la tête, et ma curiosité grimpa en flèche. Quel message une telle entité avait-elle bien pu vouloir faire passer ?

— Alors, je vais essayer de le prononcer comme elle, mais je ne te promets rien. (Il prit une large inspiration.) Traîne… zit… ou… me… bras…

Ma déception fut écrasante et mes sourcils se froncèrent.

— Ça n'a aucun sens.

— C'est pourtant ce qu'elle a dit.

Je restai là de longues secondes, sans bouger, espérant comprendre soudainement la signification de ce message, mais rien ne me vint. Je bâillai et me levai pour partir.

— D'accord… Bonne nuit, Prym.

— Bonne nuit, Ed.

Même sans moi sur le rebord de la fenêtre, Prym n'arrivait pas à trouver une bonne position. Pourtant, alors que je dépassais le prochain tournant, je vis qu'il n'avait toujours pas bougé : les doigts entortillés autour de ses matricules et le regard perdu dans ses souvenirs.

Ma gorge se serra de colère, et les larmes me montèrent aux yeux. Il y avait tant de ressentiment en moi, mais je ne savais pas contre qui le rediriger. *Tu es si faible. À quoi sers-tu ? À rien. Sans Prym, la Chose t'aurait tué dès le deuxième jour. Sans Lise, c'est Lech qui t'aurait égorgé en pleine nuit. Sans Zuzanna, t'aurais fini par te suicider dans cette baignoire. Tu es minable. Tu es inutile.*

Prym ne me vit pas essuyer une larme brûlante.

J'étais celui que je haïssais.

32

OLIMPIA

ENTRE DEUX MONDES

La faction sainte des Wilis croit que la Chose est une représentation de Dieu sur terre, comme l'est Sirin dans les contes slaves. Les Accomplis en seraient les Apôtres.

— Recommence.

Voilà presque deux semaines que nous répétions encore et toujours les mêmes gestes, et la patience de Prym s'effritait de jour en jour. Le soleil n'avait pas encore sombré derrière le Mur, mais la pelouse du stade baignait déjà dans une certaine pénombre. Les Wilis de la faction sainte préparaient les lieux pour la messe nocturne organisée par Tekla, et notre présence dérangeait. J'aurais bien aimé m'arrêter là, mais Prym avait besoin de terminer sur autre chose qu'un échec.

Après avoir claqué la langue, il se concentra sur sa main nue et fronça les sourcils, comme si ça pouvait l'aider. D'abord vacillant, un globe aussi gros que les ballons noirs et blancs retrouvés dans la réserve apparut tout de même.

— C'est bien, continue comme ça. Stabilise-le.

Le champ de force tressauta, et j'eus un mouvement de recul. J'avais encore très nettement en tête la douleur de mon corps s'explosant contre les gradins. Ce qu'il réussissait à produire actuellement n'avait rien à voir avec la puissance de son premier essai. D'ailleurs, en observant Prym tenter de maîtriser son don depuis des jours, il me devenait inconcevable d'imaginer qu'il ait été capable de réaliser une telle prouesse, alors même qu'il était évanoui.

Devant son air concentré, je tentai de passer au niveau supérieur et posai à ses pieds l'un des ballons à moitié dégonflés que nous gardions en stock.

— Entoure le ballon avec ton champ de force. Tu dois le protéger de toute attaque extérieure, comme tu l'as fait pour toi.

Après avoir vérifié que les gradins du stade étaient bel et bien vides, il s'accroupit et approcha doucement ses mains. Par précaution, je reculai et je fis bien. Quand le champ de force entra en contact avec le ballon, au lieu de l'absorber et de le laisser entrer dans son globe, il l'expulsa avec tant de puissance qu'il explosa en des milliers de confettis. Prym jura et frappa le sol.

— Merde !

— Tu n'y crois pas, lui reprochai-je. Tu abandonnes chaque fois au dernier moment.

Il se releva, empourpré.

— Je fais ce que je peux.

Peut-être que ma patience avait tout de même ses limites, quoi qu'en dise Raïna. Peu importait. Ce qui était certain, c'était que j'étais épuisée, que depuis deux semaines, je me prenais tous les jours des remarques de mes sœurs sur mon incapacité à le former, et que Prym ne produisait aucun résultat concluant depuis plus de cinq jours. Était-il un soldat, un Accompli, ou simplement un gosse boudeur qui ne faisait pas d'efforts ?

— Ce que tu peux n'est pas assez. Tu as la chance d'avoir un don relativement défensif, d'avoir été choisi pour ça, alors, ne gâche pas tout avec tes caprices.

— Ce ne sont pas des caprices.

Je me mis à sa hauteur. Notre différence de taille n'était pas si évidente, et je pouvais aisément le fusiller du regard, et lui de même. Mon ton se fit acerbe.

— Oh que si ! Tu ne te rends absolument pas compte de la puissance destructrice que tu peux avoir. Si tu ne maîtrises pas ton don, c'est lui qui te maîtrisera, et il détruira tout sur son passage sans que tu puisses rien faire !

Sa mâchoire se contracta.

— C'est vrai que tu sais de quoi tu parles, avec tes gants et les bras brûlés de Kaja.

La claque partit toute seule.

Ébahi, Prym se tint la joue rougie par la marque de mon gant de métal. Une entaille apparut sur le haut de sa pommette, et un filet de sang s'en échappa pour glisser jusqu'à son menton.

— Oui, je sais parfaitement de quoi je parle.

Contrairement à lui, je n'avais eu besoin d'aucun combat pour révéler mon don. Je m'étais éveillée de la mutation comme on sort d'un cauchemar : perdue, apeurée, inconsciente d'être de retour dans le monde réel. Mes mains s'étaient accrochées à ce qu'elles avaient trouvé pour ne pas sombrer – Kaja –, puis elles avaient tout brûlé sur leur passage. Il n'y avait qu'une seule personne au monde sur qui le don de la Chamane ne fonctionnait pas : elle-même.

Parfois, j'entendais encore ses cris dans mes cauchemars.

Quand je m'éveillais, ses cicatrices étaient un rappel constant.

Je baissai les yeux vers mes gants, vers mon seul rempart face aux autres, le dernier cadeau de Telimena, une Accomplie pouvant modeler la matière, avant de se suicider, dix ans jour pour jour après son arrivée dans la Zone. Mes poumons brûlaient encore de rage, mais ma tête se refroidissait au fur et à mesure que durait le silence entre nous. Je ramassai le peu qu'il restait du ballon et le tendis à Prym.

Toute trace de colère et de frustration avait disparu de son visage. Son air désolé termina de me calmer.

— Je n'aurais pas dû dire ça, tu essaies simplement de m'aider.

Mes sœurs présentes sur la pelouse se cachaient à peine d'épier notre conversation, mais fuirent automatiquement mon regard.

— Tu m'as simplement dit en face ce que mes sœurs racontent dans mon dos.

— Elles n'ont pas à dire ça. Ce n'est pas ta faute.

Après toutes ces heures d'entraînement, il m'était facile de parler avec Prym. Mes barrières avaient sauté avec la fatigue. J'essuyai mon front moite.

— Tu ne comprends pas. Depuis que vous êtes là, je vous ai plus parlé à vous quatre qu'aux membres de mon propre clan. Mes sœurs adorent Kaja et respectent Tekla, mais moi, elles me fuient. Mon don les effraie.

— Pia… Nous, on n'a pas peur de toi.

Je savais que dans le « on », il s'incluait avec Edward, Zuzanna et Artur. Depuis deux semaines, je passais le plus clair de mes journées avec eux : les cartes le matin, l'entraînement, les repas. Beaucoup de mes sœurs n'approuvaient pas et me le faisaient sentir. Pour l'instant, j'arrivais à me convaincre que je faisais ça parce que Tekla me l'avait ordonné, mais j'en étais de moins en moins sûre.

Comme Raïna, ces quatre-là n'observaient pas constamment mes mains avec crainte.

Pourquoi rien n'était jamais simple ?

Je levai la tête vers le ciel, devenu totalement noir, et soupirai.

— On s'arrête ici pour aujourd'hui. Va te changer pour la cérémonie.

— Pia ? m'appela-t-il alors que je m'éloignais déjà.

— Oui ?

— Je vais faire un effort, c'est promis.

Je m'autorisai à sourire, rien qu'un peu.

— C'est tout ce que j'ai besoin de savoir.

Je l'envoyai se laver de toutes les volutes de poussière que nous avions provoquées, et entrepris de ranger les ballons dans la réserve. Seul un lys enfermé dans un bocal éclairait faiblement la petite pièce sans fenêtre. Un ballon éclaté dans les mains, je me figeai face à ce spectacle. Dernièrement, j'avais la sensation d'être comme ce lys : prisonnière, incapable de produire assez de lumière. *Je vais demander à Zuzanna d'en faire pousser un autre,* pensai-je, *qu'il ne soit plus seul à briller ici.* Et cette idée me réconforta, au moins un peu.

— À quoi penses-tu ?

Je sursautai et lâchai le ballon en miettes. Tekla se tenait à l'entrée de la réserve, toute de blanc vêtue, même si elle n'avait pas encore enfilé une tenue de cérémonie. J'aurais voulu lui mentir, mais ma langue parla sans mon accord.

— À cette fleur. Je me disais qu'il en aurait fallu une deuxième pour mieux éclairer cette pièce.

Dans ma poitrine, mon cœur battait comme celui d'un colibri, et le sang afflua dans mes oreilles. Ce n'était pas un mensonge, mais cette simple omission de ce que je ressentais me coûtait. Je retins mon souffle, et Tekla s'approcha du bocal d'un pas lent pour le caresser du bout des doigts. Un hoquet de surprise m'échappa quand elle l'envoya alors valser à l'autre bout de la pièce. Dans un bruit de tempête, le verre se brisa en mille éclats, déversant la terre tout autour et laissant le lys sans plus aucune attache. La lumière dorée tressauta, avant de faiblir et de mourir d'une lente agonie. Tekla saisit alors mon menton pour m'obliger à la regarder. Ses ongles s'enfoncèrent dans ma peau, et je retins un gémissement en me mordant la langue jusqu'au sang.

—Olimpia, Olimpia, Olimpia… Qu'est-ce que je vais bien pouvoir faire de toi ?

—Je ne…

—Tais-toi. Tu utilises ton don comme une bougie là où tu as la capacité de devenir un incendie.

Sa voix mielleuse contrastait avec la dureté de ses traits.

—Tu es dans le déni de qui tu es vraiment. Tu es faible, inutile, et tes gants ne te cacheront pas éternellement.

Les mots s'imprimaient en moi, telles des vérités absolues. Un liquide chaud glissa de mon menton et coula le long des doigts de Tekla. Elle essuya le sang sur mon menton.

—Tu déshonores le jugement de Sirin. Dans sa grande bonté, Elle t'a accordé un don puissant. Tu n'es pas seulement capable de faire pousser de petites fleurs ; tu pourrais ravager le monde avec ta colère et ta haine, si tu acceptais qu'elles font partie de toi.

J'acquiesçai, parce que tout mon être m'indiquait de le faire. Il n'y avait aucune autre solution, aucun autre chemin. Rien que la voix de Tekla, qui ondulait comme un serpent jusqu'à être assez près pour mordre.

—Arrête de lutter. Deviens la flamme incandescente que tu dois être. Raïna ne peut rien t'apporter de plus, elle n'est pas assez puissante. Rejoins-moi.

Avec toute la volonté qu'il me restait encore, je me retins de hocher la tête et de céder à sa demande. Je ne voulais pas finir comme Kaja, incapable de résister à la moindre demande de Tekla. Je réussis à reculer d'un pas, la poitrine en proie aux flammes.

— Je dois aller me préparer pour la cérémonie, articulai-je d'une voix à peine audible.

Et je me sauvai avant que Tekla ne rajoute quoi que ce soit qui m'obligerait à rester.

Je plongeai mes mains nues dans la bassine, savourant une sensation aussi simple. La fraîcheur de l'eau m'électrisa. Elle ne dura qu'un instant, et disparut aussitôt au contact de ma peau. Cette année encore, les chaleurs de l'été deviendraient difficilement supportables, mais pour le reste, je me satisfaisais d'être l'une des rares habitantes de la Zone à pouvoir me laver à l'eau chaude tous les jours.

« Tu es faible, inutile, et tes gants ne te cacheront pas éternellement. »

J'immergeai mon visage sous l'eau, et frottai mes joues jusqu'à ce que ma peau meurtrie demande grâce et que mes poumons appellent l'air. Quand je relevai enfin la tête pour croiser mon reflet, les traces de sang avaient disparu, et je pris une grande inspiration. Mes doigts tremblants eurent bien des difficultés à appliquer la peinture rouge que les Wilis saintes créaient à partir de coquelicots. La pâte séchait trop vite sous la chaleur de mon don, et je n'eus le temps que de tracer deux lignes parallèles sur ma joue gauche.

« Tu es dans le déni de qui tu es vraiment. »

Une fois mes gants enfilés, la sérénité reprit sa place dans ma poitrine, bien qu'entachée par une pointe d'amertume. Sans eux, mener une existence normale me serait impossible. Après avoir jeté un coup d'œil dédaigneux aux vêtements immaculés que Tekla avait fait apporter pour moi, j'enfilai une combinaison plus simple et confortable, aussi rouge que les peintures qui ornaient ma joue.

On toqua à ma porte, et Raïna apparut sur le seuil, dans une tenue assez similaire à la mienne. Ses cheveux bouclés, entièrement libérés de ses habituelles tresses, tombaient en cascade le long de son dos.

— Prête ?

Le long miroir accroché au mur me renvoyait l'image d'une femme sereine, d'une guerrière, d'une Accomplie, de la Wili que toutes attendaient que je sois. Pourtant, je décelais encore dans son regard la frayeur d'une petite fille qui souhaitait se cacher sous les draps. Ces derniers temps, elle prenait de plus en plus de place dans mon esprit.

— Non, mais Tekla n'attendra pas que je le sois.

Raïna poussa un soupir, et ferma la porte derrière elle pour venir m'enlacer. Son contact me rappela celui de ma mère, et je me laissai aller à de longs sanglots, les épaules secouées par des spasmes irréguliers. La grande taille de Raïna me permettait d'enfouir ma tête dans son cou et d'y cacher toutes mes angoisses. Sa main traçait des cercles rassurants dans mes cheveux, sans réussir à me calmer totalement.

— J'ai si peur… Je ne suis pas à la hauteur de ce qu'on attend de moi ! Je n'aurais pas dû avoir ce don, ça doit être une erreur. Je ne suis pas une Apôtre.

— Ce n'est pas grave. Chut… Tout va bien.

Elle s'écarta de moi, et essuya les larmes sur mes joues. Son visage affichait l'air serein de celle qui a déjà bien trop pleuré.

— Si tu attends d'être prête pour agir, alors, la vie défilera sans que tu accomplisses quoi que ce soit. Suis ton instinct et fais en sorte de ne rien avoir à regretter.

— Je ne sais plus très bien ce que me dit mon instinct en ce moment.

Tant d'émotions contradictoires me clouaient au sol, mais elles étaient toutes d'accord sur un point : je n'avais ma place nulle part. Ni chez les Wilis, ni auprès de Prym, Edward, Zuzanna et Artur. Je me trouvais entre deux mondes, sans faire partie d'aucun. Raïna me tapota le front.

— L'instinct, ce n'est pas réfléchir avec sa tête, mais suivre une pulsion qui vibre au plus profond de toi et qui, si tu l'ignorais, te déchirerait de l'intérieur. Il n'y a aucune explication rationnelle à chercher. Tu comprends ?

Je hochai la tête, une boule coincée dans la gorge.

— Bien. Maintenant, allons-y. Les autres doivent nous attendre.

Le stade affichait ses plus belles parures de fête. Sur l'herbe jaunie, Prym et Edward aidaient mes sœurs à installer les plus de cent cinquante chaises nécessaires pour nous permettre de tous nous asseoir. Tekla pourrait alors guider la cérémonie depuis les hauteurs des gradins. Au loin, Artur marchait au côté de Zuzanna en signant. Les lys dorés qui naissaient sous les pieds de la Botaniste donnaient à la pelouse un air de forêt enchantée. L'odeur des fleurs embaumait l'air, douce, enivrante. J'enviais tant Zuzanna pour ce don pacifique.

« Tu n'es pas seulement capable de faire pousser de petites fleurs ; tu pourrais ravager le monde avec ta colère et ta haine, si tu acceptais qu'elles font partie de toi. »

Comme si elle ressentait mes angoisses, Raïna me serra brièvement le bras.

— Un pas après l'autre, d'accord ?

— D'accord.

À la suite d'un hochement de tête entendu, Raïna rejoignit Tekla dans les gradins. Après avoir sondé la foule qui s'était naturellement divisée entre les deux factions, je repérai Prym, Edward, Zuzanna et Artur assis au troisième rang, du côté de la faction guerrière. Une place m'attendait au premier rang, mais les mots de Raïna résonnaient en moi, essayant tant bien que mal de surplomber ceux de Tekla. *Que me dit mon instinct ?* Ma tête savait que je devais m'asseoir au premier rang, près de Kaja, mais mes tripes me hurlaient d'aller me placer à côté d'Edward. Je décidai de les écouter.

Edward m'accueillit comme si ma présence était la plus naturelle au monde.

— Oh, salut, Pia !

Il avait enfilé une chemise visiblement trop grande pour lui, et son ton me paraissait moins joyeux que de coutume. Zuzanna me salua d'un geste de la main, et Prym d'un sourire en demi-lune. Artur, qui se levait au moment où je m'asseyais, m'accorda un clin d'œil.

— Je reviens tout de suite.

Je n'eus pas le temps de le prévenir que la cérémonie allait bientôt démarrer, que le Sensitif disparaissait déjà dans la foule. Edward me tapota l'épaule.

— Ça va ? Tu n'as pas l'air bien.

Une pointe de reconnaissance me pinça le cœur, mais je secouai la tête.

— Je suis juste un peu fatiguée. Je ne dois pas être faite pour être instructrice.

— Non, ça, c'est le boulot de Prym.

— C'est une très noble tâche, intervint ce dernier.

— Tu voulais devenir quoi, avant la Zone ? me demanda Edward.

— Je n'étais pas très sûre, mais je voulais travailler dans le droit. Je suis une *memoria eruditissimo*, donc le choix était vaste !

— Oh, mais moi aussi j'en suis un ! s'exclama Edward. Sauf que je n'ai jamais rien pigé au droit. Mon truc, c'étaient les langues.

Zuzanna, qui observait attentivement notre conversation, signa quelque chose qu'Edward nous traduisit.

— Elle dit qu'elle est également une *memoria eruditissimo* ! Sauf qu'elle voulait devenir historienne.

Un vrai sourire illumina ses traits, effaçant au passage la tristesse de sa voix.

— Je ne pensais pas trouver beaucoup de *memoria eruditissimo* ici. Encore moins des gens qui parviennent à se battre aussi bien que toi, Pia.

Je haussai les épaules, mais le compliment me fit plaisir.

— Devenir *pugnatum corpus* était mon second choix. Ma mère aurait fait une attaque si elle avait su.

— La mienne a dû en faire une en me sachant envoyé ici…

Un profond silence s'installa entre nous, amplifié par les chuchotements de la foule. Je tirai sur le tissu de ma combinaison, soudain trop serrée et trop chaude pour moi, alors même que le soleil avait depuis longtemps plongé de l'autre côté du Mur.

— Je…

Les discussions se turent d'un coup. Du haut des gradins, Tekla venait de se lever et embrassait la foule du regard. Ses longs cheveux pâles voletaient sous une brise nocturne, la faisant plus que jamais ressembler aux Wilis des légendes. À ses côtés, Raïna resta assise, droite et fière comme une véritable reine.

— Mes chères sœurs, nous nous réunissons ce soir pour célébrer Sirin, la messagère que Dieu a envoyée sur Terre pour transformer l'humanité.

Je déglutis péniblement. La voix de Tekla caressait mon esprit, supprimait ma volonté. Je devais rester concentrée pour ne pas accepter chacun de ses mots comme la seule vérité possible.

— À mon arrivée, il y a sept ans, la Zone était encore en proie au chaos. Il n'y avait plus de lois, plus de contrôle, plus de guide à suivre. Des mobilisés en ont profité pour redevenir des bêtes, et comme beaucoup d'entre vous, j'en ai subi les conséquences.

Cette fois, j'acquiesçai pleinement. L'histoire de Tekla ressemblait à celle de tant d'autres : une embuscade, seule face à des individus moins humains encore que la Chose, et qui l'avaient laissée pour morte après avoir tiré tout ce qu'ils pouvaient d'elle.

— Ce soir-là, Sirin a posé sur eux son jugement divin et m'a vengée. Elle a exterminé ces hommes qui ne méritaient plus de fouler le même sol qu'Elle. Dieu seul a le pouvoir de vie et de mort, et Sirin est sa messagère. Nous, les Accomplis, sommes ses Apôtres, les outils de sa volonté qui accompliront le destin de l'humanité.

Un éclat métallique attira mon regard, mais il fut trop fugace pour que je détermine sa provenance. J'essayai tant bien que mal d'attirer l'attention de Raïna, mais elle était totalement hors de portée.

— La Zone est devenue notre refuge, l'unique endroit où nous pouvons être qui nous sommes vraiment, sans entraves, sans jugement, et c'est pourquoi nous devons continuer d'honorer Sirin pour sa clémence et pour les dons qu'elle prodigue. Un jour viendra où nous ne serons plus obligés de nous cacher, mais pour l'aider à accomplir ses miracles, nous devons accepter quelques sacrifices.

Un sentiment de malaise grandissait dans mon ventre et m'empêchait de respirer correctement. En tournant la tête, je me rendis compte qu'Artur n'était toujours pas revenu.

— Que la volonté de Sirin soit entendue, ici, comme au-delà du Mur !

Et soudain, Tekla se mit à chanter.

C'était un chant aussi indescriptible que l'âme : beau, doux, irrésistible. J'aurais été incapable de dire ce qu'elle entonnait, mais une part de moi se demandait comment j'avais pu vivre si longtemps sans jamais l'avoir entendue. Sa voix, légère comme un rêve, avait fait disparaître le monde entier.

Ce fut à cet instant précis que je pris conscience que j'étais incapable de bouger. Malgré la beauté de la mélodie, la panique me serra la gorge. Mon corps ne m'obéissait plus. Pire encore : mes mains, continuellement brûlantes depuis si longtemps déjà, étaient gelées sous mes gants.

Un coup de feu déchira la nuit.

33

ZUZANNA

LA SIRÈNE

Sirin est un être mi-femme, mi-oiseau, capable d'ensorceler les gens qui entendent son chant. Elle est l'un des trois oiseaux prophétiques et une métaphore de Dieu.

Le sang de Raïna éclaboussa la robe immaculée de Tekla. Pendant une fraction de seconde qui dura toute une vie, rien ne bougea. La brise elle-même avait interrompu sa danse. Les paupières closes, les bras en croix, la bouche grande ouverte, Tekla paraissait… crier ? Ou bien chanter encore ? À côté d'elle, la reine guerrière hoqueta, et posa sa main sur le trou formé dans son abdomen, avant de s'écrouler en convulsant. Dans un coin de mon champ de vision, une vague grise aux crocs acérés déferla sur le stade.

Des cendrés armés marchaient droit vers nous.

Cette image, plus que les autres, décida mes jambes à bouger.

Je me jetai au sol, et soudain, je fus pleinement consciente d'être désarmée. Je voulus entraîner Prym avec moi, mais en fus bien incapable. Il était figé, les yeux grands ouverts, le teint livide. Edward, Olimpia et toutes les autres Wilis affichaient la même expression.

Comme hypnotisés.

Après avoir pris un instant pour calmer ma respiration, j'osai relever la tête. Les cendrés s'arrêtèrent face à la première rangée, chacun devant une chaise. Leur *anima* activée était dirigée droit vers le ventre des Wilis.

Du haut des gradins, bouche fermée, Tekla observait la scène sans paraître surprise, et n'accordait aucune attention à Raïna qui agonisait près d'elle. Un homme entra alors sur la pelouse. Une épaisse chevelure brune lui tombait sur les épaules, et un nez busqué occupait la moitié de son visage triangulaire. D'une démarche souple et énergique, il s'avança jusqu'à nous sans se défaire de son drôle de sourire.

Un autre homme se détacha alors de l'ombre. Des cheveux blancs éclaircissaient sa tignasse brune. Il portait une chemise blanche aux manches bouffantes et un simple pantalon de toile sombre.

Artur.

Son regard croisa le mien, et il signa rapidement.

« Tu es en sécurité. Tout va bien. »

Non. Impossible. C'était forcément une erreur. Artur devait être sous emprise, lui aussi.

Ça ne pouvait pas être vrai.

Alors que Tekla descendait les marches, trois cendrés partirent chercher Raïna qui, malgré tout le sang qu'elle avait perdu, paraissait encore en vie. L'homme au nez busqué attendit que Tekla l'ait rejoint pour se tourner de nouveau vers la foule.

— Bien, bien, nous allons pouvoir commencer. (À seulement quelques mètres de moi, j'arrivais à le lire, même s'il se balançait d'un pied sur l'autre et ne cessait de bouger. Il me lança un sourire qui me glaça le sang.) Bien le bonsoir à tous, en cette merveilleuse nuit d'été ! (Il poussa un soupir de ravissement, bras tendus en croix, paumes tournées vers le ciel.) Remercions le Maître de nous offrir un tel spectacle, car, à partir de ce jour, vous devenez miens. Je suis Jacek Most.

Il se tourna alors vers Tekla, comme pris d'un doute. Il lui murmura une demande que je ne réussis pas à lire, à laquelle la reine sainte répondit, comme si elle donnait des consignes à suivre. Cela contraria Jacek, qui pourtant ne se départit toujours pas de son sourire.

— Comme c'est dommage, ils auraient tous fait de beaux morts. Désigne-moi ceux que je dois garder frais !

Tekla fit tournoyer une mèche de cheveux clairs entre ses doigts.

— Ne touche pas à Raïna, à celles qui ont des peintures blanches et aux Accomplis. Les autres sont sans importance.

— Génial.

Dans une synchronisation parfaite, les cendrés postés devant le premier rang tirèrent, et les vibrations des balles parvinrent jusqu'à moi. La moitié du premier rang s'effondra, épargnant uniquement des Wilis saintes, dont Kaja.

« Les autres sont sans importance. »

Edward.

Alors que les cendrés passaient au deuxième rang, je forçai mes jambes à se lever, et me plaçai devant Edward, des larmes brûlantes dévalant mes joues. Percevant ma détresse, les lys fleurirent tout autour de moi, rempart bien inutile face à des armes à feu. Plus que jamais, je regrettai ce don inoffensif. Quelque chose enflait dans ma poitrine, mais la panique qui m'habitait ne me permit pas de l'utiliser. Mes yeux écarquillés ne quittaient pas ceux d'Artur.

« Empêche ça ! » signai-je avec des gestes tremblants, trop brusques.

Artur secoua la tête.

« Nous faisons ce qui est juste. »

Les cendrés pointèrent leur *anima* sur les Wilis du deuxième rang, et après un hochement de tête de Tekla, les balles traversèrent leur ventre comme s'ils étaient faits de beurre.

Leur sang éclaboussa mon visage et se mêla à mes pleurs.

Les cendrés se placèrent devant notre rangée, et l'un d'eux s'arrêta devant moi. Il ne parut pas surpris de me trouver debout, contrairement à tous les autres, et son *anima* se posa mécaniquement contre ma cuisse, à la hauteur du ventre d'Edward. Les lys s'agglutinaient à mes pieds, tentant vainement de créer une barrière de protection. Leur douce odeur n'arrivait pas à masquer celle de la mort, presque étouffante.

Avec les larmes, Artur m'apparaissait flou, mais je savais mes signes parfaitement clairs.

« Sauve Edward ! »

Je répétai les mêmes gestes, encore et encore, alors que les cendrés restaient figés devant notre rang, dans l'attente de la validation de Tekla. Cette dernière se tourna vers Artur, et je ne sus pas lire leur conversation. La seconde d'après, les cendrés posaient leurs doigts sur la détente. *C'est fini*, eus-je le temps de penser. L'air ondula autour de moi sous la pression des tirs, et les Wilis aux peintures rouges de notre rangée s'écroulèrent, un trou dans la poitrine.

Les lys dorés s'étaient parés de rouge.

Le cendré devant moi n'avait pas tiré. Il ne me regardait même pas. Ils quittèrent tous ma rangée pour la suivante, et mes genoux se dérobèrent sous mon poids, me laissant tomber parmi les fleurs, rongée par une fatigue aussi grande que le Mur. Une silhouette se dessina au-dessus de moi et tenta de me redresser.

Artur.

Il essuya mes joues trempées. Ses yeux, eux, étaient parfaitement secs.

« Je suis là. Tu es en sécurité. »

Je secouai la tête, le cœur percé de mille lames, comme si la Chose elle-même m'avait ouvert le ventre. J'aurais voulu me lever et me battre, mais je ne savais plus contre qui, et mon corps s'en sentait incapable. Mes muscles ne répondirent pas quand je leur ordonnai de se lever. Ma tête non plus ne distinguait plus le vrai du faux. Ce n'était pas réel. Juste un rêve. Un horrible cauchemar. J'allais me réveiller, et rien de tout ça ne se serait produit. Il n'y avait pas d'autre possibilité.

Pourtant, au-dessus d'Artur, Jacek Most apparut dans mon champ de vision. Il passa sa main sur le cou d'Olimpia, avec une expression avide que je n'aurais pu imaginer, même dans mes pires cauchemars : ses yeux écarquillés étaient injectés de sang, et son sourire fendait son visage d'une oreille à une autre. Ses lèvres bougèrent avec une lenteur malsaine.

— Bien le bonsoir, fille aux mains de feu.

La mâchoire d'Olimpia se contracta, mais le reste de son corps demeura aussi immobile que la pierre. Jacek renifla son odeur, comme un chien affamé, avant de s'éloigner et de pointer du doigt Prym.

— C'est lui, le Miraculé ?

Quelqu'un dut lui répondre, peut-être Tekla, car son sourire s'élargit plus encore que cela était humainement possible. Mes paupières se firent lourdes. Mon corps voulait lâcher prise, oublier ce qu'il venait de voir.

— Le Maître est si impatient de te rencontrer ! C'est un grand honneur, tu sais !

Il se pencha alors vers moi, la main tendue comme s'il allait m'étrangler.

— Et elle ? Que fait-elle ?

Artur attrapa son bras avant qu'il ne me touche.

— Juste des fleurs.

SIXIÈME PARTIE

OBSCURITÉ

MEMORIAE

Du haut de ma tour d'ivoire, j'ai une vue imprenable sur la ville.
Il est minuit moins dix. Je me sens seul.
On m'observe, on me surveille, mais je les contrôle.
En bas, au milieu de la rue, les gens boivent, dansent, rient, chantent.
Ils virevoltent dans tous les sens, légers comme des enfants, et ne savent plus différencier le vrai du faux, la réalité du cauchemar, les lois qui protègent des lois qui asservissent, la vie privée du droit de tout savoir, l'ordre de la terreur, la sécurité de l'oppression, la vérité du mensonge.
Ils essaient d'oublier qu'ils ne sont pas libres.
Il est minuit moins cinq. J'ai de la peine pour eux. Mais ça passera.
Oliwka a disparu. Cette peine-là va rester.
J'aimerais oublier, comme ils le font.
Ils oublient la pauvreté. Ils oublient le chagrin.
Moi, je n'ai jamais existé pour eux.
Mais ce n'est pas grave, parce que ça changera bientôt.
Il est minuit.
C'est un peu bête, mais j'aimerais avoir des gens avec qui danser.

34

PRYM

LE MAÎTRE

De l'Ordre Nouveau, on sait peu de choses. Ce clan reste dans l'ombre et se contente d'attaquer les autres sans chercher à faire de prisonniers.

Ce fut la douleur persistante dans un coin de ma tête qui me fit ouvrir les yeux.

Le plafond rouge et or tangua pendant de longues secondes, et je ne réussis à m'extirper du lit sur lequel j'étais couché qu'en y mettant toute ma volonté. Une fois les pieds posés au sol, j'eus envie de me rallonger tant je fus pris de nausées. Où étais-je ? Une question simple pour une réponse impossible. Je me souvenais parfaitement de l'entraînement avec Olimpia, du début de la cérémonie, du discours de Tekla… puis, plus rien.

Juste la douleur à l'arrière de mon crâne.

La pièce dans laquelle je me trouvais m'était inconnue. Je me levai à l'aide du lit, et me maintins grâce aux grandes bibliothèques qui couvraient le mur, jusqu'à atteindre la fenêtre. Je reculai, soudain pris de vertige.

Deux cents mètres plus bas, le sol et la liberté me narguaient.

La Zone s'étendait jusqu'au pied du Mur qui, de si haut, paraissait me regarder en face. En plissant les yeux, le stade Narodowy m'apparut quelques kilomètres plus loin, blanc et rouge, comme les peintures des Wilis, surmonté de piques qui le couronnaient. Je posai mes paumes contre la vitre, chauffée par le soleil. Où que je sois, je n'étais plus chez les Wilis, donc plus en sécurité. J'avisai un bout de fenêtre fendue assez petit pour être caché dans ma manche, mais assez gros pour faire des dégâts.

Cette fois, je baissai les yeux sur le bâtiment en ruine dans lequel je me trouvais. Une végétation sauvage courait sur les murs et les recouvrait de vert. Des arbres avaient poussé entre les colonnes, et des lianes féroces avaient entrepris de grimper les deux tours inférieures adossées à la tour principale.

Non, pas deux tours.

Quatre. Une à chaque coin.

J'aurais aimé avoir un autre point de vue pour le vérifier, mais un seul bâtiment correspondait à cette hauteur, à ce panorama et à ces colonnes.

Le Palais de la Science et de la Culture.

— C'est grandiose, n'est-ce pas ?

Je fis volte-face, prêt à me battre, même sans *anima*. Le mobilisé posté sur le seuil de la pièce ne haussa même pas un sourcil. Ses longs cheveux bruns retenus en chignon encadraient un visage qui aurait pu être sympathique si ses yeux grands ouverts n'avaient pas exprimé tant de folie.

— Qui es-tu ?

— Jacek Most, très cher.

Ce nom fit remonter des souvenirs par vagues. Le chant de Tekla. Mon incapacité à bouger. L'attaque de l'Ordre Nouveau. Les exécutions. Zuzanna. Edward. Olimpia. Artur. Dans l'ombre de Jacek, deux cendrés patientaient, *animae* activées et tournées dans ma direction.

— Tu es…

— Je suis venu te chercher. Le Maître espérait ton réveil au plus tôt.

À l'évocation de ce nom, je me figeai. Durant tout le temps passé chez les Conquérants, Mikołaj avait à peine évoqué le sujet de l'Ordre Nouveau. Ils occupaient un large territoire, ne formulaient aucune revendication permettant une quelconque négociation, et leur chef restait constamment dans l'ombre.

— Qui est le Maître ?

Je cherchais à gagner du temps et à en savoir plus sur l'ennemi que j'allais devoir affronter. Jacek ouvrit un peu plus la porte, sans chercher à entrer.

— Le Maître est notre guide, celui qui nous sauvera tous.

Après un bref soupir et un coup d'œil aux cendrés, qui attendaient patiemment près de la porte, j'acceptai de le suivre. Aussitôt, l'un des cendrés baissa son arme et vint m'attacher les mains dans le dos, sans sentir le bout de verre coincé dans ma manche. Sa peau glacée me mit mal à l'aise.

Je me tournai vers Jacek qui sautillait sur place, déjà prêt à partir.

— J'aurai le droit à la vérité ?

— Le Maître est la vérité.

Les cendrés dégageaient une odeur plus qu'étrange, un horrible mélange de cendre froide et de pourriture avancée, ce que je ne m'expliquais pas. Ils restaient plongés dans un silence glaçant et regardaient dans le vide. Même attaché, je me pensais capable de les battre. Un seul champ de force aurait suffi pour détacher mes mains, et mes compétences en combat au corps à corps étaient plus que suffisantes pour maîtriser deux soldats armés.

Mais à quoi bon ? Que ferais-je après ? Même si je réussissais à créer ce champ de force, il me restait une dizaine d'étages à descendre pour rejoindre la sortie. J'ignorais tout des effectifs de l'Ordre Nouveau, de l'emplacement de ses cendrés et des plans du bâtiment. C'était du suicide pur et simple.

Jacek me fit traverser plusieurs longs couloirs, les cendrés dans mon dos, jusqu'à ce qu'on atteigne une immense porte. Derrière elle s'étendait ce qui avait dû être un jour un prestigieux restaurant panoramique.

Les meubles, bien que vieux et usés, témoignaient encore de leur ancien prestige et de leur qualité. Un sublime lustre en argent aux ampoules manquantes remplacées par des fleurs bioluminescentes surplombait une ancienne horloge arrêtée depuis bien longtemps. Une table en verre aussi longue qu'élégante traversait la moitié de la pièce, et était autant encombrée de livres que la salle précédente. De somptueux sofas rouges étaient disposés face à face, juste à côté de la terrasse panoramique.

Sur l'un d'eux, celui que je supposai être le Maître attendait, assis, tournant le dos à la porte que je venais de passer. Derrière moi, les cendrés s'étaient approchés et gardaient maintenant la sortie. Après avoir détaché mes liens, Jacek quitta la pièce dans un gloussement.

— Approche, dit l'homme, qui même assis paraissait grand, et dont je ne voyais que la chevelure auburn plutôt courte plaquée en arrière. Installe-toi.

J'obéis et me posai dans le sofa en face de lui, qui s'avéra très confortable pour mes muscles endoloris. En relevant la tête, la première chose que je vis du Maître fut qu'il était effectivement immense, bien plus que toutes les personnes que j'avais croisées dans la Zone, ou dans ma vie en général. La deuxième fut son extrême maigreur, qui me donna l'impression de contempler un squelette sur le point de tomber en poussière. La troisième fut chacun des traits de son visage en diamant, qui ressortaient d'autant plus à cause de son amaigrissement.

Ses yeux bleu-vert, grands, enfoncés dans son crâne, semblaient pour autant pouvoir s'extirper à tout moment de leurs orbites, et étaient entourés de cernes profonds et sombres. Son nez un peu épaté était couvert d'une multitude de taches de rousseur, et projetait une ombre sur une bouche aux lèvres extrêmement fines.

— Mon visage te plaît, Prym ? me questionna-t-il d'une voix lente et doucereuse.

Une colère sourde m'envahit, et mes mâchoires serrées m'empêchèrent de répondre. Je me contentai d'affronter son regard en silence, en tentant de calmer les battements irréguliers de mon cœur.

— Alors, comment te sens-tu, Prym ? Je peux t'appeler Prym ? (Sa voix prit un accent mielleux, comme s'il me demandait vraiment la permission.) Disons que oui. Tu as passé une bonne nuit ? Je me doute que Jacek n'est pas l'émissaire le plus agréable au premier abord, mais c'est un homme de confiance.

Mes doigts se refermèrent sur les accoudoirs du sofa. Le Maître ne dégageait pas le même genre de puissance qu'Aleksander. Borowski imposait toujours le respect sans avoir besoin de faire grand-chose ; sa présence suffisait, alors que l'homme en face de moi me noyait en paroles à l'apparence chaleureuses, mais emplies d'une froideur qui me terrifiait.

Le Maître n'imposait pas le respect, il provoquait la peur.

— Je vois, tu n'es pas un grand bavard. Mais tu n'as rien besoin de dire. Pas avec moi. Il me suffit d'observer et de sentir pour tout savoir. La moindre parcelle de ton corps parle bien plus que tu ne l'imagines.

Il se pencha alors vers moi, et le parfum dont il s'était trop aspergé m'emplit les narines.

— Il y a beaucoup de choses qui nous rassemblent. Beaucoup plus que tu ne le penses. Mais la plus importante de toutes est inscrite dans nos gènes. Nous sommes les élus.

Cela me fit tiquer et délia ma langue.

— Alors, le grand chef de l'Ordre Nouveau croit au culte de la Chose ?

Il sourit, satisfait de m'avoir fait parler.

— Sirin est une fable comme une autre. Utile pour le peuple, comme bien d'autres choses. Je crois plutôt à la hiérarchisation de l'espèce humaine, ce qui placerait les Accomplis tels que toi et moi au sommet de la pyramide.

Un autre Accompli ? Quelque chose brûlait dans son regard. Une forme d'avidité.

— Ah, mais quelle impolitesse ! Je viens de me rendre compte que je sais tout de toi, mais que toi, tu es dans le noir complet. Pardonne-moi mon ingratitude, je n'ai pas l'habitude de recevoir du monde. Pour tout t'avouer, je suis un peu rouillé. Hieronim Pawlik, matricule 012067, mais Jacek aime m'appeler « le Maître », ce qui n'est pas déplaisant.

Un silence s'installa, seulement rompu par le tapotement de ses doigts sur le sofa. Un douzième. Il était donc là depuis huit ans. Hieronim me jaugeait de cet air étrange, avec détachement, et en même temps beaucoup de curiosité.

— Pourquoi je suis ici ?

— Parce que tu es intéressant.

— En quoi ? Parce que je suis un Accompli ? Il y en a d'autres dans la Zone.

Je tentai de deviner ses intentions, mais son visage ne laissait rien transparaître. En revanche, j'avais l'impression qu'il me transperçait de son regard lagon et voyait à travers moi. Aussi discrètement que possible, je fis glisser le bout de verre dans ma paume, laissant ses bords tranchants mordiller ma peau.

— Eh bien, question captivante. Nous devrions nous y arrêter un moment, mais je n'ai malheureusement que peu de temps à t'accorder, alors, faisons court. Je t'ai choisi comme d'autres l'ont fait avant moi, comme Erit, comme la Chose, comme les Conquérants, comme les Wilis, comme tous ceux qui, pour l'instant, t'ont suivi : parce que tu as du potentiel. Artur l'a tout de suite senti chez toi. Mais le potentiel, la force, l'intelligence, le talent, rien de tout ça ne suffit sans la volonté. As-tu de la volonté ?

— Suffisamment pour ne pas mourir.

Je fis de mon mieux pour ne pas lui montrer à quel point la trahison d'Artur me restait en travers de la gorge. Sa langue claqua d'un bruit sec.

— Mauvaise réponse : se contenter de survivre n'est pas un but en soi, c'est dans notre nature profonde. Le but de notre existence est de changer le monde, de détruire pour reconstruire à l'infini. Et nous, plus que les autres, en avons le pouvoir.

Il marqua une pause pour se pencher vers moi, envahissant mon espace vital. Je ne bougeai pas d'un millimètre, conscient que n'importe quel mouvement pourrait être considéré comme une attaque aux yeux de ses soldats.

— Mais *toi*, pour le moment, ici et maintenant, tu n'es qu'un ignorant. Juste une poupée sortie du moule, un pantin grotesque aux ficelles puissantes qui croit pouvoir changer les choses, mais ne fait que fuir.

Il n'y avait plus de douceur dans sa voix. Chaque mot claquait comme une gifle.

— Tu es une marionnette à qui on a donné l'illusion de contrôle.

Marionnette.

Ce fut ce mot plus que les autres qui me fit réagir, et toutes les pièces du puzzle se mirent en place, chaque détail qui m'avait fait tiquer prenant tout son sens, me laissant entrevoir avec horreur le tableau ainsi dépeint.

Le sourire de Hieronim était immense et figé ; il parcourait l'ensemble de son visage sans trembler. Ses yeux, cernés par la fatigue que lui provoquait certainement son don, restaient fixés sur moi. Un marionnettiste. L'impassibilité des cendrés me fit frissonner.

— Alors, ils sont tous morts ?

Hieronim leva les yeux au ciel et se frotta les mains.

— Les vivants ont une légère tendance à vouloir échapper à mon contrôle, alors que les cadavres ne me posent aucun problème. Oh, bien sûr, mon don me permet de maîtriser n'importe quel type d'objet, mais j'aime l'efficacité, tu comprends ? Pas besoin d'être vivant pour exterminer les vermines.

Je serrai les poings, contenant ma colère du mieux que je le pouvais. Les Wilis, tout comme les vingtièmes morts dès leur premier jour dans la Zone, n'étaient pas de simples vermines que l'on pouvait écraser sans compassion.

— Alors, la cendre, c'est pour…

— Je préfère largement des soldats couverts de cendre que marqués par leur putréfaction. L'apparence est essentielle sur bien des points, mais revenons-en à notre charmante discussion. Que dirais-tu d'avoir ta propre suite avec serviteurs, repas gastronomiques, sans soucis, sans aucune responsabilité, et un ou deux de tes amis pour égayer ta journée ? Tekla me les ferait envoyer avec plaisir.

Mes amis ? Edward, San et Olimpia étaient-ils toujours en vie ? Je me mordis la langue pour faire taire l'espoir qui gonflait dans ma poitrine. Prudent, je reportai mon attention sur le Maître et sa proposition aussi alléchante que celle du diable. *Rien n'est gratuit,* pensai-je dubitatif, *encore moins dans la Zone.* Dans un sursaut de colère, je lui lançai soudain le bout de verre au visage, dans l'idée de le déconcentrer suffisamment longtemps pour fuir.

Le morceau de verre s'arrêta à quelques millimètres de son œil droit. Il resta suspendu en l'air, sans plus rien pour le retenir face à la gravité.

— Mauvaise réponse, Prym. Le corps humain reste particulier, le cerveau posant toujours problème, mais ce n'est qu'un objet parmi tant d'autres, et mon don ne connaît pas de limites.

À ces mots, le mobilier qui nous entourait se souleva d'un mètre, flottant autour de nous comme au beau milieu de l'espace. Le morceau de verre partit se planter dans une armoire, et s'enfonça dans le bois jusqu'à disparaître entièrement. Je soufflai, j'avais l'impression de revenir en entraînement avec Halborn pour exécuter une danse mortelle. Il avait toujours aimé m'affronter à l'escrime.

— Et quel est le prix à payer ?

Parade. Esquive. Coup porté en avant.

— La garantie de ton aide et de ta soumission totale à mes ordres quels qu'ils soient. Ce n'est pas grand-chose, face à mon offre.

Feinte. Nouveau coup. Échec. Retraite.

— Et si je refuse ?

Silence. Coup final.

— Il n'y a rien que tu puisses me refuser, Prym. Un mot de ma part transmis par un de mes soldats, et dans la seconde qui suit, ton ami Edward Okonek aura du plomb à la place de la tête. Oh, bien sûr, si ça ne suffit pas, sache que Tekla peut infliger mille et une souffrances à cette Accomplie des fleurs.

Son sourire se fit encore plus grand.

— Tu ne m'échapperas pas, Miraculé.

35

ZUZANNA

UN GOÛT AMER

Chaque personne dégage une aura qui lui est propre. Les Accomplis émettent une vibration particulière, reconnaissable entre toutes.

Artur. Qu'as-tu fait ?

Cette question tournait en boucle dans mon esprit insatiable, plus puissante chaque seconde. J'espérais dégager suffisamment de colère pour que mon aura l'attire. Tekla m'avait fait enfermer dans ma chambre, comme une enfant punie. Mon don n'effrayait visiblement pas assez pour que je sois traitée comme une vraie prisonnière.

Artur. Pourquoi ?

Le premier jour après l'attaque, épuisée par la quantité d'énergie que j'avais dû déployer pour simplement créer ces fleurs, j'avais été tout bonnement incapable de me lever de mon lit. Le deuxième, j'avais regretté amèrement de ne pas y être restée. Le deuxième jour fut seulement rythmé par les visites de Kaja, qui vérifiait que j'allais bien. Mon corps endolori refusait de bouger. Le troisième jour, j'avais trouvé la force de marcher, mais sans réussir à aller bien loin étant donné mon actuel enfermement. Ce matin, en me levant, l'étrange pressentiment de sa visite ne me quitta pas, et je me postai devant la porte.

Artur. Viens à moi.

J'étais prête à le recevoir.

La poignée de la porte s'activa en fin de matinée et le laissa entrer. Il ne sursauta pas en me voyant l'attendre ainsi, et afficha un visage fermé. Personne ne l'avait jamais surpris en plus de dix ans, et pourtant, ses yeux flous me parurent déconcertés.

« Je suis là » signa-t-il tout de même.

Pour une fois, il avait revêtu son uniforme et paraissait prêt à partir.

Il ferma la porte et je me plantai devant lui. Si j'avais pu, je lui aurais hurlé dessus, mais je me contentai de le dévisager avec toute la colère qui traversait mon corps, et me maintenait en vie depuis quatre jours.

« Pourquoi ? » finis-je par signer à mon tour, les mains tremblantes de rage.

Ou peut-être était-ce de la peine.

Pour la première fois depuis que je le connaissais, je constatais la différence d'âge entre Artur et moi. Quelques premiers fils gris parsemaient sa fine chevelure. Ses traits étaient marqués, fatigués. Pourtant, je ne ressentis aucune pitié. La force qui vibrait dans ma poitrine me hurlait de la laisser exploser, de la laisser se montrer telle qu'elle était vraiment, d'arrêter de faire croire au monde que je n'étais capable que de faire fleurir des lys. Je la fis taire et la rangeai au plus profond de moi.

Plus tard.

Peut-être m'attendais-je à ce qu'Artur se jette à mes genoux pour s'excuser, et pour me dire qu'il avait lui aussi été victime du chant de Tekla ; au lieu de ça, il poussa un long soupir. Sentant très certainement qu'il n'avait pas assez de vocabulaire pour s'exprimer par signes, il se mit à articuler avec soin :

— J'ai fait ce que je devais faire, ce qui est juste. Je ne regrette pas ce qui s'est passé, et toi non plus, tu n'as pas à le regretter.

Ne pas regretter ? Comment ? Je me souvenais encore parfaitement des mots de Prym : ne pas douter. Mes doutes et ma faiblesse avaient entraîné la mort de dizaines de personnes. Si j'avais été plus forte, si j'avais su me battre, j'aurais pu sauver tant de vies ! Comment Tekla avait-elle pu faire ça sans sourciller ? Qu'est-ce qui pouvait autant valoir la peine de tuer la moitié de son clan ? Le sang que j'avais sur les mains ne disparaîtrait jamais, peu importe le temps que je passerais à frotter et à m'écorcher la peau.

Ne pas regretter.

Comment pouvait-il oser me dire ça ?

« Alors, tu travailles pour l'Ordre ? Pour des assassins ? »

Artur tiqua, mais ne recula pas. Bien au contraire, il posa ses mains sur mes épaules, son visage s'approchant à seulement quelques centimètres du mien. J'aurais pu oublier un instant ce qu'il m'avait fait et croire que nous étions toujours amis, toujours proches, mais ce n'était qu'une illusion de plus à laquelle je ne pouvais plus me raccrocher. Son souffle m'effleura quand il parla.

— San… Ils ne sont pas tous comme ça. L'Ordre est notre seule chance de sortir de la Zone vivants, toi, moi et tous les autres Accomplis. Il y a tant de choses que tu ignores encore. J'ai fait ce qui est juste, et je le referais sans hésiter.

Je me dégageai de celui que j'avais cru être mon ami, mon unique ami, le seul à savoir pour ma mutation et pour Piotr.

La douleur m'enserrait le cœur et m'empêchait de respirer. Comment pouvait-il dire des choses pareilles ? Il était parfaitement conscient de ce qu'il avait fait et ne regrettait rien. *Tekla le surveille peut-être. Il ment certainement pour se protéger.* J'avais beau tenter de me convaincre, Artur paraissait parfaitement sérieux, et ça me terrifiait.

Alors qu'il affichait une mine attristée, je me mordis la langue pour ne pas fondre en larmes.

« Des Wilis sont mortes. Prym est certainement en train de se faire torturer, et ça ne te fait rien ? »

Je signais vite, et la vision floutée d'Artur ralentissait sa traduction ; pourtant, je vis très nettement son expression changer à l'évocation de Prym. Peur, incompréhension, colère. Il avait eu ce visage la première fois que je le lui avais amené. Pourquoi ? Était-ce l'une de ces mystérieuses choses que j'ignorais tant, ou une autre manipulation ?

Artur me saisit le cou pour s'assurer que je le regardais bien parler.

— Ne pense plus à Prym. Sa place est avec l'Ordre, avec Hieronim.

Je frémis face à ce nom, et les mains d'Artur serrèrent plus fort ma nuque.

— Prym n'est pas comme nous, San. Ce n'est pas un Accompli normal. Il est dangereux.

Je pouvais encore sentir sa main calleuse et chaude effleurer ma joue, ses bras me serrer de toutes leurs forces, comme s'il pouvait absorber mon malheur.

« En quoi ? » eus-je du mal à signer.

Artur me lâcha pour se frotter le visage et fit les cent pas devant ma porte, comme s'il ne savait pas ce qu'il avait le droit de dire ou non. Mon unique envie était de le frapper, de le secouer jusqu'à le ramener à la raison, jusqu'à ce que tout redevienne comme avant. Il finit par se tourner vers moi, la face blême, une mèche de cheveux châtains aux filaments argentés collée au front.

Cette fois, son débit de paroles fut trop rapide, et suivre fut bien plus difficile.

— Dès l'arrivée des vingtièmes, j'ai senti une aura différente des autres. J'ai cru au départ qu'un dix-neuvième était devenu Accompli à la dernière minute et que je n'avais pas perçu sa mutation, mais non. L'aura m'était inconnue ; pire, elle me mettait extrêmement mal à l'aise.

Il s'humecta les lèvres et jeta un regard vers la porte.

— J'ai surveillé cette aura pendant un mois, et j'ai senti que tu l'avais approchée. Tu as laissé derrière toi le sillage de cette rencontre pendant des jours, ça me rendait dingue. Quand tu m'as amené Prym, je l'ai reconnu, et si tu n'avais pas été là, je l'aurais laissé mourir.

Cette déclaration me stupéfia. Après ce qu'il venait de se passer, peut-être que je ne connaissais pas Artur autant que je le pensais, mais je ne l'avais jamais vu refuser de soigner qui que ce soit. Il me prit les tempes.

— San, il n'a pas fait de mutation ! Il était déjà un Accompli en entrant dans la Zone.

Impossible. Ça ne pouvait pas être vrai. J'allais signer une protestation, mais Artur reprit.

— Je ne sais pas comment il a fait ça, mais c'est la vérité ! Et le pire dans tout ça, c'est que j'ai fini par comprendre pourquoi cette aura me terrifiait, à qui il me faisait penser.

Ses ongles se plantèrent dans ma peau. Le souffle court, les yeux rougis, il ne ressemblait en rien à celui que j'avais toujours connu.

— San… Prym a la même aura que la Chose. Pire que ça, il l'attire à lui. La Chose fuit normalement les Accomplis, mais pas lui. Quand on a voyagé ensemble, j'ai dû faire mon possible pour masquer son aura afin de nous garder en vie.

Je me figeai, interdite, essayant vainement d'assimiler ce que me disait Artur. *Il ment. Ce n'est pas possible. Prym ne peut pas être...* Je ne réussis même pas à formuler cette idée en pensée. Tout ça n'avait aucun sens.

Je secouai la tête, aussi confuse que je pouvais l'être, et me détachai de lui pour me laisser glisser sur le sol. Si Artur me parlait encore, je ne le perçus pas. Qui croire ? Que faire ? Je n'avais jamais rien senti de mauvais chez Prym, au contraire. Il m'était tout de suite apparu comme un phare au milieu de la tempête, un arbre impossible à abattre. Mes doigts filèrent dans mes cheveux courts, geste que j'avais vu faire Piotr des milliers de fois dans ma vie, avant que l'Institut ne me le prenne.

Tout ce que je désirais, on me l'ôtait.

Pourquoi suis-je toujours celle qui reste ?

Artur s'agenouilla près de moi et me serra dans ses bras, mais je ne ressentis aucun réconfort. Notre amitié n'était qu'un mensonge, alors à quoi bon ? Cette fois, les larmes dévalèrent mes joues. Je les essuyai aussi rapidement que possible, tout en écartant Artur. Mes mains trempées signèrent les mots qui ne sortiraient jamais de mes lèvres.

« Où est Piotr ? Tu m'as menti pour lui aussi ? »

— Non, il est bien en vie et dans la Zone, mais je ne sais pas où il est. Je ne peux pas le localiser, il est flou.

Une part de moi le savait déjà, mais l'autre se vit le cœur déchiré une fois de plus. Une imbécile prête à tout pour retrouver un fantôme, voilà ce que j'étais. Mes larmes se tarirent, je les avais toutes épuisées depuis longtemps.

« Et Prym ? Où est-il ? »

Artur soupira, et entreprit d'essuyer mon visage.

— Avec l'Ordre. Il est toujours en vie, si ça peut te rassurer.

« Où ça ? »

Il se mordit les lèvres.

— Tu ne peux pas aller là-bas.

« Pourquoi ? Toi, tu m'en empêcherais ? »

Mon index se posa sur son torse, accusateur.

— Non.

Cet aveu semblait l'avoir rajeuni de dix ans.

— Mais, San…

Je posai ma main sur sa bouche pour l'empêcher de terminer sa phrase. Il avait longtemps été le seul à employer ce surnom, le même qu'utilisait Piotr quand j'étais enfant. Aujourd'hui, ce diminutif me faisait mal, car il protégeait des mensonges.

Je lui offrais cette dernière chance de se racheter, de ramasser les morceaux éclatés de notre amitié, d'oublier rien qu'une seconde encore ce à quoi il m'avait obligée d'assister.

Il la saisit.

— J'ai demandé aux Wilis devant ta porte de nous laisser seuls. Elles ne sont toujours pas revenues. Le Palais de la Science et de la Culture. Mais ils ne seront pas là. Le Maître, Hieronim, attend depuis des mois le bon moment. La Chose répète les mêmes trajets encore et encore. Elle longe le Mur en ce moment. Elle passera près des portes dans moins de quatre heures, davantage attirée par la présence de Prym. Hieronim en profitera pour prendre son contrôle.

Les battements de mon cœur me faisaient mal, et la lumière dans ma poitrine gonflait un peu plus à chaque inspiration. Cependant, la tempête qui faisait rage dans mon âme laissait entrevoir un trait de lumière. Mince. Faible. Présent.

Un phare.

Cela faisait près de cinq ans que je n'avais pas usé de ma voix, de cette chose qui faisait vibrer mes cordes vocales et que je percevais d'une façon étrange. À l'Institut, malgré ma surdité, mes instructeurs m'avaient toujours encouragée à m'exprimer. J'avais arrêté le jour où Piotr était entré dans la Zone. À quoi bon vouloir parler, si lui n'était pas là pour m'écouter ?

Pourtant, je me forçai cette fois-ci, car je voulus qu'Artur m'entende, peu importait ce que signifiait vraiment ce verbe.

— Merci.

Son visage se décomposa.

Je l'embrassai sur le front. La colère ne m'avait pas quittée, mais s'était transformée en une détermination bien plus froide, plus stable aussi. Piotr attendrait encore un peu, je savais qu'il me le pardonnerait. Je lui avais bien pardonné d'être parti depuis quinze ans.

Artur me regardait comme si je lui disais adieu. C'était peut-être le cas, d'ailleurs. Je me levai et quittai la pièce sans un regard en arrière, un goût amer dans la bouche, mais l'esprit aussi clair que les fleurs qui naissaient sous mes pas.

Je sauverais Prym.

Quoi qu'il m'en coûte.

36

EDWARD

LE MESSAGE

Ad Astra Per Aspera.
Vers les étoiles à travers les difficultés.
Devise des cogitabat animo.

Combien de temps encore ?

Cette question tournait en boucle dans ma tête, infatigable et pourtant épuisante dans son absence de réponse. L'obscurité ambiante n'aidait pas. J'étais à peu près certain que Tekla ne me nourrissait pas à heure fixe, et lorsqu'elle le faisait, l'isolement du couloir ne me permettait pas de distinguer de potentiels indices, comme la hauteur du soleil ou le rythme de vie des autres Wilis. Les jours étaient des nuits, les nuits des jours. Chaque minute qui s'écoulait durait une éternité, et l'éternité ne paraissait durer qu'une poignée de secondes.

Combien de temps encore ?

Ma gorge était sèche, mes muscles endoloris, et ma nuque raide à force de dormir à même le sol, dans le placard à balais humide dans lequel on m'avait enfermé. Peu importe ma manière de m'asseoir ou de m'allonger, mon corps se meurtrissait contre la pierre froide.

Combien de temps encore ?

Quand je ne réfléchissais pas à ce qu'il était advenu de Prym, de Zuzanna ou de Pia, mes pensées flottaient et dérivaient au gré d'un courant dont je ne trouvais plus la source. Le premier jour dans la Zone me paraissait appartenir à une autre vie : le monde entier m'effrayait alors, Prym n'était pas brisé, et Joanna était toujours en vie.

J'aurais aimé remonter le temps et m'arrêter dans cette petite maison que nous avions occupée tous les trois, avant de tomber sur les Conquérants, avant de croiser la Chose, avant que Prym et moi ne prenions des chemins différents malgré mes efforts pour continuer à le suivre, avant Lech, avant l'ombre dans la nuit, avant la mutation de Joanna, avant Zuzanna et ses fleurs, avant Artur et ses mensonges, avant les Wilis, avant tout.

Cette maison était un havre de paix.

N'y pense plus, tu es déjà mort, me susurra la voix.

Combien de temps encore ?

La seule véritable visite à laquelle j'eus le droit fut celle de Kaja. Quand elle entra, j'étais à moitié assoupi, mais le bruit de cette porte qui s'ouvrait me tira immédiatement du sommeil. Ses traits lunaires s'assombrirent, et la seule chose qui me resta perceptible fut ses peintures laiteuses. Elle s'accroupit près de moi et posa ses mains sur différentes parties de mon corps, ne restant que quelques secondes au même endroit.

— Tu es venue me tuer ? croassai-je.

— Je fais ce que veut Tekla.

Elle haussa les épaules, comme si ma mort était effectivement une possibilité envisageable. Pourtant, quand elle posa ses doigts sur ma nuque meurtrie, elle activa son don et une fumée noire s'échappa de ma peau.

Je me redressai totalement et m'appuyai contre le mur.

— Et toi, qu'est-ce que tu veux ?

Depuis notre premier jour chez les Wilis, je n'avais jamais vu Kaja esquisser un vrai sourire. Elle se contentait de suivre Tekla comme son ombre, silencieuse, toujours disponible. *Un peu comme toi*, me cracha la voix, *tu n'es que le toutou de Prym, c'est pour ça que tu es encore en vie.*

— Ce que je veux n'a pas d'importance.

— Moi, je crois que si.

De nouveau, elle haussa les épaules et baissa le menton. Elle allait se lever, mais je lui attrapai le poignet. Les Wilis à ma porte levèrent leurs *animae*, mais Kaja les arrêta d'un geste. Sa peau, couverte de cicatrices, offrait un étrange contact. À cause du don de persuasion de Tekla, la moindre tentative de révolte des Wilis survivantes était inenvisageable.

— Quoi ?

— Est-ce qu'ils sont morts ?

— Qui ?

— Prym, Zuzanna, Olimpia, Raïna…

— Je ne sais pas, non, non, et pas encore. Maintenant, lâche-moi. S'il te plaît.

J'obtempérai, et elle frotta son poignet comme si je l'avais brûlé.

— Et moi, combien de temps encore ?

— Tant que tu seras utile.

Un rire sec m'échappa.

— À quoi ? À maintenir la pression, mais sur qui ? Sur Zuzanna ? On ne se connaît pas depuis si longtemps, elle s'en remettra.

Sur Prym ? Depuis la mort de sa meilleure amie, il ne se soucie plus de rien ni de personne. Vous perdez votre temps.

Kaja se mordit les lèvres et claqua la porte sans dire un mot de plus, me replongeant dans l'obscurité. *Bientôt*, me souffla la voix. *Tu aurais dû mourir dès le premier jour, dès la première heure dans la Zone. Tout aurait été plus facile.* Je me recroquevillai contre le mur, perdu, en colère et prisonnier d'une solitude qui m'étranglait de plus en plus.

Combien de temps encore ?

L'éternité continua de s'écouler, aussi calme qu'un ruisseau presque à sec. Je n'appartenais plus à mon corps, à ce petit tas d'os et de muscles douloureux et inutile dans son immobilité. Je n'existais plus qu'à l'intérieur de ma tête, roulé en boule dans un recoin sombre de mon propre esprit.

Combien de temps encore ?

La porte resta fermée après le départ de Kaja, et le désert de ma gorge s'accrut. La faim, qui m'avait d'abord donné l'impression d'être dévoré de l'intérieur, se tarit jusqu'à ne plus devenir qu'une douleur sourde de plus. Alors, c'était comme ça que Tekla avait décidé de me tuer ? Je regrettais presque la mort rapide que m'aurait offerte Jacek. *Non, toi et ta lâcheté, vous méritez la mort qui vous attend*, protesta la voix.

Combien de temps encore ?

Pour la première fois depuis que la vingtième génération avait franchi le sas de Varsovie, l'idée de ma propre disparition ne m'effrayait pas. « *Le véritable courage est de se battre malgré toutes ses peurs. C'est ce que tu as fait face à la Chose* », m'avait dit Lise dans une autre vie. Je me revoyais clairement me retourner pour sauver Lech, en dépit de tout ce qu'il s'était passé, et pourtant, à cet instant précis, la seule vue du sang me ramenait à la fragilité de mon propre corps.

— Traîne… zit… ou… me… bras…

Les mots que la Chose avait offerts à Prym avaient un étrange goût sur ma langue : celui d'un travail inachevé. Je me raclai la gorge, à la recherche d'une salive que je n'avais plus.

— Traîne… zit… ou… me… bras…

Pourquoi les avoir formulés ? Avant de sombrer dans la folie et de détruire l'enclave de Varsovie, AMI avait été capable de parler et de communiquer, mais plus depuis.

Est-ce qu'au moins les lettres étaient prononcées de la bonne façon ? Peut-être avait-elle des troubles du langage ? Inversait-elle les sons ? Ou alors, ce qui semblait être une phrase n'était finalement que le reflet de sa folie ?

Je tentai de prononcer les mots plus lentement.

— Traî… ne… zit… ou… me… br… as…

Je me frottai le visage et plongeai mes yeux dans mes paumes crasseuses. Non, ce n'était pas ça. Quelque chose n'allait pas.

Je n'osais imaginer l'effort qu'elle avait dû produire pour prononcer cette simple phrase. Plus de vingt ans de silence, d'incompréhension, de solitude. Chaque syllabe avait dû lui coûter le prix d'une vie. Les avait-elle bien associées ensemble ?

— Traîne… zit… ou… me… bras… Traîne… zitoume… bras… Traînezit… oume… bras… Traînezit… oumebras…

Je fronçai les sourcils et relevai la tête.

— Traînezit oumebras ?

Mon cœur s'arrêta.

Transit umbra. L'ombre passe.

Quand avais-je déjà entendu ça ?

Le silence m'aida à fouiller au plus profond de ma mémoire. C'était récent. J'étais certain de l'avoir entendu ici, lors de mes premiers jours dans la Zone. Les secondes, puis les minutes passèrent, aussi lentes que les battements de mon cœur. Sans comprendre pourquoi, le visage de Staska, la première dégénérée que nous avions rencontrée, me revint en tête.

Ah oui, c'était ça!

Prym m'avait dit cette phrase des semaines auparavant, mais pas en latin. C'était un proverbe. Mais il me manquait la fin. Je m'effondrai en larmes et me mis à rire aux éclats. Le peu d'eau qu'il me restait dans le corps se déversa sur mes joues brûlantes, mais je m'en fichais.

— *Transit umbra...*

Cette fois, les mots prirent une saveur particulière: une immense tristesse, une profonde solitude, mais aussi cette lueur d'espoir qui était en train de me rendre la vie. J'essuyai d'une main tremblante mes yeux et mon nez trempés, un sourire fissurant mon visage en deux. Si la Chose était folle, une petite partie d'elle s'était souvenue un bref instant d'une phrase aussi vieille que le monde.

— *Transit umbra...*

Pourquoi cette langue, d'ailleurs? Certes, notre devise était latine, tout comme le nom d'Erit et de ses quatre grandes villes, mais la majorité des Eritiens ne maîtrisaient que le polonais. Seuls des *memoria eruditissimo* comme moi avaient la possibilité d'étudier d'autres langues, notamment le latin.

— *Transit umbra...*

Mes lèvres tremblaient. Pour la première fois de ma vie, je n'imaginais pas la Chose comme un monstre, mais comme un être terriblement solitaire que je pouvais comprendre. *Ou alors, toi aussi tu es un monstre*, proposa la voix. Je la fis taire aussi sec. Assez. J'allais mourir, alors peu importait ce que cette foutue voix pensait de moi.

Combien de temps encore?

Ça n'avait plus d'importance.

L'ombre passe...

Je me laissai flotter à demi-conscient dans la pénombre, à l'écoute des seuls battements de mon cœur, qui bientôt freinerait d'épuisement, jusqu'à s'éteindre comme un enfant s'endort : aussi brusquement que paisiblement.

Finalement, cette mort m'allait bien.

L'éternité était encore plus interminable qu'auparavant. Mon souffle se fit de plus en plus long, puis mon univers se réduisit au mince filet d'air qui entrait par mes narines, et à la chaleur qui en ressortait. L'odeur de mon propre corps était insupportable, et le seau de merde et de pisse qui traînait à moins de deux mètres de moi n'arrangeait rien.

Pourquoi attendre la fin ?

À quoi bon ?

Je retins ma respiration.

Ça m'allait bien.

Ça m'allait bien.

Ça m'allait bi…

Ça m'allait…

Ça…

La porte s'ouvrit dans un grand fracas, et mes poumons s'emplirent d'air. Ma vision, pleine d'étoiles et habituée à l'obscurité, m'empêcha de mieux discerner la silhouette qui venait de s'accroupir près de moi. Pourtant, quand on posa sur mes lèvres ce que je reconnus être un verre d'eau, mon corps ne réfléchit pas un instant et but goulûment tout ce qu'il put. La pluie inonda le désert de ma bouche et me ramena à la vie. Mon estomac gronda. La silhouette reprit le verre et me força à mâcher des morceaux de pigeon froid.

Quand, enfin, mes yeux me permirent de discerner de nouveau le monde qui m'entourait, je fus soulagé de reconnaître un visage connu.

— Zuzanna…

Elle me fit taire, et s'assura que j'avais bien mangé tout ce qu'elle m'avait apporté. Chaque bout de viande éveillait un peu plus mon cerveau et me permettait de retrouver des sensations oubliées.

— Zuzanna… Ça fait combien de jours ?

« Quatre. On va devoir faire très vite », signa-t-elle. « Tu peux te lever ? »

Je hochai la tête, et elle m'aida à me mettre debout. Mes jambes tremblèrent sous mon poids, et pour une fois, je fus content d'être aussi léger. Zuzanna elle-même semblait affaiblie. Quatre jours s'étaient écoulés depuis l'attaque ; que s'était-il passé ? J'arrêtai Zuzanna juste avant de quitter la pièce : il me fallait plus d'informations. Je n'avais pas le courage de signer, alors je me contentai de parler doucement.

— Il se passe quoi ? Comment m'as-tu trouvé ?

Zuzanna jeta un coup d'œil vers le couloir. Le voyant vide, elle me donna un semblant d'explication :

« J'ai mis du temps à te trouver sans me faire repérer. Artur m'a dit que Prym serait au niveau des portes de la Zone dans moins de trois heures, avec l'Ordre Nouveau et la Chose. Tekla et Artur sont partis les rejoindre il y a une heure. C'est notre chance de fuir. »

— Et tu crois Artur ?

Une fraction de seconde, elle hésita, puis finit par hocher la tête. Je réfléchis à toute vitesse. Si Zuzanna disait vrai, les Wilis devaient être un peu désorganisées par le départ de Tekla, ce qui nous laissait une chance de nous échapper, mais d'abord, il nous restait une autre chose à faire.

— Si Prym est avec eux, où sont Pia et Raïna ?

Les lèvres de Zuzanna se pincèrent. Ses gestes se firent moins précis.

« Te trouver m'a pris trop longtemps. Prym est en danger de mort, et je ne sais pas quoi faire ! Nous n'avons pas le temps pour les autres. »

— Je ne partirai pas sans elles. Aucune des deux ne mérite une telle mort.

Moi non plus, je ne la méritais pas.

Zuzanna jeta un dernier coup d'œil dans le couloir, et finalement, elle me traîna derrière elle, la mine encore plus fermée. Nous n'étions pas au niveau des loges, mais dans ce qui semblait être le sous-sol du stade, vide de toute Wili. Après avoir fait un quart de tour, Zuzanna s'arrêta devant une porte.

Derrière, je découvris une cellule qui n'avait rien à voir avec la mienne : Olimpia avait le droit à un vrai lit et à des fleurs de soleil. Un plateau de nourriture traînait sur l'unique table en plastique de la pièce. La Wili se leva d'un bond, l'air terrifié, comme si elle s'attendait à quelqu'un d'autre.

— Mais comment…

— Pas maintenant, la coupai-je. On trouve Raïna, on sort d'ici, et après, on discutera.

Zuzanna approuva fortement et se précipita de nouveau dans le couloir. Je dus tirer Olimpia de son lit, mais rapidement, elle adopta un rythme de marche que j'eus du mal à suivre. Quand nous réussîmes à rattraper Zuzanna, celle-ci avait déjà ouvert une autre porte, et une Wili de la faction sainte gisait au sol, assommée – ou du moins, je l'espérais.

Olimpia se figea lorsque Raïna sortit de la pièce, à peine en meilleure forme que moi, le ventre bandé, les joues creuses et ses six tresses partiellement défaites. Les hématomes qui couvraient sa peau ne la rendaient pas moins impressionnante, même si toute trace de peinture avait pratiquement disparu de son visage. Les deux Wilis s'observèrent un instant avec émotion, avant de se prendre dans les bras, puis Raïna se tourna vers moi, une flamme puissante dans le regard.

— Que faisons-nous maintenant ?

Surpris, je me tournai vers Zuzanna, qui baissa les yeux. Il fallait croire qu'elles attendaient mon avis, à moi, le non-Accompli. Je ne pris qu'une fraction de seconde pour réfléchir.

— Chez les Conquérants.

Les trois femmes me regardèrent comme si je venais de les insulter. Raïna fronça les sourcils, perplexe.

— Tu plaisantes, j'espère ? Aleksander me tuera dès qu'il me verra.

— Non, je suis parfaitement sérieux. Ils sont nos uniques alliés potentiels, et nous allons clairement avoir besoin d'eux.

— Pourquoi ? s'indigna Olimpia. Pour reprendre notre clan ? Ils vont se moquer de nous.

— Oubliez les clans une seconde ! Pourquoi les membres de l'Ordre ont-ils attaqué maintenant, et pourquoi ont-ils emmené Prym ? Ils ont besoin de son don pour une raison bien précise, et Tekla est partie les rejoindre. Quelque chose va se passer là-bas, et on ne va clairement pas pouvoir empêcher ça à nous quatre.

Je ne voulais pas leur parler de ce que j'avais compris sur la Chose, pas tout de suite. Un problème à la fois. Raïna claqua la langue, à moitié convaincue.

— Aleksander n'acceptera jamais.

— Ils accepteront de nous écouter, car si les Wilis ont été massacrées, les Conquérants pourraient l'être aussi !

— Et comment tu comptes les rejoindre ? s'agaça Olimpia. En traversant non pas un, mais deux territoires où on veut notre peau ?

Je me mordis la langue, ma réflexion n'était pas encore allée jusque-là. Cependant, Zuzanna attira mon attention, et signa un unique mot qui me fit froid dans le dos. Les deux Wilis se tournèrent vers moi, dans l'attente d'une traduction. Je m'éclaircis la gorge.

— Zuzanna propose de passer par le métro.

À leurs faces décomposées, je saisis leurs pensées : le métro était un lieu d'éboulement constant et de mort. Mais avions-nous le choix ? Raïna en vint à la même conclusion.

— C'est votre seule chance. Les lignes traversent tout Varsovie, elles vous permettront de vous éloigner le plus possible du stade.

— Tu ne viens pas ? s'inquiéta Olimpia.

La reine guerrière secoua la tête, la main posée sur son bandage.

— Il y a six ans, j'ai été forcée d'abandonner mon clan. Je refuse de recommencer. Il reste encore des Wilis à protéger ici, et je ne serais pas assez rapide pour vous suivre. Qui plus est, si Tekla revient, je veux être en mesure de régler mes comptes.

Olimpia hocha la tête, même si l'idée parut peu la ravir.

— Fais attention à toi… Maintenant, tout ce qu'il nous reste à faire, c'est de sortir d'ici. La bouche de métro la plus proche n'est qu'à une centaine de mètres. Sans aucune *anima*, notre plus grande force est notre discrétion. C'est faisable.

Difficile, mais pas impossible. Zuzanna me tapota le bras, comme si elle voulait me dire autre chose, mais une voix sortie de nulle part la devança.

— Qu'est-ce qui est faisable ?

Je fis volte-face. À moins de dix mètres de nous, Kaja nous faisait face, son *anima* activée pointée sur Olimpia.

37

PRYM

AMI

Lorsque la Chine a commencé à utiliser l'intelligence artificielle comme une arme de guerre, la Nouvelle-Europe a choisi de riposter.

Le deuxième jour, Jacek toqua à ma porte pour m'amener à Hieronim. Il ne s'embarrassa pas de longs discours convaincants.

— Bien le bonjour ! Le Maître t'attend.

Hieronim ne bougeait jamais du fauteuil sur lequel je l'avais vu la première fois. Plus que ça, il semblait y être accroché. *« Tous les Accomplis subissent des effets secondaires plus ou moins visibles à court terme »*, m'avait dit Mikołaj des semaines auparavant. Je ne pouvais m'empêcher de me dire que Hieronim perdait en contrôle sur son corps ce qu'il en gagnait sur les autres, mais ce n'était qu'une hypothèse. *Et pour moi, quelle sera la conséquence ?*

Je n'avais malheureusement pas le luxe de m'en inquiéter pour le moment.

Pour notre deuxième rencontre, Hieronim avait choisi de me parler alors que l'aube se levait à peine derrière le Mur. Malgré ses traits creusés et ses cernes immenses, il m'apparut parfaitement éveillé.

— Alors, comment s'est passée ta première nuit en notre compagnie ?

— Laisse-moi partir.

Mon ton eut l'air de l'amuser.

— Ta bonne humeur dès le matin m'impressionne. Pourtant, je voulais t'apporter d'excellentes nouvelles de tes amis.

Je me mordis la langue, avant de me souvenir qu'il ressentait certainement le moindre mouvement de mon corps.

— L'Accomplie des fleurs se remet doucement, elle n'est plus en danger de mort. Quant au vingtième sans don, un émissaire de Tekla m'a assuré qu'elle le traite avec toute l'attention qu'il mérite.

San et Edward n'étaient pas morts. Du moins, pas encore. Il n'avait toujours pas évoqué Pia, et cela m'inquiétait.

— Que vois-tu dehors ?

Je tournai la tête pour admirer le panorama et la capitale déchue, sans plus personne pour parcourir ses rues, plus personne pour emprunter son métro afin de se rendre au travail, plus personne pour visiter les musées ou aller à l'opéra, comme une maquette sur laquelle on aurait oublié de planter les personnages principaux.

— Je vois le cadavre d'une ville.

— Tu sais ce que je vois, moi ? (Il claqua la langue avec férocité.) Un Mur. Même à cette hauteur, on ne se rend pas compte de ce qu'il se passe de l'autre côté. Même AMI ne peut pas passer au-dessus ou à travers. Nous vivons dans une immense prison, qui s'étend bien au-delà de ce Mur, et nous en avons si peu conscience que des gens comme toi finissent par oublier qu'il est là, qu'il nous étouffe, qu'il nous tue.

— Qu'est-ce que tu attends de moi ?

— Rien de plus que ce pour quoi tu existes : libérer ton don et t'en servir pour remodeler le monde.

— À ta façon, je présume ?

Il émit un petit bruit que je ne compris pas, avant de saisir que c'était un rire de mépris. Quoi que je lui inspire, il se sentait bien supérieur.

— Il y a tant de choses que tu ignores encore, Miraculé, sur la vraie raison de notre présence ici, sur la nature de notre mission, sur le *pourquoi* on continue de nous sacrifier. Si tu savais tout cela, tu embrasserais la cause de l'Ordre de toutes tes forces.

— Ta vérité vaut-elle la mienne ? Celle de toute une nation ? Vaut-elle la peine de massacrer tant d'innocents ?!

— Ma vérité est absolue.

Il se rapprocha de moi, si près que mon monde fut englouti dans un lagon sans fond.

— Tu n'as jamais éprouvé un sentiment de malaise par rapport à la Zone ? Au fait que personne à l'extérieur ne sait ce qui se passe ici, et qu'Erit continue d'envoyer des gens après vingt ans d'échec ?

— Erit n'accepte que la victoire.

Il claqua sa langue, et mon corps se tordit de l'intérieur sans aucune raison apparente. Hieronim me regardait comme un aigle observe un mulot, avec autant de déférence que d'amusement.

— Pour Erit, il n'y a aucune victoire possible ici, ni vainqueur ni perdant, aucun honneur. Seul le temps a son importance. Tu estimes être Thésée, n'est-ce pas ? Comme nous tous. Un héros grec courageux, celui qui tue le Minotaure dans le labyrinthe. Mais vois-tu, si tu pouvais lire dans mes pensées, tu verrais que tous les mobilisés sont des Atlas qui soutiennent le toit du monde. Ils se pensent puissants, essentiels et héroïques dans leur sacrifice, mais ils se font tellement écraser par la vérité qu'ils ne la voient même plus. Vous êtes aveugles là où vous croyez être invincibles, vous êtes soumis là où vous croyiez être libres, vous serez vite oubliés là où vous croyez être des héros immortels.

— Tu mens. Ils n'ont aucun intérêt à nous laisser mourir ici alors que nous pourrions être utiles ailleurs. Nous sommes des sauveurs !

— Non, vous êtes des pions. Je vois bien que tu as foi en ta patrie. Tu es loyal ; loyal, mais idiot. Tu acceptes leur vérité sans la remettre en cause, sans jamais y réfléchir.

Il se leva, non sans mal, car son corps entier tremblait. Il se posta près de la baie vitrée donnant sur la terrasse panoramique, s'appuyant d'une main sur le sofa près de lui. Debout, il était encore plus grand que ce que j'avais imaginé.

— Tout ça n'est qu'une mascarade, cracha-t-il. Un décor si réel qu'on en oublierait même qu'un seul coup de vent pourrait le faire s'envoler.

— Et j'imagine que l'Ordre est le coup de vent ?

— Non, il est la tornade. Je suis la dernière conscience éveillée d'Erit.

Il se tourna vers moi, me dominant de toute sa hauteur.

— Rejoins-moi, et nous changerons le monde.

Sa voix était charmeuse, ses propos étrangement convaincants. Essayait-il de me manipuler ? Tout cela me semblait trop gros pour que je l'accepte. Cela allait à l'encontre de tout ce que j'avais connu dans ma vie.

— Quelle est cette vérité ?

Je me rendis compte que la réponse m'intéressait vraiment. Malgré son apparence dérangée, Hieronim avait l'air de croire profondément en ce qu'il me disait, et cela me perturbait au plus haut point. La part de moi qui doutait déjà s'enflammait et me brûlait l'esprit.

— Cette *vérité* veut que, depuis vingt ans, des mobilisés sont morts pour une cause qui n'existe pas. Je ne dirai rien de plus pour l'instant, tu as tous les éléments qu'il te faut, tu sais déjà tout, mais tu continues de nier.

Le troisième jour, Hieronim m'invita à le rejoindre pour le petit déjeuner : un mélange de pommes de terre et de champignons séchés, accompagné de ce qui ressemblait de loin à un pain de seigle. Malgré mes premières réticences, je dévorai tout le repas, ressassant des saveurs oubliées.

Jacek se tenait sur le seuil de la pièce. Son regard perçait ma nuque, mais je m'obligeai à ne pas me retourner et à me concentrer sur l'homme en face de moi, infiniment plus dangereux. Hieronim resta silencieux pendant la majeure partie du repas.

— Que penses-tu qu'il nous arrivera le jour où nous sortirons d'ici ? me demanda-t-il finalement.

Pour une fois, je ne ressentais pas l'arrogance qui le caractérisait, mais une véritable curiosité. Je n'hésitai pas.

— Nous serons des sauveurs.

— Des sauveurs ? Vraiment ? Qui sauvons-nous réellement ? Personne. Qui sont les dernières victimes d'Arma Massa Interitum depuis vingt ans ? Seulement des mobilisés. Que penseront les Eritiens quand ils verront que le peu de mobilisés à avoir franchi ces portes seront soit devenus stériles et inutiles à la grandeur de l'État, soit capables de monstruosités ? Que fera notre cher Maréchal quand il comprendra qu'il peut nous utiliser comme des armes ? Serons-nous vraiment des sauveurs ?

Je reposai ma fourchette, l'estomac soudainement noué.

— Erit est notre patrie, le Maréchal notre père, et nous sommes ses enfants. Jamais il ne nous ferait du mal.

Hieronim ricana. Lui-même n'avait pas touché son assiette.

— Tu es un parfait petit soldat, Prym. Après tout, tu n'y peux rien. Tu es le produit de dizaines d'années de formatage et de mensonges. Si tu ne prends pas la peine de m'écouter, c'est comme ça que tu mourras : en parfait petit soldat, aussi crédule qu'un gosse à peine sorti des jupes de sa mère.

— Et toi, comment comptes-tu mourir ? m'agaçai-je.

— En ayant changé la face du monde.

Après ça, il me congédia.

Le reste de la journée, je passai mon temps dans ma chambre à m'entraîner. Ces derniers jours, je démarrais toujours par une séance d'étirements, j'enchaînais avec des mouvements de corps à corps pendant une bonne heure, puis, une fois mon esprit vidé de toute angoisse, je m'exerçais à la maîtrise de mon don.

Olimpia, si elle était toujours vivante, serait fière de me voir ainsi concentré sur la création de champs de force de plus en plus grands, de plus en plus précis. Lorsque je méditais, mon don se réveillait avec d'autant plus de facilité. Le globe d'énergie grossissait et se renforçait à chaque expiration, tel un ballon que je gonflais. Bientôt, il fut suffisamment grand pour absorber entièrement mon corps assis, mais il disparaissait au moindre mouvement de ma part.

« Si Joanna avait survécu, tu l'aurais traitée de monstre ? » m'avait demandé Ed. La réponse était évidente : jamais. Pas plus que je ne voyais San comme anormale. Les gens ne devenaient pas des monstres à cause des dons, ils l'étaient déjà avant.

Durant ces longues heures solitaires, je réfléchissais aux arguments de Hieronim. Si ses actes n'avaient rien d'humain, ses paroles n'étaient pas dénuées de sens, ce qui le rendait d'autant plus effrayant. Que m'arriverait-il une fois hors de la Zone ? Deviendrais-je l'instructeur que j'avais toujours aspiré à être ? Aurais-je le droit à une vie normale ? Un foyer ? Une famille, malgré ma stérilité ? Je ne pouvais m'empêcher de m'imaginer allongé sur une table d'opération, le ventre ouvert, entouré de *manus protegens* à la recherche de ce qui ne fonctionnait plus chez moi.

« Tu n'as jamais éprouvé un sentiment de malaise par rapport à la Zone ? » Si, souvent. Les doutes m'assaillaient à chaque pas que je faisais, à chaque fois que je cherchais le sommeil, à chaque mort sur mon passage. Halborn m'avait dit de ne pas douter, mais ça devenait de plus en plus difficile. Étais-je Thésée face au Minotaure, ou Atlas portant une vérité qu'il ne pouvait plus voir ?

Ne pas douter.

Mais si…

— Que cherches-tu à faire exactement ? demandai-je au matin du quatrième jour.

Hieronim me sourit.

— La même chose que toi : faire de nous des sauveurs.

— Comment ?

— Comment devient-on un sauveur ? En sauvant des gens en danger, ce que nous ne ferons pas si nous tuons la Chose à l'intérieur de la Zone. Nous devons être leur unique espoir de survie, leur dernière chance, et seulement là, nous serons leurs sauveurs.

— Je ne comprends pas…

— Oh si, tu comprends très bien.

Il s'appuya sur son sofa pour se rapprocher de moi. Ses yeux s'enfonçaient chaque jour un peu plus dans son visage.

— Si Arma Massa Interitum n'a pas fait plus de dégâts la première fois, c'est parce qu'elle se trouvait déjà dans l'enceinte de Varsovie. Cette fois, ce n'est pas une ville qui doit subir sa violence, c'est le monde entier. Nous devons libérer la Chose, la faire sortir de la Zone, la laisser semer la peur, et devenir les seuls à pouvoir l'arrêter.

— Tu es fou ! Personne n'est capable de l'arrêter !

— C'est là que tu te trompes, encore une fois. Toi et moi, nous le pouvons, si nous combinons nos dons. Il te suffirait d'emprisonner AMI dans un de tes champs de force, et je pourrais aisément en prendre le contrôle. Vois-tu, elle fait tout pour m'éviter, pour nous éviter, nous, les Accomplis. C'est grâce à nous qu'elle n'attaque pas les clans et qu'elle s'en prend uniquement aux groupes isolés. Elle a peur. Elle sait de quoi nous sommes capables. Mais toi, même en sentant ton don, elle est venue à toi et ne t'a pas tué, Miraculé.

— Je n'étais pas encore Accompli…

— Bien sûr que si. Artur n'a jamais senti ta mutation, tu étais déjà comme ça en entrant dans la Zone.

— C'est impossible…

— Et pourtant… Vois-tu, j'ai besoin d'approcher AMI de suffisamment près pour en prendre le contrôle. C'est là que toi et ton don intervenez. Si tu arrives à immobiliser la Chose assez longtemps, alors plus rien ne sera impossible.

Il ne voulait pas seulement libérer la Chose, il désirait en prendre le contrôle. Mon don lui servirait de piège à ours. Cette idée m'horrifiait, mais Hieronim continua.

— À nous deux, nous pouvons changer le monde, le rendre meilleur, et faire en sorte que les Accomplis ne soient jamais traités comme des rats de laboratoire. Nous pourrions être ces sauveurs dont tu rêves tant, car nous avons les capacités pour détruire la Chose à la vue de tout le monde, et non uniquement à l'intérieur de la Zone.

Mon estomac se tordit, prêt à renvoyer tout ce que j'avais mangé depuis quatre jours.

— Et puis, essaie de me répondre, si tu peux. Si nous arrivons à tuer la Chose dans la Zone. Comment seront-ils au courant ? À moins, bien sûr, qu'ils nous surveillent, et dans ce cas-là, ils savent très bien ce qui se passe ici depuis vingt ans. Nous ne serons jamais des sauveurs en suivant leurs règles du jeu.

Devenir des sauveurs, des personnes acceptées par leur pays, par le monde, mais à quel prix ? Celui de la mort de milliers d'innocents ? J'en étais incapable.

— Je ne peux pas faire ça.

— Le monde ne change jamais facilement. Nous devons être capables de faire des sacrifices et de porter ce fardeau. Toi comme moi sommes bien conscients qu'on ne peut rien construire sur une base friable. Nous devons détruire pour rebâtir au mieux. Si nous ne faisons rien, ils continueront d'envoyer des mobilisés chaque année vers une mort certaine. La mort est partout, quel que soit ton choix.

Je serrai les deux matricules autour de mon cou.

Ne pas douter.

— Je refuse de faire ça.

Hieronim soupira, l'air désolé.

— Je ne peux même pas dire que ça m'étonne ; tu es un bon petit soldat, après tout. Tu sais ce qui est le plus terrible dans tout ça ? C'est que tu n'as jamais eu ton mot à dire. Mais j'aurais aimé que tu prennes cette décision consciemment. Je ne t'ai pas menti, je n'ai pas cherché à te tromper sur quoi que ce soit. Plus que ça, même : je suis l'un des hommes qui ont été les plus honnêtes avec toi, parce que ma vérité est absolue et que je n'ai nul besoin de mascarades pour assumer mon point de vue.

Il se renfonça dans son siège et fit craquer sa nuque.

— Mais tu ne me laisses pas le choix.

Je fronçai les sourcils, mais avant que je puisse réagir, une douleur sourde à l'arrière de mon crâne me projeta à terre. J'eus juste le temps d'apercevoir l'ombre de Jacek avant de m'évanouir.

— Bonne nuit, Miraculé.

Je m'éveillai en sursaut, attaché à une table. Je voulus ouvrir les yeux et les refermai précipitamment. Le monde était flou et tanguait à une vitesse folle. Torse nu, avec seulement mes matricules autour du cou, je tremblais de froid. Les sangles sur mon front, à mes poignets et à mes chevilles étaient si serrées qu'elles me rentraient dans la peau, et un bout de corde au goût de terre m'enserrait la bouche, me gênant pour déglutir.

La pièce était sombre, sans fenêtre, mais je finis par distinguer Tekla, postée au niveau de ma tête, le bout de ses doigts près de mes joues. Quand était-elle arrivée ici ? Les mèches les plus longues de ses cheveux caressaient de temps à autre mon front meurtri.

— Il est réveillé, annonça Tekla d'une voix très douce.

— Parfait !

Je frissonnai en reconnaissant cette voix. Jacek se trouvait à l'extrémité de mon champ de vision. Il tenait entre les mains ce qui ressemblait à un long couteau. Les mots de Hieronim me frappèrent : *« Les cadavres ne me posent aucun problème. »* Je me débattis, mais les sangles trop serrées m'empêchaient de faire le moindre mouvement. Le cœur prêt à se rompre, je voulus hurler, mais manquai simplement de m'étouffer avec la corde.

Jacek s'approcha, et laissa filer la lame du couteau le long de ma peau nue.

— Chut…

— Pas de crise, voyons. Tu es un bon petit soldat, et un soldat sait souffrir en silence.

Hieronim, que je n'avais pas vu, avait fait déplacer son sofa et observait la scène dans le plus grand des calmes. Jacek se pencha au-dessus de ma tête en souriant, ses yeux immenses lui donnant un air de dément. À côté de lui, Hieronim m'apparaissait comme l'homme le plus raisonnable de la Zone.

Le Maître tapota son sofa.

— Tu sais, il y a des choses qu'on ne devrait jamais oublier. Quand nous sortirons d'ici, tu ne devras pas oublier la Zone, ni la Chose, ni tout ce qu'on nous a fait subir ici. Tu crois que je suis le monstre de cette histoire, mais la vérité sera toujours inscrite sur ta peau. Les véritables monstres sont nos créateurs, nous ne sommes que des victimes.

En voulant me débarrasser de la corde, je me mordis la langue au sang et faillis m'étouffer. Jacek enfonça le bout de sa lame près de mon cœur, et je dus m'accrocher au visage de Tekla pour ne pas crier. *Je vais mourir ! Il va me tuer !* Pourtant, je manquai plusieurs fois de défaillir lorsque la lame traça sur son passage des formes géométriques que je n'arrivais pas à visualiser, laissant dans son sillage une traînée de sang chaud. *Qu'est-ce qu'il fait ?! Pourquoi il fait ça ?! Pourquoi moi ?!* Jacek riait, mais Hieronim restait parfaitement calme.

— Ta morale est aveugle à la logique, comme tu es aveugle au monde qui t'entoure. Si nous ne faisons rien, si nous sortons de la Zone comme ils veulent qu'on le fasse, nous ne serons jamais des sauveurs.

Ma poitrine se soulevait à un rythme infernal, alors que Jacek terminait son œuvre, sans n'avoir jamais cligné une seule fois des paupières. Il s'éloigna enfin, et posa son couteau pour prendre un autre objet : un miroir.

— Lorsque nous sortirons de la Zone, avec nos dons, nous serons à leurs yeux des Choses terrifiantes qu'ils voudront éliminer.

Jacek plaça le miroir au-dessus de moi. Un garçon terrifié me regardait, les joues amaigries, les yeux gonflés, le cou encore marqué par des brûlures, loin du soldat que j'avais rêvé d'être. La corde faisait saigner les commissures de ma bouche, mais ce ne fut pas ce qui me sauta aux yeux.

Près de mon cœur, Jacek avait tracé trois lettres majuscules d'une écriture maladroite, à jamais gravées dans ma chair.

AMI.

La Sirène se mit à chanter, et mon univers sombra une nouvelle fois.

38

OLIMPIA

TAPI DANS LE NOIR

L'ancien métro de Varsovie est un lieu instable, propice aux éboulements. Les mobilisés ont depuis longtemps abandonné l'idée de le parcourir.

Kaja resserra sa prise sur son *anima*, son canon droit pointé sur moi. De son uniforme, elle n'avait correctement enfilé que le bas. Le haut pendait dans son dos et se balançait au rythme de sa respiration laborieuse, et seul un débardeur trop grand pour elle cachait sa peau nue. Dans la lumière tamisée des fleurs de lys accrochées tous les deux mètres, les brûlures sur ses bras étaient presque invisibles.

Aussi doucement que possible, je mis mes mains gantées en évidence, en signe de paix. Les autres n'osaient pas bouger, mais je savais Raïna prête à s'interposer.

— On n'est pas obligées d'aller jusque-là.

Je fis de mon mieux pour contenir les tremblements de ma voix, dus non pas à la peur, mais à l'adrénaline qui pulsait dans mes veines. Sous mes gants, après une journée entière de froid, mes mains avaient retrouvé leur chaleur habituelle. Peu importait ce qu'avaient fait Tekla et son chant, ça n'avait plus d'emprise sur moi.

En revanche, la terreur de Kaja était imprimée sur son visage.

— Ne bougez pas !

— Kaja…

— Tais-toi !

Elle posa son doigt sur la détente et je me figeai, prête à plonger au sol s'il le fallait. Kaja n'était pas une tueuse, mais une *manus protegens* du plus profond de son être. Pourtant, je savais mieux que quiconque que le désespoir poussait à faire des choses contre-nature. Ed se mordit la langue, et peut-être était-ce mon imagination, mais les lys autour de Zuzanna semblèrent crépiter. Ils furent tous deux devancés.

— Nous ne te voulons aucun mal, lui garantit Raïna, la mine ferme. Ni à nos autres sœurs.

— Menteuse !

— La seule chose que nous voulons, c'est éviter d'autres morts. Pour ça, tu dois les laisser partir.

La panique brûla ce qu'il restait de calme chez Kaja. Ses mains tremblaient sur son *anima*.

— Vous ne pouvez pas partir ! Tekla ne le permettra pas ! Si elle apprend que je vous ai laissés vous en aller, par le Maréchal, si elle apprend ça, et elle l'apprendra…

— Ils doivent partir, insista Raïna, et toi, tu n'es pas obligée de rester.

Kaja hoqueta de surprise. L'adrénaline faisait tambouriner mon cœur plus fort. Raïna jouait à un jeu dangereux. Le pouvoir de Tekla était destructeur de bien des manières, et si j'en avais subi régulièrement les conséquences, je ne pouvais imaginer quel avait été le quotidien de Kaja tout ce temps. La mort devait lui être bien moins effrayante que la colère de la Sirène.

— Tu pourrais venir avec nous, te libérer d'elle pour toujours.

— J'ai pour ordre de la rejoindre maintenant, je ne peux pas désobéir. Ce n'est pas aussi facile que ça !

— Ça l'est, lui assurai-je.

Son *anima* trembla.

— Toi, je t'ai dit de te taire.

— Pour Tekla, tu n'es qu'un outil, continuai-je tout de même, son amour n'est pas sain. Elle ne te mérite pas.

— Tais-toi !

— Si tu viens avec nous, tu ne seras en sécurité nulle part, mais tu seras libre.

Le doute traversa son visage, ainsi que le souvenir des trois années de souffrance que lui avait fait subir Tekla. Elle porterait à jamais les cicatrices de ce que je lui avais infligé dans un accès de peur, mais celles qu'avait laissées Tekla étaient bien plus profondes et impossibles à effacer.

Edward s'avança d'un pas. Paniquée, Kaja dirigea son arme vers lui, avant de la pointer de nouveau sur moi, celle qui l'effrayait le plus. Le vingtième lui souriait.

— Et toi, combien de temps encore ?

Je n'avais pas souvenance de les avoir déjà vus parler ensemble, et pourtant, Kaja se décomposa telle une fleur se courbant sous l'effet de la pluie.

— Tant que je lui serai utile…

— Je ne sais pas ce qu'elle compte faire exactement avec l'Ordre Nouveau aujourd'hui, mais si elle est partie sans toi, c'est que tu lui es inutile.

— Non, je dois la rejoindre… Aujourd'hui est le dernier jour…

Kaja baissa son *anima*, sans pour autant la désactiver. Edward fit un deuxième pas, toujours un doux sourire aux lèvres.

— Si aujourd'hui est le dernier jour, tu n'es pas obligée de la retrouver pour qu'elle choisisse ton destin. Ce n'est pas à elle de décider combien de temps il te reste.

— Les portes de la Zone s'ouvriront aujourd'hui, et la Chose sortira…

Pardon ? La Chose hors de la Zone ? Aujourd'hui était le dernier jour. Je n'arrivais toujours pas à comprendre comment, mais au lieu de m'apporter de la joie, cette perspective me terrifia. Mes mains brûlaient d'angoisse sous mes gants, mais Edward ne perdit pas son calme, bien au contraire.

— Raison de plus pour ne pas la laisser faire, tu ne crois pas ?

Le temps resta suspendu dans l'air. Les fleurs de Zuzanna brillaient de plus en plus. Raïna me jeta un regard entendu, et je baissai les mains. Finalement, après une longue hésitation, Kaja désactiva son *anima* et la lança à Zuzanna. Les traits de la Chamane étaient toujours aussi perdus, mais une partie de sa peur s'était volatilisée.

— Je ne peux pas venir. Je ne peux pas les abandonner.

— Moi non plus, je ne les abandonnerai pas, la rassura Raïna. Je resterai avec toi.

Kaja se tourna vers moi.

— Si tu en as l'occasion, fais quelque chose pour moi. Venge-nous. Tue-le.

Je hochai la tête. Elle n'avait pas besoin de me dire un nom pour que je sache de qui elle parlait.

— Merci. Et pour Tekla, je…

— Je sais.

La Sirène avait planté en elle une graine de poison dont elle ne pouvait se défaire. Kaja serait à jamais partagée entre sa haine et sa dévotion. Encore un peu de temps, et j'aurais fini comme elle.

Les yeux sombres de Kaja se troublèrent et aussi discrètement qu'elle était venue, elle s'en alla sans jeter un regard en arrière. Après nous avoir adressé un petit geste d'adieu, Raïna la suivit en clopinant. Quand elles eurent disparu, je respirai de nouveau.

— Partons avant qu'elle ne change d'avis.

Zuzanna absorba entièrement la vie des fleurs autour de nous pour rendre notre fuite plus difficile à repérer, et nous nous échappâmes du stade. Dehors, un orage se préparait, et le vent chaud venait fouetter nos visages en signe d'avertissement.

La bouche de métro la plus proche n'était qu'à quelques minutes de course, mais nous dûmes y aller avec précaution pour ne pas nous faire repérer par la faction sainte qui montait la garde. Je fus soulagée d'atteindre le M vert qui surplombait des escaliers s'enfonçant dans les profondeurs.

Le hall gris et vert qui s'étendait sous le stade était plongé dans la pénombre, et seuls les lys de Zuzanna nous permirent d'éviter les décombres qui jonchaient le sol : des rambardes de verre brisées, des colonnes couchées, des morceaux de plafond arrachés. Tout indiquait que le lieu pouvait s'écrouler d'une seconde à l'autre.

Après avoir rapidement inspecté d'anciennes cartes accrochées au mur, Zuzanna nous guida à travers les longs couloirs, et nous fit descendre encore plus profond, jusqu'à atteindre les rames de métro. Les fleurs naissaient sous ses pas et éclairaient notre chemin. Elle n'hésita qu'une seconde avant de descendre sur les voies et d'aider Edward, encore faible, à faire de même.

Je sautai juste après lui, évitant de justesse d'atterrir sur les rails et de me tordre la cheville. Le froid m'envahit, glacial. Edward lançait des regards angoissés autour de lui. De son côté, Zuzanna transforma son *anima* en un long couteau, bien consciente qu'utiliser une arme à feu dans le noir et sous terre serait une mauvaise idée.

Je regardais avec une certaine forme de respect les restes du métro abandonné. Les rails étaient en piteux état, et je devais me tenir au mur pour avancer sans crainte, même si Zuzanna éclairait notre chemin avec ses fleurs. Le plus éprouvant fut de passer au travers de plusieurs wagons, immobiles et éventrés. Des traces de sang noircies par le temps habillaient les sièges déchiquetés et les portes brisées. Si Zuzanna passa devant sans problème, Edward eut un frisson, et je me rapprochai de lui.

Zuzanna m'aida à traverser une portion particulièrement difficile, car en partie éboulée. L'impression d'être observée me serrait la gorge, et chaque ombre, chaque mouvement sur les murs me stressait. Le bruit de nos pas se répercutait dans le tunnel.

Plus on avançait, plus j'avais le sentiment que nous ne retournerions jamais à la surface, que nous allions mourir étouffés, écrasés et dans le noir.

Nous ne croisâmes aucun arrêt, et je me pris à espérer que Zuzanna avait choisi la bonne direction, et que nous nous trouvions actuellement sous la Vistule. Nous marchâmes longtemps sur les voies sans fin. De temps en temps, nous tombions sur des portes de sortie de secours, toutes verrouillées, quelques panneaux nous indiquant où nous étions.

Je plissai les yeux devant l'un d'eux.

— Apparemment, nous arrivons à la station de Centrum Nauki Kopernik.

— Nous sommes dans le territoire de l'Ordre, constata Edward.

— Il faudrait remonter à la surface pour changer de voie.

— Pas tout de suite, nous sommes encore trop près du stade.

Zuzanna fixait le panneau avec intérêt, comme si elle était tentée de sortir ici, puis après nous avoir jeté un regard, elle reprit la route. Tout le long où nous longeâmes les bords de la station, elle observa l'immense hall avec envie, mais bientôt, Centrum Nauki Kopernik fut dans notre dos.

Edward jetait des coups d'œil réguliers en arrière, comme s'il hésitait chaque instant à faire demi-tour. Je ne pouvais que le comprendre. Alors que notre mutisme devenait de plus en plus pesant, il s'arrêta brusquement, et je lui rentrai dedans.

— Edward ?

Dans l'obscurité quasi totale, il se retourna pour fixer le vide d'où nous venions, et leva la main pour nous faire attendre. Tout le monde se figea et la scruta sans oser respirer. Il faisait si humide dans ce métro, contrairement à la chaleur extérieure ; cependant, c'était quelque chose d'autre qui me glaçait les os.

— Il y a quelqu'un, juste derrière nous.

Mon cœur rata un battement.

Dans le silence oppressant dans lequel nous étions plongés, j'entendis un drôle de bruit qui résonna doucement un peu plus loin.

Un craquement de doigts.

Je n'osai ni bouger ni inhaler ; seul le battement de mon cœur qui martelait ma poitrine emplissait mes oreilles. Le froid augmentait, faisant se dresser les poils sur mes bras et créant de la buée chaque fois que nous soufflions.

Un cri lointain et suraigu perça le silence.

Non humain.

La Chose.

— Courez ! hurla Edward.

Je dus mettre toute la volonté que je possédais pour activer mes jambes.

Je courus comme je l'avais rarement fait dans ma vie, avec le sentiment d'être un animal chassé, une proie vulnérable. J'avais à peine conscience des autres autour de moi, je ne suivais que le chemin tracé par les fleurs de Zuzanna. Je trébuchais parfois, je heurtais la paroi, mais mes jambes s'élançaient de nouveau, suivant le bruit de course des autres. Le cri se rapprochait de plus en plus. Je pouvais presque sentir le souffle de la Chose au creux de mon cou.

Elle me frôla, et je tombai à la renverse.

Edward, aussi blême que la mort, me remit sur mes pieds et m'obligea à avancer. Il me tira de toutes ses forces, et nous accélérâmes ensemble. Je ne courais plus, je volais.

La lumière des fleurs vacilla, avant de briller plus fort encore. Lorsque j'aperçus l'ouverture dans le tunnel, je voulus hurler de soulagement. Une nouvelle station. Je faillis ne pas réussir à sortir des voies, mais j'y mis toute l'énergie du désespoir. Les genoux écorchés, je repris ma course, guidée par les lys de Zuzanna et le souffle d'Edward.

— Plus vite !

On grimpa les marches d'un escalator en panne, puis d'un autre, jusqu'à atteindre la surface, et on continua de courir dans la ville. Je n'entendais plus rien nous poursuivre, mais j'étais totalement incapable de m'arrêter. Une vérité puissante faisait fonctionner mon corps : si je ne courais pas, je mourrais.

J'osai enfin jeter un regard en arrière.

Il n'y avait plus rien.

Zuzanna bifurqua vers ce que j'imaginais être le sud, et après que nous avions atteint une petite rue, elle ralentit et se laissa glisser contre un mur. Edward s'écroula au sol, et lorsque je m'arrêtai à mon tour, j'eus du mal à ne pas faire de même. Mes jambes tremblaient sous l'effort, la peur et l'adrénaline.

Je titubai jusqu'à Zuzanna et Edward, et tombai sur mes genoux déjà à vif.

— C'était la Chose ?

— Je crois…

Mon corps n'était qu'un immense tressaillement, et la retombée de l'adrénaline amena avec elle un épuisement total. L'image de cette ombre dans l'obscurité hanterait mes rêves jusqu'à ma mort.

Edward se secoua et se releva, les jambes tremblantes, en s'accrochant à un lampadaire.

— On ne doit pas rester là. On s'en fout de ce qu'il y a là-dessous pour l'instant. La priorité, c'est de rejoindre les Conquérants.

Zuzanna rampa jusqu'à moi, et alors que je croyais qu'elle allait me forcer à me lever, elle me prit dans ses bras. Elle glissa sa main dans mon dos, comme le faisait ma mère lorsque j'étais enfant. Raïna avait ce geste aussi, parfois. Je me laissai aller dans son étreinte, mais retins des larmes de terreur. Si elles coulaient maintenant, je n'étais pas certaine de pouvoir les arrêter. Non, c'était sûr, elles ne s'arrêteraient jamais.

— Merci, soufflai-je même si elle ne pouvait pas m'entendre.

Je pris une grande inspiration, ravalant ma peur pour plus tard, et écartai Zuzanna. Le vent nous gifla lorsque nous nous relevâmes, et au loin, je crus entendre le roulement du tonnerre approcher. La Botaniste m'aida à me relever, mais contre toute attente, elle se mit à signer rapidement quelque chose que je ne compris pas. Edward fronça les sourcils.

— Comment ça, tu ne viens pas avec nous ?

Ils signèrent ensemble durant plusieurs minutes, ce qui me permit de reprendre un peu de contenance. Edward était contrarié, mais finit par soupirer et se tourner vers moi.

— Zuzanna me dit qu'elle veut se rendre directement aux portes de la Zone pour les ralentir, et qu'on doit la rejoindre dès que possible avec du renfort.

— Mais…

— Elle ne changera pas d'avis.

Zuzanna avait le regard aussi brûlant que mes mains, et je réussis à hocher la tête, la gorge nouée.

— Fais attention, lui dis-je tout de même.

Elle m'adressa un maigre sourire, puis s'éloigna en courant vers l'ouest, là où nous devions continuer de descendre vers le sud. J'observai un instant sa silhouette s'éloigner, certaine que c'était la dernière fois que je la voyais. Edward se tenait déjà au coin de la rue, et pour la première fois depuis que je le connaissais, je ne lus aucune trace de peur dans ses yeux.

— Allons-y.

39

LISE

REGRETS

La Nouvelle-Europe ne voulait pas simplement créer un programme à même de pirater les nanopuces, mais un être hybride : aussi bien capable d'élaborer des stratégies et d'avoir une vision sur le long terme que de combattre sur le terrain.

— Nos éclaireurs viennent d'arriver ! s'écria Łucja en entrant en trombe dans le bureau d'Aleksander. Les cendrés ne sont plus très loin, et ils nous encerclent.

— Merde, merde, merde, jura Mikołaj en cassant son allumette.

Je tendis à Aleksander un rapport de trois pages sur le siège que nous subissions depuis une semaine. Mon nouvel assistant n'avait pas l'esprit de synthèse d'un *memoria eruditissimo*, mais c'était le seul défenseur en ma possession que la tâche n'effrayait pas trop.

Depuis que Łucja avait repris le poste de Gwidon, Mikołaj et moi devions redoubler d'efforts pour maintenir les Conquérants à flot.

Aleksander parcourut prestement le rapport, et ne s'arrêta ni sur nos pertes d'effectif, ni sur nos réserves d'eau qui baissaient, ni sur notre perte de contact avec l'ensemble de nos patrouilleurs, ni sur les cendrés qui continuaient de nous empêcher de sortir, et encore moins sur les tensions qui habitaient nos rangs.

— Si tu veux un résumé plus bref que ça : en gros, on est dans la merde.

— Miko…, grondai-je.

— Quoi ? C'est la vérité ! On ne tiendra pas deux jours comme ça.

Aleksander ne leva pas les yeux du rapport et le termina une poignée de secondes plus tard. La cicatrice qui barrait son visage ressortait plus que d'habitude. De son index, il tapotait le bureau massif couvert d'autres dossiers qui s'empilaient. Il ne disait rien, mais la migraine qui le tiraillait était lisible dans ses traits tirés.

— Notre solution de repli est-elle toujours valable ?

— Le musée national ? demanda Łucja.

— Ouep, toujours, nous rassura Miko. Mais pour ça, il faudrait qu'on l'atteigne vivants. Ces timbrés de cendrés vont nous coller aux basques !

— Il nous faut une distraction.

— Est-ce qu'on a dans les rangs quelqu'un de bon avec les explosifs ? s'enquit Łucja.

Je fronçai les sourcils, très peu emballée par l'idée, mais Miko se frottait déjà les mains.

— Mon heure de gloire est arrivée.

J'allais protester quand on frappa à la porte. La pression augmenta d'un cran autour de nous alors que la mâchoire d'Aleksander se contractait. La personne qui toquait avait intérêt d'avoir une bonne raison de nous déranger.

— Entrez.

Jelonek, l'un de mes défenseurs les plus fidèles, ouvrit la porte.

— On les a trouvés dans le parking. Ils avaient une de nos clés et essayaient d'entrer.

— Qui ça ?

Il s'écarta, et deux personnes furent poussées dans le bureau, mains attachées sur l'avant. Il avait beaucoup maigri, mais je reconnus Edward en une fraction de seconde. Son regard s'accrocha au mien, et se fit plein de regrets. Un fantôme revenu d'entre les morts. Il était parti sans prévenir des semaines auparavant, et je m'en sentais encore trahie. La femme à ses côtés m'était quant à elle étrangère, mais les peintures rouges délavées sur son visage et les gants de métal qu'elle portait eurent vite fait de me révéler son identité. *Pourquoi Edward se serait-il allié avec une Wili ? Une Accomplie, en plus ?* Łucja se précipita vers lui.

— Ed ? Mais qu'est-ce que tu viens foutre ici, idiot ?

— Okonek ? s'étouffa Miko. Mais…

— Ils demandaient à vous parler, le coupa Jelonek, et de ce que j'ai compris, c'est urgent.

Il poussa un peu plus Edward et l'Ardente dans la pièce, et ferma la porte. Il gardait son *anima* pointée sur l'Accomplie, mais je le savais capable de changer de cible rapidement. J'observai nos deux visiteurs avec le plus de détachement possible. Ils étaient tous les deux couverts de sang, mais ne paraissaient pas blessés outre mesure.

Edward se racla la gorge, mais Aleksander le devança d'un timbre froid.

— J'espère que c'est important.

— Ça l'est, lui assura-t-il. Ce que vous subissez en ce moment à cause de l'Ordre n'est pas une coïncidence.

Je penchai la tête.

— Que veux-tu dire ?

— Nous avons été massacrées il y a quatre jours, continua l'Ardente. Par l'Ordre Nouveau.

Une multitude d'émotions traversa le visage d'Aleksander avant que celui-ci ne se referme. Les Wilis et lui avaient un passé commun trop lourd à porter. Là où Aleksander aurait pu se sentir soulagé de cette destruction, il n'en fut rien. Je connaissais ses expressions par cœur, et si les autres ne virent qu'un masque de froideur, je décelai de l'incompréhension.

— Comment ?

— Il s'est passé beaucoup de choses depuis que Prym et moi sommes partis, expliqua Edward.

Il prit une dizaine de minutes pour nous parler de leur volonté de trouver des réponses, de la blessure de Prym, des errants, d'un Accompli Sensitif, d'une Accomplie des fleurs, puis des Wilis, du don de Prym, et enfin de l'attaque qu'avait menée la seconde reine des Wilis sur son propre clan, avec le soutien de l'Ordre Nouveau.

Au fur et à mesure qu'il parlait, la fatigue emmagasinée depuis des semaines s'accumulait sur ses épaules. Il m'apparaissait changé : plus fort, plus courageux, plus déterminé qu'avant.

— Aujourd'hui est le dernier jour. Celui qui dirige l'Ordre Nouveau veut libérer la Chose et la lâcher sur le monde. Il est devant les portes de la Zone. Nous n'avons plus qu'à peine deux heures devant nous.

Je me figeai.

— C'est impossible. Les portes ne s'ouvriront que si la Chose meurt, elle ne peut pas sortir d'ici.

— Et pourtant, c'est ce que veut faire l'Ordre aujourd'hui même. L'encerclement que vous subissez n'est pas une coïncidence. D'abord, l'attaque des Wilis, et maintenant, le siège des Conquérants. L'Ordre Nouveau fait tout pour tenir les autres clans à l'écart.

Le silence retomba violemment. Un éclair fendit le ciel et éclaira la pièce. Lorsque le son de son éclat nous parvint, Edward reprit :

— Ce n'est pas tout. Je pense avoir trouvé le moyen d'empêcher ça, mais nous ne pouvons pas attaquer l'Ordre Nouveau seuls. Vous devez nous aider.

Łucja avait blêmi, mais ce fut Mikołaj qui réagit le premier.

— Merde, Okonek, tu es devenu taré !

S'il n'avait pas paru si choqué, j'aurais presque entendu un brin de fierté dans sa voix. Je secouai la tête.

— Nos défenses actuelles ne nous permettent pas de diviser nos troupes, encore moins pour un combat dont on ne connaît pas les enjeux, sur un terrain qu'on n'a pas étudié, sans données précises sur l'effectif ennemi et dans un délai aussi court. Je suis désolée, Edward, mais ce que tu nous demandes est impossible.

— Et si Okonek avait raison ? Si ce siège n'était qu'une diversion ?

— Le problème ne change pas : si nous envoyons une armée, la base sera prise, et tous ceux qui tenteront de la défendre mourront.

Je n'étais pas contre Edward, mais la sécurité des Conquérants était ma priorité. Aleksander, qui avait écouté toute son histoire dans un silence religieux, croisa les mains, soudainement suspicieux.

— Qui nous dit que tu ne travailles pas pour l'Ordre ? Que tout ça n'est pas un piège ?

Edward déglutit, mais ne baissa pas les yeux.

— Je n'ai aucune preuve, avoua-t-il.

— Alors te croire est trop dangereux. Je ne perdrai pas un lieutenant de plus sur un geste irréfléchi.

— L'Oppresseur a peur ? fulmina l'Ardente. Ce n'est pas parce que vous ne voulez pas voir qu'il ne se passe rien !

Des faisceaux de glace se posèrent sur elle, et l'air se fit plus lourd autour de nous. Mes muscles se contractèrent. S'ils voulaient énerver Aleksander, c'était le bon jour.

— Tu es désespérée, tu n'as rien à perdre, mais pas moi. Des centaines de vies dépendent de mes décisions.

— Le véritable courage est de se battre malgré toutes ses peurs.

Edward me regardait avec espoir. Je soupirai.

— L'imprudence n'est pas du courage.

La déception s'inscrivit sur son visage. Alors que je m'apprêtais à me justifier, je m'arrêtai net devant l'éclat qui illumina soudain les yeux vairons de Miko. Il se leva d'un bond, et se précipita vers la fenêtre. J'accourus à sa suite et Aleksander se plaça dans mon dos. Łucja souffla devant le spectacle qui nous attendait.

Toujours attaché, Edward paniqua.

— Euh... quelqu'un veut bien m'expliquer ?

Je ne lui jetai même pas un regard, pas plus qu'à l'Ardente qui restait silencieuse. Toute mon attention était portée sur le carrefour principal autour de la galerie marchande. Nos effectifs s'étaient repliés et la route était déserte, mais à chaque coin de rue, des centaines de cendrés se dirigeaient droit sur nous.

Une armée prête à attaquer.

Miko grimaça.

— Y a pas à dire : pour ce qui est de la diversion, ils sont plus forts que nous.

40

PRYM

EMPRISE

À la suite du drame de Varsovie, l'ancienne Pologne est radiée de la Nouvelle-Europe, et condamnée par un tribunal international à réparer ses erreurs. De ses cendres naîtra Erit.

Je rêvais.

Le songe dans lequel j'étais plongé était difficile à décrire.

Flou. Instable. Enivrant.

Il n'avait rien à voir avec celui causé par ma fièvre.

Ni avec ceux que je pouvais faire chaque nuit.

J'étais bien. En sécurité.

Là où j'aurais toujours dû être.

Mon univers se résumait à trois choses.

La voix qui chantait.

La force qui grandissait en moi.

Et moi.
Rien d'autre n'avait d'importance.
Rien d'autre n'existait.
Rien ne valait la peine de me réveiller.
Rien.

SEPTIÈME PARTIE

ARMA MASSA INTERITUM

MEMORIAE

Ce matin, je me suis réveillé, je n'étais plus moi. Plus vraiment. Je me ressemble toujours, mes pensées sont les mêmes, et le monde n'a pas changé.
Mais moi, si.
Ce que j'ai cru être ma mort est en réalité une renaissance. Je ne suis plus moi. Je suis celui que je devais être.
Ma peau n'est plus qu'une enveloppe dans laquelle je me glisse. Elle ne m'appartient pas plus qu'une autre.
Ou alors, elle m'appartient autant que les autres.
Oliwka aurait peur de ce qu'il m'est arrivé.
Elle fuirait encore plus loin.
Même si ça me brise le cœur, je sais que nos chemins se sont définitivement déliés.
Elle sera mon unique regret.
Arma Massa Interitum est la seule à avoir veillé sur moi, à sa façon.
Elle réfléchit déjà à comment utiliser mes nouvelles capacités. Pour elle, je suis la future évolution de l'Homme.
Moi, je vois surtout ça comme un don. Un merveilleux don.
Ça me rassure de ne pas être seul, d'avoir Arma Massa Interitum avec moi.
Elle non plus n'a pas peur de ce que je suis devenu.
Pas simplement une souris qui brûle.
Un être Absolu.

41

EDWARD

L'OMBRE

Pour le compte de l'Europe, deux hommes et une femme ont créé Arma Massa Interitum, au sein d'un laboratoire varsovien.

Nous n'eûmes pas le temps de sortir du bureau que les premiers tirs explosèrent les portes en verre. Malgré les défenseurs, les cendrés s'engouffrèrent dans le centre commercial. Aussitôt, les balles se mirent à pleuvoir. Aleksander hurlait des ordres autour de nous. Mikołaj activa son *anima* et descendit vers les combats. Łucja se figea à mes côtés, comme plongée dans un étrange rêve.

Je me tournai vers Lise, horrifié.

— Détache-nous !

Elle fronça les sourcils, et un projectile s'encastra dans les parois de verre du troisième étage. Nous nous jetâmes au sol, et Lise activa son *anima* en un long couteau. Elle sectionna mes liens, mais hésita devant ceux d'Olimpia.

— Te battras-tu contre nous ?

Pia hocha la tête, les yeux rougis et la mine déterminée.

— Non. Je veux venger mes sœurs.

— Si tu me trahis, je n'hésiterai pas à te tuer, compris ?

— Oui.

Cette réponse dut la satisfaire, car Lise la libéra. J'avais combattu de nombreux soirs avec elle, et jamais elle n'avait utilisé son don consciemment devant moi. Il fonctionnait seul dès que quelque chose la touchait. Pourtant, à cet instant, je la vis expirer longuement, puis toute sa peau se grisa et se renforça. L'Armure. Sans plus attendre, elle nous entraîna dans les escalators immobiles. Les balles ricochaient sur sa peau de métal sans la blesser.

Une fois en bas, je récupérai une *anima* sur un cadavre, étant donné que les défenseurs s'étaient empressés de me retirer la mienne en arrivant. Olimpia enleva ses gants et les accrocha à son uniforme. Elle brûla le visage d'un cendré qui se précipitait vers elle.

— On doit sortir d'ici ! Zuzanna est toute seule aux portes !

Le cendré se débattit sans un hurlement, puis finit par s'écrouler. J'étais tiraillé. Nous allions abandonner les Conquérants au pire moment, mais Pia avait raison : nous ne pouvions attendre plus longtemps. Lise acquiesça entre deux tirs.

— Allez-y ! On s'en sortira sans vous.

— Je vous accompagne ! s'éveilla enfin Łucja. Cette fois, je ne vous laisserai pas seuls.

— Mais…

— Pas de « mais », Edward ! me réprimanda Lise. Tu dis avoir trouvé un moyen d'empêcher tout ça ? Allez-y !

Trois cendrés nous foncèrent dessus, et Lise les abattit en trois coups précis dans la tête. Je me mordis la langue. Je n'avais que la moitié de la solution : je ne me souvenais pas de la fin de ce foutu proverbe.

— Merci ! lui criai-je néanmoins.

Łucja s'élança. J'attrapai le bras d'Olimpia, et la traînai derrière moi en faisant bien attention à ne pas toucher ses mains nues. Le centre commercial s'était transformé en zone de guerre : les *animae* déversaient leurs balles, et certains Conquérants désarmés jetaient des chaises sur les cendrés qui ne cessaient de se relever malgré leurs blessures. J'eus un haut-le-cœur lorsqu'un cendré implosa littéralement à côté de moi. Au pied de la fontaine, Aleksander écrasait d'un simple mouvement de main tous les cendrés qui cherchaient à s'approcher de lui.

— Baisse-toi ! m'ordonna Olimpia qui se rua elle-même derrière une table retournée.

Une nouvelle vague de cendrés venait de passer la porte et une rangée entière de défenseurs s'écroula sous leurs tirs. Plusieurs balles traversèrent notre table en plastique comme du beurre.

— On fait quoi maintenant ?

— Euh…

Je jetai un regard aux étages supérieurs : ils y étaient déjà. Ils avaient certainement dû passer par le parking, comme nous l'avions fait. Łucja, cachée à l'intérieur d'un restaurant dont la vitrine était brisée, nous fit de grands signes. Trois balles trouèrent de nouveau notre table, et nous dûmes nous résoudre à changer de cachette. On se précipita à l'intérieur du restaurant. Olimpia ne perdit pas une seconde.

— Couvrez-moi ! Je vais voir s'il n'y a pas une sortie de secours.

Je tirai dans le vide, dans l'espoir d'éloigner les cendrés des alentours. Łucja était bien plus efficace que moi. Entre deux salves, elle me sonda du regard.

— Tu as vraiment une solution ?

Les balles sifflèrent au-dessus de nos têtes, et nous dûmes nous accroupir plus bas encore. Si j'en croyais mes souvenirs, mon *anima* n'allait pas tarder à se décharger. Elle n'était que de catégorie une, et se déchargeait et se rechargeait rapidement en munitions.

— Oui, j'ai peut-être une solution pour arrêter la Chose, mais c'est impossible que j'y arrive seul.

Ses yeux s'écarquillèrent.

— Pour arrêter la Chose ?

— Oui, il faut seulement que je me souvienne d'un truc.

Nouvelle salve. Un vase près de nous explosa, et un éclat m'entailla la joue. Je me mordis la langue, et essayai de ne pas penser au sang qui coulait sur mon visage.

— Te souvenir de quoi ?

— De la fin d'une foutue phrase ! Je crois que c'est super important, mais je ne me souviens que du début : l'ombre passe…

— Mais la lumière demeure ?

Cette fois, ce fut mon tour d'écarquiller les yeux. Prym l'avait-il aussi dit devant elle ? Je n'avais pas cela en mémoire. En tout cas, c'était la bonne fin !

Transit umbra, sed lux permanet.

— Par le Maréchal, c'est ça !

— C'est ça quoi ?

— La solution pour désactiver la Chose !

Ses traits se figèrent alors que je laissais l'euphorie m'emporter. Il fallait partir maintenant ! J'avais peut-être le moyen de mettre un terme à tout ça. Je me retournai pour vérifier si Pia revenait, mais le fond du restaurant était encore vide. Au-dessus du bruit des tirs, un cliquetis près de mon oreille me fit faire volte-face.

Łucja pointait son *anima* droit sur moi.

Le bleu de ses yeux n'avait plus rien de chaleureux.

— Łucja ? fis-je d'une petite voix, sans comprendre.

— Désolée, Ed. Je ne voulais pas que ça se finisse comme ça.

Mon sang ne fit qu'un tour dans mes veines, et toute couleur quitta mon visage.

— De quoi tu parles ? demandai-je d'une voix chevrotante.

— Il y a des concepts qui te dépassent encore. Tu ignores ce que ça fait d'être coincé six ans ici, en sachant pertinemment que plus personne ne t'attend dehors. Imagine-toi brûler le corps de tes amis chaque semaine, sans rien pouvoir faire pour arrêter ça. Imagine, rien qu'un instant. Combien d'autres devront mourir pour une mission qui n'existe pas ? Accomplis ou non, on nous tuera tous à petit feu. Nous en savons trop, nous ne rentrons plus dans aucun moule du système.

— Łucja… Pourquoi tu fais ça ?

Le canon de son *anima* se posa sur mon front.

Sa main ne tremblait pas.

Je ne voulais pas comprendre.

— J'ai rencontré Artur il y a trois ans, lors d'une mission de patrouille pendant laquelle j'ai perdu trois amis et failli mourir. Il m'a soignée et m'a parlé de ce que voulait véritablement l'Ordre Nouveau : construire un monde où nous, les mobilisés, les sacrifiés, pourrions vivre libres. Mais pour ça, je devais prendre mon destin en main. Tout ce que j'ai fait, absolument tout, c'était pour nous assurer un avenir meilleur. Quelqu'un devait faire des sacrifices, et j'ai accepté ce fardeau, même si ça m'a fait du mal. Je ne regrette rien. Pas même de t'avoir épargné cette nuit-là.

Des larmes de surprise dévalèrent mes joues et se mêlèrent à mon sang.

— C'est toi qui as tué Gwidon ?

Cette idée était folle, irréaliste, inconcevable. Łucja allait me rire au nez et m'annoncer qu'elle me faisait une blague de très mauvais goût. On plaisanterait ensemble. Elle me taperait un peu pour avoir cru une horreur pareille, et elle nous aiderait à partir. Voilà ce que la Łucja que je connaissais, et qui était mon amie, allait faire.

Ses iris bleus ne cillèrent pas.

— Oui. Lech aussi, d'une certaine manière.

L'image du chef de la Réserve, étouffé dans son propre sang, hantait encore parfois mes cauchemars. Elle était toujours accompagnée par cette ombre dans la nuit qui avait failli me tuer. Cette même ombre que j'avais réussi à blesser au visage.

La cicatrice qui barrait la joue de Łucja ne s'estomperait jamais. C'était impossible.

— Mais... On est amis, toi et moi ! Prym aussi est ton ami. Et...

— Oui, vous êtes mes amis. J'aime Miko comme un frère, et les Conquérants sont ma famille, mais les convictions sont plus fortes que les sentiments.

Le peu d'espoir qu'il me restait implosa.

— Antonina, Leon, Mariusz, Aurelia, Luiza, Regina, Walent...

— Łucja, ne fais pas ça.

— Tadeusz, Melania, Teodor, Bogna, Odeta, Klemens...

Sa voix chevrotait, mais la main sur son *anima* ne tremblait pas.

— Walerian, Teofil, Irena, Gabriel, Ruta, Liliana...

Quelque chose dans son regard se brisa.

— Eryk, Paula, Gwidon, Joanna...

Dans un réflexe idiot, je fermai les yeux.

— Edward... *Novum Invenit Pacem.*

Le tir inonda mes oreilles.

La douleur ne vint pas.

Les combats continuaient à l'extérieur du restaurant.

Je n'étais pas mort.

Mes paupières s'entrouvrirent et je découvris Łucja face à moi, une balle dans la gorge. Son *anima* s'était baissée sous la surprise. Elle ouvrit la bouche, mais seul du sang en sortit. Elle s'écroula contre le mur qui nous protégeait des tirs, ses yeux océan grands ouverts.

À l'arrière du restaurant, Olimpia avait enfilé l'un de ses gants pour tirer.

Ses épaules se soulevaient à un rythme trop rapide, et je me rendis compte que je retenais ma propre respiration depuis une bonne minute. L'air qui entra dans mes poumons était bouillant et m'arracha de nouvelles larmes. Olimpia se précipita vers moi, et m'aida à me relever malgré les tirs qui continuaient de fuser.

— On s'en va !

— Mais…

Le cadavre de Łucja continuait de déverser des litres de sang. Bientôt, il serait froid. Olimpia me secoua.

— Si on ne fait rien ou si on meurt ici, cette fille sera morte pour rien.

Sans plus de ménagement, elle m'attrapa le bras avec sa main gantée, et me traîna avec elle jusqu'à la cuisine. Une fenêtre en hauteur, assez grande pour nous permettre de nous y glisser, avait sa vitre à terre. Les barreaux de l'autre côté avaient fondu, certainement sous les mains de Pia, pendant que Łucja et moi étions en pleine discussion.

Łucja et moi.

Alors que Pia tirait une chaise devant l'ouverture, je vomis dans l'évier.

— Edward !

Sa main gantée emprisonna mon bras et m'envoya valser contre le mur sous la fenêtre.

— Qu'est-ce que tu…

Des balles explosèrent le rebord de l'évier.

Je levai la tête, et si je n'avais pas vomi deux minutes avant, j'aurais recommencé. Dans la salle du restaurant, cinq cendrés avaient leurs *animae* pointées sur nous. Après la journée que je venais de vivre, et étant donné la fatigue accumulée durant quatre jours à être enfermé dans le noir, je me sentis envahi par le désespoir. Puis mon attention se focalisa sur un seul homme, dont le visage entrait facilement dans le top trois de mes pires angoisses.

— Bien le bonjour, fille aux mains de feu.

Sur le seuil de la cuisine, Jacek Most s'inclina de façon grotesque.

42

ZUZANNA

CE QUI BRÛLE À L'INTÉRIEUR

Les Murs de Paris, Berlin, Rome et Varsovie les ont transformées en les villes les plus sûres au monde. En 2053, ce même Mur créé pour protéger sa population a fait de Varsovie un tombeau.

Le temps me filait entre les doigts.

Je courais à travers la ville comme si le sol s'effondrait sous mes pas. Les rues défilaient sous mes yeux, alors que je sautais au-dessus des crevasses et me faufilais au travers des voitures définitivement arrêtées. L'une de mes bottes manqua de se coincer dans une racine, mais je me dégageai aussi sec et repris ma course.

Mon don me brûlait les poumons.

Plus vite !

Au-dessus des maisons et des boutiques recouvertes par la végétation, le Mur de Varsovie surplombait l'horizon. Les portes qui menaient au sas extérieur étaient visibles de loin, et je me contentais de suivre leur direction à travers le dédale de l'ancienne capitale.

Je sentis, bien avant de voir, l'étrange énergie qui pulsait à travers la ville. C'était quelque chose que je connaissais, que j'avais déjà vécu. Quand il ne me resta plus qu'une centaine de mètres à parcourir avant les portes, je l'aperçus enfin. Je ralentis, puis m'arrêtai. La stupeur termina de me couper le souffle.

Un champ de force de la taille d'une maison bloquait l'accès.

Debout, en son centre, Prym avait le menton levé au ciel et les yeux fermés. Il dégageait une énergie folle qui m'arrivait par vagues. Tekla, juste derrière lui, gardait une main posée sur son épaule. Elle portait la plus belle de ses robes, fendue sur le bas et aussi blanche que la peinture qui ornait sa figure. Pour une personne ayant été capable de faire exécuter les membres de son propre clan, Tekla avait le visage d'une extrême douceur et d'une pureté indéniable. Les mouvements réguliers de ses lèvres indiquaient qu'elle chantait.

Ils n'étaient pas les seuls à attendre dans la bulle. Deux autres personnes levèrent la tête en m'apercevant. Artur se figea à mon approche. Il soutenait un homme aussi immense que maigre, au visage cerné. Le Maître. Hieronim.

Les cendrés qui entouraient le champ de force pointèrent aussitôt leurs *animae* sur moi, mais Artur pencha la tête vers le Maître, et les soldats de l'Ordre ne tirèrent pas. Artur se détacha de Hieronim, qui dut s'appuyer sur Tekla. Celui qui avait prétendu être mon ami s'avança. Il franchit la distance qui nous séparait.

La lumière d'un éclair traversa le ciel.

« Tu ne devrais pas être ici », signa-t-il. « Je t'ai donné ces indications pour que tu fuies avec les autres, pas pour que tu viennes mourir. »

Il s'arrêta à quelques mètres de moi, mais de l'autre côté du champ de force. L'électricité dégagée par le bouclier m'empêchait d'avancer plus loin. Un vent brûlant nous balaya. L'orage allait s'abattre sur nous.

« Je ne veux pas que tu souffres. »

Il signait lentement, de façon imprécise.

« Tu aurais dû y réfléchir avant de me trahir. »

Derrière lui, Hieronim s'était tourné pour faire face aux portes de la Zone. Il leva ses bras osseux et les écarta peu à peu. Le sol gronda sous mes pieds, comme si un tremblement de terre menaçait, et je mis du temps à comprendre ce que le Maître cherchait à faire.

De la télékinésie.

Il voulait ouvrir les portes.

Artur ne m'avait pas quittée des yeux.

« Je ne t'ai jamais trahie. Je ne te trahirai jamais. Je connais tout de toi et je t'aime telle que tu es. Tout ce que je fais, c'est pour nous assurer un avenir meilleur. Rejoins-moi. »

Il tendit la main entre nous, et un nouvel éclair nous illumina. J'eus envie de rire et de pleurer en même temps. S'il y avait une chose dont j'étais certaine, c'était qu'effectivement Artur connaissait tout de moi. Je ne comptais plus les heures passées à lui raconter mon enfance, à lui parler de mes parents, de Piotr, de mes rêves. Je tendis la main à mon tour. Il savait quels mots utiliser pour me convaincre, car il savait tout de mes faiblesses. Rien ne lui échappait.

Excepté qu'à présent, j'en avais conscience.

Au creux de ma paume naquit un lys que je posai contre le bouclier invisible. Le contact des deux dons manqua de me projeter en arrière, mais je plantai mes pieds plus fermement dans le sol. La fleur grandit, se multiplia et s'étendit sur le champ de force.

« Qu'est-ce que tu fais ? »

La panique rendait les signes d'Artur toujours plus brouillons. Puisant dans l'énergie des fleurs autour de moi, je laissai les lys grossir encore et encore.

Quelque chose bondit sous ma cage thoracique. Les lèvres d'Artur prirent le relais sur les signes.

— San !

Dans sa transe, Prym fronça les sourcils, mais Tekla ne s'arrêta pas de chanter. Artur m'observait, ébahi. Le champ de force trembla, alors que les portes s'ouvraient de plus en plus, laissant presque assez de place pour faire passer un enfant.

J'allais détruire cette bulle derrière laquelle ils se cachaient.

Quelque chose en moi me hurlait de lâcher prise, mais je le maintins solidement enfermé dans ma poitrine. Il me consuma de l'intérieur, et tout se mélangea. Les repas en famille. Mes rêves d'enfant. Les longs après-midi de jeu. Mes larmes quand Piotr avait quitté la maison pour l'Institut. La certitude de ne jamais le revoir. Le *cerebrum* et la façon dont il m'avait reliée au monde. Ce jour funeste, en sixième année, où j'avais appris que mon grand frère était envoyé dans la Zone. Mes efforts pour rentrer dans l'Élite. L'unique pensée qui m'avait obsédée pendant des années. *Envoyez-moi dans la Zone. Laissez-moi le retrouver.* Ma mobilisation. Le silence, de nouveau cet étrange silence, alors que l'on m'enlevait mon *cerebrum*. La peur. La douleur. L'incompréhension. Les mois de solitude à fouiller maison par maison. Les semaines entières à guetter les patrouilles. La mutation. La faim. La soif. Le froid. Les cauchemars. La mort qui arrivait. Le visage d'Artur à mon chevet. Artur qui me rassurait. Artur qui me faisait rire. Artur qui me comprenait. Artur qui me trahissait. Cette force au fond de moi qui me faisait peur, que je cherchais à étouffer. Le regard de Prym alors qu'il m'épargnait. Son corps qui se vidait de son sang dans une ruelle. La peur d'Artur. Celle d'Edward. Celle d'Olimpia. Toujours cette peur.

Les souvenirs tourbillonnaient, m'absorbaient.

La lumière des lys faiblit.

Le champ de force me repoussait.

La chose en moi réclamait de sortir.

Je la fis taire.

Là où les lys n'avaient pas recouvert le champ de force, le visage d'Artur m'apparut.

— Zuzanna. Tu n'es pas encore assez forte. Abandonne. Viens avec moi et je te protégerai. Tu n'auras plus jamais peur. Tu ne seras plus jamais seule. Nous vivrons dans un monde qui nous acceptera, qui nous reconnaîtra à notre juste valeur. Je me bats pour cet avenir, pour notre avenir. Piotr aurait voulu que tu mènes ta vie, que tu ne t'accroches pas à son souvenir. Tu le sais aussi bien que moi.

Des larmes de douleur dévalaient mes joues. Je n'allais pas pouvoir tenir longtemps, pas avec ce désordre dans mon esprit. La lumière des lys entre mes mains tressaillit et se voila. Je n'étais pas assez puissante. Les portes allaient s'ouvrir, et ce champ de force était impossible à détruire !

Artur me tendit de nouveau la main.

— La vie de quelques personnes est un sacrifice acceptable.

La vie de quelques personnes.

Les visages de Prym, Edward et Olimpia s'imposèrent à moi. Eux aussi, seraient-ils un sacrifice acceptable ? À seulement quelques mètres de moi, Prym était réduit à l'état de simple marionnette. Ses deux matricules se balançaient et s'entrechoquaient autour de son cou. « *Toi aussi, tu as perdu quelqu'un.* » Nous avions tous les deux nos fantômes.

Je ne supportais pas l'idée qu'il en devienne un.

Prym avait dit un jour que son don ne repoussait que ce qui était un danger pour lui. L'emprise dans laquelle il était plongé avait-elle changé ça ? Je devais essayer. Artur sourit, persuadé que j'allais abandonner le combat. J'absorbai l'énergie des lys, qui se désintégrèrent sous mes doigts, et le champ de force se stabilisa.

Prym, je ne te veux aucun mal. Je viens te sauver.

Cela serait-il suffisant pour convaincre ?

Je le traversai le Bouclier comme s'il n'était que de l'eau.

Une fois à l'intérieur, un sentiment de bien-être m'envahit. Cette bulle était une protection, un lieu de paix. Artur recula, les yeux écarquillés. Je le vis articuler mon nom.

— San...

Mes jambes flageolèrent et mon cœur menaça de sortir de ma poitrine. L'énergie qui m'avait traversée reflua. Ma vision s'emplit d'étoiles noires, et un goût de sang envahit ma bouche. Les cendrés me tirèrent dessus, mais il était déjà trop tard : j'étais entrée dans le champ de force. La fatigue m'écrasa de tout son poids.

Je m'effondrai.

Alors que la vue me revenait peu à peu, je me rendis compte que si Prym n'avait pas bougé, il était bien le seul. Au lieu de m'attaquer, tous les autres s'étaient détournés et fixaient un point qui longeait le Mur. La terreur les défigurait. Je tentai de me relever, les muscles tremblants.

La Chose était là.

Elle se déplaçait sur ses quatre membres et arrivait vers nous d'un pas lent. Artur avait raison. Il avait réussi à comprendre ses mouvements. Les cendrés ne réagissaient pas en sa présence. Ils ne s'écartaient pas d'elle, de son corps déformé, de son visage sans yeux, de son sourire figé en une grimace. Le monde s'était suspendu pour les observer, en attente.

La Chose s'arrêta un instant devant le champ de force, comme si elle réfléchissait. Le Maître exultait. Cette fois, je fus assez près pour lire sur ses lèvres.

— Laisse-la approcher !

Tekla observait la Chose comme une enfant. La Chose pencha la tête sur le côté, dans un geste terriblement humain.

Son sourire s'agrandit.

Le champ de force se modula pour laisser entrer la Chose, avant de se refermer derrière elle. Le Maître bougea les bras, cessant de contrôler les portes, pour se tourner vers la Chose, le visage soudainement plongé dans une extrême concentration. Artur me jeta un regard, et ses mots me revinrent. Hieronim allait en prendre le contrôle. Les cernes du Maître s'assombrirent, et ses maigres bras se mirent à trembler. La terreur me paralysa. Ses lèvres bougèrent à peine.

— Je n'y arrive pas.

Tekla, qui tenait toujours Prym par l'épaule, avait la bouche fermée ; elle ne chantait plus.

Ses yeux écarquillés ne fixaient que la Chose, qui s'élança brusquement vers eux.

Vers Prym.

Le quelque chose dans ma poitrine rugit.

J'aurais dû le contenir, garder le contrôle.

Je le laissai sortir.

43

OLIMPIA

LA VALSE DES MORTS

*Deux armées composent l'Ordre Nouveau : l'*exercitus vivere, *ou armée vivante, et l'*exercitus mortuus, *ou armée morte.*

Avec son nez busqué et sa démarche chancelante, Jacek Most éclata d'un grand rire. Au milieu des tirs et des combats, il affichait le même visage exalté que lorsqu'il avait abattu mes sœurs. Ses paupières ne clignaient pas.

— Tu es venue chercher la mort ?

— Seulement la tienne.

Ma voix s'était faite aussi tranchante qu'une lame. Les mots de Kaja résonnaient dans ma tête comme une supplication. *« Venge-nous. Tue-le. »* Oh, bien sûr, il n'était qu'un exécuteur parmi d'autres ; ce n'était pas lui qui avait commandité cette attaque, ni lui qui en avait récolté les bénéfices.

Non.

Lui s'était contenté de prendre du plaisir à nous exterminer.

Ma main gauche activa mon *anima*.

La droite était nue, prête à brûler.

— Sauve-toi, Ed, murmurai-je.

Il tressaillit dans mon dos. Je connaissais la douleur du deuil. Son amie l'avait peut-être trahi, mais ça n'enlevait rien à sa peine. Je savais combien il était prêt à s'effondrer. Je l'étais aussi. Mais face à Jacek, la tristesse qui me rongeait le cœur laissa place à une rage ardente qui me dévora l'âme.

Ce combat était le mien.

— Sauve-toi. Ils ont besoin de toi.

— Pia… Et toi ?

Sa voix ne fit qu'effleurer mes cheveux. Rien qu'entendre ce fichu surnom me donna envie de pleurer.

— Je vous rejoins après.

Mensonge. J'espérais emporter Jacek avec moi dans la tombe.

Avant que les cendrés n'aient le temps de réagir, je fonçai sur eux. Jacek n'évita mon assaut que par un bond arrière. Je me jetai à terre alors que les balles pleuvaient dans mon sillage. Mes jambes crochetèrent celles de Jacek, ce qui dévia le tir qui m'était destiné. Une cendrée se plaça aussitôt devant lui pour le protéger, mais ma paume nue s'empressa de faire bouillir l'une de ses chevilles. Elle s'effondra, et mon *anima* tira par deux fois dans sa poitrine. Je reculai dans la cuisine.

Plus que cinq cendrés.

Je jetai un coup d'œil en arrière ; Edward avait franchi la fenêtre et disparu.

Bien.

Jacek s'était relevé, mais se cachait derrière le bar du restaurant.

— Tu ne peux pas tuer ce qui est déjà mort !

— De quoi…

Comme si elle avait attendu ce signal, la cendrée que j'avais abattue se redressa et me tomba dessus. D'abord sonnée par la chute, je roulai à l'intérieur de la cuisine pour me protéger des autres tirs. La cendrée se releva, mais je réussis à la désarmer à temps et me servis d'une porte de placard pour la frapper à mon tour.

Je hurlai pour couvrir le son écœurant de sa tête se fracassant contre le morceau de meuble, mais je ne m'arrêtai que lorsqu'elle ne bougea plus du tout. Je découvris son visage avec horreur : au-delà de ce que je venais de lui faire subir, la cendre s'était retirée pour dévoiler une peau putréfiée. Elle était déjà gelée et puait d'une odeur indescriptible.

Des restes de peinture rouge ornaient ses joues.

Tuer ce qui est déjà mort.

Les cendrés étaient des cadavres.

Pire encore, des cadavres de Wilis.

Prise de dégoût, je lâchai la porte de placard et m'éloignai d'autant plus du seuil de la cuisine. Les tirs s'étaient tus, mais je ne doutais pas un seul instant que Jacek ne me laisserait pas sortir d'ici vivante. La cendrée dont j'avais écrasé la tête ne se releva pas une seconde fois. Si ma mémoire était bonne, Jacek n'avait jamais tiré dans le crâne de mes sœurs. Si un Accompli dirigeait les cendrés, il ne pouvait pas faire de miracles. *Le cerveau est le point central. Sans lui, le corps ne bouge pas.*

Du bout du pied, je poussai le cadavre, qui ne réagit pas.

La tête, je devais viser la tête.

— Montre-toi, fille aux mains de feu !

Je crachai la bile accumulée dans ma gorge, rampai jusqu'à la porte, et m'aidai du mur pour me relever. Ma poitrine se soulevait trop rapidement. *Je vais mourir.* Cette vérité-là m'effrayait. Je fermai les yeux un instant, et ce furent les traits de Raïna qui m'apparurent. Raïna, qui n'avait jamais eu peur de ce que j'étais, qui m'avait considérée comme un cadeau. Raïna, qui allait reconquérir notre clan. Raïna, que je ne voulais pas décevoir.

Mon *anima* allait bientôt se décharger, mais j'avais encore l'équivalent d'une bonne dizaine de munitions.

Serait-ce suffisant ?

Il le fallait.

Je m'élançai dans le restaurant. Ma première balle rata sa cible et explosa un verre. La deuxième atteignit une cendrée dans le cou, mais la troisième perfora sa tête. *Plus que trois.* Plusieurs tirs ennemis m'éraflèrent, et l'un d'eux me transperça la cuisse. Ma vision se noircit et je hurlai. Mon instinct de survie m'empêcha de m'évanouir.

Alors que je m'appuyais sur le bar, ma main nue attrapa le visage d'une cendrée, et je sentis sa peau fondre contre la mienne. Tandis qu'elle reculait, je tirai par deux fois, et son nez éclata. *N'essaie pas de la reconnaître. Plus que deux.* Mais avant que je ne porte un nouveau coup, les deux cendrées restantes me tordirent les bras dans le dos, ce qui m'obligea à lâcher mon *anima*. Je gémis quand un de mes os craqua. La douleur à ma cuisse me tétanisait.

Jacek s'approcha et plaça son visage à quelques centimètres du mien. Ses longs doigts attrapèrent mon menton. Son autre main descendit le long de mon cou, jusqu'à mes seins. Son regard brillait de cupidité.

— Tu feras un beau cadavre.

Je lui crachai à la figure.

— Va crever.

Mon genou encore capable de bouger s'enfonça entre ses jambes dans un craquement sourd. Jacek poussa un cri suraigu et me lâcha. De ma main nue, je brûlai le poignet de l'une des cendrées, qui n'eut pas d'autre choix que de desserrer sa prise. Je me libérai et l'envoyai valser au loin. La seconde cendrée voulut me tirer dessus, mais je retournai son *anima* contre elle.

Son front explosa. *Plus qu'une.* Je fis volte-face, et abattis celle qui était déjà en train de se relever.

Elles étaient toutes mortes.

Pour de bon, cette fois.

Je lâchai l'*anima*, et m'avançai vers Jacek qui rampait, une main entre les jambes.

— Où crois-tu aller comme ça ?

Un coup de pied suffit à le faire s'écrouler. Un autre atteignit une seconde fois ses organes génitaux, et fracassa les os de ses doigts. Son hurlement couvrit les bruits de combat dans le hall. Ma main gantée le tira par le col pour le mettre à genoux.

La folie valsait dans ses yeux.

Ses paupières n'avaient pas cligné à une seule reprise durant le combat.

— Fille aux mains de feu…, balbutia Jacek.

Brûler quelqu'un vif n'était pas une sensation agréable. Pourtant, aucun remords ne m'empêcha de retirer mon second gant et de l'accrocher à la ceinture. « *Venge-nous. Tue-le.* » Mes paumes se posèrent sur ses joues qui gondolèrent. Je ne les décollai pas, alors que son beuglement emplissait le restaurant. Sa peau se mit à rougir, à noircir, puis à fondre sous la mienne. Ses yeux se révulsèrent, ses genoux lâchèrent, et il s'écrasa au sol.

Je quittai le restaurant sans un regard en arrière.

44

ZUZANNA

LA BOTANISTE

Chaque don possède ses propriétés, son degré d'évolution, et ses conséquences à plus ou moins long terme.

La chose dans ma poitrine implosa.

Cela traversa la moindre parcelle de mon corps, s'infiltra dans chacune de mes cellules, envahit tout ce que j'étais. Il n'y avait plus de fatigue, plus d'ombres, plus de doutes, plus de peur.

Je me relevai et me tins droite pour la première fois de ma vie.

Le feu contenu jusqu'alors dans ma poitrine pulsait dans tout mon être et se diffusait par vagues autour de moi. Le fourmillement de vie qui m'entourait m'apparut alors pour la première fois, me donnant l'impression d'avoir jusque-là été aveugle. Je sentais chaque racine, chaque bourgeon, chaque être végétal qui se trouvait à ma portée. Dans la Zone, ils étaient des centaines de milliers.

« *Juste des fleurs* », avait dit Artur.

Non, pas seulement.

J'étais enfin moi.

Et j'avais une armée.

Artur tira le Maître en arrière, et malgré sa fatigue, Tekla se précipita pour les aider, lâchant l'épaule de Prym. La Chose arrivait déjà sur lui. D'un geste, j'ordonnai aux racines des arbres environnants de se prolonger et de sortir de terre. Elles se dressèrent toutes entre Prym et la Chose, et furent déchiquetées à sa place. Réfléchir, vite.

Je m'élançai vers Prym. Dans un recoin de mon champ de vision, j'aperçus Tekla qui aidait le Maître à s'enfuir. Les cendrés s'effondrèrent au sol, comme s'il n'avait plus la force de les maintenir en mouvement. Artur, lui, était figé devant la scène. J'ignorais s'il ressentait le changement qui s'était opéré en moi ou s'il ne savait simplement pas quoi faire, mais il se contenta de reculer sans se détourner de la Chose.

Je frappai le sol du pied, et de nouvelles racines fendirent le bitume en une large fissure, dévoilant en son fond une ancienne rame de métro. Comme si elle avait peur, la Chose bondit en arrière pour éviter la crevasse, et avant qu'elle n'ait le temps de revenir à la charge, je libérai les lierres accrochés au Mur, qui l'emprisonnèrent de leur étreinte. Son corps métallique se fracassa contre les portes, et elle ouvrit sa gueule béante.

Elle souriait.

L'instant d'après, elle franchissait l'espace qui nous séparait. J'eus à peine le temps de formuler une idée que j'agis d'instinct. Je levai les bras pour me défendre, et des ronces émergèrent de la fissure comme les barreaux tranchants d'une prison, pour intercepter la lame de la Chose.

Prym, debout derrière moi, n'était toujours pas revenu à lui, et la Chose se dépêtra rapidement de ses liens d'épines. Cette fois, je ne réussis pas à intercepter son coup à temps, et seul un dernier sursaut de mes ronces limita les dégâts. La lame érafla mon flanc et déchira ma chair. Mon cri résonna dans ma cage thoracique, et le sang se déversa à flots.

Les lierres s'enroulèrent autour de la carcasse d'une voiture, et l'envoyèrent terminer sa course sur la Chose, qui recula de plusieurs mètres. La force qui vibrait à l'intérieur de moi s'amenuisa. Je n'allais pas pouvoir tenir longtemps comme ça! Malgré cette certitude, quand la Chose brisa la tôle rouillée du véhicule, je lui en lançai un deuxième, puis un troisième.

Si Prym ne se réveillait pas, nous allions mourir tous les deux. Il était dans mon dos, debout, immobile, encore plongé dans un rêve profond. Je lui secouai l'épaule, mais il ne réagit pas. À une dizaine de mètres de nous, la Chose se dégageait lentement, mais sûrement, des voitures qu'elle avait reçues et des racines qui cherchaient à la retenir. Tekla envoûtait les autres par sa voix. Malgré la fuite de Tekla et l'arrêt de son chant, Prym était toujours sous son charme, donc la voix était aussi le seul moyen de le ramener à lui? Je me raclai la gorge, et puisai dans mes forces et ma concentration pour prononcer un mot.

Un seul petit mot.

Un rien du tout qui vibra sous ma langue.

— Prym!

La Chose fracassa la dernière voiture des alentours. La fatigue pesait sur mes épaules comme si je portais le ciel. Un autre éclair illumina la scène. Les branches d'un arbre s'étirèrent pour faire obstacle. La Chose les explosa sans ménagement.

— Prym!

Ce simple son me coûtait tant. Des racines plus petites créèrent une seconde fissure dans le goudron. La Chose se contenta de l'éviter. Les lierres déchiquetés répondirent à peine à mon appel. Cette fois, je n'avais plus rien à lui balancer, plus rien pour me défendre, plus d'énergie à fournir. Mon don reflua.

— Prym !

La Chose se dressa devant moi, aussi grande qu'un arbre. Elle pencha sa face sans yeux sur le côté, comme si elle cherchait à déterminer comment une si petite créature pouvait lui avoir résisté aussi longtemps.

C'était fini.

Quand sa pointe s'enfonça dans la chair, du sang chaud gicla sur mon visage. Excepté que ce n'était pas mon corps qu'elle avait ouvert en deux et qu'elle envoya valser au loin. Ce ne fut pas mon visage qui s'écrasa sur le bitume chaud. Ce ne fut pas moi qui expirai une dernière fois.

— San…

Même dans la mort, les yeux d'Artur exprimaient une grande perplexité. La Chose l'observa un instant, avant de se reconcentrer sur moi et mon cœur en miettes. Non. Pas comme ça. Rien de tout ça ne pouvait être réel.

J'éclatai en pleurs, et dans un geste d'abandon, je lui tournai le dos pour prendre Prym dans mes bras. J'avais échoué. Artur était au sol, un trou béant dans le ventre ; Prym allait mourir, et je n'avais rien pu faire. Je n'avais plus la force de me battre.

Pardonne-moi, Piotr.

La Chose frappa.

45

PRYM

NE PAS DOUTER

Arma Massa Interitum aurait dû être le début de la singularité : une croissance explosive de la connaissance vers le dépassement de l'être humain. Puis, le monde a basculé.

Une ombre planait au-dessus de moi.
Ni douce.
Ni rassurante.
Mon rêve se troubla.
La voix chantante n'était plus aussi forte.
Elle chancelait.
Elle avait peur.
Puis elle s'arrêta, me laissa seul.
L'univers s'effondra.
Il m'emportait avec lui.

Il ne voulait pas me laisser partir.
Mais une chose m'appelait.
Quelqu'un d'autre.
— *Prym* !
Une voix que je ne connaissais pas.
— *Prym* !
Une voix que je n'avais jamais entendue.
— *Prym* !
Une voix pourtant si familière.
Je ne voulais pas sortir de ce rêve.
Mais sans la voix chantante, rien n'avait de sens.
Cette seconde présence m'entoura de chaleur et de lumière.
Un soleil dans la nuit.
Puis, je me souvins.
Je me souvins du noir et du silence.
De la peur.
De mes doutes.
De mon passé.
De mes espoirs.
De ma promesse.
De tout ce que j'avais dû abandonner derrière moi.
De ces vies que j'aimais et qui ne tenaient qu'à un fil.
L'une d'entre elles se trouvait près de moi.
Une personne que je refusais de perdre.
Et puis, il y avait ce conseil d'un père.
Ne pas douter.
Plus jamais.
J'ouvris les yeux.

Ce que je ressentis en premier fut la chaleur de son étreinte. L'odeur de sa peau m'était naturelle. Elle était à sa place près de moi, et comblait un vide dont j'ignorais l'existence. Je ne savais plus très bien où j'étais, qui j'étais, ce que l'on attendait de moi.

La seule pensée cohérente qui traversa mon esprit était que nos deux cœurs battaient à l'unisson l'un contre l'autre, et qu'elle paraissait abattue et fatiguée. Elle tremblait. Ses larmes mouillaient mon cou, et sa peur me pénétra jusqu'au plus profond de mes os.

San.

Soudain, je vis la Chose.

Son corps humanoïde, ses membres aux angles grotesques et aux pointes aussi solides que du diamant, aussi efficaces qu'une lance et plus affûtées qu'aucune arme sur terre, son dos parsemé d'épines, sa peau d'un gris mat. Aussi indestructible que le Mur de la Zone, elle absorbait toute la lumière, toute la chaleur, tout l'espoir autour d'elle.

Mais le pire, c'était son visage.

Cette face dépourvue d'yeux ou de narines, ce front arrondi qui rejoignait dans la précipitation l'arrière de son crâne cubique, ce menton proéminent, cette bouche aux lèvres quasi inexistantes, éternellement ouverte, aux dents aussi longues que mes mains, serrées dans la grimace d'un funeste sourire.

Elle frappa.

Mon don s'activa une fraction de seconde avant, et un champ de force repoussa la pointe d'un de ses membres au dernier moment. Je la projetai au loin, et elle souleva sur son passage des morceaux de bitume. La Chose était comme dans mon souvenir et dans mes rêves, excepté que cette fois-ci, elle ne semblait pas d'humeur à m'épargner.

J'avais raté ma chance.

Son hurlement me fit frissonner alors que je refermais mes bras autour de San. Celle-ci releva la tête vers moi. Malgré les larmes et le sang qui couvraient ses joues, elle tenait encore debout. Ses yeux reflétaient la couleur du ciel au-dessus de nous.

Sa force me subjugua.

— San…

La Chose nous fonça dessus.

J'avais beau savoir mon bouclier en place, je frémis quand sa gueule s'ouvrit sur nous, et je serrai San plus fort contre moi quand l'une de ses pointes s'apprêta à nous embrocher.

« Ton champ de force est une véritable passoire. » Les reproches d'Olimpia me revinrent, mais la bulle résista et repoussa la Chose trois mètres plus loin.

À cet instant, je ne me contentais pas d'entourer un simple objet. Je protégeais San, qui n'avait pas hésité une seule seconde à se mettre entre moi et la Chose.

Je ne céderais pas.

Ne pas douter.

Le champ de force grandit et gagna en opacité. La fatigue pesait sur mon dos comme un poids mort, mais l'adrénaline qui courait dans mes veines me donnait l'impression de pouvoir soulever des montagnes.

Cette bulle était un endroit de paix. Je la visualisai comme un cocon protecteur. Elle tirait son énergie de mon ventre, mais me donnait également l'impression d'être en vie.

L'une des pointes de la Chose perça la bulle, qui se reconstitua aussitôt. *« La Chose ne nous lâchera pas. Même si j'arrivais à nous faire avancer avec le bouclier, elle continuerait de nous harceler. »* Je cherchais en vain une issue, un moyen de nous en sortir vivants.

Qu'aurait fait Halborn à ma place ?

Écoute, obéissance, adaptation, précision, attention.

Adaptation.

Si le champ de force ne pouvait pas nous protéger, s'il ne pouvait pas remplir sa fonction de bouclier, pouvait-il devenir une prison, une entrave pour nous permettre de partir ?

Durant toutes nos séances d'entraînement avec Pia, je n'avais cessé de faire exploser ce fichu ballon. M'entourer d'un champ de force était bien plus naturel, plus facile que de le faire sur un objet extérieur à moi.

Surtout quand cet objet était la Chose.

Je saisis le visage de San entre mes mains, pour m'assurer qu'elle lisait sur mes lèvres.

— Prépare-toi à courir.

J'ignorais combien de temps nous aurions devant nous. La distance finirait par être trop élevée pour maintenir le champ de force en place, et nous serions à la merci de la Chose. San hocha la tête et lâcha mon cou pour me prendre la main.

Elle jeta un regard au loin, vers le corps sanguinolent d'Artur. Malgré sa trahison, le voir ainsi me pinça le cœur, mais nous ne pouvions pas nous permettre de l'emmener. Ç'aurait été signer notre arrêt de mort.

La Chose martyrisait le bouclier. Je pris une grande inspiration. La veine dans mon cou palpitait, et mon visage se fronça de concentration. Je creusai au fond de moi-même, à la recherche d'un sursaut d'énergie. La présence de San m'aidait à maîtriser les battements de mon cœur.

J'expirai.

Le champ de force tomba.

La pointe de la Chose fonça vers mon ventre, mais ne rencontra qu'un autre bouclier, cette fois tourné vers l'intérieur. Son hurlement me fit frissonner. Sans réfléchir plus longtemps, je tirai San derrière moi et courus.

Si Zuzanna était au bord de l'épuisement, je nous servis de moteur à travers la ville. Mes pieds survolaient le bitume comme s'il était fait de feu, et je dus mobiliser toute la volonté du monde pour ne pas me retourner.

Mon don me reliait à la Chose qui se débattait dans la bulle que je lui avais créée. Il m'entraînait en arrière. J'avais la sensation de tendre un élastique à son extrême, et je sentis le bouclier faiblir sous les coups de plus en plus violents qu'il recevait.

Je n'allais pas tenir encore bien longtemps.

— Prym ! Zuzanna !

Je relevai la tête dans ma fuite. Ed courait dans notre direction. Il était couvert de sang et paraissait amaigri.

— Edward ? Qu'est-ce que tu fais ici ? Ne reste pas là ! Sauve-toi !

Une drôle d'émotion traversa ses traits. Il freina un peu à notre approche, avant de se remettre à accélérer.

— Je dois tenter quelque chose !

J'eus l'impression de vivre la scène au ralenti. Il sauta au-dessus d'une fissure et nous dépassa. Zuzanna faillit réussir à l'attraper par l'épaule, mais ne fit que le frôler. Nous ralentîmes, alors qu'il continuait d'accélérer.

Je criai son nom.

Il courait vers les portes que nous venions de quitter, vers le cadavre d'Artur que nous avions abandonné, vers la Chose. Il disparut au coin d'une rue.

L'élastique céda.

Le bouclier était tombé.

46

EDWARD

LA LUMIÈRE DEMEURE

Verba Volant Scripta Manent.
Les paroles s'envolent, les écrits restent.
Devise des memoria eruditissimo.

Pourquoi fallait-il toujours que je sois obligé de courir ? J'avais avalé plusieurs kilomètres d'une traite, et chaque voiture que je dépassais semblait me narguer. Oh, bien sûr, quand j'étais petit, j'avais déjà vu de vieux films où des personnes les conduisaient encore. Mais plusieurs points m'empêchèrent de grimper dans l'une d'entre elles pour aller plus vite, car 1/, elles étaient toutes dans un état lamentable, et je n'étais pas sûr qu'elles avanceraient toujours ; surtout d'autant plus que, 2/ il n'y avait rien qui me certifiait qu'elles avaient encore assez d'essence pour rouler, mais tout ça n'avait pas d'importance, puisque, 3/ je ne savais pas conduire, et je ne voulais pas mourir en fonçant dans une boutique.

— Edward ? Qu'est-ce que tu fais ici ? Ne reste pas là ! Sauve-toi !

Je savais pertinemment que si je m'arrêtais, je serais incapable de reprendre ma course. Alors, si mon premier réflexe fut de ralentir en apercevant Prym et Zuzanna, je repris immédiatement mon rythme.

— Je dois tenter quelque chose !

Il le fallait.

— Ed !

Mes poumons étaient en feu, et un terrible point de côté me sciait le ventre. Après une semaine sans bouger, mon corps n'avait clairement plus aucune endurance. Par le Maréchal, je regrettais de ne pas avoir couru tous les matins comme me l'avait recommandé Mikołaj ! Est-ce que cet idiot avait prédit ça ?

Mais je ne m'arrêtai pas, pas plus que je n'écoutai les cris de Prym qui s'était mis à me poursuivre. La terreur dans le regard de Zuzanna avait failli me foudroyer sur place, tout comme leurs blessures et la manière dont tous les deux se sauvaient. Ils fuyaient la mort.

Et moi, je fonçais droit sur elle.

— Ed, reviens !

Durant tout le chemin, je n'avais cessé de penser à Łucja, qui avait voulu me descendre pour ses convictions, et à Pia, qui était peut-être déjà morte à l'heure actuelle. Pia, qui m'avait sauvé la vie deux fois dans la même journée. *« Sauve-toi. Ils ont besoin de toi. »* Ces mots-là m'avaient empêché de fondre en larmes, de m'effondrer, et de me rouler en boule comme un enfant. Mais il n'y avait pas que ça. Quand j'étais entré dans le bureau d'Aleksander, la déception que j'avais lue dans le regard de Lise m'avait rempli de remords. Pourtant, elle aussi m'avait laissé partir. Elle avait continué de croire en moi. *« Tu dis avoir trouvé un moyen d'empêcher tout ça ? Allez-y ! »*

— Arrête !

Le jour où j'étais revenu en arrière pour sauver Lech, j'avais agi d'instinct. Il n'y avait rien de réfléchi dans ce geste. C'était de la folie, de l'aveuglement. Je n'avais simplement pas supporté le fait d'abandonner quelqu'un et d'avoir sa mort sur la conscience. Il n'y avait rien de généreux en ça. Prym, lui, s'était dressé devant moi pour prendre le coup à ma place. Je lui en avais voulu si longtemps d'avoir fait ça, d'être devenu le Miraculé, là où j'étais resté un gars maigrelet qui n'avait sa place nulle part.

Quel idiot j'avais été !

Je voulais devenir quelqu'un capable de tout sacrifier pour ses amis.

Comme ils avaient tout donné pour moi.

— EDWARD ! s'époumona Prym, qui finirait par me rattraper.

Alors, je continuai de courir.

Je manquai de trébucher sur un trottoir, mais me ressaisis sans m'arrêter un seul instant. Le tonnerre gronda au-dessus de ma tête. Le ciel était si sombre qu'on aurait dit que la nuit était tombée, et seuls des lys dorés illuminaient mon passage.

Toute ma vie, j'avais eu peur de mon ombre, je m'étais haï de ne pas être quelqu'un d'autre, de ne pas être assez fort ni assez courageux. Mais alors que les portes se rapprochaient de plus en plus, je sus que ma véritable faiblesse avait été de me persuader que je ne valais rien. *« Parler de toi avec ces mots est ton action la plus lâche et la plus déshonorable. »* Lise avait raison depuis le début.

Excepté que je n'avais plus peur. Je me dirigeais tout droit vers une mort certaine, mais le calme habitait mon esprit. J'étais trop jeune, trop petit, trop maigre, pas assez bon au combat, mais je m'en foutais. La voix s'était tue, morte dans le sous-sol des Wilis.

Avec une partie de moi-même.

Je ralentis quand je la vis. La Chose paraissait désorientée et tournait sur elle-même comme si elle ne savait plus où se diriger. Elle releva sa tête hideuse à mon approche.

« Le véritable courage est de se battre malgré toutes ses peurs. »

Je m'immobilisai et pris une grande inspiration. Ma gorge me brûlait et mes jambes tremblaient, trop peu habituées à courir.

— Arma Massa Interitum !

Honnêtement, je me sentis idiot de hurler son nom ainsi, surtout quand elle pencha la tête avec son sourire figé. Elle hurla et se rua dans ma direction.

Je n'étais pas un Accompli, n'avais pas d'*anima* sur moi, et les techniques de corps à corps que m'avait apprises Lise ne me serviraient pas ici. Je n'avais rien pour me défendre.

Juste une folle théorie.

Je n'aperçus pas Prym qui arrivait derrière, pas plus que Zuzanna qui peinait à nous rattraper. Je ne la vis pas s'écrouler de fatigue non plus. Mon attention tout entière était focalisée sur cette arme qui me fonçait droit dessus. Je devais attendre le dernier moment.

Plus qu'une dizaine de mètres.

Une poignée de secondes.

Maintenant.

— *Transit umbra* !

La pointe de la Chose s'arrêta à quelques centimètres de mon ventre. Les battements de mon cœur emplissaient mes oreilles, si bien que je n'entendis ni les cris de Prym ni mon propre instinct qui me hurlait de fuir.

La Chose se baissa et amena son visage à ma hauteur. Son menton proéminent touchait le mien. Elle paraissait surprise.

Elle souffla sur mon visage.

— traîne…

Sa voix avait un million d'années, un million de vies.

— zit…

Elle portait un poids aussi lourd que le ciel.

— ou…

Pour ces simples mots, elle payait un prix que je ne pouvais pas mesurer.

— me…

Elle pencha de nouveau la tête.

— bra…

L'ombre passe.

Je ravalai un sanglot.

La Chose avait tué des milliers de personnes innocentes : des familles, des enfants, des Varsoviens qui n'avaient pas eu le temps de fuir. À cause d'elle, j'avais vécu ma vie entière dans la peur d'être envoyé ici. Tant de mobilisés avaient succombé par sa faute. La Chose était un monstre, une abomination, une arme qui n'aurait jamais dû être créée, une erreur de l'Homme et son plus grand fardeau.

Un être unique et seul dans l'univers.

Ma main trembla quand elle se posa sur le front vide et froid de la Chose. Elle se laissa faire. Je la haïssais et elle me faisait peur, mais elle était également l'être le plus triste que j'avais jamais rencontré, et je ne pouvais m'empêcher d'avoir de la compassion pour ce qu'il lui arrivait.

Elle pencha la tête sur le côté, attendant ma réponse. La gorge nouée, je la lui offris :

— *Sed lux permanet.*

La lumière demeure.

Son éternel sourire ne disparut pas, mais le râle qui vrombissait dans sa poitrine se calma, jusqu'à n'être que l'écho d'un souvenir. Je me décalai lorsqu'elle se laissa tomber en avant. Dans un dernier réflexe, ses membres avant se plantèrent dans le sol pour maintenir son corps dans une position assise, comme si elle priait.

Après plus de vingt ans de solitude, AMI s'endormit enfin.

47

ALEKSANDER

SILENCE

Transit umbra, sed lux permanet.
L'ombre passe, mais la lumière demeure.

Les cendrés s'effondrèrent comme un seul homme.

Après la cacophonie de la bataille, le silence qui tomba n'en parut que plus assourdissant. Je relevai la tête, le visage et les vêtements couverts du sang de ceux que j'avais écrasés. À quelques mètres de là, Lise croisa mon regard. Son Armure refluait peu à peu et laissait entrevoir une peau sans égratignures. Je soufflai de soulagement. Un étage plus bas, Mikołaj tituba jusqu'à la fontaine éteinte. Il poussa du pied le bras d'un cendré à terre, qui ne réagit pas, et éclata d'un rire épuisé.

— C'est terminé !

Comme s'ils avaient attendu cette permission, les Conquérants encore vivants se laissèrent tomber sur leurs genoux, blessés, épuisés ou simplement choqués. Moi-même, je dus m'accrocher à la paroi la plus proche. Une migraine lancinante montait dans mon crâne et anéantissait tout sur son passage. Lise arriva près de moi et enroula mon bras autour de ses épaules. À mon contact, sa peau se recouvrit aussitôt d'acier.

— Je suis là.

Je la laissai me guider jusqu'à Mikołaj, qui orientait les *manus protegens*. La base tenait à peine debout. Les vitrines explosées gisaient près des cadavres. Les tables renversées des restaurants avaient servi de boucliers et étaient criblées de balles. Les traînées de sang tachaient les murs et ne disparaîtraient jamais vraiment. Mikołaj se retourna à notre approche, il paraissait désorienté.

— Où est Łucja ?

— Elle est morte.

La Wili Accomplie sortit des décombres d'une boutique, les mains de nouveau gantées. Le sang se mêlait aux dernières traces de ses peintures rouges. Mikołaj chancela et son visage s'assombrit.

— Comment ?

— Je l'ai tuée.

En un rien de temps, Mikołaj avait activé son *anima* en fusil à pompe et pointé le canon sur le nez de la Wili, la mâchoire serrée par la haine et la douleur. L'Ardente cilla à peine, comme si ce n'était pas l'événement le plus traumatisant de sa journée. Ses muscles s'étaient tout juste contractés.

— Donne-moi une bonne raison de ne pas t'exploser la cervelle tout de suite !

— Elle s'apprêtait à tuer Edward.

Les battements de son cœur ne firent aucun bond. Soit elle disait la vérité, soit elle était une parfaite menteuse, ce qui ne m'aurait pas étonné de la part d'une disciple de Raïna. Lise posa sa main sur celle de Mikołaj, en proie à la confusion.

— C'est impossible...

— Elle avait rejoint l'Ordre. Elle voulait empêcher Edward d'intervenir. Je n'ai pas entendu toute leur conversation, mais je crois qu'elle a avoué avoir tué un certain Gwidon...

Mikołaj gémit, déchiré en deux. Même pour moi, cette histoire paraissait insensée, et je ne connaissais pas aussi bien Łucja que Mikołaj. Malgré la main de Lise, il n'avait toujours pas baissé son arme. L'Ardente gardait le visage serein d'une personne ayant déjà accepté son sort.

— Tu mens...

— Non, elle ne ment pas.

Ça me tuait de l'admettre, mais cette Wili paraissait honnête. Je plantai mon regard dans le sien et pressai mon pouce contre mon index. La pression qu'elle ressentit était minime, mais la migraine m'empêchait de faire plus pour le moment.

— Alors, où est Edward, maintenant ?

Elle déglutit, la gorge soudain prisonnière de mon énergie.

— S'il est toujours en vie, il doit être près des portes avec Prym et Zuzanna, une Accomplie errante. C'est là-bas que l'Ordre voulait libérer la Chose.

Lise m'observait scrupuleusement, attendant mes premiers ordres. La base n'était plus un lieu sûr, et si la Wili disait vrai, alors, nous n'avions plus rien à faire ici.

— Trouvez de quoi porter les blessés et prenez le strict minimum. Nous allons aux portes.

J'appuyai un peu plus fort mon index contre mon pouce, et la Wili hoqueta.

— Et toi, tu restes avec moi.

Après avoir vérifié que je tenais toujours debout, Lise me lâcha et donna ses propres ordres à la Défense. Les yeux dans le vide, aux vaisseaux sanguins éclatés, Mikołaj n'avait toujours pas bougé. Je posai une main sur son épaule pour le ramener à la réalité, et il sursauta.

— Il est temps de dire au revoir.

Il renifla, et après avoir jeté un dernier regard à la Wili, il désactiva son *anima* et rassembla les membres survivants du Bataillon Offensif et de la Réserve.

La route pour rejoindre les portes parut durer une éternité. Ceux qui avaient encore un peu de force poussaient les caissons qui contenaient notre matériel, mais aussi quelques blessés trop graves pour marcher. L'orage menaçait au-dessus de nous, déchirant le ciel d'éclats de lumière. Il avait finalement éclaté et nettoyait ce qu'il restait de nous. Les gouttes de pluie étaient fines et disparates, mais entravaient notre marche.

À l'approche des portes, je m'arrêtai net.

AMI se tenait au milieu d'un champ de ruines, aussi immobile qu'une statue de pierre. Éteinte. Endormie. Peut-être morte. Derrière moi, le reste des Conquérants attendaient que je bouge ou que je dise quoi que ce soit.

Adossés à la paroi d'une habitation, Edward et Prym nous observaient, blessés et trempés par la pluie. Le *pugnatum corpus* portait entre ses bras le corps d'une mobilisée, dont la pression artérielle indiquait qu'elle vivait toujours. L'Accomplie errante, certainement.

Sans regarder en arrière, je m'avançai vers AMI et m'arrêtai juste devant elle, avec la sensation de me tenir tout près d'un lion endormi. En six ans, c'était la première fois que je pouvais l'approcher de si près. Elle était fascinante. Je posai le plat de ma paume sur son front de métal. Son contact me rappela celui de Lise.

— Jonatan, murmurai-je, où que tu sois, j'espère que tu peux voir ça.

Lise et Mikołaj arrivèrent dans mon dos, et chuchotèrent à leur tour une prière pour les morts. Il y en avait tant. Les *manus protegens* furent les premiers à réagir et se précipitèrent vers Edward, Prym et l'errante, pour leur prodiguer les premiers soins. Le reste des Conquérants les suivirent petit à petit pour installer un camp provisoire, restant à bonne distance du corps d'AMI. Un petit groupe repartit aussitôt pour aller chercher les patrouilleurs, et faire le tour de la Zone afin de prévenir les errants et les Wilis encore en vie.

— Il est temps de dire au revoir, répétai-je, cette fois à l'intention d'AMI.

Parce que tout était bien terminé. Sans elle, la Zone n'avait plus de raison d'être, et notre présence ici non plus.

— *Novum Invenit Pacem.*

La pluie s'arrêta.

Cette journée aussi allait prendre fin.

48

ZUZANNA

PORTES CLOSES

Chaque année, les portes extérieures de la Zone s'ouvrent pour permettre aux nouveaux mobilisés d'entrer dans l'alcôve. Elles se referment ensuite, et les portes intérieures s'ouvrent et se referment une heure plus tard.

Les portes de la Zone restaient closes.

Je m'étais éveillée dans les bras de Prym, alors qu'Ed et lui discutaient. J'eus à peine la force de lire sur leurs lèvres.

— … comprends pas.

Les yeux de Prym s'écarquillèrent.

— … ombre… lumière… proverbe…

Je laissai le sommeil m'emporter en attendant les autres.

Les Conquérants arrivèrent les premiers, suivis par les groupes d'errants les plus proches, dont celui de la Faux, qui se recueillit aussitôt auprès du corps d'Artur et le recouvrit d'un drap. Je les remercierais plus tard ; je n'en avais, pour le moment, ni la force ni le courage. Artur était un traître, complice de l'assassinat de trop de personnes innocentes, mais je n'arrivais pas à le haïr totalement. Olimpia nous rejoignit, blessée, mais vivante. Elle nous serra chacun notre tour dans ses bras.

Je restai longtemps contre Prym, les yeux clos, bercée par le mouvement de sa respiration. J'étais trop faible pour bouger, mais je finis par entrouvrir les paupières et observer le monde qui affluait vers les portes. Prym et Ed me déposèrent sur un matelas et aidèrent à aménager le camp. Après la douleur de cette interminable journée, le contact doux d'un duvet me parut surréaliste.

La rumeur se répandait. La Chose avait été désactivée par Ed. Si tous prenaient le temps de nous voir pour poser des questions, ils restaient à une distance respectable du corps endormi d'AMI, comme si elle pouvait se réveiller n'importe quand. La peur n'était pas encore retombée. De plus, personne ne savait précisément où se terraient le Maître et Tekla, et rapidement, des tours de garde furent mis en place.

Mais les portes de la Zone demeuraient désespérément immobiles, à peine assez ouvertes par le don de Hieronim pour faire passer un enfant. Ceux qui s'y risquèrent manquèrent de peu de rester coincés et ne purent voir que les portes extérieures, toujours entièrement fermées.

L'attente débuta.

Il m'était difficile de croire que cette journée avait démarré dans l'angoisse et la peur, que j'avais failli tout y perdre. Sur un amas de matelas de fortune, près des portes, avec Prym, Edward et Olimpia, je ne pouvais m'empêcher de me dire que malgré les pertes, malgré la mort d'Artur et la douleur que j'en ressentais, j'avais gagné autre chose aujourd'hui. En dépit de ça, j'observais la foule dans l'espoir de le voir, lui.

Mais Piotr ne se montra pas.

À croire que je poursuivais bel et bien un fantôme.

Des *manus protegens* passaient dans les rangs, et l'un d'entre eux prit le temps de bander mon ventre et de me faire boire. Il me tendit même une couverture que j'enroulai autour de moi. Les stigmates de la pluie avaient séché depuis un moment, mais sans le soleil, déjà couché de l'autre côté du Mur, et malgré les petits feux de camp allumés, j'étais gelée.

On nous apporta de nouvelles gourdes d'eau, ainsi qu'un mélange épais de riz et de pigeon. J'avais l'impression de ne pas avoir mangé depuis des jours. En plus de mes blessures, mon don avait certainement puisé plus loin dans mes réserves que je ne l'avais imaginé.

Je me haïssais de réussir à me nourrir alors qu'Artur venait de mourir.

Il allait vraiment me manquer.

Je ravalai mes larmes dans un reniflement. Artur m'avait peut-être menti et avait le sang d'innocents sur les mains, mais jusqu'au bout, il était resté mon ami, jusqu'à se sacrifier pour me protéger. Je lui en voulais pour ça, tout en sachant que j'aurais probablement fait de même.

Je lui devais tant.

Olimpia resta près de nous lorsque les Wilis survivantes parvinrent à rejoindre notre campement de fortune. Raïna défia longuement Aleksander du regard sans qu'aucun des deux ne bouge, dévisageant leurs blessures respectives avec amertume, puis la reine guerrière vint à notre rencontre pour serrer Olimpia contre elle. Raïna tenta vainement d'essuyer les traces de sang des joues d'Olimpia, qui lui racontait notre périple, notamment notre fuite dans le métro.

Le métro.

Une pensée s'insinua dans mon esprit. Quelques heures plus tôt, Artur m'avait affirmé que la Chose longeait le Mur. Il avait dû se tromper. Il n'y avait pas d'autre solution. Pourtant, je ne pouvais réprimer l'angoisse qui me serrait le cœur. Je la fis taire.

Raïna dut retourner s'occuper du reste des Wilis saintes, perdues en l'absence de Tekla. Guidée par les *manus protegens*, Kaja prodiguait des soins à ceux qui en avaient le plus besoin. Elle prit la peine de nous ausculter, laissant de la fumée noire s'échapper de notre corps. Olimpia la regarda avec beaucoup de tristesse.

— Je nous ai vengées.

La Chamane baissa la tête et dit quelque chose que je ne vis pas. Puis elle partit sans réussir plus longtemps à cacher ses sanglots.

Dans le regard d'Olimpia, qui ne cessait de triturer ses cheveux crépus, je lisais un mélange de tristesse, de regrets et de fatigue. Je lui attrapai la main, et elle sursauta. Ses gants me glacèrent la peau, mais je devinai la chaleur qu'ils renfermaient.

— Ne t'inquiète pas pour moi. Je vais bien, m'assura-t-elle.

C'était un mensonge et nous le savions toutes les deux, mais je n'insistai pas. À la place, je la pris dans mes bras et caressai ses cheveux. Je comprenais enfin ce que m'avait dit Prym à la fenêtre des Wilis. Ces trois-là, dans le fond, je les connaissais depuis peu, mais ce que nous avions vécu ensemble ces dernières semaines, et particulièrement aujourd'hui, avait changé la donne.

Olimpia sanglota contre moi jusqu'à s'endormir sur mes genoux.

Nous avions calé nos matelas contre le mur d'une petite maison. Avec tous les lys autour de nous, somnoler à la belle étoile n'avait rien d'effrayant. Si Ed avait sombré dans un sommeil aussi profond que celui d'Olimpia, Prym était resté parfaitement éveillé. Il ne quittait pas des yeux le Mur et ses portes scellées.

Il serra ses deux matricules dans sa main.

Cette fois, je ne réussis pas à en ressentir une quelconque jalousie. Tout le monde autour de nous était en deuil : nous allions bientôt quitter la Zone, laisser derrière nous les cadavres de nos amis, et ces lieux qui, malgré tout, avaient été notre maison. Je me sentais chanceuse de me trouver sur ce matelas, Prym juste à côté de moi, Olimpia allongée sur mes jambes, Ed qui dormait déjà profondément.

Je n'étais plus seule.

Comme s'il sortait d'un étrange rêve, Prym se tourna vers moi, déconcerté.

— Quand j'étais sous l'emprise de Tekla, quelqu'un m'a appelé. Je n'avais jamais entendu cette voix, mais je la connaissais.

Je me désignai, et il parut encore plus perdu.

— Comment ?

Mon cœur battait à tout rompre. Je pris une grande inspiration et laissai ma voix vibrer dans ma gorge.

— Prym…

Ses yeux s'embuèrent, et malgré la pénombre, ses joues rosirent très nettement.

« Merci », signa-t-il.

Et il glissa sa main libre dans la mienne pour s'endormir contre moi.

Nous restâmes collés à quatre toute la nuit, sur nos matelas crasseux entourés de couvertures. Une petite part de mon inconscient souhaitait que les portes ne s'ouvrent jamais pour ne plus avoir à bouger. Mais je ne dormais pas, je ne le pouvais pas. Lorsque mes muscles commencèrent à se tétaniser, je me résolus à me lever.

Notre camp était éparpillé dans les rues adjacentes à l'entrée de la Zone. Mis à part quelques patrouilles qui tournaient, tout le monde somnolait. Je traversai discrètement la mer de matelas, laissant mes poumons s'imprégner de l'air doux du matin qui arrivait. Même si le soleil était toujours caché de l'autre côté du Mur, le ciel se colorait à vue d'œil, vierge de nuages gris.

J'approchai des portes closes, incertaine, et m'assis à quelques centimètres de la fine ouverture. Je les touchai du bout des doigts ; le métal qui les composait était à peine tiède et lisse sous ma peau. Il me fit penser aux gants d'Olimpia.

Nous avaient-ils oubliés ? Avaient-ils au moins un moyen de savoir que nous avions réussi la mission ? Difficile à dire. Je poussai un soupir, me levai et pris quelques instants pour m'étirer avant de rejoindre mon matelas.

Mais après quelques pas, un tremblement sous mes pieds me fit m'arrêter. C'était comme si un monstre grondait dans les entrailles de la Terre, et je me rendis compte que j'avais déjà ressenti cette vibration la veille. La secousse réveilla immédiatement ceux qui se trouvaient à proximité. Je me retournai lentement, pour constater avec stupéfaction que les portes se déplaçaient.

Elles s'ouvraient.

Je courus jusqu'à retrouver les autres. Le visage d'Ed avait un peu gonflé, les cheveux d'Olimpia s'étaient emmêlés, et Prym avait la tête de quelqu'un qui avait peu dormi, mais tous observaient, émerveillés, la scène qui se déroulait sous nos yeux. Ed me prit timidement dans ses bras, Olimpia m'embrassa le front, et je finis par entrelacer mes doigts avec ceux de Prym.

Nous allions enfin sortir.

Il fallut trois minutes aux portes intérieures pour s'ouvrir, juste le temps d'extirper tout le monde du sommeil et que chacun rassemble ses affaires. Les sourires s'épanouissaient sur les lèvres, et Edward ne pouvait s'empêcher de sautiller sur place. En suivant le mouvement de foule, je m'introduisis dans l'alcôve et attendis la suite, le souffle court. Le sas qui reliait la Zone à l'extérieur n'était pas prévu pour contenir autant de monde, et ceux à l'arrière se bousculaient pour entrer à leur tour. Mon cœur battait à tout rompre, et la panique enfla dans ma poitrine quand les portes intérieures se refermèrent derrière nous.

Nous étions pratiquement un millier de mobilisés enfermés dans ce sas, à patienter le temps que les portes extérieures s'ouvrent. Prym s'agitait près de moi, certainement mal à l'aise de se retrouver au milieu de cette foule. Je remerciai le ciel d'être assez grande pour ne pas me sentir étouffer. Pourquoi rien ne se passait ? Qu'attendaient-ils pour nous libérer ?

Un grondement sous mes pieds me répondit. J'aurais pu en pleurer de soulagement. Cependant, l'apaisement fut de courte durée quand je me rendis compte que les portes ne bougeaient pas. Au lieu de ça, c'était le Mur lui-même qui vibrait. Un plafond se formait au-dessus de nos têtes. Le ciel s'assombrit, alors que le sas se transformait mètre par mètre en une boîte hermétique.

En quelques secondes, nous fûmes plongés dans le noir.

Avec le peu d'énergie qu'il me restait encore, je fis pousser une poignée de lys dorés. Je croisai le regard de mes amis. Ils étaient toujours là, ni blessés ni loin de moi. Un vent de panique souffla dans nos rangs, et nous nous bousculâmes. Des gens tombèrent, se firent broyer par les autres. La bouche ouverte, certains étaient certainement en train de crier. À chaque extrémité, des mobilisés frappaient sur les portes dans l'espoir qu'un côté finisse par s'ouvrir.

Je m'agrippai à Prym, et aidai Olimpia à ne pas être embarquée par la foule affolée. Ed s'accrochait à nous pour ne pas sombrer. Dans la panique, je n'arrivais pas à lire sur leurs lèvres. Je ne voyais que leur peur.

Ce fut à cet instant précis que je sentis une odeur différente dans l'atmosphère.

Du gaz.

Prym le respira également, car il nous fit nous baisser, là où se trouvait l'air pur. Je me pinçai le nez et fermai la bouche, mais il était déjà trop tard. Le monde tournait autour de moi, et la lumière des fleurs vacilla, avant de s'éteindre. Je me sentis comme aspirée par le sol.

Et la nuit s'abattit sur moi.

Remerciements

Il y a des histoires qui résonnent en nous avec tant de force que les garder au fond de soi est presque impossible. *Absolu* est ce genre d'histoire pour moi. Parfois, j'ai même du mal à croire que mes personnages n'existent que dans ma tête et dans mon cœur. C'est pour cela que le fait que vous puissiez lire ces lignes aujourd'hui fait mon plus grand bonheur.

Avant tout, je veux remercier mes parents que j'aime du plus profond de mon cœur, et qui m'ont toujours soutenue dans chacun de mes rêves : vous êtes ma source d'inspiration, mes piliers, et ce sol si stable sous mes pas qui m'empêche de tomber. Je n'aurais choisi que vous.

Élisa, mon bibi, ma (petite) sœur chérie, merci pour ton honnêteté à toute épreuve, pour toutes les heures où tu as écouté mes doutes et mes peurs, et pour la foi que tu as placée en cet univers dès le premier jour.

J'envoie également tout mon amour à mes grands-parents (qui ont pris la peine de lire *Absolu* alors que ce n'est pas du tout leur genre, et qui n'ont jamais caché leur fierté, même en lisant toutes les monstruosités de la Zone), à Charles et Manon (parce que ce sont nos fous rires ensemble sur *Tara Duncan* qui m'ont donné le goût de la lecture), à Gabrielle et Bertille (qui, même si elles n'ont jamais lu une ligne d'*Absolu*, y ont toujours cru comme s'il s'agissait d'une évidence) et à toute ma famille, qui est derrière moi depuis toujours.

Il y a des rencontres inattendues qui ont pourtant un goût d'évidence. Sans les réseaux, je n'aurais jamais croisé votre chemin,

et je suis certaine que j'aurais ressenti ce manque. Merci à Alice, Clara, Estelle, Morgane, Alycia, Louise, Amanda, Célia pour votre amitié, vos conseils, votre soutien, vos rires et votre présence.
Merci à Hélène Boudinot, mon éditrice si à l'écoute, à Séléna Bernard, qui m'a ouvert la voie, et à toute l'équipe Bragelonne et Big Bang, qui m'a accueillie les bras ouverts et m'a fait confiance. Vous avez donné toutes ses chances à ce roman pour le porter au plus haut. Je n'aurais pu rêver d'une meilleure maison d'édition pour *Absolu*.
Un remerciement tout particulier aussi à Rébecca, Anaïs, et à celles et ceux qui m'ont envoyé mes premiers fanarts. Vous ne vous en rendez peut-être pas compte, mais vous m'avez fait le plus beau des cadeaux.
Merci à toutes les formidables personnes qui me soutiennent chaque jour sur Instagram, sur YouTube, ou encore sur mon podcast, à celles qui ont suivi *Absolu* sur Wattpad alors que j'enchaînais les refus, et qui m'envoient d'adorables messages chaque jour pour m'encourager à écrire. Vous êtes trop nombreux pour que je puisse tous vous citer, mais vous avez ma reconnaissance éternelle.
Enfin, merci à mon chat, Percy, dont la présence chaque jour derrière mon ordinateur a rendu ce roman meilleur. Et je le pense vraiment.
Absolu ne serait pas là sans chacun d'entre vous.
À bientôt.
Et n'oubliez pas : *transit umbra, sed lux permanet.*

Et si la Chose n'était pas
la menace la plus redoutable
qui les attendait ?

Découvrez la suite des aventures de Prym, Edward et des autres mobilisés d'*Absolu* dans le deuxième tome :

LES EFFACÉS

Sortie prévue en automne 2023